世界传世藏书

世界禁书文库

马松源 ⊙ 主编

线装书局

目　录

嘉莉妹妹

名妓与法老

世界禁书文库

嘉莉妹妹

【美】西奥多·德莱索⊙著

邹 博⊙译

线装書局

第一章　磁性相吸：各种力的摆布

当嘉洛林·米贝登上下午开往芝加哥的火车时，她的全部行装包括一个小箱子，一个廉价的仿鳄鱼皮挎包，一小纸盒午餐和一个黄皮弹簧钱包，里面装着她的车票，一张写有她姐姐在凡·布仑街地址的小张条，还有四块现钱。那是 1889 年 8 月。她才 18 岁，聪明，胆怯，由于无知和年轻，充满着种种幻想。尽管她在离家时依依不舍，家乡可没有什么好处让她难以割舍。母亲和她吻别时，她不禁热泪盈眶；火车咔嚓咔嚓驶过她父亲上白班的面粉厂，她喉头又一阵哽咽；而当她熟悉的绿色村庄在车窗外向后退去时，她发出了一声叹息。不过，那些把她和故乡和少女时代联系在一起缕缕细丝却是永久地割断了。

当然了，前面总有站头，只要她想回家，随时可以下车往回走。芝加哥就在前面，眼下她乘坐的火车每天往返，把芝加哥和她家乡紧密地联结在一起。她家乡哥伦比亚城离得不算远。她甚至还去过一趟芝加哥。真的，几小时的火车，几百里路，那又算得了什么呢？她看着上面有她姐姐地址的小纸片，心里问着自己。她把目光转向窗外，看着绿色的田野飞快地向后退去。随后她的思路变得活跃了一些，开始模模糊糊地想象芝加哥的生活会是什么样的。

一个 18 岁的女孩离家出走，结局不外两种。也许她会遇到好人相助，变得更好；也许她会很快接受大城市的道德标准，而变坏了——二者必具其一。在这种情况下，要想不好不坏，保持中不溜的状态，是根本做不到的。大城市具有自身种种诱人的花招，并不亚于那些教人学坏的男男女女，当然人比社会微小得多，也更富于人情味。社会具有巨大的影响力，能像最老于世故的人才可能想到的甜言蜜语一样乱人情怀。都市的万点灯火比起情人脉脉含情的迷人眼神来，那魅力是不差分毫的呢。可以说，有一半涉世未深的纯朴心灵是被非人为的影响力带坏的。城市里喧闹的人声和热闹的生活，加上鳞次栉比的楼房建筑，在令人惊愕的同时，又令人怦然心动，教给人们模棱两可的生活意义。这种时候，如果没有人在她们身边轻声告诫和解说，又有什么谎言和谬误不会灌入这些不加提防的耳朵里去呢？头脑简单的年轻人看不清生活中的那些虚假外表，而为它们的美所倾倒，就像音乐一样，它们先令人陶醉松弛，继而令人意志薄弱，最后诱人走上歧路。

嘉洛林在家时，家里人带着几分疼爱叫她嘉莉妹妹。她已具有初步的观察力和分

析能力。她有利己心，不过不很强烈，这是她的主要特点。她充满着年轻人的热烈幻想。虽然漂亮，她还只是一个正在发育阶段的美人胚子。不过从她的身段已经可以看出将来发育成熟时的美妙体态了。她的眼睛里透着天生的聪明。她是一个典型的美国中产阶级少女——她们家已是移民的第三代了。她对书本不感兴趣，书本知识和她无缘。她还不太懂如何举手投足，显示本能的优雅举止。她扬起头的姿态还不够优美。她的手也几乎没有用。她的脚虽然长得小巧，却只会平平地放在地上。然而她对于自己的魅力已极感兴趣，对生活的更强烈的乐趣感知很快，并渴望获得种种物质的享受。她还只是一个装备不全的小骑士，正冒险出发去侦察神秘的大城市，梦想着某个遥远的将来她将征服这新世界，让那大城市俯首称臣，诚惶诚恐，跪倒在她的脚下。

“瞧”，有人在她耳边说，“那就是威斯康星州最美的度假胜地之一。”

“是吗？”她惴惴不安地回答。

火车才开出华克夏。不过她已有好一会儿感到背后有个男人。她感觉得到那人在打量她的浓密的头发。他一直在那里坐立不安，因此凭着女性的直觉，她感到背后那人对她越来越感兴趣。少女的矜持和在此种情况下传统的礼仪都告诉她不能搭腔，不能允许男人这样随便接近她。不过那个男人是个情场老手，他的大胆和磁性般的魅力占了上风，所以她竟然答了腔。他往前倾着身子，把他的胳膊搭在她的椅背上，开始讨人喜欢地聊了起来。

“真的，那是芝加哥人最喜欢的度假地。那里的旅馆可棒了。这地方你不熟悉吧？”

“哎，不对，这一带我很熟的。”嘉莉回答，“你知道，我就住在哥伦比亚城。不过这里我倒从来没有来过。”

“这么说，你是第一次到芝加哥去了。”他猜测说。

他们这么交谈着时，她从眼角隐隐瞥见了一些那人的相貌：红润生动的脸，淡淡的一抹小胡子，一顶灰色的软呢帽。现在她转过身来，面对着他，脑子里自卫的意识和女性调情的本能乱哄哄地混杂在一起。

“我没有这么说。”她回答。

“噢，我以为你是这个意思呢。”他讨人喜欢地装着认错说。

这人是为生产厂家推销产品的旅行推销员，当时刚刚流行把这类人称作“皮包客”。不过他还可以用一个1880年开始在美国流行的新词来形容：“小白脸”。这种人从穿着打扮到一举一动都旨在博取年轻心软的姑娘好感。这人穿着一套条纹格子的棕色毛料西装，这种西装当时很新潮，不过现在已经成了人们熟悉的商人服装。西装背心的低领里露出浆得笔挺的白底粉红条纹衬衫的前胸。外套的袖口露出同一布料的衬衫袖口，上面的扣子是一粒大大的镀金扣，嵌着称为“猫儿眼”的普通黄色玛瑙。他手指上戴着好几个戒指，其中有一枚是沉甸甸的图章戒指，这枚戒指是始终不离身的。从他的西装背心上垂下一条精致的金表链，表链那一头垂挂着兄弟会的秘密徽章。整套服装裁剪合度，再配上一双擦得发光的厚跟漆皮鞋和灰色软呢帽，他的装束就齐备了。就他所代表的那类人而言，他很有吸引力。嘉莉第一眼看他，已经把他所有的优点都看在眼里，这一点是可以肯定的。

我要记下一些这类人成功的举止和方法中最显著的特点，以防他们永久消失了。当然，服饰漂亮是第一要素，要是没有了服饰这类东西，他就算不得什么人物了。第二要素是身强力壮，性欲旺盛。他天性无忧无虑，既不费心去考虑任何问题，也不去管世间的种种势力或影响，支配他的生活动力不是对财富的贪婪，而是对声色之乐的贪得无厌。他的方法一贯很简单，主要是胆大，当然是出于对异性的渴望和仰慕。年轻姑娘只要让他见上一面，他就会用一种温和熟识的态度去套热乎，语气中带有几分恳求，结果那些姑娘往往宽容接纳了他。如果那女子露出点卖弄风情的脾性，他就会上前去帮她理理领带。如果她“吃”他那一套献殷勤的手段，他马上开始用小名称呼她了。他上百货大楼时，总喜欢靠在柜台上和女店员像老熟人一样聊聊，问些套近乎的问题。如果是在人少的场合，譬如在火车上或者候车室，他追人的速度要放慢一些。如果他发现一个看来可以下手的对象，他就使出浑身的解数来——打招呼问好，带路去客厅车厢，帮助拎手提箱。如果拎不成箱子，那就在她旁边找个位子坐下来，满心希望在到达目的地以前可以向她献献殷勤：拿枕头啦，送书啦，摆脚凳啦，放遮帘啦。他能做的主要就是这一些。如果她到了目的地，他却没有下车帮她照看行李，那是因为照他估计他的追求显然失败了。

女人有一天该写出一本完整的衣服经。不管多年轻，这种事她是完全懂的。男人服饰中有那么一种难以言传的微妙界线，她凭这条界线可以区别哪些男人值得看一眼，哪些男人为值得一顾。一个男人一旦属于这条界线之下，他别指望获得女人的青睐。男人衣服中还有一条界线，会令女人转而注意起自己的服装来。现在嘉莉从身旁这个男人身就看到了这条界线，于是不禁感到相形见绌。她感到自己身上穿的那套镶黑边的朴素蓝衣裙太寒酸了，脚上的鞋子也太旧了。

“你知道，”他在继续往下说，“你们城里我认识不少呢。有服装店老板摩根洛，还有绸缎庄老板吉勃生。”

“喔，真的?”想到那些曾令她流连忘返的橱窗，她不禁感兴趣地插了一句。

这一下终于让他发现了她的兴趣所在，于是他熟练地继续谈这个话题。几分钟后，他已经过来，坐在她的身边。他谈衣服的销售，谈他的旅行，谈芝加哥和芝加哥的各种娱乐。

“你到了那里，会玩得很痛快的。你那里有亲戚吗?”

“我是去看我姐姐，”她解释说。

“你一定要逛逛林肯公园，”他说。“还要去密歇根大道看看。他们正在那里兴建高楼大厦。这是又一个纽约，真了不起。有那么多可以看的东西——戏院，人流，漂亮

的房子——真的，你会喜欢这一切的。”

她想象着他所描绘的一切，心里不禁有些刺痛。都市是如此壮观伟大，而她却如此渺小，这不能不使她产生出感慨。她意识到自己的生活不会是由一连串的欢乐构成的。不过从他描绘的物质世界里，她还是看到了希望之光。有这么一个衣着体面的人向她献殷勤，总是令人惬意的。他说她长得像某个女明星，她听了不禁嫣然一笑。她并不蠢，但这一类的吹捧总有点作用的。

“你会在芝加哥住一段日子吧!”在轻松随便地聊了一阵以后，他转了话题问道。

“我不知道。”嘉莉没有把握地回答，脑子里突然闪过了万一找不到工作的念头。

“不管怎样，总要住几周吧!”他这么说时，目光久久地凝视着她的眼睛。

现在他们已经不是单纯地用语言交流感情了。他在她身上看到了那些构成美丽和魅力的难以描绘的气质。而她看出这男人对自己感兴趣，这种兴趣使一个女子又喜又怕。她很单纯，还没学会女人用以掩饰情感的那些小小的装腔作势。在有些事情上，她确实显得大胆了点。她需要有一个聪明的同伴提醒她，女人是不可以这么久久地注视男人的眼睛的。

“你为什么要问这问题?”她问道。

“你知道，我将在芝加哥逗留几星期。我要去我们商号看看货色，弄些新样品。也许我可以带你到处看看。”

“我不知道你能不能这么做。我的意思是说我不知道我自己能不能。我得住在我姐姐家，而且……”

“嗯，如果她不许的话，我们可以想些办法对付的。”他掏出一支铅笔和一个小笔记本，好像一切都已说定了。“你的地址是哪里?”

她摸索着装有地址的钱包。

他伸手到后面的裤袋里掏出一个厚厚的皮夹，里面装着些单据，旅行里程记录本和一卷钞票。这给她留下了深刻的印象：以前向她献殷勤的男人中没有一个掏得出这么一个皮夹。真的，她还从来没有和一个跑过大码头，见过大世面，见多识广性格活跃的人打过交道。他的皮夹子，发光的皮鞋，漂亮的新西装，和他行事那种气派，这一切为她隐隐约约地描绘出一个以他为中心的花花世界。她不由得对他想做的一切抱着好感。

他拿出一张精美的名片，上面印着“巴莱·卡留公司”，左下角印着“查利·赫·杜洛埃。”

他把名片放在她手上，然后指着上面的名字说：“这是我的名字。这字要念成杜——埃。我们家从我父亲那面说是法国人。”

他把皮夹收起来时，她的目光还盯着手上的名片。然后他从外套口袋掏出一札信，从中抽出一封来。“这是那家我为他们推销货物的商号，”他一边说一边指着信封上的图片。“在斯台特街和湖滨大道的转弯处。”他的声音里流露出自豪。他感到跟这样一个地方有联系是很了不起的，他让她也有了这种感觉。

“你的地址呢?”他又问道，手里拿着笔准备记下来。

她瞧着他的手。

“嘉莉·米贝,”她一字一字地说道，“西凡布仑街三百五十四号，S·C·汉生转。”

他仔细记下来，然后又掏出了皮夹。“如果我星期一晚上来看你，你会在家吗?”他问道。

“我想会的。”她回答。

话语只是我们内心情感的一个影子，这话真是不假。它们只是一些可以为人听见的小小链子，把大量听不见的情感和意图串联起来。眼前这两个人就是如此。他们只是短短地交谈了几句，掏了一下皮夹，看了一下名片。双方都没意识到他们的真实感情是多么难以表达，双方都不够聪明，瞧不透对方的心思。他吃不准他的调情成功了没有。而她一直没意识到自己在让人牵着鼻子走。一直到他从她口里掏出了她的地址，才明白过来自己已经输了一着，而他却赢了一局。他们已经感觉到他们之间有了某种联系。他现在在谈话中占了主导地位，因此轻松地随便聊着，她的拘束也消失了。

他们快到芝加哥了。前面就是芝加哥的迹象到处可见。这些迹象在窗外一掠而过。火车驶过开阔平坦的大草原，他们看见一排排的电线杆穿过田野通身芝加哥。隔了老远就可以看到芝加哥城郊那些高耸入云的大烟囱。

开阔的田野中间不时耸立起两层楼的木造房屋，孤零零的，既没篱笆也没树木遮蔽，好像是即将到来的房屋大军派出的前哨。

对于孩子，对于想象力丰富的人，或者对于从未出过远门的人来说，第一次接近一个大城市真是奇妙的经历。特别是在傍晚，光明与夜色交替的神秘时刻，生活正从一种境界或状态向另一种境界过渡。啊，那即将来临的夜色，给予劳累一天的人们多少希望和允诺！一切旧的希望总是日复一日在这个时刻复苏。那些辛劳一天的人们在对自己说：“总算可以歇口气了。我可以好好地乐一乐了。街道和灯火，大放光明的饭堂和摆放齐整的晚餐，这一切都在等着我。还有戏院，舞厅，聚会，各种休息场所和娱乐手段，在夜里统统属于我了。”虽然身子还被关在车间和店铺，一种激动的气氛早已冲到外面，弥漫在空气中。即使那些最迟钝的人也会有所感觉，尽管他们不善表达或描述。这是一种重担终于卸肩时的感觉。

嘉莉妹妹凝视着窗外，她的同伴感染到了她的惊奇。一切事物都具有传染力，所以他不禁对这城市重新发生了兴趣，向嘉莉指点着芝加哥的种种名胜和景观。

“这是芝加哥西北区,”杜洛埃说道，“那是芝加哥河。”他指着一条浑浊的小河，河里充塞着来自远方的帆船。这些船桅杆耸立，船头碰擦着竖有黑色木杆的河岸。火车喷发出一股浓烟，切嚓切嚓，铁轨发出一声撞击声，那小河就被抛在后面了。“芝加哥会是个大都市，”他继续说着，“真是个奇迹。你会发现有许多东西值得一看。”

她并没有专心听他说话。她的心里有一种担心在困扰着她。想到自己孤身一人，远离家乡，闯进这一片生活和奋斗的海洋，情绪不能不受影响。她不禁感到气透不过来。有一点不舒服——因为她的心跳得太快了。她半闭上眼睛，竭力告诉自己这算不得什么，老家哥伦比亚城离这里并不远。

“芝加哥到了！”司闸喊道，呼一声打开了车门。火车正驶入一个拥挤的车场，站台上响彻着生活的嘈杂和热闹。她开始收拾自己可怜的小提箱，手里紧紧捏着钱包。杜洛埃站起身来，踢了踢腿，弄直裤子，然后抓起了他的干净的黄提箱。

“你家里有人会来接你吧，”他说，“让我帮你拎箱子。”

“别，”她回答，“我不想让你提。我和姐姐见面时不想让她看见你和我在一起。”

“好吧，”他和和气气地说，“不过我会在附近的。万一她不来接你，我可以护送你安全回家的。”

“你真好，”嘉莉说道。身处目前这路陌生的场合，他倍感这种关心的可贵。

“芝加哥！”司闸拖长声音喊道。他们现在到了一个巨大的车棚底下，昏暗的车棚里已点起灯火。到处都是客车。火车像蜗牛一般缓缓移动。车厢里的人都站了起来，拥向门口。

“嘿，我们到了。”杜洛埃说着领先向门口走去。“再见，星期一见。”

“再见，”她答道，握住了他伸出的手。

“记住，我会在旁边看着，一直到你找到你姐姐。”

她对他的目光报以微笑。

他们鱼贯而下，他假装不注意她。站台上一个脸颊瘦削，模样普通的妇女认出嘉莉，急忙迎上前来。

“喂，嘉莉妹妹！”她喊道。随后是例行的拥抱，表示欢迎。

嘉莉立刻感觉到气氛的变化。眼前虽然仍是一片纷乱喧闹和新奇的世界，她感觉到冰冷的现实抓住了她的手。她的世界里并没有光明和欢乐，没有一个接着一个娱乐和消遣。她姐姐身上还带着艰辛操劳的痕迹。

“家里人还好吗？”她姐姐开始问道，“爸妈怎么样？”

嘉莉一一做了回答，目光却在看别处。在过道那头，杜洛埃正站在通向候车室和大街的门边，回头朝嘉莉那边看。当他看到她看见了他，看到她已平安地和姐姐团聚，他朝她留下一个笑影，便转身离去。只有嘉莉看到了他的微笑。他走了，嘉莉感到怅然若失。等他完全消失不见了，她充分感到了他的离去给她带来的孤独。和她姐姐在一起，她感到自己就像无情的汹涌大海里的一叶孤舟，孤苦无依。

第二章　贫穷的威胁：商号巍然耸立

嘉莉的姐姐敏妮住的是公寓，那是当时对占据一个楼面的套房的称呼。公寓在西凡布仑街，是个工人和职员的居民区。这些人来自外地，现在还不断有人搬来。芝加哥的人口以每年五万人的速度骤增。她的房间在三楼。前屋的窗子临街。一到夜里，杂货店里大放光明，孩子们在街上玩。马车驶过时，车上的铃铛叮当叮当地响起，直到渐渐消失在远处。对于嘉莉来说，这铃声不仅新奇而且令人愉快。敏妮带她走进前屋后，她的目光便投向了窗外灯火通明的马路，对于大城市的各种声音，各种活动和向方圆几英里弥漫的嗡嗡声不由感到新奇惊讶。

在刚见面的寒暄过后，嘉莉的姐姐汉生太太把婴儿交给嘉莉，就动手去烧晚饭了。她的丈夫问了几句话，就坐下来看晚报。他是个沉默寡言的人，美国出生，父亲是瑞典人，他本人是畜牧场冷藏车的清洁工。对他来说，小姨子来不来，与他无关。她的来到既不使他高兴也不让他恼火。他和嘉莉说的唯一正经话题是在芝加哥打工的机会问题。

"这里是大地方。"他说，"几天内就能在哪里找个活干，每个人都是这样的。"

他们事先已达成默契，嘉莉得找份工作，付伙食费。他为人正直，生活节俭，在很远的芝加哥西区用分期付款的办法定购了两块地皮，已经付了几个月了。他的野心是有朝一日在那地皮上盖起一栋房子。

趁她姐姐烧饭的空隙，嘉莉打量了公寓。她有那么几分观察的天赋和女性特有的直觉。

她意识到他们的日子很艰难。房间的墙是拼凑的纸糊的，颜色很不协调。地板上铺的是草席，只有起居间铺了一块薄薄的破地毯。看得出家具是仓促间凑合起来的，是那种分期付款商店卖的质量很差的货色。

她手里抱着孩子坐在厨房里，和敏妮在一起，直到孩子哭了。于是她站了起来，来回走动着，嘴里哼着歌哄孩子。汉生被孩子的哭声吵得看不成报了，就走了过来，接过孩子。这里显出了他性格中可喜的一面：他很有耐心。看得出他很喜爱自己的孩子。

"好了好了，别哭了。"他一边走动一边对婴儿说话，他的声音里带有一点瑞典口音。

"你一定想先在城里看看，是不是？"吃饭时敏妮说道。"这样吧，我们星期天上林

肯公园去。”

嘉莉注意到汉生对这个提议不置可否。他似乎在想别的事。

“不过我想明天先四处看看，”她说，“我还有星期五和星期六两天空闲。这不会有什么麻烦的。商业区在哪里?”

敏妮开始解释。但是她丈夫把这个话题包揽了过去。

“在那边，”他指着东边说道，“在东面。”于是他开始嘉莉来后他的第一篇长篇大论，是关于芝加哥的城市布局的。“你最好到河那边，沿富兰克林街看看那些工厂。”结束时他说，“许多女孩在那里工作。而且从那里回家方便，离这里不远。”

嘉莉点点头，又向她姐姐打听附近的情况。她姐姐把自己所知道的那些情况低声地告诉他。这其间，汉生只顾自己逗孩子。最后他跳了起来，把孩子递给他妻子。

“我明天早上要起早，我得去睡了。”说着他就消失在起居间隔壁的卧室，上床去了。

“他在离这里很远的畜牧场上班，”敏妮解释说，“所以他 5 点半就要起床。”

“那你什么时候起来准备早饭呢?”嘉莉问。

“5 点差 20 分左右。”

她们一起把当天的事情做完。嘉莉洗碗，敏妮给孩子脱衣服，放他到床上去。敏妮的一举一动都显出她惯于吃苦耐劳。嘉莉看得出，姐姐的日子就是整天手不停地干活。

她开始意识到，她必须放弃和杜洛埃的交往。不能让他上这里来。她从汉生的态度和敏妮压抑的神气看出，事实上，从这个公寓的整个气氛看出，这里的生活态度保守，一年到头除了干活，别的一切都是和他们格格不入的。汉生的日子就是每晚在前屋看报，9 点上床，敏妮晚一点上床。他们对她的期待会是什么呢?她意识到她必须先找份工作，好有钱付食宿，安顿下来，然后才可以想到交朋友之类的事。她和杜洛埃的那一段小小的调情现在看来似乎出格了。

“不，”她心里思忖道，“他不能来这里。”

她向敏妮要墨水和信纸，那些东西就在吃饭间的壁炉架上。等她姐姐 10 点上床，她就掏出杜洛埃的名片开始写信。

“我不能让你到这里来看我。等我下次写信再说。我姐姐家地方很窄。”

她寻思着再写点什么，想提一提他们在火车上的那段交情，又不好意思。于是她只笼统地谢谢他在火车上的关心作为结束语。接着她又为如何写署名前的敬语费了一番心思。最后她决定用一本正经的口气写上“此致敬礼”，可是随后她又决定改为比较亲切的“祝好”。她封好信，写了地址，就走进前屋。前屋凹进去的地方摆着她的小床。她把那唯一的小摇椅拖到开着的窗前，就坐在那里，静静地看着窗外的夜色和街道，心里默默地惊叹。最后她想累了，坐在椅子里感到睡意向她袭来，该上床了。于是她换上睡衣就睡了。

第二天8点钟她醒来时，汉生已去上班了。她姐姐正在那间吃饭间兼起居间的屋里忙着缝衣服。她穿上衣服，就给自己弄了点早饭，然后她问敏妮该去哪里看看。自从上次分手以后，敏妮变化很大。她现在是个27岁的妇女，虽然还硬朗，却已憔悴消瘦。她的人生观受了她丈夫的影响，所以她现在对娱乐和责任的看法比当初在小地方做少女时还要来得狭隘。她邀请嘉莉来，并不是因为想念她，而是因为嘉莉不满意在老家的生活。嘉莉在这里也许可以找份工作，自食其力。见到妹妹她当然也有几分高兴，但是在嘉莉找工作的问题上，她和她丈夫的看法一致。干什么工作是无所谓的，只要有工资就行，譬如说，一开头每周挣5块钱。他们事先认为她可以做个女店员。她可以进某个大店，在那里好好干，直到——怎么说呢？直到有那么一天喜从天降。他们并不确切知道会有什么喜事，他们并不指望她有提升的机会，也并不完全把希望寄托在结婚上。不过他们朦朦胧胧地感到事情总会有转机，于是嘉莉会得到酬报，不至于白白地到城里来辛苦一场。那天早上，嘉莉就是抱着这种美好的愿望出门去找工作的。

在我们跟着嘉莉到处转悠找工作之前，让我们先来瞧瞧她寄予希望的这个世界。1889年芝加哥有着得天独厚的发展条件，甚至连年轻姑娘也会不畏风险地到这里来碰运气。它的大量经商机会远近闻名，使它成了一块巨大的磁铁，吸引来自四面八方的人们，有的满怀希望，有的出于无可奈何。有的是来发财的，还有的则是在别的地方碰壁破产以后来的。这个人口五十多万的城市，具有一个成为百万人口大都市的野心、气魄和事业。街道和房屋分布在七十五平方英里的大面积上。它的人口激增，不是由于传统的商业，而是由于各种工业。这些工业还在准备容纳更多新来的人。到处可以听到建造新楼的铁锤敲击声。大工业正在迁来。那些大铁路公司看出这个地方的前途，所以早就占下大片土地，用于发展交通运输业务。电车的路轨已铺到周围的旷野，因为已预见到那里会迅速发展。在那些只有零星房子分布的地区，城市也修起了一条一条长长的马路和下水道——这些都是未来繁华闹市的先驱。有些开阔地区还没有房子遮风挡雨。然而一到夜里，一长排一长排煤气街灯就亮了起来，灯光在风里摇曳。窄窄的木板人行道向前伸展，这里经过一座房子，隔了老远，又在那里经过一个店铺，最后一直通到开阔的草原。

市中心是一个大商业中心，还经营批发业务。消息不灵通的人们经常到那里去找工作。每个大一点的商号都单独占据了一座楼，这是当时芝加哥不同于其他城市的地方。它们能这么做，是因为地方有的是。这一来，大多数批发商行看上去气势宏伟。写字间设在一楼，可以清楚地看到街上。大橱窗玻璃现在已很普通，当时刚被广泛采用，给一楼的写字间增添了富丽堂皇的风采。闲逛的人经过这些成套锃亮的办公设施时，可以看到许多毛玻璃，埋头工作的职员，还可以看到穿着笔挺西装干净衬衫的商

人们散坐着，或者聚在一起。方石砌成的门口挂着闪光的铜牌或镍牌，上面用简洁谨慎的措辞标明商号的名称和性质。整个都市中心显出一种财大气粗，高不可攀的气势，为的是让那些普通的求职者望而生畏，不敢问津，也为的是让贫富之间的鸿沟显得又宽又深。

嘉莉怯生生地走进这个重要的商业区。她沿着凡布伦街朝东走，穿过一个不太豪华的地段，继续往前走，房子变得越来越一般，渐渐出现了简陋小屋和煤场，最后到了河边。求职的愿望促使她继续勇敢地往前走，展现在面前的有趣事物又不时使她停住脚步。面对着这些她无法理解的赫赫财势和力量，她不由感到孤独无靠。这些高楼大厦是干什么的？这些陌生的行业和大公司做些什么生意？她能理解哥伦比亚城那个小采石场的性质，它是把大理石切割成小块出售给私人。但是当她看到巨大的石料公司的采石场，看到里面纵横交错的铁路专线和平板车，穿入石场的河边码头，和头顶上方的木制钢制大吊车，她就莫名其妙了。她没有见过世面，当然不明白这些东西的性质。

那些巨大的火车站调车场，她在河边看到的那些密密排列的船只，还有对岸沿河的那些大工厂，同样让她摸不着头脑。通过开着的窗子她可以看见穿着工作围腰的男男女女在那里忙忙碌碌地走来走去。街上那些高墙耸立的商号对她来说又是一些不可捉摸的谜。那些大写字间就像一些神秘莫测的迷宫，另一头通向远方的大人物。关于那些商界人物，她只能想到他们点钞票，穿华服，和坐马车。至于他们做的是什么买卖，他们如何做买卖，他们的买卖有些什么结果，对这些问题她只有一些最模糊的概念。看到这一切如此了不起，如此宏伟，如此高不可攀，她不禁感到气馁。一想到要走进这么气派的商号找工作，找个她能做的工作——不管是什么工作，她就吓得心怦怦乱跳了。

第三章　初试命运：周薪四块半

一过了河，进入商业区，她就开始东张西望，不知该到哪个商号去找工作把握大些。当她这么打量着那些宽宽的玻璃窗和气派的招牌时，她意识到有人在看她，也意识到人家知道她是干什么的——一个求职者。她以前从未找到过工作，所以胆子很小。被人看穿她在找活干，让她感到一阵无以名状的羞愧，因此她赶紧加快步子，装出一副有事在身的那种人常有的漫不经心的神气。就这样她走过了好些工厂和批发商号，一眼也没有往里看。最后，走过几条马路以后，她想这样不行，于是她又开始东张西望，不过这一次她没有放慢脚步。走了不远，她看见一个店门，不知为什么这个店吸引了她的注意力。大门口有一块小铜招牌，看来这里是一幢六七层楼大厦的入口。"也许，"她心里猜测着，"也许他们需要人手。"她这么想着就过了马路，打算进去。走到离大门口还有近两丈的光景，透过窗子她看见一个穿灰格子西装的年轻人。她并不知道这个人与那家商号是否有关系，但是这人正巧朝她的方向看，她被一种羞愧压倒了，立刻心虚地打退堂鼓，急急忙忙走开了。马路对面有一座高大的六层楼建筑，招牌上写的是"风雷皇家公司"。她打量着这家公司，希望又复苏了。这是一家绸缎批发公司，因此雇佣女店员。她可以看见女工们在楼上不时走动。无论如何，她决定进这家公司去碰碰运气。她穿过马路，径直向大门走去。但是就在这时，有两个男人走了出来，在门口停了下来。一个穿蓝制服的信差来送电报，跑过她身旁，冲上那几级台阶，就消失在门里。人行道上熙熙攘攘的人流里有好几个人走过她身旁，于是嘉莉又迟疑地停住了脚步。她孤立无援地朝周围看看。看到有人在打量她，她又退却了。这事情太让人为难了，她无法当着这些人的面走进去。

这么严重的失败使她非常垂头丧气。她的脚带着她机械地往前移动，每前进一步都因为逃离远了一点，心里轻松一点。就这样她走过一个街区又一个街区。每走到一个十字路口，她就在街灯路牌上看看街名：麦迪生大街，门罗大街，拉沙勒大街，克拉克大街，地邦大街，斯台特大街……但是她继续往前走，她的脚走在宽阔的石板路上开始酸了。街道明亮干净，这使她有几分欣喜。上午的阳光投射在路上，热度在持续上升，这使马路背阴的那面更让人感到凉爽宜人。她看看头上的蓝天，感到蓝天从来没有像今天这样明媚可爱。

对自己的怯场，她现在感到有些懊恼了。她转过身往回走，决心回到风雷皇家公司去试试。路上她走过一家很大的鞋子批发公司。透过大玻璃窗，她看见里面有一个

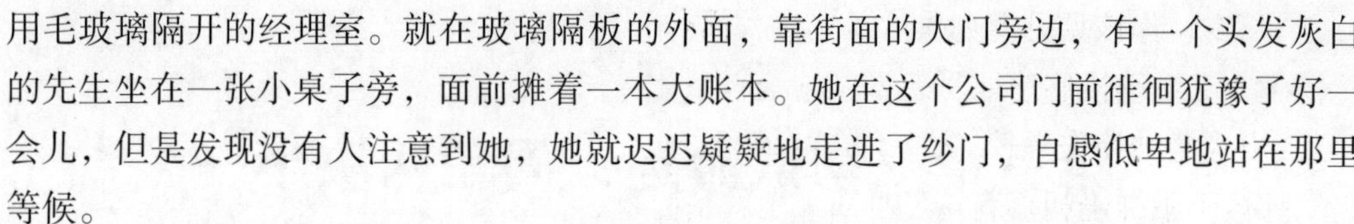

用毛玻璃隔开的经理室。就在玻璃隔板的外面，靠街面的大门旁边，有一个头发灰白的先生坐在一张小桌子旁，面前摊着一本大账本。她在这个公司门前徘徊犹豫了好一会儿，但是发现没有人注意到她，她就迟迟疑疑地走进了纱门，自感低卑地站在那里等候。

“喂，小姐，”那位老先生开口问她，目光相当温和，“你有什么事吗?”

“我我是，你们——我的意思是，你们这里要帮手吗?”她结结巴巴地问道。

“目前不要，”他微笑着回答，“下周什么时候你可以来看看。有的时候我们要雇些人的。”

她默默地听了这个答复，又狼狈地退了出去。这样和气的接待使她大感意外。她原来以为事情要困难得多，她以为人家会对她说些冷酷粗暴的话——她也不知道会说些什么。可现在她并没有遭到羞辱，并没有人让她感到自己处境不幸，这一点给她印象深刻。

这经历使她得到些鼓舞，于是她试探着走进另一家大公司。这是家服装公司。她看见更多的人，这些人衣冠楚楚，四十开外，坐在用铜栏杆围起来的办公桌旁。

一个仆役向她走来。

“你想见谁?”他问道。

“我想见你们的经理。”她回答。

他跑过去，对三个正聚在一起商量事情的人说了些什么，其中有一个就朝她走来。

“什么事?”他冷冷地问。这种招呼立刻使她丧失了勇气。

“你们要帮手吗?”她结结巴巴地问。

“不要。”他粗鲁地一口回绝，转身走了。

她尴尬地走了进去，仆役恭敬地给她打开门。她混入人群中，心里感到好受了一些。这次打击使她刚才还兴冲冲地情绪受到严重挫伤。

她在街上漫无目的地走了一会儿，左看右瞧，看见一个大公司接着一个大公司，就是没有勇气进去提出那个简单的问题。已到中午了，她的肚子也饿了。她找到一个不起眼的小饭店，就走了进去。但是她不安地发现那里的价钱高得吓人，不是她的钱包可以付得起的。她只买得起一碗汤。很快地喝完以后，她就走了出来。她的力气略微有所恢复，所以她继续找工作的胆子也大了一点。

她走过几条马路，一路上想找个合适的公司试试。就在这时，她来到了风雷皇家公司的门口。这次她鼓起勇气走了进去。有几位先生就在旁边商量着什么，但是没人注意到她。她一个人站在那里，眼睛局促不安地朝下垂着。就在她窘迫得难以忍受时，旁边的栏杆圈里，坐在办公桌旁的先生中有一位向她打了个招呼。

“你想找哪位?”他问道。

“嗯，随便哪一位。是这样的，”她回答，“我想找个活干。”

“那么，你该见见麦克曼纳斯先生，”他回答，“你坐下吧！”他指指旁边靠墙的一把椅子，又继续慢悠悠地写起来。过了一会儿，一个矮矮胖胖的先生从街上走了进来。

“麦克曼纳斯先生，”写字台边的那位先生喊道，“这位小姐要见你。”

那矮个子绅士朝嘉莉转过身来。她就站起来迎上前去。

“小姐，找我有什么事吗?”他问道，好奇地打量着她。

“我想问问这里能不能给我一点事做。”她说。

“什么样的事呢?”他问。

“随便什么事都行。”她吞吞吐吐地说。

“你在绸缎批发行业干过吗?”他追问。

“没有，先生。”她回答。

“你会速记或者打字吗?”

“不会，先生。”

“那——我们这里没有什么活可以给你，”他说，“我们只雇佣有经验的。”

她开始朝门口退去，这时她脸上忧伤的神色感动了他。

“你以前在哪里干过吗?”他问道。

“没有，先生。”她说。

“那么，你想在这一类批发行找到事情做，几乎是不可能的。你到百货公司试过吗?”

她承认还没去过。

“嗯，如果我是你的话，”他温和地看着她说，“我会到百货公司试试。他们经常雇些年轻姑娘做店员。”

“谢谢你。”她说。这一点友好的关切使她心里好受了许多。

“没错。”当她朝门口走时，他又说，“你一定要去百货公司试试，”说着他就走开了。

当时百货公司刚刚兴起，为数不多。美国最早的三家百货公司都在芝加哥，是大约1884年创办的。嘉莉从《每日新闻》的广告得知了这几家百货公司的名字，现在她就出发去找它们。麦克曼纳斯先生的话多少使她恢复了业已低落的勇气，她开始萌生了一线希望，也许这条新路子会给她带来点什么。她在街上瞎转悠了一会儿，幻想着能碰巧找到那些百货公司。这种想法是人们在面临那些大感为难却又非做不可的事情时的一般心态。做出一副找工作的样子而实际上并没有真的在找，可以自欺欺人，让人心安理得一些。不过最终她还是向一个警察问了路。警察告诉她，过去两条马路就是“大商场”。

百货公司是些庞大的百货零售系统，即使它们有朝一日永久地消失了，也将在我国的商业史上留下有趣的一页。在此之前，世界上从来没见过像零售这样不起眼的行

业竟会发展成如此大规模的大买卖。这些店依据最有效的零售组织的原则组建，一个店综合了几百家铺子的买卖。商场的设计和布局既富丽堂皇又经济实用。这些百货商场气派热闹，生意兴隆，雇佣了大批店员，顾客络绎不绝。嘉莉走在热闹的货架之间，被陈列的各种漂亮的首饰、衣服、文具和珠宝吸引住了。各个柜台展出的东西都光彩夺目，令人眼花缭乱，留连难舍，她不由感到每件饰物和珠宝都在向她招手，但是她没有停住脚步。这里没有一样商品是她用不上的，没有一件东西是她不想拥有的：那些精美的舞鞋和长筒袜，饰有漂亮绉边的裙子和衬裙，还有花边、缎带、梳子、钱包，这一切的一切都激起了她的种种欲望，但她痛苦地认识到这里没有一样东西是她买得起的。她是个求职者，一个无业游民，店员们差不多一眼就可看出她一文不名，急需就业。

你不要以为，有人会把她错当成一个神经过敏、多愁善感、容易激动的人，不幸被抛入了一个冷漠无情精于算计缺乏诗意的社会。她肯定不是这种人。不过妇女对于服饰一类的东西特别在意罢了。

嘉莉不仅对于一切新颖漂亮的妇女服装羡慕不已，而且伤心地注意到那些穿着华丽的夫人小姐们擦身而过，对她视而不见，好像她根本不存在似的。她们推推搡搡，急于去看商场里吸引了她们目光的各种商品。嘉莉不熟悉城市妇女中那些幸运儿们的穿着打扮，她也不知道女店员们的模样和气质。现在和她们相比，她觉得自己被比下去了。她们大多数长得不错，有些甚至算得上漂亮，带着一种独立不羁，满不在乎的神气，这给其中的那些幸运儿们平添了几分魅力。她们衣着整齐，许多人服装华丽。每当她和哪个女店员目光相接，她可以看出对方在用尖刻的目光打量她的境遇——她衣着上的缺点和她举止上的那一点儿土气——她认为这点儿土气在她全身都透露出来，人家一眼就能看穿她是个什么人，到此干什么来的，她不由得妒火直冒。她隐隐约约地认识到了城里所拥有的东西——财富、时髦、安逸——妇女企盼的各种各样服饰，于是她一心渴望起那些衣服和所有美丽的玩意来。

经理办公室在二楼。经人指点，她朝那里走去。在经理室，已有别的女孩比她先来了。她们也是找工作的，但是身上有一股自信和独立的神气，这是因为她们已有城市生活的经验。这些女孩子仔细地打量她，令她浑身不自在。等了大约有 3 刻钟，轮到她进去了。

“说吧，你在别的店里干过吗?”一个干脆利索的犹太人问道。他坐在靠窗的翻盖写字桌旁边。

“没有，先生。”嘉莉回答。

“噢，你没有。”他说着用锐利的目光打量着她。

“没有，先生。”她答道。

“是这样，我们现在需要的是有经验的年轻姑娘。我想我们不能用你。”

嘉莉站在那里等了一会儿，不知道这会见是否算结束了。

“别磨蹭了!”他吼道，“我们这里很忙。”

嘉莉慌忙朝门口走。

“等一下，”他又把她叫了回来，“把你的名字和地址留下。我们有时也用女孩的。”

等她终于安然地来到外面大街上，她几乎克制不住眼泪往下掉。这倒不单单因为她刚刚受到这番断然回绝，而是因为这一整天奔波的结果太令人失望了。她又累又乏，心里忐忑不安。她不打算到别的百货公司去求职了，现在只是在街上漫无目的地走着，混在街上的人群中，心里感到一阵安全和轻松。

就在她心不在焉的闲逛中，她转弯拐进了离河不远的杰克生大街。她沿着这条庄严漂亮的大街南侧往前走着，这时一张钉在门上的招贴引起了她的注意。那是张用包装纸写的启事，上面用不褪色墨水写道：“招聘女工——包装工和缝纫工。”她犹豫了一下走了进去。

这家斯贝杰海姆公司是专门制造男孩帽子的，占据了这幢建筑物的一个楼面，五十英尺宽，八十英尺长。这地方光线很暗，最暗的地方亮着电灯。到处都是机器和工作台。工作台旁许多姑娘和一些男工正在干活。那些姑娘看上去邋邋遢遢，脸上沾着机油和灰尘，穿着单薄难看的布衣，脚上的鞋子不同程度地磨损了。许多人挽着袖子，露出胳膊；有的人嫌热，衣服领口大敞着。她们属于接近最下层的女工阶层——满不在乎，不修边幅，因为整天关在车间里脸色有点苍白。她们可不是腼腆胆小之辈。这是些胆大好奇，说话粗野的泼辣女子。

嘉莉朝四周打量了一下，感到心烦意乱，不喜欢到这种地方来工作。有人在用眼角打量她，让她感到不自在，但是没有人搭理她。她就这么等着，直到全车间的人都注意到她。于是有人给工头传话，那个工头就朝她走来。这人穿着衬衫，系着围腰，袖子一直卷到肩上。

“你是找我吗?”他问。

“你们需要人手吗?”嘉莉已学会了直截了当。

“你知道怎么缝帽子吗?”他反问道。

“不会，先生。”她回答。

“你对这类工作有点经验吗?”他询问道。

她回答说没有。

“这——”工头沉思地搔了搔耳朵。“我们确实需要一个缝纫工。不过我们想雇有经验的女工。我们没有什么时间教新手。”他停了下来，目光移向窗外，“不过我们也许可以让你做做扫尾工作。”他思索着结束了他的话。

“每星期的工钱是多少?”嘉莉试探着问。那人的态度温和，说话朴实，使她胆子大了起来。

“三块半。”他回答。

“噢!”她听了简直要惊叫起来，不过她忍住了，没有把自己的想法流露出来。

“我们并不非常需要人，”他含含糊糊地继续说，就像打量一个包裹一样，把她上下打量了一番。“不过你星期一可以来上班。”他补充说，“我会给你安排活的。”

“谢谢。”嘉莉无精打采地说。

“来的话，带一条围腰。”他又加了一句。

他走开了，撇下她一个人站在电梯旁，甚至连她的名字也没有问一下。

尽管这车间的外表和每周的薪水对嘉莉的期望不啻是当头一棒，但是在转了一大圈找工作却处处碰壁以后，能找到一份工作总是令人欣慰的。不过，她并不打算做这份工。尽管她的期望很低，她可过不惯这种日子。她以往的日子比这要强得多。她从没做过女工，乡村自由自在的户外生活使她对车间的闭塞和局限不禁反感。她还从来没有在肮脏的环境里生活过。她姐姐家的房子也是干干净净的。可这地方低矮肮脏，女工们一个个吊儿郎当，一副老油子的样子。她猜想他们一定思想人品都很坏。不过总算有人向她提供了一份工作。既然她在第一天就能找到一份活，芝加哥看来还是不错的。她也许还可以在别的地方找到一份好一些的工作。

可是她接下来的经历可不令人乐观。在所有那些环境较好较为体面的企业，人家都用冷冰冰的客气话把她打发走了。在另外一些她去求职的地方，人家只雇熟练工人。她到处遭到回绝，让她痛苦不已。最尴尬的一次是在一家服装厂。她来到四楼这家厂去求职。

“不要，不要。”工头回答。那是个粗暴肥胖的家伙，管着一个光线昏暗的车间。“我们谁也不要，走开!”

她的希望、勇气和力气随着下午的逝去也在渐渐消失。她这天一直表现出惊人的毅力和顽强，像她这么努力找工作，照理该有个更好的结果。可每次碰壁以后，在她精疲力尽之余，这个大商业区显得越发的高不可攀，冷漠无情了。看起来她已被摒弃在外，无门可入了。这样的苦苦挣扎实在太艰难，她看来一筹莫展了。熙熙攘攘的人流，有男有女，从她身边匆匆走过。她感到这不断的人流，像生活的滚滚波涛，在奋斗在逐利。她尽管并没有全意识到自己像浮在生活大潮上的一棵小草，却充分体会到自己的孤苦无依，无可奈何。她徒劳地四处求职，但却找不到一个她敢迈进去的大门。每次情况总是老样子：她低三下四地请求，人家三言两语把她打发走。她感到身心憔悴，便转身朝西，向敏妮家的方向走。她姐姐家的地址她是熟记在心的。她现在这模样，就和别的求职未得，傍晚回家的失意人一样，步履沉重，无精打采。在经过第五大街，向南朝凡布伦街走，去搭电车时，她走过一家大的鞋子批发行的大门，透过厚板玻璃窗，她看见一位中年绅士坐在一张小写字桌旁边。在一连串的失意以后，一阵绝望的冲动突然攫住了她。这是人在连受挫折，思想一片混乱时萌生的最后一个念头。

她坚决地走进大门，一直走到那个先生面前。那人看着她疲惫的脸，不禁产生了几分兴趣。

“你有什么事？”他问。

“你能给我一份活干吗？”嘉莉说。

“我不太清楚，”他和气地说，“你想要找什么样的事做？你不是打字员吧？”

“不是。”嘉莉说。

“是这样，我们这里只雇佣会计师和打字员。你可以绕到侧门到楼上问问。楼上前两天还需要人手的。你去找朗先生。”

她急忙绕到侧门，乘电梯到了四楼。

“去叫一下布朗先生，威利。”开电梯的工人对旁边一个小伙子说。

威利去了一会儿回来，告诉她布朗先生要她坐会儿，他马上就到。

这地方是货房的一部分，看不出是哪一行的。嘉莉想不出他们做些什么买卖。

“这么说你想找个工作。”布朗先生在询问了她的来意以后说，“你以前在鞋厂干过吗？”

“没有，先生。”嘉莉说。

“你叫什么名字？”他问道。嘉莉告诉他以后，他又说，“唔，我也不知道我有什么活给你。一周 4 块半工钱你肯做吗？”

嘉莉屡经挫折早已灰心丧气，听了这话不能不感到极大的宽慰。虽然她没想到他出的工钱会低于 6 块钱，她还是默许了。他就记下她的名字和地址。

“好吧，”他最后说，“你星期一早上 8 点到这里报到。我想我还是能给你安排点活做的。”

他走开时，她相信自己总算找到了一份差事，于是各种希望又在心里复苏了。热血立刻悄悄地流遍全身，使她的紧张心情松弛下来。她走到外面热闹的街上，感到街上的气氛与刚才大不一样。瞧，行人们一个个步履轻快。她还注意到男男女女都在微笑，断断续续的话语声笑声飘进她的耳朵。周围的气氛是轻快的。人们已结束了一天的工作，从那些大楼里拥出来。她看得出他们心情愉快。想到姐姐家，想到等着她的晚餐，她不由加快了脚步。她急急忙忙地走着，虽然疲倦，脚步却不再沉甸甸的了。敏妮知道了，一定会兴奋得滔滔不绝。啊，长长的一整个冬天都留在芝加哥——灯光，人群，种种娱乐！这毕竟是个令人振奋的大都市。雇佣她的那家公司看上去漂亮气派，窗子都是用巨大的厚板玻璃做的。她很有希望在那里干出些名堂。于是她又想到了杜洛埃，想到杜洛埃告诉她的那些东西，感到生活变得美好，轻松，活泼。她兴高采烈地登上电车，感到血液在全身欢快地流动。她心里不断在对自己说，她将住在芝加哥，她将过一种比以往更好的生活——她将会幸福。

第四章　想入非非：事实的嘲笑

接下来的两天，嘉莉沉浸在想入非非中。

她幻想着种种特权和享乐。要是她出身高贵人家，这些想法还切实际一些。在她的想象中，她那可怜巴巴的周薪4块半大洋已经大方潇洒地花了出去，为她买来了种种她想要的东西，种种她一眼看中的东西。真的，那几天夜里临上床前，当她坐在摇椅里愉快地看着下面灯火通明的大街时，这些还没到手的钱似乎已经为未来的主人获取种种欢乐和种种女人想要的小玩意开辟了道路。“我会非常开心的。”她想道。

虽然嘉莉把一切可以买到的欢乐都想遍了，她姐姐敏妮一点也不知道她的这些想入非非。她忙着擦洗厨房里的木器和门窗，计算着星期天80美分的开销可以买些什么。那天嘉莉兴冲冲地回到家，因为初次成功而容光焕发。虽然很累，她很想聊聊那些现在感到很有趣的求职经过。可是敏妮只赞许地微微一笑，问她是不是在车费上要花掉一点钱。这是嘉莉没有想到的，不过这一点并没有长久地影响她的情绪。在她当时的心境下，当她模模糊糊算这笔钱的用途时，抽出一笔钱用在别的事情上，一点不让她感到总数有什么减少。她太高兴了。

汉生7点钟回以家时，脾气不太好——吃晚饭前他通常是这样的。他并没有说什么难听的话，但是当他在房间走动时，他板着一张脸，一言不发，他的神气流露出他的恶劣情绪。他有一双心爱的黄色拖鞋。一到家，他就脱下那双结实的皮鞋，换上拖鞋。换鞋和洗脸是他晚饭前的唯一准备工作。他用普通的洗衣皂洗脸，一直洗到脸发出红光才罢手。然后他就拿起晚报，一声不响地看起来。

对于一个年轻人来说，这实在是一种不正常的性格。这使嘉莉的情绪也受到影响。其实他还影响了整个屋子的气氛。这种事往往都是这样的。在这种气氛里，他的妻子性格变得谨小慎微，处事圆滑，竭力避免自讨没趣。嘉莉宣布找到了工作，才使他心情开朗了一点。

“这么说，你没有浪费一点时间，是吗?”他说着，脸上露出了一丝笑意。

“当然没有。”嘉莉用自豪的口气回答。

他又问了她一两个问题，就转过身去逗宝宝，直到饭桌上敏妮提起来，他们才继续这个话题。

对工作的看法和将来的前途，嘉莉当然不会把她的想法降格到她姐姐、姐夫那些凡夫俗子的见解。

“那看起来是个大公司，”她在谈论中说道，“窗子用的是大块厚板玻璃，里面有许多职员。我见的那人说，他们一直雇那么多人。”

“只要人家看你顺眼，”汉生插进来说，“现在要找份工作不是很难的。”

敏妮受了嘉莉好兴致的影响，加上她丈夫今天居然也健起来，开始告诉嘉莉那些值得一看的景点——都是不用花钱就可以大饱眼福的东西。

“你一定要去看看密歇根大街。那里有许多豪华住宅，真是条漂亮的马路。”

“约各戏院在哪里?”嘉莉插嘴问道。她问的是一家专演通俗闹剧的戏院，那家戏院当时叫“约各”。

“嗯，离这里不远，”敏妮回答，“在霍尔斯台街，就在附近。”

“我很想去那里看看。我今天走过霍尔台街了，是吗?”

谈话到了这里略有停顿，没人立即回答她。思想真是一种会蔓延的奇怪东西。一听到她说起戏院，先是汉生的脑子里对这种花钱的玩意大不以为然，于是敏妮的脑子里也产生了同样的想法。感情的这种无声的微妙变化影响了饭桌上的气氛。敏妮回答了一声“是的”，但是嘉莉可以感觉到看戏这想法在这个家中是不受欢迎的。这话题就暂时撇下不谈了。直到汉生吃完晚饭，拿上报纸上前屋，她们才重新提起看戏的事。

她们俩单独在一起，谈话就随便了点。姐妹俩边洗碗碟，边聊着，嘉莉还不时哼两句小曲。

“如果不太远的话，我想到霍尔斯台街去看看，”嘉莉过了一会儿说，“我们何不今晚去看场戏呢?”

“我看史文今晚不会肯去的，”敏妮回答，“他早上要早起。”

“他不会反对的——他会喜欢看戏的。”嘉莉说。

“不会的，他不常看戏。”敏妮又说。

“嗯，可我实在想去，”嘉莉回答，“我们两个去吧!”

敏妮想了会儿，不是想去不去，因为她想不去这点是不必斟酌的。她要费心思索的是如何将她妹妹的思路引到别的事上去。

“我们以后再说吧!”找不出什么推托的理由，她只好这么回答。

嘉莉马上看出她反对的原因何在。

“我还有些钱，”她说，“你和我一起去吧!”

敏妮摇了摇头。

“他也可以一起去的，”嘉莉说。

“不，”敏妮轻轻说道。她故意把碗碟弄出声响来掩盖她们的谈话声。“他不会去的。”

敏妮已有好几年没见到嘉莉了。这几年嘉莉的性格有了一些发展。她天性胆小，加上她们家没钱没势，所以在个人进取方面，她毫不起劲。可她对欢乐的追求却变得

非常强烈，这一点成了她性格中的主要特点。她不想谈别的事，只想谈娱乐。

“你去问问他嘛。”她轻声恳求道。

敏妮想的却是嘉莉在他们家搭伙，可以增加些家里的收入。这点钱可以付房租，在和她丈夫谈家庭开销时也要容易些。可是如果嘉莉一开始就想着到处去玩，事情就有点不妙了。如果嘉莉不肯吃苦耐劳，埋头干活，只想着玩乐，那么她到城里来，对他们家又有什么好处呢？她这么想并非出自天性冷漠。她是一个任劳任怨，勤勤恳恳，竭力顺应环境维持生计的人。这些想法是处在这种境遇里的人认真思索的结果。

她最后做了让步，去征求汉生的意见。她这么做时，满心不情愿，所以很勉强。

“嘉莉要请我们去看戏。”她进去对她丈夫道。汉生从报上抬起头来，他们交换了一个温和的目光。两人的意思在这一眼中表示得明明白白：“这一点是我们原先没料到的。”

“我不想去，”他回答道，“她想去看什么？”

“约各剧院的戏。”敏妮说。

他低下头看报纸，不赞成地摇了摇头。

嘉莉看到他们对她的提议反应冷淡，心里对他们的生活方式有了一个更清楚的认识，这使得她感到压抑，不过她并没有明白表示反对意见。

“我想下楼去，在楼梯脚站一会儿。”又过了一会儿，她说。

敏妮对此没有反对，所以嘉莉就戴上帽子下楼去了。

“嘉莉上哪里去了？”听到关门声，汉生回到吃饭间问道。

“她说她想到下面楼梯口去，”敏妮说，“我猜想她只是想在外面看看。”

“她不该现在就开始想着花钱看戏，你说呢？”他说。

“我看她只是有点好奇，”敏妮大着胆子说道，“这里的一切对她说来太新奇了。”

“我可拿不准是不是，”汉生微微皱起眉头说，然后转身去看宝宝。

他心里想着年轻姑娘的种种虚荣和奢侈，可是无法理解嘉莉这么一贫如洗怎么也会想到这种事上去。

星期六嘉莉一个人出去——先朝她感兴趣的河边走去，然后沿杰克生大街回来。大街两侧是漂亮的住宅和草坪，所以这条街后来改成了林荫大道。这些象征财富的房子给她留下了深刻印象，尽管这街上没有一家财产在十万以上。离开公寓到外面走走，使她心情舒畅，因为她已经感到那个家狭隘单调，毫无趣味和欢乐可言。她的思想自由自在地飘浮，当中还不时想到杜洛埃身上，猜测着他现在会在哪里。她不能肯定他星期一晚上是否会来。她一方面担心他会来，一方面又有点盼他来。

星期一她早早起来，准备去上班。她穿上了一件蓝点子细平布旧上衣，一条褪了色的淡咖啡哔叽裙子，和一顶她在哥伦比亚城戴了一夏天的小草帽。她的鞋子也是旧的，领带已经又皱又扁。除了相貌以外，她看上去就像一个普通女工。她比一般姑娘来得美貌。给人一种可爱甜美，端庄动人的印象。

嘉莉平时在家时往往睡到七八点钟才起床，所以现在要起早可不容易。清早6点时，她从自己睡觉的地方睡眼惺忪地瞥见汉生在外面吃饭间闷声不响地吃早饭，她开始有点理解汉生过的是什么样的生活了。等她穿好衣服，他已经走了，只剩她和敏妮加宝宝在一起吃早饭。宝宝已经会坐在一个高椅上用勺子摆弄碟子。现在事到临头，马上要去从事一件陌生的工作，她的情绪低落了。她的种种美好的幻想如今只剩下一些灰烬——尽管灰烬底下还埋着几颗尚未燃尽的希望的余火。她心情压抑，胆怯不安，默默地吃着饭，想象着那个鞋厂的光景，工作的情况和老板的态度。她模模糊糊地认为她会和那些大厂主有些接触，那些态度严肃穿着体面的先生们有时会到她干活的地方转转。

“好，祝你好运。”她准备动身的时候，敏妮对她说。她们已商量好，还是步行去，至少第一天要步行去，试试能不能每天走去上班——一星期60美分的车票在目前的形势下是一笔不小的数目了。

“今晚我会告诉你那里的情形。”嘉莉说。

一走到阳光明媚的街上，嘉莉的信心足了一些。马路上来来往往都是上班的人，公共马车上挤满了到大批发行上班的小职员和仆役，乘客一直挤到了车上的栏杆旁。男男女女已出门在外面走动。走在广阔的蓝天下，沐浴着早上的阳光，清新的空气扑面而来，除了绝望无路的人，什么害怕担心有立足之地呢。在夜里，或者白天在阴暗的房间里，强烈的恐惧和疑虑也许会袭上心头。但是一旦到了阳光下，一时间恐怕连死亡的恐惧也会忘记的。

嘉莉一直往前走，直到过了河，然后转弯拐进第五大街。这里的大街就像是一条深深的峡谷，两旁矗立着棕色的石墙和深红色的砖墙。大玻璃窗看上去明亮干净，大量的货车隆隆驶过。到处是男男女女，其中有少男少女。她见到和她年纪相仿的女孩，她们打量着她，似乎对她的畏缩神气有些瞧不起。她对这里生活的宏伟气势大感惊叹，也吃惊地想到一个人该需要多少知识和本领才可能在这里干些名堂出来。于是一种唯恐自己干不好的担心悄悄爬上心头。她担心自己学不会，又担心自己手脚慢。其他那些回绝她的单位不就是因为她这不会那不懂吗？他们会说她，骂她，解雇她，让她丢尽脸面的。

她来到亚当路和第五大街转弯处的鞋业公司，走进电梯，心情紧张得膝盖发软，有点透不过气来。她在四楼出电梯时，看不到一个人影，只见成堆摞到房顶的盒子，中间留出一条条走道来。她心情惶恐地站在那里等待。

不一会，布朗先生来了。他似乎不认识她了。

“你有什么事？”他问。

嘉莉的心直往下沉。

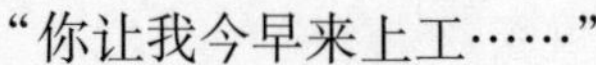

“你让我今早来上工……”

“噢，”他打断了她，“不错，你叫什么名字？”

“嘉莉·米贝。”

“不错，”他说，“你跟我来。”

他走在头里，穿过盒子堆中间的昏暗过道，过道里弥漫着新鞋子的气味，最后来到一个铁门前，铁门里就是车间了。那是个天棚很低的大房间，里面排列着发出隆隆声响的机器。机器旁，穿着白衬衫蓝围腰的工人正在工作。她怯生生地跟在后面，走过隆隆的机器，眼睛直视着前方，脸上微微有些发红。他们穿过整个车间，到了车间的另一头，然后坐电梯到了六楼。在一排排的机器和工作台中间，布朗先生招呼一个工头过来。

“就是这女孩，”他说，又转身对嘉莉说，“你跟他去。”他转身往回走，嘉莉就跟着新上司到了角落里的一张小桌旁，这小桌是他办公的地方。

“你以前没有到这种厂里干过，是吗？”他口气严厉地问道。

“没有，先生，”她答道。

他似乎因为得跟这种帮工打交道很不高兴，但还是记下了她的名字，然后带她来到一排咔嚓咔嚓响着的机器前，那里一长排女工正坐在机器前的凳子上干活。他把手搭在一个正用机器在鞋帮上打眼的姑娘肩上。

“喂，”他说，“把你正干的活教给这个姑娘。等你教会了她，就到我这里来。”

那女孩听了这吩咐，马上站起来，把自己的位子让给嘉莉。

“这不难做的，”她弯下腰说道，“你这样拿着这个，用这个夹子把它夹住，然后开动机器。”

她一边说着一边示范，用可以调节的小夹子夹住了那块皮，那皮是用来做男鞋右半面鞋帮的，然后推动机器旁的小操纵杆，机器就跳动着开始打洞，发出尖锐的噼啪噼啪声，在鞋帮边上切下小小的圆皮圈，在鞋帮上留下穿鞋带的小孔。女工在旁边看她做了几次后，就让她独立操作，看到她活儿干得不赖时，就走了。

那些皮子是操作她右边机器的女工传过来的，经过她这里，然后传到她左边的女工那里。嘉莉立刻看出她必须跟上她们的速度，不然活儿就会在她这里积压下来，而下面工序的人就会停工待料。她没有时间四面打量，埋头紧张地干着她那份活。在她左右两边的女工明白她的处境和心情，竭力想帮助她，所以大着胆子偷偷地放慢了干活的速度。

她这么手脚不停地干了一会儿。在机器的单调刻板运动中，她的心情松弛了一点，不再提心吊胆，紧张不安了。时间一分钟一分钟地过去，她开始觉得车间里光线不够亮，空气中有浓重的新皮革气味，不过她并不在乎。她感到别的工人在看她，所以唯恐自己手脚不够快。

有一次，因为有块皮子没有放正，所以她正摸索着重新摆弄小夹子。就在这时，一只大手伸到她面前，替她把皮子夹紧。那是工头。她的心怦怦直跳，几乎无法继续干下去。

“开动机器，”他喊，“开动机器。不要让人家等你。”

这话使她头脑清醒过来，于是她又手忙脚乱地继续干下去，紧张得几乎气也不敢喘一口。直到背后的人影移开了，她才深深地透了一口气。

上午，随着时间的推移，车间里越来越热。她很想吸一口新鲜空气，喝一口水，但是不敢动一动。她坐的凳子既没有椅背也没有踏脚，她开始感到很不舒服。又过了一会儿，她的背开始疼起来。她扭动着身子，微微地从一个姿势换到另一个姿势，但是好不了多久。她开始吃不消了。

“你为什么不站一会儿呢？”在她右边的女工不用人介绍认识，就和她搭话说，“他们不管的。”

嘉莉感激地看了她一眼，说道：“是的，我是想站一会儿。”

她从凳子上站起来，站着干了一会儿。但站着干更累人，她得弯着腰，于是她的头颈和肩膀都疼了起来。

这地方的环境给她粗鲁的感觉。她并不敢朝四周东张西望，但在机器的咔嚓声中，她偶尔听到了一些人们的谈话声，从眼角梢她也注意到一两件小事。

“你昨晚看见哈里了吗？”她左边的女工对旁边一个人说。

“没有。”

“你真该瞧瞧他系的那条领带。哎呀，人人都嘲笑他。”

“嘘——”另一女工发出一声警告，仍埋头做着她的事。第一个女工马上闭上嘴，做出一副严肃的样子。工头慢慢地走过来，打量着每个工人。他一走，谈话又继续下去。

“嘿，”她左边的女工先开口，“你猜他说了些什么？”

“我不知道。”

“他说他昨晚看见我们和艾迪·哈里斯一起在马丁酒家。”

“去他的。”她们两个咯咯笑了起来。

一个蓬着一头褐色乱发的小伙子左臂下贴着肚子挟着一箩筐制皮工具，顺着机器间的过道，拽着脚步走了过来。走到嘉莉附近时，他伸出右手拧住了一个女工的手臂。

“呸，松手！”她愤怒地叫了起来，“你这个笨蛋。”

他咧嘴一笑，作为回答。

“操你的！”她还在看着他的背影时，他回头回敬了一句，一点绅士风度也没有。

嘉莉终于在凳子上坐不住了。她的腿开始疼了，她想站起来，直一直腰。怎么还不到中午？她觉得仿佛已经干了整整一天了。她一点也不饿，可是已经精疲力尽了。眼

睛一直盯着打鞋孔的地方，也累得发酸。右边的女孩注意到她坐不安稳的样子，心里为她难过：她思想太集中了，其实她不必这么紧张这么卖劲的。但是她一点忙也帮不上。鞋帮不断地传到嘉莉那里，越积越多。她的手腕开始酸痛，接着手指也痛了，后来全身都麻木酸痛了。她这样姿势不变地重复做着这简单机械的动作，这些动作变得越来越叫人讨厌，到最后，简直让人恶心。她正在想这种苦工怎么没完没了时，从电梯通道那里传来了一阵沉闷的铃声，总算熬到头了。立刻传来嗡嗡的说话声和走动声，所有的女工立刻从凳子上站起来，匆匆走到隔壁房间。不知哪部门的男工从右边的门里走了进来，又穿过车间。转动的机轮声渐渐低下去，最后终于在低低的嗡嗡声中完全消失了。车间变得异样的寂静，简直可以用耳朵听到这寂静，而人的声音听上去反而怪怪的。

嘉莉站起来去拿她的饭盒。她感到全身都僵硬了，头晕乎乎的，口渴得厉害。她向用木板隔开的小房间走去，那里是专门放衣包和午饭的。路上碰到了工头，他瞪眼打量着她。

“怎么样，”他问，“还能做得来吗?”

“还行。”她毕恭毕敬地回答。

“嗯。”他没有什么话好说，就走开了。

在条件好一些的情况下，这种工作其实并不太累。但是当时的工厂还没有采纳新福利制度，为工人提供舒适的劳动环境。

这地方弥漫着机油和新皮革的混合气味，再加上楼里污浊陈腐的气味，即使在冷天空气也很难闻。地上虽然每天傍晚都扫一次，仍然杂乱不堪。厂里一丝一毫也不为工人的劳动条件着想。他们只盼福利越少越好，工作越重越好，要能不出钱最好，这样厂里才能赚大钱。我们现在所知道的那些脚踏，旋背椅，女工餐厅，厂方发给的干净工作围腰和卷发器，以及像样的衣帽间，这些东西当时连想也没有想到。洗手间即使不算肮脏，也是粗陋不堪，空气污秽恶劣。

嘉莉打量着四周。从角落的桶里舀了一铁罐水喝了以后，她想找个地方坐下来吃饭。姑娘们已在窗台上或者男工们离开的工作台上坐下来，每个可以坐的地方都挤着两三个姑娘。她太害羞腼腆，不好意思和她们一起去挤，所以就走到她拉机器旁，在凳子上坐下来，把午饭盒放在膝盖上。她坐在那，听周围人们的聊天谈论。那些话大部分愚蠢无聊，夹杂着流行的市井喱语。房间里有几个男工隔着老远，在和女工们斗嘴。

“喂，吉蒂，”有一个对正在窗子旁的几尺空间练习华尔兹舞步的姑娘喊，“跟我去跳舞好吗?”

“当心，吉蒂，”另一个喊，“他会把你后面的头发弄乱，让你好看的。”

“去你的吧，操蛋。”她只这么回了一句。

当嘉莉听到男女工人这样随便放肆的打趣揶揄时，她本能地和他们拉开了距离。她不习惯这一类谈话，感到这里有些残忍粗俗的成份在内。她害怕这些小伙子也会对她说下流话——除了杜洛埃，小伙子们个个粗鲁可笑。她照一般女性的目光，用衣着把人分成两类：穿西装礼服的是有身价，有美德，有名望的人；穿工装短衫的是有恶习劣质的人，不值一顾。

她很高兴短短的半小时过去了，机轮又转动了起来。干活尽管累，她可以避免自己的惹人注目。可这想法马上被证明是错误的。一个青工从过道走来，无所谓地用大拇指戳了一下她的肋部。她气得眼睛冒火，转过身来。但是那青工已走远了，只回过头来一笑。她气得想哭。

旁边的女工注意到了她的情绪。"别放在心上，"她说，"这小子太放肆了。"

嘉莉什么也没说，低头开始工作。她感到她几乎无法忍受这样的生活。她原来想象的工作和这一切天差地远。整个长长的下午，她想到外面的城市，那壮观的市容和人群，那些漂亮的大楼。她又想到了哥伦比亚城，想到老家的好处。3点钟时，她肯定已是6点了。到了4点，她怀疑他们忘了看钟，让大家在加班加点了。工头成了一个魔鬼，不断在旁边巡睃，使她一动不敢动。钉在她那个倒霉的活上。她听到周围人们的谈话，这些话只让她肯定她不想和他们中的任何一个交朋友。6点钟到了，她急忙回家。她的胳膊酸痛，四肢因为坐的姿势不变已经僵硬。

当她拿着帽子顺大厅出来时，一个年轻的机床工人被她的姿色所吸引，大胆地和她说笑起来。

"喂，姑娘，"他喊道，"等一下，我和你一起走。"

那话是直冲她的方向说的，所以她清楚这是对谁而发，但是她连头也没回。

在拥挤的电梯里，另一个满身尘土和机油的青工朝她色眯眯地看着，想和她拉关系。

外面人行道上，一个小伙子正在等人，看见她走过，朝她露齿一笑，"不跟我一起走吗?"他开玩笑地喊。

嘉莉情绪低落地朝西走。转过街角，她透过大而明亮的玻璃窗又看到了那张小办公桌，她当初就是在那里申请工作的。路上到处是嘈杂的人流，他们急急走着，步履中照旧透出充沛的精力和热情。她感到稍稍松了一口气，庆幸自己逃离了那地方。她看见穿着比自己漂亮的姑娘从身边走过，就感到羞愧。她认为自己该享有更好的待遇，所以心里很不平。

第五章　不夜城的明珠：名气的作用

杜洛埃那天晚上没有去找嘉莉。收到嘉莉那封信后，他就暂时把关于嘉莉的念头丢到脑后。他在城里到处闲逛，照他自己看来，过得很开心。那天晚上，他在雷克脱饭店吃了晚饭。那是一家在当地很有名气的饭店，占据了克拉克街和门罗街转角处的那幢大楼的底层。然后他又到亚当街的费莫酒家去，那酒家在宏伟的联邦大厦对面。在那里，他斜靠在豪华的柜台上，喝了一杯清威士忌，买了根雪茄烟，其中的一支他当场点着了。这一些是他心目中的上流社会高雅生活的缩影——所谓管中窥豹，可见一斑，这就算领略了上流社会的生活了。

杜洛埃不是嗜酒如命的人，也不是富人。他只是按照他的理解，追求着高雅生活。目前这些享受在他看来就算得上高级了。他认为雷克脱饭店是功成名就的人应该光顾的地方，因为那里不仅有光滑的大理石墙壁和地坪，有无数灯火和值得炫耀的瓷器和银器，更重要的是，有名演员和企业家光顾的名声：他喜欢美食华服，也喜欢和名人要人结识为伍。吃饭时，如果他听说约瑟夫·杰佛生也常到这家饭店吃饭，或者听说当时正走红的演员亨利·易·狄克西就在旁边的餐桌，和他相隔没有几张桌子，这会给他带来极大的满足。在雷克脱饭店，他经常可以得到这类的满足，因为人们可以见到政界要人、经纪人，演员之类和城里那些年轻有钱的花花公子们在那里吃喝，聊天，说些通常的热门话题。

“那是某某，就在那里。”这些先生们相互之间也经常这么评论，特别是那些渴望有朝一日达到人生的巅峰，可以到这里花天酒地的人们爱这么说。

“真的？”对方就会这么回答。

“当然是真的。你还不知道？他是大歌剧院经理。”

当这些话落到杜洛埃的耳朵里，他的腰板就挺得更直了，吃得心花怒放。如果说他有虚荣心，这些话就增加了他的虚荣心；如果他有点野心，这些话便使他的野心激发起来：会有那么一天，他也能亮出满把满把的钞票。真的，他要在这些要人名流现在吃饭的地方吃饭。

他喜欢光顾亚当街上的费莫酒家，也是出于同一个原因。以芝加哥的水平看，这实在是一家豪华大酒家。像雷克脱饭店一样，店堂里一盏盏美丽的枝形大吊灯大放光明，把酒家点缀得艳丽典雅。地上铺的是色彩鲜艳的瓷砖，墙壁则是用彩色涂料和贵重的深色木料镶嵌而成，涂了清漆的木料在灯光反射下熠熠生辉，彩色涂料则显得豪华富丽。一排电灯照在抛光的长酒柜台上，上面陈列着彩色雕花的玻璃器皿和许多形状奇特的酒瓶。这真是第一流的酒家，具有昂贵的帘幕，珍奇的名酒，和在全国堪称一绝的酒柜器皿。

在雷克脱饭店，杜洛埃结识了费莫酒家的经理乔·威·赫斯渥。有人在背后说他是个成功人物，很有名气，交际很广。赫斯渥看上去也像个春风得意的人物。他四十不到，体格健壮，举止活跃，一副殷实富有的气派。这种气派部分是由于他服装考究，衬衫干净，身上珠光宝气，不过最重要的是由于他自知身价。杜洛埃马上意识到这是个值得结识的人物。他不仅很高兴认识他，而且从那以后，每当他想来杯酒，或者来根雪茄时，他一定光顾亚当街的这家酒吧。

可以说，赫斯渥天生是个十分有趣的人物。在许多小事上，他精明干练，能够给人留下好印象。他的经理职位是相当重要的——总管一切，发号施令，不过没有经济实权。他是靠坚持不懈，勤勤恳恳起家的。从一个普通酒店的酒保，经过多年的努力，升到他目前的职位。在这个酒家，他有一个小办公室，是用抛光的樱桃木和花格架隔出的小间。里面有一张翻盖写字桌，保存着酒店的简单账目，不外乎是已订购或还需订购的食物和杂品。主要的行政和财务职责是两个店主费茨杰拉德和莫埃加上一个管收钱的现金出纳负责的。

大部分时间里，他在店里悠闲地走动，身上穿的是用进口衣料精工制作的高级服装，戴着单粒钻石戒指，领带上别着一颗漂亮的蓝钻石，引人注目的新潮西装背心，一条足金表链，表链上挂着个造型精巧的小饰物和一个最新款式的挂表。他认识成百上千演员、商人、政界人物和一般吃得开的成功人物，叫得他们的名字，并能用“喂，老兄”和他们亲热地寒暄，这是他获得成功的部分原因。他待人接物，严格掌握亲热随便的分寸。对于那些周薪15元左右，经常光顾他的酒家因而知道他在店里的地位的小职员和跟班，他用“你好”来打招呼；对于那些认识他并愿意和他交往的名人和有钱人，他用“怎么样，老兄，还好吧”来打招呼。不过对那些太有钱，太有名，或者太成功之辈，他不敢用亲密随便的口气称呼。跟这些人打交道，他使出职业上的圆活手段，用一种庄重和尊严的态度，对他们表示敬意。这种敬意既可赢得他们的好感，又不损他自己的举止和自尊。最后，有那么几个好主顾，既不穷又不富，有名气，又不太成功。和这些人他用的是一种老朋友的友好态度，和他们长时间的恳切交谈。他喜欢隔些天就出去散散心——去赛马场，剧院，参加某些俱乐部的娱乐活动。他养着一匹马，还有一辆轻便马车。他已婚，有了两个孩子，住在靠近林肯公园的北区一幢精美的房子里。总的来说，是我们美国上流社会中一个不讨人厌的人物，比豪富略逊一筹。

赫斯渥喜欢杜洛埃。杜洛埃为人和气，衣着讲究，这些都很合他的意。他知道杜洛埃只是个旅行推销员——而且干那一行的时间不长——但是巴加公司是一家生意兴

隆的大公司，而且杜洛埃在公司里和老板的关系很好。赫斯渥和巴加公司的老板之一加里欧很熟，不时和他以及别的人在一块儿喝一杯，聊聊天。杜洛埃有几分幽默，这对他干的那行大有帮助。在必要的场合，他会说个有趣的故事。和赫斯渥在一起时，他聊赛马，聊些自己的趣事和风流艳遇，聊他到过的那些城的生意情况。可以说，他几乎总是很讨人喜欢。今晚他特别讨人喜欢。他给公司的报告得到了好评，新选的样品他很满意，接下来的六周旅行推销行程也已安排好了。

"喂，你好啊，查理老弟。"当杜洛埃那天晚上8点来到酒馆时，赫斯渥和他打招呼。"情况怎么样啊？"酒店里高朋满座。

杜洛埃和他握手，露出宽厚和气的笑容。他们一起朝卖酒的柜台踱去。

"还不错。"

"我有六个星期没见到你了。什么时候回来的？"

"星期五回来的，"杜洛埃说，"这趟旅行收获不小。"

"真为你高兴。"赫斯渥的黑眼睛带着温暖关切的善意，一改平日那种冷漠和客气的眼神。"今天想喝点什么？"他加了一句。身着白色西装和领带的酒保从柜台后面向他们倾过身来。

"陈胡椒威士忌。"杜洛埃说。

"我也来一点。"赫斯渥接口说。

"这一次能在城里住多久？"他问道。

"只能住到星期三。马上要到圣保罗去。"

"乔治·伊文思星期六还在这里。他说上星期在密瓦珙城看见你了。"

"是啊，我见到乔治了，"杜洛埃回答。"他人真不错，对不对？在密瓦珙我们一起痛痛快快地玩了一回。"

酒保在他们面前摆上了玻璃杯和酒瓶。他们俩一边聊一边斟上了酒。杜洛埃给自己的酒杯只斟了七八分满，他认为这样举止得体。赫斯渥只是象征性地倒了一点威士忌，又搀了不少矿泉水。

"加里埃最后怎么样？"赫斯渥问道。"他有两星期没到这里来了。"

"正卧床呢，"杜洛埃叫了起来，"他们都说这位老先生在闹痛风呢。"

"不过他当年发了不少财，是吗？"

"没错，赚了一大把呢，"杜洛埃回答，"不过他的日子不多了，现在难得到公司写字间转一下。"

"他只有一个儿子，是不是？"赫斯渥问道。

"是啊，而且是个浪荡子。"杜洛埃说着笑了起来。

"不过，有其他的股东在，我看生意不会受多少影响。"

"不会，我想一点也不会受影响的。"

赫斯渥站在那里，外套敞开着，大拇指插在背心口袋里，钻石饰物和戒指在灯光的照耀下发出悦目的光彩。一眼可以看出，他生活舒适讲究。

对一个不爱喝酒，天性严肃的人来说，这么一个喧闹沸腾、人声嘈杂、灯火通明的地方是一种反常事物，违背了自然和生活的一般常规，就好像一大群飞蛾，成群结队地飞到火光中来取暖。在这里能听到的谈话不会增加人的知识，所以在这方面，这地方一无可取之处。显然，阴谋家会选个比这僻静的地方去策划他们的阴谋。政界人物除了交际应酬，不会在这里聚集商量要事，因为隔座有耳。酒瘾这个理由也几乎不能解释人们为什么聚集此处，因为光顾那些豪华酒店的大多数人并不贪杯。但是事实是人们聚到了这里：他们喜欢在这里聊天，还喜欢在人丛中走动，和别人摩肩擦臂而过。这么做总有一些道理的。一定有种种古怪的嗜好和莫名的欲望，产生了酒店这种奇怪的社交场所。不然的话，酒店这种玩意儿就不会存在了。

拿杜洛埃来说，他在这里，不单纯是为了寻欢作乐，也是为了能跻身在境遇比他强的人们中间摆摆阔。他在这里遇到的许多朋友也许自己也没有下意识地分析过，他们来这里是渴望这里的社交，灯光和气氛。毕竟，人们可以把到这里来看作是领略上流社会生活。他们到这里来，追求的虽然是感官的满足，毕竟算不得邪恶。期望到一间装饰豪华的房子来玩玩，不会产生多少坏处。这类事最大的坏影响也许是在物质欲强烈的人身上激起一种过同样奢华生活的野心。归根到底，这也怪不得豪华布置的本身，要怪得怪人的天性。这种场合诱使衣着一般的人眼红衣着阔气的人，于是他们也想穿阔气衣服，不过这怪不得旁的，只能怪那些受了影响的人不该有这些不实际的野心。把酒这个遭人非议和怪罪的因素去掉，那么没有人会否认酒店具有华丽和热情两大品质。我们现代时髦的大饭店以其赏心悦目而大得青睐，就是明证。

然而，这些明亮的店堂，穿着华丽的贪婪人群，浅薄自私的聊天，和这一切反映的混乱迷茫和徬徨的精神状态，都是出于对灯光，排场和华服美饰的爱慕。对一个置身于永恒宁静的星光下的局外人来说，这一切一定显得光怪陆离。在星光下，酒店就像一朵灯光构成的鲜花，在夜风里盛开，一种只在夜间开放的奇异璀璨的花朵，一朵散发着芬芳，招引着昆虫，又被昆虫侵害的欢乐玫瑰。

“你看到那边刚进来的人吗?”赫斯渥朝那个刚进来的人瞥了一眼。那人戴着礼帽，穿着双排扣长礼服，他的鼓鼓的胖脸由于生活优裕而显得红光满面。

“没看见。在哪里?”杜洛埃问。

“就在那里，”赫斯渥说着用眼光扫了一下那个方向，“那个戴绸礼帽的。”

“喔，不错，”杜洛埃说，他现在装着没朝那里看，“他是谁?”

“他叫朱尔斯·华莱士，是个招魂专家。”

杜洛埃用眼光看着那人的背影，大感兴趣。

“他看上去不像是个和鬼魂打交道的人呀，你说呢?”杜洛埃说道。

"这个我也不懂，"赫斯渥答道，"不过他赚了大钱，这点可不假。"他说着对杜洛埃眨了一下眼睛。

"我对这种事不太相信，你呢?"杜洛埃问。

"这种事你没法说，"赫斯渥答道，"也许有一定的道理。不过我自己是不会操这个心的。顺便问问，"他又加了一句，"今晚你要上哪里去吗?"

"我要去看《地洞》，"杜洛埃说道。他指的是当时正上演的一个通俗闹剧。

"那你该走了，已经8点半了。"他掏出了挂表说。

酒店的顾客已稀落了：有些去剧场，有些去俱乐部，有些去找女人——各种娱乐中最有吸引力的，至少是对于酒店顾客这一类人来说是如此。

"是啊，我要走了。"杜洛埃说。

"看完戏再过来坐坐，我有些东西要给你看看。"赫斯渥说。

"一定来，"杜洛埃高兴地说。

"你今天夜里没有什么约会吧，"赫斯渥又问了一句。

"没有。"

"那就一家来啊!"

"星期五回来的火车上我结识了一个小美人，"杜洛埃在分手时说道，"天哪，真是可爱。我走之前，一定要去看看她。"

"喂，别去想她了。"赫斯渥说道。

"真的，她真是漂亮，不骗你。"杜洛埃推心置腹地说道，竭力想给他的朋友留下深刻印象。

"12点来吧，"赫斯渥说道。

"一定，"杜洛埃答应着走了。

嘉莉的名字就这样在这寻欢作乐的轻浮声所被人提起。与此同时，这小女工正在悲叹自己苦命。在她正在展开的人生初期，这种悲叹将几乎如影附身地伴随着她。

第六章　机器和少女：现代骑士

那天晚上回到家时，嘉莉感到公寓里的气氛与往日不同。其实一切都没变，只是她的情绪变了，这使得她对这个家有了新认识。敏妮受了当初嘉莉找到工作时兴奋情绪影响，现在正等着听好消息，而汉生则认为嘉莉有了工作该知足了。

“怎么样？”当他穿着工作服走进门厅时，他隔着门问嘉莉，她正在隔壁的吃饭间，“今天干得怎么样？”

“不好，”嘉莉说道，“这个活太累了，我不喜欢。”

她身上流露出的神气比任何话语更明白地表示她又累又失望。

“干的是什么活？”在转身进洗澡间之前他停留了一会儿，问道。

“开一台机器。”嘉莉回答。

显然，他关心的只是嘉莉的工资会增加家庭收入这一点，至于别的他并不关心。他有点恼怒，因为嘉莉那么幸运地找到了工作，却竟然不满意这个活。

敏妮烧饭时已经不像嘉莉回来前那样兴致勃勃了，煎肉的嗞嗞声也不像刚才那样听上去令人愉快了：嘉莉已经表示她对工作不满。至于嘉莉，在辛劳一天以后唯一渴望得到的安慰是一个欢乐的家，一个满怀同情接待她的家，能够开开心心地吃一顿晚饭，听到有人对她说上句：“这样吧，再坚持一段时间，你会找到个更好一点的工作。”可是如今这一切都成了泡影。她看出他们对她的抱怨不以为然，他们只希望她不出怨言地继续干下去。她知道她要为食宿付 4 块钱。她感到和这些人住在一起，生活太枯燥无味了。

敏妮实在不是她妹妹的好伴侣——她的年纪太大了。她的思想已经定型，安于一板一眼地顺应现实。至于汉生，如果他有什么愉快的想法或者快乐的情绪，至少从表面上是看不出来的。他的思想感情从来不流露出来，他安静得就像一间没人住的房间。而嘉莉呢，她的身上奔流着青春的血液，脑子里充满着幻想。她还没有恋爱，谈情说爱对她来说还是个神秘的谜。她耽于想象，想象她想做的事，她想穿的衣服，她想逛的地方。她脑子里整天想的就是这些事。可是在这里，没有人提起她感兴趣的事，她的情感也得不到共鸣响应，这使她感到事事不顺心。

她一心只想着白天的遭遇，又要向她姐姐姐夫解释自己的工作，所以把杜洛埃可能来访的事早忘到九霄云外去了。现在看出他们夫妻俩不爱应酬待客的脾气，她希望他还是别来。她不知道万一杜洛埃来的话她该怎么办，怎么向他解释。吃过晚饭，她

换了衣服。她穿戴齐整时，真是个可爱的小姑娘，长着大大的眼睛忧伤的嘴，她脸上流露出期望、不满和郁郁寡欢的复杂表情。碗碟收拾起来以后，她在屋里转悠了一会儿，和敏妮聊了几句，就决定到楼下去，在楼梯脚站一会儿。如果杜洛埃来了，她可以在那里碰到他，她戴上帽子下去，脸上露出了几分高兴的神色。

“嘉莉好像不喜欢她的工作。”汉生手里拿报纸到吃饭间来坐几分钟，敏妮于是告诉她丈夫。

“无论如何，她应该干一段时间再说，”汉生说道，“她下楼去了吗？”

“是啊！”她答道。

“我是你的话，我会劝她做下去。不然的话，也许会好几个星期找不到活干呢。”

敏妮答应和嘉莉说说。于是汉生继续看他的报纸。

“我是你的话，”过了一会儿他又开口说，“我不会让她到楼下去站在门口。姑娘家站在外面不成体统。”

“我会对她说的。”敏妮说。

街上人来人往，嘉莉感兴趣地久久看着。她不断猜想着那些坐在车上的人要到哪里去，他们有些什么消遣娱乐。她想象的面很窄，不外乎是在跟金钱、打扮、衣服、娱乐有关的事上打转转。她有时也想到遥远的哥伦比亚城，或者懊恼地想到她那天的经历。不过总的来说，她周围马路这小小的世界吸引了她全部的注意力。

汉生家的公寓在三楼，一楼是个面包店。嘉莉正站在那里，汉生下楼来买面包。直到他走到她身旁，她才注意到他。

“我是来买面包的。”走到嘉莉身边时，他这么说了一句。

思想有传染性，这一点现在又显示了出来。尽管汉生确实是下来买面包的，他脑子里却想到，这下他可以瞧瞧嘉莉究竟在干什么了。他怀着这个念头刚走近她，她马上意识到了他的心思。当然她自己也不明白她怎么会想到这一点的，可是她开始打心眼里讨厌他。她明白了她不喜欢他，因为这人疑心病太重。

思想会影响人对周围事物的观感。嘉莉的思绪被打断了，所以汉生上楼不久，她也上了楼。时间已经过去几刻钟了，她明白杜洛埃不会来了。不知为什么她对杜洛埃有些不满，就好像她受人嫌弃不值得眷顾似的。她上了楼。楼上静悄悄，敏妮正坐在桌旁就着灯光缝衣服，汉生已上床睡了。疲劳和失望使她没有心情多说话，她只说了一声她想上床睡了。

“是啊，你最好去睡吧，”敏妮答道，“你明天还要早起。”

第二天早上嘉莉的心情并没有好起来。她从自己睡的房间出来时，汉生正要出门。吃早饭时，敏妮想跟她聊聊，可是她们之间共同感兴趣的事情并不多。像前一天一样，嘉莉步行去上班。她已经认识到，她的 4 块半大洋在付了食宿以后，剩下的钱连车费也不够。这样的安排也许会令人伤心，但是早上的阳光驱走了当天最初的疑云愁雾：

朝阳总是这样的。

在鞋厂，她熬过了长长的一天，不像前一天那么累，但是新鲜感也大大地不如前一天。工头在车间巡视时，在她的机器旁停了下来。

“你从哪里来的?”他问道。

“布朗先生雇来的。”她回答。

“哦，是他雇的。”然后他又加了一句，“你要跟上趟，别让人等你。”

那些女工给她的印象比昨天还差。她们看来安于命运，只是些庸人之辈。嘉莉比她们多一些想象力，她也不习惯讲粗话。在穿着打扮上，她的眼力和趣味天生高人一筹。她不喜欢听旁边那女工说话，那人可以说是个老油子了。

“我不打算在这里做了，”那人正在对身旁的女工说，“这里的工资这么低，每天还要干到这么晚，我可吃不消。”

她们和车间的男工，不管老少，都很随便，用粗野的话互相斗嘴打趣。那些粗话一开始着实吓了她一跳。她看出她们把她当作同类看待，因此和她说话时用的是同一种口气。

“喂，”中午休息时一个胳膊粗壮的做鞋底男工对她说，“你真是个小美人。”他以为她会像别的女工那样回敬他：“去，滚你的!”可是嘉莉一声不响地走开了，他讨了个没趣，尴尬地咧着嘴笑着走掉了。

那天晚上在姐姐家的公寓里，她感到更孤单了——这种枯燥无味的生活越来越难以忍受。她看得出汉生一家很少有客人来访，也许根本就没有客人上门。站在临街的大门口朝外看，她大着胆子往外走了一点儿。她的悠闲的步子和无所事事的神气引起了旁人的注意。这种注意虽然令人生气，其实也平常得很。她正走着，一个30来岁衣冠楚楚的男人走过她身边，看了看她，放慢了脚步，然后又折转回来对她搭腔说：

“今晚出来散散步，是吗?”

嘉莉对这种主动搭腔微微吃了一惊。她诧异地看着他，惊慌之余回了一句：“喂，我不认识你。”一边说一边往后退却。

“噢，那没关系的。”那人和气地回答。

她不敢再说什么，慌忙退却，逃到自己家门口时已经上气不接下气了。那人的眼神中有一种让她害怕的东西。

那一星期剩下几天的情况大同小异。有一两个晚上下班时，她实在累得走不动了，只好花钱搭车回家。她身体不壮实，整天坐在那里干活使她腰酸背痛。有一天晚上，她甚至比汉生早上床去睡觉。

花儿移栽往往并不成功，少女们换了环境也是如此。移栽要想成活，必须有更肥沃的土壤和更良好的生长环境。如果嘉莉不是那么急剧地改变生活方式，而是逐渐地适应新的水土，事情也许会好些。要是她没有这么快找到工作，而有时间多看看她很

想了解的城市，她会感到更适应一些。

第一个下雨天的早上，她发现自己需要一把伞。敏妮借了一把给她，是一把褪了颜色的旧伞。嘉莉思想上有虚荣心，因此对这旧伞很烦恼。她到一家大百货公司去买了一把新伞，从她小小的积蓄中花掉了1元2角5分。

"你买这个干什么呀，嘉莉？"敏妮看到新伞就说道。

"嗯，我要用。"嘉莉说。

"你呀，真是个傻丫头。"

嘉莉对敏妮的责备很不以为然，可是她什么也没有说。她想，她可不想做一普通的女工，她们别把她看错了。

第一个星期六的晚上，嘉莉付了4块钱的伙食费。敏妮接过钱时，良心很不安。但是她不敢少收钱，因为那样的话，她没法向汉生交代。那位可敬的先生乐滋滋地少拿出4块钱用于家庭开销，心里想着要增加投资买地皮。至于嘉莉，她在考虑如何用剩下的这5角钱解决买衣和娱乐的问题。她左思右想，想不出个办法，最后她烦恼得不愿再想下去了。

"我到街上去走走。"吃过晚饭她说。

"你不是一个人去吧？"汉生问。

"是我一个人去。"嘉莉回答。

"要是我的话，我不会一个人出去。"敏妮说。

"我想去外面看看，"嘉莉答道。她说最后那几个字的口气使他们第一次意识到她不喜欢他们。

"她怎么啦？"当她到前屋去取帽子时，汉生问道。

"我也不知道。"敏妮说。

"她该懂点事了，不能一个人在外面跑。"

不过嘉莉最终并没有走远。她折回来站在门口，第二天他们到加菲尔公园去玩，但是嘉莉玩得并不开心。她看上去气色不好。第二天在车间里，她听到女工们在添油加醋地谈论她们好些微不足道的消遣。她们星期天玩得很开心。接着一连下了几天雨，嘉莉把车钱用完了。有一天晚上下班时，她去凡布伦街坐电车，全身都淋湿了。整个晚上，她一个人坐在前屋看着外面的街道出神，湿漉漉的路面上反映出灯光。她越想心情越感到忧郁。

第二个星期六，她又付了4块钱。当她把剩下的5毛钱揣进口袋时，心里感到绝望。她和车间里的有些女工现在已经结识，能一块儿说上几句。从她们的谈话中，她得知她们从工资中留下自己花的钱比她多，她们还有小伙子带她们出去玩。不过那些小伙子都属于嘉莉自认识杜洛埃以后不屑理睬的那类人。她讨厌车间里那些轻浮的青工，他们没有一个举止文雅。当然她所看的只是他们平常干活时的这一面。

终于有一天，预示严冬即将来临的第一阵寒流侵袭了城市。寒风使白云在天上疾驰，高烟囱里冒出的烟让风刮得成了一条条薄薄的横幅，一直飘出去很远很远。狂风在街头拐角肆虐，横冲直撞。嘉莉现在面临着冬衣的问题。她该怎么办呢？她没有冬天穿的外套、帽子、鞋子。这事很难对敏妮开口，但她最后还是鼓起了勇气。

“我不知道我的冬衣怎么办，”一天傍晚她们俩在一起时，她开口说道，“我需要一顶帽子。”

敏妮脸色很严肃。

“那你何不留下一点钱买一顶呢?”她提议说，但是心里很发愁，嘉莉少付了钱以后该怎么办。

“如果你不介意的话，这一两个星期我想少付一点钱。”嘉莉试探着说。

“你能付 2 块钱吗?”

嘉莉赶忙点头答应了。她很高兴，总算摆脱了这个为难问题。因为冬衣有了着落心里松了一口气，立刻兴致勃勃地开始核计。她首先需要买一顶帽子。至于敏妮是如何向汉生解释的，她从没问过。他没有说什么，不过从屋里的气氛可以看出他很不高兴。

要不是疾病打岔，这新安排本来是可行的了。一天下午雨后起了寒风，当时嘉莉还没有外套。6 点钟从暖和的车间出来，冷风一吹，她不禁打了一个寒噤。第二天上午她开始打喷嚏，到城里去上班使病情加重了。那一天她骨头疼了起来，人感到头重脚轻的。到了傍晚，她感到病得很重了。回到家里，她一点胃口也没有。敏妮注意到她萎靡不振的样子，就问她怎么了。

“我也不知道，”嘉莉说，“我感到人很难受。”

她蜷缩在炉子旁，冷得打颤。上床去的时候，病已不轻了。第二天早上，她发起了高烧。

敏妮为这事很忧愁，不过态度一直很温和。汉生说，也许她该回去住些日子。三天后她能起床时，她的工作当然已经丢了。冬天已在眼前，她还没有冬衣，现在她又失了业。

“我不知道怎么办，”嘉莉说，“星期一我去看看能不能找个活儿干。”

她这次找工作，如果说和上次有什么不同的话，那就是结果更糟。她的衣服根本不适合秋天穿，最后那点钱已经用来买了一顶帽子。整整三天，她在街上转悠，灰溜溜的。敏妮家的气氛很快变得难以忍受，每天傍晚她都怕回到那里去。汉生神情非常冷淡。她知道，目前这局面不能维持多长时间了，很快她就得一切作罢，卷铺盖回家。

第四天，她整天在商业区奔波，从敏妮那里借了一毛钱在街上吃午饭。她到那些最低贱的地方去申请工作，仍然毫无结果。她甚至到一个小饭店应征当女招待，可是人家不要没有经验的姑娘。她在大群陌生人中走着，彻底地心灰意冷了。突然有人拉

住了她的胳膊，使她转过身来。

"喂，喂。"有人在叫她。她一眼看到这是杜洛埃。他不仅气色很好，而且容光焕发，简直是阳光和欢乐的化身。"嘿，你怎么样，嘉莉？"他说，"你真是个小美人。你上哪里去了？"

他的亲切友好像一股不可抗拒的暖流，嘉莉不禁微笑了。

"我出来走走。"她说。

"你瞧，"他说，"我看到你在马路对面，我就猜是你。我出来正想上你那儿去。不管怎么说，你好吗？"

"我还好，"嘉莉微笑着说。

杜洛埃上下打量着她，看出嘉莉有些变化。

"嗯，"他说，"我想和你聊聊。你没有要上哪里去吧？"

"眼下没有。"嘉莉说。

"那我们上那里去吃点东西。天哪，见到你真是太高兴了。"

和兴致勃勃的杜洛埃在一起，嘉莉感到心里轻松了，感到有人在关心她，照顾她，所以她高高兴兴地同意了他的提议，尽管还稍稍带点矜持的神气。

"来吧！"他说着挽起了她的手臂。他说这话时情意拳拳，使她心里感到有温暖。

他们穿过门罗街，来到老温莎餐馆。那家餐馆当时是家很舒适的大饭店，烹调手艺高超，服务热情周到。杜洛埃选了一个靠窗子的桌子，从那里可以看到街上喧闹的景象。他喜欢不断变化的街景，边吃着饭，边看着行人，同时也让行人看到自己。

"好了，"他等嘉莉和自己舒舒服服坐定以后，开口说道，"你想吃些什么？"

嘉莉看着招待递给她的大菜单，并没想去点什么菜。她很饿，菜单上的东西更激起了她的食欲，但是她注意到那上面的价格很昂贵。"嫩烤仔鸡——7角5分；嫩牛排配蘑菇——1美元2角5分。"她曾模模糊糊听人说起过这些东西，可要从菜单上点这些菜，有些不可思议。

"我来点吧，"杜洛埃叫了起来，"喂，招待。"

那招待是个胸脯宽阔的圆脸黑人。他走近桌子，侧耳听候吩咐。

"嫩牛排配蘑菇，"杜洛埃说道，"西红柿塞肉。"

"是，"黑人点头应道。

"土豆肉酱。"

"是。"

"芦笋。"

"是。"

"再来一壶咖啡。"

杜洛埃转身对嘉莉说："吃了早饭到现在，我还没有吃过什么东西呢。我刚从洛克岛回来。我正要去吃午饭就看到了你。”

嘉莉开心地笑了又笑。

“你这一向在做些什么?”他继续说，“跟我说说你的情况。你姐姐怎么样?”

“她很好。”嘉莉说。她只回答了他后面的那个问题。

他仔细地打量着她。

“我说，”他又问，“你生病了，是吗?”

嘉莉点点头。

“哎呀，这太糟糕了，是不是?你看上去气色不好。我刚才就觉得你脸色有点苍白。你在做些什么?”

“在上班。”嘉莉说。

“真的!有哪里?”

她告诉了他。

“罗·摩斯公司——那家商号我知道。在第五大街那里，是不是?那是家很抠门的商号，你干吗上那里干活?”

“我找不到别的工作。”嘉莉坦白相告。

“这太不像话了，”杜洛埃说，“你不该给这种人干活的。他们的厂就在高店后面，是吗?”

“是的。”嘉莉说。

“那家商号不好，”杜洛埃说，“无论如何，你不应该在那种地方干活。”

他滔滔不绝地说着，问问这个，讲讲那个，一会儿谈谈自己的情况，一会儿又告诉她这家饭店有多棒，一直讲到招待托着大托盘回来，里面装着刚才点的美味佳肴，还冒着热气。杜洛埃在布莱招待上很拿手。他坐在铺着白桌布摆着银餐盘的桌子后面，舒展着手臂，举刀拿叉，显得潇洒大方。用餐刀切肉时，他手上好几个戒指熠熠生辉，引人注目。他伸手去拿盘子，撕面包，或者倒咖啡，他身上的新衣服就发出窸窣声。他给嘉莉挟了满满一大盘菜，态度又那么热情，让嘉莉感到温暖，使她完全变了一个人。他确实是人们通常认为的那种漂亮角色，所以把嘉莉完全迷住了。

这个追求幸福的小骑士，毫无愧色地接受了这新的好运。她稍稍感到有些不自在，但是这大餐厅使她宽心，看看窗外那些服装华丽的人流，也似乎令人振奋。啊，没有钱是多么让人苦恼!能有钱到这里来吃饭多么开心!杜洛埃一定是幸运儿。他有机会坐在火车旅行，穿得起这么漂亮的衣服，又身强力壮，能在这么漂亮的地方吃饭。他看上去真是个堂堂男子汉，这么一个人物竟然向她表示友谊和关怀，使她不胜诧异。

“这么说，你因为生病，所以丢了工作，是吗?”他说，“你现在打算怎么办呢?”

“到处找工作啊!”她回答。一想到谋生的必要，像个紧追不舍的饿狗，等在这豪华大餐厅的外面，她的眼中掠过一丝忧愁。

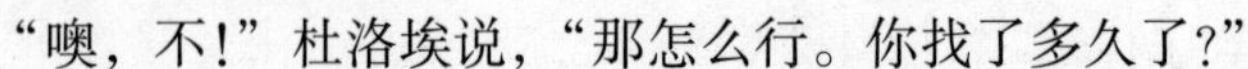

“噢，不!”杜洛埃说，“那怎么行。你找了多久了?”

“四天了。”她回答。

“想想看!”他说，讲话的神气像是在对某个有疑问的人演讲，“你不该做这种事情的。这些姑娘们，”他手一挥，把所有的女店员和女工都包括了进去，“是不会有什么出息的。你总不能靠此生活吧，对不对?”

他的态度，像个哥哥。当他驳够了做苦工的念头以后，他的思想转到了别的上面。嘉莉真是漂亮，即使眼下穿着简朴的衣服，她仍显得身材不凡，她的眼睛大而温柔。杜洛埃注视着她，眉目传情。她感觉到了他的倾慕。他的倾慕，加上他的慷慨大方，愉快和气，使她认为自己喜欢上了他——她会一直这么喜欢他的。她的心里还有一股比喜欢更深厚的感情暗流。他们的目光不时相接，交流和沟通了他们之间的感情。

“你留在市中心和我一起去看戏，好吗?”他说着，把他的椅子挪近了一些，那桌子本来就不大。

“嗯，我不能。”她说。

“你今晚有什么事吗?”

“没事。”她情绪忧郁地说。

“你不喜欢你现在住的地方，是吗?”

“我也不知道。”

“如果找不到工作，你打算怎么办呢?”

“我猜想，得回老家去。”

她这么说时，声音几乎没有颤抖。不知怎么，他对她的影响会有这么大。他们不用说话，就互相了解了——他理解她的处境，而她明白他理解这个事实。

“不，”他说，“你不能回去。”一时间他心里充满了真正的同情。“让我帮助你，我给你钱。”

“噢，那不行!”她说着，向后一靠。

“那你怎么办呢?”他问。

她坐在那里沉思，只是摇了一下头。

他非常温柔地看着她，就他天性而言，实在是温柔之极了。在他的西装背心口袋里有些零碎票子——绿颜色的美钞。它们软绵绵的没有沙沙声。他的手指握住了这些钞票，把它们捏在手心。

“来，”他说，“我来帮你渡过难关。给你自己买些衣服。”

这是他第一次提到衣服的问题，这使她想起自己寒酸的衣服。他用自己直来直去的方式一下子说到了点子上。她的嘴唇禁不住微微颤抖。

她的手放在桌子上。他们俩坐的角落里没有旁人。他把自己大而温暖的手放在她的手上。

“来吧，嘉莉，”他说，“你一个人能有什么办法呢？让我来帮助你吧！”

他温柔地握着她的手，她想把手抽出来，可是他握得更紧了。于是她不再抗拒，他把手上的钞票塞在她手心里。当她想要推辞时，他在她耳边轻声说：

“算我借给你的——那没关系的。算我借给你的。”

他强迫她收了下来。她现在感到一种感情的纽带把他们联系在一起。他们从饭馆出来，他一路说着话，陪她一直朝南边的波克街走去。

“你不想和那些人住在一起吧？”走在路上时，他边想心事边问道。嘉莉听见了他的问话，不过没有太注意。

“明天到市中心来见我，好吗？”他说，“我们一起去看下午场的戏。”

嘉莉开始推托了一会，但最后还是同意了。

“你什么也别做。给自己买一双漂亮的鞋了和一件外套。”

她几乎没去考虑自己的尴尬处境。直到分手以后这个问题才开始困扰她。和他在一起，她和他一样乐观，认为一切都好解决。

“不要为那些人烦恼，”分手时他说，“我会帮你的。”

嘉莉离开他时，感到似乎有一个强有力的胳膊向她伸来，帮她把一切麻烦赶跑。她接受的是两张软软的，漂亮的 10 元绿色钞票。

第七章　物质的引诱：美的魅力

关于金钱的真正意义，还有待人们的解释和理解。金钱不是代表掠夺来的特权，而只代表一个人应得的报酬，即诚实劳动的回报。只有在这种场合才可以接受金钱。如果人人都能认识到这些，我们许多社会问题，宗教问题和政治问题就会一劳永逸地解决了。至于嘉莉，她对金钱的道德意义的理解和一般人一样肤浅，并没有更高明一点的见解。"金钱是某种别人已经有了我也必须有的东西，"这个古老的定义可以充分表达她对这个问题的全部看法。现在她手里拿着的就是一些金钱——两张软乎乎的10元绿色钞票。这两张票子让她感到自己的境遇好多了，这东西本身就是一种权力。有她这种想法的人，只要能得到一大捆钞票，就是被抛在荒岛也会甘心情愿的。只有长时间的挨饿以后，她才会明白，在某种情况下，金钱可能一点用处也没有。即使在那时候，她也不会明白价值的相对性。毫无疑问，她会感到很遗憾，拥有了巨大的购买能力却用不上。

这可怜的女孩在和杜洛埃分手时非常激动。她有点羞愧，因为她没有勇气拒绝而接受了他的钱。可是因为她的需要实在太迫切了，所以她又很高兴自己收了钱。现在她可以买一件漂亮的新外套了！她还要买一双漂亮的带暗扣的鞋子，还要买长筒袜子，买裙子，买……——就像当初核计如何花她没到手的薪水一样，她现在想要的东西超出了这些钱的购买力的2倍还不止。

她对杜洛埃的长处有了充分的评价。像人们普遍的看法一样，她认为他是个热心肠的好人。他没有一点恶意，他给她钱是出于好心，出于理解她急需用钱。当然对一个穷小子，他出手不会这么大方的。但是我们不能忘记，照常理，一个穷小子当然不会像一个穷丫头那样能够打动他的心。女性这个因素影响了他的情感，他的性欲是天生的。然而任何一个叫花子只要让他看见了，只要那人说声："天哪，先生，我饿坏了。"他一定会很乐意地掏出适当的钱来打发他，然后把这事忘在脑后。他不会再去推论，再去做哲理的探究。他的思维活动也不配用推论和哲理这两个字眼，当他衣冠楚楚，身体壮实时，他是个欢乐的无忧无虑的人。就像飞蛾扑灯一样追逐着声色享乐。但是如果他一旦失去了工作，再受些捉弄人的社会势力和命运的摆布和打击，他会像嘉莉一样束手无策——如果你愿意这么说的话，像她一样孤苦无靠，无可奈何，一样的可怜巴巴。

至于他喜欢追女人这一点，其实他并不想伤害她们，他并不认为他想和她们建立的那种关系会伤害她们。他喜欢追女人，喜欢她们拜倒在他的魅力之下，这并不是因为他是个冷酷无情，心地阴暗，诡计多端的恶棍，而是因为他天生的欲望驱使着他这么做，这是他的主要乐趣。他爱虚荣，爱吹嘘，像个傻丫头一样迷恋漂亮衣服。就像他能轻易讨得一个女店员的欢心一样，一个真正老谋深算的恶棍会同样轻易地把他骗了。作为一个推销员，他的成功要归于他的对人和气恳切以及他服务的那家公司的声誉。他在人群中活跃地走动，像一盆火一样热情，不过他并没有可以称得上智慧的才华，没有一种可以称得上高尚的思想，也没有一种永恒持久的感情。古希腊女诗人萨福夫人会叫他一头猪，莎士比亚则会叫他："我的贪玩的孩子。"他的酒店老板加里欧老爹认为他是个聪明成功的商人。简言之，他照自己的理解是个好人。

他胸襟坦荡，具有值得称道的优点，这可以从嘉莉拿了他的钱这一点看出。没有一个老奸巨猾，心怀叵测的家伙在友谊的幌子下让她收下一毛钱。天生愚笨的人并不像我们想的那样容易上当受骗。造物主赋予野外的走兽以本能，一遇到突如其来的危险威胁就逃之夭夭。花栗鼠愚蠢的小脑袋里却有天生的对于毒药的恐惧。"上帝保全他所创造的万物"，这并不是只就野兽而言。嘉莉不聪明，因此就像一头愚蠢的绵羊一样，情感强烈。自我保护的本能在这种人身上通常是很强烈的。但是杜洛埃的接近如果说激起了一点自卫本能的话，那也是微乎其微的。

嘉莉走后，他庆幸自己获得了她的好感。老天啊，让年纪轻轻的姑娘这样饱受折磨，太不像话了。冬天要来了，还没有御寒的衣服，太惨了。他要到费莫酒家来根雪茄。他想到她，脚步也变得轻飘飘了。

嘉莉兴高采烈地回到家。她几乎无法掩饰自己的高兴。不过这笔钱又带来了一些为难的问题。敏妮既然知道她没有钱，她怎么能去买衣服呢？一回到公寓，这个问题就明朗了。没办法的，她无法向敏妮解释的。

"今天有什么结果？"敏妮问道，她指的是白天找工作的事。

那种嘴上说一套心里想一套的骗人花招，嘉莉一点也不会。所以即使掩饰搪塞，她也得找个和她心情一致的借口。现在她的心情既然那么好，她不能假装抱怨，所以她就说：

"有点眉目了。"

"在哪里？"

"在汉斯顿商店。"

"真的有希望吗？"敏妮追问道。

"叫我明天去听消息，"嘉莉说。她不喜欢把谎言拖长到不必要的地步。

敏妮能感觉到嘉莉的欢乐情绪，她想眼下是个适当时机，可以向嘉莉解释汉生关于她的芝加哥之行的看法。

"如果你找不到工作的话——"她停了下来，不知道该怎么开口。

"如果我不能马上找到工作的话，我想得回家了。"

敏妮赶快不失时机地说：

“史文觉得冬天还是回去的好。”

嘉莉立即明白了她的处境。她失了业，他们不愿意再留她住了。她不怪敏妮，也不很怪汉生。现在，当她坐在那里掂量着这些话时，她庆幸自己拿了杜洛埃的钱。

“是的。”过了一会儿她又说，“我早有这个打算了。”

不过她没有告诉敏妮，回家这件事引起了她本能的强烈反感。哥伦比亚城，那地方有什么适合她的事呢？那种单调狭隘的生活她早就烂熟了。芝加哥这个伟大神秘的城市仍像磁铁一样吸引着她，她所看到的那一小部分揭示了它的无限机遇和前景。一想到要离开这个大城市，回哥伦比亚过以前那种乏味可怜的生活，她厌恶得几乎要叫了出来。

这天她回来得早，就走到前屋去想心事。她该怎么办呢？她无法买了新鞋子在这里穿。这20元钱中她还得留一点当回家的路费，因为她不想问敏妮借路费。但是她怎么向敏妮解释钱是从哪里来的呢？但愿她能挣到足够的钱摆脱这个困境就好了。

她反复想着她的为难的处境。明早，杜洛埃会期望她穿上新外套，可这是做不到的。汉生一家想叫她回老家，她想离开他们，却不想回老家。她没有找到工作却有了钱，他们会如何看她呢？她现在感到拿了杜洛埃的钱好像是件很可怕的事，于是她开始羞愧。她的处境让她沮丧不快。和杜洛埃在一起时，一切都那么简单。而现在一切都纠结在一起，理不出一个头绪——事情比原来还要糟糕，因为她尽管有了一笔可以解决生活问题的钱，却没法用这笔钱。

她的情绪非常低落，所以吃晚饭时敏妮猜想她这一天又是白跑了。嘉莉最后决定要把钱退回去。拿钱是不对的。明早她要去市里找工作。到中午时，她将按他们的约定去见杜洛埃，把一切都告诉他。一想到这个决定，她的心就往下沉，最后她又成了原先那个痛苦忧伤的嘉莉。

说来奇怪，当她把钱握在手里时，却感到一点安慰。虽然她已经做了那个让她伤心的决定，可以不用再去想这件事，这20元钱似乎仍是个奇妙可喜的东西。啊，钱啊钱，有了钱是多么好啊！只要有了大把的钱，一切烦恼就会消失了。

第二天清早，她起早出了门。她找工作的决心不算小，但是口袋里这笔伤脑筋的钱并没有使找工作的事情轻松些。她走进批发行商业区，但是每当她走到一个商号，打算进去申请工作时，她的勇气就消失了。她心里骂自己是胆小鬼，不过她已经申请了这么多次，结果还不是一样。所以她继续往前走，走了又走，最后终于走进了一家商号。结果还是老样了。她出来时感到命运在和她作对，因此一切努力都是徒劳的。

没有怎么考虑，她就信步到了第邦街。大商场就在那里，门口散放着运货的小车，还有长长的一列橱窗和成群的顾客。这些立刻使她改变了思路，她不再去想那些让她厌烦的问题。她原先就是打算到这里来买新衣服的。现在为了解愁，她决定进去瞧瞧。

她很想看看那些外套。

有时一个人手头尽管有钱，又受欲望的驱使想买一些东西，可是他也许受了良心的阻止，或者心里拿不定主意，所以在心里不断掂量权衡，并不急于去买。世界上再没有比这种要买没买的中间状态更令人愉快了。嘉莉在店里那些漂亮的陈列品中间转悠，她的心情就是这样。她上次来这里时，这地方给她留下了很好的印象。现在，她在那些漂亮的东西面前不再匆匆走过。她在每样东西面前停留，女性的心热烈地企盼着得到它们。要是穿上这件的话，她会显得多可爱啊！啊，那一件又会使她多迷人啊！她来到女胸衣柜台，看到那些做工精美，颜色缤纷，有花边装饰的胸衣时，停下了脚步，陷入丰富的遐想。只要她能拿定意，她现在就可以买上一件。在珠宝柜台，她又久久逗留，欣赏着那些耳环，手镯，饰针和金链条。要是能够拥有这一切，又有什么代价她会舍不得付出呢。只要她也戴上几件这类首饰，她同样会看上去雍容华丽。

最吸引她的是那些外套。她刚走进店里，就一眼看中了一件黄褐色的小外套，上面缀着大大的珠母钮扣。这种款式这年秋天很新潮。不过她仍打算多看看，瞧瞧有没有比这件更好的。她在陈列衣服的玻璃橱和货架中间走来走去，满意地认为她看中的那件确实是最合适的。她犹豫不决，拿不定主意，一会儿想使自己相信，只要她愿意，她马上可以把那件衣服买下来，一会儿又想起了自己的实际处境。快到中午了，她还是什么也没买。现在她该去见杜洛埃，把钱还给他。

她到那里时，杜洛埃正站在街上转弯的地方。

“哈哈，”他说，“咦，你买的外套呢？”他又朝下看着她的脚，“还有鞋子呢？”

嘉莉本想转弯抹角地将话题引到她的退钱的决定去，可是杜洛埃这么一问，把她原先想好的那一套全打乱了。

“我是来告诉你，我——我不能拿那些钱。”

“嗯，是这么回事啊！”他回答，“这样吧，你跟我来，我们一起上帕特里奇公司去。”

嘉莉和他一起走着，不觉把种种疑虑和无奈都忘得精光。和他在一起，她就无法去考虑那些严肃问题，那些她想向他解释明白的事情。

“你吃过午饭了吗？肯定没吃过。来，我们进这里面去。”说着杜洛埃转身走进门罗街上靠近斯台特路的一家布置漂亮的餐馆。

“我不能拿这笔钱。”他们在一个舒适的角落坐下来，杜洛埃点了午饭以后，嘉莉说道，“我在我姐姐家没法把那些东西穿出来。他们——我不能让他们知道这些东西是从哪里来的。”

“那你打算怎么办？”他微笑了，“不穿衣服过冬吗？”

“我想我得回老家去。”她没精打采地说。

“来，别想了，”他说。“这事情你已经想得太多了。我来告诉你怎么办。你说你在

那里没法穿这些衣服。你为什么不租一间带家具的房间，把衣服在那里先放一个星期呢?”

嘉莉摇了摇头。嘉莉像别的妇女一样，对这种提议持有异议，所以她还需要有人说服她。而他则必须竭力消除她的疑虑，为她扫清前进的道路。

“你为什么要回去呢?”他问。

“你瞧，我在这里什么活也找不到。”

“他们不肯留你住了吗?”他直觉地问道。

“他们留不起。”嘉莉说道。

“我来告诉你怎么办，”他说，“你跟我来，由我来照顾你。”

嘉莉听着他说，没有提出反对。在她目前的特殊情况下，杜洛埃的话像是替她打开了一扇门，因此她觉得很中听。杜洛埃的性情和爱好，看来和她挺投合。他干净、漂亮、衣着考究、富有同情心，对她说话像一个老朋友。

“你回到哥伦比亚城，又能干些什么呢?”他继续说道。他的话使嘉莉脑海里浮现出家乡那小地方枯燥单调的生活场景。“那里什么也没有。芝加哥才是大有可为的地方。你在这里可以找个好房间住下来，买点衣服，然后可以找个事做做。”

嘉莉看着窗外繁华的马路。外面就是令人惊叹的大城市，只要你有钱，一切是多么美好。一辆华丽的马车从窗前经过，由两匹精神抖擞的棕红大马欢快地拉着，马车里面的座垫上坐着一位年轻的小姐。

“你回去的话，有什么好处呢?”杜洛埃问道。他的话里并没有什么隐晦的暗示。在他看来，她一旦回去，就没有机会得到那些他认为有价值的东西。

嘉莉一动不动地坐着，看着窗外。她在想她还有没有什么办法。姐姐他们是希望她这星期回去的。

杜洛埃把话题一转，开始谈她想买的衣服。

“为什么不给你自己买一件漂亮的小外套呢?这是少不掉的。钱算是我借给你的，你不用担心拿了我的钱。你可以给自己找间漂亮的房间，我不会伤害你的。”

嘉莉明白杜洛埃指的是什么，可是没法表达自己的想法。她感到再没有比眼下的处境更为难的了。

“要是我能找个什么事做就好了。”她说。

“你如果留下来，”杜洛埃继续说道，“你也许会的。可是你如果走了，那就找不到事了。他们既然不让你再住下去，为什么不让我帮你找个好房间呢?我不会打扰你的——你不用害怕。然后等你安顿下来，你也许会找到个活的。”

他看着她秀丽的脸蛋，思路变得活跃敏捷起来。在他看来，她真是一个可爱的小人儿——这一点是毋庸置疑的。她的一举一动都透出一种魔力。她和那些普通女工不一样，她没有傻气。

其实，嘉莉的想象力比他更丰富。趣味也更高雅。她情感细腻，所以落落寡欢，感到凄凉孤独。她的衣服虽然普通却很齐整，她的头不自觉地微微扬起，显出天然的风韵。

“你认为我能找到事做吗?”她问。

“当然哟。”他说着伸手给她的杯子倒上茶，“我会帮助你的。”

她看着他，他朝她安抚地笑笑。

“现在你听我说怎么办。我们到这里的帕特里奇公司去挑选你要的衣服。然后我们一起去替你找间房子。你可以把你的东西留在那里。今晚我们去看戏。”

嘉莉摇了摇头。

“然后你回你姐姐家的公寓去好了。你不用住在租的房间里，只是租着放你的东西。”

但她还是犹豫不决，一直到吃完饭。

“现在我们去看看衣服吧!”他说。

他们于是一起前往。店里琳琅满目，沙沙作响的新衣服立即把嘉莉迷住了。吃了一顿丰盛的午饭，又加上杜洛埃兴致勃勃的陪伴，使她开始感到他的提议似乎还可行。她在店里转悠了一圈以后，挑了一件和她在大商场看中的那件很相像的外套。这衣服拿在手上看时，显得更漂亮了。女店员帮她穿上这衣服，恰巧非常合身。杜洛埃看到嘉莉穿上这衣服更增风采，不禁欣然微笑：她看上去真是俏丽。

“就是这件好。”他说。

嘉莉在镜子前转着身子。她看到镜子里的自己，也不禁心喜，一抹喜悦的红晕悄悄爬上两颊。

“就买这件吧，”杜洛埃说，“付钱吧!”

“要 9 块钱呢。”嘉莉说。

“没关系，买下来吧!”杜洛埃说。

她把手伸进钱包，掏出一张钞票。女店员问她是不是要穿着走，然后就离开了。几分钟以后她又回来：衣服买好了。

从帕特里奇商店出来，他们去了一家鞋店。嘉莉试鞋子时，杜洛埃就站在旁边看。当他看到鞋子穿在嘉莉脚上很漂亮时，就说：“就穿这双吧!”但是嘉莉摇了摇头，她在回想姐姐家的事。他给她买了一个钱包，又买了一双手套，然后让她买长筒袜子。

“等明天，”他说，“你到这里来买条裙子。”

嘉莉在买这买那的时候，心里总有些惴惴不安。她在这感情的纠葛中陷得越深，越自欺欺人地想象，只要她不做好些她尚未做的事就没有关系。既然她没有做那些事，她还有抽身的机会。

杜洛埃知道华拔士路有个地方出租房间。他领着嘉莉到了那座房子外面就说：“现

在你算我的妹妹。"在挑选房间时,他这里看看,那里瞧瞧,嘴里发表着看法,轻松地把租房的事办妥了。"她的箱子一两天就运来。"他这么对房东太太说。房东太太听了很高兴。

他们俩单独在一起时,杜洛埃的态度一点没有变。他像一个普通朋友那样交谈着,仍像在街上众目睽睽之下一亲。嘉莉把东西留在了那里。

"听我说,"杜洛埃说,"你今晚就搬来住不好吗?"

"嗯,那不行。"嘉莉回答。

"为什么不行?"

"我不愿意这样离开他们。"

他们在林荫大道走时,他又提起了这个话题。那是个温暖的下午,风歇了,太阳出来了。他从嘉莉的谈话中,对她姐姐家的气氛有了一个详细正确的了解。

"搬出来吧,"他说,"他们不会在意的。我来帮你的忙。"

她听着听着,渐渐地她的疑虑消失了。他会带着她到处看看,然后帮她找个工作。他确实相信他会这么做的。他去推销货物时,她可以去上班。

"来,我来告诉你怎么办,"他说,"你回到那里,拿上你的东西,然后就离开那里。"

她对这个提议想了很久,最后同意了。他将走到庇里亚街,在那里等她。他们说好8点半会合。5点头半她回到了家。到了6点,她的决心坚定了。

"这么说,你没有得到那份工作?"敏妮说,她指的是嘉莉前一天编造的波士顿公司的工作。

嘉莉用眼角看了她一眼。"没有。"她回答。

"我看今年秋天你不用再找了。"敏妮说。

嘉莉没有回答。

汉生回到家里,脸上仍是一副莫测高深的表情。他一声不响地洗了澡,就走到一边去看报了。吃晚饭时,嘉莉有些心神不定,出走计划给她带来了沉重的思想压力,同时她深切地感到自己在这里不受欢迎。

"还没找到工作吗?"汉生问。

"没有。"

他转过脸去继续吃饭,脑子里想着留她住在这里是个负担。她得回家去,就是这么回事。这次走了,明年开春她就不会再来了。

对于自己即将做的事,嘉莉心里感到害怕。但是想到这里的生活要结束了,她心里又一阵轻松。他们不会在意她的,尤其汉生对她的离开会感到高兴。他才不会管她发生什么事呢。

吃过晚饭,她走进洗澡间写条子,在那里他们不会打扰她的。

“再见，敏妮。”她在条子里写道，“我不回家。我还要在芝加哥住一段时间找工作。别担心。我会很好的。”

在前屋，汉生正在看报。嘉莉像往常一样帮助敏妮洗了碗，收拾了房间。然后她说：

“我想到楼下大门口站一会儿。”她说这话时，声音不禁有些颤抖。

敏妮想起了汉生的告诫。

“史文觉得女孩子站在楼下有点不雅观。”她说。

“是吗？”嘉莉说，“以后我不会再去了。”

她戴上帽子，在小卧室的桌子旁犹豫了一会儿，不知道把条子塞到哪里合适。最后她把条子放在敏妮的头发刷子底下。

她走出房间，关上了外面门厅的大门，不禁停住脚步，猜想他们会怎么看待这件事。她自己出格的举动也使她情绪波动。慢慢地她走下楼梯。在大门口，她又回身朝上看着灯光下的楼梯。随后她装着在马路上溜达的样子慢慢往前走，到了马路拐弯的地方，她加快了脚步。

在她匆匆离去时，汉生又回到了他妻子身边。

“嘉莉又到楼下大门口去了吗？”他问。

“是啊，”敏妮说，“她答应以后不这样了。”

他走到宝宝跟前，宝宝正在地板上玩。于是他伸出手指去逗宝宝玩。

杜洛埃正在马路转弯处等候，心情很兴奋。

“喂，嘉莉，”看到一个女孩的倩影活泼地向他走来，他喊了起来，“平安无事，对不对？来，我们叫一辆车。”

第八章　冬天的暗示：特使受召

在主宰和支配万物的宇宙各种势力面前，一个没有经验的人简直就像风中的弱草。人类的文明仍处于中间状态，几乎已经摆脱了兽性。因为它已经不完全受本能的支配，可还算不上人性，因为它还没有完全受理性的指导。老虎对自己的行为是不负任何责任的，它天生受原始生命力的支配，受原始生命力的抚育和保护，因为它没有思想。而人类已经远离森林中的巢穴。人类由于获得了几乎完全自由的意志，他天生的本能变得麻木了。但是他的自由意志还没有发展到足以代替本能，为他提供完善指导的地步。他太聪明了，所以不会总是听从本能和欲望的摆布；但是他又不够坚强，不能总是战胜本能和欲望。当他还是动物时，他和生命力保持一致，受生命力的支配。但是当他成为人时，他还没有完全学会如何使自己与生命力相一致，使自己适应和控制生命力。他在这种中间阶段摇摆不定——既不是靠本能被动地与自然力保持一致，又不够聪明，不能靠自由意志主动地与自然力保持一致，取得和谐。他只是风中的弱草摇摆不定，受各种情感的影响。一会儿按意志行动，一会又按本能行事。如果他靠意志行动错了，他就靠本能来解救；如果他靠本能行动失败了，他就靠意志再站起来——总之，他是一种反复无常，无法预测的生物。我们唯一的欣慰是我们知道人类会不断地进化，而理想永远是可靠的灯塔，人类不会永远在善与恶之间徘徊。当自由意志和本能的矛盾得到调整，当充分的理性使自由意志具有完全代替本能的力量，人类就不会继续摇摆不定。理智的磁针将永远指向远处真理的磁极。

在嘉莉身上——其实世俗中人又有几个不是如此呢？——本能和理性，欲望和认识在不断交战，争取主导。迄今她被她的欲望牵着跑，被动的时候多于主动的时候。

那一晚，敏妮对嘉莉的失踪既困惑不解，又焦虑不安，不过这种焦虑并不是出于思念、悲伤或友爱。第二天一早发现了那张条子时，她叫了起来：“天哪，这是怎么一回事？”

“怎么啦？”汉生问。

“嘉莉妹妹搬出去，住到别处去了。”

汉生以从未有过的敏捷从床上一跃而起，来看那张纸条。不过他什么也没有说，只用舌头咂了一下嘴，表示他对这事的看法，就像人们催马前进时发出的那种声音。

“你猜她会到哪里去呢？”敏妮情绪激动地问。

“我不知道，”他的眼中闪过一丝讥嘲，“她终于还是做出了这种事。”

敏妮困惑地摇了摇头。

"唉，"她说，"她不知道自己干的是什么事。"

"算了，"过了一会儿，汉生把手一摊说道，"你又有什么办法呢？"

女人的天性使敏妮不能就此丢开不管，她猜测着这种情况下的各种可能。

"唉，"她最后说，"可怜的嘉莉妹妹！"

上述对话，发生在清晨5点。与此同时，这个到城里冒险的小兵正独自睡在新房间里，睡得很不踏实。

如果说嘉莉的新境遇有什么特点的话，那就是她从中看到了各种可能性。她并不是一个肉欲主义者，渴望沉迷在灯红酒绿的花花世界里。她在床上翻来覆去，为自己的大胆而不安，又为从旧的生活中解脱出来高兴。她不知道自己能否找到工作，又猜测着杜洛埃会做些什么。无疑，这位可敬的先生将做的事，造物主早就安排好了。对于他自己的行为，他实在是身不由己。他的理性还未明理到阻止他。他受本能欲望的摆布，扮演一个追求异性的老角色。他对嘉莉的需求正如他对丰盛早餐的需求一样。也许他对自己做的事有那么一丁点儿的良心不安，那么就是在这一点儿上他是邪恶有罪的。不过你可以肯定，不管他为什么良心不安，这种不安都是微乎其微的。

第二天他来看嘉莉，她在自己的房间和他见面。他仍然是那么欢乐，令人开心。

"哎呀，"他说，"你为什么这么闷闷不乐？走，我们吃早点去。你今天还要去买别的衣服呢。"

嘉莉看着他，大眼睛里透出她的矛盾犹豫心理。

"但愿我能找到工作。"她说。

"你会找到工作的，"杜洛埃说，"现在担心有什么用呢？先安定下来，在城里看看。我不会害你的。"

"我知道你不会，"她说，不过口气不那么肯定。

"穿上新鞋子了吗？把脚伸出来，让我瞧瞧。天哪，漂亮极了。现在穿上你的外套吧！"

嘉莉照办了。

"嘿，我说，这衣服合身极了，像定做的一样，对不对？"他说着，摸了摸腰部的大小，又退后几步打量着这衣服，感到由衷的高兴。"你现在只缺一条新裙子了。现在我们去吃早饭吧！"

嘉莉戴上帽子。

"手套呢？"他问。

"在这里。"她说着从五斗橱的抽屉里拿出手套。

"好，走吧！"他说。

就这样，嘉莉最初的疑虑被一扫而光。

每次见面都是这样。杜洛埃不来看她的时候很少。她有时候一个人单独逛逛，但是大多数时候他带着她到处观光。在卡生街的比尔公司，他给她买了条漂亮的裙子和一件宽松式上衣。她又用他的钱买了一些基本化妆品。到最后，她简直像换了一个人。镜子向她证实了她对自己的一向看法：她真是美，是的，美丽绝伦！帽子戴在她头上多俏丽，她的眼睛不也很美吗？用牙齿咬咬自己的小红嘴唇，第一次为自己的魅力而吃惊兴奋。杜洛埃这人真好。

一天傍晚，他们一起去看“日本天皇”，这是一出当时很流行的歌剧。去看戏之前，他们先去温莎餐厅。那家餐馆在第帮街，离嘉莉的住处有一大段路。外面刮起了寒风，从她的窗子看出去，可以看到西边的天空上还残留着一抹淡红的晚霞，而在头顶上方，天空现出湛蓝的颜色，最后和暮色交融在一起。一长抹粉红色的薄云浮在半空，就像海上遥远的仙岛。路对面，光秃秃的树枝在风中摇曳。这景色让她想起了老家。12 月份时从她们家的前窗看到的也是这种熟悉的景色。

她停了下来，痛苦地扭动着她的小手。

“怎么了？”杜洛埃问。

“嗯，我也不知道，”她回答，她的嘴唇在颤动。

他觉察到她有心事，于是用手臂搂住她的肩膀，拍了拍她的手臂。

“走吧，”他温柔地说，“你没事。”

她转身穿上外套。

“今晚最好围上你的皮围脖。”

他们沿华拔士街往北朝亚当街走去，然后转弯朝西走。商店里的灯火在街上泻下一片金色的光辉。弧光灯在头上方闪烁。更高处，写字楼的窗子里透出光明。一阵阵寒风像鞭子一样抽打着行人。那些 6 点钟刚下班的人们拥挤着往家走。薄大衣的领子都竖了起来，盖住耳朵，帽子也拉得低低的。年轻的女店员三三两两蹦蹦跳跳从身边走过，一边走一边说笑着。都是些洋溢着青春热血的人们。

突然一双眼睛和嘉莉的目光相遇，认出了她。这眼光来自一个衣衫褴褛的姑娘。她的衣服已经褪了颜色，松松垮垮的不合身，外套也是旧的，全身装束看去很寒碜。

嘉莉认出了这目光和这姑娘。她是鞋厂里操作机器的女工之一。那女工看见了她，不敢肯定是她，于是又回过头来看。嘉莉感到似乎有一片巨浪在他们之间滚滚流过。不久前穿着旧衣烂衫在机器旁干活的日子又出现在眼前。她真的一阵心惊。杜洛埃开始没注意到，一直到嘉莉撞到了一个行人身上，他才发现嘉莉神色的变化。

“你一定在想心事。”他说。

他们一起吃了饭，然后去戏院。嘉莉很喜欢这出戏。五光十色动作优美的戏剧场面看得她神驰目眩，她不禁向往起地位和权力，想象着异国风光和那些举止轩昂的人物。戏结束时，得得的马车声和大群衣着华丽的夫人小姐们让她看得目瞪口呆。

“等一下。”杜洛埃说。在戏院的门厅里，他拉她停住了脚步。夫人们和先生们正在那里走动着，相互应酬着，裙子发出沙沙的声响，戴着花边帽的头在频频点着，张开的嘴里露出洁白的牙齿。

“我们先瞧一会儿。”

“六十七号车，”替人叫车的那人正扬声用悦耳的喊道，“六十七！”

“真漂亮，对不对？”嘉莉说。

“漂亮极了！”杜洛埃说。他和她一样，为眼前华丽欢乐的场面所感染，热烈地捏了一下她的手臂。一次她抬起目光，微笑的嘴唇里，匀称齐整的贝齿在闪闪发光，眼睛也在闪闪发光。他们朝外走时，他俯下身子在她耳朵边说：“你看上去可爱极了。”他们走到外面时，叫马车的服务员正打开车门，请两位小姐上车。

“你紧跟着我，我们也去叫辆车，”杜洛埃笑着说。

嘉莉几乎没听到他的话。这旋风般的生活画面充满了她的头脑。

马车在一家餐馆门口停下来，他们进去吃夜宵。时间不早了，这个念头在嘉莉头脑里只是模糊地一闪而过，反正她现在已经不受家规的约束了。假如她以前曾有时间形成一定的习惯的话，在这种场合习惯会起作用。习惯真是样怪东西，它能驱使一个没有宗教信仰的人从床上爬起来做祷告，这种祷告完全是习惯使然，而非宗教热忱。受习惯支配的人，一旦忽略了平常做惯的事情，他的心里会产生某种不安，一种脱离日常轨道带来的烦恼和不快，于是他想象这是良心在责备他，想象他听到了良心的声音在轻轻地督促他走上正轨。如果他过分地偏离了常轨，习惯的力量会强大到使这不动脑筋只凭习惯行事的人又回到老习惯来，因循守例行事。“好了，老天保佑，”这种人会这么说，“我总算尽了责任，做了我该做的事。”而实际上，他不过又一次照根深蒂固的老习惯做事而已。

嘉莉在家时并没有受到多少家教，没有树立起良好的生活原则。如果那样的话，她现在一定要饱受良心的责备而痛苦不堪了。他们这顿消夜吃得热乎乎的。走马灯般变幻的场景，杜洛埃身上无形的美好东西，以及佳肴美味，豪华饭店，在这种种因素的作用下，嘉莉的警觉放松了，她放心地听着和看着。城市催眠般的魅力又一次让她上当受骗。

“好了，”杜洛埃终于说，“我们该走了。”

吃饭时，他们一直在慢慢地消磨时间。他们的目光不时相接。嘉莉不觉感到他的目光中带有让她心跳的力量。他说话时喜欢用手碰碰她的手，好像要加深她的印象似的。现在当他说走时，他又碰了碰她的手。

他们站起来，走到外面街上。闹市区的行人已经寥寥无几，只有几个吹着口哨的闲逛者，几辆夜间行驶的街车，还有几家娱乐场仍开着门，亮着灯光。他们慢慢走着，出了华拔士街，杜洛埃滔滔不绝地说着那些趣事逸闻，他挽着嘉莉的手臂，说话时紧

紧地握着。每隔一小会儿，说了什么俏皮话以后，他就低下头，和她目光相交。终于他们到了台阶边。嘉莉站在一级台阶上，她的头于是和他的头一样高了。他抓住她的手，温柔地握着，他久久地凝视着她，而她沉思地四下看看，心里一片温暖。

就在这大约同一时刻，经过长长一晚上的忧思，敏妮正在酣睡。她侧身睡着，胳膊肘很不舒服地压在身子下。受了压迫的肌肉刺激了神经，使得睡意正浓的脑海里浮现出一片模模糊糊的景象。她梦见她和嘉莉不知站在哪个旧矿井的旁边。她可以看到高高的滑槽和一堆堆挖出的泥土和煤。她们俩伸长脖子朝一个很深的竖井往下看。她们可以看到下面很深的地方，有些潮湿的怪石。那个地方的井壁已经看不清，只留下一些暗影。井口有一个用来载人上下的旧筐子，用一根已磨损的旧绳子吊在那里。

“我们下去看看吧！”嘉莉说。

“不，别下去。”敏妮说。

“来，下吧！”嘉莉说。

她开始拉筐，把筐拽了过来，不顾敏妮的反对，她跨进筐里，已经往下去了。

“嘉莉！”她喊，“嘉莉，回来！”但是嘉莉已经下去很深了，暗影完全把她吞没了。

她摇着手臂。

现在，这神秘的幻影很奇怪地消失了。她发现来到了一片她从来没有去过的水边。她们正站在突出到水里去的某样东西上，那也许是一块木板，也许是伸入水中的陆地，也许是别的什么。嘉莉正站在这东西的顶端。她们四下张望，现在这东西开始往下沉，敏妮可以听到水漫上来的低低的声音。

“快过来，嘉莉！”她喊着，但是嘉莉继续往外走。她似乎渐渐地远去，她的喊声已经很难送到她的耳朵里了。

“嘉莉，”她喊道，“嘉莉！”但她自己的声音听上去那么遥远，只剩下一片茫茫水面，把一切吞没了。她怅然若失，痛苦地离去，那种难以名状的悲伤是她生平从未经历过的。

就这样，种种印象幻影掠过她疲乏的大脑，种种奇怪的梦境浮现出来，变成模糊的一片，一个幻觉接着一个幻觉。最后一个梦境使她喊了出来，因为嘉莉正从一块巉岩上失脚滑下去，而她的手指没有抓住她，她看见她掉了下去。

“敏妮！怎么了？喂，醒醒。”汉生被吵醒了，他摇着她的肩膀喊。

“什……什么事？”敏妮睡眼惺忪地问。

“醒醒，”他说，“翻一个身再睡。你在说梦话。”

个把星期以后，杜洛埃打扮得漂漂亮亮，举止潇洒地走进费莫酒家。

“你好啊，查理。”赫斯渥从他的小写字间探出头来说。

杜洛埃踱了过去，朝里望着坐在桌边的经理。

“你什么时候又要出门做生意?”他问。

“快了。”杜洛埃回答。

“这次你回来后，怎么很少看到你啊，”赫斯渥说。

“噢，我这一向很忙。”杜洛埃说。

他们随便聊了几分钟。

“嘿，”杜洛埃好像突然想到了什么似的说道，“我想请你哪天晚上抽空出来玩玩。”

“到哪里去玩?”

“当然到我家去。”杜洛埃说着微一笑。

赫斯渥探究地抬起头来，嘴角浮起一丝笑影。他用精明的目光仔细地看着杜洛埃的脸，然后很有绅士风度地说：“当然，我很高兴去。”

“我们可以好好玩玩尤卡扑克。”

“我带一瓶赛克白葡萄酒来行吗?”赫斯渥说。

“那当然好了，”杜洛埃说，“我要介绍你认识一个人。”

第九章　家庭不和的火种：势利眼看人

赫斯渥一家住在林肯公园附近的北区。那是一幢三层楼的砖瓦房屋，底楼比街道稍稍低一点儿，这种式样的房子当时很流行。一个很大的凸式窗子从二楼伸出来，屋前有一块长两丈五宽一丈的草坪，屋后还有一个院子，被隔壁人家的篱笆围在当中。那里有个马厩，是他养马和放马车的地方。

这栋楼有十个房间，住着他们一家四口：他和他妻子朱丽亚，他儿子小乔治和他女儿杰西卡。此外还有一个女仆，不过女仆的人选不停地在变换，哪儿来的姑娘都有，因为赫斯渥太太不是很容易侍候的。

“乔治，我昨天把玛丽打发了。”这一类谈话在他们家饭桌上经常可以听到。

“行啊，”他总是这么简单的回答一句。他早就厌倦这类怨气冲冲的话题了。

温馨的家庭气氛是世上最温柔最娇贵的一种花，没有什么东西能像它那样陶冶生活在其中的人们的品性，使他们变得坚强正直。从未在这种家庭环境中生活过的人们无法理解，为什么在听优美的音乐时，那奇妙的旋律会使人热泪盈眶，泪花在睫毛间闪烁。那种联结世人的心灵、激发他们情感的神秘心弦，是他们永远无法理解的。

赫斯渥的家说不上有这种温馨的气氛。这个家缺乏宽容体谅和关心爱护，而没有了这两样，家还算什么家呢？房间里家具精美，照居住者审美观看来，布置得很是典雅，足以给人安慰了。房间里铺了柔软的地毯，还有华贵的沙发椅和长沙发，一架大钢琴，一座无名艺术家雕的维纳斯大理石雕像，一些不知道从哪里收集来的小铜器饰物摆设。不过这类东西和别的一些小玩意儿，那些大的家具店一般都有出售，都是构成“尽善尽美家庭住宅”不可缺的。

在吃饭间有一架餐柜，里面排列着闪闪发光的酒具、器皿和玻璃装饰品。这餐柜的安排完善是不容置疑的。在这方面赫斯渥是内行，他从事的工作使他对此有了多年的研究心得。他很喜欢给每个新来的女仆谈谈这门酒具陈列的艺术。不过他并不是个饶舌的人，相反，在对待家庭事务方面，他抱着一种人们称为绅士风度的态度：优雅含蓄。他不和人争论，也不随便开口。在他身上有一种独断专行的派头。遇到没法纠正的事情，他就睁一眼闭一眼；而对无能为力的事情，他往往就绕开走了。

曾经有一段日子，他非常疼爱杰西卡。那时他年纪还轻，事业上的成功还很有限。但是现在杰西卡 17 岁了，养成了一种冷漠独立的性格，这当然不会有助于增进父母的疼爱。她还在上高中，对于人生的见解，完全是贵族那一套。她喜欢漂亮的衣服，不断要求添置新衣服。满脑袋装的是恋爱婚姻建立豪华小家庭的设想。在学校里她结识了一些比她家有钱的女孩子。她们的父亲都是当地生意兴隆的公司商号的老板或者合伙人，所以这些女孩言谈举止中带有富家女子的那种傲气。杰西卡在学校里只和这些人交往。

年轻的小赫斯渥20岁了，在一家大房地产公司做事，很有发展前途。家庭开销他是一点不负担的。家里人认为他正攒钱准备投资房地产。他有几分才能，十分虚荣，爱好寻欢作乐，不过迄今为止他还没有让这方面的爱好损害他的责任心，不管他有什么责任心。他在家里进进出出，忙着他自己想干或者爱干的事，有时跟他母亲说上几句，有时和他父亲聊聊某件小事。不过总的来说，他的话题不超过闲聊的范围。他并不向家里任何人暴露他内心的愿望，他也没发现家里有人对此特别关心。

赫斯渥太太是那种爱出风头的女人，不过多多少少总有一些懊丧，因为总是发现某人在某方面比她更胜一筹。她的生活知识包括了上流社会人们的日常生活。她想跻身那个社会，可至今尚未如愿。她并非缺乏自知之明，看不出她这辈子别指望梦想成真，她把希望寄托在女儿身上，指望通过杰西卡，她的社会地位能有所提高。如果小赫斯渥事业成功，她可以在人前炫耀一番。其实赫斯渥本人干得也不赖。她盼望他的那桩房地产小投机生意能成功。目前他的财产还不大，不过他的收入很可观，他与老板费支杰拉德和莫埃的关系稳固，这两位先生和他保持着一种友好的关系。

可想而知，这么几个人组成的家庭会有什么气氛。这种气氛可以从无数次谈话中感觉出来。而且每次谈话都是大同小异。

“明天我要去福克斯湖，”星期五晚上小乔治在饭桌上宣布。

“去那里干吗？”赫斯渥太太问道。

“埃迪·法华买了条新汽艇。他请我去看看这船怎么样。”

“花多少钱买的？”他母亲问。

“二千多元。他说那船很漂亮。”

“老法华一定在赚大钱，”赫斯渥插了一句。

“我想那不假。杰克告诉我说，他们正运货去澳大利亚。他还说，他们上周给开普敦运去了一大箱。”

“真是想不到，”赫斯渥太太说，“四年前他们还住在麦迪生大街的地下室呢。”

“杰克告诉我，他们开春要在罗贝街盖一栋六层楼的大楼。”

“真了不起。”杰西卡说。

这一次赫斯渥想早点离家。

“我想，我该到市里了。”他说着站起身来。

“星期一我们去不去麦克维克家呢？”赫斯渥太太问道，她仍坐在那里没有站起来。

“去好了。”他无所谓地回答。

他们继续吃饭，他上楼去取帽子和大衣。不久大门咔嚓响了一下。

“我猜爸已经走了。”杰西卡说。

杰西卡的学校新闻是另一种闲聊内容。

“学校要在礼堂楼上演一出戏。”她有一天报告说，“我也要参加。”

“真的?”她妈妈说。

“是真的，我要做一套新衣服。学校里好几个最出色的女孩都要参加演戏。巴麦小姐将演女主角波希霞。”

“是吗?”赫斯渥太太说。

“他们还找到玛莎·格里娥参加。她自以为会演戏。”

“她家很穷，是吗?”赫斯渥太太同情地说，“她家什么也没有，是吗?”

“是啊，”杰西卡回答，“他们穷得像教堂里的老鼠。”

学校里的男孩子们不少为她的美貌倾倒。她对于他们掌握着最严格的分类标准。

“你觉得怎么样?”有一天傍晚她对她妈妈说，“那个赫伯特·克兰想要和我交朋友呢。”

“他是谁啊，亲爱的?”赫斯渥太太问。

“噢，无名之辈，”杰西卡说着噘起了她美丽的嘴唇，“他只是学校里的一个学生。他什么也没有。”

当肥皂厂主的儿子小布里福陪她回家时，她的态度就完全不一样了。赫斯渥太太正坐在三楼的摇椅里看书，正巧抬头朝窗外看。

“你刚才和谁在一起，杰西卡?”杰西卡上楼来时，她问道。

“是布里福先生，妈妈。”她回答。

“是吗?”赫斯渥太太说。

“是的。他想和我一起到公园去散散步。”杰西卡解释道，因为跑上楼来脸上现出了红晕。

“好吧，宝贝，”赫斯渥太太说，“别去太久了。”

当这两个人走在马路上时，赫斯渥太太很感兴趣地在窗口看着。这样的事情是她乐意看到的，是的，非常乐意。

赫斯渥在这样的气氛里已经生活了多年，从未费心去思索它。他天生不愿烦神去追求更完美的生活，除非那种生活就在面前，和他目前的生活对比鲜明。事实上，他有得有失：他对他们在日常琐事上的自私冷漠感到恼怒，但有时又为他们讲体面摆排场而欣欣然，因为在他看来这有助于提高他们的尊严和社会地位。他经营的酒家，那才是他生活的中心。他大部分时间都泡在那里。傍晚回家时，这家看上去还是很不错的。饭菜是一般仆人能烧出的那种，不过很少有令人难以下咽的时候。此外，对于儿女们的谈话，他也感兴趣，他们看上去气色总是那么好。赫太太爱虚荣，所以总是打扮得花枝招展的。赫斯渥认为，这总比朴素无华好得多。他们之间已经谈不上爱情了，不过也没有很大的不满。她对任何事物都没有什么惊世骇俗的见解。他们之间谈得不多，所以不至于引起什么争执。照普通流行的说法，他们同床异梦。有时他会遇到某个年轻活泼风趣的女人，相形之下，他的太太似乎大大不如。但是这种艳遇引起的不满是短暂的，因为他必须考虑自己的社会地位和利害得失。他不能让他的家庭关系出毛病，因为这样会影响他和老板的关系，他们不希望出丑闻。担任像他这样职位的人必须举止庄重，名誉清白，有一个体面的家庭立脚。因此他一举一动都很谨慎。下午或者星期天需要到公共场所露面时，他总是带上妻子，有时还加上他的子女。他到当地的游乐场所或者到附近威司康星州的度假地去住上两天时，总是规规矩矩，彬彬有礼，只到人们通常去的地方闲逛，只做人们通常做的事。他知道这样做的必要性。

他所认识的许多中产阶级成员中，如果哪个有钱的家伙在私生活上遇到了麻烦，他总是摇摇头，这种事情不谈为妙。假如和那些可以算得上亲密朋友的人们谈起来，他会批评这事干得太愚蠢："本来这事也算不得什么——哪个男人不做这种事呢——可是他为什么不小心一点呢？一个男人再小心也不为过分的。"他对于那些犯了错误又被人发现的家伙是不同情的。

为了这个缘故，他仍然花点时间带他太太去交际应酬。要不是他有需要应酬的人，要不是还有一些和她在场不在场无关的娱乐，这种时候本来会很令人乏味的。有时候他怀着好奇心观察着她，因为她风韵犹存，还有男人会朝她注目。她态度和气，爱慕虚荣，喜欢听人吹捧。他很清楚，这一切加在一起，有可能会给她那样家庭地位的妇女带来悲剧。就他的想法而言，他对女性没有多少信心。他的妻子从来不具有那种美德，可以赢得他这种人的信任和仰慕。他看得出，当她还热爱着他时，可以对她放心。可是一旦没有爱情来约束她——那么，也许会出什么事的。

近一两年来,家庭开销似乎很大。杰西卡不断要添置漂亮的新衣服,赫斯渥太太不愿意让女儿盖过自己,所以也不断更新她的服饰。过去赫斯渥对此从来没有说过什么,可是有一天他发了点牢骚。

"这个月杰西卡要买套新衣服。"赫斯渥太太一天早上说道。

赫斯渥当时正穿着一件做工讲究的西装背心站在镜子前打扮。

"她不是才买了一套新衣服吗?"他说。

"那套衣服是晚装。"他妻子心安理得地说道。

"看起来，"赫斯渥回答道，"她最近添衣服花的钱可不少了。"

"是啊，可是她现在比过去交往多了。"他妻子这么结束了这番谈话，不过她注意到他的语气里有一点以往没有的东西。

他是一个不常旅行的人。不过他如果出门的话，总是习惯地带上她。最后市议会安排了一次到费城的访查旅行，要去十天时间，赫斯渥也接到了邀请。

“那时没人认识我们。”一位市议员先生对他说。他的绅士外表几乎无法遮掩他满脸的无知和淫欲，头上总是戴着一顶非常气派的高顶丝礼帽。“我们可以好好乐一乐。”他的左眼牵动了一下，算是眨眼了。“你一定要和我们一起去，乔治。”

第二天赫斯渥就把自己的打算告诉他妻子。

“我要离开一下，朱丽亚，”他说，“去几天工夫。”

“去哪里？”她抬起头来问道。

“去费城，是公事。”

她故意看着他，等着他的下文。

“这一次我不带你一起去了。”

“好吧，”她答道。不过他看得出，她心里对这事起了疑心。临走前，她又问了他几个问题，这使他很恼怒。他开始感到她是一个讨厌的包袱。

这次旅行，他玩得很痛快。到结束时，他还舍不得走。他并不是个喜欢支吾其词的人，而又讨厌就这事做任何解释。所以他只笼统地讲了几句就把这事情搪塞过去了。但是赫斯渥太太在心里对这事琢磨了很久。她坐马车出门比以前频繁了，衣服穿得更考究了。她还经常上戏院看戏，要弥补自己这次的损失。

这种气氛很难称为家庭气氛。这种家庭生活靠习惯的力量和传统观念维系着，随着时间的推移，会变得越来越干枯——最终成为一团火绒，很容易着火，把一切烧毁。

第十章　冬天的忠告：幸福使者来访

考虑到世人对女人及其责任的态度，嘉莉的心理状态值得我们的探讨。人们用人为武断的尺度衡量她的行为，社会拥有评判一切事物的传统标准：男人都应该做好人，女人都应该有贞操。因此我们要问：歹人，汝堕落为何？

尽管斯宾塞和现代自然哲学家们已经做了大量分析，我们对道德的理解仍很幼稚肤浅。道德问题不是单靠进化论就能解释的。单纯符合世上万物的规律是不够的，因为道德问题比这更深奥，也比我们迄今所理解更复杂。首先，谁能回答心灵为什么会颤动？又有谁能解释为什么有些哀伤的曲子在世上广为流传，经久不衰？最后又有谁能说清是什么炼丹术使得玫瑰不分阴晴，总是鲜花满树，像红灯高挂枝梢？这些事实的本质中蕴藏着道德的最基本原则。

“啊，”杜洛埃想，“我这次的胜利真是妙不可言啊！”

“唉，”嘉莉感到悲哀和担忧，“我失去的是什么？”

我们面对着这个古老的问题认真思索，既感兴趣又觉困惑，努力想找出道德的真谛，寻求正确行为的真正答案。

照某些社会阶层的标准看，嘉莉现在的境遇是够舒服的了——在那些忍饥挨饿，饱受凄风冷雨之苦的人们眼里，她现在已进入风平浪静的安全港。杜洛埃在西区正对着联合花园的奥登广场租了三间带家具的房间，那是个绿草如茵，空气清新的小地方，如今在芝加哥再没有这么美的地方了。从窗户看出去，景色美不胜收，令人心旷神怡。最好的那个房间俯瞰着公园的草坪。那里的青草已枯黄，草丛中露出一个小湖。光秃秃的树枝在寒风中摇摆，树梢后面耸立起联合公园公理会教堂的尖顶，再远处，还有好几个教堂的塔楼耸立着。

房间布置得舒舒服服。地上铺着漂亮的布鲁塞尔地毯。暗红配淡黄的鲜艳底色上织着插满奇花异卉的大花瓶图案。两扇窗子之间有一个大穿衣镜。房间的一个角落里摆着一张大而柔软的长沙发，上面蒙着绿厚绒面子，还有几把摇椅散放着。几张画，几块小地毯，还有几件小古玩，这些就是屋里的全部摆设了。

在前屋后面的卧室里，有嘉莉的一个大箱子，是杜洛埃给她买的。壁橱里挂着一长排衣服——她从未有过这么多衣服，而且款式和她那么相配。另外还有一个房间，打算作厨房，杜洛埃已经要嘉莉在那里装了一个简易活动煤气炉，以便烧些简单的便餐和杜洛埃爱吃的牡蛎、烤奶酪面包之类的食品。最后还有个洗澡间。整个房子很舒

适，点着煤气灯，还有调温取暖设备，那种设备还带有一个衬着石棉的炉栅，是当时刚采用的，令人非常舒适愉快。由于嘉莉天生勤快爱干净，如今爱干净的脾气更有所发展，这地方收拾得非常舒适，令人愉快极了。

嘉莉就在这种惬意的地方安顿下来，摆脱了那些一直威胁着她的生活上的困顿，可是同时她又添上了许多心理上的负担。她的人际关系发生了如此大的改变，真可以把她看成是一个与旧日告别的新人。她从镜子里看到一个比以前漂亮的嘉莉，但是从她脑中的那面镜子里，她看到了一个比以前丑恶的嘉莉，那面镜子代表了她自己的看法和世俗的见解。她在这两个影像之间摇摆不定，不知道该相信哪个好。

“天哪，你真是个小美人！”杜洛埃喜欢常常对着她惊呼。

于是她就睁着大眼睛高兴地望着他。

“你知道你有多美，是不是？”他会接着说。

“嗯，我不知道。”她这么回答。因为有人认为她美，她心里不禁感到欣喜，尽管她相信自己很美，她还是不敢肯定，生怕自己太虚荣，自视过高。

可是她的良心可不会像杜洛埃那样奉承她。她从良心那里听到的是另一种声音。她在心里向这个声音辩白着，恳求着，为自己开脱着。归根结底，这良心也不是一个聪明正直的顾问。这只是世俗庸人那种渺小的良心，其中混杂着世人的见解，还有她过去的环境、习惯、风俗造成的影响。有了这良心，世人的声音就真的被当成上帝的声音。

“唉，你堕落了！”那声音说。

“为什么这么说呢？”她问道。

“看看你周围的那些人吧，”那声音在轻轻地说，“看看那些好人。他们不屑于做你做的事。看看那些好姑娘。要是让她们知道你那么经不住诱惑，她们会躲开你。你没有奋斗就放弃了努力。”

嘉莉一个人在家，独自看着窗外的公园时，她会听到这个声音在对她说话。不过也不是常常听到——只有在没有旁的事情打岔时，在她对目前的舒适感觉不太强烈，而且杜洛埃又不在家里时，这个声音才会出现。这声音起初很清晰，不过嘉莉从来没有完全信服过，因为她总有话回答：12 月严冬的威胁啦，她很孤单啦，她有需求啦，她怕呼啸的寒风啦等等。贫困的声音替她做了回答。

明媚的夏天一过去，城市披上了灰濛濛的外衣。整个长长的冬天，它穿着这件色调灰暗的外衣从事着各种活动。那无数的楼房，那天空，那街道，都蒙上了一层灰暗的色调。光秃秃的树木以及在风中飞舞的灰尘和废纸，更增添了阴沉严峻的气氛。寒风在长长窄窄的大街上扫过，风中似乎有什么东西引起人的惆怅。并非只有诗人、艺术家，或者感情细腻的上流人物才感受到了这种愁思。连狗和普通人都受了感染。他们的感受和诗人一样深刻，只是他们无法像诗人一样表达自己的感觉。停在电线上的麻雀，躲在门洞里的猫，还有负重跋涉的辕马，都感受到了悠长刺骨的冬的气息。世上万物，一切有生命的和没有生命的东西，都深切感受到这气息刺心入肺。要是没有那些欢乐的炉火，没有以营利为目的的商业活动，没有出售欢乐的游乐场所，要是没有那些在店堂内外照常展出的货物，没有街上那些花花绿绿的招牌，没有熙熙攘攘的顾客，我们会迅速感受到冰冷的冬之手沉重地压在我们心上。碰到阴雨天，太阳不肯赐予我们那一份应得的光和热，这种日子是多么让人沮丧啊！我们对光和热的依赖，远远超出了常人的想象。我们只是一群由光和热孕育的昆虫，离开了光和热，我们就不复存在了。

在这种灰濛濛的漫漫寒冬，良心这隐秘的声音就越来越弱，越来越无力了。

这种思想斗争并非时时浮上心头。嘉莉并不是一个郁郁寡欢的人，她也没有不达真理誓不罢休的决心。她在这个问题上左思右想，陷入了逻辑混乱的迷宫，实在找不出一条出路，于是她就干脆不去再想。

杜洛埃在此期间的处事行为堪称他那一类人的楷模。他带着她到处玩，在她身上花钱，甚至出门做生意也带上她。他在近处做生意时，有时也会留她一个人在家过两三天。不过总的来说，他们经常在一起的。

他们这么安顿下来不久，有一天早上杜洛埃开口道："听我说，嘉莉，我已请了我的朋友赫斯渥哪天晚到我们家来玩玩。"

"他是谁?"嘉莉疑虑地问道。

"噢，他是费莫酒家的经理，人很不错。"

"那酒家又是怎么一回事呢?"

"是城里最好的酒家，是个高级豪华的地方。"

好一会儿，嘉莉感到困惑。她想着杜洛埃的话，不知自己在这种情况下该如何自处。

"没关系的，"杜洛埃看出她的心思就说道，"他什么也不知道。你现在就算杜洛埃太太。"

这话在嘉莉听来，有些轻率不体谅人。她看得出杜洛埃的情感不那么细腻。

"我们为什么不结婚呢?"想起他的海誓山盟，她不禁问道。

"嗯，我们当然要结婚的，"他说，"等我那笔小买卖一脱手我们就结婚。"

他指的是某个产业。他曾经告诉她他有这份产业在手头，需要他操心和整顿一番，以及诸如此类的事。不知怎么一来，这事儿牵制了他，使他不能随心所欲，心安理得地解决个人问题了。

"等我一月份从丹佛做生意回来，我们就结婚。"

嘉莉把这些话当作了希望的基础——这对她良心来说是一种安慰，一种愉快的解决办法。一旦他们结了婚，她的错误就纠正了，她的行为也就无可非议了。

事实上，她并不爱杜洛埃。她比他聪明，隐隐约约地，她已看出了他的缺点。如果不是这样的话，如果她不能对他有所评价和认识的话，她的境况还会糟糕一些，因为她会爱上他。她会害怕得不到他的爱，害怕失去他的欢心，害怕被抛弃而无所归依。她会被这种担忧弄得痛苦不堪。而现在，她的感情有点动摇不定。一开始她急于完全得到他，随后，就泰然处之，耐心等待了。她还不能确定，她究竟对他有什么看法，也不敢肯定自己到底想做些什么。

赫斯渥来访时，她发现他在各方面比杜洛埃聪明。他对她表示的那份恭维，是每个女人都会赏识的。他并不吓得唯唯诺诺，也不太放肆大胆。他的最大魅力是殷勤周到。他的职业使他训练有素，善于讨好那些春风得意的男性同胞，那些光顾他的酒店的商人和高等专业人员。那么，在遇到一个让他着迷的人物时，他当然会使出更高明的手段，博取好感。一个美貌女子，不管她有何种优美情感，总是激发他施展最大的魅力。他温和、宁静、自信，给人的印象是他只想为你效劳——能做些什么令女士更高兴。

在这种事情上，杜洛埃也是很有一套的，只要他认为值得下一番功夫。但是他太自高自大，缺乏赫斯渥那份温文尔雅。他太轻浮快活，太爱寻欢作乐，又太自信了。他在勾引那些初出茅庐，缺乏爱情经验的姑娘时往往成功。但是碰到稍有经验，情感高雅的女子时，他就一筹莫展，不能得手了。在嘉莉身上，他看到的是后一类姑娘，而不是前者。事实上，机会自己送上门来，他太运气了。再过几年，等嘉莉稍有一点阅历，生活上稍稍顺利一些，那他就别想接近她了。

“你这儿该置一架钢琴才对，杜洛埃。”那天晚上赫斯渥朝嘉莉微微一笑，说道，“这样你太太就可以弹弹琴了。”

杜洛埃原来没有想到这一点。

“不错，我们该买一架。”他很乐意地说。

“我不会弹琴。”嘉莉鼓起勇气说。

“这一点不难学的，”赫斯渥回答道，“几星期下来你就能弹得很好了。”

那天晚上，他保持着最佳精神状态来助兴逗趣。他穿着一身特别考究的新衣服，领子挺括地翻下来，显然是用最高级的衣料做的。背心是用昂贵的苏格兰花呢做的，上面钉着两排珠母圆扣，他的领结是发光的丝织品，颜色既不花俏，也不太素净。他的衣服不像杜洛埃的那样引人注目，但是嘉莉可以看出料子的高雅。赫斯渥脚上穿了一双黑皮鞋，是用柔软的小牛皮做的，只擦得微微发亮。杜洛埃穿的是漆皮鞋。但是嘉莉感到，考究的衣服还是配软牛皮鞋好。她几乎是无意识地注意到这些细节。平常看惯了杜洛埃的穿着，在这种场合，这些细节自然而然地就显露了出来。

“我们来打尤卡扑克好吗？”谈了一会儿话以后赫斯渥提议说。他态度圆活，避开任何让人看出他知道嘉莉过去的话题。他的谈话完全不涉及个人，只说些和任何人无关的事情。他的举动使嘉莉感到轻松自如了，他的殷勤和风趣又让她感到愉快。对她说的每一句话，他都装出一副很认真很感兴趣的神气。

“我不会打牌。”嘉莉说。

“查理，你可没有尽到你的责任啊！”他对杜洛埃非常和蔼可亲地说。“不过，”他又继续说，“我们俩可以一起教你。”

他这么使手腕，使得杜洛埃感到他很佩服他的选择。他的一举一动都表示他很乐意和他们在一起。于是杜洛埃感到和他更亲近了，这也增加了他对嘉莉的尊重。由于赫斯渥的赏识，他对她的美貌有了新的认识。气氛大大地活跃起来。

“来，让我瞧瞧你的牌。”赫斯渥说着，彬彬有礼地从嘉莉背后看过去。“你有些什么牌？”他看了一会儿。“你的牌很不错。”他说。

“你的运气很好。来，我来教你怎么打败你丈夫。你听我的。”

“喂，”杜洛埃说，“如果你们两个串通作弊，我就一点赢的希望也没有了。赫斯渥一贯是个打牌高手。”

“不，是你太太。她给我带来好运。她为什么赢不了呢？”

嘉莉感激地看着赫斯渥，又朝杜洛埃微笑。赫斯渥装出一副普通朋友的样子，好像他来这里只是为了愉快地消磨时间，嘉莉所做的只是让他愉快罢了。

“好，”他说，他不把自己手里的好牌打出去，存心让嘉莉能够赢一回，“我看初学打牌能打得这样，成绩不赖啊！”

嘉莉看到自己要赢这一盘了，开心地笑了。有赫斯渥帮她的忙，看来她是战无不胜的了。

他并不经常看她。即使看时，也只用温和的目光。他的眼神里只显出愉快与和气，看不出一丝邪意。他把他的狡黠和精明都收了起来，显出一脸的正气。嘉莉毫无疑心，以为他醉心于眼前的打牌的乐趣里。她感觉得出，他认为她打得很不赖。

“打牌没有点彩头太不公平了，”过了一会儿，他把手指伸进上装放硬币的小口袋，说道，“我们来下1角钱的注吧！”

“好。”杜洛埃说着去掏他的钱。

但是赫斯渥抢在他前面，已抓了满满一把1角的新硬币出来。“给。”他说着在每人面前堆了一小堆硬币。

“噢，这是赌博，”嘉莉笑着说，“这样可不好啊！”

“没关系，”杜洛埃说，“只是好玩而已。只要你只赌10美分，你还是可以上天堂的。”“你先不要和我们说道德吧，”赫斯渥温和地对嘉莉说，“等看谁赢了钱再说。”

杜洛埃微微一笑。

“如果你丈夫赢了钱，他会告诉你赌钱有多不好的。”

杜洛埃大声笑了起来。

赫斯渥说话时带着讨好的口气，他的意思那么明显，连嘉莉也听出了话中的诙谐意思。

“你什么时候出门?”赫斯渥问杜洛埃。

“星期三。”他回答。

“你丈夫经常出门，太不像话了，是不是?”赫斯渥对嘉莉说。

“她这次和我一起去。”杜洛埃说。

“你们走以前，一定要和我一起去看场戏。”

“没问题，”杜洛埃说，“你说呢，嘉莉?”

“我很愿意。”她回答。

赫斯渥尽量设法让嘉莉赢了这些钱。他为她赢了钱高兴，一遍遍数她赢的钱，最后把钱堆在一起，放在她伸出的手里。接着他们一起吃了顿点心。吃饭时，他给大家斟上酒。饭后，他很识体地告辞了。

“对了，”他目光先注视着嘉莉，然后看着杜洛埃说道，“你们7点半准备好，我来接你们。”

他们陪他走到门口。他的马车停在那时，黑暗中车上的红灯发出愉快的光芒。

“听我说，”他用老朋友的口气对杜洛埃说道，“下次你留你太太一个人在家时，你得让我带她出去玩玩，这样她不至于太寂寞。”

“行啊!”杜洛埃说，对赫斯渥的好意感到高兴。

“你太客气了。”嘉莉说。

“这不算什么。”赫斯渥说。“换了我，我也会希望你丈夫这么关照我的。”

他微笑，轻快地走了，给嘉莉留下了深刻的印象。她从未与这样气度不凡的人有过交往。至于杜洛埃，他感到同样的愉快。

“真是个好人，”他们回到舒适的房间时，他对她说道，“而且和我很要好。”

“好像是的。”嘉莉说。

第十一章　时尚在诱惑：情感在自卫

嘉莉善于学习有钱人的生活方式，模仿幸运儿们的种种浅薄表面的东西。看见一样东西，她就会问自己，如果适当地穿戴在她身上，会是什么样子。我们知道，这当然不是美好的情感，也不是智慧。智者不会为这种事情苦恼，愚人也不会为此不安。鲜衣美服对嘉莉有着巨大的诱惑力。每当她走近它们，它们似乎在狡猾地轻声自我夸耀，她心中的欲望使她乐意倾听这些声音。啊，这些无生命的东西却有多么动听的声音！谁能替我们把这些宝石的声音翻译出来呢？

“亲爱的，”从帕特里奇公司买回来的花边领饰对她说，“你戴上我显得多美啊！不要把我扔了。”

“啊，这么小巧的脚，”那双新买的软牛皮鞋说道，“穿上我，这脚多可爱啊！要是没有我的帮助，那将多可惜啊！”

这些东西一旦拿在手上，穿在身上，她也许会在梦中想到放弃它们。这些东西来路不正的想法也许会使她非常痛苦，她不愿去想这个问题。但是她绝不会舍得放弃这些东西。她的良心会向她呼吁：“穿上那些旧衣服，穿上那又旧鞋子吧！”但是这些呼吁是徒劳的。她也许能克服对饥饿的恐惧，去过从前的日子。在良心的最后压力下，她也许能克服对做苦工和过狭隘生活的抵触情绪。但是要她损害自己的容颜。要她穿上破衣烂衫，露出一副寒碜相吗？绝对办不到！

杜洛埃助长了她在这个问题和其他相关问题上的看法，进一步削弱了她对物质引诱的抵抗能力。如果别人的见解正符合我们心中的愿望，这种情况是很容易发生的。他发自肺腑的一再赞扬她的美貌，他又那么仰慕地看着她，使她充分意识到美貌的重要。眼下她还不必像漂亮女人那样搔首弄姿。但是这方面的知识她学得很快。像他那一类人一样，杜洛埃有个习惯，喜欢在街上观察那些穿着时髦或者长相漂亮的女人，对她们评头品足。他具有女性那种对服饰的喜爱，因此在这个问题上很有眼光，尽管他在智力问题上一窍不通。他注意到她们如何迈出小巧的脚，如何微微扬起下巴，如何富有曲线美地用优美的姿势扭动身子。对他来说，一个女人风骚巧妙地摆动臀部的姿势就像美酒的色泽对酒徒那样具有吸引力。他会回过头去，用目光久久追踪着渐渐远去的身影。他会孩子般地以一股不加遏止的热情大大激动起来。他爱慕女人们自己珍视的东西——翩翩风度。他像一名忠实的信徒，和她们一起拜倒在这神龛面前。

“你看到那个刚刚走过去的姑娘吗？”第一天他们一起上街散步时，他就对她说道，

“她走路姿势很美，对不对?”

嘉莉注意看看被推崇的优美姿态。

“不错，她走路姿势很好看。”她愉快地回答，脑子里就想到也许自己在这方面有些小缺陷。既然那人的步态好看，她得更仔细地看看。本能地，她就想模仿那种姿态。当然，她也能这么走的。

像她那么聪明的姑娘一旦看到某些东西被一再强调，受到推崇和赞赏，就会看出这种事的诀窍来，并付诸实践。杜洛埃不够精明，看不出这么做太没有策略了。他本应该让嘉莉和她自己比，而不是和比她自己强的女人比，这样事情会好得多。如果他是在和一个阅历丰富的女子打交道，他不会干出这种蠢事来的。但是他把嘉莉看作一个初出道的黄毛丫头，又没有她聪明，无法理解她的感情。于是他继续开导她，也继续伤害她。对一个自己日益爱慕的女子不断开导和伤害，实在是一件蠢事。

嘉莉心平气和地接受了他的教诲。她看出杜洛埃喜欢的是什么，模模糊糊地也看到了他的缺点。一个女人得知一个男人公然到处留情，她对他的看法就会下降。她认为世上只有一个人配受最高的恭维，那就是她自己。如果一个男人能获得众多女子的欢心，他一定惯于对她们个个灌蜜糖。

在他们住的公寓大楼里，她接受了属于同一性质的教诲。

同一个楼里住着一个戏院职员海尔先生。他是斯坦达戏院的经理。他的妻子是一个年纪 35 岁浅黑型的可爱女人。他们属于如今在美国很普通的那一种人：靠工资过着体面生活的人。海尔先生每星期 45 元薪水。他的妻子很有魅力，模仿少年人的心思，反对那种操持家务，养儿育女的家庭生活。像杜洛埃和嘉莉一样，他们租了三室一套的房间，在嘉莉楼上。

嘉莉搬来不久，海尔太太就和她有了交往，一同出去走走。很长时间，这是她唯一的同伴。经理太太的闲聊成了她认识外部世界的渠道。那些浅薄无聊的东西，那种对财富的崇尚，那些传统的道德观念，从不动脑筋的经理太太那里像筛子一样漏了出来，使嘉莉一时头脑糊涂起来。

另一方面，她自己的情感却是一种净化心灵的力量。她内心有一种不断促使她努力向上的力量，这一点是不能否认的。那些情感通过心灵不断地召唤着她。门厅对面的套房里住着一个年轻的姑娘和她母亲。她们是从印第安纳州伊凡斯维城来的，一个铁路会计师的妻子和女儿。女儿来这儿学音乐，母亲来陪伴她。

嘉莉没有和她们结识。但是她看到那个女儿出出进进。有几次她看到她坐在客厅的钢琴前，还经常听到她弹琴。这少女就其身份而言，穿得过分考究。手指上戴着一两枚宝石戒指，弹琴时戒指在她雪白的手指上闪光。

嘉莉现在受到了音乐的感染。她的易感的气质和某些乐曲发生了共鸣，就好像竖琴的某根弦会随着钢琴上相应的琴键按动发生共鸣一样。她的情感天生细腻，某些忧伤的曲子在她心里引起了朦胧的沉思，勾起她对自己欠缺的东西的渴望，也使她更依恋自己拥有的美好东西。有一首短歌那位年轻的小姐弹得特别温柔缠绵。嘉莉听到从敞着门的楼下客厅里传出了这支歌。那正是白昼与夜色交替之际。在失业者和流浪汉的眼里，这种时刻给世事蒙上了一层忧伤沉思的色调。思绪飘回遥远的过去，带回几束业已干枯的残花，那些消逝的欢乐。嘉莉坐在窗前朝外看着。杜洛埃从上午10点出去还没有回来。她一个人散了会儿步，看了一会儿贝塞·M·克莱写的一本书，是杜洛埃丢在那里的。但是她并不怎么喜欢这本书。然后她换了晚装。当她坐在那里看着对面的公园时，正像渴求变化和生命的自然界在这种时刻的情绪一样，她心里充满着企盼和忧愁。正当她思索着自己的新处境时，从楼下的客厅里悄悄传上来那支曲子，使她深受感到，百感交集。她不禁回忆起在她有限的生涯中那些最美好最悲伤的事情，一时间她悔恨自己的失足。

她正沉浸在这种情绪中，杜洛埃走了起来，带来一种完全不同的气氛。暮色已经降临，但是嘉莉忘了点灯。炉栅里的火也已经很微弱了。

“你在哪里，嘉德?”他用给她取的爱称，叫着。

“在这里，”她说。

她的声音里流露出哀怨和孤独的情绪，可是他没有听出来。他身上没有诗人的气质，不会在这种场合下弄清女人的心思，在人生的悲哀中给她以安慰。相反，他划了根火柴，点亮了煤气灯。

“喂，”他叫了起来，“你在淌眼泪啊!”

她的眼睛里含着残留的泪痕，还没有干。

“嘘!”他说，“你不该哭的。”

他握着她的手，从他的自我主义出发，好心肠地认为她之所以哭，也许是因为他不在家她感到孤单的缘故。

“好了好了，”他继续说，“现在一切都好了。我们伴着这音乐来跳一圈华尔兹舞吧!”

再没有比这更不合时宜的提议了。嘉莉马上看清他无法理解她的感情，给她以同情。她还无法清楚地指出他的缺点或者他们之间的差别，但是她已经感到了。这是他犯的第一个大错。

傍晚，那个女孩在母亲的陪伴下迈着轻快的步子外出，杜洛埃对她的风度大加赞赏。这使嘉莉意识到女性那些时髦的姿态和动作的性质和意义：它们使人显得气度高雅，不同凡响。她在镜子面前，学着铁路会计师女儿的样子，噘起嘴唇，同时把头微微一扬。她轻盈地一摆身子提起裙子——杜洛埃不是在这女孩和别的女人身上一再指出这个动作吗，而嘉莉是天生善于模仿的。她开始学会了那些美貌虚荣的女子无一例外会做的小动作。总之，她关于举止风度的知识大大增加了。她的外表也随之发生了变化：她成了一个风韵不凡的姑娘。

杜洛埃注意到了这些变化。那天早上他看到她头发上的新蝴蝶结和新发式。

“你那样髻头发很好看，嘉德。”他说。

“是吗?”她甜甜地回答。在同一天她又试了一些别的时髦玩意儿。

她的步履比以前飘逸，这是模仿铁路会计师女儿的翩翩风度的结果。这同一楼的年轻小姐对她的影响真是一言难尽。正是因为这些，当赫斯渥来访时，他所看到的那个年轻女人已不再是杜洛埃第一次搭讪的嘉莉了。她的服饰上和举止上的缺点已经基本上纠正了。她秀丽可爱，举止优美，由于缺乏自信而羞羞答答。大大的眼睛里带着一种孩子般的表情，这表情一下子吸引住了这位惺惺作态的正人君子。这种清新的魅力古而有之。他的情感还保留着一份对天真烂漫的青春魅力的赏识，现在这份情感被重新点燃了。他看着她的美丽的脸颊，感觉到微妙的生命之光正从那里散发出来。从她清澈的大眼睛里看不到一丝他耽于声色的天性看惯的狡猾。她的那点小小的虚荣心，他如果能看出来的话，只会使他感到有趣。

“真奇怪，”当他坐着马车离去时，心里在想，“杜洛埃这家伙怎么能把她弄到手。”

他一眼就看出她的情感比杜洛埃高雅。

马车在颠簸着前进，两旁的煤气路灯迅速向后退去。他的戴了手套的双手十指交叉着抱在胸前，眼前只看见灯光下的房间和嘉莉的脸，心里想着妙龄美人给人的乐趣。

“我要送她一束花，”他心里盘算着，“杜洛埃不会介意的。”

他在心里一刻也没有对自己掩盖他迷恋她的事实。他并不为杜洛埃的先得手这事实担心。他只是让自己的思绪像游丝般地飘浮着，指望这思绪像蜘蛛丝一样，会挂在什么地方。他不知道也不可能猜出结果会是什么。

几星期以后，到处旅行的杜洛埃刚从俄玛哈短程出差回来，在芝加哥街上遇到一个穿着华丽的女人，是他众多老相识之一。他本来打算赶快回奥登广场给嘉莉一个惊喜，现在在这个熟人谈上瘾了，就改变了初衷。

“走，一起吃饭去。”他说道，一点也没想到有可能碰到熟人，惹起麻烦。

“好啊！”他的同伴说。

他们一起到一个适宜交谈的高级饭店去，相遇时还是下午5点钟，等吃完饭已是7点半了。

快讲完一件小趣事时，杜洛埃的脸上绽开了笑容。正在这时，他和赫斯渥的眼光相遇了。赫斯渥正和几个朋友一起进来，一看到杜洛埃和一个女人在一起，而这女人不是嘉莉，他心里马上得出了结论。

“哼，这坏蛋，”他心里想，带着几分义愤和同情，“这么无情无义，太让那个小姑娘伤心了。”

杜洛埃的目光与赫斯渥相遇以后，并没有在意，仍在轻松地想这想那，直到他发现赫斯渥故意装着没看见他，才有点担心起来，接着他注意到后者的一些表情。他想起了嘉莉以及他们上次的见面。老天，他必须跟赫斯渥解释解释。和一个老朋友偶然聊上半小时不应该引起大惊小怪，把它看得过于严重的。

他有生以来第一次感到良心不安了。这样复杂的道德问题不是他能弄明白的。赫斯渥会笑话他用情不专，他会和赫斯渥一起哈哈大笑。嘉莉不会听到的，现在共餐的女友也不会知道的。但是他不能不感到事情很糟糕——他的名誉沾上了污点，可是他实际上并没有做什么坏事。他无精打采地结束了晚餐，送女友上了车，然后回家了。

"他一点没向我提起他新结识的这些情人嘛，"赫斯渥心里想，"他以为我把他看成真心爱那个小姑娘的。"

"我刚刚把他介绍给嘉莉，他该不会认为我还在寻花问柳吧！"杜洛埃心里想。

"我那天看见你了，"下一次杜洛埃走时那家他必去的高级酒家时，赫斯渥温和地对他说。像父母对小孩说话一样，他暗示地伸出了食指。

"那是我的一个老相识。我刚出车站时撞见的，"杜洛埃解释道，"她以前是个大美人。"

"不是还很有点吸引力吗？"另一个假装开玩笑地说。

"唉，不是的，"杜洛埃说，"这一次只是躲不掉而已。"

"你这次可以在这里呆几天？"赫斯渥问。

"只能呆几天。"

"你一定要带那个小姑娘出来和我一起吃顿饭，"他说，"你把她关在家里恐怕要让她闷坏了。我来订一个包厢，我们一起去看乔·杰弗逊的戏。"

"我没有关她，"推销员说，"我一定来。"

赫斯渥听了这话很高兴。他不相信杜洛埃对嘉莉有什么感情。看着这个穿着华丽无忧无虑的推销员，他不由妒忌起这个他曾喜欢的人。他开始用情敌的目光，从机智和魅力的角度来打量他，要找出他的弱点所在。毫无疑问，他也许可以把杜洛埃看做好人，但是如果要拿他当情人看，就有点让人看不起了。他完全可以把他骗了。对了，如果能让嘉莉看到星期四那类小意外，这事情就算定下来了。他笑着聊天时，脑子里却在转这些念头，几乎有点得意忘形了。可是杜洛埃一点没有觉察，他没有能力分析像赫斯渥那种人的目光和情绪。他站在那里，微笑着接受了邀请，而他的朋友却在用老鹰般的目光打量他。

这出人物关系特别复杂的喜剧中的女主人公这时并没有在想他们中的任何一个。她还在忙于调整自己的思想和感情，以便适应新环境，眼下还没有为这两人感到烦恼和痛苦的危险。

一天晚上，杜洛埃看见她在镜子前穿衣。

"嘉德，"他一把拉住她说，"我相信你变虚荣了。"

“没这回事。”她含笑回答。

“是的，你真漂亮极了。”他说着用胳膊搂住她，“穿是你那件深蓝套装，我带你看戏去。”

“哎呀，我已经答应海尔太太今晚和她一起去看博览会。”她抱歉地回答。

“你答应了吗？”他说，心不在焉地想着这情况，“要是换了我，我才不会去看博览会呢。”

“我不知道。”嘉莉回答，不知如何是好，不过也没有提出取消约会陪他看戏去。

就在这时有人敲门，那个女仆递进一封信来。

“他说要回音的。”女仆解释说。

“是赫斯渥来的信。”杜洛埃拆信时，看着信封上的名字说道。

“你们今晚一定要和我一起去看乔·杰弗逊的戏，”信里说，“我们那天说定的，这次该我做东，别的安排都不算。”

“你看，这事怎么办呢？”杜洛埃天真地问。嘉莉满心想答应。

“你决定吧，查理。”她有所保留地回答。

“我想，要是你能取消和楼上的约会，我们还是去的好。”杜洛埃说。

“没问题，”嘉莉不加思索地回答。

杜洛埃找信纸写回信的当儿，嘉莉去换衣服。她几乎没想一想为什么对这个邀请这么感兴趣。

“我要不要把头发梳成昨天那种发型？”她手里提着好几件衣服出来问道。

“当然好了。”他很高兴地回答。

看到他一点没有疑心，她放心了。她并不认为她愿意去的原因是因为赫斯渥对她有吸引力。她只是感到赫斯渥、杜洛埃和她三个人一起玩的想法比别的两个安排更有趣。她仔细地打扮好，向楼上道了歉，就出发了。

“我得说，”他们走到戏院大厅时，赫斯渥说，“今晚你特别的迷人。”

在他赞赏的目光下嘉莉感到心跳。

“现在跟我来吧！”他说着带头穿过休息处进了正厅。

如果说有什么盛装展览，那就是在戏院里了。俗话用“一水没洗”形容衣服挺括簇新，在这里一点不假。

“你看过杰弗逊演的戏吗？”在包厢里，他侧身朝嘉莉问道。

“没有。”她回答。

“啊，他真是一个有趣的演员，很讨人喜欢。”他继续说着，用这些人所能想到的泛泛赞语介绍着。他打发杜洛埃去取节目单，把他听来的有关杰弗逊的事说给她听。嘉莉感到说不出的快乐。这里的环境，包厢里的装饰，她同伴的风度——这一切像催眠术一样把她迷住了。好几次他们的目光偶然相遇，于是一股情感的热流从他眼里向她袭来，这里她从来没有经历过的。她无法解释这一点。因为下一次赫斯渥的目光和手势中又似乎只有亲切和殷勤，对她没有一点意见了。

杜洛埃也参加谈话，但是相形之下，他一点也不风趣。赫斯渥让他们两个人都感到愉快，所以嘉莉认为他不同凡响。她本能地感到他比杜洛埃坚强高雅，虽然他同时又那么朴实。到第三幕结束时，她已认定杜洛埃只是个好人，在别的方面尚有欠缺。在明显的对比下，她对杜洛埃的评价越来越低。

“今晚我过得很愉快。”戏结束后出戏院时，嘉莉说。

“是啊，真令人愉快。”杜洛埃加了一句。他一点也不知道，已经打了一场战争，他的防线被削弱了。他就像中国皇帝坐在龙庭上自鸣得意，不知道他的最好的省份已被人夺去了。

“你们帮我度过了一个美好的夜晚，否则我会感到很乏味的，”赫斯渥说道，“再见。”

他握住嘉莉的小手，一阵感情的电流在他们之间流过。

“我累了，”当杜洛埃开口说话时，嘉莉说道，身子朝后依在车上的座位上。

“那你休息一会儿，我去抽根烟。”他说着站了起来，愚蠢地走到电车前面的平台去，对这些爱情的游戏听之任之。

第十二章　华厦灯火：使者求爱

赫斯渥太太并不知道她丈夫的道德问题，不过她也许能猜出他有这种习性，因为她对他再了解不过了。她是那种惹恼了什么都干得出来的女人。赫斯渥一点没想到在某些情况下她会做出什么事来。他从来没见过她勃然大怒。事实上，她不是那种动辄发火的人。她对男人们没有信心，知道他们总要犯错误的。她太工于心计，不愿意让无谓的大吵大闹暴露出自己的疑心。那样会听不到消息，占不了上风。她不会让她的怒气一股脑儿发泄出来。她要等待时机，盘算掂量，研究细节，积累信息，直到她的力量可以使她如愿以偿。与此同时，如果有机会对她的报复对象施加大大小小的伤害，她也不会迟疑不干。但是在伤害对方时，她不会让她的对手知道毛病究竟出在什么地方。她是一个冷酷自私的女人，喜欢把许多想法藏在心里，面子上一点不露声色，连眼色也不透露出一点。

赫斯渥对她这种脾气虽然有所觉察，但并不真正清楚。他和她一起生活一直相安无事，他甚至有些满意。他一点也不怕她——他没有理由要怕她。她还有几分为他自豪，她要保持社会地位的愿望又加强了这种自豪。不过她暗暗高兴，因为她丈夫的大部分财产放在她的名下，这是家庭比今日更具有吸引力时赫斯渥采取的措施。他太太没有理由要担心他们的家庭关系会出问题，但是不和的阴影使她不时想到这种财产安排对她有利。这种有利地位使她变得难以驾驭。赫斯渥小心从事，因为一旦她对他不满，他的一切就岌岌可危了。

那天晚上，赫斯渥、嘉莉和杜洛埃在麦克维卡戏院包厢里看戏时，他儿子小乔治恰巧也在那里。他和当地绸缎批发行的第三合伙人哈·索·卡迈克尔的千金坐在正厅第六排。赫斯渥没有看到他儿子，因为他坐在椅子里时身子尽量往后靠，这是他的习惯。这样当他身子前倾时，前六排的人只能看他半个身子。在每个戏院他都习惯这么坐法，尽量不要引人注目，如果太暴露了对自己没有好处的话。

碰到自己的行为有被人误解或误传的可能时，他的一兴一动就特别小心，总是小心翼翼地打量四周，估量暴露一时身体可能要付出的代价。

第二天早饭时，他儿子说：

“昨天晚上我看见你了，老爸。”

“你昨晚在麦克维卡戏院吗？”赫斯渥用最欣然的口气问道。

“是啊！”小乔治说。

“你和谁一起去的?”

“和卡迈克尔小姐一起。”

赫斯渥太太向她丈夫投去疑问的目光，从他的表情看不出是否真像他们在聊的那样只是偶然去戏院看场戏。

“戏怎么样?”她问道。

“很好，”赫斯渥说，“还是一出老戏《瑞普凡·温克尔》。”

“你和谁一起去的?”他的妻子装出漫不经心的神气追问道。

“查理·杜洛埃和他的妻子。他们是莫埃的朋友，到这里来玩玩的。”

由于他的职位的关系，这样的解释一般不会引起什么麻烦。他的妻子认为，他的职务有时需要他单独出外应酬，那是理所当然的。但是近来他太太要他晚上陪她出去玩时，他好几次推托说事情忙，脱不开身。就在昨天早上，她要她当晚陪着出去时，他就推掉了。

“我记得你说你昨晚没空的。”她斟字酌句地说道。

“我是没空，”他嚷了起来，“凭空插进看戏这码事我也没。我后来加班一直干到半夜 2 点。”

暂时这件事就算过去了，但是心里留下了不满的疙瘩。他对他妻子的权利这样置之不顾还是第一次。多年来，他对她的感情日益淡薄，感到和她在一起很乏味。现在东方地平线上升起了一轮朝阳，这弯残月就在西边天际失去了光泽。对于旧的生活他只想掉头不顾，任何要他回头的呼唤都叫他恼火。

另一方面，她却要求他完全履行他们婚姻关系规定的一切义务，尽管作为婚姻实质的感情已不复存在了。

“今天下午我们要去市里，”几天以后她说，“我要你到金斯莱大菜馆来见见菲力普先生和太太。他们在屈莱芒旅馆下榻。我们应该带他们观光一下。”

在发生了星期三这事以后，他无法再拒绝了，尽管菲力普两口子虚荣愚昧，非常令人乏味。他很勉强地答应下来，因此出门时很恼火。

“这种事不能再发生了，”他想，“我可不愿意浪费时间陪这些游客逛大街。我还有事要做呢。”

隔了不久，赫斯渥太太提出了一个类似的要求，不过这次是看下午场的戏。

“亲爱的，”他回答，“我没空，我太忙了。”

“你去有时间陪别人去。”她回答时口气已很不快乐。

“没有这回事，”他回答，“我只是躲不掉商业应酬，就是这么回事。”

“好，不去就不去。”她尖叫道。她的嘴唇紧闭着，双方的敌对情绪增加了。

另一方面，他对杜洛埃的小女工的兴趣几乎是在同步增加。那位年轻的小姐，在处境的压力和新朋友的教诲下，变化显著。她具有寻求解放的斗士的悟性，更排场的

生活向她发出了诱人的光辉。与其说她的知识增加了，不如说她对物质的欲望增强了。海尔太太关于财富和地位的长篇宏论教会了她区分财富的等级。

海尔太太喜欢在阳光明媚的下午坐车兜风，去瞧瞧她住不起的华厦和草坪，饱饱眼福，得些心灵上的安慰。在北区沿着现在的北湖滨路已建起了一批漂亮的府邸。那个湖当时还没有用石块和花岗岩砌的湖堤。井然有序的道路把草坪分隔成一块块的，看上去很悦目，簇新的府第十分气派宏伟。冬季刚过，迎来了早春最初的好天气。海尔太太租了一辆轻便马车，请嘉莉一起去玩一下午。她们先驱车穿过林肯公园，然后驶向伊凡斯顿豪华住宅区。4 点钟驾车往回走，大约 5 点钟到了北湖滨路的北端。一年的这个季节，仍是昼短夜长。黄昏的暮色已开始降临在这大城市。路灯已点亮了，柔和的光辉像半透明的液体倾泻下来。空气中透出温和的气息，以无限的轻柔向人的心灵和肌肤倾诉。嘉莉感到天气真好。这一天因为许多的联想和启迪，她的心灵成熟了。她们沿着平坦的马路行驶时，偶尔有马车从她们车旁驶过。她看见一辆车停了下来。随从先下车，为一位先生打开车门。他似乎很悠闲，刚刚从哪里玩了一下午回来。看见在大片冒出嫩绿的草坪后面，一座座豪华住宅里隐隐透出灯光。她有时瞥见一把椅子，有时瞥见一张桌子，有时瞥见富丽的房间一角。几乎没有任何别的东西比些这一闪而过的景色更强烈地吸引她了。童年时关于仙窟琼林和王室宫殿的梦想现在又复活了。她想象着住在这些雕廓画栋大厦里的人们过着无忧无虑心满意足的日子。这些华厦的门廊精雕细琢，门口的球形水晶灯照着方格镶板的大门，门上装有绘图彩色玻璃。她敢肯定这里就是幸福之所在。啊，如果她能拥有这样一幢大宅，漫步走过门前宽敞的走道，跨过在她看来像珠宝堆砌的富丽门廊，服饰华贵步态优雅地走进去发号施令，那么一切悲伤都会一扫而光，一切痛苦都会不治而愈。她久久地看着看着，惊叹着，欣喜着，企盼着。她那不安分的心灵就像海上女妖塞伦富有蛊惑力的歌声在耳边不断地低诉。

“如果我们能拥有一栋像这样的住宅，”海尔太太幽幽地说，“那会多么快活啊。”

“不过人家说，世上没有一个人是幸福的。”嘉莉回答。

那个吃不到葡萄的狐狸的伪善哲理她听过不知多少遍了。

“不过，依我看来，”海尔太太说，“人们拼命想住进漂亮大厦去，情愿去那里吃苦呢。”

她回到家时，感到她的住处比那些华厦差远了。她不至于蠢到看不出，他们住的只是小小三间摆设中等的公寓房间。她没有拿眼下的住处和她过去的住处相比，而是和她才看到的华厦美宅相比。她眼前仿佛还看见那些宫殿般的大门在闪光，耳朵里似乎还听到座垫华丽的马车从身旁辚辚驶过。说到底，杜洛埃算哪号人物？她自己又算得什么呢？她坐在窗前的摇椅里，一边摇着，一边想着。她的目光投向窗外，隔着华灯下的公园，凝视着公园后的华伦街和阿希兰大道上灯火通明的楼房住宅。她沉浸在这些思绪里，不想下楼去吃饭。忧愁伤感使她不想动弹，只想坐在摇椅里，摇着哼着小曲。一些老调子悄悄浮上心头，当她唱着这些歌，她的心在往下沉。她企盼着，企盼着，企盼着。一会儿思念哥伦比亚老家的村舍，一会儿渴望着北湖滨路上的华厦美宅。一会儿艳羡某位小姐的漂亮服装，一会儿又想起某个迷人的景色。绵绵的忧伤袭上心头，夹杂着犹豫、希冀和幻想。到最后，她觉得她的处境似乎无限孤独和凄凉，嘴唇禁不住颤抖起来。时光在流逝，她坐在窗旁的阴影里，低低哼唱着，心里开心起来，尽管她自己并没有意识到。

嘉莉正沉湎在这种情绪中，公寓仆人上来说，赫斯渥先生在楼下客厅求见杜洛埃先生和太太。

“我猜想他不知道查理出门了。”嘉莉想。

整个冬天她几乎没有见到这位经理先生，但是由于这样那样的原因，主要是他留下的深刻印象，她对他始终没有忘怀。她一时有点不知所措，不知自己这样子能不能见客。但是照了镜子以后，她放下心来，于是走下楼梯。

赫斯渥像往常一样打扮入时，风度翩翩。他没有听说杜洛埃出门了。不过这个消息没有影响他的情绪，他开始聊起那些嘉莉会感兴趣的一般话题。他聊天时的轻松自如真令人吃惊。他是那种阅历丰富的人，知道自己的谈吐讨人喜欢。他很清楚嘉莉爱听他说话，所以毫不费劲地聊着。他的谈吐把嘉莉迷住了。他把椅子挪近些，语调变得那么轻柔，好像他在说什么悄悄话似的。他的谈话几乎完全是关于男人和各种娱乐的。他到过许多地方，见多识广。不知怎么的，他使嘉莉盼望自己也能见识见识这些事物。与此同时，他把她的注意力引向自己。她无时无刻不在意识到他的个人魅力和存在。有时为了强调某一点，他微笑着慢慢抬起目光，于是她就像到磁铁一样，被他的眼神吸引住了。他没费一点劲就使她对他的话表示赞许。有一次他碰了一下她的手来加强他的语气，她只报以一笑，他身上似乎散发出一种氛围，渗透到她全身心。他没有一刻让人乏味，相反他似乎让她也变得聪明起来，至少，在他的影响下她变得活跃起来，把自己身上的优点充分显示出来。她觉得自己和他在一起时，似乎比和别人在一起时来得聪明。至少，他似乎在她身上发现那么多的优点值得夸奖。他的举止里没有一点儿屈尊俯就的意思，而杜洛埃总以恩人自居。

自相识以来，每次见面，不管杜格埃是不是在场，他们两人之间都有一种微妙的个人感情，一种嘉莉感到很难说清的感情。她天生不是个伶牙俐齿的人。她从来不善于自己的意思哗哗往外倒。主宰着她的是一种强烈深沉的感情，可她却说不出关键有分量的话来。至于眼色和感情，又有哪个女人肯暴露呢？她和杜洛埃之间从来没有这种情感的交融，事实上也是不可能的。当她委身于他时，她既为自己的贫困所迫，也为杜洛埃表现的慷慨解困的义气所感动。现在她为赫斯渥传来的这股感情暗流而动心，这种情感是杜洛埃根本不懂的。赫斯渥的目光像情人的喁喁情话一样动人，而且更加

让人动心。它不要你立刻做出决定，也无法回答。

人们往往把话语看得太重要。他们误以为谈话会产生巨大的效果。事实上，在一切雄辩中，语言往往是最浅薄的部分。它们只是模糊地代表了语言背后所隐藏的汹涌澎湃的激情和愿望。舌头只会让人分心，只有舌头停止说话，心灵才能听见另一颗心声。

在这次谈话中，她听到的与其说是他的话，不如说是他所代表的那些东西的声音。他温文尔雅的外表本身就多么具有说服力啊！他身份高贵又是多么显而易见！他对她日益增长的欲望，像一个温柔的手轻轻按在她的心上。她不必颤粟，因为那个手是无形的。她不必担心别人会说闲话，也不用自我责任——因为这一切不着形迹，无法看见。他在恳求她，说服她，引诱她，去放弃旧的权利，接受新的权利，然而他什么话也没有说，可以证实他这么做了。就他们俩的实际思想活动而言，他们正在开展的那场交谈只相当于管弦乐队的低低乐声，为戏剧情节的展开提供背景音乐。

“你有没有去看看北区湖岸大道那一带的楼房？”赫斯渥问道。

“我今天下午刚去那里看了回来——海尔太太和我一起去的。非常漂亮，是不是？”

“是很漂亮。”他回答。

“唉，真的，”嘉莉幽幽地说，“我真想住在那种房子里。”

“你感到不快乐，”赫斯渥停顿了一下，慢慢说道。

他认真地抬起目光，一直注视着她的眼睛。他猜想这句话深深拨动了她的心弦，现在有点机会为自己说上句话了。他静静地向前倾着身子，用目光久久注视着她。他感到现在是关键时刻了。她竭力想挪动一下，但是没有用。这目光倾注了一下男人天性中的全部力量，而他有充分的理由这么做。他就这么注视着，注视着。这局面持续得越久，她的处境就越困难。这小女工陷入了感情的漩涡之中，越陷越深，那几根支撑她的柱子一根根都漂走了。

“喂，”她终于说道，“你不可以这么看我的。”

“我忍不住。”他说道。

她的心情轻松了一点，让这局面继续下去，这增加了他的信心。

“你不满意你目前的生活，是吗？”

“是的。”她微弱地说。

他看出，他已控制了局面——他感觉到了，他伸出手去抚摸她的手。

“你不可以这样的。”她嚷着跳了起来。

“我不是有意的。”他轻描淡写地说。

她本来可以跑掉的，可是她没有走。她并没有中止他们的交谈，但是他已在快活地想入非非了。不久他站了起来要走了。

“你别难过，”他和气地说，“过段时间，事情会好的。”

她没有回答，因为她想不起说什么好。

“我们是好朋友，是不是?”他说着伸出手来。

“是的。”她答道。

“别和人提起我们见面的事。下次我再来看你。”

他一直握着她的手不放。

“我没法答应你。”她心怀疑虑地说。

“你应该稍许大方一点。”他说。他的话很直率，使她受了感动。

“我们别再提这个了。”她说。

“好。”他说着，容光焕发了。

他下了台阶，走进自己的马车。嘉莉关上门，到楼上自己的房间去。她在镜子前解开自己的宽花边领饰，又解下了漂亮的鳄鱼皮带，那是她最近才买的。

“我越变越坏了，”她说道，真心感到烦恼和羞愧，“我好像哪件事也没有做对。”

过了一会儿，她解开头发，让秀发像棕色的波浪松松地垂下来，她的脑子还在想当天晚上的这件事。

“我不知道，”她终于喃喃自语，“我不知道我该怎么办。”

“嗯，”赫斯渥坐着马车离开时，心里想，“她确实喜欢我的，这一点我知道。”

在去酒店办公室的整整四英里的路上，这位心情兴奋的经理快乐地吹着口哨，那是一首有十五年没想起过的旧曲子。

第十三章　暗结同心：困惑和迷茫

嘉莉和赫斯渥在奥登公寓会客室会见相隔不到两天，赫斯渥又来求见了。他几乎无时无刻不在思念她。在一定程度上，她的宽容态度也煽起了他的爱慕之情。他感到他必须得到她，并且很快得到她。

他对她的兴趣，简直可以说是神魂颠倒，并非是单纯的性欲。这是多年在干旱贫瘠的土壤中不断枯萎的情感，又发出了新芽，开出新花。这也许是因为嘉莉不同于他以往爱慕的女人；她比她们更优秀。自从那次恋爱结婚以来，他再没有谈过恋爱。而自从那以来，时间和阅历已使他认识到他当初的择偶是多么草率和错误。每次想到这一点，他就暗暗地想，要是可以重新来过，他是绝不会娶这种女人的。与此同时，他和女性的来往总的来说大大降低了他对女性的敬意。无数次的经验使他对她们抱着一种讥嘲不屑的态度。他以往认识的女性几乎都属于同一类型：自私、无知、俗艳。他朋友们的妻子也让他看不上眼。他自己的太太已养成了一种冷漠和庸俗的品性，这一点是绝对不会讨人喜欢的。下层社会那些禽兽般的男人们卑劣取乐的事情他知道的不少。这使他的心肠变硬了。他用怀疑的目光打量大多数妇女——他只注意她们的姿色和服饰的效果，用一种锐利和调情的目光看着她们。不过他的心还没有完全麻木，因此当他发现一个善良女子时，他油然起敬。就个人而言，他并没有费心去分析圣洁女子这种奇妙事物。在她面前，他只是脱帽致敬，并让那些轻薄恶少们闭上嘴——就像巴沃莱大街上下等娱乐场所的爱尔兰老板会在天主教慈惠会的修女面前谦恭地低下头，用虔诚的手心甘情愿地献上慈善捐款。但是他并不愿意去多想他为什么这样做。

处于他这种地位的男人，在经历了一连串无聊或让人心肠变硬的事情以后，一旦遇上一个年少单纯、纯洁无邪的女子，他也许会出于双方差异悬殊的考虑而和她保持距离；但他也可能被这种意外发现迷住了，为自己的发现欣喜若狂，于是被吸引了过去。这种人用迂回曲折的手段接近她们，他们不会也不懂如何取悦这种姑娘，除非他们发现这天真的姑娘入了圈套。假如苍蝇不幸落入蜘蛛网，蜘蛛就会走上前去，提条款开谈判。所以那些少女们流落到大城市时，一旦落入了这些浪子和登徒子之流的圈套，即使只是碰到了圈套的最边缘，他们也会走上前来，施展勾搭引诱的花招。

赫斯渥原是应杜洛埃的邀请，去看他新到手的女人，猜想那不过是又一个绣花枕头而已；姿色出众，衣服鲜亮，肚子里一包草。他进门时，只期待着度过一个寻欢作乐的轻松夜晚，然后就把这个新结识的女人丢在脑后。出乎他意料，他见到了一个年轻美丽让他动心的女人。在嘉莉温柔的目光中，他看不到一丁点情妇们精于算计的眼神。她羞怯的举止迥然不同于妓女的惺惺作态。他立刻看出自己弄错了。他看出这不幸的少女是被某些困境推到了他的面前，这引起了他的兴趣。他的同情心油然而生，不过这里面也夹杂着个人的打算。他想把嘉莉弄到手，因为她相信嘉莉如果和他结合在一起，她的命运会比和杜洛埃在一起好一些。现在他对这个推销员的妒忌超出了有生以来他对任何人的妒忌。

嘉莉当然要比杜洛埃这家伙强，因为她在精神上要比他高尚。她刚从农村来，身上还带着乡村的气息，目光中还保留着乡村的光芒。在她身上没有狡诈和贪婪。她的天性中继承了一丁点儿这些坏毛病，但那只不过是一些残痕。她现在充满了惊奇和渴望，当然不会有贪婪的念头。她打量着周围像迷宫一般的城市市容。仍然感到一片茫然。赫斯渥在她身上看到了花苞初放的青春，他要摘取她，就像摘取树上的鲜果。在她面前，他感到精神振奋，就好像一个人从夏天的烈日下来到了初春的清新空气中。

自从上次见面以后，嘉莉孤零零一个人，没有人可以商量。脑子里一会儿这么想，一会儿那么想，想不出一个结果。最后想累了，干脆搁到一边去了。她觉得她欠了杜洛埃一份人情。杜洛埃帮助她摆脱困难和烦恼仿佛还是昨天的事。她对他各方面都怀着最美好的感情，她承认他相貌英俊，为人慷慨大方。他不在身边时，她甚至不去想他的自我主义。但是她感到他们之间并不存在一种束缚力限制她和别人来往。事实上，和杜洛埃厮守一辈子的想法是毫无根据的，甚至杜洛埃本人也没这种打算。

说实在的，这个讨人喜欢的推销员不可能维持任何持久的关系。他无忧无虑情感多变，日子过得兴高采烈，自以为人人为他着迷，到处有情人盼他回去，事情会永远不变，供他取乐开心。如果个老相识不再谋面或者某位老朋友不肯再接待他，他并不感到很伤心。他正青春年少，一帆风顺。他到老死也会保留着这颗年轻人的心。

关于赫斯渥，他心里充满着关于嘉莉的种种思绪和情感。他对嘉莉并没有明确的打算，但是他决心要让她吐露她对他的爱。从她低垂的眼睛，躲闪的目光和游离的神态中，他认为他已经看到了初萌的爱情的迹象。他要站在她身边握着她的手——他想知道下一步她会怎么样——下一步她会怎么流露她的感情。已有多年他没有感受到这么大的焦虑和这么深的热情了。在情感上他又成了年轻人——一个驰骋情感的骑士。

由于他的职务之便，他晚上要出外很方便。一般来说，他非常忠于职守。因此他在时间支配上很得老板的依赖，他想什么时候离开一会都没问题，店里都知道他的经理职责完成得很出色。他的翩翩风度、圆活态度和华丽外表给了这个地方一种高雅气氛，这一点对酒店的成功是至关重要的。他有长期的工作经验，在决定购货储备上很精明。酒保和招待可以换了一茬又一茬，不管单个的变动还是整批的变动，但是只要有他在，那些老顾客几乎没注意到任何变化，他使这地方有了一种他们熟悉的气氛。因此在时间安排上，他往往根据个人的需要，有时下午出去，有时晚上离开一下，但

是总是在晚上十一二点之间回到店里，监督一天最后一两个小时的生意，照料打烊的种种琐事。

“乔治，你一定要等一切事情弄妥了，所有的雇员都走了，你才走。”莫埃曾对他这么说。自那以后，在他长期的任职期间，他没有一次忽略过这个要求。两个老板已有好多年没有在下午5点以后到店里来过了。但是他们的经理仍忠实地履行着这个规定，就好像他们会经常到店里来视察一样。

这个星期五下午，离上次拜望相隔还没到两天，他就决定去看嘉莉。他无法再等了。

“伊文思，”他对酒柜领班说，“如果有人找我，就说我四五点钟会回来的。”

他急急走到麦迪生大街，坐上公共马车，半小时后来到了奥登广场。

嘉莉正打算去散步。她已穿上淡灰羊毛女装，外罩一件时髦的双排扣上装。帽子和手套也已取出来了，正在脖上系一条白色花边领饰。就在这时公寓女仆上来禀告说赫斯渥来访。

嘉莉微微吃了一惊，不过她要女仆下去说，她马上下来，一边加紧穿衣打扮。

嘉莉自己也不知道对于这位仪表堂堂的经理来访究竟是高兴还是遗憾。她突然一阵心慌，两颊微微发烧。不过这是出于紧张，而不是害怕或喜爱。她没有去想他们可能聊些什么，她只感觉到她必须当心一点，因为赫斯渥对她有一种说不清的吸引力。她用手指最后整理了一下领饰就下楼去了。

那位一往情深的经理心里也有那么一点紧张，因为他充分明确自己此行的目的，他感到这一次他一定要采取果敢行动。可是事到临头，听到楼梯上传来嘉莉的脚步声，他又有点胆怯了。他的决心不像刚才那么大了，因为他毕竟并不知道她的想法会是什么。

可是当她走进房间时，她的容貌给了他勇气。她看上去那么清纯可爱，足以给任何一个情人以勇气。看得出她心里紧张，于是他的紧张就消失了。

“你好吗?”他从容地说，“今天下午天气这么好，我克制不住就想出来走走。”

“是呀，”嘉莉说着来到了他的面前，“我本来也打算去散散步。”

“噢，是吗?”他说，“那么你拿上帽子，我们一起去走走怎么样?”

他们穿过公园，沿着华盛顿大街往西走。那是一条漂亮的碎石子铺的路，两旁宽敞的木头房屋和人行道隔了一些距离。西区好些有钱人家住在这里，因此赫斯渥不用担心招人耳目。不过他们还没走过几条马路，就在一条横马路上看见一家出租马车的招牌，这给他解决了难题：他要带她坐马车逛逛新的林荫大道。

那条林荫大道当时和一条乡村大路差不多。他想带她去看的那段路在西区以外，那里几乎没有什么房子。这条路把道格拉斯公园和华盛顿公园（也就是南公园）联结起来，完全是一条规划整齐的道路。往正南穿过一片开阔的草地，大约有五英里的距离，然后折向正东，穿过同样距离的草地。这条路上大部分地段看不到一栋房子，可以放心地谈话，不用怕人打扰。

在马厩里他挑了一匹温顺的马，他们不久就驶出了可能被人看见或听见的地段。

“你会驾马车吗?”过了一会儿他说。

“我没试过。”嘉莉回答。

他把缰绳放在她手里，自己两手一抱，坐在一旁。

“你瞧，这没什么难的。”他含笑说道。

“马很温顺，当然就不难了。”嘉莉说。

“稍微练习一下，你驾车的本领就不会比谁差了。”他鼓励地又加了一句。

他一直在寻找机会把谈话往正题上引。有一两次他保持沉默，希望在沉默中她的思绪会受到他的感染。但是她仍然轻松地谈着原来的话题。不过，没过多大功夫，他的沉默起了作用，他的思路开始影响她的情绪。他的目光久久凝视着前方，并不特别看什么东西，好像他在想一些完全和她无关的事。但是他的心事是很明显的。她清楚地意识到决定他们关系的关键时刻说来就来了。

“你知道吗?”他说，“我和你在一起的那几个夜晚是我多年来最幸福的时光。”

“真是吗?”她假装不在意地说道。但是他的口气却让她相信他说的是实话，心里不由得激动起来。

“这些话那天晚上我就想告诉你的，”他补充说，“但是不知怎么错过了机会。”

嘉莉专心听着，没打算回答，她想不出什么值得说的话。尽管自上次见面以后，她心里一直隐隐感到苦恼，不知道这件事对不对，她现在又被他深深迷住了。

“我今天到这里来，”他继续神情严肃地说，“是为了告诉你我对你的感情，我不知道你是不是肯听我就这些。”

赫斯渥按其本性实在是一个浪漫派人物。他具有热烈的情感，经常是很富有诗意的情感。在欲望的驱使下，就像眼下，他的口才大增。他的感情和声音似乎带上压抑苦闷和忧伤缠绵的色彩，这一点正是语言具有感人力量的实质。

“你一定已经知道，”他说着把手放在她的手臂上。在想着该怎么往下说时，他保持着奇异的沉默，“我爱上你。”

嘉莉听了这话一动也没动，她被这个男人创造的气氛迷住了。为了表达他的感情，他需要一种教堂般的肃穆，而她就让这种肃穆气氛笼罩了，目光仍然看着眼前开阔平坦的景色。过了两分钟，赫斯渥又把他的话重复了一遍。

“你不该说这话的，”她软弱无力地说。

她这话缺乏说服力，她这么说只是她隐隐想到她该说些什么。他对她的话不加理睬。

“嘉莉，”他用亲密熟悉的口吻叫着她的小名，“我要你爱我。你无法想象我多么需

要有人给我一点爱。我真的很孤单。我的生活中没有一点愉快和欢乐，只有工作和为不相干的人操劳。”

当他说这话时，他真的以为他的处境非常可怜。赫斯渥具有一种以旁观者的身份客观看待自己的能力，他能看到他愿意看到的他的生活的各个方面。他说话时，由于紧张的缘故，声音里带着一种特别的颤抖和振动。这声音激起了他的女伴心中的同情。

“哎呀，在我看来，”她说话时用她那双充满同情和感慨的大眼睛看着他，“你应该感到很幸福才对。你有那么丰富的人生阅历。”

“就是这个原因，”他的声音变得轻柔低沉，“就是因为我看到的太多了一点。”

这么一个有权有势的人物对她说这些话，这对嘉莉来说可不是一件无关痛痒的小事。她不由感到自己的处境奇特。这是怎么啦？难道在这么短的时间里，她的狭隘的乡村生活经历就像一件衣服从她身上掉了下来，换上了一件神秘的城市外衣？她眼前就是一个最大的城市之谜：这个有钱有势的男人坐在她身旁，在向她恳求。瞧，他的日子轻松舒适，他的势力很大，地位很高，衣服很讲究，然而他却在向她恳求，她没法就这事形成一个正确公正的想法，于是她就不再费心去想这件事。她让自己沐浴在他的情感带给她的温暖中，就像一个挨冻受寒的人来到一盆炉火旁感到感激。赫斯渥的热情在炽热地燃烧，在他的激情感化下，他的女伴的种种顾忌就像蜡一样溶化了。

“你以为我很幸福，”他说，“所以我不该抱怨，是吗？如果你也像我一样，整天要和那些对你漠不关心的人打交道，如果你也像我一样，日复一日要到一个冷漠无情只讲排场的地方去，找不到一个可以指望得到他的同情的人或者一个你可以和他愉快聊聊的人，也许你也会感到不快乐的。”

他的话叩击着她的同情的心弦，使她想到她自己的处境。她知道和漠不关心的人打交道是怎么一回事，在那些冷漠无情的人群中孤独无依又是什么滋味。她曾经不就是那样的吗？她现在不仍然是孤苦伶仃吗？在所有她认识的人中，她可以向谁请求同情呢？没有一个人。她只有独自一个在那里沉思和惊讶。

“如果我有你爱我，”赫斯渥继续说，“我就会满足了。只在我能和你在一起，有你做伴。事实上，我现在只是到处转悠，得不到一点满足，日子很难打发。在见到你以前，我只是在无聊地混日子，得过且过而已。自从见了你以后，——你知道，我一直在想你。”

就像她曾经幻想的那样，嘉莉脑子里开始以为她终于遇到了一个需要她的帮助的人。她真的可怜起这个悲伤孤独的人来了。想吧，他那么优越的境况，就因为少了她，弄得了无生趣。想想看他竟然得这么哀哀恳求她，可她自己也感到那么孤独无依。这一切不是太糟了吗？

“我并不是一个很坏的人，”他道歉似的说，好像他有必要在这点上对她作些解释似的，“你该不会认为我在各处混，一定干尽坏事了？我做事有些鲁莽轻率，但是我很容易改的。我需要你拉我一把，这样我的生活才会有点意义。”

嘉莉温柔地望着他，希望以自己的德行感化这个迷途羔羊。这么一个了不起的人怎么还需要别人拯救呢？他会有些什么错误需要她的纠正呢？他的一切是那么出色，他的错误一定是微不足道的。它们至多不过是些有钱人无伤大雅的错误，而对这些镀了金的错误，人们一向是宽宏大量的。

他把自己说得那么可怜巴巴的，使她深受感动。

“真是这样的吗？”她沉思着。

他用一个胳膊搂住了她的腰，而她狠不下心来挣脱。他用另一只手握住了她的手指。一阵柔和的春风在路上欢快地吹过，卷起前一年秋天落下的黄叶枯枝。马没有人驾驭，自己悠悠哉哉地往前走着。

“告诉我，”他轻轻地说，“说你爱我。”

她羞答答地垂下了眼睛。

“承认吧，亲爱的，”他情意绵绵地说，“你爱我，是不是？”

她没有回答，但是他感到自己胜利了。

“告诉我吧，”他用圆润的声音说。他把她拉得那么近，他们的嘴唇几乎连在一起。他热烈地握住她的手，然后放开手去抚摸她的脸蛋。

“你爱我，对吗？”他说着，就把自己的嘴唇按在她的唇上。

作为回答，她的嘴唇回吻了他。

“现在，”他欢乐地说，漂亮的眼睛兴奋得发出光来，“你现在是我的情人了，是吗？”

作为进一步的证实，她把头温柔地靠在他的肩上。

第十四章　视而不见：一方影响下降

那天晚上嘉莉在自己的房间里身心都极为振奋。她为他们相互之间的爱情欢欣鼓舞，带着种种美妙的想象，热切地等待着星期天晚上的幽会。他们已约好她去市中心和他见面。虽然他们并没有感到需要特别保密，但是这么安排归根结底还是为了保密。

海尔太太从她楼上的窗口看见她回来。

"哼，"她心里想，"她丈夫不在家，她就跟别的男人一起去坐车兜风。他对她该留点神才对呢。"

事实上，并不是海尔太太一个人对这件事有看法。那个给赫斯渥开门的公寓女仆也有看法。她对嘉莉没有多少好感，她认为她冷漠难相处。相反她很喜欢杜洛埃，他开心随和，不时和她逗个趣，献点小殷勤，这是他对所有女性的一贯作风。赫斯渥的神气显得沉默寡言好挑剔，他不像杜洛埃那样能讨得这个穿紧身胸衣的女仆的喜欢。她很奇怪他怎么来得这么勤奋，奇怪杜洛埃太太在先生不在家时竟然和这个人一起出去。她在厨房里对厨子发表了她的看法，结果风言风语就在整幢公寓里悄悄地传开了。一般流言蜚语都是这样传播的。

嘉莉现在既然不再拒绝赫斯渥的爱，也承认了自己对他的爱，就不再操心自己这种态度对不对，暂时她已几乎把杜洛埃忘了。她心里只想着她的情人多么体面有风度，他的爱情多么热烈和不顾一切。这天晚上她几乎什么也不干，只顾回忆那天下午的种种细枝末节。有生以来第一次，她的全部同情心被激发了，使她的性格焕发出新的光辉。她身上潜在的主动精神开始表现出来，她开始更实际地考虑自己的处境。在她的困境中她现在似乎看到了一线光明：赫斯渥似乎是引她走上体面道路的力量。她对赫斯渥的感情并没有一丝邪念。从他们最近的感情发展中，她想象赫斯渥将能使她摆脱目前这种不体面的生活。她不知道赫斯渥接下来会对她说些什么，她只是把他的爱当作一种美好的东西，因此她想象他们的感情会有更美好更高尚的结果。

然而赫斯渥只想寻欢作乐，并没有打算负什么责任。他并不认为他现在所做的会给他引起家庭纠葛。他的地位稳固，家庭生活虽然不尽人意还是太平无事，他的个人自由也没有受到限制。嘉莉的爱只是增添了他的生活乐趣，一份额外的乐趣，他要好好享受这天赐良缘。痛痛快快和她玩玩，不过他的生活的其他方面还会一切照旧，不受什么影响。

星期天晚上，在他挑选的东亚当路上一家餐馆里他和嘉莉共进晚餐。饭后他们叫了一辆马车去一家有趣的夜总会，在三十九大街附近的高塔格鲁路上。在他求爱的过程中，他不久就认识到嘉莉对他的期待超出了他的打算。她认真地和他保持一定的距离，除了初恋情人之间那种温柔的爱的表示以外，她不让他有任何非分的举动。赫斯渥看出她并不是那种唾手可得的姑娘，因此推迟了他的热切求欢的要求。

既然他原先假装相信她已经结婚，他发现他还得假装下去。他看出他离成功还差着一点儿距离，但是这距离究竟有多大他也不知道。

他们坐出租马车回奥登广场时，他问：

“下一次我什么时候能见到你？”

“我不知道。”她回答，心里自己也没有底。

“星期二到大商场来，你看怎么样？”他提议说。

她摇了摇。

“不要那么频繁。”她回答。

“我看这么办吧，”他又说，“我写信给你，由西区邮局转交。星期二你能出来吗？”

嘉莉同意了。

按他的招呼，马车在离公寓还有一间门面的地方停了下来。

“晚安。”马车又启动时，他低低地说。

正当他们关系顺利进展时，杜洛埃很不作美地回来了。第二天下午赫斯渥正坐在他那漂亮的小办公室里，看见杜洛埃走了进来。

“喂，你好啊！查理，”他亲热地喊道，“回来了？”

“是啊！”杜洛埃笑嘻嘻地走了过来，站在办公室门口探头朝里看。

赫斯渥站了起来。

“嘿，”他打量着推销员说，“气色和往常一样好，是吧？”

他们开始谈起那些他们认识的人和发生的事情。

“回过家了吗？”最后赫斯渥问道。

“还没有，不过我正打算回去，”杜洛埃说。

“我想起了你那个小姑娘，”赫斯渥说，“所以我去看了她一下。我想你不会要她一个人太冷清吧！”

“你说得对。”杜洛埃表示赞同，“她怎么样？”

“很好，”赫斯渥说，“不过非常想你。你最好马上回去，让她高兴高兴。”

“我这就走。”杜洛埃笑嘻嘻地说。

“我想请你们两位星期三过来，和我一起去看场戏。”分手时赫斯渥说。

“多谢了，老兄，”他的朋友说，“我问问嘉莉，再和你联系。”

他们非常热情地分了手。

“真是个好人，”杜洛埃转身朝麦迪生街走去，一边心里这么想。

“杜洛埃人不错，”赫斯渥回身走进办公室时心里在说，“就是配不上嘉莉。”

想到嘉莉，他心里充满了愉快，一心琢磨着怎么才能赢了这个推销员，把嘉莉夺

过来。

像往常一样，杜洛埃见了嘉莉，就一把将她抱在怀里。可是她颤栗地抗拒着他的亲吻。

“你知道吗?”他说，“我这一趟旗开得胜。”

“是吗？你上次和我说的那笔和拉克劳斯人的生意做得怎么样?”

“嗯，很不错。我卖给他整整一批货。还有一个家伙也在那里，是代表贝斯坦公司的，一个十足的鹰钩鼻子犹太佬。但是他一点生意也没有做成，我完全把他比下去了。”

他一边解开领子和饰扣准备洗脸换衣服，一边添油加醋地说着路上的新闻。嘉莉对于他的生动描绘不禁听得津津有味。

“我告诉你吧，”他说，“我让办公室的那些人大吃一惊。这一季度我卖出去的货比我们商号任何一个旅行推销员卖出的都多。光在拉克劳斯城里我就卖了3000元的货。”

他把头浸到一脸盆水里，一边用手擦脖子和耳朵，一边喷着气清鼻子。嘉莉在一旁看着他，心里思绪万千，一会儿回忆着往事，一会儿又想起她现在对他的看法。他擦着脸继续说：

“我6月份要争取加薪。我给他们做成了这么多生意，他们可以付得起的。你可别忘了，我一定能提薪的。”

“但愿你能如愿以偿。”嘉莉说。

“等我那笔小地产生意做成了，我们就结婚。”他站在镜子前梳理头发时，做出一副一本正经的样子说。

“我才不相信你会和我结婚呢，查理。”嘉莉幽怨地说。赫斯渥最近的信誓旦旦使她有了勇气这么说。

“不对，我当然要和你结婚的——一定要娶你的——你怎么会这么想呢?”

他停止了镜子前的梳理，现在朝她走过来。嘉莉第一次感到她似乎该躲开他才对。

“可你这话已经说了这么久了。”她仰起她美丽的脸庞看着他说。

“不错，可是我说这话是真心的。不过我们得有钱才能照我的心愿安排生活。等我加了薪，事情就会差不多了，我们就可以结婚了。别担心，你这个小丫头。”

他安慰地拍拍她的肩膀让她宽心。但是嘉莉感到她的希望实在太渺茫了。她很清楚地看出。这个只想逍遥自在地打发日子的家伙根本没有娶她的意思。他只想让事情拖着，因为他喜欢目前的这种无拘无束的生活方式，他不想结婚受法律的束缚。

和他相比，赫斯渥显得可靠真诚，他的举止里没有对她推诿搪塞漫不经心的意思。他同情她，让她看到她自己的真正价值。他需要她，而杜洛埃根本不在乎。

“哼，你才不会呢，”她埋怨地说，口气里带着一丝胜利，但更多的是无可奈何，“你永远不会的。”

“那你就等着瞧吧!”他结束了这个话题，“我一定要娶你的。”

嘉莉看着他，感到心安理得了。她一直在寻找让自己问心无愧的理由，现在她找到了。瞧他那副轻飘飘的不负责任的态度，对于她要求结婚的正当要求不加理会。他只会极力表白他要娶她，这就是他履行诺言的方式。

“你知道吗，”在自以为已经圆满地解决了婚姻这个话题以后，他又开口说，“我今天见到赫斯渥了。他请我们和他一起去看戏。”

听到他提起赫斯渥，嘉莉吃了一惊。但是她很快恢复了镇定，没有引起杜洛埃的注意。

“什么时候？”她装着冷淡地问道。

“星期三。我们去好吗？”

“你说去就去吧，”她回答。她的态度冷淡到几乎要引起疑心。杜洛埃也注意到她的情绪有点反常，但是他把这一点归结为刚才谈论结婚引起的不快。

“他说，他来看了你一次。”

“是的，”嘉莉说，“他星期天晚上来了一下。”

“是吗？”杜洛埃说，“我听他的口气，还以为他一个星期前来的呢。”

“上星期他也来了，”嘉莉说。她不知道她的两个情人到底谈了些什么，心里一片茫然，生怕自己的回答会引起什么麻烦。

“噢，这么说，他来了两次？”杜洛埃问，脸上开始露出困惑的神色。

“是的。”嘉莉一脸纯洁无邪地说。现在她心里明白赫斯渥一定只提到一次来访。

杜洛埃猜想一定是自己误会了他朋友的话。对这事他并没有放在心上，没有感到它的严重性。

“他说些什么呢？”他微微好奇地问。

“他说他来是因为怕我一个人太寂寞。你那么长时候没去他那里，他不知道你怎么样了。”

“乔治真是个好人，”杜洛埃说，自以为经理先生对他很关心，因此心里很高兴，“你快收拾一下，我们出去吃晚饭。”

赫斯渥等杜洛埃走了，赶忙给嘉莉写信说：

“最最亲爱的：他走时，我告诉他我来看了你。我没有说几次，但是他也许以为只有一次。把你对他说的话告诉我。收到这封信以后，请专差送信给我。亲亲，我必须见你。请告诉我能不能在星期三下午两点到杰克逊街和萨洛浦街的转弯处来。在戏院见面以前，我必须和你谈谈。”

嘉莉星期二上午到西区邮局去拿了这封信，马上写了回信。

“我说你来了两次，”她写道，“他似乎没有放在心上。如果没有事打岔的话，我会到萨洛浦街去的。我现在似乎越变越坏了。我知道我现在这样做是很不对的。”

他们照约定的时间见面时，赫斯渥让她在这一点上不要担心。

“你不要为此不安，亲爱的，”他说，“等他下次出门做生意，我们就来安排一下。

我们把这事解决了，你就不用再说谎了。”

尽管他没有这么说，可是嘉莉以为他打算马上和她结婚，因此情绪非常兴奋。她提出在杜洛埃离开以前，他们要尽量维持目前的局面。

“你要像以前一样，不要对我露出过分的兴趣。”谈到晚上看戏的事，赫斯渥对嘉莉提出忠告说。

“那你不准这么盯着我看。”想到他的眼睛的魅力，她于是就提醒他。

“保证不盯着你看。”他们分手时，他紧紧握着她的手，又用她才告诫他的那种目光凝视着她。

“瞧，你又来了。”她调皮地用一个手指头点着他说。

“现在还没有到晚上看戏的时候呢。”他回答。

他温情脉脉地看着她离去，眼光中满含着乞求般的恋恋不舍。如此青春的美色，比醇酒更令他沉醉入迷。

在戏院里，事情的进展也对赫斯渥非常有利。如果说他以前就讨嘉莉的欢心，那么他现在越发如此了。他的风度因为有人赏识显得更加迷人。嘉莉以欣喜的心情注意着他的一举一动，几乎把杜洛埃给忘了。可怜的杜洛埃还在滔滔不绝地往下说，好像他是东道主似的。

赫斯渥非常机灵。他一点不动声色，不让人感到和以前有什么不一样。如果说他有什么不同，那就是他对他的老朋友比以前更关心了。他不像通常得宠的情人那样，拿自己的情敌在心上人面前开胃醒脾地打趣。在目前这场游戏中，如果他感到对他的对手有所不公的话，他还不至于卑劣到在这不公之上再加上些精神上的嘲弄。

只是戏里有一幕似乎是在嘲讽杜洛埃，不过这也怪杜洛埃自己不好。

台上正在演《婚约》中的一场。戏里的妻子在丈夫出外时听凭她的情人勾引她。

“那是他活该，”这一场结束时杜洛埃说，尽管那个妻子已竭力要赎前愆，“我对这种榆木脑瓜的家伙一点也不可怜。”

“不过，这种事也很难说的，”赫斯渥温和地说，“他也许认为他是对的呢。”

“好吧，一个男人想保住自己的老婆，他就该对她更加关心一点才对。”

他们已经出了休息室，穿过戏院门口那些盛装华服的人群出来。

“先生，行行好，”有一个声音在赫斯渥身边说，“您能给点儿钱，让我今晚有个过夜的地方吗?”

赫斯渥和嘉莉正说到兴头上。

“先生，真的，我今晚连个过夜的地方也没有。”

求乞的是一个30左右的男人，脸色消瘦憔悴，一副穷困凄惨的模样。杜洛埃首先看到了。他递给他1角钱，心里涌起一阵同情。赫斯渥几乎没有注意到这件事，嘉莉转眼就把它忘了。

第十五章　恼人的旧纽带：青春的魅力

由于他对嘉莉感情的加深，赫斯渥现在对自己的家一点也不放在心上了。他为这个家做的一切，全是敷衍应付而已。他和妻子儿女在一张桌上吃早饭，可是心里想着和他们全不相关的事。他边吃饭边看着报，儿女们浅薄的谈话使他看报的兴趣更浓了。他和妻子之间很冷淡，彼此间就好像隔着一条鸿沟。

现在有了嘉莉，他又有希望重新获得幸福。每天晚上到商业区去现在成了乐事。在昼短夜长的这些日子里，傍晚时分他上街时，路灯已在头顶上方欢快地闪烁。他现在又重新体验了那种使情人加快脚步的心情。这种心情他几乎已经忘记了是什么滋味。他打量自己的漂亮衣服时，心里在想象嘉莉会怎么看——而嘉莉的眼光是青年人的眼光。

当他心里泛滥着这些情感时，他很恼火地听到了他老婆的声音，听到了那些坚持把他从梦想中唤回到乏味的家庭现实的要求。这使他认识到自己的手脚被这个婚姻关系像锁链一样捆住了。

“乔洛，”赫斯渥太太用那种他早就熟悉的提要求的口吻说，“帮我们弄一张看赛马的季度票。”

“你们场场赛马都要去看吗?”他说话的调门不觉提高了。

“是的。”她回答。

他们现在谈的赛马即将在南区华盛顿公园举行。在那些严格的教规和保守的老派思想不以为然的人们中间。这些赛马会是很重要的社交场合。赫斯渥太太以前从来没有要过全赛季的票子，但是今年出于某些考虑，她想要一个专门包厢。原因之一是，她的邻居兰姆赛夫妇，一家靠煤炭生意发了财的有钱人，已经订了包厢。其次，她喜欢的比尔医生，一个热衷于养马和玩赌马彩票的先生，已经告诉她他打算让他的一匹两岁小马参赛。第三，她想借此机会炫耀一下已经出落得美丽多姿的女儿杰西卡，她希望杰西卡能嫁一个富人。最后，她希望在这种场合出出风头。在熟人和一般观众面前露露脸的想法和别的想法一样也是重要动机。

赫斯渥思忖着他太太的要求，好一会儿没有回答。他们当时正坐在二楼的起居间里等着吃晚饭。那晚他已和嘉莉杜洛埃约好去看《婚约》，他是回来换衣服的。

“你肯定单场票不行吗?”他问道，不敢说出更刺耳的话来。

“不行。”她不耐烦地回答。

“喂，”他对她的态度生气了，“你不用这么发火，我只是问一下而已。”

“我没发火，”她厉声说，“我只是要你弄一张全赛季的票。”

“那么我要告诉你，”他用清澈坚定的目光注视着她回答道，“全赛季的票不是那么好弄的。我不敢肯定马场经理肯给我一张。”

他一直在想着他和赛马场那些巨头们的交情。

“那我们可以花钱买一张，”她尖声地嚷了起来。

“你说得轻巧，”他说，“一张全赛季票要花150元呢。”

“我不和你争，”她用不容商量的口气说道，“我就是要一张，就是这么回事。”

她已站了起来，怒冲冲地朝门口走。

“好，那你自己去弄票好了。”他冷冷地说，口气已经不那么严厉了。

像往常一样，那天晚上饭桌上又少了一个人。

第二天早上他的态度已经冷静下来，后来他也及时给她弄到了票，不过这并没有弥合他们之间的裂痕。他并不在乎把大部分收入拿出来供家庭开销，但是他不喜欢那种不顾反对要这要那的做法。

“妈，你知道吗?”又有一天杰西卡说，“斯宾赛一家正准备出门去度假呢。”

“不知道。他们要去哪里?”

“去欧洲，”杰西卡说，“我昨天碰到乔金，她亲口告诉我的。这下她更加得意扬扬了。”

“她说哪天动身了吗?”

“我想是星期一。他们又该在报上登出发启事了。他们每次都是这样的。”

“别理它，”赫斯渥太太安慰地说，“哪天我们也去。”

赫斯渥的眼光在报上慢慢移动，可是他什么也没说。

“‘我们将从纽约出发驶向利物浦，’”杰西卡嘲笑地模仿着她朋友的口气嚷嚷说，“‘预计在法国度过大部分的酷暑’——虚荣的家伙。好像去欧洲有什么了不起似的。”

“如果你这么妒忌，那一定是很了不起的了，”赫斯渥插嘴说。

看到女儿在这件事上的情绪，实在叫他恼火。

“别为这些人生气吧，好孩子。”赫斯渥太太说。

“乔治走了吗?”又有一天杰西卡问她母亲。要不是她问起，赫斯渥一点不知道这件事。

“他去哪里了?”他抬起头问道。在这以前，家里有人出门还没有瞒过他。

“他去费顿了。”杰西卡说，根本没注意这件事实在没有把她父亲放在眼里。

“去那里干什么?”他又问。想到他一再追问来了解家里的事，心里暗暗地恼火和委屈。

“去参加网球比赛。”杰西卡说。

“他什么也没有对我说。”赫斯渥说到最后忍不住流露出不快的口气。

“我猜他一定是忘了。”他的妻子坦然地说。

以前他在家里总是受到一定的尊敬，那是一种混杂着赞赏和敬畏的尊敬。他和女儿之间现在还残留着的那种随便关系是他自己刻意追求的。但是这种随便只限于说话随便而已，口气总是很尊敬的。不过，不管以往的关系如何，他们之间缺乏一种爱。然而现在，他连他们在干些什么也不知道了。他对他们的事情已经不再熟悉。他有时在饭桌上见到他们，有时见不到。他有时也听到一些他们在干的事情，但大半听不到。有时候他们的谈话让他摸不着头脑，——因为他们谈的是那些他不在时他们打算做或者已经做过的事情。更让他伤心的是，他有一个感觉，家里许多事已经没人告诉他了。杰西卡开始感到她自己的事情不要别人管。小乔治神气活现的，好像他完完全全是男子汉了，因此应该有属于他自己的私事了。这一切赫斯渥都看在眼里，心里不由产生了伤感。因为他习惯了作为一家之主受到尊重——至少在表面上——他感到自己的重要地位不应该在这里开始走下坡路。更糟糕的是，他看到他妻子身上也滋长着这种冷漠和独立不羁的情绪。他被撇在了一边，只在付账单的义务。

不过他又安慰自己，他自己毕竟也不是没有人爱的。家里的事情只好由着他们来了，但是在外面他总算有嘉莉。他在心里想象着奥登公寓那个舒适的房间，在那里他曾经度过好几个愉快的晚上。他想象着一旦把杜洛埃完全抛在一边，嘉莉在他们的舒适小屋等着他回来的情景。这一切将多么美妙啊！他抱着乐观的态度，相信不会出现什么情况会导致杜洛埃把他已婚的事情透露给嘉莉。事情一直进展那么顺利，因此他相信不会有什么变化的。他不久就会说服嘉莉，那时一切都会令人满意了。

从看戏的第二天起，他开始不间断地给她写信——每天早上一封信，又恳求她也这么做。他并没有什么文学修养，但是他的社会阅历加上他对她日益增长的爱使他的信写来很有一点风格。每天他趴在办公室的桌上精心构思他的情书。他买了一盒子颜色雅致，上面有他姓名首字母的香水信纸，他把这些信纸锁在办公室的一个抽屉里。他的朋友们对他这么伏案疾书不胜惊异。那五个酒保怀着敬意看他们的经理有这么多笔头工作要做。

赫斯渥对自己的流畅文笔也不免吃惊。根据主宰一切人类活动的自然规律，他自己所写的东西首先对他自己发生了影响。他开始体会到他笔下表达的那些柔情蜜意。他写得越多，对自己的感情理解越深。他内心的情感经过文字的表达把他自己迷住了。他认为嘉莉配得到他在信里表达的那份情意，对此他深信不疑。

假如青春和美丽在花信时节应该从生活中得到认可，那么嘉莉确实值得人们的爱恋。她的经历还没有使她的心灵失去清新和纯洁，这正是她的胴体的魅力所在。她的水灵灵的大眼睛里满含着温柔，而没有一丝失意的痕迹。一层淡淡的疑虑和渴望困扰着她，但这些只是使她的目光和话语带上了一种企盼的表情。不管是不是在说话，她的嘴有时会露出伤心欲泣的样子。不过她并不经常忧伤，这是因为她的嘴唇在发某些音时口形的样子就好像是哀怨的化身，惹人怜爱。

她的举动怯怯的，没有一丝泼辣。她的生活经历使她和那些威风凛凛的夫人们不同，她身上没有专横和傲气。她渴望人们的眷顾，但没有勇气去要求得到它。即使现在她仍缺乏自信，只不过她已有的那点经历已使她不那么胆怯罢了。她想要欢乐，想要地位，不过这些究竟是些什么东西她还糊里糊涂。每天，人生的万花筒赋予一些新的事物以光彩，于是这个事物就成了她所追求的目标。可是当那万花筒又转动一下时，另外一些别的东西又成了尽善尽美的东西了。

在她的精神世界中，她天生的多愁善感，像她那样性格的人往往是这样的。许多东西会在她心里引起悲哀——那些弱者，那些贫苦无依的人，一概激起她的伤心。每次那些脸色苍白衣衫褴褛的人带着可怜的麻木神情从她身旁绝望地走过，她的心就为他们痛苦。傍晚时分，从她窗口可以看到衣履寒酸的姑娘们气喘吁吁地从西区某个车间急急往家赶，她从心底深处同情她们。她会站在那里，咬着嘴唇，看着她们走过，摇着头沉思着。啊，她们可以说一无所有，她想，缺衣少钱是多么凄惨。褪了色的衣服从她们身上垂下来，令人看了心酸。

“而且他们还要干那么重的活!”这是她唯一的喟叹。

在街上她有时看到男人们在干活——拿着镐头的爱尔兰人，有大堆煤要铲的运煤工人，从事某种重体力活的美国人——这些人令她感慨万分。她现在虽然不用做苦工了，可是苦工比她身历其境时更让她心寒。她透过一层薄薄般的想象看着这些苦工，一种朦胧幽微半明半暗的光线——那正是诗的意境。看到窗口的脸，她有时会想起自己的老父亲在磨坊干活，穿着沾满面粉的工作服。看到鞋匠在往鞋子里打鞋楦，看到地下室的窗子里铁匠正在炼铁，或者看到高处的窗子里木匠脱了外套，袖子卷得高高地在干活，这一切都令她回忆起磨坊的景象，使她伤心不已，虽然她很少说出来。她的同情心始终倾注在做牛做马的下层社会。她自己刚从那个苦海里跳出来，对此当然深有体会。

赫斯渥并不知道他交往的是这么一个感情细腻温柔的姑娘。不过归根结底，正是她身上的这种气质吸引了他。他从来没有企图分析过自己的爱情的性质。对他来说，只要知道她的温柔的眼神，软软的举动和善良乐观的思想就足够了。她像一朵百合花，但他从未探测过这花从多深的水的深处吸取了她那柔和的美丽和芬芳。他也无法懂得这花植根的淤泥和沃土。他接近这朵百合花，因为这花儿温柔清新。它使他的感情变得活泼，它使清晨那么美好有意义。

从身体上说，她是大大地改善了。举止上的笨拙已经荡然无存，只留下那么一点有趣的痕迹，使她的一举一动就像最完美的风度一样可爱。她的小脚上穿的是漂亮的高跟皮鞋。对于那些花边和能大大增加女性风采的领饰，她现在知道的也不少。她的身段已经发育成熟，显得体态丰腴圆润，令人赞叹。

一天早上赫斯渥写信给她，约她在门罗街的杰弗逊公园见面。他认为他如今去奥登公寓拜访是不明智的，即使杜洛埃在家也是不去为妙。

第二天下午1点他来到了这美丽的小公园。他在公园的小路旁丁香树丛的绿叶下找到了一条简陋的长板凳。这正是一年中夏日前春光明媚的日子。旁边的小池塘边，一些穿得干干净净的小孩子正在放白帆布船。在一座绿塔的凉荫里，一个穿制服的警察正在抱着胳膊休息，他的警棍插在皮带里。在草坪上，一个年老的花匠正用一把园丁大剪子修剪一些灌木丛。初夏清澄的蓝天下，麻雀在绿叶浓密的树上忙碌，不时在闪亮的绿叶间叽叽喳喳地跳跃。

那天早上像往常一样赫斯渥带着满肚子的不快离开家门。在酒店里他无所事事地打发时间，因为那天他不需要写信了。当他动身来这里时，他像那些把烦恼抛在身后的人们一样，感到浑身轻快。现在，在凉爽的绿树荫里，他用情人的想象力打量着四周。他听见邻近的街上运货马车沉重地驶过，但是听上去相隔很远。传到他耳朵里只有微弱的嗡嗡声。周围闹市的嘈杂声只能隐约地听到。偶然传来一声钟声，像音乐一样悠远。他看着想着，憧憬着和他目前的呆板生活毫无联系的新的快乐生活。在他的想象中，他又成了以前的赫斯渥，那个既没有结婚也没有固定地位的赫斯渥。他回忆起他如何无牵无挂地追着女孩子们——和她们跳舞，陪她们回家，在她们的门口流连徘徊。他几乎希望重新回到那个时代去——在这惬意的环境中他几乎感到自己是没有家室牵挂的自由人。

两点时，嘉莉脚步轻快地沿着小路朝他走来，脸色像玫瑰花瓣一样娇艳，浑身收拾得利索整齐。她头上戴着顶新买的水手帽子，上面缀着条漂亮的白点子蓝绸带，这帽子正是这个季节戴的。身上穿着条用料考究的蓝色长裙和一件白底蓝条纹衬衫，雪白的底子上有头发丝一样细的条子，和裙子很相配。长裙下偶尔露出棕色的皮鞋。她的手套拿在手上。

赫斯渥高兴地抬头看着她。

“你终于来了，亲爱的。”他热烈地说着，站起身来迎接她的到来，把她的手放在自己的手里。

“是啊，”她嫣然一笑，“你担心我不来吗？”

“我不知道。”他回答。

他看着她，她的前额因为走得急已渗出了汗水。于是他掏出自己的喷了香水的软绸手帕，给她的脸上这儿那儿擦着。

“好了，”他深情地说，“这下好了。”

他们在一起，四目交注，感到很幸福。等刚见面的兴奋平静一点时他说：

“查理什么时候再出门？”

“我不知道，”她回答，“他说公司里有些事要他做。”

赫斯渥变得严肃了，他静静地陷入了沉思。

“我想要你离开他。”

他的目光转身玩船的孩子们，好像在提一项小要求。

“那我们到哪里去呢？”她用手卷着手套，眼睛看着附近的一棵树，用同样的口气问道。

“你想去哪里呢？”他问。

他说这话的口气使她觉得，她似乎必须表明她不喜欢住在本地。

“我们不能留在芝加哥。”她回答。

他没料到她会有这个想法，没料到她有迁移外地的要求。

“为什么不能呢？”他轻轻问。

“嗯，因为，”她说，“因为我不喜欢留在这里。”

他听着这话，但是并没有深刻理解这话的含意。这些话现在听来并不重要，还没有到马上做决定的时候呢。

“那样的话，我就得放弃我的职位了。”

他说这话的口气轻描淡写，好像这事儿不值得严肃考虑。嘉莉一边欣赏着周围美丽的景色，一边想了一下。

“有他在这里,我不想住在芝加哥。”她说这话时想到了杜洛埃。

“这是一个大城市，我最亲爱的，”赫斯渥回答，“如果搬到南区去，那就好像搬到了另一个城里。”

他已看中那个地方作为建香巢的地点。

“不管怎么样，”嘉莉说，“只要他在这里，我就不想结婚。我不想私奔。”

结婚这个提议给赫斯渥重重一击。他清楚地看出这就是她的念头——他感到这个障碍很难克服。一时间，在他的思想中模模糊糊闪出了重婚这个念头。他实在想不出这事的后果。迄今除了赢得了她的感情以外他看不出自己有什么进展。他注视着她，感到她真美。得到她的爱是多么美妙的事，即使为此陷入纠葛中去也值得！在他眼里，她更可贵了，她是值得拼命追求的，这就是一切。她和那些轻易就能到手的女人多么不同啊！他把那些女人从脑子里驱除了出去。

“你不知道他什么时候出门吗？”赫斯渥轻轻地说。

她摇了摇头。

他叹息了。

“你真是个固执的小姑娘，是不是？”过了一会儿他抬起头来看着她的眼睛，说道。

听了这话，她感到一股柔情流遍全身。他的话在她听来是一种赞叹，她为此感到骄傲，也对这么欣赏自己的男人情意绵绵。

“不是的，”她撒娇地说，“不过我又有什么办法呢？”

他又十指交叉地抱着双手，目光投向草坪那边的街道。

“我真希望你能来到我的身边，”他幽幽地说，“我不愿意和你这样分居两地。我们这样等下去有什么好处呢？你不见得更快乐一点，是吗？”

“快乐？”她温柔地叫了起来，“你知道这是不可能的。”

“那么我们现在是在白白地浪费我们的时间，”他继续幽幽地说。“如果你不快乐，你认为我快乐吗？我每天的大部分时间都是坐在那里给你写信。你听我说，嘉莉，”他的声音突然充满了激情，他凝视着她的眼睛叫了起来，“没有你我活不下去，就是这么回事。那么，”他无奈地把他白净的手心一摊，最后说，“你叫我怎么办呢？”

他这样把责任推到她身上，使嘉莉深受感动。像这样有名无实地似乎把一切决定权都交到了女人手中，最能打动女人的心。

“你不能再等一些时候吗？”她柔情脉脉地说，“我会想办法弄清他什么时候走的。”

“那又有什么用呢？”他仍是那么绝望无奈。

“那么，也许我们可以安排一起到哪里去。”

其实究竟该怎么办，她并不比刚才更清楚。可是现在出于同情，她的心理实已陷入女性屈服和步的状态。

可是赫斯渥并不理解她这种思想状况。他仍在想怎么能说服她——怎么能感动她，使她放弃杜洛埃。他开始想知道她对他的感情究竟能使她走到哪一步。他要想个问题来试探她。

最后他想到了一个提议。这种提议既能掩饰自己的意愿，又能试探出对方对我们的意愿有多大的阻力，以便寻找出一条出路。他的提议只是信口开河，并没有经过认真思考，和他的真实打算毫无联系。

“嘉莉，”他注视着她的眼睛，装出一副认真的表情，煞有介事地说，“倘若我下星期来找你，或者就是这星期，譬如说就今晚——我来告诉你我必须离开这里——我一分钟也不能再待下了，我这一去再也不回来了——你会和我一起走吗？”

他的爱人深情款款地看着他，他的问题还没说完，她的答案已经准备好了。

“当然。”她说。

“你不会和我争论不肯去，或者需要安排安排再走吗？”

“不会，如果你等不及的话。”

看到她把他的话当真了，他脸上露出了微笑。他想，这机会倒不错，他可以出去玩个把星期。他真想告诉她，他只是开开玩笑，不过那样会把她脸上那股可爱的严肃劲赶跑了。看到她这么认真太让人高兴，所以他就不说穿这一点，让她继续当真下去。

“假如我们在这里来不及结婚怎么办呢？”他突然想到这一点，于是又加了一句。

“如果我们到达目的地以后马上结婚，那也行。”

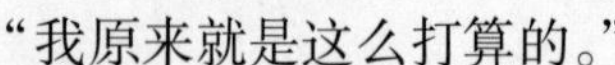

“我原来就是这么打算的。”

“好的。”

现在在他看来这个早晨的阳光似乎特别地明媚灿烂。他真吃惊自己怎么会想到这个好点子。尽管这事情看来不太可能，他禁不住为自己问话的巧妙而喜容满面。这说明她有多么爱他。他现在脑子里一点疑虑也没有了，他会想个法子把她弄到手的。

“好，”他开玩笑地说，“哪天晚上我就要来把你带走了，”他说着笑了起来。

“不过假如你不娶我的话，我不会和你住在一起的。”嘉莉沉思地加了一句。

“我不会要你这么做的。”他温柔地握着她的手说。

她现在明白了他的意思，所以感到无比的幸福。想到他将把她从目前的困境中解救出来，她对他爱得更深了。至于他，并没有把结婚这个条款放在心上。他心里想的是，她既然爱他，那就没有什么东西能妨碍他最后得到幸福了。

“我们走走吧!”他快乐地说,站起身来打量着这个可爱的公园。

“好的。”嘉莉说。

他们走过那个年轻的爱尔兰人，他用妒忌的目光看着他们的背影。

“真是漂亮的一对，”他自忖道，“一定很有钱。”

第十六章　缺心眼的阿拉丁：入世之门

杜洛埃这次出差回到芝加哥以后，对于他所属的秘密会社比以前关心了。这是因为上次出门做生意时，他对秘密会社的重要性有了新的认识。

“我告诉你，”另一个旅行推销员对他说，“这是件大事。你瞧瞧人家哈森斯达。他并不怎么机灵。当然他所属的那家商号给他撑了腰，但是光靠这点是不够的。你知道，他靠的是他在会社里的地位。他在共济会里地位很高，这一点起了很大的作用。他有一个秘密切口，那个切口代表了他的身份。”

杜洛埃当场决定，他今后对这种事要更关心一点。所以等他回到芝加哥，他就到他那个会社的当地支部所在地去走走。

“听我说，杜洛埃，”哈莱·昆塞尔先生说，他在兄弟会的这个支部里身居要职，“你一定能帮我们解决这个难题。”

当时刚散了会，大家正在活跃地交谈和寒暄。杜洛埃在人群中走来走去，和十来个熟人聊着，开着玩笑。

“你们有什么打算吗？”他对他秘密会社的兄弟笑脸相迎，态度和气地问道。

“我们在考虑过两个星期举行一场演出。我们想了解一下你是不是认识什么姑娘可以演一个角色——一个很容易演的角色。”

“没问题，”杜洛埃说，“是怎么一回事呢？”他没有费心去想想他其实并不认识什么姑娘可以请来演戏的。但是他天生的好心肠使他一口答应了下来。

“嗯，我来告诉你我们的打算，”昆塞尔先生继续说道，“我们想给支部买一套新家具。但是目前财务处没有足够的钱。因此我们想搞点娱乐活动筹款。”

“对，这主意不错。”杜洛埃插嘴说。

“我们这里有好几个小伙子很有才能。哈莱·比尔别克善于扮黑人，麦克·刘易士演悲剧没问题。你听过他朗诵《山那边》吗？”

“没有。”

“那我告诉你，他念得好极了。”

“你要我找位小姐来串个角吗？”杜洛埃问道，他急于要结束这个话题，好谈点别的事。“你们打算演哪个戏？”

“《煤气灯下》。”昆塞尔先生说。他指的是奥古斯丁·戴利写的那个有名的戏。那个戏在戏院演出时曾经轰动一时，非常叫座。现在已经降格为业余剧团的保留节目，

其中难演的部分已经删除，剧中的角色也减少到最低的限度。

杜洛埃以前曾经看过这出戏。

“好，”他说，“这个戏选得不错，会演好的。你们会赚到不少钱的。”

“我们想会成功的，”昆塞尔先生说。“你千万别忘了，给我们找位小姐演罗拉这个角色。”他说完的时候杜洛埃已经显出坐立不安的样子。

“你放心吧，我会给你们办到的。”

他说着走开了。昆塞尔先生一说完，他就把这件事几乎丢到脑后去了。他甚至没想到问问演戏的时间和地点。

过了一两天，杜洛埃收到一封信，通知他星期五晚上第一次排演，请他把那位小姐的地址尽快告诉他们，以便把她的台词送去。杜洛埃这才想起他自己承诺的事。

“见鬼，我哪里认识什么人啊？”这个推销员搔着他粉红的耳朵，心里想，“会演戏能串个角的人我一个也不认识。”

他在脑子里把他认识的那些女人的名字筛了一遍，最后确定了一个人。选中她主要是因为她家住在西区，找起来方便。他心里打算晚上出门时顺便去找她，但是当他坐上街车往西去时，他把这事儿压根忘了，一直到夜里看《晚报》时，才想起自己该干没干的事。报上在秘密会社通知的标题下有一条三行的小消息。消息说，兄弟会寇斯特支部将于16日在阿佛莱礼堂演出，届时将上演《煤气灯下》一剧。

“天哪，”杜洛埃叫了起来，“我把这事儿忘了。”

“什么事啊？”嘉莉问。

他们当时正坐在可以当厨房的那间房间的小桌子旁。嘉莉有时在那里开饭。今晚上她心血来潮，准备了一桌子可口的饭菜。

“嗯，是我们支部演戏的事。他们想演个戏，请我给他们找位小姐串个角。”

“他们想演哪出戏？”

“《煤气灯下》。”

“什么时候？”

“16号。”

“那你怎么不给他们找啊？”嘉莉问。

“我不认识什么人嘛。”他回答。

他突然抬起头来。

“嘿，你来演这个角色怎么样？”他问。

“我？”嘉莉说，“我不会演戏。”

“你怎么知道不会呢？”杜洛埃沉思地问道。

“因为我从来没演过戏。”嘉莉回答。

但是对于杜洛埃的这个提议她仍然感到很开心，她兴奋得眼睛也发光了。如果说有什么事让她感兴趣的话，那就是舞台艺术了。

杜洛埃按照他的老脾气，一旦有了这个省事的样子，就紧紧抓住不放了。

“不难的，你能演好戏里那个角色的。”

“不行，我演不上来的。”嘉莉反对得并不起劲，她被这个提议深深吸引住了，可是又感到胆怯。

“我说你一定行。何不试一下呢？他们需要人手，你可以从中得到乐趣。”

“不，不。”嘉莉认真地说。

“你会喜欢的，我知道你会的。我看到过你在家里跳舞，还看到你模仿别人，所以我才请你演的。你很聪明，会演好的。”

“不，我不聪明。”她害羞地说。

“那么你听我说怎么办。你到排演的地方去试试，你会很开心的。剧团里的其他人都不怎么样，他们什么经验也没有。他们对演戏又懂得什么呢？”

想到他们的无知，他不禁皱起了眉头。

“请把咖啡递给我。”他加了一句。

“我不相信我能演戏，查理。”嘉莉撒娇地说，“我也不相信我会演戏，是不是？”

“哪里，你一定会演得棒极了。我敢打赌，你会一炮打响。你答应了，是吗？我知道你会答应的。我回家就知道你会的，所以我才请你。”

“你刚才说是什么戏？”

“《煤气灯下》。”

“他们要我演哪个角色？”

“噢，是女主角之一，我也不记得是哪个了。”

“那个戏是讲什么的？”

“嗯，”杜洛埃，他在这种事上记忆力不是最好的，“讲的是一个女孩被两个坏蛋——贫民窟里的一男一女——拐走了。她有些钱财或别的什么东西，他们想从她那里夺去，确切的我现在记不得了。”

“你不记得我该演什么角色吗？”

“不，说实话，不记得了。”他想了一会儿，“噢，是的，我想起来了，罗拉！对，就是这个角色——你要演的是罗拉。”

“你不记得那个角色是个什么样的人物吧？”

“天哪，我实在记不得了。嘉莉，”他回答，“我该记得的，这个戏我看过好几遍了。戏里有一个女孩，在孩提时候就被人偷走了——是在街上或者别的什么地方被抱走的——她一直被那两个坏蛋追踪——就是我刚才告诉你的那两个家伙。”他停了下来，手里的叉子上还叉着一小块馅饼举在她面前，“她差一点让人淹死了。——噢，不对，不是这样的。我告诉你怎么办吧，”他最后束手无策地说，“我去给你找那本书。现在要了我

的命也记不起来了。”

“我真的不知道自己行不行。”嘉莉说。他的话说完以后，她内心思想斗争激烈，她对戏剧的爱好和登台亮相的愿望竭力要胜过她的胆怯害怕心理，“如果你觉得我还行的话，我也许可以去试试。”

“当然，你一定行的。”杜洛埃说。他给嘉莉鼓劲时，自己的兴趣也上来了。“如果我不认为你会成功的话，我会回家来怂恿你去干吗？你会演好的，这对你会有好处的。”

“我什么时候该去呢？”嘉莉沉思地问。

“星期五晚上第一次排演，今晚我去给你拿台词。”

“好吧，”嘉莉不再反对了，“我去演。不过如果演砸了，那要怪你。”

“不会演砸的，”杜洛埃给她鼓劲说，“你演戏时就像在家里一样好了。自然一点，你就能演好了。我经常在想你会成为很了不起的女演员。”

“你真这么想过吗？”嘉莉问。

“是真的。”那个推销员说。

那天晚上，当他把她丢在家里，一个人出门时，他压根想不到他这个姑娘心里点燃了一把什么样的秘密火焰。嘉莉天生情感丰富，易受感动。这种气质的最高阶段正是伟大的戏剧。造物主赋予她易感的灵魂，它像镜子一样反映着活跃的外部世界。她天生善于模仿，在这方面趣味高雅，不需要什么练习。她有时候在镜子前可以重现她见过的戏剧性场面，模拟这些场面中每个人物的表情和神态。她喜欢模仿传统的悲剧女主人公的声调，复述那些最令她感动的哀伤的片段。最近看了几出构思很好的戏以后，她被戏里那些天真姑娘的轻灵优雅的动作所吸引，就偷偷在家里模仿她们那种飘逸的姿态，反复做着那些形体上的小动作和表情。好几次被杜洛埃发现了，他以为她是在照镜子孤芳自赏，而其实她只是在回忆她在别人身上看到的那些嘴或眼睛的优美表情。在他的轻微责备下，她自己也把这错当成虚荣心，有点歉然地接受了他的批评。其实这只是她的艺术天性的自然流露，努力去完美地再现某些吸引了她的美的形态。要知道，一切戏剧艺术正是来源于这种努力重现生活的微弱倾向和意愿。

听到杜洛埃这么称道自己的演戏才能，她心满意足精神振奋。她对自己潜在的演戏才华原来就有一些零零星星的感觉，只是不敢相信。现在他的话把这些丝丝缕缕的感觉织成了五彩缤纷的希望的花布，就像火焰把松散的金属碎片焊成结实的整块一样。像旁人一样，她也有点虚荣心。她认为只要她有机会，她是能干出点名堂来的。当她看着舞台上衣服华丽的女演员时，她不止一次地想象如果她在台上演这个角色她会是什么样的，如果她处在她们的位子，心里又会多开心啊！辉煌的舞台魅力，紧张的情节，漂亮的戏装，还有观众的掌声，这一切深深地吸引着她，使她感到自己也能演戏——也能让别人承认她的才华。现在有人告诉她，她真能演戏——她在家里作的那些模仿动作使杜洛埃也认识到了她的能力。当她这么想时，心里乐滋滋的。

杜洛埃走后，她就在窗子旁边的摇椅上坐下来想这件事。像往常一样，她的想象力把她的机遇大大夸大了。就好像他在她手里放了五毛钱，她却把它想象成一千元一样。她想象自己在几十个令人伤心的场景里露面，做出痛苦的姿势，声音颤抖地说话。她又自得其乐地想象各种豪华风雅的场面，在这些场面里她是人们目光的焦点，主宰命运的女神。她坐在摇椅里摇晃着，一会儿感到被情人抛弃的深切痛苦，一会儿感到上当受骗后的怒火中烧，一会儿感到失败后的心灰意懒和悲伤。她在各个戏里看到的美人，她对于舞台的各处想象和错觉——这些思绪就像退潮后又涨潮的海水一样，又一齐涌上心头。她在心里积蓄起那么多的感情和决心，实在超出了这次演戏机会的需要。

杜洛埃到市中心去时，顺便到会社的支部所在地去了一下。昆塞尔见到他时，他显出一副得意扬扬的神气。“你答应给我们找的那位小姐在哪里啊？”昆塞尔问他。

“我已经找到了。”杜洛埃回答道。

“是吗？”昆塞尔对他这么快就找到了演员有点意外。“那很好。她的地址是哪里？”他掏出笔记本打算记下来，好给她送台词去。

“你是要给她送台词去吧！”推销员说。

“是啊！”

“这样吧，我给你送去。明早我要从她门口经过。”

“你刚才说她住哪里？我们要留个地址，有什么通知的话可以送给她。”

“奥登广场二十九号。”

“她叫什么名字？”

“嘉莉·麦登达，”这个推销员随口说道，支部的成员都知道他是单身汉。

“这名字听上去像是个会演戏的人，是吗？”昆塞尔说。

“不错，是这么回事。”

他把台词拿回家去交给嘉莉。递给她时，脸上露出恩赐的神气。

“他说这个角色是最棒的，你看你能演吗？”

“我要等看完台词才知道。我答应试试后，你想不出我心里有多害怕。”

“哎，胆子放大一点嘛。你有什么好怕的呢？整个班子都很差劲，其他人还不如你呢。”

“好吧，我就试试。”她尽管胆怯，拿到台词心里还是很高兴的。

他侧转身子，整理着衣服，坐立不安地忸怩了一阵子才说到下一件事上。

“他们正要印节目单，”他说，“我给你报的名字是嘉莉·麦登达。你看这样行吗？”

“行啊！”他的同伴应声道。她抬头看着他，心里觉得这事有些蹊跷。

“你知道，我是怕你万一演砸了。”他又说。

“噢，不错。”她回答道。现在感到很高兴，认为他想到真周到。杜洛埃这么干真是机灵。

“我不想把你介绍给他们，说你是我太太。因为怕你万一演砸的话，你会感到更尴尬的。他们和我都很熟。不过你会演成功的。不管怎么样，今后你也许会再也不会碰到他们中任何一个的。”

“好吧，我无所谓。”她孤注一掷地说，现在已横下心来一定要试演戏这个迷人的玩意。

杜洛埃松了一口气。他刚才一直在担心又要谈到婚姻问题上去。

嘉莉看了剧本以后发现罗拉是个饱经折磨催人泪下的角色。正像剧作家戴利先生描述的那样，这个戏符合通俗剧的最神圣的传统，这些传统从他当剧作家起就没有变过。悲哀痛苦的姿势，如泣如诉的音乐，长长的说明性道白使情节层层推进，通俗剧的成分一样也没少。

“啊，可怜的人。”嘉莉一边看着台词，一边读了出来。她的声调因为悲悯而拖长了，“马丁，他走的时候别忘了给他喝杯酒。”

她对自己的台词只有短短几页感到吃惊。她没有想到别的角色说话的时候，她也得在台上，不仅在台上，还要和剧情的进展相配合。

“不过，我看我能干得了。”她最后说。

杜洛埃第二天晚上回家的时候，嘉莉对自己一天的研究结果非常满意。

“喂，嘉德，进展如何啊？”他问。

“不错，”她粲然一笑，“我看我已经几乎全能背出来了。”

“那太好了，”他说，“让我们来听听你说台词。”

“嗯，我不知道我能不能站在这里说台词。”她扭扭捏捏地说。

“为什么不行呢？在家里说台词总要比在台上说容易些。”

“这一点我可不敢肯定。”她回答。

她最后还是演了舞后那一幕。她演得很投入，随着剧情的进展，她完全忘了杜洛埃的在场，感情达到了升华的境界。

“好！”杜洛埃说，“真棒极了。你会演好的，嘉莉，真的。”

对于她的杰出表演他确实大受感动。她的小小的身子轻轻摇晃，最后晕倒在地上，那样子真是惹人爱怜。他当时蹦了起来去搂住她。现在她在他怀里咯咯大笑。

“你难道不怕跌伤了自己吗？”他问道。

“一点也不。”

“嘿，你真了不起。我从来不知道你能演得这么棒。”

“我也没想到，”嘉莉开心地说，她的脸因为兴奋泛起了红晕。

“我说，你一定能演好的，”杜洛埃说，“我敢打保票，你一定不会失败的。”

第十七章　初窥门径：希望之光

对嘉莉来说至关重要的这场戏要在阿佛莱礼堂上演。某些情况使得这场演出比原来预料的要引人注目。那个戏剧界的小学生收到台词的第二天早晨就写信告诉赫斯渥，她将在一个戏里演一个角色。

“真的，”她写道，生怕他以为她是在开玩笑，“我真要演戏。说实话，我的台词也拿到手了。这是千真万确的。”

赫斯渥读到这里，露出溺爱的微笑。

“不知道会演成个什么样子。我一定要去瞧瞧。”

他马上回了信，很讨人喜欢地提到了她的演戏才华。“我毫不怀疑你会成功。你明天早上一定要到公园来，把一切告诉我。”

嘉莉很高兴地来赴约，把她所知道的一切和演戏有关的细节都告诉了他。

“嘿，”他说，“这太好了，我听了真高兴。你当然会演好的，你人那么灵气。”

他确实从没见过她像现在这样神采飞扬。她往日那种淡淡的忧伤现在一扫而空了。她说话时眼睛在闪光，脸蛋红扑扑的，浑身洋溢着演戏给她带来的欢乐。尽管她有种种担心——这些担心时时萦绕心头——她仍然感到兴奋。尽管在一般人眼里这事情无足轻重，她却无法克制她的快乐情绪。

赫斯渥看到嘉莉显露的才华不禁着了迷。在生活中再没有比看到正当的雄心更让人振奋的事了，不管这种雄心多么幼稚。这雄心赋予人以色彩，力量和美感。

神圣的灵感使嘉莉变得神采奕奕。她还没做什么事，她的两个情人已经对她大加夸赞了。他们既然爱她，她所做的事在他们眼里当然就变得很了不起，值得大肆赞扬了。她则由于年轻无知充满着幻想。这些幻想一遇机会就会泛滥起来，于是一个小小的机会就好像成了金色的魔杖，可以用来发掘生活的宝藏。

“让我想想，”赫斯渥说，“我在那个支部该有些熟人。我自己也是兄弟会的会员。”

“哎呀，你千万别让他知道是我告诉你的。”

“好吧，就按你说的去做。”那个经理说。

“你如果想来的话，我会很高兴的。不过我不知道你怎么能去看演出，除非他邀请你。”

“我一定会来的，”赫斯渥多情地说，“我会安排好，这样他不会知道是你告诉我的。这事就交给我好了。”

这位经理对演出发生了兴趣，这事本身就非同小可。因为他在兄弟会里地位显要，值得一提。他已经在打算要邀些朋友去订一个包厢，向嘉莉献花。他要让这场演出成为一个社交盛会，给这个小姑娘一个露脸的机会。

隔了一两天，杜洛埃顺路来到亚当街上这家酒楼。他刚到，赫斯渥就看到了。当时是下午5点，酒馆里挤满了商人、演员、经理、政客。满厅是脸色红润大腹便便的人群，都戴着丝礼帽，穿着浆过的衬衫，手上戴着戒指，领带上别着饰针，真是尽善尽美，无可挑剔。那个著名的拳击家约翰·沙立文正站在酒柜的一端，周围站着许多服装鲜艳的运动员，他们正在热烈交谈。杜洛埃迈着大步，满面春风地穿过大厅，脚上那双黄褐色的新皮鞋走起路来发出咔嚓咔嚓的响声。

"嘿，老兄，"赫斯渥说，"我正在想你最近怎么样了，我以为你又出门去了呢。"

杜洛埃笑了起来。

"你如果不经常来报到，当心我们要把你除名了。"

"实在没办法，"推销员说，"我一直很忙。"

他们穿过那些走来走去大声说笑的名人们，慢慢朝酒柜踱去。在3分钟里，这个穿着讲究的经理就三次和人握手。

"我听说你们支部要演一场戏。"赫斯渥以漫不经心的口气说道。

"是啊，谁告诉你的？"

"没人告诉我，"赫斯渥说，"他们给我送了两张票来，要我掏两块钱。有没有可以看的东西？"

"我也不知道，"推销员答道，"他们一直要我给他们物色个姑娘演个角色。"

"我原来不打算去的，"经理随随便便地说，"当然票是要认购的。那边的事情怎么样？"

"不赖。他们要靠演出的收入布置装潢一下。"

"好，我祝他们旗开得胜，"那位经理说，"再来一杯吗？"

他不打算再谈下去了。现在如果他和几个朋友一起在戏院露面，他可以说是他的朋友怂恿他来的。杜洛埃想到该澄清一下可能造成的误会。

"我想我那位姑娘将在戏里串演个角色。"他想了一下突然说道。

"真的？怎么会呢？"

"你知道，你们缺演员，要我给他们找一个。我告诉了嘉莉，她似乎想试试。"

"那太棒了，"经理说，"这事确实太妙了。对她也有好处。她以前演过戏吗？"

"一点没有。"

"嗯，这也没什么关系。"

"不过她非常聪明，"杜洛埃不容别人对嘉莉的能力有任何怀疑，于是说道，"她学习她的台词非常快。"

“真的吗！”经理说。

“是啊，老兄，那天晚上她让我大吃一惊。真的，我真是大吃一惊。”

“我们要给她来个小小的表示，”经理说，“我来准备鲜花。”

杜洛埃对他的好心报以微笑。

“演出结束以后，你们一定要和我一起吃点夜宵。”

“我想她一定会演好的。”

“我要看看她演出。她一定要演好。我们会让她成功的。”经理说着脸上闪过一丝不动声色的微笑，透着善意和精明。

在此期间，嘉莉参加了第一次排演。排演由昆塞尔先生主持，一个年轻人米勒斯先生给他当助手。米勒斯过去在演艺圈干过，有一点资历了，不过究竟有些什么资历旁人就不清楚了。可是，他因为自己有点经验，又摆出一副公事公办的面孔，所以他的态度几近粗暴——事实上，他忘记了自己指导的只是一群业余演员，并不是领工资的下属。

“听着，麦登达小姐，”他对站在台上不知所措的嘉莉说，“你不要这么站着，脸上带点儿表情。记住，你现在要做出有生人打扰心烦意乱的表情。你要这么走。”他说着做出几乎垂头丧气的样子走过阿佛莱礼堂的舞台。

嘉莉并不喜欢他的这个提示。但是这种场面太新奇，又有那么多陌生人在场，每人多少有点紧张，再加上她竭力避免演砸，这一切使她胆怯起来，不敢提出反对意见。她照着导演的要求走动着，心里却感到这么走缺少了点什么东西，令人不自在。

“喂，莫根太太，”导演又对演珍珠的那个少妇说，“你坐在这里。喂，班贝格先生，你站在这里，这样站。你的台词是什么？”

“你要解释清楚。”班贝格先生有气无力地念着台词。他演的是罗拉的情人雷埃，一个公子哥儿，当他发现罗拉孑然一身，出身低微时，他娶她的决心就动摇了。

“怎么回事？你的脚本是怎么说的？”

“你要解释清楚。”班贝格先生紧张地看着他的台词又重复了一遍。

“不错，是这句词，”导演说，“但是脚本上还说你要做出大吃一惊的样子。你再来一遍，看能不能做出震惊的模样。”

“你要解释清楚！”班贝格先生有力地命令说。

“不对，不对，这样说不行！你要这么说——‘你要解释清楚。’”

“你要解释清楚。”班贝格先生有点走样地模仿着。

“这样好一些了。现在继续往下排。”

“有一天晚上，”接下来是莫根太太的台词，于是她就接了上来，“爸妈去看歌剧。他们在百老汇过马路时，一群马路上常见的乞儿向他们乞讨——”

“等一等，”导演伸着一个胳膊冲上来说，“你刚才念的台词里，感情还要强烈些。”

莫根太太的神气好像是害怕他会动手打她，她的眼里流露出恚怒的神色。

“记住，莫根太太，”他继续说，没有理会她恼怒的眼光，不过态度放和气了一些，“你现在正讲的是一个凄惨的故事。你所说的是件让你伤心的事。这需要注入感情，一种压抑的伤心。要这么说，‘马路上常见的乞儿向他们乞讨。’”

“好吧，”莫根太太说。

“好，继续排下去。”

“母亲在口袋里掏零钱时，她的手碰到一个冰冷颤抖的手，这只手正抓住了她的钱包。”

“很好。”导演打断了她，意味深长地点着头。

“噢！一个小偷！”班贝格先生把该他念的台词叫了出来。

“不对不对，班贝格先生，”导演走近来说，“不是这样说。‘噢，是个小偷？’你要这么说。对，就是这样。”

“这样好不好，”嘉莉意识到剧团的各个演员连台词还不一定记住了，更别说注意到细微的表情了，就怯生生地提议说，“我们先来通一遍台词，看看每个人是否记熟了。也许通台词的过程中会有所启发。”

“这主意不错，麦登达小姐，”昆塞尔先生说，他坐在舞台一边，安详地看着排演，有时也提出意见，但是导演不予理睬。

“好吧，”导演有点窘迫地说，“这样也好。”不过他马上又神气起来，用权威的口气说：“现在我们就通一遍。念的时候，尽量把感情放进去。”

“好。”昆塞尔先生说。

“这只手，”莫根太太继续念下去，抬头看了眼班贝格先生，又低头看了眼脚本，“我母亲一把抓住了。她抓得那么紧，一个细细的声音发出一声痛苦的尖叫。妈低下头，看见身旁是个衣衫破烂的小女孩。”

“很好。”现在没事可干的导演评价说。

“是个贼！”班贝格先生叫了起来。

“响一点，”导演插嘴说，发现自己简直没法撒手不管。

“是个贼！”可怜的班贝格吼了起来。

“不错，是个贼，但是这个贼几乎还不到6岁，长着一张天使般的脸。‘住手，’妈说，‘你想干什么？’”

“‘想偷钱。’那个孩子说。”

“‘你难道不知道这么做不对吗？’我爸问。”

“‘不知道，’那孩子说，‘但是挨饿是很难受的。’”

“‘谁叫你偷的？’我妈问。”

“‘是她——在那里，’孩子说，手指着路对面门洞里一个邋遢的女人。那女人猛地顺马路逃了。‘那就是老犹大，’小女孩说。”

莫根太太读这一大段时，语气平淡，导演简直绝望了。他坐立不安地转来转去，然后朝昆塞尔先生走去。

“你觉得他们怎么样？”他问。

“嗯，我看我们可以把他们训练得像个样子。”昆塞尔先生回答，露出一副百折不回的神气。

“我可没有把握，”导演说，“我看班贝格这家伙演情人实在太糟了。”

“我们找不到别人了，”昆塞尔先生翻着眼睛说，“哈列生临时变卦不演了，我们还能找谁呢？”

“我不知道，”导演说，“我恐怕他永远学不会。”

就在这时班贝格先生叫了起来：“珍珠，你在和我开玩笑。”

“你瞧瞧，”导演用一只手捂着嘴说，“上帝啊，像这样一个说话拖腔的人，你能拿他怎么办呢。”

“尽你所能吧！”昆塞尔安慰地说。

排演就这样继续下去，直到嘉莉扮演的罗拉走进房间向雷埃解释。听了珍珠的说明以后，他已经写了一封绝交信，不过信还没有寄出。班贝格正在结束雷埃的台词：“我必须在她回来之前离开。啊，她的脚步声！太迟了！”他正慌慌张张地把信往口袋里塞，她温柔地说话了：

“雷埃！”

“柯——柯脱兰小姐。”班贝格结结巴巴地轻声说。

嘉莉看了他一会儿，忘记了周围的这些人。她开始把握自己扮演的角色的心理，嘴上露出一丝淡漠的微笑，按照台词的指示转过身来，朝窗子走去，就好像他不在场似的。她这么做的时候，姿态是那么优美，让人看了着迷。

“那个女人是谁啊？”导演一边看着嘉莉和班贝格的那场戏，一边问。

“麦登达小姐。”昆塞尔说。

“我知道她的名字，”导演说，“但是她是干什么的呢？”

“我不知道，”昆塞尔说，“她是我们一个会员的朋友。”

“嗯，我看她在这些人中最有主动精神——看起来对正在演的戏很感兴趣。”

“而且很美貌，对不对？”昆塞尔说。

接下来在面对舞厅里所有人的那场戏里，她演得更精彩了，导演不禁露出了微笑。他被她的魅力吸引住了，就主动走过来和她说话。

“你以前演过戏吗？”他奉承地问。

“没有。”嘉莉说。

“你演得这么好，我还以为你以前上过台呢。”

嘉莉只是不好意思地微笑着。

他走开去听班贝格先生念台词。他正有气无力地念着一段热情激昂的台词。

莫根太太在旁边都看在眼里。她用发亮的黑眼睛妒忌地瞅着嘉莉。

“她不过是一个下贱的戏子而已。”她这么一想心里得了些安慰，于是她就把她当戏子来鄙视和憎恨。

当天的排演结束了。嘉莉回家时感到自己这一天的表现不错。导演的话还在她耳边回响,她渴望有个机会能告诉赫斯渥,让他知道她演得有多出色。杜洛埃也是她吐露肺腑的对象。在他问她之前,她就迫不及待地想告诉他。不过她的虚荣心还没强到自己主动提这事儿。可是这个推销员今晚心里在想别的事,她的小小经历在他看来无足轻重。因此除了她主动说的一些事以外,他并没有继续这个话题,而她又不善于自吹自夸。他想当然地认为她既然干得不错,他就无须再为此操心了。嘉莉的心里话得不到倾吐,感到受了压抑,心里很不痛快。她深切感到他对她不关心,因此渴望见到赫斯渥。他现在似乎是她在这世上的唯一的朋友了。第二天早上杜洛埃对她排演的事又感兴趣起来,可是已经为时太晚,他的损失无法挽回了。

她从经理那里收到一封措辞动人的信，信里说她收到信的时候，他已经在公园里等她了。等她到了公园，他用朝阳般灿烂的微笑迎接她。“嘿，宝贝，”他说，“你排演得怎么样?”

“还不错。”她说话时还在为杜洛埃的态度心情不佳。

“把你排演的事都告诉我吧！排演得愉快吗?”

嘉莉把排戏中发生的事一五一十地告诉他，说着说着情绪高涨起来。

“太棒了,”赫斯渥说，“我真为你高兴。我一定要到那里去看你排演。下一次什么时候排戏?”

“星期二,”嘉莉说，“不过他们不准旁观的。”

“我想我可以想法子进去的。”赫斯渥含有深意地说。

他这么关心她，使她心情完全好转了，她又感到喜气洋洋了。不过她要他答应不去看排演。

“那你一定要演好，让我高兴高兴,”他鼓励地说，“记住，我要看到你成功。我们要使这场演出像个样子，你一定要成功。”

“我会努力的。”嘉莉说，浑身洋溢着爱和热情。

“真是个好姑娘,”赫斯渥疼爱地说，“那你就记住了,”他伸出一个手指情意款款地朝她摇了摇,“尽你最大的努力。”

“我会的。”她回头说道。

这天早上整个世界充满了阳光。她轻快地走着，湛蓝的天空好像在她心里灌注了蓝色的液体。啊，那些发奋努力的孩子们是有福的，因为他们在满怀希望地奋斗。那些了解他们，对他们的努力给予微笑和赞许的人同样是有福的。

第十八章　初登大堂：欢呼与告别

到了16日晚上，赫斯渥已经巧妙地大显神通。他在他的朋友们中间散布消息说这场演出很值得一看——而他的朋友不仅人数众多，而且很有势力——结果支部干事昆塞尔先生卖出了大量的戏票。所有的日报都为这事发了一条四行的消息。这一点是靠他的新闻界的朋友哈莱·麦格伦先生办到的。麦格伦先生是芝加哥《时报》的主编。

“喂，哈莱，”一天夜里麦格伦回家前先在酒馆柜台边喝上两杯时，于是赫斯渥对他说，“我看你能给支部的那些孩子们帮个忙。”

“什么事啊?”麦格伦先生问道。这个富有的经理这么看得起他，着实让他高兴。

“寇斯特支部为了筹款要举办一场小小的演出，他们很希望报纸能发条消息。你明白我的意思——来上两三句说明何时何地有这么场演出就行了。”

“没问题，”麦格伦说，“这事我能替你办到，乔治。”

这期间，赫斯渥自己一直躲在幕后。寇斯特支部的人几乎无法理解他们的小玩意儿为什么这么受欢迎。于是昆塞先生被看作是主办这类事的天才。

到了16日这天，赫斯渥的朋友们纷纷去捧场，就好像罗马人听到了他们元老的召唤一样。从赫斯渥决定帮嘉莉那一刻起，就可以肯定，去看演出的将都是些衣冠楚楚，满怀善意，一心想捧场的人士。

那个戏剧界的小学生这时已经掌握了她那个角色的表演，自己还相当满意。尽管她一想到自己要在舞台强烈的灯光下，在满堂观众面前演戏，不禁吓得发抖，为自己的命运担心。她竭力安慰自己说，还有二十来个别的人，有男有女，也在为演出的结果紧张得发抖。可是这没有用。她想到总体失败的可能性就不能不想到她个人失败的可能性。她担心自己会临时忘词，又担心在舞台上她不能把她对角色的情感变化的理解表现出来。有时候她真希望自己当初没有参与这件事就好了。有时候她又担心自己到了台上会吓呆了，只会脸色苍白气喘吁吁地站在台上，不知道说什么好，使整个演出都砸在她手里，这种可能性让她吓得发抖。

在演员阵容方面，班贝格先生已经去掉了。这个不可救药的先生在导演的唇枪舌剑的指责下只好退出。莫根太太还在班子里，但是妒忌得要命，不为别的，光为这份怨恨，她也决心要演得至少像嘉莉一样好。一个失业的演员被请来演雷埃这个角色。尽管他总是个蹩脚演员，他不像那些没有在观众前亮过相的演员那样提心吊胆，焦虑不安。尽管他已被警告过不要提起他以前和戏剧界的联系，可是他那么神气活现地走来走去，一副信心十足的样子，单凭这些间接证据，就足以让别人知道他吃的是哪一行饭了。

“演戏是很容易的，”他用舞台上念道白的口气拿腔拿调地对莫根太太说，“我一点也不为观众操心，你要知道，难的是把握角色的气质。”

嘉莉不喜欢他的样子。但她是一个好演员，所以温顺地容忍了他这些品质。她知道这一晚上她必须忍受他那装模作样的谈情说爱。

6点钟，她已一切准备就绪可以出发了。演戏用的行头是主办单位提供的，不用她操心。上午她已试过化装，1点钟时彩排完毕，晚上演戏用的东西也都准备好了。然后她回家最后看了一遍她的台词，就等晚上到来了。

为了当晚的演出，支部派了马车来接她。杜洛埃和她一起坐马车到了剧场门口，就下车到附近店里去买几支上等雪茄。这小女演员一个人惴惴不安地走进她的化妆间，开始了她那焦虑痛苦地期待着的化妆，这化妆要把一个单纯的姑娘变成罗拉、社交皇后。

耀眼的煤气灯，打开的箱子（令人想起旅行和排场），散乱的化妆用品——胭脂、珍珠粉、白垩粉、软木炭、墨汁、眼睑笔、假发、剪刀、镜子、戏装——总之，各种叫不上名来的化妆用的行头，应有尽有，各有自己独特的气息。自从她来到芝加哥，城里的许多东西深深吸引了她，但那些东西对她来说总是高不可攀。这新的气氛要友好得多。它完全不像那些豪门府第令她望而生畏，不准她走近，只准她远远地惊叹。这里的气氛却像一个老朋友，亲热地拉着她的手，对她说：“请进吧，亲爱的。”它把她当作自己人向她敞开大门。戏院广告牌上那些大名鼎鼎的明星名字，报上长长的剧评，舞台上的华丽服装，还有马车，鲜花和高雅服饰带来的剧场气氛——这一切一直令她赞叹和好奇。如今这已不是幻想了。这扇门敞开着让她看看这一切。她就像一个偶然发现秘密通道的人一样，瞎碰瞎撞来到这里。睁眼一看，自己来到了一个堆满钻石和奇珍的宝库！

她在自己的小化妆间激动不安地穿戏装时，可以听到外面的说话声，看到昆塞尔先生在东奔西忙，莫根太太和霍格兰太太在忐忑不安地做准备工作，全团二十个演员都在走来走去，担心着戏不知会演得怎么样，这使她不禁暗想，如果这一切能永远地延续下去，那将多么令人愉快啊！如果她这次能够演成功，以后某个时候再谋到一个当女演员的位子，那事情就太理想了。这个念头让她非常动心，就像一首古老民歌的旋律在她耳边不断地回响。

外面的小休息室里又是另一番景象。即使赫斯渥不施加影响，这个小剧场也许仍然会客满的，因为支部的人对支部的事情还是比较关心的。但是赫斯渥的话一传开，这场演出就成了必须穿晚礼服的社交盛会。四个包厢都让人包下了。诺曼·麦克尼·海尔医生和太太包了一个，这是张王牌。至少拥有二十万财产的呢绒商西·阿·华尔格也包了一个。一个有名的煤炭商听了劝说，订了第三个包厢。赫斯渥和他的朋友们订了第四个包厢。杜洛埃也在这群人中间。涌入这剧场来看戏的，总的来说，并不是名流们，甚至算不上当地的要人们，但他们是某一阶层的头面人物——那个颇有点资产的阶层加上帮会的要人们。这些兄弟会的先生们互相都知道各人的地位，对于彼此的能力表示敬意，因为他们都是凭自己的本事，创起一份小家业。他们都拥有一幢漂亮的住宅，置起了四轮大马车或者二轮马车，也许还穿得衣冠楚楚地在商界出人头地。在这群人中，赫斯渥自然是个重要人物。他比那些满足于目前地位的人在精神上要高出一筹。他为人精明，举止庄重，地位显要有权势，在待人接物上天生的圆滑机敏，容易博得人们的友谊。在这个圈子里，他比大多数人出名，被看作是一个势力很大，财力殷实的人物。

今晚他在自己的圈子里活动，如鱼得水。他是和一些朋友直接从雷克脱饭店坐马车来戏院的。在休息室里他遇到了杜洛埃买了雪茄回来。五个人都兴高采烈地聊了起来，他们聊的是即将演出的班子和支部事务的一般情况。

“谁在这里啊?”赫斯渥从休息室走进演出大厅。大厅时灯都点起来了，一群先生正聚在座位后面的空地上高声谈笑着。

“喂，你好吗，赫斯渥先生?”他认出的第一个人向他打招呼。

“很高兴见到你。”赫斯渥和他轻轻地握了手，说道。

“这看上去很像一回事，是不是?”

“是啊，真不错。”经理先生说。

“寇斯特支部的人看来很齐心。”他的朋友议论说。

“应该这样，”世故的经理说道，“看到他们这样真让人高兴。”

“喂，乔治，”另一个胖子说。他胖得把礼服领口都绷开了，露出了好大一片浆过的衬衫前胸，“你怎么样啊?”

“很好。”经理说。

“你怎么会来的? 你不是寇斯特支部的人嘛。”

“我是好心好意来的，”经理回答说，“想看看这里的朋友，你知道。”

“太太也来了?”

“她今天来不了，她身体不太好。”

“真遗憾——我希望不是什么大病。”

“不是，只是小有不适。”

“我还记得赫斯渥太太和你一起到圣乔旅行——”话题说到这里，这个新来的人开始回忆一些琐碎的小事。又来了一群朋友把这回忆打断了。

“喂，乔治，你好吗?”另一个人和颜悦色地问道。他是西区的政客又是支部的成员，“哇，我真高兴又见到你。你的情况怎么样?”

“很不错。我得知你被提名当市议员了。”

“是啊，我们没费多少事，就把他们打败了。”

“依你看汉纳赛先生现在会做些什么?”

“还是回去做他的砖瓦生意嘛。你知道他有一座砖厂。”

“这一点我倒不知道，”经理说，“我猜想他这次竞选失败心里一定很不是滋味。”

“也许吧，”对方精明地眨了一下眼睛说道。

他邀请来的那些和他交情更深一些的朋友现在也坐着马车陆陆续续来到了，他们大摇大摆地进来，炫耀地穿着考究精美的服装，一副明显的志得意满的要人气派。

“我们都来了，”赫斯渥离开在谈话的这些人，朝新来的一个人说道。

“是啊，”新来的人说道，他是个大约45岁的绅士。

“喂，”他快活地拉着赫斯渥的肩膀，把他拉过来说句悄悄话，“要是戏不好，我可要敲你的头。”

“为了看看老朋友，也该掏腰包才对。这戏嘛，管它好不好!”

另一个问他：“是不是有点看头?”经理回答：“我也不知道。我想不会有什么看头的。”然后他大度地扬扬手说，“为支部捧个场嘛。”

“来了不少的人，是吧!”

“是啊，你去找找珊纳汉先生吧，他刚才还在问起你。”

就这样，这小小的剧场里回想着这些春风得意人物的交谈声，考究的服装发出的窸窣声，还有一般的表示善意的寒暄声。一大部分人是赫斯渥召来的。在戏开场前的半个小时里，你随时可以看到他和一群大人物在一起——五门个人围成一圈，一个个身子肥胖，西服领露出一大片白衬衫前胸，身上别着闪亮的饰针，处处显示他们是些成功的人物。那些携带太太同来的先生们都把他招呼过去和他握手。座位发出啪啦啪啦的声响，领座员朝客人们鞠躬，而他在一边温和殷勤地看着。很显然，他是这群人中的佼佼者，在他身上反映着那些和他打招呼的人们的野心。他为他们所承认，受到他们的奉承，甚至有一点儿被当作大人物看待，从中可以看出这个人的地位。尽管他不属于最上层的社会，他在自己的圈子里可以算得上了不起了。

第十九章　仙境一刻：爱的呼声

终于到了幕拉开的时候了。一切化妆都已细心完成了，演员们坐下来静等。雇来的小乐队指挥用他的指挥棒在乐谱架上暗示地敲了一下，于是乐队开始奏起了启幕时的柔和乐章。

赫斯渥停止了交谈，和杜洛埃以及他的朋友萨加·莫里生一起朝他们的包厢走去。

"现在让我们来瞧瞧这小姑娘演得怎么样。"他压低声音对杜洛埃说，不让旁人听到。

第一幕客厅那场戏里已有六个演员出现在舞台上。杜洛埃和赫斯渥一眼就看出嘉莉不在其中，于是他们继续轻轻地交谈。这一场里的主要人物是莫根太太、荷格兰太太和替代了班贝格先生的那个演员。那个职业演员的名字叫巴顿，他除了不怯场这一点外，几乎一无可取。不过就目前而言，不怯场显然是最重要的了。演珍珠的莫根太太紧张得手足无措，荷格兰太太则吓得嗓子也沙哑了。演员们个个腿脚发软，勉强背着台词，一点儿表演也没有。幸亏观众们怀着希望和善意，才没有骚动不安，才没有对令人难堪的演出失败表示遗憾。

赫斯渥对此根本不在意。他早就预料这演出不值一看。他关心的只是这演出能勉强过得去，这样他在演出结束后可以有个借口向嘉莉表示祝贺。

但是在最初的惊慌失措以后，演员们已经克服了砸台的危险。他们毫无生气地继续演下去，把原来准备用的表情几乎忘得干干净净，戏演得乏味极了。就在这时候，嘉莉出场了。

赫斯渥和杜洛埃马上看出，她和别人一样，也吓得膝盖发软了。她怯怯地走上舞台，说道：

"啊，先生，我们从 8 点开始就在等你了。"但是她说得那么有气无力缺乏表情，声音又那么微弱，真是令人为她痛苦。

"她吓坏了。"杜洛埃低低地对赫斯渥说。

经理没有吱声。

接下来她应该用开玩笑的口气说一句幽默的台词：

"噢，照你这么说，我是你的救命仙丹了。"

但是她说得那么平淡，真让人难受得要死。杜洛埃坐立不安了，赫斯渥却一点不动声色。

接下来又有一处，罗拉应该悲伤地预感到灾难迫在眉睫，站起身来幽幽地说：

“珍珠，我真希望你当时没说这些话。你该知道张冠李戴这句成语啊！”

由于缺乏表情，这句话说得可笑之极。嘉莉一点没进入角色，她似乎是在说梦话，看起来她非演砸不可了。她比莫根太太还要糟糕，那位太太倒多少有点镇定下来，至少现在已经能把台词说清楚了。杜洛埃掉头看观众的反应，观众们在默默地忍耐，当然在期待整个演出有个起色。赫斯渥把目光固定在嘉莉身上，似乎想施展慑心术使她演得好一些，用心灵感应把自己的决心灌注到她身上。他真为她难过。

又过了几分钟，该轮到她念那个陌生坏蛋送来的信了。念信前，是那个职业演员和一个叫斯诺盖的角色的对话。斯诺盖是由一个小个子美国人演的。这个角色是个疯疯癫癫的独臂士兵，现在改行当了信差。这小个子演这角色时还真发挥了一点幽默感，让观众耳目略微一新。他用天不怕地不怕的挑战神气大声嚷着他的台词，尽管没有把剧中应有的幽默口气表现出来，演得还是很逗人发笑的。但是现在他下台了，剧情又回到了悲哀的基调。嘉莉是这一幕的主角，可是她还没有克服她的怯场。在和强行闯入的歹徒交锋的那场戏里，她演得无精打采，全无生气，让观众无法忍受下去。等她终于下了台，他们才松了口气。

“她太紧张了。”杜洛埃说，自己也感到这批评太温和，没有说出实际状况。

“最好到后台去给她鼓鼓劲。”

杜洛埃很乐意做些什么来改变这令人难堪的局面。他急急绕到侧门，友好的看门人放他进了后台。嘉莉正虚弱地站在舞台的边廊，等着唤她上台的提示，身上的力气和勇气都消失得无影无踪。

“喂，嘉德，”他看着她说道，“你千万别紧张。打起精神来，不要把外面那些家伙放在心上。你有什么好怕的呢？”

“我也不知道，”嘉莉说，“我好像演不上来了。”

不过她对推销员的到来很感激。看到其他演员都这么紧张，她的勇气也消失了。

“来，”杜洛埃说，“鼓起勇气来。有什么好怕的呢？你现在不台去，好好演一场。你有什么要担心的呢？”

推销员富有感染力的活跃情绪使嘉莉振作了一些。

“我演得那么糟吗？”

“一点不糟，就只要再加一点生气就行了。就像你上次演给我看的那样。就像那天晚上那样，把你的头这么一扬。”

嘉莉想起在家里她演得非常成功，她现在竭力要使自己相信她能演得上来。

“下面是哪一场？”他说着看了一眼她正在研究的台词。

“嗯，就是我拒绝雷埃的那场戏。”

“好，你演这场戏时要活泼一些，”推销员说，“要演得生气勃勃，这是关键。拿出一副满不在乎的劲儿来演戏。”

“下面该你了，麦登达小姐。”提示员说。

“啊呀，天哪！”嘉莉说。

“你要是害怕，就是大傻瓜一个，”杜洛埃说，“来吧，振作起来。我就在这里看着你。”

“真的？”嘉莉说。

“真的，上台吧，别害怕。”

提示员向她做了一个手势。

她开始往外走，还是像刚才那么虚弱，但是她的勇气突然有点恢复了。她想到杜洛埃在看着她。

“雷埃，”她温柔要说，她的声音比上一场镇定多了。这戏在排演时曾大得导演的赏识。

“她比刚才镇定多了。”赫斯渥心里想。

她演得没有排演时那么好，但比刚才强多了，观众至少没有反感。整个剧组的演出都有所改善，所以观众没有太注意她的提高。他们现在演得好多了，看来这出戏演得已能将就过去，至少在不太难的那几场里可以过得去了。

嘉莉下台时又激动又紧张。

“怎么样？”她看着他问道，“好一些了吗？”

“是啊，好多了。就这样演。要演活它。这一场比刚才要强 10 倍，比上一场强多了。继续这样演，情绪高昂些。‘镇’他们一下。”

“真的比刚才强吗？”

“真的，不骗你。下一场是什么？”

“就是舞会那一场。”

“哇！这一场你一定可以演好。”他说。

“我可没有把握。”嘉莉回答。

“喂，丫头，”他叫了起来，“这一场你不是演给我看过吗？你上了台就这么演，你会感到好玩的。就像在家里那么演。你如果在台上演得像在家时那么流畅，我敢打赌你一定成功。你和我赌什么？你一定行的。”

这个推销员往往热心和好意过了火，说起话来就没个分寸了。不过他真的认为嘉莉在舞会那场演得非常出色。他想让她在台上当着观众也这么表演。他这么热情，全是由于当时这种场合的气氛。

到了该上场时，他已卓有成效地给嘉莉打足了气。他开始让她感觉到她似乎确实能演好的。他和她说着话时，她以往的那种渴求和伤感情绪又回到了她身上。剧情进展到该她出场时，她的感情正达到高潮。

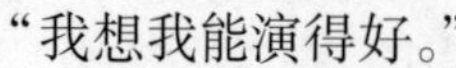

“我想我能演得好。”

“当然，你一定能的。走着瞧吧！”

台上，凡·达姆太太正在含沙射影地对罗拉进行诽谤。嘉莉听着，突然有了一种感触——她也不知道是什么。她的鼻孔轻轻地嗤着。

“这就是说，”扮演雷埃的职业演员正在说，“社交界对于侮辱总是残忍地以牙还牙。你有没有听说过西伯利亚的狼群？要是有一个狼因为羸弱而倒下，其他的吞吃下去。我这个比喻不文雅，但是社交界有种品性很像狼。罗拉冒充贵小姐欺骗了社交界，这个装模作样的社交界当然对这种欺瞒切齿痛恨。”

听到自己在舞台上的名字，嘉莉吃了一惊，她开始体会到罗拉处境的难堪，体会对被社交遗弃的人的种种感情。她留在舞台的边廊，沉浸在越来越激愤的情绪中，除了自己沸腾的血液，她几乎什么也没有听到。

“来吧，孩子们，”凡·达姆太太道貌岸然地说，“我们要看好自己的东西。有这么一个手段高明的贼进了门，这些东西就得看看牢了。”

“该你了，”提示员在她身边说，但她没有听到。她已经在灵感的引导下，迈着优雅的步子沉着镇定地走向前去。她出现在观众面前，显得美丽而高傲。随着剧情的进展，当社交界的群狼轻蔑地将她拒之千里之外时，她渐渐变得冷漠苍白，孤单无依。

赫斯渥吃惊地眨了眨眼睛，受到了感动。嘉莉的真挚感情已像光波照到戏院的最远的角落，打动了剧场中每个观众的心。能令全世界倾倒的激情的魔力现在出现的舞台上。

观众原先散漫的注意力和情感现在都被吸引住了，像铆钉一样牢牢地固定在嘉莉身上。

“雷埃！雷埃！你为什么不回到她身边去？”珍珠在叫。

每双眼睛都盯着嘉莉。她仍然是那么高傲，带着轻蔑的表情。他们随着她的一举一动而移动，目光紧随着她的目光。

演珍珠的莫根太太向她走近。

“我们回家吧，”她说。

“不，”嘉莉回答。她的声音第一次具有一种震撼人心的力量，“你留下来，和他在一起！”

她几乎谴责般地用手指着她的情人。接着她又凄然说道：“我不会让他再难受几天了。”这凄楚因朴实单纯而更震人心弦。

赫斯渥意识到他现在看到的是杰出的表演艺术。落幕时观众的掌声，加上这是嘉莉演的这个事实，更提高了他对这表演的评价。他现在认识到她的美。她所做的事远远超出于他的能力范围。想到她是他的人，他感到极度的喜悦。

“好极了。”他说道。一阵强烈的冲动使他站起身来，朝后台门走去。

当他进了后台门找到嘉莉时，她仍然和杜洛埃在一起。他的感情汹涌澎湃，为她所表现的艺术力量和情感所倾倒。他真想以情人的满腔热情倾诉他的赞美，偏偏杜洛埃在场。杜洛埃对嘉莉的爱也在迅速复苏，他甚至比赫斯渥还着迷，至少他理所当然也表现得更热烈。

“哇，”杜洛埃说，“你演得出色极了。真是了不起。我早就知道你能演好。啊，你真是个迷人的小姑娘。”

嘉莉的双眼发出了成功的光辉。

“我真的演得不错吗?”

“还用问吗？当然是真的了。你难道没听到刚才的鼓掌声吗?”

直到现在还隐隐传来掌声。

“我也想我演得差不离——我有这感觉。”

就在这时赫斯渥走了进来。他本能地感到了杜洛埃身上的变化。他看出这推销员现在和嘉莉非常亲热，这使她心里马上妒火中烧。他马上懊悔自己不该打发他到后台来，也恨他夹在自己和嘉莉的中间。不过他还是控制住了自己的情感，掩饰得非常之好。他的眼睛里几乎仍然闪着往日那种狡黠的光芒。

“我心里想，”他注视着嘉莉说道，“我一定要到后台来告诉您，您演得有多么出色，杜洛埃太太。真让人愉快。”

嘉莉明白了他的暗示，于是答道：

“啊，谢谢你。”

“我正在告诉她，我认为她演得棒极了。”杜洛埃插进来说。他现在为自己拥有的姑娘洋洋得意。

“是啊，棒极了。”赫斯渥说着和嘉莉四目相交。嘉莉从他的眼里看到了那些无声的话语。

嘉莉开心地大笑。

“如果您在余下的戏里演得像刚才一样好，您会让我们大家认为您是个天生的女演员。”

嘉莉又粲然一笑。她体会到赫斯渥痛苦的处境，因此很希望自己能够单独和他在一起。可是她不理解杜洛埃身上的变化。赫斯渥不得不压抑自己的感情，又无时无刻不在妒忌杜洛埃的在场，所以弄得说不出话来，只好以浮士德般的风度鞠躬告退。一到外面，他就妒忌得咬牙切齿了。

“该死的!”他心里说，“难道他一直要这么挡住我的道吗?”他回到包厢里情绪很坏，想到自己的不幸处境，连聊天的兴致也没有了。

下一幕的幕布升起时，杜洛埃回到了座位上。他情绪很活跃，很想和赫斯渥说点悄悄话。但是赫斯渥假装在全神贯注地看戏，目光盯在台上，尽管嘉莉还没出场。台

上演的是一小段她出场前的通俗喜剧场面，但是他并没有注意台上演的是什么，只顾想自己的心事，都是些令人伤心的思绪。

剧情的进展并没有改善他的情绪。嘉莉从现在起轻易成了人们兴趣的焦点。观众在第一个坏印象以后，本来以为这戏演得糟透了，毫无可取之处。现在他们从一个极端走到另一个极端，在平庸之处也看到了力度。观众的反应使嘉莉感到振奋，她恰如其分地演着自己的角色，尽管并没有第一长幕结束时那种引起人们强烈反响的激情。

赫斯渥和杜洛埃两人看着她的俏丽的身影，爱心更加炽烈。她显示出来的惊人才华，在这种金碧辉煌的场面中效果突出地展露出来，又得到剧情表现的情感和性格的适当烘托，使她在他们眼里更加迷人。在杜洛埃眼里，她已经不是原来那个嘉莉了。他盼望和她一起回家，以便把这些话告诉她。他急不可耐地等着戏终场，等他们单独回家的时刻。

相反，赫斯渥从她新展露的魅力中更感到自己处境悲惨可怜。他真想诅咒身旁这个情敌。天哪，他甚至连尽情地喝声彩也不行。这一次他必须装出无动于衷的样子，这使他心里感到苦涩。

在最后一幕里，嘉莉的两个情人被她的魅力弄得神魂颠倒，到了登峰造极的地步。

赫斯渥听着戏的进展，心里在想嘉莉什么时候会出场。他没有等很长时间。剧作家安排剧中的其他人兜风取乐去了，于是嘉莉一个人出场了。可以说这是赫斯渥第一次有机会看到嘉莉一个人面对观众，因为在其他几幕里总有某个陪衬的角色在场。她刚出场，他就突然有个感觉，她刚才的感染力，第一幕结束时把他紧紧吸引住的感染力，又回到了她身上。随着整个剧情临近尾声，大显身手的机会眼看没有了，她积蓄的情感似乎越来越高涨。

“可怜的珍珠，”她的悲悯的声音发自肺腑，“生活中缺少幸福已经够不幸的了。可是看到一个人盲目追求幸福，却与幸福失之交臂，就太惨了。”

她哀伤地凝视着外面开阔的海面，一个手臂无力地倚在光亮的门柱上。

赫斯渥对于她的同情油然而生，同时不禁自怨自艾。他简直认为她是在对他说话。她说话的语气和一举一动就像一支忧伤的乐曲，娓娓叙述着自己内心的感受。再加上他自己和嘉莉之间感情的牵缠，更使他产生了这种错觉。悲伤的感情似乎总是对个人而发，具有令人凄恻的力量。

“其实，她和他生活在一起会非常幸福的。”那小女演员在继续往下说，“她的快乐性格和她朝阳般的笑脸会给任何一个家庭带来生气和欢乐。”

她慢慢转过身来，面对着观众，但她似乎并没有看到他们。她的举止自然简单，就好像只有她一个人在场。然后她在一个桌子旁坐下来，一边信手翻着书，一边仍在想心事。

“我再也不去企盼无望的东西了，”她几近叹息地低低说道，“我再也不在这茫茫世界抛头露面了。这世上除了两个人，谁也不会知道我的下落。那个纯洁的姑娘将会成为他的妻子，我要把她的幸福当作我的幸福。”

她的独白被一个叫作桃花的角色打断了，这让赫斯渥感到遗憾。他不耐烦地转动身子，只盼着她继续说下去。她令他着迷——苍白的脸色，婀娜的身影，珠灰色的衣裙，颈子上挂着的珍珠项链。嘉莉看上去疲惫无助，需要人保护。在这感人的戏剧环境中，他的感情越来越激动，他真想走上前去，把她从痛苦中解救出来，自己也从中得些乐趣。

不一会儿，台上又只剩嘉莉一个人了。她正在心情激动地说：

“我必须回城里去，不管有什么危险等在那里。我必须去。能悄悄地去就悄悄地去，不能悄悄去就公开去。”

外面传来了马蹄声，接着传来雷埃的声音：

“不用了，这马我不骑了。把它牵到马厩去吧！”

他走了进来。接下来的这场戏在赫斯渥身上造成的感情悲剧，不亚于他的特殊复杂的生涯带来的影响，因为嘉莉已决心在这一场中大显身手。现在提示的信号表示该轮到她说了，一种激情已控制了她的情绪。赫斯渥和杜洛埃都注意到她的感情越来越激烈。

“我还以为你已经和珍珠一起走了。”她对她的情人说。

“我是和她一起走了一段路。不过只走了一里路我就和他们分手了。”

“你和珍珠没有争吵吧？”

“没有。噢，是的，我是说我们一直合不来。我们关系的晴雨表总是‘多云转阴’。”

“是谁不好？”她从容地问道。

“不能怪我，”他悻悻地说，“我知道我尽了力了，什么该说的我都说了——可是她——”

这段话巴顿说得相当糟糕。但是嘉莉以她感人的魅力补救了局面。

“不管怎么说，她是你太太。”她说话时将全部的注意力集中在安静下来的男演员身上，声音变得那么轻柔悦耳：“雷埃，我的朋友，婚姻生活中不要忘了谈情说爱时的誓言，你不该对你的婚姻生活发牢骚。”

她把她的一双纤手恳求般地紧紧合在一起。

赫斯渥微微张着嘴专注地看着，杜洛埃满意得简直坐不住了。

“作为我的妻子，不错，”那男演员接口说。相形之下，他演得差多了。但是嘉莉已经在台上造成了一种温柔的气氛，这种气氛并没有受到他的影响。她似乎没有感觉到他演得很糟。即使跟她配戏的只是一段木头，她也可以演得几乎一样出色。因为她是在和她想象中的角色对话，其他人的演技影响不了她。

"这么说，你已经懊悔了吗?"她缓缓地说。

"我失去了你，"他说着一把握住她的小手，"所以只要哪个卖弄风情的姑娘给我一点鼓励，我就昏了头。这要怪你不好——你自己知道——你为什么离开了我?"

嘉莉慢慢转过身去，好像在暗中竭力克制某种冲动。然后她又转过身来。

"雷埃，"她说，"我最感欣慰的是想到你把自己的全部的爱给了一个贤惠的姑娘，一个在身世、财产和才华上和你相般配的姑娘。瞧你现在和我说的是什么话啊? 你为什么总和自己的幸福作对呢?"

她最后的问题问得那么自然，在观众和情人听来，她的话好像是对他们个人而发。

终于轮到她的情人叫了起来："让我们恢复以往的关系吧!"

嘉莉的回答温柔感人："我不能像以往那样待你了。过去的罗拉已经死了。不过我可以用罗拉的魂灵和你说话。"

"那么你就这样对待我吧!"巴顿说。

赫斯渥身子前倾。所有的观众都肃静无声，全神贯注地注意着台上。

"你所看中的女人不管是聪明还是虚荣，"嘉莉悲伤地凝视着重重倒在椅子里的情人说道，"不管是美丽还是平常，不管是有钱还是贫寒，她只是一样东西可以给你，也可以不给你——那就是她的心。"

杜洛埃感到嗓子哽咽了。

"她的美貌，她的智慧，她的才华，这一切她都可以卖给你。但是她的爱是无价之宝，任何金钱也买不到的。"

经理觉得这哀诉是对他个人而发，就好像他们俩单独在一起，他几乎忍不住要为他所爱的女子流泪。她是那么孤弱无助，那么悲伤凄婉，又那么妩媚动人，楚楚可怜。杜少埃也是情不自已，爱得发狂。他决定不能像以往那样对嘉莉了。对，他要娶她! 她配做他的太太。

"她只要一样回报，"嘉莉又说，她几乎没有去听演情人的演员无力苍白的回答，而让自己的声音更和谐地溶入乐队所奏的凄凉的音乐中去："她只想在你的目光中看到忠诚，从你的声音中听到你的温柔多情和仁爱。你不要因为她不能立刻理解你的活跃思想远大抱负而瞧不起她。因为在你遭受最大的不幸和灾难时，她的爱还会伴随着你，给你以安慰。"她在继续往下说，赫斯渥必须用他最大的意志力才能压抑和控制自己的感情。"你从树那里可以看到力量和高贵，但是不要因为花只有芬芳而鄙视它。"最后，她用温柔的口气说道："记住，爱是一个女人唯一可以给予的东西。"她着重强调了"唯一"这个词，说得那么奇妙那么亲切。"但是这是上帝允许我们带到阴间去的唯一东西。"

这两个男人倍受爱情的煎熬，十分痛苦，几乎没有听到这一场结束时的几句话。他们眼中只看到他们的偶像以迷人的风度在台上走动，继续保持着他们以前从未意识

到的魅力。

赫斯渥下了种种决心，杜洛埃也是如此。他们一起使劲鼓掌，要嘉莉出来谢幕。杜洛埃把手掌都拍疼了，然后他跳了起来，往后台走去。他离开时嘉莉又出来谢幕，看到一个特大花篮从过道上急急送上来，她就站在台上等。这些花是赫斯渥送的，她把目光投向经理的包厢，和他的目光相遇，嫣然一笑。他真想从包厢里跳出来去拥抱她，全然不顾他的已婚身份需要小心从事，他几乎忘了包厢里还有熟人在场。天哪，他一定要把这可爱的姑娘弄到手，哪怕他得付出一切代价！他必须立即行动。这下杜洛埃就要完蛋了，你别忘了这一点。他一天也不愿意再等了，不能让这个推销员拥有她。

他激动万分，包厢里再也坐不住了。他先走到休息室，随后又走到外面街上思索着。杜洛埃没有回包厢。几分钟后最后一幕也结束了。他发疯似的想和嘉莉单独在一起，诅咒自己的运气太糟了，明明想告诉她他有多么爱她，明明想在她耳边说悄悄话，偏偏还必须装模作样的微笑、鞠躬、装作陌路人的样子。看到自己的希望落空，他呻吟了。甚至在带她去吃夜宵时，他还得装出一副客气的样子。最后他走到后台向她问候。演员们都在卸装穿衣交谈，匆匆走来走去。杜洛埃正在自我陶醉地夸夸其谈，激动和激情溢于言表。经理费了好大的劲才克制了自己的情绪。

“当然我们得去吃点消夜。”他说。他的声音和他的真实情感大相径庭，成了一种嘲讽。

“哎，好吧！”嘉莉微笑说。

这小女演员兴高采烈，第一次体会到被人宠爱的滋味，有生以来第一次成了受人仰慕被人追求的对象。成功带来的独立意识还只是初露萌芽。她和情人的关系完全颠倒过来了，现在轮到她俯允施惠，不再仰人鼻息了。她还没有充分意识到这一点。但是在她屈尊俯就时，她的神态中有一种说不尽的甜美温柔。当她一切就绪时，他们登上等在那里的马车驶往商业区。她只找到一次机会表达自己的感情，那是当经理在杜洛埃前头登上马车坐在她身边的时候。在杜洛埃上车前，她温柔冲动地捏了一下赫斯渥的手。经理欣喜若狂，为了单独得她在一起，就算要他出卖灵魂也愿意。“啊，”他心里说，“爱的痛苦啊！”

杜洛埃一个劲地缠着嘉莉，自以为他是嘉莉心目中的唯一情人。吃夜宵时他的那份热情使好两个情人大为不快。赫斯渥回家时感到，如果他的爱无法得到发泄，他就要死了。他热烈地对嘉莉悄悄说：“明天。”她听懂了。和推销员以及他的情人分手时，他真恨不得把他杀了，嘉莉也感到很痛苦。

“晚安。”他装出轻松友好的神气说道。

“晚安。”小女演员温情脉脉地说。

“这傻瓜！”他心里在骂。现在他恨透了杜洛埃：“这白痴！我要让他尝尝我的手

段，而且很快！明天走着瞧吧！”

“哇，你真是个奇迹，”杜洛埃捏了捏嘉莉的手臂，心满意足地说，“你真是世上最妩媚可爱的小丫头。”

第二十章　灵的诱惑：肉的追求

情欲在像赫斯渥这类人身上出现时，总呈现强烈的形式，绝非沉思梦幻般的东西。像他这种人可不会在情人的窗外唱小夜曲——也不会在遇到挫折时憔悴或者呻吟。夜里他因为想得太多了，久久睡不着；早上又老早醒了，一醒来又立刻去想那个甜蜜的事情，一个劲儿想个不停。他浑身不舒服，心烦意乱。一方面是他更加喜欢他的嘉莉，另一方面又有杜洛埃这个绊脚石，这还不足以使他烦恼吗？想到他的爱人正被那个得意扬扬精力旺盛的推销员所占有，世上再没有人比他更感痛苦的了。在他看来，只要能结束这种三角局面，只要嘉莉肯接受一项安排以便永久有效地摆脱掉杜洛埃，要他付出什么代价他都愿意。

“怎么办呢？”他一边穿衣一边想着这个问题。他在他和妻子共同的卧室里走动，对她视而不见。

吃早饭时他发现自己一点胃口也没有，叉到盘中的肉还留那里没有动过。咖啡已经放凉了，可是他仍在心不在焉地浏览报纸。这里那里他也读到一两则小消息，但是读过后他什么不记得了。杰西卡还在楼上卧室没有下来，他的妻子坐在桌子的另一头默默地想自己的心事。最近又换了一个女仆，今天新女仆忘了准备餐巾。为了这件事，他妻子大声斥责，令人恼火地打破了宁静。

“麦琪，这件事我早就告诉过你了，”赫斯渥太太说，“下次我不会再提醒你了。”

赫斯渥看了他太太一眼。她正皱着眉头。她现在的举动非常让他恼火。她下一句话是对他说的：

“乔治，你有没有决定什么时候去度假？”

按老习惯，他们每年都是这个季节商量夏天外出度假的习惯。

“还没有，”他说道，“眼下我正忙着。”

“嗯，如果我们要动身的话，你得赶忙决定了，是不是？”她答道。

“我看再拖几天也没关系。”他说。

“哼，”她说，“别等度假季节过完了再决定。”

她这么说时，恼怒地扭动着身体。

“你又来了，”他批评说，“听你说话的口气，人家会以为我什么事情也不做呢。”

“嗯，我一定要知道你的休假日期。”她重复说。

“你还可以等几天，”他坚持说，“赛马还没有结束，你反正走不了。”

他很生气，因为他正有事情要考虑，她偏偏打岔提出这个问题。

“我们可以走得了。杰西卡不愿意等赛马结束再走。”

“那么你们当初为什么非要全赛季的票子不可呢?”

“哼!”她用这一声哼表示她极度的厌烦。“我不跟你争论。”说着就站起来离开了桌子。

“喂，”他站起来说道，“你近来怎么了？我就不能和你说话了吗?”他口气的坚决态度使她停住了脚。

“当然，你可以和我说话。”她回答说，最后两个字说得特别地重。

“哼，看你的样子，根本不是这么回事。好，你要知道我什么时候走得了——这个月里我离不开，下个月也不一定。”

“那我们就自己去了。”

“你真这么想，是吗?”他讥笑地说。

“是的，我们就这么办。”

他看到这女人的坚决态度很感惊愕。不过这使他更恼火了。

“好，我们走着瞧好了。照最近的情形看起来，你想要发号施令，为所欲为了。听你说话的口气还想当我的家了。哼，你别做梦。你别想干预和我有关的事。如果你想走，你就走好了。你别指望用这种话来逼我走。”

他现在怒火中烧了。他的黑眼睛气得一闪一闪的，怒火直冒，把报纸揉成一团扔在一边。赫斯渥太太没有再说什么。不等他说完，她就转身朝外面的客厅走，接着就上楼了。他停顿了一下，好像是在犹豫，然后他又坐了下来，喝了一点咖啡，就站起身，到一楼去拿帽子和手套。

他太太确实没有料到会有这一场争吵。她下楼来吃早饭时，心绪不佳，脑子里反复盘算着一个计划。杰西卡提醒她，马赛不像她们原来想的那么有趣，今年赛马场没有提供多少社交机会，这位美丽的小姐感到每天去赛马场实在乏味。今年那些贵人到海滨和欧洲度假走得比往年早。她认识的人中，好几个她感兴趣的年轻人已经到华克夏去了。她于是开始想她也该走了。她母亲很赞成这主意。

基于这些想法，赫斯渥太太决定要提出这个问题。她走到饭桌边来时，心里正想这件事。但是不知为什么气氛有些不对劲。吵完架以后，她还是不明白怎么会争吵起来的。但是她现在已经肯定她丈夫是个粗暴的人。当然她对此绝不会善罢甘休的，她一定要他拿她当个夫人对待，不然她就要追究到底，找出原因来。

在经理那方面，在去办公室的路上他还在想着这场新的争吵。从办公室出来，他去和嘉莉幽会，这时候他脑子里装的是由爱情、欲望和阻力交织而成的另一种复杂局面。他的思念装上鹰的翅膀飞翔在他前面，他迫不及待地想要和嘉莉见面。说到底，没有了她，夜晚有什么意思呢？白天又有什么意思？她必须是也就该是他的。

在嘉莉这方面，自从前一晚和他分手以后，她生活在一个充满想象和情感的世界里。对于杜洛埃絮絮聒聒的热情表白，她只注意听了她和有关的一部分，至于他对拥有嘉莉的得意吹嘘。她就没有心思去听了。她尽量和他疏远，一心只想着自己的成功。她感到赫斯渥的爱情把她的成功托得更加可喜，她真想知道他会对此说些什么。她也为他难过，不过这种难过里也夹杂着几分沾沾自喜，因为赫斯渥的痛苦本身就是一种恭维。她正初次体验到从一个乞讨者变为施舍者的那种微妙的感情变化。总之，她非常非常地快乐。

然而第二天早上报纸对这件事只字未提。每天日常的事情还是一如既往地进行着，于是前一天晚上的成功有点黯然失色了。杜洛埃现在与其说是在谈论她的成功，不知说是在竭力讨好她了。他本能地感到，为了这种或者那种的原因，他有必要重获嘉莉的欢心。

“我打算，”他在房间里穿着打扮，准备上商业区之前说道，“这个月要把我的小买卖清理整顿一下，接着我们就结婚。我昨天和摩旭谈了这事。”

“不，你骗人。”她现在稍稍有了点自信心，敢跟这个推销员开开玩笑了。

“真的，不骗你。”他叫了起来，这样动感情在他来说还是第一次。他又用恳求的口吻补充说：“你难道对我的话不相信吗？”

嘉莉笑了一下。

“当然我相信。”她回答。

杜洛埃现在不那么自信了。尽管不善于察言观色，他发现事情起了一些变化，这种变化超出了他小小的分析能力之外。嘉莉仍然和他在一起，但是已经不是懦弱无助哀哀乞怜了。她的声音里透出一种轻快活泼，这是以前没有的。她不再用依赖的目光注意他的一举一动。推销员感到了要发生什么事的阴影。这影响了他的情感，使他开始向嘉莉献些小殷勤，说些讨好的话，作为预防危机的措施。

他刚走不久，嘉莉就为赴赫斯渥的约会做准备。她匆匆打扮了一下，没花多少时间就准备就绪，急急下了楼梯。在马路转弯处，她走过杜洛埃的身边，但是两个人都没有看到对方。

推销员忘了拿几张他想交给商号的账单。他匆匆忙忙上了楼梯，又冲进房间，结果发现房间里只有公寓女仆在收拾房间。

“哈哟，”他叫了一声，又半自言自语地说，“嘉莉出去了吗？”

“你太太吗？是的，她才走没两分钟。”

“真奇怪，”杜洛埃想，“她一句话也没对我提起。她上哪里去了呢？”

他匆匆东翻西找，在旅行箱里乱摸了一气，终于找到了他要找的东西，就把它放进口袋。接着他把注意力投向站在旁边的女仆，她长得很俊，对他很和善。

“你在干什么？”他微笑着问。

“打扫一下房间。”她说着停了下来，把抹布缠在手上绕着。

“累了吗?”

“不太累。”

“我给你看点东西。”他和气地说着走了出来，从口袋里掏出一张小小的石印画卡片。那是一家烟草批发公司发行的。卡片上印着一个漂亮的姑娘，手里拿着一把条纹太阳伞。只要转动卡片后面的小圆转盘，这伞上的颜色就会变化。卡片上伞面部分开了一些小裂缝，从小裂缝里变化出红、黄、蓝、绿的颜色。

“做得很巧妙，是不是?”他说着把卡片递给她，教她怎么玩。“这种东西你以前从来没有过吧!”

“可不，真漂亮。”她说。

“如果你想要，你留着好了。”他说道。

“你的戒指真漂亮。”他说着摸了摸她拿卡片那个手上戴的一个普通嵌戒。

“真的吗?”

“真的，”他答道，一边假装要仔细看戒指而握住了她的手指，“是很美。”

这样一来，他们之间的拘束感就打破了。他继续聊着，假装忘了他还握着他的手。不过她不久就把自己的手了回去，往后退了几步，倚在窗台上。

“我好久没有见到你了。”她拒绝了他的一次热切的亲近以后，卖弄风情地说，“你一定出门去了。”

“是的。”杜洛埃说。

“你出门到很远的地方去吗?”

“对，相当远。”

“你喜欢出门吗?”

“不太喜欢，你过一段时间就厌倦了。”

“我倒很希望我能到外面跑跑。”姑娘说着无聊地看着窗外。

“你的朋友赫斯渥先生最近怎么样?”她突然问道。照她观察，这个经理似乎是个大有可谈的话题。

“他就在这个城里。你怎么想起问他?”

“噢，没有什么。只是从你回来以后，他一直没有到这里来。”

“你怎么会认识他的?”

“上个月他来了十几次，每次不是我给他通报的吗?”

“别瞎说了，”推销员不在意地说，“从打我们住到这里起，他总共只来过五六次。”

“是吗?”这姑娘微笑着说，“那是你只知道这几次。”

杜洛埃的口气比刚才严肃了，他不能肯定这姑娘是不是在开玩笑。

“调皮鬼，”他说，“你干嘛这么古怪地笑?”

"噢，没什么?"

"你最近见到他了吗?"

"从你回家来就没有见过。"她笑了起来。

"这之前呢?"

"当然见过了。"

"常来吗?"

"是啊，差不多每天都来。"

她是个爱搬弄是非的人，非常想知道她这话会产生什么后果。

"他来看谁?"推销员不相信地问。

"杜洛埃太太。"

他听了这个回答发了一会儿呆，然后他竭力要掩饰自己露出的傻相。

"嗯，"他说，"那又怎样呢?"

"没什么。"姑娘风骚地把头一歪，回答。

"他是老朋友了。"他继续说，越来越深地陷进了泥沼。

尽管他暂时已没了兴趣，他本来还会把这小小的调情进行下去，所以当楼下叫这姑娘下去时，他如释重负。

"我得走了。"她说着轻盈地从他身边走开。

"等会儿见。"他装出被人打断感到烦恼的神气说道。

等她一走，他让自己的感情发泄出来。他从来不善于掩饰自己的脸色。这会儿，他心里感到的种种困惑和烦恼都在脸上呈现出来。嘉莉接待人家这么多次，在他面前却一句没有提起。这事情可能吗？赫斯渥在说谎吗？这女仆这么说，是什么意思呢？他当时就感到嘉莉的神色有点反常，他问她赫斯渥来访几次时，她为什么显得那么不安呢？天哪，他现在想起来了。这整个事情是有点古怪呢。

他在一个摇椅里坐了下来，以便更好地想想。他把一个脚架在膝盖上，眉头皱紧了，思绪在飞快地变幻。

然而嘉莉并没有什么越轨的举动啊！天啊，她不可能是在欺骗他。她从来没有骗过人。对了，就在昨晚她对他还是非常友好，赫斯渥也是如此。看看他们的举止！他几乎无法相信要骗他。

他不禁自言自语起来。

"有时候她的举动是有点怪。今早她就穿戴齐出去了，可是她一个字也没有说。"

他挠了挠头，打算去商业区了。他的眉头紧皱着。走到门厅时，又碰到了那个姑娘。她正在打扫另一个房间，头上戴着一顶白色的掸尘帽子，帽子下胖乎乎的脸蛋露出和善的笑意。看到她朝他微笑，他把自己的烦恼几乎都忘了。他亲密地把他的手搭在她肩上，好像只是路过打个招呼。

“气消了吗？”她仍然有点调皮地问。

“我没有生气。”他回答。

“我还以为你气疯了。”她说着微微一笑。

“不要开玩笑了，”他随便地说，“这事当真吗？”

“当然了，”她回答。接着她用一种并非故意要挑拨是非的神气说，“他来了很多次，我还以为知道的呢。”

杜洛埃放弃了对他掩饰自己的思想的打算，他不想再装出无所谓的神气了。

“他晚上来这里吗？”他问。

“来过几次。有时候他们出去。”

“晚上吗？”

“是的，不过你不用这么生气。”

“我没有生气，”他说，“还有别人见到他吗？”

“当然了，”这女孩子说道，好像这事毕竟算不得什么似的。

“这是多久以前的事了？”

“就是你回来以前不久的事。”

推销员神经质地捏着嘴唇。

“这事你什么也别说，好吗？”他握住了姑娘的手臂轻轻捏了一把，说道。

“我一定不说，”她回答，“我才不为这事操心呢？”

“好，就这样。”他说着又继续往外走，生平第一次进行严肃的思考。不过并不是完全没有想到他已给这女仆留下了一个很好的印象。

“我要看看她对这事怎么说，”他愤愤地想，感到自己受了不该受的委屈。“天哪，我一定要弄明白她是不是做出这种事来。”

第二十一章　灵的诱惑：肉在追求

嘉莉到达的时候，赫斯渥已经等了好几分钟了。他的热血在沸腾，情绪激动，迫不及待地要见到前一晚深深打动了他的这个女人。

“你终于来了。”他克制住自己的激动说道，觉得浑身轻快有力，兴奋异常。这种兴奋本身就是一种悲剧。

“是啊，”嘉莉说。

他们一起往前走，好像要到什么地方去似的。赫斯渥走在她的身旁，陶醉在她的光彩夺目的美色中。她的漂亮的裙子发出沙沙声，在他听来像音乐那样美妙。

“你满足吗?”想到她前晚的杰出表演，他问道。

“你吗?”

看到她的笑脸，他更紧地握住了她的手。

“妙极了。”

嘉莉开心地笑了。

“这是很长时间来我看到的最佳表演。”他又补充说。

像昨晚一样，他细细品味着她的可爱之处。这品味融入了他们的幽会激动的情感。

嘉莉沉浸在这男人所创造的气氛中，变得活泼愉快，神采飞扬。在他的每句话里，她都体会到他对她的倾慕。

“你送我的那些花太可爱了，”停了一会儿，她说，“都很美。”

“你喜欢我就高兴了。”他简单地回答。

这期间他一直在想，他现在这样是在推迟实现自己的欲望。他急于要把谈话引到他的情感上去。现在时机已经成熟了，他的嘉莉正走在他身旁。他想直截了当地劝嘉莉离开杜洛埃，但是不知道该如何措辞，还在思索怎么开口的问题。

“你昨晚回家还好吧!”他闷闷不乐地说，他的语气突然变得自叹自怜了。

“是啊!”嘉莉轻松地说。

他定定地看了她一会儿，放慢了脚步，凝视着她。

她感到泛滥的情感向她袭来。

“你想过我怎么样吗?”他问。

这使嘉莉大为窘迫，因为她意识到感情的闸门打开了，她却不知道该怎么回答。

“我不知道。”她答道。

他的牙齿咬住了下嘴唇，过了一会儿才松开。他在路边停了下来，用脚尖踢着地上的草，然后他用温柔恳求的目光久久探索着她的脸。

“你不愿意离开他吗?”他热烈地问道。

“我不知道。”嘉莉回答。她思绪仍然很乱，游移不定，不知如何是好。

事实上，她正陷入进退两难的困境。眼前这男人是她非常喜欢的。他对他的影响之大，足以使她误以为自己对他一往情深。他的敏锐的目光，温文尔雅的举止和考究精美的衣服仍然让她昏头。她觉得眼前这个男人非常和蔼可亲，富于同情心，对她非常倾心，这份情意令人欣喜。她无法抗拒他的气质和他的明亮的眼睛。她几乎无法不产生和他同样的感觉。

但是她还有令人不安的担心。关于她，他知道些什么？杜洛埃和他说了些什么？在他眼里，她是别人的妻子呢，还是别的什么？他会娶她吗？他的话使她心软，她的眼睛不觉露出温情脉脉的光辉。但是在他说话的时候，她心里一直在想，杜洛埃是不是已经告诉他，他们并没有结婚。杜洛埃的话总是让人不敢相信。

不过她并不为赫斯渥的爱情感到担心。不管他知道些什么，他对她的爱没有一点勉强或苦涩。他显然是诚挚的，他的爱真切而热烈，他的话让人信服。她该怎么办呢？她继续这么想着，含糊地回答着，情意绵绵地痛苦着，总的来说她在犹豫不决，陷入了无边无际的臆测之海。

“你何不离开他呢?”他温柔地说。“我会为你安排一切的。”

“哦，不要。”嘉莉说。

“不要什么?”他问，“你是什么意思?”

她的脸上露出狼狈和痛苦的表情。她想，为什么要提出这个令人难堪的话题。这种婚姻以外靠男人赡养的可悲生活像刀一样刺痛了她的心。

他自己也意识到这个话题令人难受。他想估量一下这话的效果。但是估量不出。他继续试探着往下说，和她在一起他感到心情振奋，头脑清醒，一心一意想着实现自己的计划。

“你不愿意来吗?”他带着更虔诚的感情又重复了一遍。“你知道我离不开你——你知道的——这样下去不行——是不是?”

“我知道。”嘉莉说。

“如果我能忍下去的话，我不会求你的。不会和你争论的。看着我，嘉莉。设身处地为我想想。你也不愿意和我分离，是不是?”

她摇了摇头，好像陷入了深思。

“那么为什么不把这件事一劳永逸地解决了呢?”

“我不知道。”嘉莉说。

“不知道！啊，嘉莉，你为什么这么说呢？别折磨我了。你认真一点吧！”

“我是很认真。”嘉莉轻轻地说。

“最最亲爱的，你如果认真的话，就不会说这种话了。你要是知道我有多爱你，你就不会这么说了。你想想昨晚的事吧！”

他这么说的时候，神态说不出有多宁静。他的脸和身子一动也不动，只有他的眼睛在传情，发出微妙的，令人销魂的火焰。在这目光中他凝聚了他天性中的全部激情。

嘉莉没有回答。

“你怎么能这样对我呢，宝贝？”他问道。又过了一会儿，他又说：“你是爱我的，是吗？”

他的感情像狂风暴雨向她袭来，她完全被征服了。一时间所有的疑虑都烟消云散。

“是的。”她回答道，语气是那么坦诚和温柔。

“那么你会到我身边来的，是不是？今晚就来，好吗？”

嘉莉尽管难过，还是摇了摇头。

“我再也不能等下去了，”赫斯渥催促说，“如果今晚太仓促，那么星期六来吧！”

“我们什么时候结婚呢？”她犹犹豫豫地问。在这为难的情势下，她忘了自己原来是希望他把她当作杜洛埃太太的。

经理吃了一惊，被这问题击中了，因为这问题比她的问题还要辣手。不过尽管这些思想像电讯一样在他脑中闪过，他脸上一点声色也没露。

“你愿意什么时候就什么时候。”他从容地回答，不愿意让这个倒霉的问题影响他眼下的欢乐情绪。

“星期六怎么样？”嘉莉问。

她点了点头。

“好吧，如果你到时候愿意娶我，”她说，“我就出走。”

经理看着他可爱的情人，那么美丽，那么迷人，又那么难以到手，他就下了荒唐的决心。他的欲火已经到了不再受理智左右的地步。面对着如此美色，他已经顾不得这一类的小小障碍。不管有多少困难，他也不会退却。他不打算去回答冷酷的事实摆在他面前的难题。他什么都答应，一切的一切他都答应。让命运去解决这些难题吧！他要千方百计进入爱的乐园，不管前面有什么结果等着他。天哪，他一定要得到幸福，哪怕需要他说谎，哪怕要他不顾事实。

嘉莉温柔地看着他，真想把自己的头靠在他的肩膀上：一切看来是那么令人欣喜。

“好的，”她说，“我会想办法到时候准备好的。”

赫斯渥看着她的美丽的脸庞，那上面浮现着一丝惊异和担心。他觉得他从来没有见过比这更可爱的东西了。

“我们明天再见面，”他快乐地说，“到时候我们再商量具体细节。”

他继续和她往前走着。这么令人高兴的结果让他兴奋得难以形容。尽管他偶然才

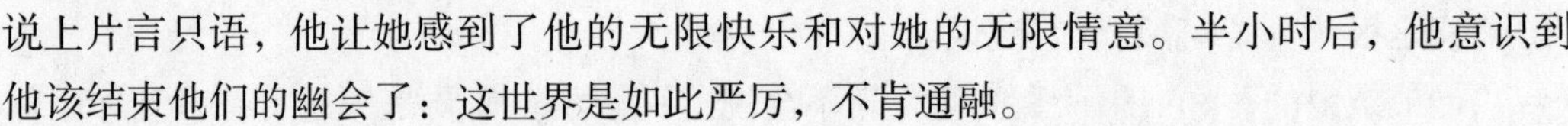

说上片言只语，他让她感到了他的无限快乐和对她的无限情意。半小时后，他意识到他该结束他们的幽会了：这世界是如此严厉，不肯通融。

“明天见。”分手时他说道。他的欢乐的情绪使他一往无前的气概更加潇洒。

“好。”嘉莉说着欢快轻盈地走了。

这次会面激起了强烈的热情，因此她自以为她是在恋爱了。想到她的英俊的情人，她心满意足地叹息了一声。是的，她星期六会准备好的。她要出走，他们会幸福的。

第二十二章　战火突起：家庭和肉欲之战

赫斯渥家的不幸在于源于爱情的妒忌并没有随着爱情的消失而消失。赫斯渥太太的妒忌心特别重，后来发生的事情把这种妒忌又变成了仇恨。从身体上说，赫斯渥仍然值得他太太以往的眷恋。但是从两人共同生活的意义上说，他已经令她感到不满了。随着他的爱情消失，他不再能够对她体贴入微。而这一点对于女人来说，简直比杀人放火的暴行还要恶劣。我们往往从利己心出发来决定我们对别人的看法。赫斯渥太太的利己心使她戴上有色眼镜来看待她丈夫的冷漠的性格。那些只是出于夫妻感情淡漠的话和行为，在她看来就成了别有用心了。

这么一来，她变得满腹怨恨和疑心重重。妒忌心使她注意到他在夫妻关系上的每个疏忽不尽职；同样的，妒忌心情使她注意到他在生活中仍是那么轻松优雅。他对个人修饰打扮非常讲究细心，从中可以看出他对生活的兴趣丝毫没有减弱。他的每个动作，每个目光都流露出他对嘉莉的喜爱，流露出这新的追求带给他的生活乐趣。赫斯渥太太感觉到了什么，她嗅出了他身上的变化，就像一头动物隔了老远就能嗅出危险。

赫斯渥的行为直接有力地强化了这种感觉。我们已看到在为家庭效力时，他不耐烦地推诿搪塞，因为那些事已经不能给他带来愉快和满足。对于她那些恼人的催逼，他最近曾大发雷霆。这些小吵小闹其实是由充满不和的气氛造成的。一片乌云密布的天空会下雷阵雨，这一点是不言而喻的。由于他公开挑明对她的计划不感兴趣，因此当赫斯渥太太今早离开饭桌时，她内心怒火中烧。在梳妆间里看到杰西卡还在慢条斯理地梳头。赫斯渥已经离开了家。

“我希望你不要这么迟迟不下去吃早饭，”她一边走过去拿她的钩针篮，一边对杰西卡说，“饭菜都凉了，可你还没有吃。”

她今天由于发脾气失去了往日的平和，所以该杰西卡倒霉，要遭池鱼之灾。

“我不饿。”她回答。

“那你为什么不早说，让女仆把东西收拾掉，害得她等一个上午？”

“她不会有意见的。”杰西卡冷冷地说。

“哼，她没意见，我可有意见，”她妈反驳说，“再说，我也不喜欢你用这种态度对我说话，跟你妈要态度，你不嫌嫩着点呢。”

“哎，妈妈，别吵架吧，”杰西卡说，“今天早上究竟出了什么事啊？”

“什么事也没有，我也没有跟你吵架。你别以为我在一些事上纵容你，你就可以让

别人等你了。我不允许你这样。”

“我并没有要任何人等我，”杰西卡针锋相对地说。她的态度从原先的讽嘲和冷漠变成尖锐的反驳：“我说过我不饿，我不要吃早饭。”

“注意一点你对我说话的态度，小姐。我不许你这样。你听清楚了，我不许！”

没等赫斯渥太太说完，杰西卡就朝门外走。她把头一扬，又把漂亮的裙子一掸，流露出独立不羁和满不在乎的自我感觉。她可不想和谁吵架。

这样的小争论是家常便饭。这是独立自私的天性发展的结果。小乔治在所有涉及个人权利的事上，显示出更大的敏感和过分。他企图让所有的人感到他是一个男子汉，享有男子汉的特权——对一个19岁的青年来说，这实在是狂妄得太没根据，太没道理了。

赫斯渥是个惯于发号施令，又有一点美好情感的人。他发现自己对于周围的人越来越失去控制，对他们越来越不理解，这使他非常恼火。

现在，像这种提早去华克夏之类的小事提出来时，他清楚地看出了自己在家中的地位。现在不是他来发号施令，他只是跟在他们后头转。他们不仅向他耍威风，把他排挤出权威的地位，而且还要加上令人恼火的精神上的打击，譬如轻蔑的讥诮或者嘲讽的冷笑，他的脾气再也忍不住了。他几乎不加克制地大发雷霆，但愿自己和这个家一刀两断。对于他的情欲和机会，这个家似乎构成了最令人烦恼的障碍。

尽管如此，尽管他的妻子竭力反叛，他仍然保持着一家之主的外表。她发脾气，公开和他唱反调，其实并没有什么根据，只是感觉到她可以这么做。她并没有什么具体的证据，证明自己这么做有理——并没有掌握什么把柄可以作为凭证或者借口。但是现在所缺的就是借口。只要有了借口，她这似乎无根据的怨气就有了牢靠的根据。怀疑的阴云已经密布，只等一件确凿证据提供冷风，愤怒的暴风雨就要倾盆而下了。

现在终于让她得知了一点赫斯渥行为不轨的消息。就在赫斯渥和嘉莉在华盛顿林荫大道往西兜风这事发生不久，附近的住院医生，漂亮的比尔大夫，在赫斯渥家门口碰到了赫斯渥太太。他那天在同一条大道上朝东走，认出了赫斯渥，不过只是在他过去以后才认出他。他并没有看清楚嘉莉——不能肯定那是赫斯渥太太还是他们的女儿。

“你出去兜风时，见到老朋友也不理睬，是不是？”他开玩笑地对赫斯渥太太说。

“如果我看到他们，我总是打招呼的。那是在哪里啊？”

“在华盛顿大道，”他回答，期待她的眼光会因为想起来这事而发亮。

她摇了摇头。

“没错，就在靠近荷恩路的地方，你和你丈夫在一起。”

“我猜想是你搞错了。”她回答。接着她想起这件事里有她丈夫，她马上生出许多新的怀疑，但是她表面上没有露出自己的疑心。

“我敢肯定我见到你丈夫了，”他继续说，“不过我不敢肯定另一个人是你。也有可能是你女儿。”

“也许是吧！”赫斯渥太太说，心里却肯定不是那么回事，因为杰西卡好几个星期来都和她在一起。她竭力掩饰自己的情绪，以便打听更多的细节。

“是在下午吧？”她狡猾地问道，装出一副知道内情的神气。

“是啊，大约两三点钟。”

“那一定是杰西卡。”赫斯渥太太说。她不愿意让人家看出她对这事情很在意。

那医生有一点自己的看法，但是没有说出来。至少就他而言，他认为这事情不值得继续讨论下去了。

接下来几小时乃至几天里，赫斯渥太太对这个消息详加推敲。她认为医生看到她丈夫这一点是确切无疑的。她丈夫很有可能在和别的女人坐马车兜风，对她却说自己“很忙”。于是她越来越生气地回忆起他怎么经常拒绝和她一起出去，拒绝一起去拜访朋友，事实上，拒绝带她去参加任何社交娱乐活动，而这些是她生活中的基本乐趣。有人看见他在戏院里，和他称之为莫埃的朋友们在一起。现在又有人看见他坐马车兜风。很可能，他对这件事又会有借口。也许还有她不知道的旁的人。不然的话，他为什么最近这么忙，对她这么冷淡呢？在最近六个星期里，他变得出奇地爱发脾气，出奇地喜欢拿起东西往外跑，不管家里有事没事。为什么呢？

她以更微妙的情感，想起他现在不再用往日那种满意或者赞赏的目光看她了。很明显，除了别的原因，他还以她现在人老珠黄没有趣味了。也许他看到了她脸上的皱纹。她已显老，而他却仍然打扮成翩翩佳公子。他还是饶有兴味地去寻欢作乐的场所消遣。而她却——这一点她没有继续往下想。她只是感到整个情况太令人愤慨，因此对他恨之入骨。

这事情她当时并没有声张，因为事实上这件事并不肯定，没有必要提出来。只是猜忌和反感的气氛更浓了，不时地引起一些毛毛雨般的小吵小闹。这些小吵往往因为怒气勃发而变成大吵。华克夏度假一事只是这类事情的延续而已。

嘉莉在阿佛莱会堂登台的第二天，赫斯渥太太带了杰西卡去看赛马。同去的还有杰西卡认识的一个小伙子巴德·泰勒先生，当地家具店老板的儿子。他们坐了马车，很早就出门了。碰巧遇到了好几个赫斯渥的朋友，他们都是兄弟会的会员，其中有两个前一晚去看了演出。本来看戏这个话题可能根本就不会提起，可是杰西卡的年轻朋友对她大献殷勤，占去了大部分时间。杰西卡的注意力被他吸引去了，于是闲得无聊的赫斯渥太太在和熟人应酬性地打了招呼以后，又开始朋友间的简短聊天，这简短的聊天又延长到长时间的聊天。从一个和她随便打一声招呼的人那里她听到了这个有趣的消息。

“我知道，”那个身上穿着件图案极其漂亮的运动衫，肩上挎着个望远镜的人说道，“昨晚你没有来看我们的小演出。”

“没有吗?”赫斯渥太太询问地说，很奇怪他怎么用这口气提起一场她听都没有听说过的演出。她正想问:“是什么演出?”那人补充说:“我看到你丈夫了。”

她的惊奇马上被更微妙的疑心代替了。

“是啊,”她小心地说,“演得还好吗?他没有告诉我这一点。”

“好极了，这是我看到过的业余演出中最出色的一场。有一个女演员让我们大家都大吃一惊。”

“是吗?”赫斯渥太太说。

“是啊，你没有去实在太可惜了。听说你身体不舒服，我真为你惋惜。”

“不舒服!”赫斯渥太太几乎要脱口而出重复这几个字了。但是她克制了自己想否认和质问的复杂冲动，用几乎刺耳的口气说道:

“是啊，真太遗憾了。”

“看起来，今天来看赛马的人不少，是不是?”这熟人评论说，话题就转到别的事情上去了。

经理太太还想多问些情况，苦于找不到机会。她一时间还茫无头绪，急于自己琢磨琢磨，他究竟又在玩什么骗局，为什么她没有病却放空气说她有病。这是又一个例子说明他不愿意带她出去，还找了借口掩饰，她下决心要打听出更多的事情来。

“你昨晚去看演出了吗?”当她坐在专座上，又有一个赫斯渥的朋友向她打招呼时，她就这样问道。

“去了，可你没有去。”

“是啊,”她答道,“我当时身体有点不舒服。”

“我听你丈夫说了,”他回答说,“噢，戏演得很有味，比我原来估计的要好多了。”

“有很多人去了吗?”

“戏院客满了。真是我们兄弟会的盛会。我看到好几个你的朋友，有哈里生太太，巴恩斯太太，还有柯林斯太太。”

“那么这是个社交聚会了。”

“不错，是这样。我太太玩得很开心。”

赫斯渥太太咬住了嘴唇。

“哼,”她想,“原来他就是这么干的。跟我的朋友们说我有病，来不了。”

她猜度着他为什么要单独去。这里一定有鬼。她挖空心思要找出他的动机来。

这一天琢磨下来，到晚上赫斯渥回家时，她已经满腔怒气，急于要他解释，急于同他报复了，她想要知道他这么做是出于什么目的。她敢肯定事情并不像她听到的那么简单，里面肯定另有名堂。恶意的好奇、猜疑，加上早上的余怒，使她活活就像一触即发的灾难的化身。她在屋里踱来踱去，眼角聚集起越来越深的阴影，嘴角边的冷酷的线条透着野蛮人的残忍。

另一方面，我们很有理由相信，经理回家时满面春风，心情好到无以复加。和嘉莉的谈话以及和她的约定使他兴高采烈，高兴得简直想唱起来。他沾沾自喜，为自己的成功得意，也为嘉莉骄傲。他现在对任何人都抱着友善的态度，对他妻子也不存芥蒂。他愿意和颜悦色，忘记她的存在，生活在他重新焕发的青春和欢乐的气氛中。

因此，眼下这个家在他看来非常令人愉快，非常舒适惬意。在门厅里他看到一份晚报，是女仆放在那里的，赫斯渥太太忘了拿的。在饭厅里饭桌已经摆好了，铺着台布，摆好了餐巾，玻璃器皿和彩色瓷器熠熠生辉。隔着打开的门，他看到厨房里柴火在炉子里噼啪燃烧，晚饭已经快烧好了。在小后院里，小乔治正在逗弄一条他新买的狗。客厅里，杰西卡正在弹钢琴，欢快的华尔兹舞曲声传到这舒适的家中的各个角落。在他看来，仿佛人人像他一样，恢复了好心情，倾心于青春和美丽，热衷于寻欢作乐。对周围的一切，他都想赞上两句。他满意的打量了一眼铺好的餐桌和晶亮的餐柜之后才上楼去，准备到窗子临街的起居间去，舒舒服服地坐在扶手椅里看报。但是当他走进去时，他发现他妻子正在用刷子梳理头发，一边刷，一边在沉思。

他心情轻松地走了进去，准备说上两句好话，做些允诺，好让他妻子消消气。但是他太太一言不发，他在那把大椅子里坐了下来，微微挪动一下身子，使自己坐得更舒服些，然后打开报纸看了起来。没过多久，看见一则芝加哥棒球队和底特律棒球队比赛的有趣报道，他脸上露出愉快的微笑。

他在看报时，他太太通过面前的镜子不经意地打量着他。她注意到他那快乐满足的神气，轻松潇洒的举止，和乐不可支的心情，这使得她更加怒气冲冲。她真弄不懂他对她加以讥嘲冷漠和怠慢之后，怎么竟会当着她的面，拿这样的神气来。如果她加以容忍，他还会继续这样做的。她心里想着该怎么对他说，怎么强调她的要求，怎么来谈这件事，才能彻底发泄她心头的怒气。事实上，就像悬在达漠克利斯头上的宝剑只维系于一根发丝一样，她的怒气也只是由于还待措辞才暂时没有爆发。

与此同时，赫斯渥正读到一则有趣的新闻，讲的是了一个初到芝加哥的陌生人如何被赌场骗子引诱上当的消息。他觉得这消息非常有趣，就移动了一下身子，一个人笑了起来。他很希望这能引起他妻子的注意，好把这段新闻读她听。

“哈哈，”他轻声叫了起来，像是自言自语，“这太让人发笑了。”

赫斯渥太太继续梳理着头发，甚至不屑朝他瞅一眼。

他又动了一下身子，接着看另一则消息。终于他感到该让他的好心情宣泄一下了。朱利亚也许还在对早上的事情耿耿于怀，不过这事情不难解决。事实上是她不对，不过他并不介意。如果她愿意的话，她可以马上去华克夏，越早越好。这一点他一有机会就会告诉他，这样这件事就会过去了。

“你注意到这则新闻没有，朱利亚？”他看到另一则消息时，终于忍不住开口说，“有人对伊利诺伊州中央铁路公司提起诉讼，不准他们在湖滨区修铁路。”

她不想搭理他，但是终于勉强自己说道："没有。"口气非常尖锐。

赫斯渥竖起了耳朵。她说话的口气在他脑中敲响了警钟。

"如果他们真这么做的话，那倒不错。"他继续说道，半自言自语，半对着她说，不过他已经感到他老婆今天有点不对劲。他非常警觉地把注意力又转向报纸，心里却在留神她的动静，想弄明白究竟出了什么事。

其实，要不是他心里在想别的事，像赫斯渥这样乖巧的人——善于察言观色，对于种种气氛特别敏感，特别是对于那些属于他思想水准以内的气氛非常敏感——本来不会犯这样大的错误，竟然会看不出他妻子正满腔怒气。嘉莉对他的眷顾和许诺使他兴奋异常，神不守舍。不然的话，他不会觉得家里的气氛那么可爱的。今晚的气氛实在没有什么欢乐兴奋之处，是他看走了眼。如果他回家时的心情和往日一样，他本来可以更好地应付眼前的局面的。

他又看了几分钟报纸，随后感到他应该想个什么法子缓和一下矛盾。显然他妻子不打算轻易和他和解。于是他问：

"乔治在院里玩的那只狗是从哪里弄来的？"

"我不知道。"她气势汹汹地说。

他把报纸放在膝盖上，心不在焉地看着窗外。他不打算发脾气，只想保持和颜悦色，希望借问这问那达成某种温和的谅解。

"早上那件事，你何必那么生气呢？"他终于说道，"这事情不值得吵架。你知道，如果你真想去华克夏，你去好了。"

"你好一个人留下来，跟别人调情，是不是？"她转过身来对他嚷道，铁板着的脸上露出尖刻愤怒的讥嘲。

他像被人打了一个耳光，一下僵住了。他的劝说和解的态度立刻消失了，他迅速转入守势，可是一时间不知道该如何回答。

"你是什么意思？"他终于打起精神问道，目光注视着眼前这个冷酷坚决的女人。她却不加理会，继续在镜子前打扮。

"我是什么意思，你自己心里明白。"她终于说道，好像她手里掌握了大量的证据却不屑于说似的。

"不，我不明白。"他固执地说，但心里却很紧张，提防着下一步的攻势。这女人那种最后摊牌的神气使他在争吵中感到处于劣势。

她没有回答。

"哼！"他把头一歪轻轻地哼了一声。这是他最无力的举动，口气中一点也没有把握。

赫斯渥太太注意到了他的话苍白无力，于是像个野兽一样回过身来面对着他，准备再来一下有力的打击。

“到华克夏去的钱，我明天早上就要。”她说道。

他吃惊地看着她。他从来没有见过她的目光露出这么冰冷坚决的表情——这么满不在乎的残酷表情。她似乎镇定自若——充满着自信和决心要从他手中夺去一切控制权。他感到自己的一切机智谋略在她面前无能为力无法自卫。他必须进行反击。

“你是什么意思？”他跳起来说道，“你要！我想知道你今晚中了什么邪？”

“我没中邪，”她怒火直冒，“我就是要那笔钱，你拿出钱以后再摆你的臭架子吧！”

“摆臭架子？哼！你别想从我手里拿到钱，你那些含沙射影的话是什么意思？”

“昨晚你去哪里了？”她回击道，她的话听上去非常激烈，“你在华盛顿大道和谁一坐马车兜风？乔治那晚看到你时，你和谁在一起看戏？你以为我是个傻瓜，会让你蒙了吗？你以为我会坐在家里，相信你那些‘太忙’‘来不了’的鬼话吗？我会听任你在外面造谣放风说我来不了？我要你放明白一点，你那种老爷派头对我来说已经用不上了。你别再想对我或者孩子们指手画脚了。我和你之间的关系已经彻底完了。”

“你说谎。”他说道，他被逼得走投无路，想不出什么别的借口辩解。

“说谎？哼！”她激烈地说，但随后又恢复了克制，“你有说这是谎话你就去说好了，反正我心里明白。”

“这是谎话，我告诉你，”他用低沉严厉的口气说道，“好几个月来，你就在四处打听，想找出什么罪名来。现在你以为你找到了。你以为你可以突然发难，爬到我的头上来了。哼！我告诉你这办不到。只要我在这房子里，我就是一家之主。不管你还是别的什么人都别想对我发号施令，你听到没有？”

他眼冒凶光，一步步朝她逼去。看到这女人那种冷静讥讽，胜券在握，好像她已经是一家之主的神气，一时间他恨不得把她掐死。

她直视着他——活脱脱一个女巫的神气。

“我并没有朝你发号施令，”她回答，“我只是告诉你要什么。”

她说得那么冷静，那么勇气十足，使他不知怎么泄了气。他无法对她反击，无法要她拿出证据来。不知怎么，他感到她的闪烁的目光好像在表明证据和法律在她那一边也使他想起他的全部财产在她名下。他就像一艘战船，强大而有威慑力，就是没有风帆，只好在海上摇摆挣扎。

“我要告诉你的是，”他终于略微恢复了一点镇静说道，“哪些东西你别想得到手。”

“那就走着瞧好了，”她说。“我会弄明白我有些什么权利。如果你不想和我谈，也许你会乐意和我的律师谈。”

她这一手玩得真漂亮，马上奏了效。赫斯渥被击败了，只好退却。他现在已经意识到她并不是在装模作样地恫吓，自己面临的是一个不容乐观的难题了。他几乎不知道应该说些什么。这一天的欢乐情绪如今已消失得无影无踪，他又不安又恼火。怎么办呢？

“随你的便吧，”他终于说道，“我不想和你再吵了。”他说着大步走出了房间。

第二十三章 心灵的创伤：退却

等到嘉莉回到家，她又为种种疑虑和担心所困扰。这是缺乏决断的结果。她无法确信自己的允诺是适当的，也无法肯定在做出了这个承诺以后自己是否该信守诺言。离开赫斯渥以后，她把这件事又细细想了一遍，发现了好些在经理热烈说服时她没有想到的小问题。她意识到自己的处境有点不尴不尬——一方面她让人把自己看作已婚女子，另一方面她又答应嫁人。她又想起杜洛埃为她做的好事来，不禁觉得这样不声不响离他而去，像是在做坏事似的。她现在生活安定，这对一个多多少少害怕艰难世道的人来说，是一个至关紧要的问题。这一考虑也向她提出了一些奇怪荒唐的异议来："你不知道这件事会有什么后果。外面的世界充满着不幸和苦恼，有靠要饭乞讨为生的人，还有命运凄惨的妇女。你永远无法知道什么事会落到你头上。别忘了你没饭吃的那些日子。你现在得到的东西应该牢牢把握才对。"

说也奇怪，尽管她倾心于赫斯渥，他却没能在理智上也牢牢控制她。她倾听着，微笑着，赞赏着，但是最后却不能苟同。这要怪他缺少激情的力量，缺少那种辉煌无比的激情。这种激情可以令人神魂颠倒，可以把各种异议假设都熔化融合成一团缠结难理的情结，使理智和思维能力暂时被摧毁。几乎每个人一生中都曾有一次拥有过这种辉煌的激情。但这往往是青年人的特点，最后导致人生中第一次成功的婚姻。

赫斯渥年纪已经不轻。尽管他确实还拥有一份热烈到丧失理智的激情，却很难说他还保存着青春的火焰。这份激情情还可以引起女人的倾慕，这一点我们已经在嘉莉身上看到了。也许我们可以说嘉莉以为自己爱上了他，实际上她并没有。女人往往都是这样的。这是因为希望获得爱情，渴望为人所爱，得到被爱的快乐是每个女人的倾向。女性的特点之一是渴望得到庇护、提高和同情。再加上女人的情感丰富，天生易动感情，使她们往往难以拒绝男人的求爱，于是她们就自以为自己是在恋爱了。

一到家，她就换了衣服，自己动手收拾房间。在家具布置方面，她和女仆的观点总是相左。那个年轻的女仆总爱把一把摇椅放在房间的角落里。嘉莉总是把摇椅再搬出来。今天她只顾想心事，几乎没有注意到椅子又放错了位置。她在房间里忙来忙去，一直忙到杜洛埃5点钟回家。这个推销员脸涨得通红。神情激动，下决心要弄清她和赫斯渥的全部关系。不过，他整整一天都在脑子里翻来覆去想这个问题，漫长的一天下来，他已经想得有点厌倦了，只希望尽快把这问题了结算了。他并没有预见到会产生什么严重后果，然而他踌躇着不知如何开口。他进来时嘉莉正坐在窗前的摇椅里，边摇晃着摇椅，边看着窗外。

“咦，”她天真地说，这当儿她想心事已经想烦了，看到他匆匆忙忙的样子和难以掩饰的激动神情不由感到奇怪，“你为什么这么慌慌张张的？”

杜洛埃迟疑起来。现在和她面面相对，他却不知道该怎么办。他毫无外交家的素质，既不善窥探人的内心思想又不会观察细枝末节。

“你什么时候回来的？”他傻乎乎地问。

“噢，大概个把小时前。你问这个干什么？”

“今早我回来时，你不在家，”他说，“因此我想你出去了。”

“是啊，”嘉莉简单地回答说，“我去散步了。”

杜洛埃惊讶地看着她。尽管他在这种事上并不怕失了面子，他还是不知道如何开口。他直瞪瞪地看着她，不加一点掩饰，于是她终于开口问道：

“你为什么这么看着我？出了什么事了？”

“没什么，”他回答说，“我只是在想心事。”

“想什么心事？”她微笑地问道，被他的态度弄糊涂了。

“嗯，没什么——没什么了不起的事。”

“那你脸上的神气怎么怪怪的呢？”

杜洛埃站在梳妆台旁边，神情可笑地凝视着她。他已经脱下帽子和手套，现在正摆弄着离他最近的那些小化妆品。他不太相信眼前这个秀丽的姑娘会做出让他不满的事情来。他很乐意相信一切正常，并没有发生什么事情。可是女仆告诉他的消息刺痛着他的心。他想直截了当地提出这事，但是不知道该说什么。

“今天上午你到哪里去了？”他终于问道，他的话毫无份量。

“我去散步了。”嘉莉说。

“真是去散步吗？”他问。

“是啊，你为什么要这样问？”

她现在看出他已经听到了什么风声，所以她的态度立刻变得含蓄保留，她的脸色也变得苍白了。

“我想你也许不是去散步的。”他徒劳无益地旁敲侧击说。

嘉莉注视着他。这一注视使她正在消失的勇气又开始恢复一点了。她看出他并没有多少信心，凭一个女人的直觉，她感到没有必要惊慌失措。

“你为什么这样说？”她皱起美丽的额头问道，“你今晚的举动太奇怪了。”

“我感到心里不自在。”他答道。

他们互相注视了一会儿。杜洛埃开始变得不顾一切，直截了当地提出了自己的问题：

“你和赫斯渥是怎么一回事？”他问道。

“我和赫斯渥？你是什么意思？”

“我不在的时候他来了十几次，是不是？”

“十几次，”嘉莉心虚地重复道，“不，没有。你是什么意思？”

“有人说，你和他一起坐马车出去兜风，还说他每天晚上都来这里。”

“没有这种事，”嘉莉答道，“这不是真的。谁告诉你的？”

她脸涨得通红，一直红到了头发根。可是由于屋里的光线已经变得昏暗，杜洛埃并没有看出她的脸色的变化。既然嘉莉矢口否认，为自己辩解，他对嘉莉的信赖又大大恢复了。

“嗯，反正有人告诉我，”他说，“你肯定没有吗？”

“当然肯定，”嘉莉说，“你自己也知道他来过几次。”

杜洛埃想了一会儿。

“我只知道你告诉我的那几次。”他终于说。

他紧张不安地在屋里走来走去。嘉莉在一旁狼狈地看着他。

“嗯，我知道我没有跟你说过这样的话。”嘉莉恢复了镇定说道。

“如果我是你的话，”杜洛埃没有注意她的最后一句话，自顾自地说下去，“我是不会和他有任何瓜葛的。你知道，他是个结了婚的男人。”

“谁——谁结了婚？”嘉莉结结巴巴地问。

“当然是赫斯渥啊，”杜洛埃答道。他注意到了这话的效果，感到自己这一下显然给了她一个打击。

“赫斯渥！”嘉莉叫着站了起来。听了这个消息，她的脸色变了好几次。她茫然地看着四周，想着心事。

“这是谁告诉你的？”她问道，完全没想到她不该对这个消息露出关切，这不合她的身份，这么问简直是不打自招了。

“怎么，这事我知道。我一向知道的。”杜洛埃说。

嘉莉正试图从迷茫的思绪中理出一个头绪来。她的样子可怜兮兮的，然而在她心中油然而生的各种感情中却没有一丝令人精神崩溃的怯意。

“我想我告诉过你了。”他又补充说。

“不，你没有告诉过我，”她反驳说，她的说话能力突然恢复了，“你根本就没有提到过一丁点这类事情。”

杜洛埃吃惊地听她说话，感到她的话里有点新东西。

“我记得我说过的。”他说。

嘉莉非常庄重地四周看看，然后走到窗子边去。

“你不该和他有来往的，”杜洛埃委屈地说，“你也不想想我给你帮了多少忙。”

“你，你！”嘉莉说，“你给我帮了什么忙？”

各种矛盾的情感在她的小脑袋瓜里汹涌起伏——为事情的暴露而羞愧，为赫斯渥的背信弃义感到耻辱，又为杜洛埃的欺瞒和他现在对她的嘲笑感到气恼。在她思想中有一点现在是明确的了：这事都怪他不好。这是毫无疑问的了。他为什么要把赫斯渥介绍给她——赫斯渥，一个已婚男人，却从来没有提醒她一声？现在先别管赫斯渥的悖理悖行——他为什么要这样做？他为什么不警告她一声？他明明可耻地辜负了她对他的一片信赖，现在却还站在那里，高谈他给她帮的忙！

"好哇，你说的倒有意思，"杜洛埃嚷道，一点没想到自己刚才的话已经激怒了嘉莉，"我想我已经为你帮过不少忙了。"

"你帮了我吗？"她回答说，"你欺骗了我，这就是你帮的忙。你用虚假的名义把你的那些狐朋狗党带到这里来。你把我变成了——呵！"说到这里她的声音哽咽了，悲伤地把她的一双小手紧紧合在一起。

"我看不出这和你的事有什么联系，"杜洛埃说道，他感到莫名其妙。

"不错，"她恢复了平静，咬牙切齿地说，"不错，你当然看不出了。你什么东西也看不出来。你不能一开始就告诉我，是吗？你一定要让我出了丑，事情弄得不可收拾了才告诉我。现在你又拿你得到的消息鬼鬼祟祟地来盘问我，还要大谈你给我帮的忙。"

杜洛埃从来没有想到嘉莉的性格中还有这一面。她情绪激动，两眼冒火，嘴唇颤抖着，全身心感到自己受了伤害而怒气满腔。

"谁鬼鬼祟祟来了？"他反问道，微微有点愧疚，但是认定自己受了冤枉。

"就是你，"嘉莉跺着脚说，"你是个自高自大、讨厌透顶的胆小鬼。你就是这样的人。你如果有点男子汉大丈夫的气概，你就不会想到要干这种事。"

推销员目瞪口呆了。

"我不是胆小鬼，"他说，"不管怎么说，你和别的男人来往又是什么意思？"

"别的男人！"嘉莉叫了起来，"别的男人——你自己心里明白是怎么一回事。我确实和赫斯渥出去了。可是这要怪谁不好？不是你把他带到这里来的吗？你自己告诉他，让他来这里带我出去玩。现在玩过了，你倒跑来对我说，我不该和他来往的，他是有妇之夫。"

她说到"有妇之夫"就说不下去了，痛苦地扭曲着双手。赫斯渥欺骗她的消息像一把刀捅到了她的心里。

"呵，呵！"她抽泣着，但是竭力克制着，眼睛里竟然还没有冒出泪水，"呵，呵！"

"嗯，我没有想到我不在时你会和他交往密切。"杜洛埃固执地说。

"没想到！"嘉莉说，她现在让这个家伙的古怪态度彻底激怒了："你当然想不到了，你只想得到一厢情愿的事情。你只想到把我当作你的玩物——一个玩具。哼，我要让你知道这办不到。我要和你一刀两断。把你那些破玩意儿拿回去吧，我不要了。"

她说着摘下了他送给她的一个小饰针，用力扔到地上。然后在屋里走来走去，像是要收拾属于她的东西。

她的举动不仅让杜洛埃恼火，也让他进一步迷住了。他吃惊地看着她，终于说道："我明白你的怒气是从哪里来的。这件事是我有理。你看在我为你做的一切的份上，不应该做对不起我的事。"

"你为我做了什么事情？"嘉莉问。她仰着头，张着嘴，火直往外冒。

"我看我做的不算少了。"推销员说着看了看四周。"你要的所有衣服，我都给你买了。对不对？我还带你去逛了你想逛的所有地方。我有的，你也有。而且你的东西比我的还多。"

不管怎么说，嘉莉不是忘恩负义的人。从理智上来说，她当然认识到杜洛埃给她的好处。她几乎不知道该如何来回答他，然而她的怒气并没有平息。她感到杜洛埃已经给她造成了无法弥补的伤害。

"是我问你要的吗？"她反问道。

"嗯，是我送的，"杜洛埃说，"但是你接受了！"

"听你说话的口气，好像是我问你讨的，"嘉莉说，"你站在那里唠唠叨叨吹嘘你为我做的事。我不要你这些玩意了，我不要了。你今晚就拿走，你爱拿这些东西怎么办，就怎么办好了。这里一分钟我也不想呆了。"

"这倒真有意思！"他答道，想到自己即将蒙受的损失生气了。"东西用过了，然后把我大骂一通，准备拍拍屁股走路了。真是典型的女人作风。你一无所有的时候我收留了你。好，等你遇到别人了，我就一无是处了。我早就知道会有这种结果。"

想到自己对她这么好，却落到这下场，他确实很伤心，真是天理何在。

"不是这么回事，"嘉莉说"我并不是要和别人私奔。是你让人难受，一点不体恤人。我恨你。我告诉你，我不想和你住在一起了。你是个侮辱人的大——"说到这里她打住了，迟疑着没有说出骂人的话，"否则你就不会这么对我说话了。"

她已拿了她的帽子和外套，把外套套在单薄的晚装上。几绺卷发从头一侧的发带里掉了出来，在她红得发烧的脸颊上晃荡。她又气又愧，非常伤心，大眼睛里已经蕴满了痛苦的热泪，不过还没有掉下来。她心烦意乱，束手无策，没有目的也没有结果地东摸摸西想想，不知这场争吵会怎么收场。

"好哇，这样结束倒不错，"杜洛埃说，"想卷铺盖走了，是不是？你真行啊！我敢打赌，你和赫斯渥打得火热，否则你不会这样做的。这房子我不要了。你不用为了我搬走。你可以继续住在这里，我才不在乎呢。但是老天爷在上，你对不起我。"

"我再也不和你住在一起了，"嘉莉说，"我不愿意和你一起生活了。自从来这里以后，你什么也不干，就会自吹自擂。"

"哇，根本没这回事。"他回答。

嘉莉朝门口走去。

“你到哪里去?”他说着大步走了过来，拦住了她。

“让我出去。”她说。

“你去哪里?”他又问了一遍。

他这人特别富有同情心。所以虽然满腹委屈，但是看到嘉莉要离家出走，不知会飘零到哪里去，心就不由得软了。

嘉莉不回答，只是去拉门。

这局面实在太让她受不了了。她又徒劳地拉了一下门以后，再也忍不住了，就放声哭了起来。

“好了，嘉德，你理智一点，”杜洛埃柔声说道。“你这么冲出去有什么好处呢?你没有什么地方好去。何不就留在这里，安静下来呢?我不打扰你，我不想再留在这里了。”

嘉莉抽抽搭搭地从门边走到窗前，哭得说不出话来了。

“理智一点嘛，”他说，“我并不是要阻拦你。你想走你就走好了。但何不把这事先仔细想想呢?老天在上，我绝没有拦你的意思。”

他没有得到回答，不过他的请求让她安静下来了。

“你留在这里，我走。”他终于又补充说。

嘉莉听着他的话，心里百感交集。就像小船失去了锚，她的思绪毫无逻辑地四处飘浮，一会为这个想法难受，一会为那个念头生气。她想到自己的不是，赫斯渥的不是，杜洛埃的不是，又想到他们各自对自己的情意和帮助。她想到出外谋生的艰难——她已经失败过一次了。她又想到不可能再留在这里了，她已经没有资格住在这些房间里了。这些思绪再加上吵架给神经带来的压力，使她的思想就像一团乱麻，理不出个头绪来——一条没有锚的小船受风雨的摆布，除了随波逐流，无能为力。

这样过了几分钟，杜洛埃有了个新主意。他走过来，把手搭在她身上，开口说:“这样吧——”

“别碰我!”嘉莉说着挪开身子，但是仍用手帕捂着眼睛。

“现在别去管吵嘴这回事了，把它放一边去吧!不管怎样，你可以在这里住到月底。然后你可以想想怎么办好一点。怎么样?”

嘉莉没有回答。

“你最好就这么办，”他说，“你现在收拾行李离开，一点用处也没有。你无处可去。”

他仍然没得到回答。

“如果你同意这么办，我们暂时就不谈了。我搬出去住。”

嘉莉从眼睛上微微取下手帕，看着窗外。

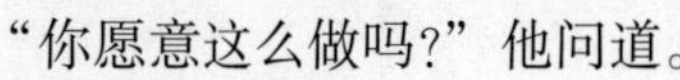

“你愿意这么做吗?”他问道。

仍然没有回答。

“你愿意吗?”他重复道。

她只是茫然地看着窗外的马路。

“喂，说话呀，”他说，“告诉我，你愿意吗?”

“我不知道。”嘉莉迫不得已地轻声说。

“答应我，就照我说的做。”他说，“我们就不再谈这件事了。这样做对你是最好的。”

嘉莉听着他的话，但是没法理智地回答他。她感觉得到他对她很温柔，他对她的兴趣并没有减弱，这使她一阵内疚。她真是左右为难。

至于杜洛埃，他的态度是一个妒忌的情人的态度。他的感情很复杂，为受骗生气，为失去嘉莉难过，为自己的失败伤心。他想以某种方法重获他的权利，然而他的权利包括继续拥有嘉莉，并且让她承认自己错了。

“你答应吗?”他催促着。

“嗯，让我想想。”嘉莉说。

虽然这回答仍模棱两可，但是比刚才的回答进了一步。看起来，如果他们能想个法子聊聊的话，这场争吵就会过去了。嘉莉感到羞愧，杜洛埃感到委屈。他开始假装往旅行箱里装东西。

现在，当嘉莉用眼角打量他时，她的脑子里开始有了正确一点的想法。不错，他是有错，可是她自己干的又算什么事呢?他尽管一心想着自己，但是他和气，善良，心眼好。在这场争吵中从头到尾他没有说过一句严厉的话。另一方面，那个赫斯渥是个更大的骗子。他的温柔和激情全是装出来的，他一直在对她撒谎。啊，男人的奸诈!而她竟然会爱他。当然现在一点爱也谈不上了，她现在再不会和赫斯渥见面了。她要写信给他，把她的想法告诉他。那么，她该怎么办呢?这里的房子还在，杜洛埃仍在恳求她留下来。显然，如果一切安排妥当，她还可以像以往那样住在这里。这要比流落街头无处栖身好得多。

她脑子里在想着这一切时，杜洛埃的翻箱倒柜地寻找他的衬衫领子。他又花了不少时间，才找到了一个衬衫的饰扣。他并不急于收拾行李。他感到嘉莉的吸引力并没有减弱。他无法想象他和嘉莉的关系会随着他走出这个房间而告终。一定会有什么解决的办法，有什么办法能让她承认自己不好，承认他是对的——他们就可以言归于好，把赫斯渥永远排除出去了。老天啊，这个家伙的无耻的欺骗行为，实在让人恶心。

“你是不是在想上舞台试试?”沉默了几分钟以后，他问道。

他猜测着她有什么打算。

“我还不知道我会做什么。”嘉莉说。

“如果你想上舞台，也许我能帮助你。那一行里我有不少朋友。”

她没有回答。

“不要身无分文地出外闯荡。让我帮助你，”他说，“在这里独自谋生不容易。”

嘉莉只是坐在摇椅里摇着。

“我不愿意你这样出去遇到重重困难。”

他又提出了一些别的细节问题，但是嘉莉继续在摇椅里摇着。

过了一会儿，他又说道：“你把这件事都告诉我，我们把这事了结了，不好吗？你并不爱赫斯渥，对不对？”

“你为什么又开始提这件事？”嘉莉说，“都怪你不好。”

“不！不怪我。”他回答说。

“没错，你也有不是，”嘉莉说，“你为什么对我撒那样的谎呢？”

“但是你并没有和他有多少瓜葛，是不是？”杜洛埃又问，他急于听到嘉莉的直截了当的否定，这样他才可以感到安心。

“我不想谈这件事。”嘉莉说。这样盘问她来达成和解，实在让她痛苦。

“嘉德，你这样做有什么用处呢？”推销员固执地问。他停止收拾行李，富有表情地举起一只手：“你至少该让我知道我现在的地位。”

“我不愿意说，”嘉莉回答。她感到除了发脾气，她无法躲闪。“不管发生了什么事，都要怪你不好。”

“那么说，你确实爱他了？”杜洛埃说。他这次完全停下手来，感到一阵怒气上涌。

“别说了！”嘉莉说。

“哼，我可不愿意做傻瓜，”杜洛埃叫道，“你想和他鬼混，你就去和他鬼混好了。我可不会让你牵着鼻子走。你愿意告诉我也好，不愿意告诉我也好，随你的便。反正我不想再当傻瓜了。”

他把已经找出来的最后几件东西一下子塞进旅行箱，怒冲冲地啪地关上盖子。然后他一把抓起为了理行李脱掉的外套，捡起手套，就往外走。

“对我来说，你见鬼去吧，”走到门边时，他说道，“我可不是吃奶的小孩子。”说着他猛地拉开门，出去时，又猛力关上门。

嘉莉坐在窗边听着这一切，对于推销员的突然发怒感到非常吃惊。她简直不敢相信自己的眼睛和耳朵——他一直是一个那么善良和气的人。她当然不懂得人类强烈情感的来源。真正的爱情之火是一种微妙的东西。它会像磷火那样发出捉摸不定的光芒，跳跃着飞向欢乐的仙境。可是它也会像熔炉里的火焰一样熊熊燃烧。而妒忌往往为爱情之火的迸发提供了燃料。

第二十四章　内战的余火：窗边的人影

那天晚上赫斯渥整晚都留在商业区，没有回家。下班以后他到帕尔默旅馆过夜。他太太的行为对他的未来和前途造成了可怕的威胁，这使他心里火烧火燎的。尽管他还不知道应该如何估量她的威胁，他已肯定她这种态度如果继续下去，会给他带来无穷无尽的麻烦。她已经铁了心，而且在一次重要的交锋中击败了他。从今以后事情会怎么样呢？他在他的小办公室里踱来踱去，后来又在旅馆的房间里踱来踱去，把各种情况都考虑到了，就是一筹莫展。

另一方面，赫斯渥太太下了决心，不肯因为无所作为而失去她业已取得的优势。现在她既已将他吓倒，她要乘胜追击，提出她的种种要求。只要他让步接受了她的条件，那么今后她的话就成了家里的法律。她要不断地向他要钱，他不给也得给。不然的话，就让他吃不了兜着走。他的任何举动现在都无足轻重。他今后回不回家她才不在乎呢。他不来家，这个家里的一切反而愉快和谐。她可以随心所欲，不用征求任何人的意见。她打算要找律师咨询，还打算雇一个侦探。她要立刻弄明白她从中可以得到什么好处。

赫斯渥在屋里踱步，心里估量着他的处境的主要方面。“产业在她的名下，”他不断对自己说，“这一招真是愚蠢之极。该死！这一步走得太蠢了。”

他又想到了他的经理的职位。“如果她现在弄得满城风雨，我的一切就完了。假如我的名字上了报纸，他们会把我解雇了。而且我那些朋友们！”想到她采取的任何步骤都会造成流言蜚语，他心里更气恼了。报纸会怎么说呢？每个熟人都会在心里犯嘀咕。他将不得不向他们解释和否认，使自己成为众人的话柄。接着莫埃就会来和他商量，这一来他的前途就不堪设想了。

想到这一切，他的眉头间聚起了许多细细的皱纹，额头也汗湿了。他想不出有什么出路——连一条缝隙也没有。

这期间，嘉莉和即将来临的星期六的安排不时在他脑海里闪过。尽管他的处境已经一团糟，他并不为他和嘉莉的关系担心。这是他在困境中唯一令人欣慰的事。他可以把这件事安排得称心如意。因为如果有必要的话，嘉莉会乐意等待的。他要看明天情况而定。然后他会和她谈谈。他们会像往常一样见面。他在脑海里只看见她的美丽的脸和匀称的体态。奇怪，生活为什么不作美，为什么不让他永远享有和她共同生活的欢乐。如果他能如愿的话，生活会比现在美满得多。这又令他想起他太太的威胁，于是皱纹和冷汗又回到了他的脸上。

早上他从旅馆来到了店里，打开他的信件。但是这些都只是通常那类信件。不知为什么，他有个感觉，觉得邮局会送来什么坏消息。因此当他仔细看了信件，没有发现什么令人疑心的信时，心里松了一口气。来办公室的路上他一点胃口也没有。现在他的胃口又恢复了，因此他决定在去小公园和嘉莉见面之前，顺路先拐到太平洋大饭店去喝上一杯咖啡，吃上几个小圆面包。到目前为止，他的危险并没有减少分毫，但是也还没有成为现实。在他目前的思想状态中，没有消息就是好消息了。只要他有足够的时间思考，他也许会想出什么法子来的。事情不可能演变成一场大灾难。他一定会找到一条出路的。

但是，当他来到公园等嘉莉，一等再等仍不见她的人影时，他的情绪又低落了。他在他心爱的地点等了足足一个多小时，然后他站起来，开始心神不宁地在周围走来走去。会不会那里出了什么事使她来不了？他的妻子会不会找她？肯定不会。他压根没有把杜洛埃放在心上，所以他一点没往那方面想，没担心他会发现真相。他左思右想，越来越坐立不安。随后他又猜想，也许没有什么大不了的，也许只是她今天临时走不开而已。所以他没有收到信，通知他来不了。今天他会收到一封信的。他回去时，说不定已有信在办公桌上等他了。他必须马上回去看看有没有她的信。

过了一会儿，他放弃了等待，无精打采地到麦迪生大道坐街车。刚才还是灿烂的晴空，现在布满了小片小片的白云，把太阳遮住了，这使得他的情绪更为低落。风向转而朝东，等他回到酒店写字间时，天已经是阴沉沉的，看样子毛毛雨会整个下午淅沥淅沥下个没完。

他走进酒店，查看他的信件，但是没有嘉莉的信。让他感到庆幸的是，也没有他太太的信。谢天谢地，他还不必去面对那个难题，眼下他有那么多事要考虑。他又踱来踱去，外表装得和平常一样，但是内心焦虑却难以言传。

一点半的时候，他去雷克脱饭店吃午饭。等他回来时，一个信差正在恭候他。他心怀疑虑地打量了下送信的小家伙。

“要回条，”小伙子说。

赫斯渥认出是他太太的笔迹。他撕开信，面无表情地看了信。信的格式一本正经，从头到尾的措辞极其尖刻冷淡：

> 我要的钱请即刻送来，我需要这笔钱实施我的计划。你不回家，由你自便。这无关紧要。但是钱必须给我。不要拖延。让信差把钱带来。

他读完了信，还手里拿着信站在那里。这封信的肆无忌惮的口气让他大吃一惊，也激起了他的怒火——他的最强烈的反抗情绪。他的第一个冲动是写四个字回敬：“见

鬼去吧！”但是他克制了这个冲动，告诉信差没有回条，作为一种折中。然后他在椅子里坐下来，两眼呆视着，思忖着这么做的后果。这样一来，她会采取什么步骤呢？该死的东西！她想把他压服吗？他要回去和她吵个明白。他就要这么办。她太专横了。这些是他最初的想法。

不过他的一贯的谨慎作风接着又抬了头。必须想个法子才行。危机已经迫在眉睫，她不会善罢甘休的。凭他对她的了解，他深知她一旦下了决心，就会一竿子走到底。有可能她会把这件事立刻交到律师手里。

“该死的女人！”他咬牙切齿地骂道。“如果她找我麻烦，我也要给她点颜色看看。我要让她改改说话的腔调，哪怕要动拳头！”

他从椅子上站起身来，走到窗边看着外面的街道。绵绵的细雨已经开始了。行人们竖了外套衣领，卷起了裤脚边。没带伞的人把手插在衣服口袋里，带了伞的人高高举着伞。街上成了一片圆圆的黑布伞面的海洋，翻滚起伏着，往前移动着。敞篷和有篷的运货马车嘈杂地鱼贯而行，发出嘎吱嘎吱的响声。到处有人在尽量躲雨。可是赫斯渥几乎没有注意到眼前的景象。在他的想象中，他一直在和他的妻子正面交锋，强迫她改变态度，免得皮肉吃苦。

4 点时，他又收到了一张条子，上面简单地说，如果当晚钱没有送到，明天费莰杰拉德和莫埃先生就会得知此事。还会采取其他的步骤。

赫斯渥看到她这么步步紧逼气得几乎要嚷了出来。是的，他必须把钱给她，他要亲自送去，他要去那里和她谈谈，而且得马上去。

他戴上帽子，四处找伞。对这事他要做出安排。

他叫了辆马车。马车载着他穿过阴沉沉的雨幕驶向北区。在路上，他想到这事情的许多细节，情绪开始冷静下来。她知道些什么？她已经采取了什么步骤？也许她已经找到了嘉莉，谁知道呢——或者找到了杜洛埃。也许她确实掌握了证据，正暗中设下埋伏，准备对他来个突然袭击，像男人之间所做的那样。她是个精明的人。除非她确实有了证据，不然她怎么会对他这样辱骂呢？

他开始懊悔他没有用某种方法和她达成妥协——没有早送钱去。也许他现在去还来得及，无论如何，他要回去看看情况。他不想和她大吵大闹。

等他到了他家所在的那条街时，他充分意识到他的处境的种种为难，一次次盼望某个解决办法从天而降，给他一条出路。他下了车，上了台阶，走到前门，紧张得心怦怦乱跳。他掏出钥匙，想把钥匙插进锁里，但是从里面已经插了一把钥匙。他摇了摇门把手，但是门锁住了。他去摇门铃，没有人应门。他又摇门铃，这次更用力了。仍然没有反应。他又一连几次使劲地摇门铃，但是一点用处也没有。于是他走下台阶。

台阶下有一扇门通到厨房，门上装着铁栅栏，是用于防盗的。他走到这扇门跟前，发现门上了闩，厨房的窗子也放下了。这是什么意思？他又摇头响了门铃，然后等在那里。最后，看到没人来给他开门，他转身朝马车走去。

“我猜想他们都出门了，”他抱歉地对马车夫说。马车夫正用他宽大的防水雨衣遮着自己的红脸。

“我看见上面窗子里有个年轻的姑娘，”马车夫回答说。

赫斯渥朝上看了看，但是那里已经看不到人影了。他忧郁地上了马车，既松了一口气，又忧心忡忡。

那么，这就是她玩的把戏了，是吗？把他关在门外，却向他要钱。天哪，这一手可真绝。

第二十五章　内战的余火：六神无主

赫斯渥回到办公室以后，感到更加进退维谷。他想，上帝啊，他落入了什么样的困境啊！事情怎么会这样突如其来地急转直下？他难以理解这一切是怎么发生的。突然降临到他头上，让他无法抗拒阻挡的这局面在他看来简直是荒诞可怖，不近人情，毫无道理。

与此同时，他不时想到嘉莉。这方面又会发生什么问题呢？既没有信，也没有任何消息。现在已经是夜里了，她原先答应早上和他见面的。本来他们约好明天会合一起私奔的——到哪里去呢？最近一连串的事情把他弄得焦头烂额，他发现他竟然对这个问题一点没有打算。他疯狂地爱着嘉莉，在正常的情况下，他会不顾一切地把她赢到手。但是现在——现在该怎么办呢”也许她已经得知了什么？假如她写信给他，说她什么都知道了，她再也不愿意和他来往了，那怎么办呢？照目前的形势看，这种事很可能发生的。接着他又想到，他的钱还没有送去。

他在酒店的打蜡地面上走来走去，手插在口袋里，眉头紧皱，嘴巴紧闭。他抽了支上等雪茄，模模糊糊地感到心里好受了一些。但是雪茄烟无法帮他解决那些给他带来痛苦的倒霉事。他不时地捏紧拳头，用一只脚敲着地——这是他心情激动不安的迹象。他的心灵受到了剧烈的震撼，忍耐力已接近极限。几个月来他第一次喝了那么多白兰地兑苏打水，活脱脱是一副心烦意乱的模样。

整个晚上，他翻来覆去地思索，但是毫无结果，只干成了一件事——他把钱送去了。经过两三个小时的紧张思想斗争，反复掂量了正反两方面的利弊，他才不情愿地拿过一个信封，把索取的金额装进去，又慢吞吞地封了信口。

然后他把店里的勤杂工哈里叫了过来。

“把这信封按地址送去，”他把信交给他时说道，“交给赫斯渥太太。”

“是，先生，”仆役说道。

“如果她不在家，就把信拿回来。”

“是，先生。”

“你见过我太太吗？”仆役转身要走时，他又不放心地问了一句。

“嗯，见过，先生。我认识她。”

“那好吧，快去快回。”

“要回信吗？”

“我看不会有。”

仆役急急走了，经理又陷入了沉思。现在事情已经做了，再忖量也没有用了。今晚他既然已经认输，对失败还不如泰然处之为妙。可是这样被迫认输太让人难堪了！他可以想象得到她怎么脸带讥笑在门口接待仆役。她会收下信封知道是自己赢了。要是他能拿回信封就好了。他实在不乐意让她拿到那个信封。他粗粗地呼吸着，擦了擦脸上的汗。

为了消愁，他站起身，加入到正喝酒的几个朋友中去，和他们聊天。他竭力要对周围的事情发生兴趣，可是办不到。他的心思早已飞回家中，想象着家里正在演出的那一幕，猜测当仆役把信封递给她时，她会说些什么。

过了1小时3刻钟，仆役回来了。很显然他已把信送到了，因为当他向他走来时，并没有做出要从口袋里掏东西的样子。

“怎么样？”赫斯渥问道。

“我把信交给她了。”

“是交给我妻子的吗？”

“是的，先生。”

“有答复吗？”

“她说，信来得正是时候。”

赫斯渥沉下了脸。

那天晚上这件事就算了结了。他继续掂量着他的处境，直到夜里12点回帕尔默旅馆去过夜。他心里想着第二天早上可能发生的新情况，所以这一晚难以入眠。

第二天早上，他又来到酒店的写字间，打开他的邮件，既忐忑不安又怀着希望。没有嘉莉的信，不过让他欣慰的是，也没有他太太的信。

他送去了钱，她也收下了，这个事实使他心安了。他不再去想钱是被迫送去的，所以他的懊恼就减轻了，同时对和解的希望也增加了。当他坐在办公桌旁时，他幻想着这一两个星期之内不会有什么事了，这期间他会有时间好好想想。

他一开始好好想想，思绪就回到了嘉莉身上，回到让她脱离杜洛埃的计划上。这件事现在该怎么办呢？他一门心思地想这个问题，想到她既没来和他见面，也没写信给他，使他心中痛楚遽增。他决定要给她写封信，通过西区邮局转交。他要请求她给个解释，还要请她来和他见面。想到她也许要到星期一才会收到这封信，他心里痛苦不堪。他必须想出一个更快的办法——但是怎么办呢？

这个问题他想了半小时。因为怕暴露，他既不打算差人送信，也不打算坐马车直接上她家。他发现时间在流逝，而办法却想不出来，于是他就先把信写了，然后接着想。

时间一小时一小时地溜走了。随着时间的消逝，他原先的打算和嘉莉团聚的可能

性也消失了。照原先的打算，他现在该兴高采烈地帮助嘉莉，让她和他同甘共苦。现在已是下午，他还一事无成。3 点过去了，4 点，5 点，6 点，一直没有信来。这位一筹莫展的经理在屋里踱着步，默默忍受着失败的痛苦。眼看着忙忙碌碌的星期六过去了，又迎来了礼拜天，还是一事无成。星期天酒吧整天关门，他独自沉思着，无家可归。没有热闹的酒店消愁，又没有嘉莉相伴，他内心的凄凉痛苦无法排解，这是他有生以来最糟糕的星期天。

星期一的第二批邮件中，他收到一封像是法律事务所来的信，好一阵子他注意地看着信封。信上面印着麦·詹·海三人事务所的字样。信里面客套地用“先生阁下”和“敬告”字样开头，接着简短地通知他，他们受朱利亚·赫斯渥太太委托，就她的赡养问题和产权问题进行调停，务请惠顾面谈云云。

他仔细地读了好几遍，然后摇了摇头。看起来他的家庭麻烦还只是开了一个头。

“唉！”过了一会儿，他几乎说出声来，“这让人如何是好。”

然后他把信叠起来，放进口袋。

嘉莉仍然没有信来，这更加剧了他心中的痛苦。他现在已可以断定，她已经得知他是有妇之夫，对于他的欺瞒行为非常生气。在他最需要的时候失去她，使他加倍痛苦。他想，如果他再收不到她的信，他就要去找她，非见到她不可。在所有的事情中，她的遗弃确实让他最为痛苦。他确确实实一心一意地爱着她，现在面临失去她的危险，她在他眼中显得分外可爱。他苦苦盼着她的来信，如痴如醉地思念着她。不管她怎么想，他不能失去她。无论如何，他要解决这个问题，而且尽快地解决。他要去见她，把他家里的纠葛都告诉她。他要向她解释目前的处境，告诉她他有多么需要她。当然，她不会在这种时候抛弃他吧？当然不会。他要苦苦哀求，一直到她消了气，一直到她原谅他。

他突然想到：“会不会她已经不在那里了——会不会已经走了？”

这个念头使他跳了起来。坐在那里想这种可能性太让人受不了了。

然而站起来也于事无补。

星期二情况照旧。他确实鼓起勇气出去找过嘉莉，但是当他走到奥登广场时，他感到有人在注意他，只好走开了。他没有走近公寓所在的那条马路。

这次拜访中还发生了一件让他难堪的事情。他坐蓝道夫大街的街车回来时，不知不觉地，差一点来到了他儿子上班的那家商号大楼对面。这使他心里一阵刺痛。他曾她几次去那里看望他的儿子。而如今，他儿子连一个字也没写给他。他的两个儿女似乎谁也没有注意到他没回家。唉，命运真捉弄人啊！他回到酒店，加入朋友们中间聊天，好像闲聊可以麻痹他心中的痛楚。

那天晚上，他在雷克脱大饭店吃了晚饭。饭后他立刻回到他的办公室。只有在熙熙攘攘气派豪华的酒店里，他才能得些安慰。他过问店里的琐细事务，和每个人都聊上两句。在所有的人都离开后，他还久久地坐在办公桌旁。直到巡夜人巡逻到酒店，试着拉前门是否锁好的时候，他才离开。

星期三，他收到了麦·詹·海事务所的通知。上面客客气气地写道：

阁下：本事务所受命通知您，本所将恭候阁下到明天即星期四下午一时。届时如不光临，本所将代表朱利亚·赫斯渥太太就离婚和赡养事务一案提起诉讼。在此期限之前，敬乞覆示。否则本所将认为阁下无意和解，而采取相应行动。

某某谨启

“和解!”赫斯渥恨恨地嚷道。“和解!”他又摇了摇头。

现在一切都明摆在面前，他知道什么样的结果等待着他。如果他不去见他们，他们立刻会对他提出诉讼。如果他去见他们，他们会向他提出苛刻的条件，让他气得热血沸腾。他把信折起来，把它和上封信放在一起。然后他戴上帽子，在街区周围散步。

第二十六章　使者离去：自找门路

杜洛埃走后，只剩下嘉莉一个人。她听着他远去的脚步声，几乎不明白怎么回事。她只知道他怒冲冲地走了。过了好一会儿，她才开始想，他是否还会回来。当然不是现在，而是以后还会不会回来。外面暮色已浓。她打量着房间，很奇怪这些房间今天为什么给人异样的感觉。她走到梳妆台前，划了根火柴，点亮了煤气灯。然后她走到摇椅边边，坐下来思索。

好一会儿她才能集中思想。可是她一集中思想，就意识到了问题的严重性。她现在孤身一人，假如杜洛埃不回来怎么办呢？假如她再也听不到他的消息呢？这些漂亮的房间不能久住，她将不得不搬出去。

应该指出的是，她一次也没想到要求助于赫斯渥，这是应该赞扬的。每次想到他都给她带来伤心、悔恨和痛苦。说实话，这事足以证明人类的邪恶。这证据让她大为震惊和害怕。他会不动声色地把她骗了，连眼皮也不眨一下。她差一点落入更糟糕的境地。然而她不能把他的音容笑貌从脑海里驱除出去。只有这一点似乎太奇怪太糟糕了，因为这不符合她现在对他的看法和情感。

但她现在孑然一身。这一点在目前是首先面临的问题。怎么办呢？她是不是该出外重新工作呢？是不是要在商业区首先找起呢？上舞台演戏！嗯，对。杜洛埃讲到过这一点。有没有希望当个演员呢？她在摇椅里摇来摇去，陷入深思，各种思绪纷至沓来。时间一分钟一分钟地过去了，夜幕已经完全降临。她还没有吃一点东西，然而她仍坐在那里，心里反复掂量。

她想起自已肚子饿了，就到后房的小柜跟前，那里还留着早饭吃剩下的一点食物。她忧心忡忡地打量着这些食物。食物现在比以往来得重要。

吃着饭的时候，她开始考虑她还有多少钱。她想到这问题非常重要，就立刻去找她的钱包。钱包在梳妆台上，里面有 7 块钱的钞票，还有一些零钱。想到只有这么一点钱，她心里很沮丧。不过想起这个月的房租已经付过了，她心里又高兴起来。她还想到如果她刚才真的离家出走了，现在的境遇又会怎么样。这么一比，她感到眼下的处境还不算太糟，至少她还有点时间，也许以后一切又会好起来的。

杜洛埃走了，但是这又怎么样呢？他并不像是真生气，他只是装出一副恼怒的样子。他会回来的——他会的，这是理所当然的。他的手杖还留在角落里，这儿还有他的一个衬衫领子。他的薄大衣也还留在衣橱里。她四处看着，用看到的这样那样的东西宽慰自己。但是随后她又想到另一个问题：如果他真的回来了，那又会怎么样呢？

这个问题尽管没有前一个难题那样令她不安，也好不到哪里去。她将不得不和他谈，向他解释。他会要她承认他没错。那样的话，和他继续生活在一起是不可能的。

星期五，嘉莉想起她和赫斯渥有个约会。她看着他们约会的那个小时一分分地过去，心里重新清晰地感受到自己身受的灾难。她紧张不安，心里沉甸甸的，感到非采取行动不可。于是她穿上一件棕色的外衣，11 点钟的时候出门，再度到商业区去碰运气，她必须找份工作。

12 点钟的时候，天阴沉沉的像要下雨。1 点钟时真的开始下雨了，这场雨使嘉莉只好回家，整天呆在家里。场雨也使赫斯渥情绪低落，一整天闷闷不乐。

第二天是星期六，许多商行只营业半天。天气和暖怡人，阳光灿烂。下了一晚的雨以后，树木和草坪显得分外青翠。她出门时，大群的麻雀在叽叽喳喳地欢唱。看着可爱的公园，她不由感到，对于那些衣食无忧的人来说，生活真是趣味盎然。她一再盼望会出现什么奇迹，让她保住迄今享有的那份舒适生活。当然，她这么想时，并不是想要杜洛埃或者他的钱，也不是想和赫斯渥再有什么瓜葛，只是渴望继续过原来那种心满意足无忧无虑的日子。因为毕竟这些日子生活是快乐的，至少比眼下不得不单枪匹马地出外闯荡谋生要快乐得多。

她来到商业区时，已经 11 点了，这一天的营业时间所剩不多了。她一开始并没有意识到这一点。上次在这个紧张苛刻的地区闯荡带来的痛苦仍记忆犹新，影响着她的情绪。她四处游荡，竭力使自己相信她正打定主意要找工作，同时却又感到似乎她不必那么急于找工作。找工作太为难了，她还有几天可拖。此外，她并不认为她真的已经面临自食其力的难题。不管怎么说，她现在的条件比那时强：她的外貌比以前漂亮。她现在衣服合体，举止大为改进。男人们——那些衣冠楚楚的男人们，以前坐在他们气派写字间里，从光亮的铜栏杆后面冷淡地看着她，现在却用柔和的目光注视着她的脸。她有几分感到了自己外貌的力量，心里沾沾自喜。但是这些并不足以使她感到完全自信。她要的并不是男人们的额外恩赐，而是合法正当地得到的工作。她有需求，但是任何男人也别指望用花言巧言或者小恩小惠来收买她。她要清清白白地自食其力。

“本店星期六下午 1 点打烊。”她正感到该进去问问有没有工作的时候，店门口的这个告示让她如释重负欣喜满意。这下她有了一个不去求职的借口。这样的招牌看多了，钟的指钟又已指到 12 点 1 刻，她就决定这一天再继续找工作是徒劳无益的。于是她就坐上一辆街车，到了林肯公园。这里总有不少值得观看的东西——花啦，动物啦，湖啦。她又宽慰自己，星期一她会早点起来找工作。再说，从现在到星期一这段时间里，什么事都可能发生的。

星期天过去了，这一天充满着同样的疑虑，担忧，自我宽慰，和天知道还有些什

么别的异想天开。每隔半小时，她就痛楚地想到该采取行动，而且必须立刻采取行动。这个念头像呼啸的鞭子梢抽打在身上。有的时候，她又会朝四周看看，安慰自己，事情还不算太糟——她一定能渡过难关，安然无恙。这种时候她就会想起杜洛埃的建议，觉得当演员方面，她也许会有一点机会。她决定第二天就去试试。

为此，星期一早上她早早起来，细细地穿着打扮了一番。她不知道这种求职该如何着手，但是她认为这事肯定和剧场有较为直接的关系。你只要去剧场向人打听一下，求见经理，然后向他申请一个职位。如果有空缺的话，你也许会被录用。至少他会指点你该如何申请。

她和这一类人从来没有打过交道，并不知道演艺圈里这些人的好色和诙谐。她只知道海尔先生担任的职务，但是由于她和他的太太关系密切，她最不希望遇到的就是这位先生。

不过当时有一个剧场——芝加哥歌剧院，声誉甚隆，剧院经理大卫·艾·汉德生在当地很有一点名气。嘉莉在那里看过一两场精心排演的戏，还听人说起过个戏院上演的好儿出别的戏。她对汉德生本人一无所知，也不知道申请工作的方法。但是她本能地感到这个地方很可能找到工作，所以她在戏院附近流连转悠。最后她鼓起了勇气，步入堂皇气派的戏院大门。里面是金碧辉煌的大厅，墙上的镜框里陈列着时下走红的名角和剧照。再进去就是安静的售票处。可是她没有勇气再往前走了。一个著名的滑稽歌剧演员本周在这里公演，那种赫赫声名和豪华气派把她震住了。她不敢想象在这种高贵的地方能有她一席之地。想到自己如此狂妄，竟敢到这里来找工作，想到差一点让人粗暴地骂出来，她吓得几乎发抖。她只有勇气看看墙上那些争芳斗艳的剧照，就退了出来。在她看来，她这么溜出来再妙不过了。如果还想在这里找工作，就真是太愣头愣脑不自量力了。

这场小小的冒险，结束了她一天的求职努力。她又到别处去转转，不过现在只是从外面打量一番。她的脑子里记住了好些戏院的地理位置——其中最重要的有大歌剧院和麦克维加戏院，这两个戏院都很叫座——然后走开了。这一番经历让她重新意识到这些财大气粗的企业高不可攀，而她个人的资格照她自己看来实在太微不足道，无法得到社会的重视。这一来她的勇气和信心又一落千丈。

那天晚上海尔太太来看她。她坐在那里聊天，半天不走，所以嘉莉无暇去想自己的处境或者当天的运气。不过上床前，她坐了下来思考，心里充满了悲观的预感。杜洛埃还没有露面，一点儿消息也没有。她已经从她那笔宝贵的钱里花掉了一块钱，用于吃饭和坐车。她的钱维持不了多久，这是明摆着的。此外她还没找到一点挣钱的门路。

在这种情况下她的思绪回到了凡布伦大街她姐姐那里。自从那天晚上出逃，她还没有见过她姐姐。她也想到了哥伦比亚城的老家，那些仿佛成了她永远无法重返的那个世界的一部分。她并不指望从那里得到庇护。她也想到赫斯渥，但是想到他，只给她带来悲伤。他竟会毫无顾忌地想要欺骗她，在她看来真是太残忍了。

到了星期二，她仍是左思右想举棋不定。前一天的失败经历使她无心无绪，并不急于出去找工作。但是她责备自己前一天太畏首畏尾了。于是她又出发重返芝加哥歌剧院，虽然她几乎没有勇气走近它。

但是她最后还是走到售票处去打听。

“你想见剧团经理还是戏院经理?”那个穿着华丽的售票员问道。嘉莉的美貌给他留下了好印象。

“我也不知道，”嘉莉回答。这个问题出乎她的意料之外。

“不管怎样，你今天见不到戏院经理，”那个青年主动告诉她说，“他今天不在城里。”

他注意到她脸上困惑的表情，于是又问道：“你有什么事要见他?”

“我想问问是不是有空缺，”她答道。

“那你最好去见剧团经理，”他回答说。“不过他现在不在这里。”

“他什么时候会来?”嘉莉问道。这个消息让她稍微松了一口气。

“嗯，你也许在11点到12点之间可以找到他。2点以后他在这里。”

嘉莉向他道谢以后，就轻快地走了出来。那个年轻人还从装饰华丽的售票处边窗注视着她的背影。

“真漂亮，”他心里想着，于是开始想入非非，想象她对他屈尊俯就，让他不胜荣幸。

当时一家主要的喜剧团正在大歌剧院按合同进行演出。嘉莉来到这里求见剧团经理。她不知道这人并没有多大权力。如果有空缺，演员将从纽约派来，这一点她一无所知。

“他的办公室在楼上，”票房的一个人告诉她。

经理办公室里有几个人。有两个懒散地靠在窗口旁，另一个正在对坐在拉盖办公桌旁的人说话，那个坐着的就是经理。嘉莉心情忐忑地朝四周打量了一下，开始担心她必须当着这么多人的面求职。其中的两个人，就是靠窗口那两个，开始细细打量她。

“这一点办不到，”那个经理正在说话。“富罗门先生有规定，不准来访者到后台去。不行，不行!”

嘉莉站在那里，怯怯地等着。旁边有椅子，但是没有人示意她坐下来。和经理谈话的那人垂头丧气地走了。那个大人物一本正经地看起面前的报纸来，仿佛那些报纸是他头等关心的事情。

“哈里斯，你看到今天早上《先驱报》上登的一则关于耐特·古德温的消息吗?”

“没有，”被问的那个人回答。“是关于什么的?”

“昨晚在胡利大戏院他做了一场精彩的幕前演说，你最好看一看。”

哈里斯伸手到桌子上找《先驱报》。

“你有什么事?”他问嘉莉，显然刚刚看到她。他以为是个来问他要免费戏票的。

嘉莉鼓起了全部勇气，其实充其量也没有多少勇气可言。她意识到自己是个新手，非遭到断然回绝不可。对这一点她深信不疑，所以她现在只想装出一副来向他请教的样子。

“你能告诉我怎么才能登台演戏吗?”说到底，这是求职的最佳办法。坐在椅子里的那人开始对她有几分感兴趣，她的直截了当的请求和说话方式很合他的心意。他露出了微笑，屋里其他人也微笑起来，不过那些人对他们的笑意稍加掩饰。

“我也不知道，”他厚颜无耻地打量着她。“你有过登台演出的经验吗?”

“有过一点，”嘉莉回答说。“我曾经在业余戏剧演出里演过一个角色。”

她想她必须稍微炫耀一下才能继续让他感兴趣。

“没有研究过舞台的表演吧?”他说，装出一副煞有介事的神气，既是给嘉莉看的，也是给他的朋友们看的。

“没有，先生。”

“那么，我也不知道该怎么办了，”他回答道，懒洋洋地朝椅背上一靠，她还站在他面前。“你为什么想要登台当演员?”

那个男人的放肆让她感到窘迫，但是对于他的得意的迷人笑容只能报以微笑。她回答说:

“我需要谋生。”

“噢，”他答道。他看上了她的匀称漂亮的外貌，感到兴许他可以和她结交一番。“这个理由不坏，是不是? 不过，芝加哥不是达到你的目的的好地方。你应该到纽约去。那里机会更多一点。你在这里很难有机会开始演员生涯。”

嘉莉温柔地微微一笑，很感激他屈尊赐教，给她提供那么多忠告。他注意到她的微笑，但是对这个微笑作了略为不同的解释，认为自己有了一个调情的好机会。

“请坐，”他说着从桌子侧面把一把椅子往前拉了拉。他把声音压低，不让屋里另外两个人听见。那两个人心照不宣地相互眨了眨眼睛。

“喂，巴纳，我要走了，”其中一个突然离去，临走时对经理打了声招呼，“今天下午见。”

“好吧，”经理说。

留下的那人拿起一份报纸，像是要看报的样子。

“你想过要演一个什么样的角色?”经理轻声问。

“噢，没有，”嘉莉说，“刚开头什么角色都行。”

“我明白了，”他说。“你住在这个城里吗?”

“是的，先生。”

经理讨好地微笑着。

“你有没有试过当合唱队队员？”他拿出一副推心置腹讲悄悄话的神气。

嘉莉开始感到他的态度浮夸不自然。

“没有，”她说。

“大多数女孩子当演员都是那样开始的，”他继续说。“这是取得舞台经验的好办法。”

他用友好诱惑的目光看着她。

“这一点我原先没有想到。”

“这事很困难，”他继续说，“不过，你知道，机会总有的。”接着他好像突然想起了什么，掏出怀表看了看。“我2点钟还有一个约会，”他说。“我现在得去吃午饭了。你愿意和我一起去吃饭吗？吃饭时我们可以继续谈谈。”

“噢，不用了，”嘉莉说，立刻明白了他的全部动机。“我自己也有一个约会。”

“那太遗憾了，”他说，意识到自己的邀请提出的时机略嫌早了一点，现在嘉莉要走了。“以后请再来。我也许会有点工作的消息。”

“谢谢，”她说着胆战心惊地走了出来。

“长得不错，是不是？”经理的伙伴说，他并没有听清楚经理玩的全部把戏。

“是啊，有几分姿色，”经理说道，痛心自己的把戏失败了。“不过她不会成为一个女明星。只能当个合唱队队员。”

这次小小的涉险几乎打消了她去芝加哥歌剧院拜访剧团经理的决心。但是过了一会儿，她决定还是去一趟。这个经理是个较为严肃正派的人。他立即说，他们剧团没有空缺，而且似乎认为她的求职是愚蠢的。

“芝加哥不是初登舞台的地方，”他说。“你应该去纽约。”

但是她没有放弃登台的念头，又赶到麦克维加大戏院。可是到了那里她扑了一个空。那里正在上演《故居》这出戏。人们指点她求见的人却哪里也找不到。

这些小小的探险活动让她一直忙到4点。她已经精疲力尽想回家了。她觉得她该到别的地方再打听打听，但是迄今为止的结果太让她失望了。她坐上街车，3刻钟后到了奥登广场。但是她决定再坐下去，到西区邮局下车，她一向是从那里拿到赫斯渥的信的。那里已有一封信等着她，是星期六写的。她带着复杂的感情拆开信看了起来。信里充满着热情，对她的失约和随后的沉默万分苦恼，使得嘉莉心软了。他爱她，这一点是明摆着的。但是他作为有妇之夫竟敢爱她，这又太大逆不道了。她觉得这封信似乎该有个答复，因此决定写封回信，让他明白她已经知道他的婚姻状况，因此对他的欺骗行为理所当然地感到气愤。她要告诉他，他们之间的关系已经完结了。

一回到家，她就动手写信。这封信的措辞很费斟酌，这信太难写了。

“你不需要我来解释我为什么不来见你。”她在信里写道，“你怎么能这样欺骗我呢？你不该指望我还会和你来往。无论如何，我不会再和你来往了。你怎么可以这样对待我呢？”她一阵感情迸发又补充说，“你给我造成了你无法想象的痛苦。我希望你能克服对我的迷恋，我们不能再见面了。别了！”

第二天早上她拿着信出门，在马路的转弯处不情愿地把信进邮筒。因为她一直拿不定主意，不知道该不该写这封信。然后她坐上街车，去商业区。

现在是百货公司的淡季，不过人们倾听她的求职申请时态度非常关注，这是一般女孩子求职时得不到的关注。这当然是因为嘉莉模样齐整，楚楚动人。他们问她的仍是那些她早就熟悉的老问题：

“你会做些什么？你以前有过在零售商店工作的经历吗？你有没有经验？”

在商场，在西公司，和所有别的大百货公司，情况都大同小异。现在是淡季，她可以晚些时候来看看，那里他们也许会雇她的。

傍晚，当她精疲力竭垂头丧气地回到家时，她发现杜洛埃来过了。他的伞和薄大衣已经拿走了。她感到还少了些别的什么东西，但是不肯定。他并没有把所有的东西都拿走。

这么看来，他的离开已成定局，他再也不会回来了。她现在该怎么办呢？很显然，一两天之内，她又得像从前那样面对冷酷的世界了。她的衣服渐渐地又会变得破旧寒酸。她习惯地合起双手，富有表情地把手指紧紧按在一起。大滴泪珠在她眼中聚集，热泪滚下脸颊。她很孤单，孤单极了。

杜洛埃确实来过了。不过他来的心情和嘉莉想的完全不一样。他期望见到她在家，他将声称他是回来拿留下的衣服的。然后在离开以前，他将设法和她言归于好。

因此他来时，看到嘉莉不在家，感到很失望。他东摸摸西拿拿，希望她就在附近什么地方，快回来了。他一直竖起耳朵听着，期待着听到楼梯上传来她的脚步声。

当他这么等着时，他打算等她回来时要装出刚到家的样子，还要假装被她撞见很狼狈的样子。然后他就解释，他需要衣服所以回来的。他要瞧瞧眼下情况如何。

可是他等了又等，嘉莉一直没有回来。起初他在抽屉里胡乱地翻着，随时防备她回来。接着他又走到窗口去张望，最后他在摇椅里坐了下来。嘉莉迟迟未归。他开始焦急得坐立不安了，于是点着了一去雪茄。那以后，他在房间里来回踱着。他又朝窗外张望，发现乌云在聚集。他想起来 3 点钟还有一个约会，于是感到再等无益，就拿起了伞和薄大衣。不管怎样，他打算把这两样东西拿走。他希望这样能吓唬吓唬她。明天他会回来取别的东西，那时再看情况如何。

他起身离开时，对于没有见到她，心里确实很遗憾。墙上有一张她的小照，照片

里的她穿着他第一次给她买的那件小外套，脸上带着近来已不常看到的忧愁渴望的表情。他确实被这照片打动了，用一种他身上很少见的深情，注视着照片里她的眼睛。

“你对不起我，嘉德，”他说，好像那照片就是她本人似的。

然后他走向门口，朝房间四周久久地打量了一眼，才走出门去。

第二十七章 水深火热：想入非非

赫斯渥收到麦·詹·海事务所的那份明确的通知以后，心烦意乱地上街转了一会儿，然后回到家时，才发现嘉莉那天早晨写给他的信。一看见信封上的笔迹，他激动万分，急忙将信拆开。

“这么说，”他想，“她是爱我的，否则她就压根不会给我写信。”

起初几分钟，他对信的内容感到有点沮丧，但很快又振作起来。“若是她心里没我，就决不会写信的。”

只有这么想，他才不至于沮丧透顶。从信的措辞上看不出什么，但他自以为能领会信的精神。

明摆着是一封谴责他的信，他竟然从中得到宽慰，倘若不是可悲，也是人性弱点的过分体现。这个一向自足的人，现在竟要从身外找寻安慰，而且是这样一种安慰。多么神奇的爱情绳索！我们谁也挣脱不了。

他的脸上又有了血色。他暂时把麦·詹·海事务所的来信置之脑后。但愿他能得到嘉莉，这样也许他就能摆脱一切纠葛——也许这就无关紧要了。只要不失去嘉莉，他就不在乎他太太要做什么。他站起身来，一边走动，一边做着今后和这个可爱的心上人共同生活的美梦。

可是没过多久久，他的思路又回到了老问题上，真让人厌倦！他想到明天和那场诉讼。转眼一个下午就要过去了，他还什么都没做。现在是4点差1刻。5点钟律师们就会回家了。他还有明天上午的时间。就在他想着这些时，最后15分钟也过去了，到5点了。于是他不再想当天去见律师的事，而转念去想嘉莉。

值得一提的是，这人并不向自己证明自己是对的。他不屑烦这个神。他一门心思只是想着怎样说服嘉莉。这样做并没错。他很爱她，这是他们两人幸福的基础。杜洛埃这家伙不在就好了！

正当他美滋滋地想着这些时，他想起自己明天早晨没有干净的衬衫可换。

他买来衬衫，还买了半打领带，然后去帕尔默旅馆。进门时，他觉得似乎看见杜洛埃拿着钥匙上了楼。可千万别是杜洛埃！他又一想，也许他们临时换了个地方住。他直接去了柜台。

“杜洛埃先生住这儿吗？”他问账房。

“我想是的，”账房说，并查了一下他的旅客登记表。“是的，他住这儿。”

“真是这样？”赫斯渥忍不住叫道，虽然他努力掩饰自己的吃惊。“他一个人吗？”他又问。

“是的，”账房说。

赫斯渥转身走开。他紧闭双唇，尽量掩饰他的感情，可是正是这个举动将他的感情暴露无遗。

“怎么会这样呢？”他想。“他们是吵架了。”

他急急忙忙、兴高采烈地去了自己的房间，把衬衫换了。他在换衣服时暗下决心，不管嘉莉是一个人留在那里，还是去别的地方，他都应该去弄个明白。他决定马上就去看看。

“我知道该怎么做，”他想。“我走到门口，问一声杜洛埃先生是否在家。这样就能知道他是否在那里以及嘉莉的去向。”

他这样想着，兴奋得几乎要手舞足蹈了。他决定一吃完晚饭就去。

6点钟，他从房间下来时，仔细地看了看四周，杜洛埃不在。然后，他出去吃饭。可是他急着去办事，几乎什么也吃不下。动身前，他想最好确定一下杜洛埃此刻在哪里，于是又回到旅馆。

“杜洛埃先生出去了吗？”他问账房。

“没有，”后者回答。“他在房间里，您想递张名片上去吗？”

“不用了，我迟一点去拜访他。”赫斯渥说完就走了出去。

他上了一辆麦迪逊街的有轨电车直奔奥登公寓。这次他大胆地径直走到门口。女仆替他开了门。

“杜洛埃先生在家吗？”赫斯渥和悦地说。

“他出城了，”女仆说，她听到嘉莉是这样告诉海尔太太的。

“杜洛埃太太呢？”

“她不在家，去看戏了。”

“是吗？”赫斯渥说，着实吃了一惊。随后，他做出有要事的样子。“你知道她去了那家戏院？”

实际上女仆并不知道她去了哪里，但是她讨厌赫斯渥，存心捉弄他，便答道：“知道，是胡利戏院。”

“谢谢，”经理回答，他伸手轻轻地抬了抬帽子便离开了。

“我去胡利戏院找她，”他想，但是他并没有真去。在到达市中心之前，他把整件事情想了一遍，认定去了也没用。虽然他极想看见嘉莉，但是他也知道嘉莉现在有别人做伴，他不想闯去向她求情。晚些时候也行——明天早上吧！只是明天早上他还得去见律师。

这趟路跑得他大为扫兴。他很快又陷入了老烦恼，于是回到酒店，急着找寻安慰。

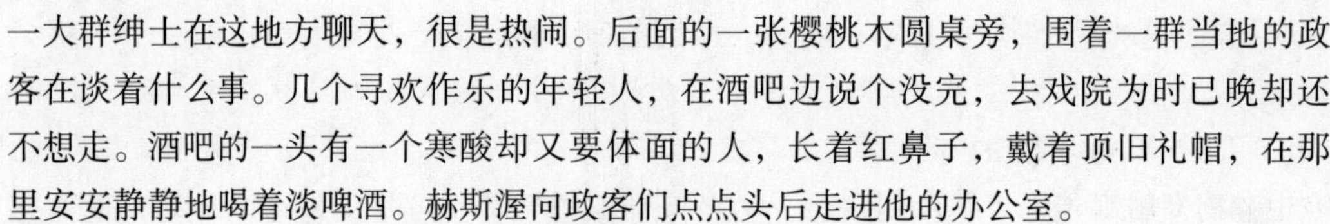

一大群绅士在这地方聊天，很是热闹。后面的一张樱桃木圆桌旁，围着一群当地的政客在谈着什么事。几个寻欢作乐的年轻人，在酒吧边说个没完，去戏院为时已晚却还不想走。酒吧的一头有一个寒酸却又要体面的人，长着红鼻子，戴着顶旧礼帽，在那里安安静静地喝着淡啤酒。赫斯渥向政客们点点头后走进他的办公室。

10 点左右，他的一上朋友，弗兰克·勒·泰恩特先生，当地一个热衷体育和赛马的人，来到这里。看见赫斯渥一个人在办公室里，他走到门口。

“你好，乔治!”他叫道。

“你好吗，弗兰克?”赫斯渥说道，不知怎么看见他觉得轻松了一些。“请坐吧，”他向他指了指小房间里的一把椅子。

“怎么啦，乔治?”泰恩特问道。“你看上去有点不大高兴。该不是赛马输了吧?”

“我今晚不太舒服。前些日子有点小伤风。”

“喝点威士忌，乔治，”泰恩特说，“你该很在行的。”

赫斯渥笑了笑。

他们还在那里谈话时，赫斯渥的另外几个朋友进来了。11 点过后不久，戏院散场了，开始有一些演员来到这里——其中还有些名角儿。

接下去便开始了美国娱乐场所最常见的那种毫无意义的社交性交谈，那些想成名的人总想从大名人那里沾点光。倘若赫斯渥有什么可倾心的，那就是倾心名流。他认为，若是替他划圈，他属于名流。如果在场的人中有不赏识他的，他很清高，不会去拍这些人的马屁，但他又很热心，依旧严格地履行着自己的职责。但是在像眼前这样的情况下，他就特别高兴。因为在这里他能像个绅士一样光彩照人，人们毫不含糊地把他视作名流的朋友同等看待。而且在这种场合，如果能碰到的话，他就会“喝上几杯”。当社交气氛很浓时，他甚至会放开与朋友们一杯对一杯地喝。轮到他付账，他也规规矩矩地掏钱，就像他也同其他人一样，是个外来的顾客。如果他也曾差点喝醉过——或者说处于醉酒失态前脸红、发热，浑身舒服的状态，那就是当他置身于这些人之中，当他也是闲谈的名流中的一份子。今晚，虽然他心绪不佳，但有人做伴他还是很觉宽慰。现在既然名流聚到了一起，他也就将自己的麻烦事暂时搁在一边，尽情地加入他们之中。

很快，喝酒喝得有效果了。大家开始讲故事——那些常讲不厌的滑稽故事，美国男人们在这种情况下谈话的主要内容就是这类故事。

12 点钟，打烊的时间到了，客人们开始离开。赫斯渥十分热忱地和他们握手道别。他浑身舒坦，处于那种头脑清醒，但却充满幻想的状态。他甚至觉得他的那些麻烦事也不那么严重了。他进了办公室，开始翻阅一些账本，等着堂倌们和出纳离开。他们很快都走了。

等所有的人走后，看看是否每样东西都已锁好，能够安全过夜，这是经理的职责，也成了他的习惯。按照常规，只有银行关门后收的现金才会放在店里，由出纳锁在保险柜内。只有出纳和两位店东知道保险柜的密码。但是赫斯渥很谨慎，每晚都要拉拉放现金的抽屉和保险柜，看看是否都锁好了。然后，他锁上自己的小办公室，开亮保险柜旁的专用灯，这才离开。

他从未发现任何东西出过差错，可是今晚，他锁好自己的写字台后，出来检查保险柜。他检查的方法是用力拉一拉门。这次他一拉，保险柜的门竟开了。这令他有点吃惊，他朝里看了看，发现装钱的抽屉里像白天那样放着，显然没有收好。他的第一个念头当然是检查一下抽屉并把门关上。

“明天，我要和马休说一下这事，”他想。

马休半小时前离开时，肯定以为自己将门上的锁钮旋到了位，门锁上了。他以前从来都是锁好门的。但今晚马休另有心事，他一直在盘算自己的一笔生意。

“我来看看里面，”经理想着，拉出装钱的抽屉。他不知道自己为什么会想看看里面。这完全是多此一举，换个时间也许就根本不会发生的。

他拉出抽屉，一眼就看见一沓钞票，1000 元一扎，像是从银行取来的原封。他不知道这有多少钱，便停住仔细看看。随后，他拉出第二个现金抽屉，里面装着当天的进款。

“据我所知，费茨杰拉德和莫埃从未这样放过钱，”他心里自言自语。“他们一定是忘了。”

他看着另一只抽屉，又停住了。

“数一数，”一个声音在他耳边说。

他把手伸进第一个抽屉，拿起那叠钞票，让他们一扎扎地散落下来。这些钞票有 50 元票面和 100 元票，一扎有 1000 元。他想他数了有十扎这样的钞票。

“我为什么不关上保险柜?”他心里自言自语，迟疑不决。“是什么使我还呆在这儿?”

回答他的是一句非常奇怪的话。

“你曾有过 1 万块钱的现钞吗?”

瞧，经理记得他从未有过这么多钱。他的全部财产都是慢慢攒起来的，现在却归他太太所有。他的财产总共价值 4 万多块——都要成为她的了。

他想着这些，感到困惑。然后他推进抽屉，关上门，手放在锁钮上停住了。这锁钮只消轻轻一旋，就可以将保险柜锁上，也就不再有什么诱惑了。可是他仍旧停在那里。最终，他走到窗边拉下窗帘。他又拉了拉门，在此之前，他已经把门锁上了。是什么使他这么多疑？他为什么要如此悄悄地走动？他回到柜台的一端，像是要在那里枕着胳膊，好好想一想。然后，他去开了他的小办公室的门，开亮灯。他连写字台都打开了，坐在台前，开始胡思乱想。

“保险柜是开的，”一个声音说。“就差那么一小条缝。锁还没锁上。”

经理脑子里一团乱麻。这时，他又想起白天的全部纠葛。也想到眼前就有条出路。那笔钱就能解决问题。要是既有那钱又有嘉莉该有多好！他站起身来，一动不动地立在那里，眼睛盯着地板。

“这办法怎么样？”他心里问。为找寻答案，他慢慢地抬起手来抓抓头。

经理可不傻，还不至于会盲目地被这样的一念之差引入歧途，但是他今天的情况特殊。他的血管里流着酒。酒劲上了头，使他对眼前的处境有些头脑发热。酒也渲染了一万块钱可能为他带来的好处。他能看见这笔钱为他提供的大好机会。他能够得到嘉莉。啊，他真的能够得到她！他可以摆脱他的太太，还有那封明天早上要谈的信。他也不用给予答复了。他回到保险柜旁，把手放在锁钮上。然后，他拉开门，把装钱的抽屉整个儿拿了出来。

一旦抽屉完全展现在他面前，再想不去动它似乎很愚蠢了。当然愚蠢。嗨，有了这些钱，他可以安安静静地和嘉莉生活很多年。

天哪！怎么回事？他第一次紧张起来，好像一只严厉的手抓住了他的肩膀。他恐惧地看看四周。一个人也没有，一点声音都没有。外面的人行道上有人拖着脚走过。他拿起抽屉和钱，把它放回保险柜。然后，他又将门半掩上。

对于一个意志不够坚强，在责任与欲望之间徘徊不定的人所处的困境，那些良心上从不动摇的人很难理解，除非有人细细地向他们描绘。那些从未听过那内心深处幽灵般的时钟，用庄严的声音滴答滴答清清楚楚地告诉你“你应该”“你不应该”“你应该”“你不应该”的人，根本没有资格对此加以评判。这种思想斗争，不仅那些思维敏捷且很有条理的人会有。即使那些最愚蠢的人，当欲望驱使他去犯罪时，正义感也会去提醒阻止他，而且犯罪倾向越大，正义感也越强。我们必须记住，这也许并不是对正义的认识，因为动物本能地畏惧罪恶，但并不基于它们对正义有所认识。人在受知识控制之前，仍旧受本能的支配。正是本能大提醒罪犯——正是本能（当不存在很有条理的推理时）使罪犯有了危险感，害怕做错事。

因此，每当人们第一次冒险，去干某种从未干过的罪恶勾当时，心里总会犹豫不决。思想的时钟滴答滴答地表达着欲望和克制。那些从未经历过这种思想困境的人，会喜欢下面的故事，因为它给人以启示。

赫斯渥把钱放回去以后，又恢复了他那从容大胆的气度。没有人看见他，就他一个人。谁也不知道他想干什么。他可以自己处理好这件事。

晚上的酒劲还没有完全消失。尽管在经历了那阵无名的恐惧后，他额头冒汗，手也发抖，但是他仍旧给酒气弄得满脸通红。他几乎没注意到时间在消逝。他又考虑了一遍自己的处境，眼睛老是看见那些钱，心里老是想着那些钱可派的用场。他走进自己的小房间，又回到门口，又来到保险柜旁。他伸手拉住锁钮，打开了保险柜。钱就在里面。看一看总不会有什么害处吧！

他又拿出抽屉，拿起那些钞票。这钞票多么光滑、多么结实、多么便于携带。也就是很小的一包而已。他决定拿走它们。是的，他要拿。他要把它们装进自己的口袋。他又看看那些钱，觉得口袋装不下。对了，他的手提包！手提包肯定行！那些钱能装下——全都装得下，而且没人会怀疑手提包。他走进小办公室，从墙角的架子上取下手提包。他把包放在写字台上，出来走到保险柜旁。因为某种原因，他不想在外边的大房间里往包里装钱。

他先拿了那些钞票，然后又拿了当天进的散钱。他要全部拿走。他把空抽屉放回去，推上铁门，差一点就关严了，然后站在旁边沉思起来。

在这种情况下，心里的那种犹豫不决，几乎是件不可思议的事，但却是千真万确的。赫斯渥无法让自己果断行事。他要好好想一想——仔细地考虑一下，决定这是否是上策。他这么想要嘉莉，那些乱七八糟的私事又逼得他走投无路，他一直认为这是个上策，但是他还在犹豫。他不知道这样做会给他带来什么恶果——他什么时候会遇到麻烦。至于这件事本身对不对，他从未想过。在任何情况下，他都决不会想到这一点。

当他把所有的钱都装进手提包后，他突然想变卦。他不能这样做——不能！想想这会成为多大的丑闻。还有那些警察！他们会追捕他的。他得逃走，但逃到哪里去呢？哎呀，成为一个躲避法律的逃犯是多么可怕！他拿了两个抽屉，把所有的钱又放了回去。慌乱中，他忘了自己在干什么，把钱放错了抽屉。当他关上保险柜的门时，他想起没放对，又把门打开。两只抽屉弄错了。

他把抽屉拿出来，重新放好钱，可是这时恐惧感消失了。为什么要害怕呢？

他手里还拿着钱时，保险柜的锁咔嗒一响，锁上了！是他锁的吗？他抓住锁钮使劲地拉。锁死了。天哪，现在他肯定脱不了关系了。

当他一意识到保险柜的确锁上了。他额头直冒冷汗，身上一个劲地抖。他看了看周围，立刻作了决定。现在不能耽搁了。

“就算我把钱放在保险柜顶上，”他说，“然后走开，他们照样会知道是谁拿的。我是最后一个关门的。另外，还会发生其他的事情。”

他立刻变成了行动果断的人。

“我得离开这里，”他想。

他慌慌忙忙地走进他的小房间，取下他的轻便大衣和帽子，锁好写字台，拎走手提包。然后，他关了所有的灯，只留下一盏亮着，开门出来。他试图装出平日里那副自信的样子，但几乎做不到。他很快就后悔了。“但愿我没干这个，”他说，“这是个错误。”

他照直沿着街走下去，碰到一个认识的查夜人在检查门户，还打了声招呼。他得出城去，而且要快。

“不知道什么时候有火车，”他想。

他立刻取出怀表看了看。这时快1点半了。

走到第一家药店，他看见店里有个长途电话间，于是停了下来。这是家很有名气的药店，装有私人电话间。

“我想借用一下你们的电话，”他对夜班职员说。

后者点点头。

“请接1643，”他查到了密执安中心火车站的号码后，对总机说。很快就接通了售票员。

“去底特律有什么时间的火车？”他问。

那人说了几个开车时间。

“今天夜里没有车了吗？”

“没有挂卧铺车厢的车。噢，对了，还有一班，”他补充说。“有一班邮车3点钟从这里开出。”

“好的，”赫斯渥说。“那班车什么时候到达底特律。”

他在想。只要他到了底特律，从那里过河进入加拿大，他就可以从从容容地去蒙特利尔了。当他得知火车中午就到。心里感到轻松了一些。

“马休要到9点才会打开保险柜，”他想。“他们中午之前是找不到我行踪的。”

这时，他想起了嘉莉。他若想真的得到嘉莉，必须火速行动。她得一起走。他跳上旁边最近的一辆马车。

“去奥登公寓，”他厉声说。“如果你跑得快，我加你一块钱。”

车夫鞭打他的马，使它做出飞奔的样子，不过还是比较快。一路上，赫斯渥想好了怎么去做。到了公寓，他急忙跨上台阶，照旧按铃叫醒了女仆。

“杜洛埃太太在家吗？”他问。

“在家，”女孩吃惊地说。

“告诉她马上穿好衣服到门口来。她丈夫受了伤，人在医院里，他要见她。”

女仆看到这个人紧张而郑重的神情，相信了，急忙上楼去。

“什么？”嘉莉说。她点亮煤气灯，找衣服穿。

“杜洛埃先生受了伤，人在医院里，他要见你。马车在楼下等着。”

嘉莉飞快地穿好衣服，很快下来了，除了几件必需品，什么都没有拿。

“杜洛埃受伤了，”赫斯渥说得很快。“他要见你，快走。”

嘉莉完全被弄糊涂了，想也没想就相信了这一切。

“上车吧，”赫斯渥说，扶她上了车，随后自己也跳上车。

车夫开始调转马头。

“去密执安中心火车站，”他站起身来说道，声音压得很低，以免嘉莉听见。“越快越好。”

第二十八章　亡命逃犯：灵魂受困

马车刚走了一小段路，嘉莉就镇定了下来，夜晚的空气使她完全清醒了。

“他出什么事了？伤得重吗？”

“不是很重。”赫斯渥神情严肃地说。他被自己的处境弄得心慌意乱，现在既然嘉莉已经在他身边，他只想平安地逃脱法网。因此，除了明显有助于实现他的计划的话以外，他什么也不愿意说。

嘉莉没有忘记，她和赫斯渥之间还有未了结的事，但是她现在很焦虑，也就顾不上想它了。她只想结束这段奇怪的旅程。

“他在哪里？”

“在南区，离这里很远，”赫斯渥说。“我们得乘火车去，这样最快。”

嘉莉没再说话，马在继续奔跑。夜间城市的古怪景象吸引了她的注意力。她看着那长长的、一排排向后退去的路灯，琢磨着那些黑暗沉默的房屋。

“他怎么受的伤？”她问——意思是到底伤得怎样。赫斯渥懂得她的意思。除非不得已，他不愿意多撒一句谎，但是在他脱险之前，他不想嘉莉有任何抗议。

“具体的我也不知道，”他说。“他们只是叫我来找你，把你带去。他们说没必要惊慌，只是我必须带你去。”

这个人的态度严肃，嘉莉相信了他，于是她不再说话，心里犯着嘀咕。

赫斯渥看看表，催车夫再快点。就一个处境如此微妙的人而言，他倒是出奇地冷静。他一心只想着，最重要的是赶上火车，悄悄离开。嘉莉看上去很温顺，他暗自感到庆幸。

他们及时到达了车站，他扶她下车后，递给车夫一张 5 块的钞票，赶忙进站。

“你等在这里，”到了候车室，他对嘉莉说，“我去买票。”

“我能赶上去底特律的火车吗？”他问售票员。

“还有 4 分钟，”售票员说。

他小心翼翼地付了两张票的钱。

“那地方远吗？”当他匆匆回来时，嘉莉说。

“不太远，”他说。“我们得马上上车。”

在进口处，他把她推在前面走。检票员检票时，他站到她和检票员之间，挡住她的视线，然后赶快跟上去。

站内停着一长列快车和客车，还有一两辆普通的硬席客车。因为这班火车是最近新开的，乘客不会多，所以只有一两个列车机务员等在那里。他们上了后面的一辆硬席客车。刚坐下，就听见外面隐约传来叫喊声：“乘客们，请上车！”接着，火车开动了。

嘉莉开始觉得这事有点蹊跷——这样来到一个火车站——但是没有说话。整个这件事都是这样异常，她对自己心里想的事也就不大重视了。

“你过得好吗？”现在赫斯渥感觉轻松一些了，于是温柔地问道。

“很好，”嘉莉说。她心里很乱，不知道对这件事情该采取什么样的态度才合适。她仍然急着想见到杜洛埃，看看他到底出了什么事。赫斯渥打量着她，感觉到了这一点。但是这并没有令他不安。他并不因为她在这件事上表现出的同情和激动而感到烦恼。这正是她的美德之一，他对此十分欣赏。他只是在考虑该怎么向她解释。然而，在他心中，甚至连这一点也还不是最严重的问题。他自己犯下的事和眼前的逃跑则是沉重地压在他心头的巨大阴影。

“我真傻呀，竟然会做出那种事，”他反复地说，“这是多么大的错误啊！”

他现在清醒了，几乎不相信自己真的干了那件事，他无法想象自己成了一个逍遥法外的罪犯。他经常从报上看到这种事，想象着那一定很可怕。可是现在这种事落到了他自己的头上，他却只是坐在这里，缅怀着过去。将来是和加拿大边界连在一起的。他想去那里。至于其他的事，他回顾了一下今晚的所有行动，认为都是一桩大错的组成部分。

“况且，”他说，“我又能怎么做呢？”

于是他决定尽量挽回这件事的影响，为此他又把整个事情考虑了一遍。但是这样反复考虑仍然毫无结果而且令人烦恼，弄得他在面对嘉莉实行自己的计划时，都有些神经兮兮的了。

火车隆隆地穿过湖边的车场，慢慢地朝二十四街驶去。车外的分轨闸和信号灯清晰可见。机车的汽笛发出短促的呜呜声，车铃也不时地响着。几个列车机务员提着灯走过。他们把车厢之间通廊的门锁上，整理好车厢，准备作长途旅行。

很快，火车开始加速，嘉莉看见沉静的街道接连迅速地闪过。机车也开始在过重要的道口时，发出断续四响的汽笛声，作为危险信号。

“那地方很远吗？”嘉莉问。

“不太远，”赫斯渥说。见她如此天真，他都忍不住想笑了。他想向她解释，安慰她，但是他还是想先远离芝加哥再说。

又过了半个钟头，嘉莉开始明白，他要带她去的地方，不管是哪里，总之是个很远的地方。

“那地方在芝加哥城里吗？”她紧张地问。他们这时早已远离市区范围，火车正飞

速越过印第安纳州界。

“不，”他说，“我们去的地方不在芝加哥。”

他说这话的口气立刻使她警觉起来。

她那美丽的前额开始皱了起来。

“我们是去看查利，不是吗？”她问。

他觉得是时候了。迟早都要解释，现在就解释也一样。因此，他极其温柔地摇摇头表示否定。

“什么？”嘉莉说。她想到这趟出门与她先前想的可能不一样，一时间不知所措。

他只是用十分体贴和安抚的目光看着她。

“哦，那么，你要带我去哪里？”她问，声音里透着恐惧。

“如果你能安静下来的话，嘉莉，我会告诉你的。我要你跟我一起去另一个城市。”

“啊，”嘉莉说，她的声音响了起来，变成了一声柔弱的呼喊。“让我走。我不想跟你去。”

这家伙的大胆无礼把她吓坏了。她的头脑里从未想到过会有这种事情。她现在只有一个念头，就是下车离开他。要是能让这飞驰的火车停下来就好了，这样就可以挽回这场可怕的骗局。

她站起身来，想用力走到过道上——什么地方都行。她知道她得采取行动，赫斯渥伸出一只手，轻轻地按住了她。

“坐着别动，嘉莉，”他说，“坐着别动，现在站起来对你没有任何好处。听我说，我会告诉你我将怎么做。请等一会儿。”

她在推着他的膝头，而他只是把她拉了回来。没有人注意到这场小小的争吵，因为车厢里人很少，而且都想打瞌睡了。

“我不愿意，”嘉莉说，可是她还是违心地坐了下来。“让我走，”她叫道。“你怎么敢这样？”她的眼睛里开始涌出大滴眼泪。

赫斯渥现在得全神贯注地对付眼前的麻烦，他不再去想自己的处境。他必须先把这姑娘安顿好，否则她会给他带来麻烦的。他使出浑身解数，试图说服她。

“现在你听着，嘉莉，”他说。“你没必要这样做。我并没想让你伤心。我不想做任何令你难过的事。”

“唉，”嘉莉啜泣着。“唉，唉——呜——呜。”

“好了，好了，”他说。“你不用哭了。听我说了吗？就听我说一分钟，我会告诉你我为什么要这样做。我没有其他的办法。我向你保证，我真是想不出别的办法。你听我说好吗？”

他被她的啜泣弄得十分不安，以为他说的话她肯定一句也没听见。

“你听我说好吗？”他问。

“不，我不要听。”嘉莉说着，大怒起来。“我要你让我离开这里，否则我要喊列车员了。我不会跟你去的。真可耻。”恐惧的啜泣又一次打断了她想说的话。

赫斯渥有些吃惊地听着这些。他觉得她完全有理由这么伤心，但他还是希望能尽快摆平这事。马上列车员就要过来查票了。他不想声张，不想有什么麻烦。首先他必须让她安静下来。

“火车不停，你是下不了车的，”赫斯渥说，“要不了多久，我们就到下一站了。那时你想下车就下去好了。我不会阻拦你的。我只想你能听我说一下。让我告诉你，好吗?”

嘉莉似乎并没在听。她只是把头转向车窗，窗外一片漆黑。火车正平稳地向前飞奔，越过田野，穿过树丛。当火车驶近荒凉的林地中的道口时，便传来长长的汽笛声，充满忧伤的、音乐般的韵味。

这时列车员走进车厢，检查了一两个在芝加哥上车的旅客的车票。他走近赫斯渥时，赫斯渥把两张票递了过去。嘉莉虽然做好了采取行动的准备，但是她没有动弹。她甚至都没回头看看。

列车员走后，赫斯渥松了一口气。

“你生我的气，是因为我骗了你，”他说，“我不是有意的，嘉莉。我的的确确不是有意的。我是不得已才这样做的。第一次看见你以后，我就离不开你了。”他撇开不提最后的这次欺骗，似乎这事可以给忽略过去。他要使她相信，他太太已经不再是他们之间的障碍了。他偷的钱，他则试图忘个一干二净。

“不要对我说话，”嘉莉说。“我恨你。我要你给我走开。我一到下一站就下车。”

当她说话时，由于激动和反抗，她浑身颤抖。

“好的，”他说，“可是你得先听我说完，好吗？毕竟你曾经说过爱我的话，你还是听我说吧！我不想做任何伤害你的事。你走时，我会给你回去的路费。我只是想告诉你，嘉莉，不管你怎么想，你不能阻止我爱你。”

他温柔地看着她，但是没有听到回答。

“你以为我卑鄙地欺骗了你，可是我并没有骗你。我不是有意这样做的。我和我的太太已经了断。她再也不能对我提出任何要求了。我再也不会去见她。这就是为什么今天晚上我会在这里。这就是为什么我会来带你走。”

“你说查利受了伤，”嘉莉恶狠狠地说道。“你骗了我。你一直在欺骗我，现在你还要强迫我和你一起私奔。”

她激动得站起身来，又要从他身边走过去。他让她过去了，她坐到另一个座位上。接着他也跟了过去。

“别离开我，嘉莉，”他温柔地说，“让我解释。只要你听我说完，就会明白我的立场。我告诉你，我太太对我来说一文不值。很多年都是这样了，否则我也不会来找你。

我要尽快离婚。我再也不会去见她。我把这一切都结束了。你是我唯一想要的人。只要能得到你，我决不会再去想任何其他女人。”

嘉莉怒气冲冲地听了这番话。不管他做过些什么，这番话听起来倒还很诚恳。赫斯渥的声音和态度都透着一种紧张，不能不产生一定的效果。她不想和他有任何来往。他有太太，已经骗过她一次，现在又来骗她。她觉得他很可怕。然而，他这种大胆和魄力对一个女人还真有些诱惑力，若是能使她觉得这一切都是因爱她而起的，那就特别能让她着迷。

火车的行进大大地有助于化解这场僵局。向前飞奔的车轮和向后消失的乡村把芝加哥甩得越来越远。嘉莉能感觉到她正被带往很远的一个地方——机车差不多是在直奔某个遥远的城市。她有时觉得像是要喊出声来，大吵一场，这样有人会来帮她；有时又觉得这样做似乎毫无用处——不管她做什么，都不会有人来帮她。赫斯渥则一直在煞费苦心地求情，想使她受到感动而同情他。

“我实在是不得已而为之呀！”

嘉莉不屑一听。

“当我明白除非我和你结婚，否则你不愿和我来往时，我就决定抛开一切，带你和我一起走。我现在要去另一个城市。我想先去蒙特利尔住一阵子，然后你想去哪里就去哪里。只要你说去纽约，我们就去纽约住。”

“我不想和你有任何关系，”嘉莉说，“我要下车。现在我们去哪里？”

“去底特律，”赫斯渥说。

“啊！”嘉莉说，心里一阵剧痛。目的地这么遥远，这么明确，看来事情更难办了。

“你和我一起去好吗？”他说，似乎生怕她不愿意。“你什么都不用做，只管随我旅行。我绝对不会打扰你。你可以看看蒙特利尔和纽约，以后如果你不想留下来，你可以回去。这总比你今夜就回去要好。”

嘉莉第一次听到一个还算合理的建议。这个建议似乎还可行，尽管她十分害怕如果她真要照这个建议去做，会遭到他的反对。蒙特利尔和纽约！而此刻她正在向这些伟大而陌生的地方飞奔，只要她愿意，她就能看见它们了。她这么想着，却不动声色。

这时，赫斯渥觉得自己看见了一线希望，她可能会同意这个建议，便加倍地表现他的热忱。

“想想看，”他说，“我所放弃的一切。芝加哥我是再也回不去了。倘若你不和我一起去，我现在只得一个人流落他乡了。你不会抛弃我的，是吧，嘉莉？”

“我不要听你说话，”她坚决地回答。

赫斯渥沉默了一会儿。

嘉莉觉得火车在减速。如果她真的要采取行动，现在是行动的时候了。她心神不安地动了起来。

“别想着走，嘉莉，”他说。“倘若你曾经喜欢过我，就和我一起去，让我们从现在开始吧。你怎么说，我就怎么做。我可以娶你，也可以让你回去。给你自己一点时间想一想。倘若我不爱你，我就不会叫你来。我告诉你，嘉莉，苍天作证，没有你我就活不下去。没有你我就不想活了。”

这人的请求如此强烈，深深激起了嘉莉的同情。此刻驱使他的是吞噬一切的烈火。他爱她爱得太深，不能想象在这个时候，在他痛苦的时候放弃她。他紧张地抓住她的手，带着恳切的哀求，紧紧地握着。

这时火车差不多要停下来了。它正驶过旁边轨道上的几节车厢。车外一片黑暗和凄凉。车窗上开始有几滴水珠，表明下雨了。嘉莉正左右为难。想下决心，又觉得无助。火车已经停了下来，而她却还在听他哀求。机车向后倒了几英尺，随后一切都静止了。

她仍旧动摇不定，根本无法采取行动。时间在一分一分地过去，她还是犹豫不决，他则还在哀求着。

“倘若我想回去，你会让我回去吗？”她问，似乎现在是她占了上风，彻底征服了她的同伴。

“当然罗，”他答道，“你知道我会的。”

嘉莉只是听着，就像一个暂时宣布了大赦的人一样。她开始觉得仿佛这件事情完全在她的掌握之中。

火车又飞奔起来。赫斯渥换了一个话题。

“你很累了吧？”他说。

“不。”她答道。

“我给你在卧铺车厢要个铺位好吗？”

她摇了摇头，尽管她满脑子烦恼，他一肚子诡计，但她却开始注意到她过去一直感觉到的一点——他很会体贴人。

“还是要一个吧，”他说。“你会感觉舒服多了。”

她摇了摇头。

“那就让我给你垫上我的大衣，”他站起身来，把他的轻便大衣舒服地垫在她的脑后。

“行了，”他温柔地说，“现在你试试能否休息一下。”见她顺从了，他很想吻她一下。他坐在她身边的座位上，沉思了一会儿。

“我看会有一场大雨，”他说。

“看来是这样，”嘉莉说。听着一阵阵风送来的雨点声，她的神经渐渐地安静了下来。火车正穿过黑暗，朝着一个更新的世界疾驶而去。

赫斯渥对自己能使嘉莉多少平静了一些感到满意，但这只是个很短暂的安慰。现

在既然她不反对了，他就能用所有的时间来考虑他所犯的错误。

他的处境十分痛苦，因为他并不想要他偷来的那笔可耻的钱，他不想做个贼。那笔钱或其他任何东西，都永远无法补偿他如此愚蠢地抛下的过去的境况。它无法还给他的那些成群的朋友，他的名声，他的房子以及家庭，也无法还给他一个他臆想中要得到的嘉莉。他被驱逐出了芝加哥——驱逐出了他那轻松、安逸的环境。他亲手剥夺了自己的尊严、欢乐的聚会和怡人的夜晚。而这是为了什么？他越想越觉得无法忍受。他开始考虑，他要努力恢复他原有的境况。他要把那笔昨夜偷来的可耻的钱还回去，解释清楚。也许莫埃会理解。也许他们会原谅他，让他回去。

中午时分，火车隆隆地开进底特律，他开始感到异常的紧张。现在警察一定在追捕他了。他们可能已经通知了各大城市的警察，会有侦探在监视他。他想起一些盗用公款的罪犯被捉拿归案的例子。因此，他呼吸沉重，脸色有点发白。两只手也不知所措，像是想干点什么事。他假装对车外的几处风景感兴趣，实际上他一点兴趣也没有。他反复用脚敲着地板。

嘉莉看出了他的焦虑不安，但没有说话。她完全不知道这意味着什么或者有什么重要性。

此时，他不明白自己为什么没有问一下这班车是否直达蒙特利尔或加拿大某地。也许他可以省点时间。他跳起来，去找列车员。

“这班车有开往蒙特利尔的车厢吗？”他问。

“有，后面一节卧铺车厢就是。”

他原想多问几句，但又觉得不大明智，便决定到车站上去问。

火车喷着气，隆隆地开进车场。

“我想我们最好直接去蒙特利尔，”他对嘉莉说，“我去看看我们下车后该怎么转车。”

他非常紧张，但他极力装出镇静的样子。嘉莉只是不安地张大眼睛看着他。她心里很乱，不知如何是好。

火车停了，赫斯渥领着她出来。他小心地看了一下四周，假装是在照顾嘉莉。确定没人在监视他，他便向票房走去。

“下一班去蒙特利尔的火车什么时候开？”他问。

“20分钟以后，”售票员说。

他买了两张车票加头等卧铺票。然后，他匆忙回到嘉莉身边。

“我们马上又上车，”他说，几乎没注意到嘉莉看上去又累又乏。

“但愿我没卷进来，”她抱怨地叫道。

“到了蒙特利尔你就会感觉好些的，”他说。

“我什么东西都没带，”嘉莉说，“连一块手帕都没有。”

“一到那里，你就可以去买你所需要的一切，最亲爱的，”他解释道。“你可以请个裁缝来。”

这时，站台上的人高声喊着火车要开了，于是他们上了车。火车开动了，赫斯渥松了一口气，不久火车就开到了河边，他们在那里渡过了河。火车刚开下渡轮，他就放心地叹了一口气，安坐下来。

“再过不久就要到了，”他说道。放下心来，他又想起了嘉莉。“我们明天一大早就到了。”

嘉莉不屑回答。

“我去看看有没有餐车，”他又说，“我饿了。”

第二十九章　旅行的安慰：漂泊的小船

没有旅行过的人，对家乡以外的陌生地方总是很着迷。除了爱情，也就数这事能给人安慰，令人愉快了。所遇到的新鲜事物都十分重要，不容忽视。而人的头脑只是各种感官印象的反映，会被这些潮水般涌来的事物所征服。于是恋人被忘却，忧愁被撇开，死亡也看不见了。那句富有戏剧性的老话"我要走了"的背后，蕴藏着无限的情感。

当嘉莉望着窗外飞逝而过的景色时，她几乎忘了自己是被骗来做这次违心的长途旅行的，也忘了她没带旅行的必需用品。她有时连赫斯渥的存在都忘了，只顾用惊奇的目光看着远处那些乡村中简朴的农舍和舒适的小屋。对她来说，这个世界很有趣。她的生活才刚刚开始。她一点也不觉得自己被打败了。她也不认为希望已经破灭。大城市有的是机会。很有可能，她会摆脱束缚，获得自由——谁知道呢？也许她会幸福。想到这些，她便不再考虑自己是否做错了。她很乐观，因此不至于无法自拔。

第二天早晨，火车平安抵达蒙特利尔，他们下了车。赫斯渥很高兴已脱离了危险，嘉莉则惊叹着这北方城市的新奇气氛。很久以前，赫斯渥曾来过这里，这时他想起了他当时住过的旅馆的名字。当他们从车站正门出来时，他听到一个公共马车的车夫正在反复地叫着那个旅馆的名字。

"我们这就去那里开个房间，"他说。

在帐房间里，赫斯渥把登记簿转过来时，账房走上前来。他正考虑用什么名字来登记。面对着账房，他没有时间再犹豫了。他忽然想起在车窗外瞥见的那个名字。是个很讨人喜欢的名字。他大笔一挥，写下了"乔·威·默多克夫妇"。这是他在万不得已的情况下所能做出的最大让步了。对自己名字的缩写，他是不能省去的。

他们被领到自己的房间后，嘉莉一眼就看出他给她找了一间可爱的卧室。

"那边还有一间浴室，"他说，"等你准备好了，就可以去梳洗一下。"

嘉莉走过去看着窗外。赫斯渥在镜子里照了照，觉得自己又脏又乱。他没带箱子，没带换洗衣物，连把梳子都没有。

"我按铃叫他们送肥皂和毛巾来，"他说，"还给你送把梳子。然后你就去先澡，准备吃早饭。我先去修个面，再回来接你，然后我们出去给你买些衣服。"

他边说边和蔼地笑着。

"好的，"嘉莉说。她在一把摇椅上坐下来，赫斯渥在等茶房，很快茶房就敲门了。

“给我们拿肥皂、毛巾和一壶冰水来。”

“是，先生。”

“我现在要走了，”他对嘉莉说，向她走过来并伸出了双手，但她却不伸手去接。

“你没有生我的气，是吧？”他温柔地问。

“哦，没有！”她答道，口气相当冷淡。

“难道你一点都不爱我吗？”

她没有回答，只是盯着窗口。

“难道你就不能有一点点爱我吗？”他恳求着，握住她的一只手，而她却使劲想甩开。“你曾经说过你爱我的。”

“你为什么要这样欺骗我？”嘉莉问。

“我也是没有办法呀，”他说，“我太想要你了。”

“你没有任何权力要我，”她答道，一下就打中了要害。

“哦，可是，嘉莉，”他说，“事已至此，现在已经太晚了。你能否试着爱我一点呢？”

他站在她面前，看上去完全没了头绪。

她否定地摇了摇头。

“让我一切从头开始吧！从今天起你就做我的妻子。”

嘉莉站了起来，像是要走开，而他还握着她的手。这时他悄悄地用胳膊搂住了她，她挣扎着，但是没有挣脱。他把她搂得很紧。立刻他的体内燃起了一股无法抗拒的欲火。他的感情也变得十分强烈。

“放开我。”嘉莉说，她被他紧紧地搂着。

“你爱我，好吗？”他说。“你从现在起就成为我的人，好吗？”

嘉莉从来没有对他有过恶感。就在一分钟之前，她还在悠然自得地听他说话，未忘旧情。他真漂亮，真大胆！

可是现在，这种感情变成了反抗情绪，一种软弱无力的反抗。一时间，这种反抗情绪在她心里占了上风。可是过不了一会儿，因为被他搂得很紧，她就开始变软了。在她的内心深处响起了另外一个声音。这个人，这个正把她紧紧地搂在怀里的人，是个强壮的男人。他热情，他爱她，而她又是孤单一人。若是她不投奔他——接受他的爱情——她又能去别的什么地方呢？面对他那潮水般涌来的强烈感情，她的抵抗有些瓦解了。

她发现他抬起了她的头，目光直盯着她的眼睛。她永远都搞不懂，他怎么会有这么大的吸引力。于是此刻，他的诸多罪过都被忘却了。

他把她搂得更紧并吻了她，她觉得再反抗已经毫无意义。

“你愿意和我结婚吗？”她问，却忘了问怎么结法。

"今天就结婚，"他说，高兴极了。

这时旅馆的茶房把门敲得砰砰响，他遗憾地放开了她。

"你现在就准备，好吗?"他说，"马上。"

"好的，"她回答。

"我 3 刻钟后就回来。"

他让茶房进来时，嘉莉红着脸兴奋地走到一边。

下楼之后，他在门厅里停下来找理发间。此刻，他情绪高昂。他刚刚赢得了嘉莉，这似乎补偿了过去的几天里他所遭受的折磨。看来人生是值得为之奋斗的。这一次抛下所有牵肠挂肚的日常琐事，向东逃亡，看来好像还有幸福在等待着。风暴过后会出现彩虹，彩虹的尽头可能是一坛金子。

他看见一个房间的门旁边装着一个红白条纹相间的小圆柱。正准备走到那里去时，听见一个声音亲热地和他打招呼。他的心立刻往下一沉。

"喂，你好，乔治，老朋友!"这声音说。"你到这里来干什么?"

赫斯渥已经和他面对面了，认出是他的朋友肯尼，一个股票经纪人。

"来办件私人小事，"他回答，脑子里就像电话局的接线盘一样忙个不停。这个人显然还不知道——他没看到报纸。

"咳，真没想到会在这么远的地方见到你，"肯尼先生亲切地说。"住在这里吗?"

"是的，"赫斯渥不安地说，脑子里想着登记簿上自己的笔迹。

"要在这里待长吗?"

"不，只待一天左右。"

"真的吗?早点吃过没有?"

"吃过了，"赫斯渥说，信口撒了谎。"我正要去修面。"

"你过来喝一杯好吗?"

"以后再喝吧，"这位过去的经理说道。"我过一会儿来看你，你是住在这里吗?"

"是的，"肯尼先生说。然后又把话题转回来，补充说："芝加哥那边的情况怎么样?"

"和往常差不多，"赫斯渥说，亲切地笑了笑。

"太太和你一起来了吗?"

"没有。"

"嘿，今天我非得再和你聊聊不可。我刚到这里来吃早点。你有空就过来。"

"我会来的，"赫斯渥说着走开了。整个谈话对他来说是一场痛苦的考验。似乎每讲一个字就增加了一分复杂。这个人勾起了他无数的回忆。这个人代表着他所抛弃的一切。芝加哥，他的太太——这一切全在这个人的寒暄与询问之中。而现在这个人就住在这同一家旅馆里，盼着和他交谈，毫无疑问等着和他一起好好地玩一下。芝加哥

的报纸随时都会到这里。当地的报纸今天就会有报道。想到这个人可能很快就会知道他的真面目，一个偷保险柜的贼，他忘记了赢得嘉莉的胜利。他走进理发间时，差不多都要哼出声来了。他决定逃走，找一家僻静些的旅馆。

因此，当他出来时看见门厅里空无一人，心里很高兴，赶忙奔向楼梯。他要带上嘉莉，从妇女出入口出去。他们要去一个不大显眼的地方吃早点。

可是，在门厅的那一头，另一个人正在打量着他。那是个普通的爱尔兰人，身材矮小，衣着寒酸，却长着个特别的脑袋，看上去像是某个大选区政客的脑袋的缩本。这个人刚才明明一直在和账房谈话。可是现在他却在敏锐地打量着这位过去的经理。

赫斯渥感觉到远处有人在观察他，看出了那人的身份。他本能地觉得那人是个侦探——他被监视了。他匆忙穿过门厅，假装没有察觉，可是心里却是千头万绪。现在会发生什么事呢？这些人会干什么呢？他开始费尽心思地去想关于引渡法的问题。他并不完全懂得这些法律。也许他会被捕。哎呀，要是嘉莉发觉就糟了！蒙特利尔他是待不下去了。他开始渴望离开这个地方。

当他回到房间时，嘉莉已经洗过澡，正在等他。她看起来容光焕发，比以往更加可爱，但是很矜持。在他走后，她又有点恢复了对他的冷淡态度。她的心里并没有爱情在燃烧。他感觉到了这一点，他的烦恼似乎也随之增加了。他没能把她搂在怀里，他连试都没试。她的神情不许他这样做，他自己在楼下的经历和沉思是他形成这一看法的部分原因。

“你准备好了。是吗？”他和蔼地说。

“是的，”她回答。

“我们出去吃早点。这下面的地方我不太喜欢。”

“好的”嘉莉说。

他们走了出来，那个普通的爱尔兰人正站在拐角处，盯着他看。赫斯渥差一点忍不住要露出他知道这家伙的存在的表情来。这家伙的傲慢目光令人恼怒。但他们还是走了过去。他对嘉莉谈了一些这个城市的情况。不久又看见一家餐馆，这一次他们走了进去。

“这个城市真古怪，”嘉莉说，她对这个城市感到惊奇，仅仅因为它不像芝加哥。

“这里不及芝加哥热闹，”赫斯渥说，“你喜欢这里吗？”

“不喜欢，”嘉莉答道，她的喜好厌恶早已受到那个伟大的美国西部城市的局限了。

“哎，也不如芝加哥有意思，”赫斯渥说。

“这里有些什么呢？”嘉莉问道，不明白他为什么挑选这个城市来旅游。

“没有什么特别的，”赫斯渥回答。“这是个旅游胜地。这一带有一些美丽的风景。”

嘉莉听着，但心里感到不安。她很为自己的处境担忧，哪里有心情欣赏什么风景。

“我们不在这里久待，”赫斯渥说，他现在看到她不满意，还真感到高兴。“一吃完

早点，你就去挑好衣服。我们马上去纽约。你会喜欢那里的。除了芝加哥以外，它可是比其他任何地方都要更像一个城市。”

实际上，他是在打算溜之大吉。他要看看这些侦探会干些什么——他在芝加哥的东家们会采取什么行动——然后他就溜走——去纽约，那是个容易藏身的地方。他很熟悉那个城市，知道那个城市充满神秘，可以任由你神出鬼没。

可是，他越想越觉得自己的处境不妙。他发现来到这里，还是没有真正地解决问题。酒店很可能会雇用侦探来监视他——平克顿的手下或者穆尼和博兰侦探所的侦探。一旦他企图逃离加拿大，他们可能就会逮捕他。这样他也许就不得不在这里住上几个月，而且是处于如此狼狈的境况。

回到旅馆，赫斯渥急着想看早晨的报纸，可又害怕看。他想知道有关他的罪行的消息已经传了多远。于是，他告诉嘉莉他过一会儿再上来，就去找报纸看了。四周都没看见熟悉的或可疑的面孔，可他还是不想在门厅里看报，就找到楼上的大休息室，进去坐窗边，把报纸浏览了一遍。关于他的罪行的报道极少，但还是有，一共就那么寥寥几行，夹在那些乱七八糟的关于各地谋杀、车祸、结婚以及其他消息的电讯报道之中。他有些悲哀，真希望自己能抹掉这一切。在这个遥远的安全住所里，每过一分钟都会使他更加感到自己已铸成大错。应该会有更加容易的出路，当初他要是知道就好了。

他回房间之前，把报纸留在了那里，以为这样报纸就不会落到嘉莉的手中。

“喂，你感觉怎么样啦?”他问她。她正在看着窗外。

“哦，很好，”她回答。

他走了过去，刚要开口和她说话，传来了敲门声。

“可能是我买的东西到了，”嘉莉说。

赫斯渥开了门，门外站着他十分怀疑的那个人。

“你是赫斯渥先生，对吗?”那人说，做出一副非常精明、肯定的模样。

“是的，”赫斯渥镇定地说。他太了解这种人了，这种人是酒店所接待的最低阶层的人，因此又有些恢复了他往日对这种人的满不在乎的态度。他跨到门外，把门关上了。

“这么说，你知道我为什么到这里来，是吗?”这人用信任的口气说。

“我能猜到，”赫斯渥小声地说。

“那么，你还想留着那笔钱吗?”

“那是我自己的事，”赫斯渥冷淡地说。

“你不能那么做，这你是知道的，”侦探说，冷眼打量着他。

“听着，朋友，”赫斯渥盛气凌人地说，“你一点也不了解这件案子，我也无法向你解释。我想做什么就做什么，不需要别人指手画脚。还请你原谅。”

“哦，好哇，等你落到警察手里，”这人说，“你这么说话就不管用了。只要我们愿意，我们就可以给你找很多麻烦。你在这家旅馆登记没有用真实姓名，你没有带太太一起来，报馆的人还不知道你在这里。你最好还是通情达理一点。”

“你想知道些什么?”赫斯渥问。

“我想知道你是否打算把那笔钱寄回去。”

赫斯渥停顿了一下，打量着地板。

“我向你解释这事是没有用的，”他最后说。“你盘问我也没有用。我不是个傻瓜，这你心里明白。我知道你能做什么，不能做什么。只要你愿意，你可以制造很多麻烦。这点我很清楚。但是这并不能帮你拿到那笔钱。现在我已经决定好怎么做了。我已经给费茨杰拉德和莫埃写了信，所以在此我没什么可说的了。你等着听他们的回音吧!”

他一边说话，一边从门口走开，沿着走廊走去，以免让嘉莉听见。现在他们已经快走到走廊的尽头了，尽头是一间大休息室。

“你不肯放弃那笔钱吧?”这人说。他的这句话使得赫斯渥大为恼火。热血直冲脑门，千头万绪涌上心头。他不是贼。他并不想要那笔钱。只要他能向费茨杰拉德和莫埃解释清楚，也许就会没事了。

“听着，”他说，“我现在谈这些根本就没有用。我很尊重你的权力，但是我得和了解内情的人打交道。”

“好吧，但你不能带着钱离开加拿大，”这人说。

“我没想要离开，”赫斯渥说，“等我准备好离开时，就不会有什么阻拦我的事了。”

他转身回去，侦探牢牢地盯着他。这简直是件无法忍受的事。可他还是继续朝前走，走进了自己的房间。

“那人是谁?”嘉莉问道。

“芝加哥来的一个朋友。”

整个谈话使得赫斯渥大为震惊。刚刚经历了上个星期的种种焦虑，又碰上这么一番谈话。震惊之余，他心里不由得产生了一种深深的忧虑和对道德的反感。最令他伤心的是他竟会被人当做贼来追捕。他开始看清了社会不公正的本质，这种不公正表现在只看到问题的一面——往往只看到一幕漫长的悲剧中的某一时刻。所有的报纸都只提到一件事，这就是他偷了钱。至于怎么偷的和为什么要偷，却无人过问。造成这一后果的所有的复杂原因，也无人知晓。他在没被理解之前就给定了罪名。

同一天里，当他和嘉莉一起坐在房间里时，他决定寄回那笔钱。他要给费茨杰拉德和莫埃写信，把一切解释清楚。然后用快汇把钱寄回去。他们可能会原谅他。他们也许会请他回去。他要把他说的已写信给他们的谎话变为事实。然后他就会离开这个古怪的城市。

为了能言之有理地说明这件复杂的事情，他足足想了有一个钟头。他本想告诉他

们有关他太太的事，但是难以启齿。最后，他大事化小，只是简单地说明，他招待朋友时喝晕了头，发现保险柜是开着的，竟然把钱拿了出来，一不小心将保险柜锁上了。这件事令他后悔莫及。他给他们添了那么多麻烦，真是对不起他们。他要尽力挽回这件事，把钱寄回去——把其中的大部分寄回去。剩下的部分他会尽快还清。是否有可能让他恢复原职？这一点他只是暗示了一下。

从这封信的构思本身，就可看出这人是怎样的心烦意乱。他当时忘记了，即使让他恢复了原职，那也将是一件多么痛苦的事情。他忘记了他使自己和过去已经像是一刀两断，即使他能设法多少让自己和过去破镜重圆，也难免总要露出分离和重合的裂痕来。他总是会忘记些什么——他的太太，嘉莉，他需要钱用，眼前的处境，或其他什么——因此考虑问题不清楚。不过，他还是寄走了这封信，想等收到回信再汇钱去。

在此期间，他和嘉莉则安于现状，尽情享受其中的乐趣。

中午太阳出来了，潮水般的金色阳光从他们敞开的窗户直泻进来。麻雀在叽叽喳喳地叫着，空气中飘荡着欢歌笑语。赫斯渥的目光一刻也离不开嘉莉。在他的一切烦恼中，她好像是一缕阳光。啊，只要她能全心全意地爱他——只要她能带着他在芝加哥那个小公园里见到她时那般快乐无比的心情，张开双臂拥抱他，他将有多么幸福呀！这就是对他的补偿；这就能向他表明他并没有丧失一切。他也就不在乎了。

“嘉莉，”他说，此刻他站了起来，走到她的身边，“你愿意从现在起就和我一起生活吗？”

她疑惑地看着他，但是当她感受到他的面部表情那咄咄逼人的力量时，她心软了，产生了同情。这就是爱情，强烈之极——因烦恼和忧虑而加深了的爱情。她忍不住笑了。

“从现在起，就让我成为你的一切吧，”他说。“别再让我担心了。我会忠实于你。我们要去纽约找一套漂亮的公寓。我将重新经商，我们会幸福的。你愿意成为我的人吗？”

嘉莉很严肃地听着。她心里并没有多大的激情，但是随着事情的推移，加上这人的亲近，使她像是动了真情。她很替他难过——这是从那份前不久还是十分钦佩的感情中产生的一种惋惜之情。她对他从未有过真正的爱情。倘若她能分析一下自己的感情，就会明白这一点。但是她眼前为他的激情而动的感情却消除了他俩之间的隔阂。

“你愿意和我一起生活了，是吗？”他问。

“是的，”她说，点了点头。

他把她揽进怀里，吻着她的嘴唇和面颊。

“不过，你必须和我结婚，”她说。

“我今天就去领结婚证书，”他回答。

“怎么领法？”她问。

“用个新的姓氏，”他答道。“我要换个新的姓氏，过新的生活。从现在起，我就姓默多克了。”

“哦，别用那个姓氏，”嘉莉说。

“为什么？”他说。

“我不喜欢。”

“那么，我叫什么好呢？”他问道。

“哦，随便什么都行，只要不叫默多克。”

他想了一会儿，双臂还搂着她，然后说：“叫惠勒行吗？”

“这个不错，”嘉莉说。

“那么，好，就用惠勒，”他说，“我今天下午就去领结婚证书。”

他们结婚了，由一位浸礼会牧师主婚，这是他们所能找到的第一个合适的神职人员。

终于，芝加哥的酒店回信了。信是莫埃先生口授的。他对赫斯渥做出这种事很感惊讶，对事情弄到这种地步深表遗憾。倘若他能归还钱款，他们并不想费力去起诉他，因为他们对他实在并无恶意。至于让他回去，或是他们给他恢复原职一事，他们还拿不准那样做会产生什么样的影响。他们要考虑一下，以后再通知他。可能会很快，云云。

总之，这封信告诉他，没有希望了。他们只想拿回钱款，麻烦则越少越好。赫斯渥从信中看到了自己的厄运。他决定把 9500 块钱交给他们说要派来的那个代理人，留下 1300 块钱自己用。他发了一份电报表示同意，向当天就来旅馆找他的那个代理人做了一番解释。拿了收据，然后就叫嘉莉收拾箱子。他在开始采取这一最新行动时感到有点沮丧，但最终又振作了起来。他害怕即使在这个时候，他还可能被抓住，被押送回去，所以他试图隐蔽自己的行动，但这几乎不可能做到。他叫人把嘉莉的箱子送到火车站，由铁路用快运拖动到纽约，看上去并没有人在监视他。但他还是在夜里离开了。他焦虑万分，生怕在越过国境线的第一站，或者是在纽约火车站，会有一个执法官在等着他。

嘉莉不知道他的偷窃行为和他的种种恐惧，当火车第二天早晨抵达纽约时，感到很高兴。火车正沿着赫德森河行驶，一座座圆顶的青山如同哨兵般守护着宽阔的河谷，这美丽的景色深深地吸引了她。她曾经听说过赫德森河，伟大的都市纽约，现在她看着窗外，心里对这个大都市惊叹不已。

当火车在斯布丁杜佛尔向东转弯，沿着哈莱姆河东岸行驶时，赫斯渥紧张地提醒她，他们已经到了纽约城边。按照她在芝加哥的经验，她原以为会看见一长列的车厢，一大片纵横交错的铁轨，但却发现这里不同。看见哈莱姆河里的一些船只和东河里更多的船只，她那颗年轻的心发痒了。这是大海的第一个征兆。接着是一条平坦的大街，

两边耸立着砖造的五层楼房，然后火车钻进了隧道。

在黑暗和烟尘中过了几分钟后，又重见了天日。这时列车员叫道："中央大站到了。"赫斯渥站起身来，收拾起他的小旅行包。他的神经高度紧张。他带着嘉莉在车门口等了一下，然后下了车。没有人朝他走来，但当他向临街的出口处走过去时，还是偷偷地四处张望。他太激动了，全然忘记了嘉莉，她落在后面，奇怪他竟会只顾自己。当他穿过车站大厦时，紧张到了极点，但随后便松弛下来，他立即上了人行道，除了马车夫，没人向他打招呼。他大大地松了一口气，想起了嘉莉，便转过身去。

"我还以为你要丢下我一个人跑了呢，"她说。

"我在想我们该乘什么车去吉尔赛旅馆，"他回答。

嘉莉正一门心思注意着街上热闹的景象，几乎没听见他在说什么。

"纽约有多大？"她问。

"喔，一百多万人口，"赫斯渥说。

他看了一下四周，叫了一辆马车，但他叫车的神态变了。

多少年来，这是他第一次想到他得算计这些细小的开支。这是令人不快的事。

他打定主意不在旅馆里久住，而要尽快租一套公寓。他把这个主意告诉嘉莉，她表示同意。

"如果你高兴的话，我们今天就去找，"她说。

突然他想起了他在蒙特利尔的经历。在那些大旅馆里。他肯定会遇到芝加哥的熟人。他站了起来，对马车夫说话。

"去贝尔福特旅馆，"他说，知道他的熟人不大会去这家旅馆。然后他坐了下来。

"住宅区在哪里？"嘉莉问道，她以为街道两旁的那些五层楼不是住家的地方。

"到处都是，"赫斯渥说，他对这个城市相当熟悉。"纽约没有草坪。这些都是住宅。"

"哦，这样的话，我不喜欢这里，"嘉莉说，她已经开始有些自己的主见了。

第三十章　大人物的王国：流亡者的梦想

不管赫斯渥这种人在芝加哥是个何等人物，但到了纽约这地方，他显然只是沧海一粟罢了。在还只有大约五十万人口的芝加哥，百万富翁并不多。富人还没有富到能使得有中等收入的人默默无闻的地步。居民们对当地戏剧界、艺术界、社交界和宗教界的名流也还没有着迷到发狂的程度，以至于不把一般地位优越的人放在眼里。在芝加哥，成名的道路有两条，从政和经商。可在纽约，成名的道路却有几十条，任你选择，而每一条路上都有成百上千的人在勤奋追求，所以有很多的知名人士。大海里已经挤满了鲸鱼，一条普通的小鱼不得不完全销声匿迹，永不露面。换句话说，赫斯渥是微不足道的。

这样的处境还会产生一种更加微妙的后果，它虽然往往不被人注意，但却能酿成世间的悲剧。大人物造就的气氛会对小人物产生恶劣的影响。这种气氛很容易也很快就能被感觉到。当你置身于豪华的住宅、精美的马车和金碧辉煌的店铺、饭馆和各种娱乐场所之中；当你嗅到了花香、绸香和酒香；当你领略了生活奢侈的人发出的心满意足的笑声和似寒矛般闪闪发亮的目空一切的眼光；当你感到像利剑一样刺人的笑容以及那炫耀显赫地位的趾高气扬的步伐时，你就会明白什么是有权有势的人的气派。你也用不着争辩，说这并不是伟人的境界。因为只要世界注重它，人心视它为必须达到的一种理想的境界，那么，对这种人来说，这就将永远是伟人的境界。而且，这种境界造就的气氛也将给人的心灵带来无法挽回的后果。这就像是一种化学试剂。在这里过上一天，就像点上了一滴化学试剂，将会影响和改变人的观点、目的和欲望的颜色，使之就此染上这一色彩。这样的一天对于没有经验的心灵就像鸦片对于没有烟瘾的肉体一般。一种欲望由此而生，倘若要得到满足，将永无止境，最终导致梦想和死亡。唉，尚未实现的梦想啊，咬啮着人心，迷惑着人心，那些痴心梦想在召唤和引导着，召唤和引导着，直到死亡和毁灭来化解它们的力量，把我们浑浑噩噩地送回大自然的怀抱。

像赫斯渥这种年龄和性情的人，是不会轻易受年轻人的种种幻想和炽烈的欲望的影响的，但也缺少年轻人心里如泉水般喷涌而出的希望的力量。这种气氛不会在他心里激起18岁少年的那种渴望。但是一旦被激起，越是没有希望，就会越加令人痛苦。他不能不注意到来自各方面的富裕和奢侈的种种迹象。他以前来过纽约，了解这里的骄奢淫逸。在某种程度上，对他来说，纽约是个令人敬畏的地方，因为这里集中了他

在这个世界上最尊重的东西——财富、地位和名声。在他当经理的那些日子里，和他一起饮过酒的大多数名流，就出身于这个以自我为中心、人口稠密的地方。那些最诱人的有关寻欢作乐和奢侈放荡的故事，讲的就是这里的一些地方和人物。他知道自己确实整天都在不知不觉中和有钱人擦肩而过。在如此富裕的地方，10 万或 50 万块钱并不能让人享有过豪华生活的权力。时髦和浮华需要更多的钞票，因此穷人无法生存。现在，当他面对这个城市时，他十分深刻地认识到这一切。这时的他，朋友来往已经断绝，他的那点财产，甚至连名字，都被剥夺了，他不得不从头开始为地位和幸福而奋斗。他还不算老，但他并不迟钝得意识不到自己很快就会变老。于是，眼前这华丽的衣着、地位以及权力，突然间具有了特殊的意义，与他自己的艰难处境相对比，其意义更为重大。

他的处境的确艰难。他很快就发现，消除对被捕的恐惧，并不是他生存的必要条件。这种危险已经消失，但下一个需要却成了令人头疼的事。那区区 1300 多块钱，要用来对付今后多年的房租、衣食以及娱乐。这样的前景，是不会让一个习惯于一年之内就要花掉 5 倍于这个数目的钱的人感到心情平静的。他在初到纽约的几天中，就相当积极地考虑了这个问题，决定得赶快行动。因此，他在报纸的广告中寻找着做生意的机会，并开始亲自调查研究。

不过这是在他安居下来之后的事。嘉莉和他按照计划去找一套公寓，在靠近阿姆斯特丹大道的七十八街上找到了一套。这是一幢五层楼的建筑，他们的房间是在三楼。因为这条街还没有造满房子，所以向东看得见中央公园的绿树梢，向西看得见赫德森河宽阔的水面，从西面的窗户可以瞥见一些河上的景象。租用一排六个房间和一个浴室，他们每月得付 35 块钱——这在当时只是一般住户的房租，但还是高得吓人。嘉莉注意到这里的房间比芝加哥的小，并指出了这一点。

“找不到比这更好的了，亲爱的，”赫斯渥说，“除非去找那些老式住宅，不过那样的话，你就没有这些方便的设施了。”

嘉莉选中这套新居，是因为它建筑新颖，木建部分色彩鲜亮。这是最新式的建筑之一，装有暖气，这是很大的优点。固定的灶具，冷热水供应，升降送货机，传话筒以及叫门房的铃。这些她都十分喜欢。她很具有家庭主妇的天性，因而对这些设施非常满意。

赫斯渥和一家分期付款的家具店商定，由他们提供全套家具，先付 50 块钱定金，以后每月再付 10 块钱。然后，他定做了一块小铜牌，刻上“乔·威·惠勒”的姓名，装在过道里他的信箱上。开始嘉莉听到门房叫她惠勒太太时，觉得听起来很怪，但过些时候她听惯了，也就把它当作自己的姓名了。

等这些家庭琐事安排妥当之后，赫斯渥就去拜访一些广告上登的能提供做生意的机会的地方，想在市区某家生意兴隆的酒店里买一部分股权。有了在亚当斯街那家华丽的酒店工作的经历，他无法忍受这些登广告的庸俗酒馆。他花了好几天时间去拜访这些酒馆，发现它们都不称心，不过，在交谈中，他倒是学到了不少知识，因为他发现了坦慕尼堂的势力以及和警察拉好关系的重要性。他发现最赚钱、最兴隆的是那些做各种非法生意的场所，而不是费茨杰拉德和莫埃开的那种合法经营的酒店。那些十分赚钱的地方，楼上往往附设优雅的密室和秘密饮酒间。那些大腹便便的店主的衬衫前襟上闪耀着大块的钻石，穿的衣服裁剪合身。他从他们身上看出，这里的卖酒生意和其他地方一样，赢利很高。

最后，他找到了一个人，这个人在沃伦街开有一家酒店，似乎是桩大好买卖。酒店看上去不错，而且还可以加以改进。店主声称生意极好，当然，看上去也是如此。

“我们这里接待的人都很有教养，”他告诉赫斯渥说，“商人、推销员，还有自由职业者，属于衣冠楚楚的阶层。没有无业游民。我们是不许他们来这里的。”赫斯渥听着现金收入记录机的铃声，观察了一会儿营业状况。

“两个人合营也有钱可赚，是吗?”他问。

“倘若你对卖酒生意很在行的话，你自己可以看嘛，”店主说。“这只是我开的两家酒店之一。另一家在那边的纳索街上。我一个人照料不了两家。若是能找到一个很懂这行生意的人，我乐意和他合营这一家，让他当经理。”

“我有足够的经验，”赫斯渥淡淡地说道，但他没敢提及费莫酒店。

“那么，你看着办吧，惠勒先生。”店主说。

他只愿意出让1/3的股权、设备和信誉，条件是愿意合股的人要出1000块钱，而且还要有经营能力。这中间不涉及房产问题，因为这是酒店主人从一个房地产商那里租来用的。

这笔交易倒是货真价实。但对赫斯渥来说还有个问题，那就是这种地方的1/3股权，能否每月赢利150块钱。他估计他必须要有这个数目，才能维持日常开支并且不显得拮据。可是，为了找到他喜欢的地方，他已经失败了很多次，现在不是犹豫的时候了。看起来1/3股权目前似乎能每月赢利100块钱。只要经营得当，并加以改进，可能还会多赚一些。因此，他同意合股，并交出他那1000块钱，准备第二天就职。

他起初觉得很是得意，向嘉莉吐露说，他认为自己做出了最好的安排。然而，烦恼的事随着时间的推移出现了。他发现这位合股人很难相处。他常常喝醉酒，酒后脾气很坏。这是生意场上赫斯渥最看不惯的事。此外，生意也变味了。这里的主顾完全不像他在芝加哥时所乐于结交的那一类人。他发现在这里交朋友要花上很长的时间。这些人匆匆而来，又匆匆而去，并不寻求友情的乐趣。这里根本不是聚会或休息的场所。整整几天、几个星期过去了，他没有听到过一声他在芝加哥的习惯了的、每天都能听到的那种亲切的招呼声。

另外，赫斯渥想念那些知名人士——那些衣冠楚楚，能使普通酒吧显得体面，并

且带来远方的消息和圈子内的新闻的社会名流。他一个月里也没有见到过一个这样的人物。晚上，当还没下班时，他偶尔会从晚报上看到有关他认识的那些知名人士的消息——他曾经多次和这些人在一起喝过酒。他们会去像芝加哥的费莫酒店那样的酒吧，或去住宅区的霍夫曼酒家，但他知道，他绝对不会在这里看见他们。

还有，这桩生意也不像他原先想的那样赚钱，赚的钱是稍微多了一点。但是他发现他必须注意节省家庭开支，这很让人难堪。

最初，虽然他总是很晚才回家，但能回家并看到嘉莉是一种快乐。他设法在六七点钟之间赶回去和她一起吃晚饭，然后就呆在家里，直到第二天早晨9点。可是过了些时候，这种新鲜感逐渐消失了。他开始感到他的职责成了累赘。

第一个月刚过，嘉莉就很自然地说："我想这个星期去市里买一件衣服。"

"买什么样的衣服？"赫斯渥问。

"哦，上街穿的。"

"行啊！"他笑着回答，虽然他心里想说，按照他的经济状况，她还是别去买为好。

第二天没再说起这事，但是第三天早晨他问道：

"你的衣服买了吗？"

"还没有，"嘉莉说。

他停顿了一会儿，像是在思考着什么，然后说：

"推迟几天再买好吗？"

"不好，"嘉莉回答，她没有听懂他说这话是什么意思。她以前从未想过他会在钱上遇到麻烦。"为什么呀？"

"哦，我告诉你吧，"赫斯渥说。"我这次投资刚刚花了一大笔钱。我想我能很快把它赚回来，可眼前手头还比较紧。"

"哎呀！"嘉莉回答，"当然可以，亲爱的。你为什么不早点告诉我呢？"

"那时不必要嘛，"赫斯渥说。

尽管嘉莉同意了，但是赫斯渥说话的神态，有点使她想起了杜洛埃和他总是说就要做成的那笔小生意。这种想法只是一闪而过，但它却开了一个头。它意味着她对赫斯渥有了新的看法。

此后又不断地发生了其他一些事情，同样性质的小事情，这些事情累积起来，最终的效果是给人以充分的启示。嘉莉一点也不迟钝。两个人在一起住久了，不可能不逐渐了解对方的。一个人心里有了难处，不管他是否主动地吐露，都要表现出来，烦恼影响神态，使人忧郁，是无法掩饰的。赫斯渥的穿着打扮还和往常一样漂亮，但还是在加拿大时穿的那些衣服。嘉莉注意到他并没有购置大量的衣服，虽然他原有的衣服并不多。她还注意到他不大提起什么娱乐，从不谈论食物，似乎在为他的生意犯愁。这已不是芝加哥的那个自由自在的赫斯渥，不是她过去认识的那个豪放、阔绰的赫斯渥了。变化太明显了，逃不过她的眼睛。

过了一些时候，她开始感到又发生了一种变化，他不再向她吐露心事了。显然他在遮遮掩掩，不愿公开自己的想法。她发现，一些小事都得她开口问他。这种状况对女人来说是不愉快的。有了伟大的爱情，它还能显得合理，有时还似乎是可行的，但绝对不是令人满意的。要是没有伟大的爱情，就会得出一个更加明确、更加不令人满意的结论。

至于赫斯渥，他正在同新的处境所带来的种种困难进行艰苦的斗争。他非常精明，不可能不意识到自己已经铸成大错，也知道自己能混到现在这样已经很好了，但他还是忍不住要拿他现在的处境和从前相比，每时每刻、日复一日地相比。

此外，他还有着一种不愉快的恐惧感，害怕遇到过去的朋友。自从他刚到这个城市不久，有过一次这样的遭遇之后，他就有了这种感觉。那是在百老汇大街上，他看见一个熟人迎面走来。已经来不及假装没看见了。他们已经四目相对，而且显然都认出了对方。于是这位朋友，芝加哥一家批发行的采购员，不得不停了下来。

"你好吗?"他说，伸出手来，明显地露出复杂的表情，连一点装出来的关心都没有。

"很好，"赫斯渥说，同样地尴尬。"你过得怎么样?"

"很好，我来这里采购一些东西。你现在住在这里吗?"

"是的，"赫斯渥说，"我在沃伦街开了一家店。"

"真的吗?"这位朋友说。"我很高兴听到这个。我会来看你的。"

"欢迎你来，"赫斯渥说。

"再见，"另一位说，友好地笑了笑，继续赶路。

"他连我的门牌号码都不问，"赫斯渥想。"他根本就不想来。"他擦了擦额头，都已经出汗了。他真不希望再遇见其他的熟人。

这些事情影响了他原来像是有的好脾气。他只是希望在经济方面的情况能有所好转。他有了嘉莉。家具钱正在付清。他已经开始站住了脚。至于嘉莉，他能给她的娱乐不多，但眼前也只能这样了。他也许可以把自己的假象维持很长的时间而不暴露，直到获得成功，然后一切就都会好起来了。在此，他没有考虑到人性的种种弱点——夫妻生活的种种难处。嘉莉还年轻。双方往往都会有变化无常的心态。随时都有可能带着绝对不同的心情坐在同一张饭桌上。在最为协调的家庭里，也常常会发生这种事。在这类情况下产生的小摩擦，需要伟大的爱情事后来消除。要是没有伟大的爱情，双方都斤斤计较，这些时候就会产生大的问题。

第三十一章 命运的宠儿:百老汇大街的花花世界

这个城市和他自己的处境影响着赫斯渥，也同样影响着嘉莉，她总是带着一颗极其善良的心接受命运的安排。纽约这地方，虽然她最初表示过不喜欢，但很快就使她十分感兴趣了。这里的空气清新，街道更加宽阔，还有人们之间那特有的互不关心，这一切都给她留下了深刻的印象。她从未见过像她住得这么小的公寓，可是很快就喜欢上了它。新家具显得非常豪华，赫斯渥亲手布置的餐具柜闪闪发亮。每个房间的家具都很相宜，在所谓的客厅或者前房间里还安放了一架钢琴，因为嘉莉说她想学钢琴。她还雇用了一个女仆，而且自己在家务的料理和知识方面也进步很快。她生平第一次感到有了归宿，自认为在社会上人们的心目中取得了一定的合法地位。她的想法既愉快又天真。有很长一段时间，她一心只顾着布置纽约的住房，对一幢楼里同住十户人家，大家却形同陌路，互不关心，感到十分奇怪。使她惊异的还有港湾内那几百条船的汽笛声——有雾的时候，驶过长岛海峡的汽轮和渡船发出的漫长而低沉的汽笛声。这些声音来自大海，就凭这一点，它们就很奇妙。她常常从西面的窗口眺望赫德森河以及河两岸迅速建设起来的大都市景色。可琢磨的东西很多，足够她欣赏个一年半载也不会感到乏味。

另外，赫斯渥对她的痴情也使她大为着迷。他虽然心里很烦恼，却从不向她诉苦。他风度依旧，神气十足，从容不迫地对付新的处境，为嘉莉的癖好和成就感到高兴。每天晚上他都准时回家吃饭，觉得家里的小餐室可爱之极。在某种程度上，房间窄小所反倒显得更加华丽。它看上去应有尽有。铺着白色台布的餐桌上摆着精美的盘子，点着四叉灯台，每盏灯上安着一只红色灯罩。嘉莉和女仆一起烧的牛排和猪排都很不错，有时也吃吃罐头食品。嘉莉学着做饼干，不久就能自己忙乎出一盘松软可口的小点心来。

就这样度过了第二、第三和第四个月。冬天来了，随之便觉得待在家里最好，因此也不大谈起看戏的事。赫斯渥尽力支付一切费用，丝毫不露声色。他假装正在把钱用来再投资，扩大生意，以便将来有更多的收入。他乐于尽量节省自己的衣服费用，也难得提出为嘉莉添置些什么。第一个冬天就这样过去了。

第二年，赫斯渥经营的生意在收入上真的有所增加。他能每月固定地拿到他预计的 150 块钱。不幸的是，这时嘉已经得出了一些结论，而他也结交了几个朋友。

嘉莉天性被动、容忍，而不是主动、进取，因此她安于现状。她的处境似乎还很令她满意。有时候，他们会一起去看看戏，偶尔也会应时令去海边以及纽约各处玩玩，但他们没有结交朋友。赫斯渥对她的态度自然不再是彬彬有礼，而是一种随便的亲密态度。没有误会，没有明显的意见分歧。事实上，没有钱，也没有朋友来拜访，他过一种既不会引起嫉妒也不会招惹非议的生活。嘉莉很同情他的努力，也不去想自己缺少的在芝加哥时所享受的那种娱乐生活。纽约，作为一个整体，和她的公寓似乎暂时还令人心满意足。

然而，如上所述，随着赫斯渥生意的兴隆，他开始结交朋友。他也开始为自己添置衣服。他自认为家庭生活对他十分珍贵，但又认为他偶尔不回家吃晚饭也是可以的。他第一次不回家吃饭时，让人带信说他有事耽搁了。嘉莉一个人吃了饭，希望不会再发生同样的事情。第二次，他也让人带了话，但是已临近开饭的时间。第三次，他干脆全忘了，事后才解释了一番。这类事情，每隔几个月就会有一次。

“你去哪里了，乔治？”他第一次没回来吃饭以后，嘉莉问。

“在店里走不开，”他亲切地说，“我得整理一些账目。”

“很遗憾，你不能回家，”她和气地说，“我准备了这么丰盛的晚饭。”

第二次，他找了个同样的借口，但是第三次，嘉莉心里觉得这事有点反常了。

“我没法回家，”那天晚上回来的时候，他说，“我太忙了。”

“难道你不能给我捎个信吗？”嘉莉问。

“我是想这样做的，”他说，“可是你知道，我忘了，等我想起来时，已经太晚了，捎信也没用了。”

“可惜了我这么好的一顿晚饭！”嘉莉说。

正是这个时候，通过对嘉莉的观察，他开始认为她的性情属于那种地地道道的家庭主妇型。这一年之后，他真的以为她主要的生活内容在料理家务上得到了自然的表现。尽管他在芝加哥看过她的演出，而在过去的一年中，他看到她由于受到他造成的条件的限制，只是与这套公寓和他打交道，没有结交任何朋友或伙伴，但他还是得出了这个奇怪的结论。随之而来的是对娶了这么一位知足的太太感到心满意足，而这种心满意足又产生其必然的后果。这就是，既然他认为她满足了，就觉得他的职责只是提供能使她这样满足的东西。他提供了家具、装修、食品以及必要的衣物。而要给她娱乐，要带她到外边阳光灿烂富丽堂皇的生活中去之类的想法却越来越少。外面的世界吸引着他，但是他没有想到她也愿意一起去闯荡。有一次，他一个去看戏。另一次，他和两个新朋友晚上在一起打牌。他在经济上又开始羽毛丰满了，因而他又打扮得漂漂亮亮地出入公共场所。只是这一切远不及他在芝加哥时那么招摇。他避而不去那些容易碰到他过去的熟人的娱乐场所。

这时，通过各种感官印象，嘉莉开始感觉到了这一点。她不是那种会被他的行为弄得心烦意乱的人。她并不十分爱他，也就不会因嫉妒而不安。实际上，她一点儿也

不嫉妒。对她这种心平气和的态度，赫斯渥感到很高兴，而他本来还应该对此适当地加以考虑的。当他不回家的时候，她也不觉得是件什么大不了的事情。她认为他应该享有男人们通常的乐趣——和人聊聊天，找上地方休息一下，或与朋友商量商量问题。虽然她很愿意他能这样自得其乐，但她不喜欢自己被冷落。不过，她的处境似乎还过得去。她真正察觉到的，是赫斯渥有些不同了。

他们在七十八街住的第二年的某个时候，嘉莉家对面的那套公寓空了出来，搬进来一个非常漂亮的年轻女人和她的丈夫。嘉莉后来结识了这一对人。这完全是公寓的结构促成的。两套公寓之间有一处是由升降送货机连在一起的。这个实用的电梯把燃料、食品之类的东西从楼底送上来，又把垃圾和废物送下去。电梯由同一层楼的两户人家公用，也就是说，每家都有一扇小门通向它。

倘若住在两套公寓里的人同时应门房的哨声而出，打开电梯小门时，他们就会面对面地站着。一天早晨，当嘉莉去拿报纸时，那个新搬来的人，一个大约23岁的肤色浅黑的漂亮女人，也在那里拿报纸。她穿着睡袍，披着晨衣，头发很乱，但是看上去很可爱、很友善，嘉莉立刻对她有了好感。新搬来的人只是害羞地笑了一笑，但是这就够了。嘉莉觉得自己很想结识她，而对方的心里也产生了同样的想法，她欣赏嘉莉那张天真的脸。

“隔壁搬进来的女人真是个大美人，”嘉莉在早餐桌上对赫斯渥说。

“他们是什么人?”赫斯渥问。

“我不知道，”嘉莉答道。“门铃上的姓氏是万斯。他们家里有人钢琴弹得很好。我猜一定是她。”

“哦，在这个城市里，你永远搞不清邻居是什么样的人，对吧?”赫斯渥说，表达了纽约人对邻居的通常看法。

“想想看，”嘉莉说，“我在这幢房子里和另外九户人家一起住了一年多，可是我一个人都不认识。这家人搬到这里已有一个多月了，可是在今天早晨之前，我谁也没见过。”

“这样也好，”赫斯渥说，“你根本不知道你会认识些什么样的人。他们中的有些人可不是什么好东西。”

“我也这么想，”嘉莉附和着说。

谈话换了别的话题，嘉莉就没再想这件事了。直到一两天后，她出去上市场的时候，遇见万斯太太从外面进来。后者认出了她，点了点头。嘉莉也报以一笑。这样就有了相识的可能。要是这一次一点都没认出来，就不会有以后的交往了。

以后的几个星期里，嘉莉再也没有见过万斯太太。但是透过两家前房间之间的薄薄的隔墙，她听到她弹琴，很喜欢她选的那些愉快的曲子极其精彩的演奏。她自己只能弹弹一般的曲子，在她听来，万斯太太的演奏的丰富多彩的乐曲，已经接近伟大的艺术了。至今她所耳闻目睹的一切——仅仅只是些零碎的印象——表明这家人颇有些高雅，而且生活富裕。因此对今后可能发展的友谊，嘉莉已经做好了准备。

一天，嘉莉家的门铃响了，在厨房里的仆人按动电钮，打开了一楼总出入口的前门。嘉莉等在三楼自己家的门口，看是谁来拜访她。上来的是万斯太太。

“请你原谅，”她说，“我刚才出去时忘了带大门的钥匙，所以就想到按你家的门铃。”

这幢楼的别的住户，每逢出门忘了带大门钥匙的时候，大家都这么做。只是谁也不为此而道歉。

“没关系，”嘉莉说，“我很高兴你按我家的门铃。我有时也这么做。”

“今天天气真好，是吗?”万斯太太说，停留了一会儿。

这样，又经过几次初步的接触，便正式开始了相互的交往。嘉莉发现年轻的万斯太太是个令人愉快的朋友。

有几次，嘉莉到她家去串门，也在自己家里招待了她。两家的公寓看上去都不错，不过万斯家布置得更加豪华。

“我想请你今天晚上过来，见见我丈夫，”她们开始熟悉后不久，万斯太太说。“他想见见你。你会打牌，对吗?”

“会一点儿，”嘉莉说。

“那好，我们来打打牌。要是你丈夫回家的话，带他一起过来。”

“他今晚不回来吃饭，”嘉莉说。

“那么，等他回来时，我们来叫他。”

嘉莉答应了，那天晚上见到了大腹便便的万斯。他比赫斯渥小几岁。他那看似美满的婚姻，多半是因为他有钱，而不是因为他有副好长相。他第一眼看到嘉莉，就对她产生了好感。他刻意表现得很和气，都她玩一种新牌，和她谈到纽约及其各种娱乐。万斯太太在钢琴上弹了几首曲子。最后赫斯渥来了。

“我很高兴见到你，”当嘉莉介绍他时，他对万斯太太说，大大显示了曾经使嘉莉着迷的往日的风度。

“你是不是以为你的太太逃走了?”万斯先生在介绍时伸出手来说。

“我还以为她可能找到了一个更好的丈夫，”赫斯渥说。

这时，他把注意力转向了万斯太太，刹那间，嘉莉又看见了有段时间她下意识地感到在赫斯渥的身上不复存在的东西——他所擅长的随机应变和阿谀奉承。她还发现自己穿得不够体面，比起万斯太太来差得太远。这些已不再是模糊的想法。她看清了自己的处境。她觉得生活越来越乏味，而且为此感到忧愁。昔日那种助人向前，激人向上的忧郁感又回来了。那个充满向往的嘉莉在悄悄地提醒她，该考虑自己的前途了。

这种觉醒并没有立即产生什么结果，因为嘉莉缺少主动精神。但是尽管如此，她

似乎总是很能适应变化的潮流，擅于投身其中，随波逐流。赫斯渥什么也没有觉察到。他没有感觉到嘉莉注意到的鲜明的对比。他甚至连她那忧郁的眼神都没觉察到。最糟糕的是，她现在开始觉得家里寂寞，要找非常喜欢她的万斯太太做伴。

“我们今天下午去看场戏吧，”一天早晨，万斯太太走进嘉莉家说，身上还穿着起床时穿的一件柔软的粉色晨衣。赫斯渥和万斯大约一小时前就各上其路了。

“好啊，”嘉莉说，注意到万斯太太的外表总是带着那种得欢受宠且爱好打扮的女人的神气。她看上去似乎很受宠而且有求必应。“我们去看什么戏呢?”

“喔，我很想去看纳特·古德温的演出，”万斯太太说。“我看他的确是个最逗人的演员。报纸说那是一出很好的戏。”

“那我们什么时候动身?”嘉莉问。

“我们一点钟动身，从三十四街出去，沿百老汇大街往南走，”万斯太太说。“这样走去很有意思，他在麦迪逊广场演出。”

“我很乐意去，”嘉莉说。“戏票要多少钱?”

“不到1块钱，”万斯太太说。

万斯太太回去了。到了1点钟又来了。穿着一身深蓝色便于步行的衣服，漂亮极了，还配有一顶时髦的帽子。嘉莉把自己打扮得也够迷人的。但相形之下，这个女人让嘉莉感到痛心。看来她有很多精致的小玩意儿，嘉莉却没有。她有各种小金饰物，一只印有她的姓名缩写的精美的绿皮包，一块图案十分花哨的时髦手帕和一些类似的其他东西。嘉莉觉得自己需要更多更好的衣服才能和这个女人媲美。谁看见她俩都会单凭服饰就选择万斯太太的。这种想法十分恼人，尽管不甚公正，因为嘉莉现在有着同样楚楚动人的身材，出落得越发标致，已经是个绝顶可爱的她那种类型的美人了。两人的衣着，在质量上和新旧上都有些差别，但这些差别并不十分明显。然而，这却增加了嘉莉对自己处境的不满。

漫步百老汇大街，在当时也和现在一样，是这个城市引人注目的特色之一。在日戏开场前和散场后，这里不仅聚集着那些爱卖弄风姿的漂亮女人，还有那些爱看女人、爱欣赏女人的男人。这是一支由漂亮的脸蛋和华丽的衣着组成的队伍，十分壮观。女人们穿戴着自己最好的帽子、鞋子和手套，一路上手挽着手，漫步于那些从十四街到三十四街沿街都是的华丽的商店或戏院。同样，男人们也穿着自己所能买得起的最时新的服装招摇过市。在这里，裁缝可以得到裁剪服装的启发，鞋匠可以了解流行的款式和颜色，帽匠可以知道帽子的行情。如果说一个讲究穿着的人买了一套新装，第一次穿出来一定是在百老汇大街上，这可是一点不假。这个事实千真万确，众所周知。因此，几年之后，还发行了一首流行歌曲，详细地谈到了这一点以及有关上演日戏的其他情况。歌名叫《他有什么权利待在百老汇大街上?》，歌曲发行后，在纽约在音乐厅里非常风行。

在这个城市待了这么久，嘉莉还从未听说过如此炫耀的场面。当有这种场面出现的时候，她也没去过百老汇大街。然而，对万斯太太来说，这已是家常便饭了。她不仅了解它的全部，而且经常置身其中，特意去看人和被人看，以自己的美貌去引起轰动，将自己与这个城市的时髦的美人相比照，以免在穿着讲究上有任何落伍的趋势。

她们在三十四街下了有轨电车之后，嘉莉颇为自在地朝前走着。可是没过一会儿，她就盯着那些成群地从她们身边走过或是和她们同行的美人们看了起来，她突然发觉万斯太太在众目睽睽之下很有些局促了，那些英俊的男人和穿着高雅的太太们，用肆无忌惮的目光盯着她看，毫无礼貌可言。盯着人看似乎成了正当而自然的事。嘉莉发现也有人在盯着她看，向她送秋波。身穿精美的大衣，头戴大礼帽，手持银头拐杖的男人擦肩而过，而且常常盯着看她那双敏感的眼睛。衣着笔挺的太太们沙沙作响地走过，一路做着笑脸，散发着香味儿。嘉莉注意到她们中间没几个善良之辈，绝大多数都是邪恶之种。这中间多的是红唇、白面、香发以及迷茫懒散的大眼睛。她蓦地一惊，发现自己正置于时髦的人群中，在这个炫耀的地方展示自己，而且是如此壮观的地方！珠宝店明亮的橱窗沿途可见。鲜花店、皮草行、男子服饰用品店、糖果店，一家挨着一家。遍街都是马车。神气十足的看门人，身着宽大的外套，配着闪闪发光的铜钮扣和铜腰带，侍立在高档商店的门前。穿着棕色长筒靴、白色紧身裤和蓝色上衣的马车夫，巴结地等候着在店里买东西的女主人。整条大街都是一派富丽堂皇的景象，嘉莉觉得自己并不属于这里。无论如何，她也做不出万斯太太那种姿态和风度来，万斯太太因为自己漂亮，总是信心十足。她所能想到的只是，大家一定会看得很清楚，在她们两人之间，她的打扮较差。这刺痛了她的心。她打定主意，除非打扮得更漂亮些，否则她不再上这里来了。然而同时，她又渴望着能享受一下以同等的身价来这里出出风头的乐趣。啊，那样她就会很幸福了。

第三十二章　伯提沙撒的宴会:有待应验的预言

这番漫步在嘉莉心中所引起的百般感受，使得她在接着看戏的时候心情极易于接受戏中的伤感情调。她们去看的演员，以表演轻松喜剧而闻名，这种剧中加进了足够的伤感成分，形成和幽默的对照及调剂。正如我们十分了解的那样，舞台对于嘉莉有着巨大的吸引力。她从未忘记过她在芝加哥的那一次成功的演出。在那些漫长的下午，当她唯一的消遣是坐在摇椅上，看最新出版的小说时，那次演出便萦绕在她的心头，占满了她的脑海。每当她看戏时，她自己的才能就会栩栩如生地浮现在脑海里。有几场戏使得她渴望能在其中扮演一个角色，将她自己处在那个角色的地位所感受到的感情表现出来。她几乎总是要把那些生动的想象带回去，第二天独自加以琢磨。她生活在想象中，就如同生活在日常生活的现实中。

她在看戏之前被现实生活搅得心神不宁，这种情况还不常出现。可是今天，在看到那华丽的服饰，欢乐的场面和那些美人之后，她的心里轻轻地唱起了一支渴望之歌。啊，这些从她身边走过的成百上千的女人们，她们是些什么人？这些富丽的高雅的服装、五光十色的钮扣和金银小饰物，它们是从哪里来的？这些美人儿住在什么地方？她们生活在什么样的优雅环境之中，有精雕细刻的家具，装潢华丽的墙壁，还有五彩缤纷的挂毯？她们的那些凡是金钱能买到的东西都应有尽有的豪华公寓在哪里？什么样的马厩喂养着这些漂亮机灵的马儿，停放着这些豪华的马车？那些衣着华丽的下人在哪里闲逛？啊，那些高楼大厦、华灯、香水、藏金收银的闺房还有摆满山珍海味的餐桌！纽约一定到处都有这样的闺房，否则哪来那么些美丽、傲慢、目空一切的佳人。有暖房培育着她们。让她感到痛心的是，她现在知道自己不是她们中的一员——天哪，她做了一个梦却未成真。她对自己两年来所过的寂寞生活感到惊讶——她居然会对没有实现原来的期望无动于衷。

这出戏是那种根据有闲阶层的人在客厅里闲谈的资料编写的作品，戏中那些盛装的漂亮的小姐、太太和绅士们，在金碧辉煌的环境之中，遭受着爱情和嫉妒的折磨。对于那些终日渴望着这样的物质环境但却永远得不到满足的人，这种轻松戏剧始终具有魅力。它们的魅力在于表现了什么是理想环境中的受苦。谁不愿意坐在镀金的椅子上伤心呢？谁不愿意在散发着香味的挂毯、铺有座垫的家具和身穿制服的仆人之间受苦呢？在这种环境中感到悲伤便成了一件诱人的事。嘉莉渴望能置身其中。她真想自己能在这样的世界里受苦，不管是什么样的苦都行，要是做不到这一点，至少能在舞台上的这种迷人的环境中模拟一番。她刚才的所见所闻极大地影响了她的心情，因此，这出戏现在看起来特别的美妙。她很快就沉浸在戏里所描绘的境界之中，真希望就此不再回到现实中来。在转场的时候，她打量着在前排座位上的包厢里看戏的那些光彩照人的观众，对纽约潜在的种种机会，有了一种新的认识。她肯定自己没有看到纽约的全部，这个城市简直就是一个快乐幸福的旋涡。

从剧院里出来后，还是这条百老汇大街给她上了更为深刻的一课。她来时看到的场面现在更为壮观，达到了高潮。她可从未见过如此华丽挥霍的盛况。这更加坚定了她对自己的处境的看法。她等于没有生活过，根本谈不上享受过生活，除非她自己的生活中也能出现这种情景。她每走过一家高雅的店铺，都能看到女人们花钱如流水。鲜花、糖果和珠宝看来是那些贵妇人的主要兴趣所在。而她呢，她甚至没有足够的零用钱让自己每个月都能这样出来玩几次。

那天晚上，那套漂亮的小公寓显得十分乏味。这个世界上的其他人可不是住在这种地方的。她冷眼看着仆人在做晚饭。她的脑海里则闪现着剧中的一场场戏。她尤其记得一个漂亮的女演员——饰演剧中那个被人追求并且得到的情人。这个女人的风姿征服了嘉莉的心。她的服装是完美艺术的体现，她的苦恼又是如此的真实。她所表现的痛苦，嘉莉都能感觉得到。她的表演很出色，嘉莉确信自己也能演得同样出色，有的地方她甚至还能演得更好。于是，她默默地念起了台词。啊，但愿她也能演一个这样的角色，那么她的生活将会拥有多么广阔的空间！而且，她也能演得富有魅力。

嘉莉正在闷闷不乐，赫斯渥回来了。她坐在摇椅里，边摇边想。她不愿意有人打断她的那些诱人的想象，所以她很少说话，或是不说话。

“你怎么啦，嘉莉？”过了一会儿，赫斯渥说，他注意到了她那沉默的、几近忧郁的神态。

“没什么，”嘉莉说。“我今天晚上感觉不太舒服。”

“该不是是生病了吧？”他走得很近，问道。

“哦，不是，”她说，几乎想发火了，“我只是觉得不大好受。”

“那太糟了，”他说着走开了。刚才他稍稍俯了俯身，这时他把背心拉拉好，“我原想今晚我们可以去看场戏的。”

“我不想去，”嘉莉说。她心里那些美丽的幻想就这样被打断和打消了，她很为恼火。“我今天下午看过戏了。”

“哦，你去看过戏了？”赫斯渥说，“是出什么戏？”

“《一座金矿》。”

“戏怎么样？”

“很好。”嘉莉说。

“你今晚不想再去看戏了吗？”

“我不想去了，”她说。

可是，当她从忧郁的心境中清醒过来，被叫到饭桌上吃饭时，她改变了主意。胃里进点食也会产生奇迹。她又去看了戏，而且这样一来又暂时恢复了她的平静。然而，那令人觉醒的重重的当头一棒已经击过。现在她能常常从这些不满情绪中恢复过来，这些不满情绪也会常常再现。时间加上重复——啊，这真是奇妙！水滴石穿，石头终究要彻底地认输！

这次看日戏过后不久，大约一个月后，万斯太太邀请嘉莉和他们夫妇一起去看场夜戏。她听嘉莉说起赫斯渥不回来吃晚饭。

“你为什么不和我们一起去呢？别一个人吃晚饭。我们要去谢丽饭店吃饭，然后去莱西姆剧院看戏。和我们一起去吧！”

“好吧，我去，”嘉莉回答。

她3点钟就开始打扮，准备5点半动身去那家有名的饭店，当时它正在与德尔莫尼科饭店竞争社会地位。从嘉莉这次的打扮上，可以看得出她和讲究打扮的万斯太太交往的影响。后者经常不断地提醒她注意有关妇女服饰各个方面的新花样。

“你打算买某某、某某种的帽子吗？”或者“你看见饰有椭圆珠扣的新式手套了吗？”这只是一些例子，类似这样的谈话还很多。

“下次你买鞋时，亲爱的，”万斯太太说，“要买带扣的，有厚实的鞋底、专利鞋扣和漆皮鞋头。今年秋季这种鞋十分时髦。”

“好的。”嘉莉说。

“喂，亲爱的，你看到奥尔特曼公司的新款衬衫了吗？那里有几种非常可爱的款式。我在那里看到一种，你穿上一定漂亮极了。我看见时就说了这话。”

嘉莉很感兴趣地听着这些话，因为比起通常那些漂亮女人之间的一般谈话，这些话更带有友情。万斯太太非常喜欢嘉莉那始终如一的善良本质，把最时新的东西告诉嘉莉，真是她的一大乐事。

“你为什么不去买一条漂亮的哔叽裙子来穿呢？洛德——泰勒公司有卖的。”一天，她说，“那是圆筒式的，很快就要流行起来。你穿一条藏青色的肯定非常漂亮。”

嘉莉认真地聆听着。在她和赫斯渥之间从来没有这类的谈话。不过，她开始提出这样或那样的要求，赫斯渥答应了这些要求，但是并不加以评论。他注意到了嘉莉的新爱好，听到很多有关万斯太太和她那快乐的生活方式的谈论，因此终于猜到了这种变化是从哪里来的。他不想这么快就提出哪怕是最小的异议，可是他感觉到嘉莉的需要在不断地扩大。这并不让他感到高兴，但是他爱她有他独特的方式，所以也就任其发展。可是，在具体的交涉中，有些事情使嘉莉觉得她的要求并不讨他的欢心。对她买的东西，他也不表示热心。这使她认为自己渐渐受到冷落，因此他们之间又出现了一道小裂痕。

然而，万斯太太的那些建议毕竟有了效果，表现之一就是这一次，嘉莉总算对自己的打扮有些满意了。她穿上了自己最好的衣服。不过她感到欣慰的是，即便她不得不穿上一件自己最好的衣服，但这衣服她穿在身上很相宜，很合身。她看上去是个打扮得体的21的女人，万斯太太称赞了她，这使她那丰满的面颊更加红润，两只大眼睛也更加明亮。看来天要下雨，万斯先生遵照太太的吩咐，叫了一辆马车。

“你丈夫不一起去吗？”万斯先生在他的小客厅里见到嘉莉时，提醒她说。

“不，他说过不回来吃晚饭的。”

“最好给他留张条子，告诉他我们去哪里了。他也许会来。”

“好的，”嘉莉说，来此之前她没有想到这一点。

“告诉他，8点钟之前我们在谢丽饭店。我想他知道那个地方。”

嘉莉穿过过道，裙子的下摆沙沙作响，连手套都没脱，胡乱草了一张条子。当她回来时，万斯家里来了新客人。

“惠勒太太，我来给你介绍我的表弟艾姆斯先生，”万斯太太说，“他和我们一起去，是吧，鲍勃？”

“见到你很高兴，”艾姆斯说，礼貌地对嘉莉鞠了鞠躬。

嘉莉一眼看到的是一个十分高大健壮的大块头。她还注意到他的脸刮得很光，容貌端正，年纪很轻，但仅此而已。

“艾姆斯先生刚到纽约，要在纽约待几天，”万斯插话说，“我们想带他看一看这里的风光。”

“哦，是吗？”嘉莉说，又看了一眼客人。

“是的，我刚从印第安纳波利斯来到这里，准备待一星期左右，”年轻的艾姆斯说，他坐在一张椅子的边缘上，等着万斯太太梳洗打扮完毕。

“我想你已经发现纽约很值得一看，对吗？”嘉莉说，她想找点话说，以避免可能出现的死气沉沉的场面。

“这么大个城市，一星期恐怕逛不完吧！”艾姆斯愉快地答道。

他是个非常和气的人，而且一点也不做作。在嘉莉看来，他现在还只是在力图完全摆脱青年人害羞的痕迹。他看上去不是个善于交谈的人，但衣着讲究和大胆无畏是他的可取之处。嘉莉觉得和他谈话不会是件难事。

“好啦，我看现在我们都准备好了。马车等在外面。”

“走吧，伙伴们，”万斯太太笑着进来，说道：“鲍勃，你得照顾一下惠勒太太。”

“我会尽力而为，”鲍勃含着笑说，接近嘉莉一些。“你不需要多照顾的，是吧？”他以一种讨好和求助的口气说，显得很是主动。

“希望不会太多。”嘉莉说。

他们走下楼来，上了敞篷马车，万斯太太一路提着建议。

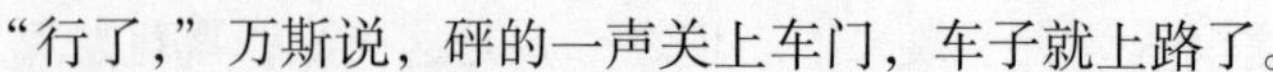

“行了，”万斯说，砰的一声关上车门，车子就上路了。

“我们去看什么戏?”艾姆斯问。

“索桑演的《查姆列勋爵》。”万斯说。

“哦，他演得好极了!”万斯太太说，“他简直是滑稽透顶。”

“我注意到报纸的评价很高，”艾姆斯说。

“我绝对相信，”万斯插话说，“我们都会看得很开心的。”

艾姆斯因为坐在嘉莉身边。便觉得自己责无旁贷地要照顾她一些。他饶有兴趣地发现，她这位太太竟然这么年轻，又这么漂亮，不过，这种兴趣完全出于尊重。他毫无那种专事追逐女人的风流男子的派头。他尊重婚姻，心里想的只是印第安纳波利斯的那几位已到了婚龄的漂亮姑娘。

“你是土生土长的纽约人吗?”艾姆斯问嘉莉。

“哦，不是的，我来这里才两年。”

“哦，是这样，不过你也有足够的时间好好领略纽约的风光了。”

“我好像还没有领略多少，”嘉莉回答。“对我来说，它现在和我刚来这里的时候差不多一样陌生。”

“你是从西部来的，对不对?”

“不错。我是威斯康星州人，”她答道。

“是啊，看来这个城市的多数人来这里都不太久。我听说这里有很多和我是同行的印第安纳州人。”

“你干的是哪一行?”嘉莉问道。

“我为一家电气公司工作，”年轻人说。

嘉莉继续这样随便地谈着，万斯夫妇偶尔也插上几句。有几次，大家都谈起话来，还有几分诙谐，就这样到了饭店。

嘉莉注意到沿途那喜庆热闹和寻欢作乐的景象。到处都是马车和行人，五十九街的有轨电车十分拥挤。在五十九街和第五大道的交叉处，挨着普拉扎广场的几家新旅馆一片灯火辉煌，向人们暗示着旅馆里的那种豪华生活。在第五大道，这个富人的安乐窝里，挤满了马车和身穿晚礼服的绅士。他们到了谢丽饭店门口，一个仪表堂堂的看门人替他们打开车门，扶他们下了车。年轻的艾姆斯托着嘉莉的胳膊，扶她上了台阶。他们走进已经宾客满堂的门厅，脱下外衣后，进了豪华的餐厅。

在她这一生的经历中，嘉莉还从未见过这样的场面。她在纽约待了这么久，可是赫斯渥在新的处境里的经济状况，不允许他带她来这种地方。这周围有一种几乎难以形容的气氛，使得初来的人相信这里才是该来的地方。这种地方，由于费用昂贵，只有那些有钱的或者喜欢作乐的阶层的人，才会成为这里的主顾。嘉莉经常在《世界晨报》和《世界晚报》上看到有关这里的消息。她见过关于在谢丽饭店举行舞会、聚会、大型舞会和晚宴的通告。某某小姐兹定于星期三晚上假座谢丽饭店举行晚会。年轻的某某先生兹定于16日假座谢丽饭店设午宴款待朋友。诸如此类有关社交活动的常规的三言两语的通告，她每天都忍不住要扫上一眼，因此她十分清楚这座美食家的圣殿的豪华和奢侈。现在，她自己也终于真的来到了这里。她真的走上了由那个身强力壮的看门人守护的堂皇的台阶。她真的看见了由另一个身强力壮的人守护的门厅，还享受了那些照看手杖和大衣之类物品的身穿制服的仆人的伺候。这就是那个华丽无比的餐厅，那个装潢精美、四壁生辉、专供有钱人进餐的地方。啊，万斯太太真幸运，年轻、漂亮，还有钱——至少是有足够的钱乘马车到这里来。有钱真是美妙呀！

万斯领头穿过一排排亮闪闪的餐桌，每张桌上用餐的有两至六人不等。这里的一切都显得大方而庄重，初来乍到的人尤其能感到这一点。白炽灯及其在擦得雪亮的玻璃杯上的反光和金光闪闪的墙壁相辉映，形成了一片光的世界。其间的差异，只有静心观察一阵子，才能加以区别和辨认。绅士们洁白的衬衫衣襟、太太们鲜艳的装束打扮、钻石、珠宝、精美的羽饰——这一切都十分引人注目。

嘉莉同万斯太太一样神气地走进去，在领班为她安排的座位上坐下。她敏锐地注意到一切细小的动作——那些美国人为之付费的侍者和领班的点头哈腰献殷勤的小动作。领班拉出每一把椅子时所表现的神态，请他们入座时做的挥手姿势，这些本身就要值几块钱的。

一坐下，就开始展示有钱的美国人特有的那种铺张浪费且有损健康的吃法。这种吃法令全世界真正有教养、有尊严的人感到奇怪和吃惊。大菜单上列的一行行菜肴足够供养一支军队，旁边标明的价格使得合理开支成为一件可笑且不可能的事情——一份汤要5毛或1块，有一打品种可供选择；有四十种风味的牡蛎，六只要价6毛；主菜、鱼和肉类菜肴的价钱可以供一个人在一般旅馆里住上一宿。在这份印刷十分精美的菜单上，1块5和2块似乎是最普通的价格。

嘉莉注意到了这一点，在看菜单时，童子鸡的价格使她回想起另一份菜单以及那个十分悬殊的场合，那是她第一次和杜洛埃坐在芝加哥一家不错的餐馆里。这只是个瞬间的回忆——如同一首老歌中的一个悲伤的音符——随后就消失了。但是这一刹那间看见的另一个嘉莉——贫困、饥饿、走投无路，而整个芝加哥是一个冷酷、排外的世界，因为找不到工作，她只能在外面流浪。

墙上装饰着彩色图案，淡绿蓝色的方块块，周围镶着绚丽的金框，四角是些精致的造型，有水果、花朵以及天使般自由翱翔的胖胖的小爱神。天花板上的藻井更是金光闪闪，顺着藻井往中央看，那里悬着一串明灯，白炽灯和闪光的棱柱以及镶金灰泥卷须交织在一起。地板是红色的，上了蜡，打得很光。到处都是镜子——高高的、亮亮的斜边镜子——无数次地反复映出人影、面孔和灯台。

餐桌本身没有什么特别，可是餐巾上的“谢丽”字样，银器上的“蒂芬尼”名字，

瓷器上的“哈维蓝”姓氏，当装有红色灯罩的小灯台照耀着这一切，当墙上的五光十色反射在客人们的衣服和脸上时，这些餐桌看上去就十分引人注目了。每个侍者的举手投足，无论是鞠躬或是后退，还是安排座位或是收拾杯盘，都增加了这里的尊贵和高雅的气氛。他对每一位顾客都悉心专门的伺候，半弯着腰立在旁边，侧耳倾听，两手叉腰，口里念着：“汤——甲鱼汤，好的。一份，好的。牡蛎吗，有的——要半打，好的。芦笋。橄榄——好的。”

每位客人都能享受同样的服务，只是这次万斯主动地为大家点菜，征求着大家的意见和建议。嘉莉睁大眼睛打量着这里人们。纽约的奢侈生活原来如此。有钱人原来就是这样打发他们的时光。她那可怜的小脑袋里所能想到的，就是这里的每一个场面都代表着整个上流社会。每一个贵妇人都必定是下午在百老汇大街的人群中，看日戏时在剧院内，晚上在马车上和餐厅里。肯定到哪里都是风风光光，有马车等待着，有下人伺候着，可是这一切她都没有份。在过去那漫长的两年中，她甚至压根没来过这样的地方。

万斯在这种地方如鱼得水，就像赫斯渥从前一样。他大方地点了汤、牡蛎、烤肉和配菜，还要了几瓶酒，放在桌边的柳条篮里。

艾姆斯正出神地望着餐厅里的人群，这样嘉莉看到的是他的侧面，很有趣。他的额头长得很高，鼻子大而结实，下巴也还可爱。他的嘴长得不错，宽阔匀称，深棕色的头发稍稍朝一边分开。在嘉莉看来，他还有点儿孩子气，尽管他已经是个十足的成年人了。

“你知道吗，”沉思过后，他回头对嘉莉说。“有时候，我认为人们这样挥金如土是件可耻的事。”

嘉莉看了他一会儿，对他的严肃表情有一丝吃惊。他像是在想一些她从未考虑的事情。

“是吗？”她很感兴趣地回答。

“真的，”他说，“他们花的钱远远超过了这些东西的价值。他们是在大摆阔气。”

“我不明白，既然人们有钱，为什么不应该花它。”万斯太太说。

“这样做也没什么坏处，”万斯说，他还在研究菜单，虽然已经点过菜了。

艾姆斯又转眼望去，嘉莉又看着他的额头。她觉得他似乎在想些奇怪的事情，他在打量人群时，目光是温和的。

“看看那边那个女人穿的衣服，”他又回头对嘉莉说，朝一个方向点了点头。

“哪边？”嘉莉说，顺着他的目光看去。

“那边角上——还远一点，你看见那枚胸针了吗？”

“很大，是吧？”嘉莉说。

“这是我见过的最大的一串宝石，”艾姆斯说。

“是很大，不是吗？”嘉莉说。她觉得自己像是很想附和着这个年轻人说话，而且与此同时，也许在此之前，她依稀感到他比她受过更多的教育，头脑也比她好使。他看上去似乎是这样，而嘉莉的可取之处正在于她能够理解有些人是会比别人聪明。她一生中见过不少这样的人物，他们使她想起她自己模模糊糊地想象出的学者。现在她身边这个强壮的年轻人，外表清秀，神态自然，仿佛懂得很多她不大懂但却赞同的事情。她想，一个男人能这样是很不错的。

谈话转到当时的一本畅销书，艾伯特·罗斯的《塑造一个淑女》。万斯太太读过这本书。万斯在有些报上见过对它的讨论。

“一个人写本书就能一举成名，”万斯说。“我注意到很多人都在谈论这个叫罗斯的家伙。”他说这话时看着嘉莉。

“我没听说过他，”嘉莉老实地说。

“哦，我听说过，”万斯太太说，“他写过不少东西。最近的这本书写得很不错。”

“他并没有什么了不起的，”艾姆斯说。

嘉莉转过眼去看着他，像是看一个先哲。

“他写的东西差不多和《朵拉·索恩》一样糟。”他下结论说。

嘉莉觉得这像是在谴责她。她读过《朵拉·索恩》，或者说以前读过很多期连载。她自己觉得这本书只能说还可以，但是她猜想别人会以为这本书很不错的。

而现在，这个眼睛明亮、头脑聪明、在她看来还像个学生似的青年人却在嘲笑它。

在他看来，这本书很糟，不值得一读。她低下了头，第一次为自己缺乏理解力感到苦恼。

可是艾姆斯说话的口气没有丝毫的嘲讽或傲慢的味道。他身上很少这种味道。嘉莉觉得这只是个从更高的角度提出来的善意见解，一种正确的见解，她想知道按他的观点，还有什么是正确的。他似乎注意到了她在听他说话，而且很赞赏他的观点，于是从这以后他说话多半是对着她说的。

侍者鞠躬后退，摸摸盘子看看是否够热，送上汤匙和叉子，殷勤地做着这些小事，为的是能使顾客对这里的豪华环境产生印象。在这期间，艾姆斯也微微侧着身子，向她讲述着印第安纳波利斯的事情，显得很有见识。他确实长了一个充满智慧的脑袋，他的智慧主要体现在电学知识方面。不过他对其他各种学问和各类人物的反应也很敏捷、热烈。红色的灯光照在他的头上，头发变成了金黄色，眼睛也闪闪发亮。当他俯身向她时，她注意到了这一切，觉得自己非常年轻。这个男人远远在她之上。他看上去比赫斯渥明智，比杜洛埃稳健、聪明。他看上去天真、纯洁，她觉得他十分可爱。她还注意到他虽对她有些兴趣。但和她之间相距甚远。她不在他的生活圈内，有关他的生活的任何事情和她都没有关系，可是现在，当他谈起这些事情时，她很感兴趣。

“我可不想做有钱人，”吃饭时他告诉她说，那些食物激发了他的同情心，“不想有

太多的钱来这样挥霍。”

“哦，你不想吗?”嘉莉说，她第一次听到这种新观点，给她留下了鲜明的印象。

“不想，”他说，“那会有什么好处呢?人要幸福并不需要这种东西。”

嘉莉对此有些怀疑，但是从他口里出来的话，对她是有份量的。

“他孤身一人可能也会幸福的，”她心里想。“他是这么强壮。”

万斯夫妇不停地插话，艾姆斯只能断断续续地谈些这类难忘的事情。不过，这些已经足够了。因为用不着说话，这个青年人带来的气氛本身就已经给嘉莉留下了深刻的印象。他的身上或者他所到之处有某种东西让她着迷。他使她想起了那些她在舞台上看到的场面，伴随着某种她所不懂的东西，总会出现种种忧愁和牺牲。他那特有的一种从容不迫、无动于衷的气度，减轻了一些这种生活与她的生活对照所产生的痛苦。

她们走出饭店时，他挽住她的手臂，扶她进了马车，然后他们又上路了，就这样去看戏。

看戏的时候，嘉莉发现自己在很专心地听他说话。他提到的戏中的细节，都是她最喜欢的、最令她感动的地方。

“你不认为做个演员很不错吗?”有一次她问道。

“是的，我认为很不错，”他说，“要做个好演员。我认为戏剧很了不起。”

就这么一个小小的赞许，弄得嘉莉心头怦怦直跳。啊，但愿她能做个演员——一个好演员！这是个明智的人——他懂——而且他还赞成。倘若她是个出色的演员的话，像他这样的男人会赞许她的。她觉得他能这样说真是个好人，虽然这事和她毫不相干。她不知道为什么自己会有这样的感觉。

戏终场时，她突然明白他不准备和他们一起回去。

“哦，你不回去吗?”嘉莉问，显得有些失态。

“哎，不了，”他说，“我就住在这附近的三十三街上。”

嘉莉不再说什么了，但不知怎么地，这事使她很受震动。她一直在惋惜这个愉快的夜晚即将消逝，但她原以为还有半个小时呢。啊，这些个半小时，这些个分分秒秒，其间充满着多少痛苦和悲伤！

她故作冷淡地道了别。这有什么了不起的?可是，马车似乎变得冷冷清清了。

她回到自己的公寓时，心里还在想着这件事。她不知道自己是否能再见到这个人。可这又有什么关系——这又有什么关系呢?

赫斯渥已经回来了，这时已上了床。旁边凌乱地放着他的衣服。嘉莉走到房门口，看见他，又退了回来。她一时还不想进去。她要想一想。房里的情景令她感到不快。

她回到餐室，坐在摇椅里摇了起来。她沉思时两只小手捏得紧紧的。透过那渴望和矛盾的欲望迷雾，她开始看清了。啊，多少希望和惋惜，多少悲伤和痛苦！她摇晃着，开始看清了。

第三十三章　禁城之外：每况愈下

这件事情没有产生任何直接的结果。这类事要产生什么结果往往需要漫长的时间。早晨给人带来新的心情。目前的处境总会自我开脱的。只是在偶尔的时候，我们会瞥见事情的不幸。对照之下，人心能体会到这种不幸。没有了对照，痛苦也就减轻了。

在这以后的六个多月里，嘉莉照旧这样生活着。她没再见过艾姆斯。他来拜访过万斯夫妇一次，但她只是从那位年轻的太太那里听说了这事。随后，他便去了西部，即使这个人曾经吸引过她，现在这种吸引力也逐渐消失了。然而这件事的精神影响并没有消失，而且永远不会完全消失。她有了一个典范，可以用来对照男人，特别是她身边的男人。

转眼就快到三年了。在这整个时期内，赫斯渥倒也一帆风顺。没有什么明显的走下坡路，也没有什么显著的上升，一般的旁观者都能看出这一点。但他的心理上有了变化，这种变化很显著，只以清楚地表明将来的情况。这种变化仅仅是因为离开了芝加哥，导致了他的事业中断而造成的。一个人的财产或物质方面的发展和他的身体的成长很相像。他要么如同青年接近成年，越变越强壮、健康、聪明；要么如同成年接近老年，越变越虚弱、衰老、思想迟钝。没有任何别的状况。就中年人而言，在青春活力停止增长和衰老的趋势到来之间，往往会有一段时期，两种进展几乎完全平衡，很少向任何一方倾斜。可是，过了足够长的时间以后，这种平衡开始朝坟墓一面下陷。开始很慢，然后有些加速，最后就全速走向坟墓。人的财产也往往如此。倘若财产的增长过程从未中断过，倘若那种平衡的状态从未达到过，那么就不会垮掉。现今的这些有钱人往往因为他们能雇佣年轻的聪明人而避免了这样耗尽他们的财产。这些年轻的聪明人把雇主财产的利益看作是自己的利益。因此，财产就有了稳定、直接的发展。倘若每个人都要绝对地自己照管自己的财产，而且在过了足够长的时间后又变得极其衰老，那么他的财产就会像他的精力和意志一样消逝掉。他和他的财产就会完全化为乌有，不知去向。

但是，现在来看看这种类比在什么方面有所不同。一份财产，如同一个人，是一个有机体，除了创业人固有的才智和精力之外，它还要吸引别人的才智和精力。除了那些靠薪水吸引来的年轻人以外，它还要联合年轻人的力量，即使当创业人的精力和智慧逐渐衰退的时候，这些年轻人的力量仍能维持它的生存。它可能会由于一个社会或国家的发展而得以保存。它可能会致力于提供某种需求量日益增加的东西。这样一

来，它立即就可以摆脱创业人的特殊照料。它这时就不需要远见而只需要指导了。人在衰退，需求在继续或者在增长，那么这份财产，无论可能会落入谁的手中，都会维持下去。因此，有些人从未意识到自己能力的衰退。只是在一些偶尔的情况下，当他们的财产或成功的处境被剥夺时，才会明显地看出他们已经缺少过去的那种经营能力。当赫斯渥在新的环境中安顿下来的时候，他应该能够看出自己已不再年轻。要是他看不出这一点，那完全是因为他的状况正极为平衡，还没有露出衰退的痕迹。

他本身并不善于推理或反省，也就不能分析他的精神乃至身体上正在发生的变化，但是他已经感到了这种变化所带来的压抑。不断地将他过去的处境和现在的处境相对比，表明平衡正向坏的一面倾斜，于是产生了一种终日忧郁或者至少是消沉的心态。如今，有实验表明，终日忧郁的心情会在血液中产生某些叫作破坏素的毒素，正如愉快和欢乐的心情会产生叫作生长素的有益化学物质一般。由悔恨产生的毒素侵袭着身体组织，最终造成明显的体质恶化。这种情况正在赫斯渥身上发生。

一段时间以后，他的性情受到了影响。他的目光不再像当年在亚当斯街时那样轻快、敏锐。他的脚步不再像从前那样敏捷、坚实。他总是沉思、沉思、再沉思。他的那些新朋友都不是知名人士。他们属于比较低级，偏重肉欲而且较为粗俗的那等人。和这群人打交道，他不可能得到他在和常来芝加哥酒店的那些优雅人士交往中得到乐趣。他只有任由自己郁郁沉思。

渐渐地，他不再愿意招呼、讨好和款待这些来沃伦街酒店的顾客了，虽然这种变化很慢，极其缓慢。渐渐地，他所放弃的那块天地的重要性开始慢慢变得清楚起来。当他置身于其中时，也没觉得它有多么美妙。似乎人人都很容易去那里，人人都有很多的衣服穿，有足够的钱花。可是，如今当他被排斥在外，它竟变得如此遥远。他开始发现它就像一座围有城墙的禁城。各个城门口都有人把守。你无法进去。城里的人不屑出来看看你是谁。他们在里面快乐得很，根本就忘记了外面的所有人，而他就在外面。

每天他都能从晚报上看到这座禁城内的活动。在有关旅欧游客的通告中，他看到他过去那家酒店的知名主顾们的名字。在戏剧栏内，不时出现有关他过去认识的人们的最新成功之作的报道。他知道他们快乐依旧。头等卧车拉着他们在国内到处跑，报纸刊登有趣的新闻向他们表示欢迎，旅馆里雅致的门厅和明亮的餐厅里的一片灯火辉煌将他们紧紧地围在禁城之中。啊，那些他认识的人，那些和他碰过杯的人，那些有钱的人，而他却已被遗忘！惠勒先生是个什么人物？沃伦街酒店是个什么地方？呸！

倘若有人认为，这样的想法不会出现在如此普通的头脑里——这样的感觉需要更高的思想境界——那么我要提请他们注意，正是更高的思想境界才会排除这样的想法。正是更高的思想境界才会产生哲理和那种坚韧的精神，有了这种精神，人们就不愿去细想这类事情，不愿因考虑这类事情而自寻烦恼。普通的头脑对于有关物质幸福的一切事物都会非常敏感——敏感至极。只有无知的守财奴才会为损失了100块钱而心痛万分。只有埃皮克提图类型的主张忍耐与节制的人，才会在最后的一丝物质幸福的痕迹被抹掉的时候，能一笑置之。

到了第三年，这种想法开始对沃伦街酒店产生影响了。客流量比他进店以来最好的时候略有减少。这使他既恼怒又担忧。

有一天晚上，他向嘉莉吐露说，这个月的生意不如上个月做得好。他说这话来答复她提出的想买些小东西的要求。她已经注意到，他在为自己购买衣服时，好像并不和她商量。她第一次觉得这是个诡计，或者他这么说就是叫她不再想着开口要东西。她的回答虽然很温和，但她的心里十分反感。他一点也不关心她。她把自己的乐趣寄托在万斯夫妇的身上。

可是，这时万斯夫妇说他们要离开这里。春天快到了，他们要去北方。

“哦，是呀，”万斯太太对嘉莉说，“我们想还是最好把房子退掉，把东西寄存起来。我们整个夏天都不在这里，租这套房子是个无益的浪费。我想等回来的时候，我们住到靠市区近一点的地方去。”

嘉莉听到这个消息，心里十分难过。她非常喜欢和万斯太太做伴。在这幢房子里，她不认识别的什么人。她又要孤单一人了。

赫斯渥对赢利减少的忧虑和万斯夫妇的离开，是同时发生的。因此，嘉莉要同时忍受自己的寂寞和丈夫的这种心境。这事真让人伤心。她变得烦躁、不满，这种不满不完全像她想的那样是对赫斯渥的不满，而是对生活的不满。这是什么样的生活呀？整个一个日复一日的枯燥循环，实在是无味透顶。她拥有什么呢？除了这套窄小的公寓之外，她一无所有。万斯夫妇可以旅行，他们可以做些值得做的事情，而她却呆在这里。她生来究竟是为了什么？由此越想越多，随后就流泪了。流泪似乎情有可原，而且是这世上唯一的安慰。

这种状况又持续了一段时间，这对人儿过着颇为单调的生活，后来情况又稍有恶化。一天晚上，在考虑用什么办法来减少嘉莉对衣服的需求并减轻压在他的支付能力上的总的重负以后，赫斯渥说：

“我想我再也无法和肖内西一起做了。”

“出什么事了？”嘉莉说。

“咳，他是一个迟钝、贪婪的爱尔兰佬。他不同意任何改进酒店的办法，而不改进，酒店根本就赚不了钱。”

“你不能说服他吗？”嘉莉说。

“不行，我试过。我看要想改进只有一个办法，就是我自己开一家酒店。”

“你为什么不这样做呢？”嘉莉问。

“唉，目前我所有的钱都卡在那里了。倘若我有可能节约一段时间，我想我就能开

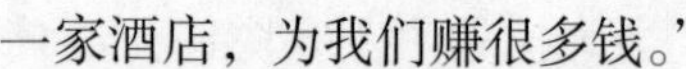

一家酒店，为我们赚很多钱。”

“我们有可能节约吗？”嘉莉说。

“我们不妨试试，”他建议道。“我一直在想，要是我们在市区租一套小一些的公寓，节俭地过上一年，加上我已经投资的部分，我就有足够的钱开一家好酒店了。到那个时候，我们就能按你的愿望生活了。”

“那将很合我的心意，”嘉莉说尽管当她想到事情竟然发展到这一步时，心里感到很难过。谈到租小些的公寓，听起来像是要受穷了。

“在第六大道附近，十四街往南，有很多漂亮的小公寓。我们可以在那里租上一套。”

“如果你说行的话，我就去看看。”嘉莉说。

“我想一年之内就能和这个家伙散伙，”赫斯渥说，“像现在这个做法，这桩生意无利可图。”

“我要去看看，”嘉莉说，她看出他关于换房子的建议看来是当真的。

这次谈话的结果是最终换了房子。嘉莉也不免因此而闷闷不乐。这件事对她的影响比以往发生的任何事都更为严重。她开始把赫斯渥完全看作是一个男人，而不是一个情人或丈夫。作为一个妻子，她觉得自己和他息息相关，不管命运如何，总是和他共命运的。可是，她开始发现他郁郁寡欢、沉默不语，不是一个年轻力壮、心情愉快的人了。在她看来，现在他的眼角和嘴边都有些显老了。照她的估计，还有别的事情让她露出了真面目。她开始感到自己犯了一个错误。顺便提一句，她还开始想起，当初实际上是他强迫她和他一起私奔的。

新公寓在十三街上，第六大道往西边去一点，只有四间房间。新住所的周围环境也不如以前的那么让嘉莉喜欢。这里没有树木，西面也看不见河。这条街上造满了房子。这里住着十二户人家，都是很体面的人，但是远不及万斯夫妇。更加有钱的人需要更多的居住空间。

嘉莉没雇女仆，因为只有她自己一个人待在这个小地方。她把房子布置得相当可爱，但是无法把它弄得令自己欢心。赫斯渥想到他们不得不改变自己的境况，心里也不高兴，但是他争辩说他也是没有办法。他只有尽量做出高兴的样子，随它去了。

他试图向嘉莉表明，不必为经济问题感到恐慌，而应感到庆幸，因为一年后，他就有可能多带她去看戏，餐桌上的饭菜也会丰富多了。这只是一时的权宜之计。他的心情变得只想一人独处，这样可以想想心事。他已经开始成为郁郁沉思这一毛病的牺牲品。唯一值得做的就是看看报纸和独立思考。爱情的欢乐再次被错过。现在的问题只是生活下去，在十分平凡的生活中，尽量享受生活。

下坡路上很少有落脚点和平地。他那和处境并发的精神状态，加大了他和他的合伙人之间的裂痕。最后，那个人开始希望摆脱赫斯渥了。然而，也真凑巧，这块地皮的主人做了一笔地产交易，把事情解决得比相互仇视所能谋划的更为有效。

“你看见这个了吧？”一天早上，肖内西指着他手里拿的一张《先驱报》的房地产交易栏，对赫斯渥说。

“没有，什么事呀？”赫斯渥说着，低头去看那些新闻。

“这块地皮的主人把它卖掉了。”

“你不是开玩笑吧？”赫斯渥说。

他看了一下，果然有一则通告：奥古斯特·维尔先生已于昨日将沃伦街和赫森德街拐角处那块25×75英尺的土地，作价5.7万块钱，正式过户给杰·费·斯劳森。

“我们的租赁权什么时候到期？”赫斯渥问，一边思忖着。“明年2月，是不是？”

“是的，”肖内西答道。

“这上面没说地皮的新主人打算把它派什么用场吧，”赫斯渥说，又看了看报纸。

“我想，我们很快就会知道的，”肖内西说。

的确如此，事情有了发展。斯劳森先生是与酒店毗邻的那片地产的主人，他准备在这里盖一幢现代化的办公楼。现有的房子要拆掉，大约要一年半的时间才能盖好新楼。

这一切逐步地发展着，赫斯渥也开始考虑起酒店的前景来。一天，他向他的合伙人谈起这事：

“你认为在这附近别的地方另开一家酒店值得吗？”

“那有什么用呢？”肖内西说。“在这附近我们也找不到别的拐角。”

“你觉得在别的地方开酒店赚不到钱吗？”

“我不想尝试，”另一位说。

这时，即将发生的变化对于赫斯渥显得十分严峻了。散伙意味着失去他那1000块钱，而且些间他不可能再攒出1000块钱来。他明白肖内西只是厌倦了合伙，等到拐角上的新楼盖好后，他很可能会独自在那里租一家店。他开始为必须再找寻新的关系而发愁，并且开始意识到，除非出现什么转机，否则严重的经济困难已经迫在眉睫。这使得他无心欣赏他的家或嘉莉，因此，沮丧也侵入了这个家庭。

在此期间，他尽量抽出时间去四处奔波，但是机会很少。而且，他已不再具有初来纽约时的那种感人的气质。不愉快的想法给他的眼睛蒙上了一层阴影，不会给人留下好的印象。交谈时，手头也没有1300块钱作为谈话的本钱。大约一个月后，他发现自己毫无进展，而此时肖内西则明确地告诉他，斯劳森不愿延长租期。

“我看这事是非完蛋不可了。”他说，一副假装关心的模样。

“哦，如果非完蛋不可，就让它完蛋吧，”赫斯渥冷冷地答道。他不愿意让对方看出自己的想法，无论是什么样的想法。不能让他得意。

一两天后，他觉得他必须和嘉莉谈谈了。

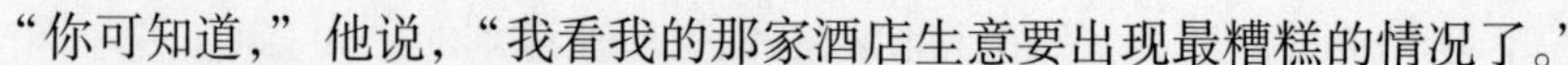

“你可知道，”他说，“我看我的那家酒店生意要出现最糟糕的情况了。”

“怎么会这样呢?”嘉莉吃惊地问道。

“唉，地皮的主人把它卖了，新的主人又不愿再租给我们。生意可能就要完蛋了。”

“你不能在别处再开一家吗?”

“看来没地方可开。肖内西也不愿意。”

“你会损失全部投资吗?”

“是的，”赫斯渥说，满脸愁容。

“哎呀，那不是太糟了吗?”嘉莉说。

嘉莉望着他，从他整个的神态上看出了这件事的意义所在。这是件严重的事，非常严重。

“这是一场骗局”，赫斯渥说。“就是这么回事。他们肯定会在那里另开一家的。”

“你觉得能想些别的办法吗?”她怯生生地鼓起勇气问道。

赫斯渥想了一会儿。现在他再也不能说什么有钱、有投资的骗人鬼话了。她看得出现在他是“破产”了。

“我不知道，”他严肃地说。“我可以试试。”

第三十四章　石磨的碾动：第一道糠屑

嘉莉一旦对事实有了正确的认识，就像赫斯渥一样，一直考虑着目前的处境。她花了几天的工夫才充分认识到，她丈夫的生意即将完结，这意味着他们要为生活而挣扎，要遭受贫困。她回想起她早年冒险闯荡芝加哥的日子，想起汉生夫妇和他们的那套房子，她心里很是反感。这太可怕了！凡是和贫困有关的事都是可怕的。她多么希望自己能找到一条出路啊！最近和万斯夫妇一起的经历，使得她完全不能以自满的心情来看待自己的处境了。万斯夫妇带给她的几次经历，使她彻底迷上了这个城市的上流社会的生活。有人教会了她怎样打扮，到何处去玩，而这两者她都没有足够的财力做到。如今，她满眼和满脑子都是这些事情——就像是些永存的现实。她的处境越是紧迫，这另一种光景就越是显得迷人。现在贫困正威胁着要将她整个俘获，并把这另一个世界使劲朝上推去。使它就像任何穷人都会向之伸手乞讨的上天一般。

同样也留下了艾姆斯带进她生活的理想。他的人走了，但他的话还在：财富不是一切；世界上还有很多她不知道的事；当演员不错；她读的文学作品不怎么样。他是个强者，而且纯洁——究竟比赫斯渥和杜洛埃强多少、好多少，她也只是一知半解，但是其间的差别令她痛苦。这是她有意不去正视的事。

在沃伦街酒店干的最后三个月里，赫斯渥抽出部分时间，按着那些商业广告，四下寻找机会。这事多少有些令人伤感，原因完全在于他想到他必须马上找到事情做，否则他就得开始靠他攒的那几百块钱过活，那样他就会没钱投资，他就不得不受雇于他人，做个职员了。

他在广告中发现的每一家看来能提供机会的酒店对他都不合适，要么太贵，要么太糟。另外，冬天即将来临，报纸在告诉人们困难时期到了，人们普遍感到时世艰难，或者至少他是这么认为的。他自己在犯愁，因此别人的忧愁也变得显而易见了。他在浏览早报时，什么商店倒闭，家庭挨饿，路人据猜因为饥饿而倒毙街头，没有一则这类的消息能逃过他的眼睛。一次，《世界报》刊出了一条耸人听闻的消息说："今冬纽约有八万人失业。"这则新闻就像一把刀子，刺痛了他的心。

"八万人，"他想。"这事多么可怕呀！"

这种想法对于赫斯渥是全新的。从前，人们似乎都过得挺好。在芝加哥时，他曾常常在《每日新闻》上看到类似的事情，但是没有引起过他的注意。如今，这些事情就像是晴朗的天边飘着的阴云，威胁着要将他的生活笼罩和遮蔽在阴冷的灰暗之中。

他想甩开它们，忘记它们，振作起来。有时候，他心里自言自语：

“犯愁有什么用呢？我还没完蛋嘛。我还有六个星期的时间。即便出现最糟的情况，我还有足够的钱过上六个月。”

说来奇怪，当他为自己的前途犯愁的时候，他偶尔会转念想起他的太太和家庭来。头三年中，他尽量避而不想这些。他恨她，没她他也能过活，让她去吧！他能过得挺好。可是现在，当他过得不太好时，他却开始想起她，不知她在做些什么，他的孩子们过得怎样。他能想象得出，他们照旧过得很好，住着那幢舒适的房子，用着他的财产。

“老天爷，他们全都给占去了，真是太不像话了！”有几次他这样模糊地自忖着。“我可没干什么坏事。”

现在，当他回首往事，分析导致他偷那笔钱的情形时，他开始适度地替自己辩护。他干了什么，究竟干了什么，要把他这样排挤出去，要把这么多的困难堆在他的头上？对他来说，仿佛就在昨天，他还过得舒适、宽裕。可是现在，他却被剥夺了这一切。

“她不应该享受从我这里拿去的这一切，这一点可以肯定。我没干什么大不了的坏事，要是人人都明白这个就好了。”

他没有想过应该公开这些事实。这只不过是他从自身寻找的一种精神辩护——它使他能够像个正直的人一样忍受自己的处境。

在关闭沃伦街酒店前五个星期的一天下午，他离开酒店去拜访他在《先驱报》上看见登有广告的三四个地方。一个在金街，他去看了，但没进去。这地方看上去太寒酸了，他觉得无法忍受。另一个在波威里街上，他知道这条街上有很多豪华的酒店。这家酒店靠近格蓝德街，果然装修得非常漂亮。他转弯抹角地和店东兜着圈子谈论投资问题，整整谈了有3刻钟。店东强调说，他身体不好，因此想找个合伙人。

“那么，这个，买一半股权要多少钱呢？”赫斯渥问道，他想最多他只能出700块钱。

“3000块。”那人说。

赫斯渥的脸拉长了。

“现金吗？”他说。

“现金。”

他想装出在考虑的样子，像是真能买似的，但他的眼里却流露出忧愁。他说要考虑一下，结束了谈话，然后走掉了。和他谈话的店东依稀觉察到他的境遇不佳。

“我看他是不想买，”他自语道。“他说话不对劲。”

这是个灰蒙蒙冷飕飕的下午。天刮起了令人不快的寒风。他去拜访远在东区、靠近六十九街的一家酒店。当他到达那里时，已经5点钟，天色渐渐暗下来了。店东是个大腹便便的德国人。

“谈谈你们登的这则广告好吗?”赫斯渥问,这家酒店的外观很令人反感。

“噢,这事已经过去了,”那个德国人说。“我现在不卖了。”

“哦,这是真的吗?”

“是的,现在没有这回事了。这事已经过去了。”

“很好,”赫斯渥说着,转过身去。

那德国人不再睬他了,这使他很生气。

“这个笨蛋疯了!”他对自己说。“那他干嘛要登那个广告?”

他彻底灰心了,便朝十三街走去。家里只有厨房里亮着一盏灯。嘉莉正在里面干活。他擦了一根火柴,点亮了煤气灯,也没有招呼她,就在餐室里坐下了。她走到门口,朝里看了看。

“是你回来了吗?”她说着,又走了回去。

“是的。”他说,埋头盯着买来的晚报,都没抬眼看一下。

嘉莉知道他的情况不妙了。他不高兴时,就不那么漂亮了。眼角边的皱纹也加深了。天生的黑皮肤,忧郁使他看上去有点凶恶。这时的他十分令人讨厌。

嘉莉摆好饭桌,端上饭菜。

“饭好了,”她说,从他身边走过去拿东西。

他没有答话,继续看报。

她进来后,坐在自己的位子上,很伤心。

“你现在不吃饭吗?”她问道。

他折起报纸,坐近了一些,但除了说“请递给我某某”之外,一直沉默不语。

“今天很阴冷,是吧?”过了一会儿,嘉莉开口说道。

“是的,”他说。

他只是毫无胃口地吃着饭。

“你们还肯定非关店不可吗?”嘉莉说,大胆地提到他们经常讨论的话题。

“当然肯定罗。”他说,他那生硬的口气只是稍稍有一点缓和。

这句回答惹恼了嘉莉。她自己已经为此生了一天的闷气。

“你用不着那样说话。”她说。

“哦!”他叫了起来,从桌边朝后推了推座位,像是要再说些什么,但是就此算了。然后,他拿起了报纸。嘉莉离开了座位,她好不容易控制住自己。他知道她伤心了。

“别走开,”当她动身回厨房时,他说,“吃你的饭吧!”

她走了过去,没有答话。

他看了一会儿报纸,然后站起身来,穿上外套。

“我要到市区去,嘉莉,”他说着,走了出来,“今晚我心情不好。”

她没有答话。

“别生气，”他说，“明天一切都会好的。”

他看着她，但是她不睬他，只顾洗她的盘子。

“再见！”最后他说，走了出去。

这是眼前的处境在他们之间第一次产生的强烈的后果。然而，随着酒店关闭的日子的临近，忧郁几乎成了永久的东西。赫斯渥无法掩饰他对这事的感想。嘉莉不禁担心自己会向何处漂泊。这样一来，他们之间的谈话比平时更少，这倒并不是因为赫斯渥对嘉莉不满，而是嘉莉要躲着他。这一点他注意到了。这倒引起了他对他的不满，因为她对他冷淡。他可能进行友好的交谈几乎当成了一项艰巨的任务，但是随后却发现，嘉莉的态度使得这项任务更加艰巨，更加不可能，这真令他不满。

终于，最后的一天到了。赫斯渥原以为这一天必定会有晴天霹雳和狂风骤雨，并已经做好了这种思想准备。可是，当这一天真的来临时，他发现也只是个平常的普通日子，很感欣慰。阳光灿烂，气温宜人。当他坐到早餐桌旁时，他发现这事终究并不怎么可怕。

“唉，”他对嘉莉说，“今天是我的末日。”

对他的幽默，嘉莉报以一笑。

赫斯渥还是很愉快地浏览着报纸。他像是丢掉了一个包袱。

“我要去市区待一会儿，”早饭后他说，“然后我就去找找看，明天我一整天都要去找。现在酒店不用我管了，我想我能找到事干的。”

他笑着出了门，去了酒店。肖内西在店里。他们办妥了一切手续，按照股份分配财产。可是，当他在那里耽搁了几个钟头，又出去待了三个钟头后再回到那里，他那兴奋劲没有了。尽管他曾经很不满意这家酒店，但现在眼见它将不复存在，他还是感到难过。他真希望情况不是这样。

肖内西则十分冷静，毫不动情。

“喂，”他5点钟时说道，“我们最好把零钱数一数，分了吧！”

他们这样做了。固定设备已经卖了，钱也分了。

“再见了。”赫斯渥在最后一刻说，最后一次想表现得友好一些。

“再见。”肖内西说，几乎不屑注意这个。

沃伦街的生意就这样永远做完了。

嘉莉在家里做了一顿丰盛的晚餐，可是，当赫斯渥坐车回来时，他看上去神情严肃，满腹心事。

“怎么样啦？”嘉莉询问道。

“我把事情办完了。”他答道，脱下外套。

她看着他，很想知道他现在的经济状况什么样了。他们吃着饭，交谈了几句。

“你的钱够在别的酒店入股吗？”嘉莉问。

“不够，”他说。“我得找些别的事情做，攒起钱来。”

“要是你能谋到一个职位就好了。”焦虑和希望促使嘉莉这样说道。

“我想我会的。”他若有所思地说。

这以后的一些日子里，每天早晨，他按时穿上大衣，动身出门。这样出门时，他总是自我安慰地想着，他手头有 700 块钱，还是能够谈成什么有利的买卖的。他想到去找一些酿酒厂，据他所知，酿酒厂往往辖有出租的酒店，可以去找他们帮帮忙。然后，他想起他总得付出几百钱买那些固定设备，这样一来，他就会没钱支付每月的费用了。现在他每个月差不多要花 80 块钱的生活费。

“不行，”他在头脑清醒的时候说，“我不能这样做。我要找些别的事情做，攒起钱来。”

一旦他开始考虑他究竟想做什么样的事情时，这个找些别的事情的计划就复杂化了。做经理吗？他能从哪里谋到这样的职位呢？报纸上没有招聘经理的启事。这种职位要不是靠多年的服务晋升而得，就是要出一半或者 1/3 的股份去买，对此，他是最清楚不过了。他可没有足够的钱去一个大到需要这样一个经理的酒店买个经理来做。

不过，他还是着手去找。他还是衣冠楚楚，外貌依旧很出众，但是这却带来了造成错觉麻烦。一看见他，人们就会以为，像他这般年龄的人，身体结实且衣着得体，一定非常富有。他看上去像是生活舒适的某个产业主，一般的人可以指望从他这样的人手里得到些赏钱。现在他已经四十有三，长得又富态，步得并不是件易事。他已经多年不习惯这样的运动了。虽然他几乎每去一处都乘坐有轨电车，但一天下来，他还是感到腿发软、肩发痛、脚发疼。单单上车下车，时间长了，也会产生这种后果的。

他十分清楚，人们看他外表上比实际上有钱。他非常痛苦地明白这一点，从而妨碍了他寻找机会。这倒不是说他希望自己外表看上去差一些，而是说他羞于提出与自己的外表不相称的要求。因此，他迟疑不决，不知怎么去做才好。

他想过去旅馆做事，但立刻想起自己在这方面毫无经验，而且，更重要的是，在这一行里，他没有熟人或朋友可投。在包括纽约在内的几个城市里，他的确认识一些旅馆主人，但是他们都知道他和费莫酒店的关系。他不能求职于他们。由那些他知道的大厦或大商店，他想到其他的一些行业，如批发杂货、五金器材、保险公司等等，但是这些他都没有经验。

考虑怎样去谋职是件苦恼的事。他是否得亲自去询问，等在办公室门外，然后以这般高贵有钱的模样，宣布自己是来求职的？他费劲而痛苦地想着这个问题。不，他不能这么做。

他真的去四处奔走，一路思索着。然后，因为天气寒冷，走进了一旅馆。他对旅馆很了解，知道任何体面的人都可以在门厅的椅子上坐一坐。这是在百老汇中央旅馆里，这家旅馆当时是纽约最重要的旅馆之一。来这里坐坐，对他来说是很不好受的。

简直无法想象，他竟然会弄到这步田地！他听说过在旅馆里闲荡的人被叫作蹭座者。在他得意的时候，他自己也这样叫过他们。可是现在，尽管有可能会碰到某个熟人，他还是来到这里，待在这家旅馆的门厅里，一来避避寒，二来可免受街头奔波之苦。

“我这样做是不行的，”他对自己说，“不事先想好要去什么地方，天天早上就这样盲目动身出门是不管用的。我要想好一些地方，然后再去寻找。”

他想起酒吧侍者的位置有时会有空缺，但是他又打消了这个念头。他这个过去的经理，去做个酒吧侍者?!

在旅馆的门厅里，越坐越觉得乏味透顶，于是他 4 点钟就回家了。他进门时，努力摆出个办正事的样子，但是装得不像。餐室里的摇椅很是舒适。他拿着几份买来的报纸，高兴地在摇椅里坐下，开始看报。

当嘉莉穿过餐室去做晚饭时，她说：

“今天收房租的人来过了。”

“哦，是吗?”赫斯渥说。

他记起今天是 2 月 2 号，收房租的人总是这个时候来，于是稍稍皱起了眉头。他伸手到衣袋里摸钱包，第一次尝到了只出不进的滋味。他看着那一大卷绿钞票，活像一个病人看着一种能治好病的药。然后，他数出来 28 块钱。

“给你，”当嘉莉再次走过时，他对她说。

他又埋头看起报来。啊，还可以享受一下别的事情——不用跑路、不用烦神。这些潮水般的电讯消息多像能令人忘却一切的忘川之水啊！他有些忘记自己的烦恼了。有一个年轻漂亮的女人。要是你相信报纸上的描述的话，控告她那在布鲁克林的富有、肥胖的糖果丈夫，要求离婚。另一则消息详细地报道了斯塔腾岛的普林斯湾外一只船在冰雪中失事的经过。有一个长而醒目的栏目，记载着戏剧界的活动——上演的剧目，登台的演员，戏院经理的布告。范尼·达文波特正在第五大道演出，戴利在上演《李尔王》。他看到消息说，范德比尔时一家和他们的朋友一行，早早就去了佛罗里达州度假。在肯塔基州山区发生了有趣的枪战。他就这样看呀，看呀，看呀，在温暖的房间里，坐在取暖炉边上的摇椅里摇晃着，等着开晚饭。

第三十五章　自暴自弃：满面愁容

第二天早晨，他浏览了一遍报纸，啃完了一长串广告，做了一些笔记。然后他去看招收男工的广告栏，但是心情很不愉快。又一天摆在他的面前——漫长的一天去寻找事做——而他就得这样开始。他扫了一眼那长长的广告栏，大多数是关于招收面包师、改衣工、厨师、排字工、车夫等等，只有两则引起了他的注意，一则是一家家具批发行招聘一名出纳员，另一则是一家威士忌公司招聘一名推销员。他从未想过要做推销员。他立即决定去那里看看。

那家公司叫阿尔斯伯里公司，经销威士忌。

他那副仪表堂尝的样子，几乎一到就被请去见经理。

"早安，先生，"经理说，起初以为面对的是一位外地的客户。

"早安，"赫斯渥说。"我知道你们登了报要招聘推销员，是吗？"

"哦，"那人说道，明显地流露出恍然大悟的神情。"是的，是的，我是登了报。"

"我想来应聘，"赫斯渥不失尊严地说，"我对这一行有一定的经验。"

"哦，你有经验吗？"那人说，"你有些什么样的经验呢？"

"喔，我过去当过几家酒店的经理。最近我在沃伦街和赫德森街拐角的酒店里有1/3的股权。"

"我明白了。"那人说。

赫斯渥停住了，等着他发表意见。

"我们是曾想要个推销员，"那人说，"不过，我不知道这种事你是不是愿意做。"

"我明白，"赫斯渥说，"可是，我眼下不能挑挑拣拣。倘若位置还空着，我很乐意接受。"

那人很不高兴听到他说的"不能挑挑拣拣"的话。他想要一个不想挑拣或者不想找更好的事做的人。他不想要老头子。他想要一个年轻、积极、乐于拿钱不多而能主动工作的人。他一点也不喜欢赫斯渥。赫斯渥比他的店东们还要神气些。

"好吧，"他回答说。"我们很高兴考虑你的申请。我们要过几天才能做出决定。你送一份履历表给我们吧！"

"好的。"赫斯渥说。

他点头告别后，走了出来。在拐角处，他看看那家家具行的地址，弄清楚是在西二十三街。他照着这个地址去了那里。可是这家店并不太大，看上去是家中等店铺，

里面的人都闲着而且薪水很少。他走过时朝里面扫了一眼，随后就决定不进去了。

“大概他们要一个周薪10块钱的姑娘。”他说。

1点钟时，他想吃饭了，便走进麦迪逊广场的一家餐馆。在那里他考虑着可以去找事做的地方。他累了。又刮起了寒风。在对面，穿过麦迪逊广场公园，耸立着那些大旅馆，俯瞰着热闹的街景。他决定过到那边去，在一家旅馆的门厅里坐一会儿。那里面又暖和又亮堂。他在百老汇中央旅馆没有遇见熟人。十有八九，在这里也不会遇见熟人的。他在大窗户旁边的一只红丝绒长沙发上坐了下来，窗外看得见百老汇大街的喧闹景象，他坐在那里想着心事。在这里，他觉得自己的处境似乎还不算太糟。静静地坐在那里看着窗外，他可以从他的钱包里那几百块钱中找到一点安慰。他可以忘掉一些街上奔波的疲乏和四处找寻的劳累。可是，这只不过是从一个严峻的处境逃到一个不太严峻的处境罢了。他仍旧愁眉不展，灰心丧气。在这里，一分钟一分钟似乎过得特别慢。一个钟头过去需要很长很长的时间。在这一个钟头里，他忙着观察和评价那些进进出出的这家旅馆的真正旅客，以及旅馆外面百老汇大街上来往的那些更加有钱的行人，这些人都是财运当头，这从他们的衣着和神情上就看得出来。自他到纽约以来，这差不多是他第一次有这么多的空闲来欣赏这样的场面。现在他自己被迫闲了下来，都不知道别人在忙乎些什么了。他看到的这些青年多么快乐，这些女人多么漂亮啊！他们的衣着全都是那么华丽。他们都那么急着要赶到什么地方去。他看见美丽动人的姑娘抛出卖弄风情的眼色。啊，和这些人交往得要多少金钱——他太清楚了！他已经很久没有机会这样生活了！

外面的时钟指到4点。时候稍稍早了一点，但是他想要回公寓了。

一想到回公寓，他又连带想到，要是他回家早了，嘉莉会认为他在家闲坐的时间太多了。他希望自己不用早回去，可是这一天实在是太难熬了。回到家里他就自在了。他可以坐在摇椅里看报纸。这种忙碌、分心、使人引起联想的场面就被挡在了外面。他可以看看报纸。这样一想，他就回家了。嘉莉在看，很是孤单。房子周围被遮住了，里面很暗。

“你会看坏眼睛的，”他看见她时说。

脱下外套后，他觉得自己应该谈一点这一天的情况。

“我和一家酒类批发公司谈过了，”他说，“我可能出去搞推销。”

“那不是很好嘛！”嘉莉说。

“还不算太坏，”他回答。

最近他总是向拐角上的那个人买两份报纸——《世界晚报》和《太阳晚报》。所以，他现在走过那里时，直接拿起报纸就走，不必停留了。

他把椅子挪近取暖炉，点燃了煤气。于是，一切又像头天晚上一样。他的烦恼消失在那些他特别爱看的新闻里。

第二天甚至比前一天更糟，因为这时他想不出该去哪里。他研究报纸研究到上午10点钟，还是没有看中一件他愿意做的事情。他觉得自己该出去了，可是一想到这个就感到恶心。到哪里去，到哪里去呢?

“你别忘了给我这星期要用的钱。”嘉莉平静地说。

他们约定，每星期他交到她手上12块钱，用作日常开支。她说这话时，他轻轻地叹了一口气，拿出了钱包。他再次感到了这事的可怕。他就这样把钱往外拿，往外拿，没有分文往里进的。

“老天爷!”他心里想着，“可不能这样下去啊!”

对嘉莉他却什么也没说。她能够感觉到她的要求令他不安了。要他给钱很快就会成为一件难受的事情了。

“可是，这和我有什么关系呢?”她想，“唉，为什么要让我为此烦恼呢?”

赫斯渥出了门，朝百老汇大街走去。他想找个什么可去的地方。没有多久，他就来到了坐落在三十一街的宏大旅馆。他知道这家旅馆有个舒适的门厅。走过了二十条横马路，他感到冷了。

“我去他们的理发间修个面吧，”他想。

享受了理发师的服务后，他就觉得自己有权利在那里坐下了。

他又觉得时间难挨了，便早早回了家。连续几天都是这样，每天他都为要出去找事做而痛苦不堪，每天他都要为厌恶、沮丧、害羞所迫，去门厅里闲坐。

最后是三天的风雪天，他干脆没有出门。雪是从一天傍晚开始下的。雪不停下着，雪片又大又软又白。第二天早晨还是风雪交加，报上说将有一场暴风雪。从前窗向外看得见一层厚厚的、软软的雪。

“我想我今天就不出去了，”早饭时，他对嘉莉说。“天气将会很糟，报纸上这么说的。”

“我叫的煤也还没有人给送来。”嘉莉说，她的煤是论蒲式耳叫的。

“我过去问问看，”赫斯渥说。主动提出要做点家务事，这在他还是第一次，然而不知怎么地，他想坐在家里的愿望促使他这样说，作为享受坐在家里的权利的某种补偿。

雪整天整夜地下着。城里到处都开始发生交通堵塞。报纸大量报道暴风雪的详情，用大号铅字渲染穷人的疾苦。

赫斯渥在屋角的取暖炉边坐着看报。他不再考虑需要找工作的事。这场可怕的暴风雪，使一切都陷于瘫痪，他也无须去找工作了。他把自己弄得舒舒服服的，烤着他的两只脚。

看到他们悠闲自得，嘉莉不免有些疑惑。她表示怀疑不管风雪多么狂暴，他也不应该显得这般舒服。他对自己的处境看得也太达观了。

然而，赫斯渥还是继续看呀，看呀！他不大留意嘉莉。她忙着做家务，很少说话打搅他。

第二天还在下雪，第三天严寒刺骨。赫斯渥听了报纸的警告，坐在家里不动。现在他自愿去做一些其他的小事。一次是去肉铺，另一次是去杂货店。他做这些小事时，其实根本没有去想这些事本身有什么真正的意义。他只是觉得自己还不是毫无用处。的确，在这样恶劣的天气，待在家里还是很有用的。

可是，第四天，天放晴了，他从报上知道暴风雪过去了。而他这时还在闲散度日，想着街上该有多么泥泞。

直到中午时分，他才终于放下报纸，动身出门。由于气温有回升，街上泥泞难行。他乘有轨电车穿过十四街，在百老汇大街转车朝南。他带着有关珍珠街一家酒店的一则小广告。可是，到了百老汇中央旅馆，他却改变了主意。

“这有什么用呢？”他想，看着车外的泥浆和积雪。“我不能投资入股。十有八九是不会有什么结果的。我还是下车吧！”于是他就下了车。他又在旅馆的门厅里坐了下来，等着时间消逝，不知自己能做些什么。

能呆在室内，他感到挺满足。正当他闲坐在那里遐想时，一个衣冠楚楚的人从门厅里走过，停了下来，像是拿不准是否记得清楚，盯着看了看，然后走上前去。赫斯渥认出他是卡吉尔，芝加哥一家也叫作卡吉尔的大马厩的主人。他最后一次见到他是在阿佛莱会堂，那天晚上嘉莉在那里演出。他还立刻想起了这个人那次带太太过来和他握手的情形。

赫斯渥大为窘迫。他的眼神表明他感到很难堪。

“喔，是赫斯渥呀！”卡吉尔说，现在他记起来了，懊悔开始没有很快认出他来，好避开这次会面。

“是呀，”赫斯渥说。“你好吗？”

“很好，”卡吉尔说，为不知道该说些什么而犯愁。“住在这里吗？”

“不，”赫斯渥说，“只是来这里赴个约。”

“我只知道你离开了芝加哥。我一直想知道，你后来情况怎么样了。”

“哦，我现在住在纽约，”赫斯渥答道，急着要走开。

“我想，你干得不错吧！”

“好极了。”

“很高兴听到这个。”

他们相互看了看，很是尴尬。

“噢，我和楼上一个朋友有个约会。我要走了。再见。”

赫斯渥点了点头。

“真该死。”他嘀咕着，朝门口走去。“我知道这事会发生的。”

他沿街走过几条横马路。看看表才指到1点半。他努力想着去个什么地方或者做些什么事情。天气实在太糟了，他只想躲到室内去。终于他开始感到两脚又湿又冷，便上了一辆有轨电车，他被带到了五十九街，这里也和其他地方一样。他在这里下了车，转身沿着第七大道往回走，但是路上泥泞不堪。在大街上到处闲逛又无处可去的痛苦，使他受不住了。他觉得自己像是要伤风了。

他在一个拐角处停下来，等候朝南行驶的有轨电车。这绝对不是出门的天气，他要回家了。

嘉莉见他3点差1刻就回来了，很吃惊。

“这种天气出门太糟糕，”他只说了这么一句。然后，他脱下外套，换了鞋子。

那天晚上，他觉得是在伤风了，便吃了些奎宁。直到第二天早晨，他还有些发热，整个一天就坐在家里，由嘉莉伺候着。他生病时一副可怜样，穿着颜色暗淡的浴衣，头发也不梳理，就不怎么漂亮了。他的眼圈边露出憔悴，人也显得苍老。嘉莉看到这些，心里感到不快。她想表示温存和同情，但是这个男人身上有某种东西使得她不愿和他亲近。

傍晚边上，在微弱的灯光下，他显得非常难看，她便建议他去睡觉。

“你最好一个人单独睡，”她说，“这样你会感到舒服一些。我现在就去给你铺床。”

“好吧！”他说。

她在做着这些事情时，心里十分难受。

“这是什么样的生活！这是什么样的生活！”她脑子里只有这一个念头。

有一次，是在白天，当他正坐在取暖炉边弓着背看报时，她穿过房间，见他这样，就皱起眉头。在不太暖和的前房间里，她坐在窗边哭了起来。这难道就是她命中注定的生活吗？就这样被关鸽子笼一般的小房子里，和一个没有工作、无所事事而且对她漠不关心的人生活在一起？现在她只是他的一个女仆，仅此而已。

她这一哭，把眼睛哭红了。铺床时，她点亮了煤气灯，铺好床后，叫他进来，这里他注意到了这一点。

“你怎么啦？”他问道，盯着她的脸看。他的声音嘶哑，加上他那副蓬头垢面的样子，听起来很可怕。

“没什么，”嘉莉有气无力地说。

“你哭过了。”他说。

“我没哭。”她回答。

不是因为爱他而哭的，这一点他明白。

“你没必要哭的，”他说着，上了床。“情况会变好的。”

一两天后，他起床了，但天气还是恶劣，他只好待在家里。那个卖报的意大利人现在把报纸送上门来，这些报纸他看得十分起劲。在这之后，他鼓足勇气出去了几次，

但是又遇见了一个从前的朋友。他开始觉得闲坐在旅馆的门厅里时心神不安了。

他每天都早早回家，最后索性也不假装要去什么地方了。冬天不是找事情做的时候。

待在家里，他自然注意到了嘉莉是怎样做家务的。她太不关于料理家务和精打细算了，她在这方面的不足第一次引起了他的注意。不过，这是在她定期要钱用变得难以忍受之后的事。他这样闲坐在家，一星期又一星期好像过得非常快。每到星期二嘉莉就向他要钱。

"你认为我们过得够节省了吗?"一个星期二的早晨，他问道。

"我是尽力了。"嘉莉说。

当时他没再说什么，但是第二天，他说：

"你去过那边的甘斯沃尔菜场吗?"

"我不知道有这么个菜场，"嘉莉说。

"听说那里的东西要便宜得多。"

对这个建议，嘉莉的反应十分冷淡。这种事她根本就不感兴趣。

"你买肉多少钱一磅?"一天，他问道。

"哦，价格不一样，"嘉莉说。"牛腰肉2毛5分1镑。"

"那太贵了，不是吗?"他回答。

就这样，他又问了其他的东西，日子久了，最终这似乎变成了他的一种癖好。他知道了价格并且记住了。

他做家务事的能力也有所提高。当然是从小事做起的。一天早晨，嘉莉正要去拿帽子，被他叫住了。

"你要去哪里，嘉莉?"他问。

"去那边的面包房，"她回答。

"我替你去好吗?"他说。

她默许了，他就去了。每天下午，他都要到街角去买报纸。

"你有什么要买的吗?"他会这样说。

渐渐地，她开始使唤起他来。可是，这样一来，她就拿不到每星期那12块钱了。

"你今天该给我钱了，"大约就在这个时候，一个星期二，她说。

"给多少?"他问。

她非常清楚这句话的意思。

"这个，5块钱左右吧，"她回答。"我欠了煤钱。"

同一天，他说：

"我知道街角上的那个意大利人的煤卖2毛5分一蒲式耳。我去买他的煤。"

嘉莉听到这话，无动于衷。

"好吧!"她说。

然后，情况就变成了：

"乔治，今天得买煤了。"或者"你得去买些晚饭吃的肉了。"

他会问明她需要什么，然后去采购。

随着这种安排而来的是吝啬。

"我只买了半磅牛排，"一天下午，他拿着报纸进来时说，"我们好像一向吃得不太多。"

这些可悲的琐事，使嘉莉的心都要碎了。它们使她的生活变得黑暗，心灵感到悲痛。唉，这个人变化真大啊！日复一日，他就这么坐在家里，看他的报纸。这个世界看来丝毫引不起他的兴趣。天气晴好的时候，他偶尔地会出去一下，可能出去四五个钟头，在 11 点到 14 点之间。除了痛苦地鄙视他之外，她对他毫无办法。

由于没有办法找到出路，赫斯渥变得麻木不仁。每个月都要花掉一些他那本来就很少的积蓄。现在，他只剩下 500 块钱了，他紧紧地攥住这点钱不放，好像这样就能无限期地推迟赤贫的到来。坐在家里不出门，他决定穿上他的一些旧衣服。起先是在天气不好的时候。最初这样做的时候，他作了辩解。

"今天天气真糟，我在家里就穿这些吧!"

最终这些衣服就一直穿了下去。

还有，他一向习惯于付 1 角 5 分钱修一次面，另付 1 角钱小费。他在刚开始感到拮据的时候，把小费减为 5 分，然后就分文不给了。后来，他去试试一家只收 1 角钱的理发店，发现修面修得还可以，就开始经常光顾那里。又过了些时候，他把修面改为隔天一次，然后是三天一次，这样下去，直到规定为每周一次。到了星期六，他那副样子可就够瞧的了。

当然，随着他的自尊心的消失，嘉莉也失去了对他的尊重。她无法理解这个人是怎么想的。他还有些钱，他还有体面的衣服，打扮起来他还是很漂亮的。她没有忘记自己在芝加哥的艰苦挣扎，但是她也没有忘记自己从不停止奋斗，他却从不奋斗，他甚至连报上的广告都不再看了。

终于，她忍不住了，毫不含糊地说出了她自己的想法。

"你为什么在牛排上抹这么多的黄油?"一天晚上，他闲站在厨房里，问她。

"当然是为了做得好吃一些啦。"她回答。

"这一阵子黄油可是贵得吓人，"他暗示道。

"倘若你有工作的话，你就不会在乎这个了。"她回答。

他就此闭上了嘴，回去看报了，但是这句反驳的话刺痛了他的心。这是从她的口里说出来的第一句尖刻的话。

当晚，嘉莉看完报纸以后就去前房间睡觉，这很反常。当赫斯渥决定去睡时，他

像往常一样，没点灯就上了床，这时他才发现嘉莉不在。

“真奇怪，”他说，“也许她要迟点睡。”

他没再想这事，就睡了。早晨她也不在他的身边。说来奇怪，这件事竟没人谈起，就这么过去了。

夜晚来临时，谈话的气氛稍稍浓了一些，嘉莉说：

“今晚我想一个人睡。我头痛。”

“好吧！”赫斯渥说。

第三夜，她没找任何借口，就去房间的床上睡了。

这对赫斯渥是个冷酷的打击，但他从不提起这事。

“好吧，”他对自己说，忍不住皱紧了眉头。“就让她一个人睡吧！”

第三十六章　残酷的衰落：虚幻的机会

圣诞节一过，万斯夫妇就回到了纽约，他们没有忘记嘉莉。但是他们，或者更确切地说，万斯太太却从未去拜访过她。原因很简单，嘉莉没有写信告知自己的地址。按她的性格，当她还住在七十八街时，倒是一直和万斯太太通信的。可是当她被迫搬进十三街以后，她害怕万斯太太会认为这意味着他们处境艰难，因而就想方设法不透露她的新住址。由于想不出什么合适的办法，她只好忍痛割爱，干脆就不给她的朋友写信了。万斯太太感到奇怪，怎么会这样音信全无，以为嘉莉一定是离开了这座城市，最后就当她失踪了，不再去想她。因此，当她到十四街去买东西时，碰见嘉莉也在那里买东西时，着实吃了一惊。

"哎呀，惠勒太太，万斯太太说，从头到脚扫了嘉莉一眼，"你去哪里了？为什么你不来看我？我一直在想，不知你的情况怎么样了。真的，我——"

"看见你我太高兴了，"嘉莉说，既高兴又为难。什么时候不好，偏偏赶这个时候碰到万斯太太，真是再糟不过了。"呃，我就住在这一带。我一直想来看你。你现在住在哪里？"

"五十八街，"万斯太太说，"就在第七大道过去——二百一十八号。你为什么不来看我呢？"

"我会来的，"嘉莉说道。"真的，我一直想来。我知道我应该来的。真是遗憾。可是，你知道——"

"你的门牌号码是什么？"万斯太太问。

"十三街，"嘉莉很不情愿地说，"西一百一十二号。"

"喔，"万斯太太说，"那就在这附近，是不是？"

"是的，"嘉莉说，"你什么时候一定要过来看我啊！"

"好的，你是个好人，"万斯太太笑着说，这时她注意到嘉莉的外表有了一些变化。"这个地址也很说明问题，"她又对自己说，"他们一定是手头拮据了。"

不过她还是非常喜欢嘉莉，总想照顾她。

"跟我一起进来一下吧，"她大声说，转身走进一家商店。

当嘉莉回到家时，赫斯渥还是像往常一样，在那里看报纸。他似乎对自己处境完全无动于衷，他至少有四天没刮胡子了。

"唉，"嘉莉想，"要是她来这里看见他这个样子，会怎么想呢？"

她摇了摇头，心里难受极了。看来她的处境已经变得无法忍受了。

她被逼急了，吃晚饭的时候问道：

“那家批发行有什么消息给你吗？”

“没有，”他说。“他们不要没有经验的人。”

嘉莉不再谈论这个话题，觉得谈不下去了。

“今天下午，我遇见了万斯太太。”过了一会儿，她说。

“喔，是吗？”他回答。

“现在他们已经回到纽约，”嘉莉继续说道，“她打扮得真是漂亮。”

“哦，只要她丈夫肯为此花钱，她就打扮得起，”赫斯渥回答。“他有份轻松的工作。”

赫斯渥在盯着报纸看。他看不见嘉莉投向他的无限疲惫和不满的眼神。

“她说她想什么时候来这里看看我们。”

“她过了很久才想起这个，是不是？”赫斯渥带着一种挖苦的口气说。

他不喜欢这个女人，因为她太会花钱。

“哦，这我就不知道了，”嘉莉说，这个人的态度激怒了她。“也许，我并不想要她来。”

“她太会享受了，赫斯渥说，意味深长。“除非很有钱，否则谁也伺候不了她。”

“万斯先生看来并不觉得这有多难。”

“他眼下可能还不难，”赫斯渥固执地答道，十分明白这话的意思。“可是他的日子还早着呢。谁也说不准会发生些什么事情。他也可能会像其他人一样地垮下来。”

这个人的态度真有点无赖的味道。他像是用发亮的眼睛斜睨着那些幸运的人，巴望着他们失败。他自己的处境则好像是件无关的事，不在考虑之内。

这是他从前的过于自信和独立精神残留在他身上的东西。他坐在家里，从报上看着别人的活动，有时会产生这种自以为是、不肯服输的心情。一旦忘记了在街上到处奔波的疲劳感和四处寻找的落魄相时，他有时就会竖起耳朵，仿佛听见自己在说：

“我还是有事可做的。我还没有完蛋呢。只要我愿意下劲去找，会找到很多事情做的。”

就在这样的心情下，他偶尔会打扮整齐，去修一下面，然后戴上手套，兴冲冲地动身出门。没有任何明确的目标。这更像是晴雨表上的变化。他只是觉得这时想出门去做些什么事情。

这种时候他的钱也要被花去一些。他知道市区的几家赌场。他在市区的酒店里和市政厅附近有几个熟人。去看看他们，友好地拉几句家常话，这也是一种调剂。

他曾经打得一手好扑克。有很多次和朋友玩牌，他净赢了 100 多块钱，当时这笔钱只不过是为玩牌助助兴，没什么大不了的。现在，他又想玩牌了。

“我也许会赢它个 200 块钱。我还没有荒疏。”

公道一些说，他是在有过好几次这样的想法之后才付诸行动的。

他第一次去的那家赌场是在西街一家酒店的楼上，靠近一个渡口。他以前去过那里。同时有几桌牌在打。他观察了一会儿，就每次发牌前下的底注来看，牌局的输赢数目是很可观的。

“给我发一副牌，”在新的一局开始时，他说，他拉过来一把椅子，研究着手上的牌。那些玩牌的人默默在打量着他，虽然很不明显，但却十分仔细。

开始时，他的手气不好。他拿到了一副杂牌，既没有顺子，也没有对子。开局了。

“我不跟，”他说。

照他手上的这副牌，他宁愿输掉他所下的底注。打到后来，他的手气还不错，最终他赢了几块钱离开了。

次日下午，他又来了，想找点乐趣并赢些钱。这一次，他拿到一副三条的牌，坚持打下去，结果输得很惨。和他对桌的是一个好斗的爱尔兰青年。此人是当地坦慕尼派控制的选区的一个政治食客，他手里有一副更好的牌。这个家伙打牌时咬住对方不放，这使赫斯渥吃了一惊。他连连下注而且不动声色，如果他是要诱使对方摊牌，这种手段也是很高明的。赫斯渥开始拿不准了，但是还保持着至少是想要保持着镇定的神态，从前他就是凭这个来骗过那些工于心计的赌徒的。这些赌徒似乎是在琢磨对方的思想和心情，而不是在观察对方外表的迹象，不管这些迹象有多微妙。他克服不了内心的胆怯，想着这人是有着一副更好的牌，会坚持到底，倘若他愿意的话，会把最后一块钱也放放赌注的。可是，他还是希望能多赢点钱——他手上的牌好极了。为什么不再加 5 块钱的注呢?

“我加你 3 块，”那个青年说。

“我加 5 块，”赫斯渥说，推出他的筹码。

“照样加倍，”那个青年说，推出一小摞红色筹码。

“给我再来些筹码，”赫斯渥拿出一张钞票，对负责的管理员说。

他那个年轻的对手的脸上露出了讥讽的冷笑。等筹码摆到面前，赫斯渥照加了赌注。

“再加 5 块，”那个青年说。

赫斯渥的额头开始冒汗了。这时他已经深深地陷了进去——对他来说，陷得非常深了。他那点宝贵的钱已经放上了整整 60 块。他平常并不胆小，但是想到可能输掉这么多钱，他变得懦弱了。终于，他放弃了。他不再相信手里的这副好牌了。

“摊牌吧，”他说。

“三条对子，”那个青年说，摊出手上的牌。

赫斯渥的牌落了下来。

“我还以为我赢了你呢，”他有气无力地说。

那个青年收进了他的筹码，赫斯渥便离开了，没忘记先在楼梯上停下来数了数剩下的现钞。

“340 块钱，”他说。

这次输的钱，加上平常的开支，已经花去了很多。

回到公寓后，他下定决心不再玩牌。

嘉莉还记着万斯太太说的要来拜访的话，又温和地提了一次抗议，是有关赫斯渥的外表的。就在这一天，回到家后，他又换上了闲坐在家时穿的旧衣服。

“你为什么总是穿着这些旧衣服呢？”嘉莉问道。

“在家里穿那些好衣服有什么用呢？”他反问。

“喔，我以为那样他会感觉好一些的。”然后她又加了一句。“可能会有人来看我们。”

“谁？”他说。

“噢，万斯太太，”嘉莉说。

“她用不着来看我。”他绷着脸说道。

他如此缺乏自尊和热情，弄得嘉莉几乎要恨他了。

“嗬，”她想，“他就那么坐着，说什么‘她用不着来看我。’我看他是羞于见人。”

当万斯太太真的来拜访时，事情可就更糟了。她是有一次出来买东西的时候来的。她一路穿过简陋的过道，在嘉莉家的房门上敲了敲。嘉莉出去了，为此她事后感到十分悲伤。赫斯渥开了门，还以为是嘉莉回来了。这一次，他可是真正地大吃一惊。他心里听到的是那已经失去青春和自尊的声音。

“哎呀，”他说，真的有些结结巴巴，“你好啊？”

“你好，”万斯太太说，几乎不相信自己的眼睛。她马上就看出他十分慌乱。他不知道是否要请她进来。

“你太太在家吗？”她问。

“不在，”他说，“嘉莉出去了，不过请进来好吗？她很快就会回来的。”

“不，不啦，”万斯太太说，意识到一切都变了。“我真的很忙。我只是想跑来看一眼，不能耽搁的。请告诉你太太，叫她一定来看我。”

“好的，”赫斯渥说着，朝后站了站，听见她说要走，心里不知有多轻松。他太羞愧了。事后他就无精打采地坐在椅子里，两手交叉，沉思着。

嘉莉从另一个方向回来，好像看见万斯太太正是朝外走。她就瞪大两眼看着，但还是拿不准。

“刚才有人来过吗？”她问赫斯渥。

“是的，”他内疚地说，“万斯太太来过。”

“她看见你了吗?”她问，流露出彻底的绝望。

这话像鞭子一样抽痛了赫斯渥，他不高兴了。

“如果她长了眼睛，她会看见的。是我开的门。”

“啊，”嘉莉说，因为过分紧张而握紧了一只拳头。“她说了些什么?”

“没说什么，”他回答。“她说她不能耽搁。”

“而你就是这么一副模样?”嘉莉说，一反长期的克制。

“这副模样怎么啦?”他说着，动怒了。“我不知道她要来，是不是?”

“可你知道她可能会来的，”嘉莉说，“我告诉过你也说她要来的。我请你穿上别的衣服已经不下十几次了。哦，我看这事太可怕了。”

“唉，别说了吧，”他答道，“这又有什么关系呢? 反正你也不能再和她交往了。他们太有钱了。”

“谁说我要和她交往来着?”嘉莉恶狠狠地说。

“可是，你做得像是要和她来往，为我的这副模样大吵大闹。人家都要以为我犯了——”

嘉莉打断了他的话。

“的确如此，”她说，“即便我想要和她交往，我也不可能做到，可这是谁的错呢? 你倒是闲得很，坐在这里谈论我能和谁交往。你为什么不出去找工作呢?”

这真是晴天霹雳。

“这和你有什么关系?”他说着，气势汹汹地站起身来。“我付了房租，不是吗? 我提供了——”

“是呀，你付了房租，”嘉莉说，“照你这么说来，好像这个世界上除了有一套公寓可以在里面闲坐之外，再没有其他任何东西了。三个月来，你除了闲坐在家里碍手碍脚之外，一事无成。我倒要问问你，你为什么要娶我?”

“我没有娶你，”他咆哮着说。

“那么，我问你，你在蒙特利尔干的什么事?”她说。

“好啦，我没有娶你，”他回答。“你可以把这事忘了。听你的口气，好像你不知道似的。”

嘉莉瞪大两眼，看了他一会儿。她一直以为他们的婚姻是完全合法和有约束力的。

“那么，你为什么要骗我?”她气愤地问，“你为什么要强迫我和你私奔?”

她几乎在啜泣了。

“强迫?”他翘起嘴唇说。“我才没有强迫你呢!”

“啊!”嘉莉说着，转过身去，压抑了这么久终于发作了。“啊，啊!”她跑进了前房间。

这时的赫斯渥又气恼又激动。这在精神上和道德上对他都是一个极大的震动。他

四下看看，擦擦额头的汗，然后去找来衣服穿上了。嘉莉那边一点声音也没有，当她听到他在穿衣服时就停止了啜泣。开始，她感到一丝惊恐，想到自己会身无分文地被抛弃——而不是想到会失去他，尽管他可能会一去不复返。她听到他打开衣柜盖，取出帽子。然后，餐到的门关上了，她知道他走了。

寂静了一会儿之后，她站起身来，已经没有了眼泪，她朝窗外看去。赫斯渥正在沿街溜达，从公寓朝第六大道走去。

赫斯渥沿着十三街朝前走，穿过十四街来到联合广场。

"找工作!"他自言自语，"找工作！她叫我出去找工作!"

他想逃避自己内心的谴责，他内心清楚她是对的。

"不管怎么说，万斯太太这次来访真是件该死的事，"他想，"就那么站着，上下打量着我，我知道她在想些什么。"

他回想起在七十八街见过她的那几次。她总是打扮得十分漂亮，在她面前，他还曾努力摆出和她不相上下的神气。而现在，竟让她撞见自己这副模样，真是无法想象。他难过地皱起了眉头。

"活见鬼!"一个钟头里，他这样说了十几次。

他离开家时是4点1刻。嘉莉还在哭泣。今天不会有晚饭吃了。

"真见鬼，"他说，心里在说着大话以掩饰自己的羞愧。"我还没那么糟。我还没完蛋呢。"

他望望广场四周，看见了那几家大旅馆，决定去其中的一家吃晚饭。他要买好报纸，去那里享受一下。

他走进莫顿饭店豪华的休息室，当时这是纽约最好的旅馆之一，找到一把铺着座垫的椅子，坐下来看报纸。这般奢侈不是他那越来越少的钱所能允许的，但这并不怎么使他感到不安。就像吗啡鬼一样，他对贪图安乐上了瘾。只要能解除他精神上的痛苦，满足他对舒适的渴求，什么事他都做得出。他必须这样做。他才不去想什么明天——他一想到明天就受不了，正如他不愿去想别的灾难一样。就像对待死亡的必将到来一样，他要彻底忘掉身无分文的日子马上就要来到，而且还几乎做到这一点。

那些在厚厚的地毯上来回走动的衣完楚楚的客人们，把他带回到过去的日子。一位年轻太太，这家饭店的一个客人，正在一间凹室里弹钢琴，使他感到很愉快。他坐在那里看着报纸。

他的这顿饭花了他1块5毛钱。到了8点钟，他吃完了饭，然后，看着客人们陆续离去，外面寻欢作乐的人渐渐增多，他不知自己该去哪里。不能回家，嘉莉可能还没睡。不，今晚他是不会回到那里去的。他要呆在外面，四处游荡，就像一个无牵无挂的——当然不是破产的——人很可能做的那样。他买了一支雪茄，走了出来，来到拐角处。有一些人在那里闲荡，掮客、赛马迷、演员，都是些和他同类的人。他站在那里，想起了过去在芝加哥的那些夜晚。想起了自己是怎么度过那些夜晚的。他赌博的次数真多。这使他想到了扑克。

“那天我打得不对，”他想，指他那次输了60块钱。“我不应该软的。我本可以继续下注唬倒那个家伙。我的竞技状态不佳，我输就输在这一点上。”

于是，他照着上次的打法，研究起那局牌的种种可能性，开始算计着如何在吓唬对方时再狠一点，那样的话，有好几次，他都可能会赢的。

“我打扑克是老手了，可以玩些花样，今夜我要再去试试手气。”

一大堆赌注的幻象浮现在他的眼前。假如他真的能赢它个200块钱，他岂能不去玩玩？他认识的很多赌徒就是以此为生的，而且还过得很不错呢。

“他们手头的钱总是和我现在的钱差不多的。”他想。

于是，他朝附近的一家赌场走去，感觉和从前一样好。这段时间里他忘了自我，起初是由于受到争吵的震动，后来在旅馆里喝着鸡尾酒，抽着雪茄烟，吃了顿晚饭，使他更加忘乎所以。他差不多就像那个他总想恢复的昔日的赫斯渥一样了。但是这不是昔日的赫斯渥，只是一个内心矛盾不安，受到幻象诱惑的人而已。

这家赌场和那一家差不多，只是它设在一家高级一些的酒店的密室里。赫斯渥先旁观了一会儿，然后看见了一局有趣的牌，就加入了。就像上次一样，开始一阵子打得很顺手，他赢了几次，兴奋起来，又输了几次，兴趣更大了，因此决心玩下去。最终，这个迷人的赌博把他牢牢地拴住了。他喜欢其中的风险，手下拿着一副小牌，也敢吓唬对方，想一赢笔可观的赌注。使他深感满意的是，他还真的赢了。

在这个情绪高涨的时候，他开始以为自己时来运转了。谁也没有他打得好。这时又拿到了一副很普通的牌，他又想靠这副牌开叫大注。那里有些人像是看出了他的心思，他们观察得非常仔细。

“我有个三条，”其中的一个赌徒在心里说。“我就要和那个家伙斗到底。”

结果是开始加注了。

“我加你10块。”

“好的。”

“再加10块。”

“好的。”

“再加10块。”

“很好。”

这样一加下来，赫斯渥已经放上了75块钱。这时，那个人变得严肃起来。他想也许这个人（赫斯渥）真有一副硬牌呢。

“摊牌吧，”他说。

赫斯渥亮出了牌。他完蛋了。他输了75块钱，这个惨痛的事实弄得他要拚命了。

"我们再来一局。"他冷冷地说。

"行啊!"那人说。

有些赌徒退出了，但是旁观的一些游好好闲的人又顶了上来，时间在消逝，到12点了。赫斯渥坚持了下来，赢得不多，输得也不多。然后他感到疲倦了。在最后的一副牌上，又输了20块钱，他很伤心。

第二天凌晨1点1刻时，他走出了这家赌场。冷飕飕、空荡荡的街道仿佛在讥笑他的处境。他向西慢慢地走着，没怎么去想和嘉莉的争吵。他上了楼梯，走进自己的房间，好像什么事情也没有发生过。他心里想的只是他那输掉的钱。在床边坐下来，他数了数钱。现在只有190块和一些零钱了。他把钱收好后，开始脱衣服。

"我不知道我这究竟是怎么啦?"他说。

早晨，嘉莉几乎一声不吭，他觉得似乎又必须出去了。他待她不好，但他又不愿意主动赔不是。现在他感到绝望了。于是，有一两天这样出去后，他过得像个绅士——或者说他以为自己像个绅士——又花了钱。由于这些越轨的行动，他很快感到身心交困，更不用说他的钱包了，那里面的钱也随之又少了30块。然后，他又恢复了冷静、痛苦的感觉。

"收房租的人今天要来，"三天早晨以后，嘉莉这样冷淡地迎着他说。

"是吗?"

"是的，今天是2号。"嘉莉回答。

赫斯渥皱起了眉头。然后，他无可奈何地拿出了钱包。

"付房租看来要花很多的钱，"他说。

他差不多只剩下最后的100块钱了。

第三十七章　如梦初醒：另谋出路

毋须解释怎么会过了一段时间，就眼见得只剩下最后的 50 块钱了。由他来理财，那 700 块钱只将他们维持到 6 月份。快到只剩下最后的 100 块钱的时候，他开始提及即将临头的灾难。

“我真不懂，”一天，他以一小笔买肉的开支为借口说，“看来我们过日子的确要花很多的钱。”

“依我看，”嘉莉说，“我们花得并不太多。”

“我的钱就要花完了，”他说，“而且我几乎不知道钱都花到哪里去了。”

“那 700 块钱都要花完了吗？”嘉莉问道。

“就只剩下 100 块钱了。”

他看上去情绪很坏，吓了她一跳。她这时感到自己也是漂泊不定。她一直都有这种感觉。

“喂，乔治，”她叫道，“为什么你不出去找些事做呢？你可以找到事的。”

“我找过了，”他说，“你总不能强迫人家给你个职位吧！”

她无力地望着他说：“那么，你想怎么办呢？100 块钱用不了多久。”

“我不知道，”他说，“除了找找看，我也没有别的办法。”

这句话让嘉莉感到惊恐了。她苦苦地想着这个问题。她过去常常认为舞台是通向她十分渴望的金色世界的门户。现在，就像在芝加哥一样，舞台又成为她危难之中的最后希望。如果他不能很快找到工作，就必须另想办法。也许她又得出去孤身奋斗了。

她开始考虑该怎样着手去找事做。她在芝加哥的经验证明她以前的找法不对。肯定会有人愿意听你的请求，试用你的。有人会给你一个机会的。

过了一两天，他们在早餐桌上谈话时，她提到了戏剧，说是她看到萨拉·伯恩哈特要来美国的消息。赫斯渥也看到了这条消息。

“人家是怎样当上演员的，乔治？”她终于天真地问。

“我不知道，”他说，“肯定是通过剧团代理人吧！”

嘉莉在呷着咖啡，头也没抬。

“是些专门代人找工作的人吗？”

“是的，我想这样的，”他回答道。

突然，她问话的神情引起了他的注意。

“莫非你还在想着当演员，是吗？”他问

“不，”她回答，“我只是搞不懂罢了。”

他也不大清楚为什么，但他对这种想法有些不赞成。观察了三年以后，他不再相信嘉莉会在这一行里有多大的成功。她似乎太单纯、太温顺了。他对戏剧艺术的看法认为艺术包含着某种更为浮夸的东西。倘若她是想当演员，就会落入某处卑鄙的经理的手中，变得和那帮人一样。他十分了解他所指的那帮人。嘉莉长得漂亮，她会混得不错，可是他该置身何处呢？

“要是我是你的话，我就不打这个主意。那比你想的要难得多。”

嘉莉觉得这话多少含有贬低她的才能的意思。

“可你说过我在芝加哥的演出确实不错，”她反驳说。

“你是演得不错，”他回答，看出他已经激起了反感。“但是芝加哥远远不同于纽约。”

对此，嘉莉根本不搭理。这话太让她伤心了。

“演戏这事嘛，”他接着说，“倘若你能成为名角，是不错的，但是对其他人来说就不怎样了。要想成名，得花很长的时间。”

“哦，这我可不知道，”嘉莉说，有点激动了。

刹那间，他觉得他已经预见到了这件事的结局。现在，他已临近山穷水尽，而她要通过某种不光彩的途径当上演员，把他抛弃。奇怪的是，他从不往好处去想她的智力。这是因为他不会从本质上理解感情的伟大。他从来就不知道一个人可能会在感情上的伟大，而不是在知识上。阿佛莱会堂已经成为十分遥远的过去，他既不会去回想，也记不清楚了。他和这个女人同居得太久了。

“哦，我倒是知道的，”他回答，“要是我是你的话，我就不会去想它了。对于女人来说，这可不是个好职业。”

“这总比挨饿强吧，”嘉莉说，“如果你不要我去演戏，为什么你自己不去找工作呢？”

对此，没有现成的回答。他已经听惯了这个意见。

“好啦，别说了吧，”他回答。

这番谈话的结果是她暗暗下了决心，要去试试。这不关他的事。她可不愿意为了迎合他而被拖进贫困，或是更糟的处境。她能演戏。她能找到事做，然后逐步成名。到那时候，他还能说些什么呢？她想象着自己已经在百老汇的某些精彩演出中登台亮相，每天晚上走进自己的化妆室去化妆。然后，她会在11点钟走出戏院，看见四周那些一排排等人的马车。她是否名角并不重要。只要她能干上这一行，拿着像样的薪水，穿着爱穿的衣服，有钱可花，想去哪里就去哪里，这一切该是多么令人快乐！她整天脑子里就想着这些情景。赫斯渥那令人沮丧的处境使得这些情景更加美丽迷人。

说也奇怪，这个想法很快也占据了赫斯渥的头脑。他那逐渐消失的钱提醒他，需要找点生计了。为什么嘉莉不能帮他一点，直到他找到事做呢？

一天，他回到家里，脑子里有些这样的想法。

“今天我遇见了约翰·贝·德雷克，”他说，“他打算今年秋天在这里开一家旅馆。他说到那时能给我一个职位。”

“他是谁？”嘉莉问。

“他是在芝加哥开太平洋大饭店的。”

“喔，”嘉莉说。

“我那个职位大约一年能拿1400块钱的薪水。”

“那太好了，是不是？”她同情地说。

“只要我能熬过这个夏天，”他补充说，“我想一切就会好了。我又收到了几个朋友的来信。”

嘉莉原原本本地相信了这个美丽的故事。她真诚地希望他能熬过这个夏天。他看上去太绝望了。

“你还剩下多少钱？”

“只有50块了。”

“哦，天哪！”她叫起来了，“我们该怎么办呢？离下一次付房租只有二十天了。”

赫斯渥两手捧着头，茫然地看着地板。

“也许你能在戏剧这一行里找些事做，”他和蔼地提议道。

“也许我能找到，”嘉莉说，很高兴有人赞成她的想法。

“只要是能找的事情我都愿意去做，”看见她高兴起来，他说，“我能找到事情做的。”

一天早晨，他走了以后，她把家里收拾干净，尽自己所有的衣服穿戴整齐，动身去百老汇大街。她对那条大街并不太熟悉。在她看来，那里奇妙地聚集着所有伟大和非凡的事业。戏院都在那里——这种代理肯定就在那附近。

她决定先顺道拜访一下麦迪逊广场戏院，问问怎样才能找到剧团代理人。这种做法似乎很明智。因此，当她到了那家戏院时，就向票房的人打听这事。

“什么？”他说，探头看了看。“剧团代理人？我不知道。不过你可以从《剪报》上找到他们。他们都在那上面刊登广告。”

“那是一种报纸吗？”嘉莉问。

“是的，”那人说，很奇怪她竟会不知道这么一件普通的事情。“你可以在报摊上买到的。”看见来询问的人这么漂亮，他客气地又加了一句。

嘉莉于是去买了《剪报》，站在报摊边，想扫一眼报纸，找到那些代理人。这事做起来并不那么容易。从这里到十三街要过好几条横马路，但她还是回去了，带着这份

珍贵的报纸，直后悔浪费了时间。

赫斯渥已经回到家里，坐在他的老位子上。

“你去哪里了?”他问道。

“我试着去找几个剧团代理人。”

他感到有点胆怯，不敢问她是否成功了。她开始翻阅的那份报纸引起了他的注意。

“你那儿看的是什么?”他问。

“《剪报》。那人说我可以在这上面找到他们的地址。”

“你大老远地跑到百老汇大街去，就是为了这个？我本来可以告诉你的。”

“那你为什么不告诉我呢?”她问，头也没抬。

“你从来没有过问过我嘛，”他回答。

她在那些密密麻麻的栏目中，漫无目的地寻找着。这个人的冷漠搅得她心神不宁。他所做的一切，只是使得她面临的处境更加困难。她在心里开始自叹命苦。她的眼睑上已经挂上了眼泪，只是没有掉下来。赫斯渥也有所察觉。

“让我来看看。”

为了使自己恢复镇静，趁他查看报纸时，她去了前房间。很快她就回来了。他正拿着一支铅笔，在一个信封上写着什么。

“这里有三个，”他说。

嘉莉接过信封，看到一个是伯缪台兹太太，另一个是马库斯·詹克斯，第三个是珀西·韦尔。她只停了一会儿，然后就朝门口走去。

“我最好立刻就去，”她说，头也没回。

赫斯渥眼看着她离去，心里隐约泛起阵阵羞愧，这是男子汉气概迅速衰退的表现。他坐了一会儿，随后觉得无法忍受了。他站起身来，戴上了帽子。

“我看我还得出去，”他自言自语着就出去了，没有目的地溜达着。不知怎么地，他只觉得自己非出去不可。

嘉莉第一个拜访的是伯缪台兹太太，她的地址最近。这是一座老式住宅改成的办公室。伯缪台兹的办公室由原来的一间后房间和一间直通过道的卧室组成，标有“闲人莫入。”

嘉莉进去时，发现几个人闲坐在那里，都是男人，不说话，也不干事。

当她正在等待有人注意她时，直通过道的卧室的门开了，从里面出来两个很像男人的女人，穿着十分紧身的衣服，配有白衣领和白袖口。她们的身后跟着一个胖夫人，大约45岁，淡色头发，目光敏锐，看上去心地善良。至少，她正在微笑着。

“喂，别忘记那件事，”那两个像男人的女人中的一个说。

“不会的，”胖夫人说。“让我想想”，她又补充说，“2月份的第一个星期你们会在哪里?”

“在匹兹堡。”那个女人说。

“我会往那里给你们写信的。”

“好吧！”对方说着，两个人就出去了。

立刻，这位胖夫人的脸色变得极其严肃和精明。她转过身来，用锐利的目光打量着嘉莉。

“喂，”她说，“年轻人，我能为你效劳吗？”

“你是伯缪台兹太太吗？”

“是的。”

“这个，”嘉莉说，不知从何说起，“你能介绍人上台演戏吗？”

“是的。”

“你能帮我找个角色吗？”

“你有经验吗？”

“有一点点，”嘉莉说。

“你在哪个剧团干过？”

“哦，一个也没有，”嘉莉说。“那只是一次客串，在——”

“哦，我明白了，”那个女人说道，打断了她。“不，眼下我不知道有什么机会。”

嘉莉的脸色变了。

“你得有些在纽约演出的经验才得，”和蔼的伯缪台兹太太最后说，“不过，我们可以记下你的名字。”

嘉莉站在那里看着这位夫人回到自己的办公室。

“请问你的地址是什么？”柜台后的一个年轻女人接过中断的谈话，问道。

“乔治·惠勒太太，”嘉莉说着，走到她在写字的地方。那个女人写了她的详细地址，然后就对她说请便了。

在詹克斯的办公室里，她的遭遇也十分相似，唯一不同的是，他在最后说：“要是你能在某个地方戏院演出，或者有一张有你的名字的节目单的话，我也许能效点劳。”

在第三个地方，那个人问道：

“你想干哪一类的工作”

“你问这个是什么意思？”嘉莉说。

“喔，你是想演喜剧，还是杂耍剧，还是当群舞演员。”

“哦，我想在一出戏里担任一个角色。”嘉莉说。

“那样的话，”那人说，“你要花些钱才能办得到。”

“多少钱？”嘉莉说，看起来也许很可笑，她以前没想过一点。

“哦，那就由你说了，”他精明地回答。

嘉莉好奇地看着他。她几乎不知道该怎么接着往下问了。

“如果我付了钱，你能给我一个角色吗?”

“要不是能给，就把钱退还给你。”

“哦。”她说。

那个代理人看出他是在和一个没有经验的人打交道，因此接着说。

“不管怎样，你都要先付 50 块钱，少于这个数，没有哪个代理人会愿意为你费神的。”

嘉莉看出了端倪。

“谢谢你，”她说，“我要考虑一下。”

她动身要走时又想起了一些什么。

“要过多久我才能得到一个角色?”她问。

“哦，那就难说了，”那人说，“也许一个星期，也许一个月。我们一有合适的事就会给你的。”

“我明白了。”嘉莉说，然后，露出一丝悦人的笑容，走了出来。

那个代理人琢磨了一会儿，然后自言自语道：

“这些女人都这么渴望能当演员，真是可笑。”

这个 50 块钱的要求让嘉莉想了很多。“也许他们会拿了我的钱，却什么也不给我。”她想，她有一些珠宝——一只钻石戒指和别针，还有几件别的首饰。要是她去当铺当这些东西，她是可以筹出 50 块钱的。

赫斯渥在她之前回的家。这他没有想到她要花这么长的时间去寻找。

“喂，”他说，不敢询问有什么消息。

“今天我什么事也没找到，”嘉莉说着，脱下手套。“他们都要你先付钱，才给你事做。”

“多少钱?”赫斯渥问。

“50 块。”

“他们没做任何要求，不是?”

“哦，他们和别的人一样。即便你真的付了钱，也说不准他们到底会不会给你事做。”

“唉，我可不愿意为此拿出 50 块钱。”赫斯渥说，好像他正手里拿着钱在做决定似的。

“我不知道，”嘉莉说，“我想去找几个经理试试。”

赫斯渥听到这话，已经不再觉得这种想法有什么可怕了。他轻轻地前后摇摇啃着他的手指。到了如此山穷水尽的地步，这似乎也是非常自然的。以后，他会好起来的。

第三十八章　仙境里的游戏：境外的冷酷世界

当第二天嘉莉重新寻找工作，去卡西诺戏院时，她发现在歌剧群舞队里，就像在其他行当里一样，很难找到事做。能站在群舞队里的漂亮姑娘多得如同能挥镐干活的工人。她还发现，除了用世俗的标准来衡量美貌和身材之外，对于不同的求职者并不存在任何其他的区别。求职者自己的意愿或对自己的才能了解，则一文不值。

“请问哪里能找到格雷先生？”她在卡西诺戏院的后台入口处，问一个阴沉着脸的看门人。

“现在你不能见他。他很忙。”

“那你知道我什么时候能见他呢？”

“和他约好了吗？”

“没有。”

“那样的话，你得去他的办公室找他。”

“哦，天哪！”嘉莉叫道，“他的办公室在哪里？”

他给了她门牌号码。

她知道这时去那里是没有用的，他不会在那里。没有办法，只有利用其他的时间再去找找。

在其他几个地方的冒险很快就结束了，故事都很凄惨。戴利先生只见事先约好的客人。嘉莉在一间阴暗的办公室里，不顾阻拦，等了一个钟头之后，才从沉着、冷漠的多尼先生嘴里知道了这个规矩。

“你得写信请求他接见你。”

这样她就离开了。

在帝国剧院，她看到一群特别无精打采、无动于衷的人。一切都布置得十分华丽，一切都安排得非常细致，一切都显得那么矜持而高不可攀。

在蓝心戏院，她走进一个僻静的楼梯下面的小房间里，地上铺着地毯，墙上装着护墙板。这种地方使人感受到所有权威人士的地位的崇高。在这里，矜持的神气活生生地体现在一个售票员、一个门房和一个助手的身上，他们都因自己的崇高地位而得意扬扬。

“啊，现在要表现得非常谦卑——非常非常谦卑。请告诉我们你的要求。说得要快，要显得紧张，不要露出丝毫的自尊。要是我们一点不感到为难的话，我们可以看

看能为你效什么劳。”

这就是蓝心戏院的气氛。实际上，这也是城里每一家经理室的共同气氛。这些小业主们，在他们自己的行当中，就是真正的至高无上的统治者。

嘉莉疲惫地走开了，悲痛之余更加感到难堪。

那天晚上，赫斯渥听到这次劳而无获的寻找的详细情况。

“我连一个人都没见着，”嘉莉说，“我只是走啊，走啊，到处等人。”

赫斯渥只是看着她。

“我看得先有些朋友才能进这一行。”她闷闷不乐地加了一句。

赫斯渥看出了这件事的困难，但并不认为这有多么可怕。嘉莉又疲倦又丧气，不过现在她可以休息了。坐在他的摇椅里，观看这个世界，世间的苦难来得并不很快。明天又是一天嘛。

明天来了，接下去又是一天，又是一天。

嘉莉见到了一次卡西诺戏院的经理。

“你来吧，”他说，“下个星期一来，那时我可能要换些人。”

他是个高大而肥胖的人，穿得好，吃得好，鉴别女人就像别人鉴别马匹一样。嘉莉长得俏丽妩媚。即便她一点经验都没有，也可以把她安排进来。有一个东家曾经提到过，群舞队员的相貌差了一些。

离下星期一还有好几天时间。离下月 1 号倒是很近了。嘉莉开始发起愁来，她以前还从来没有这么发愁过。

“你出去的时候真的是在找事做吗？”一天早晨，她问赫斯渥。她自己愁得急了，就想到这上面来了。

“我当然是在找啦，”他有些生气地说，对这个羞辱他的暗示只是稍微有点感到不安。

“眼下，”她说，“我可是什么事都愿意做。马上又到下个月 1 号了。”

她看上去绝望极了。

赫斯渥停止了看报，换上衣服。

他想，他要出去找事做。他要去看看哪家酿酒厂是否会安排他进某家酒店。是啊，倘若能找到的话，做侍者他也愿意。

现在他的钱就快用完了，于是开始注意起自己的衣服来，觉得连自己最好的衣服都开始显得旧了。这一点真让他难受。

嘉莉在他之后回到家里。

“我去见了几家杂耍剧场的经理，”她无可奈何地说，“你得有一个表演节目才行。他们不要没有表演节目的人。”

“我今天见了个开酿酒厂的人，”赫斯渥说，“有一个人告诉我说他会设法在两三个星期之内给我找个职位。”

看见嘉莉这么苦恼：他得有所表示，因此他就这样说了。这是无精打采的人面对精力充沛的人找的托词。

星期一，嘉莉又去了卡西诺戏院。

“是我叫你今天来的吗？”经理说，上下打量了一番站在他面前的她。

“你是说星期一来的，”嘉莉很窘迫地说。

“有过什么经验吗？”他又问，口气几近严厉了。

嘉莉承认毫无经验。

他一边翻动一些报纸，一边又把她打量了一番。对这个漂亮的、看上去心绪不宁的年轻女人，他暗自感到满意。“明天早晨来戏院吧！”

嘉莉的心跳上了喉头。

“我会来的，”她吃力地说。她看得出他想要她，转身准备走了。

他真的会让她工作吗？啊，可爱的命运之神，真的会这样吗？

从敞开的窗口传来的城市的刺耳的嘈杂声，已经变得悦耳动听了。

一个严厉的声音，回答了她内心的疑问，消除了她对此的一切担忧。

“你一定要准时来这里，”经理粗鲁地说。“否则就会被除名的。”

嘉莉匆忙走开。这时她也不去埋怨赫斯渥的游手好闲了。她有了一份工作——她有了一份工作！她的耳朵里响起这美妙的歌声。

她一高兴，差一点就急着要去告诉赫斯渥了。可是，在往家走时，她从更多方面考虑了这件事情，开始想到她几个星期就找到了工作，而他却闲荡了几个月，这是很反常的。

“为什么他就找不到事情做呢？”她对自己直言道，“如果我找得到，他也一定应该找得到。我找工作并不是很难呀！”

她忘记了自己的年轻美貌。她在兴奋的时候，觉察不到年龄的障碍。

成功的人总会这样说的。

可是，她还是掩藏不住自己的秘密。她想表现得镇静自若，无动于衷，但是一眼就能看穿她这是装出来的。

“怎么样？”看见她轻松的脸色，他说。

“我找到了一份工作。”

“找到了吗？”他说，松了一口气。

“是的。”

“是份什么样的工作？”他兴致勃勃地问，觉得似乎现在他也能找到什么好的事做了。

“当群舞队演员。”她回答。

"是不是你告诉过我的要在卡西诺戏院上演的那出戏?"

"是的,"她回答,"我明天开始排练。"

因为很高兴,嘉莉还主动作了一些解释。最后,赫斯渥说:

"你知道你能拿到多少薪水吗?"

"不知道,我也没想要问,"嘉莉说。"我猜他们每星期会付 12 或 14 块钱吧!"

"我看也就是这个数左右。"赫斯渥说。

那天晚上,他们在家里好好吃了一顿饭,只是因为不再感觉那么紧张可怕了。赫斯渥出去修了面,回来时带了一大块牛腰肉。

"那么,明天,"他想着,"我自己也去找找看。"怀着新的希望,他抬起头来,不看地板了。

第二天,嘉莉准时去报到,被安排在群舞队里。她看到的是一个空荡荡、阴森森的大戏院,还带着昨夜演出的余香和排场,它以其富丽堂皇和具有东方情调整而著称。面对如此奇妙的地方,她又是敬畏又是欣喜。老天保佑这里的一切都是真的。她会竭尽全力使自己当之无愧的。这里没有平凡,没有懒散,没有贫困,也没有低微。到这里来看戏的,都是衣着华丽、马车接送的人。这里永远是愉快和欢乐的中心。而现在她也属于这里。啊,但愿她能留下来,那她的日子将会多么幸福!

"你叫什么名字?"经理说,这时他正在指挥排练。

"麦登达,"她立刻想起了在芝加哥时杜洛埃替她选的姓氏,就回答说。"嘉莉·麦登达。"

"好吧,现在,麦登达小姐,"他说,嘉莉觉得他的口气非常和蔼可亲,"你去那边。"

然后,他对一个年轻的老队员喊道:

"克拉克小姐,你和麦登达小姐一对。"

这个年轻的姑娘向前迈了一步,这样嘉莉知道该站到哪里,排演就开始了。

嘉莉很快就发现,这里的排练虽然和阿佛莱会堂的排练稍微有一点相似,但这位经理的态度却要严厉得多。她曾经对米利斯先生的固执己见和态度傲慢感到很惊讶,而在这里指挥的这个人不仅同样地固执己见,而且态度粗暴得近乎野蛮。在排练进行之中,他似乎对一些小事都表现得愤怒至极,嗓门也相应地变得越来越大。非常明显,他十分瞧不起这些年轻女人任何乔装的尊严和天真。

"克拉克,"他会叫道,当然是指克拉克小组。"你现在怎么不跟上去?"

"四人一排,向右转!向右转,我说是向右转!老天爷,清醒些!向右转!"在说这些话时,他会提高最后几个字音,变成咆哮。

"梅特兰!梅特兰!"一次,他叫道。

一个紧张不安、衣着漂亮的小姑娘站了出来。嘉莉替她担忧,因为她自己心里充满了同情和恐惧。

“是的，先生。”梅特兰小姐说。

“你耳朵有毛病吗?”

“没有，先生。”“你知道‘全队向左转’是什么意思吗?”

“知道，先生。”

“那么，你跌跌绊绊地向右干什么？想打乱队形吗?”

“我只是——”

“不管你只是什么的。竖起耳朵听着。”

嘉莉可怜她，又怕轮到自己。

可是，又有一个尝到了挨骂的滋味。

“暂停一下!”经理大叫一声，像是绝望般地举起双手。他的动作很凶猛。

“艾尔弗斯，”他大声嚷道，“你嘴里含着什么?”

“没什么，”艾尔斯小姐说，这时有些人笑了，有些人紧张地站在一边。

“那么，你是在说话吗?”

“没有，先生。”

“那么，嘴就别动。现在，大家一起再来。”

终于也轮到了嘉莉。她太急于照要求的一切去做了，因此惹出麻烦。

她听到在叫什么人。

“梅森，”那声音说，“梅森小姐。”

她四下里望望，想看看会是谁。她身后的一个姑娘轻轻地推了她一下，但她不明白是什么意思。

“你，你!”经理说，“你难道听不见吗?”

“哎，”嘉莉说，腿吓得发软，脸涨得通红。

“你不是叫梅森吗?”经理问。

“不是，先生，”嘉莉说，“是麦登达。”

“好吧，你的脚怎么啦？你不会跳舞吗?”

“会的，先生，”嘉莉说，她早已学会了跳舞这门艺术。

“那你为什么不跳呢？别像个死人似的拖着脚走。我要的是充满活力的人。”

嘉莉的脸颊烧得绯红。她的嘴唇有些颤抖。

“是的，先生。”她说。

他就这样不断地督促着，加上脾气暴躁和精力充沛，过了长长的3个钟头。嘉莉走时已经很累了，只是心里太兴奋了，没有觉察到这一点。她想回家去，按照要求练习她的规定动作。只要有可能的话，她要避免做错任何动作。

她到家时，赫斯渥不在家里。她猜想他是出去找工作了，这可真是难得。她只吃

了一口东西，然后又接着练习，支撑她的是能够摆脱经济困难的梦想——自豪的声音在她的耳朵里响起。

赫斯渥回来的时候不像出门时那样兴高采烈，而且这时她不得不中断练习去做晚饭。于是就有了最初的恼怒。她既要工作，又要做饭。难道她要一边演出一边持家吗？

"等我开始工作后，"她想，"我就不干这些事了。他可以在外面吃饭。"

此后，烦恼与日俱增。她发现当群舞演员并不是什么很好的事，而且她还知道了她的薪水是每周12块钱。几天之后，她第一次见到了那些趾高气扬的人物——饰演主角的男人演员。她发现他们享有特权，受到尊敬。而她却微不足道——绝对的微不足道。

家里有着赫斯渥，每天都让她心烦。他似乎没事可干，但却敢问她工作如何。他每天都要照例问她这个，有点像是要靠她的劳动而过活的味道。这使她很生气，因为她自己有了具体的生活来源，他看来好像是要依赖于她那可怜的12块钱了。

"你干得怎么样？"他会和颜悦色地问。

"哦，很好。"她会答道。

"觉得容易吗？"

"习惯了就会好的。"

然后，他就会埋头看报了。

"我买了一些猪油，"他补充说，像是又想起来了。"我想也许你要做些饼干。"

这个人这样平静地提着建议，倒真使她有点吃惊，特别是考虑到最近的情况变化。她渐渐地开始独立，这使她更加有勇气冷眼旁观，她觉得自己很想说些难听的话。可是，她还是不能像对杜洛埃那样对他说话。这个人的举止中有着某种东西总是令她感到敬畏。他像是有着某种潜在的力量。

在她第一个星期的排演结束了之后，一天，她所预料的情况发生了。

"我们得过得很节省才行，"他说着，放下他买的一些肉。"这一个星期左右你还拿不到钱的。"

"拿不到的，"嘉莉说，她正在炉子上翻动着平锅里的菜。

"我除了房租钱，只有13块钱了，"他加了一句。

"完了，"她对自己说道。"现在要用我的钱了。"

她立刻想起她曾希望为自己买几件东西。她需要衣服。她的帽子也不漂亮。

"要维持这个家，12块钱能顶什么用呢？"她想，"我无法维持。他为什么不找些事情做呢？"

那个重要的第一次真正演出的夜晚来到了。她没有提议请赫斯渥来看。他也没想着要去看。那样只会浪费钱。她的角色太小了。

报纸上已经登出广告，布告栏里也贴出了海报。上面提到了领衔主演的女演员和其他许多演员的名字。嘉莉不在其中。

就像在芝加哥一样，到了群舞队首次上场的那一刻，她怯场了，但后来她就恢复了平静。她演的角色显然无足轻重，这很令她伤心，但也消除了她的恐惧。她觉得自己太不起眼，也就无所谓了。有幸的是，她不用穿紧身衣服。有一组 12 人被指定要穿漂亮的金色短裙，裙长只齐膝上约一英寸。嘉莉碰巧在这一组。

站在舞台上，随队而行，偶尔也提高嗓音加入大合唱，她有机会去注意观众，去目睹一出极受欢迎的戏是怎样开始的。掌声很多，但是，她也注意到了一些所谓有才能的女演员表演得有多糟糕。

“我可以演得比这好。”有几次，嘉莉大胆地对自己说。说句公道话，她是对的。

戏演完之后，她赶快穿好衣服，因为经理责骂了几个人而放过了她，她想自己演得一定还令人满意。她想赶快出去，因为她的熟人很少，那些名演员都在闲聊。外面等候着马车和一些在这种场合少不了的衣着迷人的青年人。嘉莉发现人们在仔细地打量着她。她只需睫毛一就能招来一个伴。但她没有这样做。

然而，一个精于此道的青年还是主动上来了。

“你是一个人回家，对吗?”他说。

嘉莉只是加快了脚步，上了第六大道的有轨电车。她满脑子都是对这事感到的惊奇，没有时间去想其他的事情。

“你有那家酿酒厂的消息了吗?”她在周末的时候问道，希望这样问能激起他的行动。

“没有，”他回答，“他们还没有完全准备好。不过，我想这事会有一些结果的。”

这之后她没再说什么。她不乐意拿出自己的钱。可是又觉得非拿不可。赫斯渥已经感到了危机，精明地决定求助于嘉莉。他早就知道她有多么善良，有多大的忍耐力。想到要这么做，他有一点羞愧，但是想到他真能找到事做，他又觉得自己没错。付房租的那一天为他提供了机会。

“唉，”他数出钱来说道，“这差不多是我最后一点钱了。我得赶快找到事做。”

嘉莉斜眼看着他，有几分猜到他要有所要求了。

“只要能再维持一小段时间，我想我会找到事情的。德雷克 9 月份肯定会在这里开一家旅馆。”

“是吗?”嘉莉说，心想离那时还有短短的一个月。

“在此之前，你愿意帮我的忙吗?”他恳求道，“然后我想一切都会好的。”

“好的，”嘉莉说，命运如此捉弄她，她真是伤心。

“只要我们节省一些，是能过得去的。我会如数归还你的。”

“哦，我会帮你的，”嘉莉说，觉得自己的心肠太硬，这么逼着他低声下气地哀求，可是她想从自己的收入中得到实惠的欲望又使她隐隐地感到不满。“乔治，你为什么不

暂时随便找个事做做呢?”她说,“这又有什么关系呢?也许过一段时间,你会找到更好的事情的。”

“我什么事都愿意做,”他说,松了一口气,缩着头等着挨骂。“上街挖泥我也愿意。反正这里又没人认识我。”

“哦,你用不着做那种事,”嘉莉说,为这话说得那么可怜感到伤心了。“但是肯定会有其他的事情的。”

“我会找到事做的!”他说,像是下定了决心。

然后,他又去看报了。

第三十九章　光明与黑暗：分道扬镳

这个决心在赫斯渥身上产生的结果是，他更加相信每一个特定的日子都不是找事做的好日子。与此同时，嘉莉却度过了三十个精神痛苦的日子。

她对衣物的需求——更不必说她对装饰物的欲望——随着现实的发展而迅速增加，现实表明，尽管她已在工作，她的需求仍然得不到满足。她有了这些新的想要体面的迫切要求之后，当赫斯渥求她帮助他渡过难关时，她对他抱有的那份同情就消失了。他没有总是重提他的要求，而这爱美的愿望却一直在提着要求。这种愿望的要求十分坚决，嘉莉也希望能够如愿以偿，于是就越来越希望赫斯渥不要挡她的道。

当赫斯渥差不多只剩下最后10块钱时，他想自己最好还是留点零用钱，不要弄得连乘车、修面的费用都要完全依赖于人。因此，当他手头还剩下10块钱时，他就宣布自己已经身无分文了。

"我是一文不名了，"一天下午，他对嘉莉说。"今天早上我付了一些煤钱，这样一来，只剩下1毛或者1毛5分钱了。""我那边的钱包里还有一些钱。"

赫斯渥走过去拿了钱，开始是为了买一罐番茄。嘉莉几乎没有注意到这就是新秩序的开始。他拿了1毛5分钱，用这钱买了罐头。此后，他就是这样一点一点地向她要钱，直到有一天早晨，嘉莉突然想起她要到吃晚饭的时候才能回来。

"我们的面粉全吃光了，"她说，"你最好下午去买一些。鲜肉也吃完了。你看我们吃些肝和咸肉行吗？"

"行啊！"赫斯渥说。

"最好是买半磅或者3/4磅。"

"半磅就够了。"赫斯渥主动地说。

她打开钱包，拿出5毛钱放在桌上。她假装没有看见。

赫斯渥花了1毛3分钱买了一袋3磅半的面粉——所有食品商卖的面粉都是这种包装，又花了1毛5分钱买了半磅肝和咸肉。他把这些东西2毛2分钱的找头一起，放在厨的桌子上，嘉是在那里看见的。找头一分不少。这没有逃过她的眼睛。当她意识到，他原来只是想从她这里讨口饭吃的时候，她有点伤心了。她觉得对他太苛刻似乎不大公平。也许他还会找到事做。他也没干什么坏事。

可是，就在那天晚上，当她走进戏院时，一群舞队的姑娘，穿着一身崭新的漂亮的杂色的花呢套装从她身边走过，这套衣服吸引住了嘉莉的目光。这个年轻的姑娘佩

戴着一束精美的紫罗兰，看上去情绪高涨。她走过时善意地对嘉莉笑了笑，露出漂亮、整齐的牙齿，嘉莉也对她笑了笑。

“她打扮得起，”嘉莉想，“我也一样，只要我能把自己的钱留下来。我连一条像样的领带都没有。”

她伸出一只脚，看着她的鞋子发愣。

“无论如何，我星期六都要去买双鞋。我才不管会发生什么事呢。”

剧团群舞队的演员中有一个最可爱、最富有同情心的小姑娘和她交上了朋友，因为在嘉莉身上，她没有发现任何令她望而生畏的东西。她是一个快乐的小曼侬，对社会上严格的道德观点丝毫不懂，然而对她周围的人却很和善宽厚。群舞队的演员很少有交谈的自由，不过还是有一些交谈的。

“今天晚上很暖和，是吗？”这个姑娘说，她穿着肉色的紧身衣，戴着金色的假头盔。她还拿着一面闪闪发亮的盾牌。

“是啊，是很暖和，”嘉莉很高兴居然会有人和她说话。

“我像是在炉子里烤着。”姑娘说。

嘉莉仔细看着她那有着一双蓝色的大眼睛的漂亮的脸庞，发现她脸上有了小小的汗珠。

“这出歌剧中，大步走的动作比我以前演过的任何戏中都要多。”姑娘补充说道。

“你还演过别的戏吗？”嘉莉问，对她的经历很感吃惊。

“多得很，”姑娘说，“你呢？”

“我这是第一次。”

“哦，是吗？我还以为《皇后的配偶》在这里上演的时候，我见过你呢。”

“不，”嘉莉摇摇头说，“那不是我。”

这段谈话被乐队的吹奏声和舞台两侧电石灯的噼啪声打断了，这时群舞队员们被叫来排好队，准备再次上场。这以后没再出现谈话的机会。可是第二天晚上，当她们在做上台的准备时，这个姑娘又出现在她的身边。

“他们说这台戏下个月要出去巡回演出。”

“是吗？”嘉莉说。

“是的，你想去吗？”

“我不知道。要是他们让我去的话，我想我会去的。”

“哦，他们会让你去的。我可不愿意去。他们不会多给你薪水，而你要把挣来的钱全用在生活费上。我从不离开纽约。这里上演的戏可多着呢。”

“你总是能找到别的戏演吗？”

“我总是找得到的。这个月就有一台戏在百老汇剧院上演。如果这台戏真要出演的话，我就打算去那家试试，找个角色演演。”

嘉莉听着这些，恍然大悟。很显然要混下去并不十分困难。倘若这台戏出去演，也许她也能再找到一个角色。

“他们付的薪水都差不多吗?”她问。

“是的。有时候你可以稍微多拿一点。这一家给得可不太多。”

“我拿12块，”嘉莉说。

“是吗?”姑娘说。“他们给我15块。而你的戏比我的重。要是我是你的话，我可受不了这个。他们少付你薪水，就是因为他们认为你不知道。你应该能挣15块的。”

“唉，我可没挣到这么多。”嘉莉说。

“那么，如果你愿意的话，换个地方就能多挣一些，”姑娘接着说，她非常喜欢嘉莉。“你演得很好的，经理是知道的。”

说实话，嘉莉的表演确实具有一种令人赏心悦目且有几分与众不同的风采，她自己并没有意识到这一点。这完全是由于她姿态自然，毫无忸怩。

“你认为我去百老汇剧院能多挣一些吗?”

“你当然能多挣一些，”姑娘回答。“等我去的时候，你和我一起。我来和他们谈。”

嘉莉听到这时，感激得脸都红了。她喜欢这个扮演士兵的小姑娘。她戴着金箔头盔。佩着士兵装备，看上去经验丰富，信心十足。

“如果我总能这样找到工作的话，我的将来就一定有保障了。”嘉莉想。

可是，到了早晨，她受到家务的骚扰，而赫斯渥则坐在那里，俨然一个累赘，这时她的命运还是显得凄惨而沉重。在赫斯渥的精打细算下，他们吃饭的开销并不太大，可能还有足够的钱付房租，但是这样也就所剩无几了。嘉莉买了鞋和其他一些东西，这就使房租问题变得十分严重。在那个不幸的付房租的日子前一个星期，嘉莉突然发现钱快用完了。

“我看，”早饭时，她看着自己的钱包，叫了起来，“我没有足够的钱付房租了。”

“你还有多少钱?”赫斯渥问。

“喔，我还有22块钱。但是还有这个星期的所有费用要付，如果我把星期六拿的钱全部用来付房租的话，那么下星期就一分钱也没有了。你认为你那个开旅馆的人这个月会开张吗?”

“我想会的，”赫斯渥回答。“他说过要开的。”

过了一会儿，赫斯渥说：

“别担心了。也许食品店的老板会愿意等一等。他能等的。我们和他打了这么久的交道，他会相信我们，让我们赊欠一两个星期的。”

“你认为他会愿意吗?”她问。

“我想会的。”

因此，就在这一天，赫斯渥在要1磅咖啡时，坦然地直视着食品店老板奥斯拉格

的眼睛，说道：

“你给我记个账，每个周末总付行吗?”

“行的，行的，惠勒先生，”奥斯拉格先生说，“这没问题。”

赫斯渥贫困中仍不失老练，听了这话应当再说什么了。这看来是件容易的事。他望着门外，然后，等咖啡包好，拿起就走了。一个身处绝境的人的把戏就此开始了。

付过房租，现在又该付食品店老板了。赫斯渥设法用自己那 10 块钱先付上，到周末再向嘉莉要。然后，到了下一次，他推迟一天和食品店老板结账，这样很快他那 10 块钱又回来了，而奥斯拉格要到星期四或星期五才能收到上星期六的欠账。

这种纠葛弄得嘉莉急于改变一下。赫斯渥好像没有意识到她有权做任何事情。他只是挖空心思地用她的收入来应付所有的开支，但是并不想自己设法来增加一点收入。

“他说他在发愁，”嘉莉想，“要是他真的很发愁的话，他就不会坐在那里，等着我拿钱了。他应该找些事情做。只要努力去找，谁也不会七个月都找不到事做的。”

看他总是呆在家里，衣着不整，愁容满面，嘉莉不得不去别的地方寻求安慰。她一星期有两场日戏，这时赫斯渥就吃自己做的冷快餐。另有两天，排演从上午 10 点开始，一般要练到下午 1 点钟。除了这些以外，嘉莉现在又加上了几次去拜访一两个群舞队演员，其中包括那个戴着金色头盔的蓝眼睛士兵。她去拜访她们，因为这使她感到愉快，她还可以摆脱一下那个枯燥无味的家和她那个守在家里发呆的丈夫。

那个蓝眼睛士兵的名字叫奥斯本——萝拉·奥斯本。她住在十九街，靠近第四大道，这片街区全都造上了办公大楼。她在这里有一间舒适的后房间，能看见下面的很多后院，院子里种着一些遮阴的树木，看上去十分宜人。

“你家不在纽约吗”一天，她问萝拉。

“在的，但是我和家里的人相处不好。他们总是要我按照他们的愿意去做。你住在这里吗?”

“是的，”嘉莉说。

“和你家里人住在一起?”

嘉莉不好意思说自己已经结婚了。她多次谈起过关于多挣薪水的愿望，多次表露过对自己将来的忧虑。可是现在，当她被直接问及事实，等候回答时，她却无法告诉这个姑娘了。

“和亲戚住在一起。”她回答。

奥斯本小姐想当然地认为，像她自己一样，嘉莉的时间属于她自己。她总是叫她多待一下，建议出去玩一会儿和做一些其他类似的事，这样一来嘉莉开始忘记吃晚饭的时间了。赫斯渥注意到了这一点，但是觉得无权埋怨她。有几次她回来得太晚了，只剩不到一个钟头的时间，匆忙凑合着吃了一顿饭，就动身去戏院了。

“你们下午也排演吗?”一次，赫斯渥问道。他问这话本来是想用讥讽的口气表示一下抗议和遗憾，但是问话时，他几乎把自己的本意完全掩盖住了。

“不，我在另找一份工作。”嘉莉说。

事实上她的确在找，但是说这话只是提供了一个非常牵强的借口，奥斯本小姐和她去了那位即将在百老汇剧院上演新歌剧的经理的办公室，然后直接回到了奥斯本小姐的住处，3点钟以后，她们一直待在那里。

嘉莉觉得这个问题是对她的自由的侵犯。她并不考虑自己已获得了多少自由。只是觉得她最近的行动，也是她最新获得的自由，不应该受到质问。

这一切赫斯渥都看得清清楚楚。他有他的精明之处。可是这个人很好面子，这妨碍了他提出任何有力的抗议。他的那种几乎无法理解的冷漠，使得他在嘉莉游离出他的生活的时候，还能得过且过地满足于自我消沉，就像他能得过且地甘愿看着机会从他的掌握之中流失一样。他又不禁恋恋不舍，以一种温和、恼人而无力的方式表示着抗议。然而，这种方式只是逐渐地扩大了他们之间的裂痕。

他们之间的裂痕又进一步加大了，这是因为当经理从舞台的两侧之间，看着群舞队在被灯光照得雪亮的台上表演一些令人眼花缭乱的规定动作时，对群舞队的主管说了一番话。

“那个右边的第四个姑娘是谁——就是正在那一头转过来的那一个?”

“哦，”群舞队的主管说，“那是麦登达小姐。”

“她长得很漂亮。你为什么不让她领那一队呢?”

“我会照你的意思办的，”那人说。

“就这么办，她在那个位置要比你现在的这一个好看些。”

“好的，我一定照办，”主管说。

第二天晚上，嘉莉被叫出队来，很像是做错了什么。

“今天晚上你领这一队。”主管说。

“是，先生。”嘉莉说。

“要演得起劲一些，”他又说，“我们得演得有劲儿才行。”

“是，先生。”嘉莉回答。

她对这个变动很感惊讶，以为原来的领队一定是病了，但是当她看见她还在队伍里，眼睛里明显地流露出不高兴时，她开始意识到也许是因为她更强一些。

她那把头甩向一侧，摆好双臂像是要做动作的姿势非常潇洒，显得精神十足。站在队伍的前头，这种姿势得到更加充分的表现。

“那个姑娘懂得怎样保持自己的姿势优美。”又一天晚上，经理说。他开始想要和她谈谈了。如果他没有定下规矩，不和群舞队队员有任何来往的话，他会毫不拘束地去找她。

“把那个姑娘放在白衣队的前头。”他对群舞队的主管建议道。

这支白衣队伍由大约二十个姑娘组成，全都穿着镶有银色和蓝色花边的雪白的法兰绒衣裙。领队的穿着最为夺目。同样的白色衣裙，但是要精致得多，佩戴着肩章和银色腰带，一侧还挂着一柄短剑。嘉莉去试穿了这套戏装，几天后就这样登台了，她对自己这些新的荣誉很是得意。她感到特别满意的是，她知道自己的薪水现在由12块钱变成了18块钱。

赫斯渥对此一无所知。

“我不会把我多加的钱给他的，”嘉莉说，“我给得够多了。我要为自己买些衣服穿。”

实际上，在这第二个月里，她一直尽可能大胆地、不顾一切地为自己买东西，毫不考虑后果。付房租的日子临头时的麻烦更多了，在附近买东西赊账范围也更广了。可是现在，她却打算对自己更大方一些。

她第一步是想买一件仿男式衬衫。在选购衬衫时，她发现她的钱能买的东西太少了——要是全部的钱都归她用，那样就能买很多东西了。她忘了如果她单过，她还得付房租和饭钱，而只是想象着她那18块钱的每一个子儿都能用来购买她喜欢的衣服和东西。

最后，她挑中了一些东西，不仅用完了12块钱以外的全部多加的钱，而且还透支了那12块钱。她知道自己做得太过分了，但是她那喜欢漂亮衣服的女人天性占了上风。第二天赫斯渥说：

“这星期我们欠了食品店老板5块4毛钱。”

“是吗？”嘉莉说，稍稍皱了眉头。

她看着钱包里面，准备拿出钱来。

“我一共只有8块2毛钱了。”

“我们还欠送牛奶的6毛钱。”赫斯渥补充说。

“是啊，还有送煤的。”嘉莉说。

赫斯渥不说话了。他已经看见他买的那些新东西，她那不顾家务的情形，还有她动辄就要下午溜出去，迟迟不归。他感到有什么事要发生了。突然，她开口说道：

“我不知该不该说，”她说，“可是我无法负担一切。我挣的钱不够。”

这是个公开的挑战。赫斯渥不得不应战。他努力保持着冷静。

“我并没有要你负担一切，”他说，“我只是要你帮点忙，等我找到事做。”

“哦，是啊，”嘉莉说，“总是这句话。我是入不敷出。我不知道怎么办才好。”

“咳，我也在努力找事做嘛！”他叫了起来。“你要我怎么办呢？”

“你也许还不够卖力吧？”嘉莉说，“我可是找到事做了。”

“嘿，我很卖力的，”他说，气得几乎要说难听的话了。“你不用向我炫耀你的成功。我只是要你帮点忙，等我找到事做。我还没有完蛋呢。我会好起来的。”

他努力说得很坚定，但是他的声音有一点颤抖。

嘉莉立刻消了气。她感到惭愧了。

“好啦，”她说“给你钱吧，”把钱包里的钱全倒在桌上。“我的钱不够付全部赊账。不过，要是他们能等到星期六，我还会拿到一些钱。”

“你留着吧，”赫斯渥伤心地说，“我只要够付食品老板的钱就行了。”

她把钱放回钱包，就去早早准备晚饭，以便按时开饭。她这闹了一下之后，觉得自己似乎应该做些补偿。

过了一会儿，他们又像以前一样各想各的了。

“她挣的钱比她说的要多，”赫斯渥想。“她说她挣12块钱，但是这个数是买不到那么多东西的。我也不在乎。就让她留着她的钱吧！。我总有一天会找到事做的。到那时就叫她见鬼去吧！”

他只是在气头上说了这些话，但这却充分预示了一种可能的事态发展以及对此的态度。

“我才不管呢，”嘉莉想，“应该有人叫他出去，做点事情。怎么说也不该要我来养活他呀。”

在这些日子里，嘉莉通过介绍认识了几个年轻人，他们是奥斯本小姐的朋友，是那种名副其实的愉快而欢乐的人。一次，他们来找奥斯本小姐，邀下午一起乘马兜风。当时嘉莉也在她那里。

“走，一起去吧！”萝拉说。

“不，我不能去。”嘉莉说。

“哎呀，能去的，一起去吧，你有什么事情呀？”

“我得5点钟到家。”嘉莉说。

“干什么？”

“哦，吃晚饭。”

“他们会请我们吃晚饭的。”萝拉说。

“啊，不，”嘉莉说，“我不去。我不能去。”

“哦，去吧，他们是些好小伙子。我们会准时送你回去的。我们只去中央公园兜兜风。”

嘉莉考虑了一会儿，终于让步了。

“不过，我4点半必须回去，”她说。

这句话多萝拉的一只耳朵进去，又从另一只耳朵出来了。

在杜洛埃和赫斯渥之后，对待青年男子，尤其是对那种冒失而轻浮的人，她的态度总有那么一点讥讽的味道。她觉得自己比他们老成一些。他们说的有些恭维话听起来很愚蠢。然而，她的身心毕竟都还年轻，青年人对她仍有吸引力。

“哦，我们马上就回来，麦登达小姐，”小伙子中的一个鞠了鞠躬说。“现在你相信我们不会耽搁你的，对不对?”

“哦，这我就不知道了。”她笑着说。

他们动身去兜风。她环顾四周，留意着华丽的服饰。小伙子们则说着那些愚蠢的笑话和无味的妙语，在这故作忸怩的荡子圈子里就算是幽默了。嘉莉看到了去公园的庞大的马车队伍，从五十九街的入口处开始，绕过艺术博物馆，直到一百一十街和第七大道拐角的出口处。她的目光又一次被这富裕的景象所吸引——考究的服装，雅致的马具，活泼的马儿，更重要的是，还有美人。贫困的折磨又一次刺痛了她，但是现在，她忘记了赫斯渥，也就多少忘记了一些自己的烦恼。

赫斯渥等到4点、5点、甚至6点钟。当他从椅子里站起来的时候，天已经快黑了

“我看她是不会回家了。”他冷冷地说。

“就是这么回事，”他想，“她现在崭露头角了。我就没份了。”

嘉莉倒是的确发觉了自己的疏忽，但那时已经是5点1刻了，那辆敞篷马车则远在第七大道上，靠近哈莱姆河边。

“几点钟了?”她问。“我得回去了。”

“5点1刻，”她身边的伙伴看了看一只精致的敞面怀表，说道。

“哦，天哪!”嘉莉叫道。然后，她叹了一口气，又靠在座位上。“无法挽回的事，哭也没用了，”她说，“太迟了。”

“是太迟了，”那个青年说，这是在想象着丰盛的晚餐以及怎样能使谈话愉快，以便在散戏之后能再相聚。他对嘉莉很着迷。“我们现在就去德尔莫尼利饭店吃些东西好吗，奥林?”

“当然好啦，”奥林高兴地回答。

嘉莉想到了赫斯渥。以前她从来没有无缘无故就不回家吃晚饭的。

他们乘车往回赶，6点1刻时才坐下来吃饭。这是谢丽饭店那晚餐的重演，嘉莉痛苦地回想当时的情景。她想起了万斯太太，从那次赫斯渥接待了她之后，就再也没有来过。她还想起了艾姆斯。

她的记忆在这个人身上停住了。这是个强烈而清晰的幻象。他喜欢的书比她看的要好，喜欢的人比她结交的要强。他的那些理想在她的心里燃烧。

“当一个好的女演员的确不错，”她又清楚地听到了这句话。

她算个什么样的女演员呢?

“你在想什么，麦登达小姐?”她的那位快乐的伙伴问道。“好吧，现在让我看看能否猜得出来。”

“哦，不，”嘉莉说，“别猜了。”

她抛开幻想，吃起饭来。她有些把它忘记了，心情倒也愉快。可是当提到散戏之

后再见面的事时，她摇了摇头。

“不，”她说，“我不行。我已经有了约会。”

“哦，行的，麦登达小姐，”那青年恳求道。

“不，”嘉莉说，“我不行。你对我真好，可我还得请你原谅我。”

那青年看上去垂头丧气极了。

“振作一点，老家伙，”他的朋友对着他的耳朵低声说，“不管怎么样，我们都要去一趟那里。她也许会改变主意的。”

第四十章 公开的分歧：最后的求职

然而，就嘉莉而言，不存在什么散场后的玩乐。她径直回家去了，还在想着自己没有回家吃饭的事。赫斯渥已经睡着了，但是当她穿过房间朝自己的床走去时，他醒来看了看。

“是你吗?”他说。

“是的,”她回答。

第二天早饭时，她想要道个歉。

“昨天晚上我没办法回家吃饭,”她说。

“啊，嘉莉,”他回答,“说这话有什么用呢？我不在乎的。不过，你大可不必告诉我这个。”

“我没办法,”嘉莉说，脸色更红了。然后，发现他看上去像是在说“我知道的,”她叫了起来:“哦，好哇。我也不在乎。”

从这以后，她对这个家更加漠不关心了。他们之间似乎已经没有了任何相互交谈的共同基础。她总是等着他来开口问她要开支的钱。这使他十分难堪，因此他极不情愿这样做。他宁愿躲着肉铺老板和面包房老板。他向奥斯拉格赊了16块钱的食品帐，贮存了一批主要食品，这样他们在一段时间之内就不用买这些东西了。然后，他换了一家食品店。对于肉铺老板和其他几家老板，他也采用了同样的办法。这一切，嘉莉从未直接听他谈起过。他只开口要他能指望得到的东西，越来越深地陷入了只可能有一种结局的处境。

就这样，9月份过去了。

“德雷克先生不打算开旅馆了吗?”嘉莉问了几次。

“要开的，不过现在他要到10月份才能开。”

嘉莉开始感到厌恶了。“这种人哪,”她常常自言自语。她的出门访友越来越多。她把自己多余的钱大部分用来买衣服，这笔钱毕竟也不是什么惊人的数目嘛，她参加演出的歌剧四星期内要去外地演出的消息终于宣布了。在她采取行动之前，所有的广告栏和报纸上都登着:“伟大的喜歌剧之杰作上演最后两周——”云云。

“我不打算去巡回演出,”奥斯本小姐说。

嘉莉跟着她一起去向另一个经理求职。

“有什么经验吗?”是他的问题之一。

“现在，我是在卡西诺戏院演出的剧团的演员。”

“哦，是吗？”他说。

谈的结果是又签了一份周薪20块钱的合同。

嘉莉很高兴。她开始觉得自己在这个世界上已经有了一席之地。人们还是赏识才能的。

她的处境发生了如此巨大的变化，使得家里的气氛变得无法忍受了。家里有的只是贫困和烦恼，或者看上去是这样，因为它是一个负担。它变成了一个避之唯恐不及的地方。可是，她却还在那里睡觉，干相当多的家务活，保持家里的整洁。对于赫斯渥，这里则是他可以坐的地方。他坐着摇啊摇啊，看看报纸，沉没在自己悲惨的命运之中。10月份过去了，接着是11月份。他几乎没有觉察，就已经到了严冬，而他还是坐在那里。

嘉莉干得越来越好，这一点他很清楚。现在，她的衣服漂亮多了，甚至可以说得上是华丽了。他看着她进进出出，有时候自己想象她飞黄腾达的情景。他吃得很少，有些消瘦了。他没有食欲。他的衣服也已经破旧。关于要找事做的那套话，连他自己都觉得乏味可笑。因此，他就十指交叉地等待着——等待什么呢，他也无法预料。

可是，最终麻烦事积得太多了。债主的追逼、嘉莉的冷漠、家里的寂静，还有冬天的来临，这一切加在一起使麻烦达到了顶点。这是由奥斯拉格亲自上门讨债而引发的，当时嘉莉也在家中。

“我来收欠账，”奥斯拉格先生说。

嘉莉只是微微有点吃惊。

“有多少欠账？”她问。

“16块钱，”他回答。

“哦，有那么多吗？”嘉莉说，“这数目对吗？”她转向赫斯渥问道。

“对的，”他说。

“可是，我从没听说过这笔账呀！”

她看上去像是以为他负的债是些不必要的开支。

“噢，我们是欠了这笔账，”他回答。然后，他走到门口。“可今天我付不了你一分钱，”他温和地说。

“那么，你什么时候能付呢？”食品店老板说。

“不管怎么样，星期六之前是不行的，”赫斯渥说。

“嘿！”食品店老板回答。“这话说得真好。但是我必须拿到这笔钱。我要钱用。”

嘉莉正站在房间里离门远些的地方，听到这一切。她很苦恼。这事太糟糕、太无聊了。赫斯渥也恼火了。

“喂，”他说，“现在说什么也没用的。如果你星期六不的话，我会付你一些的。”

食品店老板走掉了。

“我们怎么来付这笔账呢?”嘉莉问，对这笔账很吃惊。“我可付不起。”

“哦，你不必付的，”他说，“他收不到的账就是收不到的。他只得等着。”

“我不明白我们怎么会欠这么一大笔账呢?”嘉莉说。

“哦，我们吃掉的，”赫斯渥说。

“真奇怪，”她回答，还是有些怀疑。

“现在你站在那里，说这些话有什么用呢?”他问，“你以为是我一个人吃的吗？听你的口气，像是我偷了什么似的。”

“可是，不管怎么说，这数目太大了，”嘉莉说，“不该要我付这笔账的。现在我已经是入敷出了。”

“好吧，”赫斯渥回答，默默地坐了下来。这事真折磨人，他已经受够了。

嘉莉出去了，而他还坐在那里，下定决心要做些事情。

大约就在这段时间里，报上不断出现有关布鲁克林有轨电车工人即将罢工的传闻和通告。工人们对工作时间和工资待遇普通感到不满。像往常一样——并且为了某种无法解释的缘故——工人们选择冬天来逼迫资方表态，解决他们的困难。

赫斯渥早已从报上知道了这件事情，一直在想着罢工之后将会出现的大规模的交通瘫痪。在这次和嘉莉争吵的前一两天，罢工开始了。一个寒冷的下午，天色阴暗，眼看就要下雪，报上宣布有轨电车工人全线罢工了。

赫斯渥闲得无聊，头脑里装满了人们关于今年冬天将缺少劳动力和金融市场将出现恐慌局面的多种预测，很有兴趣地看着罢工的新闻。他注意到了罢工的司机和售票员提出的要求。他们说，过去他们一直拿着 2 块钱一天的工资，但是最近一年多来，出现了“临时工”，他们谋生的机会就随之减少了一半，而劳作的时间却由十个小时增加到了十二个小时，甚至是十四个小时。这些“临时工”是在繁忙和高峰的时候临时来开一次电车的工人。这样开一次车的报酬只有 2 毛 5 分钱。等高峰或繁忙时刻一过，他们就被解雇了。最糟糕的是，谁也不知道自己什么时候有车可开。他必须一早就去车场，不管好天歹天都得等在那里，直到用得着他的时候。等候这么久，平均只有开两次车的机会——三小时多一点的工作，拿 5 毛钱的报酬。等候的时间是不计酬的。

工人们抱怨说，这种制度正在扩展，用不了多久，7000 名雇工中只会有少数人能真正保持住 2 块钱一天的固定工作了。他们要求废除这种制度，并且除了无法避免的耽搁之外，每天只工作十个小时，工资为 2 块 2 毛 5 分。他们要求资方立即接受这些条件，但是遭到了各家电车公司的拒绝。

赫斯渥开始是同情这些工人的要求的，当然，也很难说他不是自始至终都在同情他们，尽管他的行动与此矛盾。他几乎所有的新闻都看，起初吸引他的是《世界报》上报道罢工消息的耸人听闻的大标题。他接着往下看了全文，包括罢工所涉及的七有公司的名称和罢工的人数。

“他们在这样的天气里罢工真傻，”他心里想，“不过，只要他们能赢，但愿他们会赢。”

第二天，对这事的报道更多了。“布鲁克林区的居民徒步上街，”《世界报》说。“劳动骑士会中断了所有过桥的有轨电车线路。”“大约七千人在罢工。”

赫斯渥看了这些新闻，在心里对这事的结果如何形成了自己的看法。他这个人十分相信公司的力量。

“他们是赢不了的，”他说，指的是工人。“他们分文没有。警察会保护公司的，他们必须这样做。大众得有电车乘坐才行。”

他并不同情公司，但是力量属于他们。产业和公用事业属于他们。

“那些工人赢不了的，”他想。

在别的新闻中，他注意到了其中一家公司发布的通告，通告说：

大西洋道电车公司特别通告

鉴于本公司司机、售票员以及其他雇员突然擅离职守，今对所有被迫罢工的忠实员工予以一个申请复职的机会。凡于1月16日星期三正午12时之前提出申请者，将按申请收到的时间顺序，予以重新雇用（并确保安全），相应分派车次和职位，否则作解雇论。即将招募新人，增补每一空缺。此布。

总经理

本杰明·诺顿（签名）

他还在招聘广告中看到这样一则广告：

“招聘——五十名熟练司机，擅长驾驶威斯汀豪斯机车，在布鲁克林市区内。专开邮车，确保安全。”

他特别注意到了两处的“确保安全”这几个字。这向他表明了公司那不容置疑的威力。

“他们有国民警卫队站在他们一边，”他想，“那些工人是毫无办法的。”

当他脑子里还在想着这些事情时，发生了他和奥斯拉格以及嘉莉的冲突事件。以前也曾有过许多令他恼火的事，但是这次事件似乎是最糟糕不过的。在此之前，她还从没有指责过他偷钱——或者很接近这个意思。她怀疑这么一大笔欠账是否正常。而他却千辛万苦地使得开支看上去还很少。他一直在欺骗肉铺老板和面包房老板，只是为了不向她要钱。他吃得很少——几乎什么都不吃。

“该死的！”他说，“我能找到事做的。我还没有完蛋呢。”

他想现在他真得做些事了。受了这样一顿含沙射影的指责之后还闲坐在家里，这也太不自重了。哼，照这样再过一段时间，他就什么都得忍受了。

他站起身来，看着窗外寒冷的街道。他站在那里，慢慢想到了一个念头，去布鲁克林。

"为什么不去呢?"他心里说，"谁都可以在那里找到工作。一天能挣两块钱呢。"

"可是出了事故怎么办?"一个声音说，"你可能会受伤的。"

"哦，这类事不会多的，"他回答，"他们出动了警察。谁去开车都会受到很好的保护的。"

"可你不会开车呀，"那声音又说。

"我不申请当司机，"他回答。"我去卖票还是行的。"

"他们最需要的是司机。"

"他们什么人都会要的，这点我清楚。"

他和心里的这位顾问翻来覆去辩论了几个钟头，对这样一件十拿九稳能赚钱的事，他并不急于立即采取行动。

次日早晨，他穿上自己最好的衣服——其实已经够寒酸的了，就四处忙开了，把一些面包和肉用一张报纸包起来。嘉莉注视着他，对他的这一新的举动产生了兴趣。

"你要去哪里?"她问。

"去布鲁克林，"他回答。然后，见她还想问的样子，便补充说："我想我可以上那里找到事做。"

"在有轨电车线路上吗?"嘉莉说，吃了一惊。

"是的，"他回答。

"你不害怕吗?"她问。

"有什么可怕的呢?"他回答，"有警察保护着。"

"报上说昨天有四个人受了伤。"

"是的。"他回答，"但是你不能听信报上说的事。他们会安全行车的。"

这时，他表情很坚决，只是有几分凄凉，嘉莉感到很难过。这里再现了昔日的赫斯渥身上的某种气质，依稀能看见一点点过去那种精明而且令人愉快的力量的影子。外面是满天阴云，飘着几片雪花。

"偏偏挑这么糟的天气去那里，"嘉莉想。

这一次他走在她之前，这可真是一件不同寻常的事。他向东步行到十四街和第六大道的拐角处，在那里乘上了公共马车。他从报上得知有几十个人正在布鲁克林市立电车公司大楼的办公室里申请工作并受到雇用。他，一个阴郁、沉默的人，一路上又乘公共马车又搭渡船到达了前面提到过的办公室。这段路程很长，因为电车不开，天气又冷，但他还是顽强地、艰难地赶着路。一到布鲁克林，他就明显地看到和感到罢工正在进行。这一点从人们的态度上就看得出来。有些电车轨道上，沿线没有车辆在行驶。有些街角上和附近的酒店周围，小群的工人在闲荡。几辆敞篷货车从他身边驶过，车上安着普通的木椅，标有“平坦的灌木丛”或“展望公园，车费一毛”的字样。他注意到了那些冰冷甚至阴郁的面孔。工人们正在进行一场小小的战争。

当他走近前面提到的办公室时，他看见周围站着几个人，还有几个警察。在远处的街角上还有些别的人在观望着——他猜想那些人是罢工者。

这里所有的房屋都很矮小，而且都是木结构的，街道的铺设也很简陋。和纽约相比。布鲁克林真显得寒酸而贫穷。

他走到一小群人的中间，警察和先到的人都注视着他。其中的一个警察叫住了他。

“你在找什么?”

“我想看看能否找到工作。”

“上了那些台阶就是办公室，”这警察说。从他的脸上看，他是毫无偏袒的。但在他的内心深处，他是同情罢工并且憎恨这个“工贼”的。然而，同样在他的内心深处，他也感受到警察的尊严和作用，警察就是要维持秩序。至于警察的真正的社会意义，他从未想过。他那种头脑是不会想到这些的。这两种感觉在他心里混为一体，相互抵消，使他采取了中立的态度。他会像为自己一样为这个人去坚决地战斗，但也只是奉命而行。一旦脱下制服，他就会立即站到自己同情的那一边去。

赫斯渥上了一段布满灰尘的台阶，走进一间灰色的办公室，里面有一道栏杆、一张长写字台和几个职员。

“喂，先生，”一个中年人从长写字台边抬头看着他说。

“你们要雇人吗?”赫斯渥问道。

“你是干什么的——司机吗?”

“不，我什么也不是，”赫斯渥说。

他一点儿也不为自己的处境感到窘迫。他知道这些人需要人手。如果一个不雇他，另一个会雇的。至于这个人雇不雇他，可以随他的便。

“哦，我们当然宁愿要有经验的人，”这个人说。他停顿了一下，这时赫斯渥则满不在乎地笑了笑。然后，他又说：“不过，我想你是可以学的。你叫什么?”

“惠勒，”赫斯渥说。

这个人在一张小卡片上写了一条指令。“拿这个去我们的车场，”他说，“把它交给工头。他会告诉你做什么的。”

赫斯渥下了台阶，走了出去。他立即按所指的方向走去，警察从后面看着他。

“又来了一个想尝试一下的。”警察基利对警察梅西说。

“我想他准会吃尽苦头，”后者平静地轻声回答。

他们以前经历过罢工。

第四十一章　罢　工

赫斯渥申请求职的车场极缺人手，实际上是靠三个人在那里指挥才得以运行。车场里有很多新手，都是些面带饥色的怪人，看上去像是贫困把他们逼上了绝路。他们想提起精神，做出乐观的样子。但是这个地方有着一种使人内心自惭而羞于抬头的气氛。

赫斯渥往后走去，穿过车棚，来到外面一块有围墙的大场地。场地上有一连串的轨道和环道。这里有六辆电车，由教练员驾驶，每辆车的操纵杆旁边都有一名学徒。还有一些学徒等候在车场的一个后门口。

赫斯渥默默地看着这个情景，等候着。有一小会儿，他的同伴们引起了他的注意，尽管他们并不比那些电车更使他感兴趣。不过，这帮人的神色令人不快。有一两个人非常瘦。有几个人相当结实。还有几个人骨瘦如柴，面色蜡黄，像是遭受过各种逆境的打击。

“你看到报上说他们要出动国民警卫队了吗？”赫斯渥听到其中一个人说。

“哦，他们会这样做的，”另外一个人回答，“他们总是这样做的。”

“你看我们会遇到很多麻烦吗？”又有一个人说，赫斯渥没看见是谁。

“不会很多。”

“那个开上一辆车出去的苏格兰人，”一个声音插进来说，“告诉我他们用一块煤渣打中了他的耳朵。”

伴随着这句话的是一阵轻轻的、神经质的笑声。

“按报上说的，第五大道电车线路上的那些家伙中的一个肯定吃尽了苦头，”又一个声音慢吞吞地说，“他们打破了他的车窗玻璃，把他拖到街上，直到警察来阻止了他们。”

“是的，但是今天增加了警察，”另一个补充说。

赫斯渥仔细地听着，心里不置可否。在他看来，这些话的人是给吓坏了。他们狂热地喋喋不休——说的话是为了使自己的头脑安静下来。他看着场地里面，等候着。

有两个人走到离他很近的地方，但是在他的背后。他们很喜欢交谈，他便听着他们的谈话。

“你是个电车工人吗？”一个说。

“我吗？不是。我一直在造纸厂工作。”

“我在纽瓦克有一份工作，直到去年的 10 月份，”另一个回答，觉得应该有来有往。

有几句话的声音太小，他没有听见。随后，谈话的声音又大了起来。

“我不怪这些家伙罢工，”一个说，“他们完全有权利这样做，可是我得找些事做。”

“我也是这样，”另一个说，“要是我在纽瓦克有工作的话，我是不会来这里冒这种险的。”

“这些日子可真是糟透了，你说是吧？”那个人说，“穷人无处可去。老天在上，你就是饿死在街头，也不会有人来帮助你。”

“你说得对，”另一个说，“我是因为他们停产才丢掉了我原来的工作。他们开工了一整个夏天，积了一大批货，然后就停产了。”

这番话只是稍稍引起了赫斯渥的注意。不知怎么地，他觉得自己比这两个人要优越一点——处境要好一点。在他看来，他们无知、平庸，像是牧羊人手里的可怜的羊。

“这些可怜虫，”他想，流露出昔日得意时的思想和情情。

“下一个，”其中的一个教练员说。

“下一个是你，”旁边的一个人说，碰了碰他。

他走了出去，爬上驾驶台。教练员当然地认为不需要任何开场白。

“你看这个把手，”他说着，伸手去拉一个固定在车顶上的电闸。“这东西可以截断或者接通电流。如果你要倒车，就转到这里，如果你要车子前进，就转到这里。如果你要切断电源，就转到中间。”

听到介绍这么简单的知识，赫斯渥笑了笑。

“看着，这个把手是控制速度的。转到这里，”他边说边用手指指点着，大约是每小时四英里。这里是八英里。开足了大约是每小时十四英里。

赫斯渥镇静地看着他。他以前看过司机开车。他差不多知道他们怎么开的车，确信只要稍微操练一下，他也会开的。

教练员又讲解了几个细节，然后说：

“现在，我们把车倒回去。”

当车子开回场地时，赫斯渥沉着地站在一边。

“有一件事你要当心，那就是启动时要平稳。开了一档速度之后，要等它走稳了，再换挡加速。大多数人的一个通病就是总想一下子就把它开足全速。那不好，也很危险。会损坏马达的。你可不要那样做。”

“我明白了，”赫斯渥说。

那个人不断地讲着，他在一边等了又等。

“现在你来开吧，”他终于说道。

这位从前的经理用手握住操纵杆，自以为轻轻地推了一下。可是，这东西启动起

来比他想象的要容易得多，结果车猛地一下迅速朝前冲去，把他向后甩得靠在了车门上。他难为情地直起身来，这时教练员刹车把车停了下来。

“你要小心才是，”他只说了这么一句。

可是，赫斯渥发现使用刹车和控制速度并不像他以为的那样立刻就能掌握。有一两次，要不是教练员在一旁提醒和伸手帮他的话，他就会从后面的栅栏上犁过去了。这位教练员对他颇为耐心，但他从未笑过。

“你得掌握同时使用双臂的诀窍，”他说，“这需要练习一下。”

1点钟到了，这时他还在车上练习，他开始感到饿了。天下起雪来，你觉得很冷。他开始对在这节短轨道上开来开去有些厌倦了。

他们把电车开到轨道的末端，两人一齐下了车。赫斯渥走进车场，找到一辆电车的踏板坐下，从口袋里拿出报纸包的午饭。没有水，面包又很干，但是他吃得有滋有味。在这里吃饭可以不拘礼节。他一边吞咽，一边打量着四周，心想这份工作真是又乏味又平淡。无论从哪方面说，这活儿都是令人讨厌的，十分令人讨厌的。不是因为它苦，而是因为它难。他想谁都会觉得它难的。

吃完饭后，他又像先前一样站在一边，等着轮到他。

本来是想叫他练习一下午的，可是大部分时间却花在等候上了。

终于到了晚上，随之而来的是饥饿和如何过夜的问题，他在心里盘算着。现在是5点半，他必须马上吃饭。倘若他要回家去，就得又走路又搭车地冻上两个半钟头。此外，按照吩咐，他第二天早晨7点钟就得来报到，而回家就意味着他必须在不该起来且不想起来的时候起床。他身上只有嘉莉给的大约1元1角5分钱，在他想到来这里之前，他原打算用这笔钱来付两个星期的煤账的。

“他们在这附近肯定有个什么地方可以过夜的，”他想，“那个从纽瓦克来的家伙住在哪里呢？”

最后，他决定去问一下。有一个小伙子冒着寒冷站在车场的一个门口边，等着最后一次轮到他。论年龄他还只是个孩子——大约21岁——但是由于贫困，身材却长得又瘦又长。稍微好一点的生活就能使这个小伙子变得丰满并神气起来。

“要是有人身无分文，他们怎么安排他？”赫斯渥小心翼翼地问。

这个小伙子把脸转向问话的人，表情敏锐而机警。

“你指的是吃饭吗？”他回答。

“是的。还有睡觉。我今天晚上无法回纽约了。”

“我想你要是去问工头的话，他会安排的。他已经给我安排了。”

“是这样吗？”

“是的。我只是告诉他我一分钱也没有。哎呀，我回不了家了。我家还远在霍博肯。”

赫斯渥只是清了一下嗓子，算是表示感谢。

“我知道他们在楼上有一个地方可以过夜。但是我不清楚是个什么样的地方。我想肯定糟糕得很。今天中午他给我一张餐券。我知道饭可是不怎么样的。”

赫斯渥惨然一笑，这个小伙子则大笑起来。

“这不好玩，是吗?”他问，希望听到一声愉快回答，但是没有听到。

“不怎么好玩，”赫斯渥回答。

“要是我的话，现在就去找他，”小伙子主动说，“他可能会走开的。”

赫斯渥去找了。

“这附近有什么地方可以让我过夜吗?”他问。“要是我非回纽约不可，我恐怕不能——”

“如果你愿意睡，”这人打断了他，说道，“楼上有几张帆布床。”

“这就行了，”他表示同意。

他本想要一张餐券，但是好像一直都没有合适的机会，他就决定这一晚上自己付了。

“我明天早上再向他要。”

他在附近一家便宜的餐馆吃了饭，因为又冷又寂寞，就直接去找前面提到的阁楼了。公司天黑之后就不再出车。这是警察的劝告。

这个房间看上去像是夜班工人休息的地方。里面放着大约九张帆布床，两三把木椅，一个肥皂箱，一个圆肚小炉子，炉子里生着火。他虽然来得很早，但已经有人在他之前就来了。这个人正坐在炉子边烤着双手。

赫斯渥走近炉子，也把手伸出来烤火。他这次出来找事做所遇到的一切都显得穷愁潦倒，这使他有些心烦，但他还是硬着头皮坚持下去。他自以为还能坚持一阵子。

“天气很冷，是吧?”先来的人说。

“相当冷。”

一段长时间的沉默。

“这里可不大像个睡觉的地方，是吧?”这人说。

“总比没有强，”赫斯渥回答。

又是一阵沉默。

“我想上床睡觉了，”这人说。

他起身走到一张帆布床边，只脱了鞋子，就平躺了下来，拉过床上那条毯子和又脏又旧的盖被，裹在身上。看到这个情景，赫斯渥感到恶心，但他不去想它，而是盯着炉子，想着别的事情。不一会儿，他决定去睡觉，就挑了一张床，也把鞋子脱了。

他正准备上床睡觉，那个建议他来这里的小伙子走了进来，看见赫斯渥，想表示一下友好。

“总比没有强，”他说，看了看四周。

赫斯渥没把这话当作是对他说的。他认为这只是那个人自己在表示满意，因此没有回答。小伙子以为他情绪不好，就轻轻吹起了口哨。当他看见还有一个人睡着了时，就不再吹口哨，默不作声了。

赫斯渥尽量在这恶劣的环境下把自己弄得舒服一些。他和衣躺下来，推开脏盖被，不让它挨着头。但是，他终于因疲劳过度而瞌睡了。他开始感到盖被越来越舒服，忘记了它很脏，把它拉上来盖住脖子，睡着了。

早晨，他还在做着一个愉快的梦，几个人在这寒冷而凄凉的房间里走动，把他弄醒了。他在梦中回到了芝加哥，回到了他自己那舒适的家中。杰西卡正在准备去什么地方，他一直在和她谈论着这件事。他脑子里的这个情景如此清晰，和现在这个房间一对比，使他大吃了一惊。他抬起头来，这个冷酷、痛苦的现实，使他猛地清醒了。

“我看我还是起床吧，”他说。

这层楼上没有水。他在寒冷中穿上鞋了，站起身来，抖了抖自己僵硬的身子。他觉得自己衣衫不整，头发凌乱。

“见鬼！”他在戴帽子时，嘴里嘀咕道。

楼下又热闹起来。

他找到一个水龙头，下面有一个原来用来饮马的水槽。可是没有毛巾，他的手帕昨天也弄脏了。他将就用冰冷的水擦擦眼睛就算洗好了。然后，他找到已经在场上的工头。

“你吃过早饭了吗？”那个大人物问。

“没有，”赫斯渥说。

“那就去吃吧，你的车要等一会儿才能准备好。”

赫斯渥犹豫起来。

“你能给我一张餐券吗？”他吃力地问。

“给你，”那人说，递给他一张餐券。

他的这顿早餐和头一天的晚餐一样差，就吃了些炸牛排和劣质咖啡。然后他又回来了。

“喂，”当他进来时，工头指着他招呼说，“过一会儿，你开这辆车出去。”

他在阴暗的车棚里爬上驾驶台，等候发车的信号。他很紧张，不过开车出去倒是一件令人欣慰的事。无论干什么事都比呆在车棚里强。

这是罢工的第四天，形势恶化了。罢工工人听从他们的领袖以及报纸的劝告，一直在和平地进行斗争。没有什么大的暴力行动。电车遭到阻拦，这是事实，并且和开车的人展开了辩论。有些司机和售票员被争取过去带走了，有些车窗玻璃被砸碎，也有嘲笑和叫骂的，但是至多只有五六起冲突中有人受了重伤。这些行动是围观群众所为，罢工领袖否认对此负责。

可是，罢工工人无事可干，又看到公司在警察的支持下，显得神气活现，他们被惹恼了。他们眼看着每天有更多的车辆在运行，每天有更多的公司当局的布告，说罢工工人的有效反抗已经被粉碎。这迫使罢工工人产生了铤而走险的想法。他们看到，和平的方式意味着公司很快就会全线通车，而那些抱怨的罢工工人就会被遗忘。没有什么比和平的方式对公司更有利了。

突然，他们狂怒起来，于是暴风骤雨持续了一个星期。袭击电车，殴打司乘人员，和警察发生冲突，掀翻轨道，还有开枪的，最后弄得常常发生街头斗殴和聚众闹事，国民警卫队密布全城。

赫斯渥对形势的这些变化一无所知。

“把你的车子开出去，”工头叫道，使劲地向他挥动着一只手。一个新手售票员从后面跳上车来，打了两遍铃，作为开车的信号。赫斯渥转动操纵杆，开车从大门出来，上了车场前面的街道。这时，上来两个身强力壮的警察，一边一个，站在驾驶台上他的身边。

听得车场门口一场锣响，售票员打了两遍铃，赫斯渥启动了电车。

两个警察冷静地观察着四周。

“今天早晨天气真冷，”左边的一个说，口音带着浓重的爱尔兰土腔。

“昨天我可是受够了，”另一个说，“我可不想一直干这种活。”

“我也一样。”

两个人都毫不在意赫斯渥，他冒着寒风站在那里，被吹得浑身冰冷，心里还在想着给他的指令。

“保持平稳的速度，”工头说过，“遇到任何看上去不像是真正的乘客的人，都不要停车。遇到人群你也无论如何不要停车。”

两个警察沉默了一会儿。

“开前一辆车的人肯定是安全通过了，”左边的警察说，“到处都没看到他的车。”

“谁在那辆车上？”第二个警察问，当然是指护车的警察。

“谢弗和瑞安。”

又是一阵沉默，在这段时间内，电车平稳地向前行驶。沿着这段路没有多少房屋。赫斯渥也没看见多少人。在他看来，情况并不太糟。倘若他不是这么冷的话，他觉得自己是可以开得很好的。

突然，出乎他的预料，前面出现了一段弯路，打消了他的这种感觉。他切断电源，使劲地一转刹车，但是已经来不及避免一次不自然的急转弯了。这把他吓了一跳，他想要说些抱歉的话，但又忍住了没说。

“你要当心这些转弯的地方，”左边的警察屈尊地说。

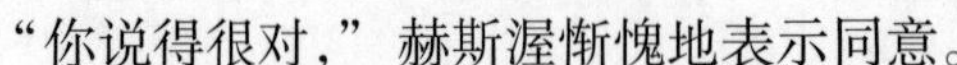

“你说得很对，”赫斯渥惭愧地表示同意。

“这条线上有很多这种转弯的地方，”右边的警察说。

转弯之后，出现了一条居民较多的街道。看得见前面有一两个行人。有一个男孩拎着一只铁皮牛奶桶，从一家大门里出来，从他的嘴里，赫斯渥第一次尝到了不受欢迎的滋味。

“工贼!”他大声骂道，“工贼!”

赫斯渥听见了骂声，但是努力不置可否，甚至连心里也一声不吭。他知道他会挨骂的，而且可能会听到更多类似的骂声。

在前面的拐角处，一个人站在轨道旁，示意车子停下。

“别理他，”一个警察说，“他要搞鬼的。”

赫斯渥遵命而行。到了拐角处，他看出这样做是明智的。这个人一发觉他们不打算理他，就挥了挥拳头。

“啊，你这该死的胆小鬼!”他大声叫道。

站在拐角处的五六个人，冲着疾驶而过的电车，发出一阵辱骂和嘲笑声。

赫斯渥稍稍有一点畏缩。实际情况比他原来想象的还要糟一些。

这时，看得见前面过去三四条横马路的地方，轨道上有一堆东西。

“好哇，他们在这里捣过鬼，”一个警察说。

“也许我们要来一场争论了，”另一个说。

赫斯渥把车开到附近停了下来。可是，还没等他把车完全停稳，就围上来一群人。这些人有一部分是原来的司机和售票员，还有一些是他们的朋友和同情者。

“下车吧，伙计，”其中一个人用一种息事宁人的口气说。“你并不想从别人的嘴里抢饭吃，是吧?”

赫斯渥握着刹车和操纵杆不松手，面色苍白，实在不知如何是好。

“靠后站，”一个警察大声叫道，从驾驶台的栏杆上探出身来。

“马上把这些东西搬开。给人家一个机会干他的工作。”

“听着，伙计，”这位领头的人不理睬警察，对赫斯渥说。“我们都是工人，像你一样。倘若你是个正式的司机，受到了我们所受的待遇，你不会愿意有人插进来抢你的饭碗的，是吧?你不会愿意有人来剥夺你争取自己应有的权利的机会的，是吧?”

“关掉发动机!关掉发动机!”另一个警察粗声粗气地催促着。“快滚开。”他说着，跃过栏杆，跳下车站在人群的前面，开始把人群往回推。另一个警察也立即下车站到他的身边。

“赶快靠后站，”他们大叫道，“滚开。你们到底要干什么?走开，赶快。”

人群就像是一群蜜蜂。

“别推我，”其中的一个罢工工人坚决地说，“我可没干什么。”

“滚开！”警察喊道，挥舞着警棍。“我要给你脑门上来一棍子。快后退。”

“真是见鬼了！”另一个罢工工人一边喊着，一边倒推起来，同时还加上了几句狠狠的咒骂声。

啪的一声，他的前额挨了一警棍。他的两眼昏花地眨了几下，两腿发抖，举起双手，摇摇晃晃地朝后退去。作为回敬，这位警察的脖子上挨了飞快地一拳。

这个警察被这一拳激怒了，他左冲右撞，发疯似的挥舞着警棍四处打人。他得到了他的穿蓝制服的同行的有力支援，这位同行还火上浇油地大声咒骂着愤怒的人群。由于罢工工人躲内得快，没有造成严重的伤害。现在，他们站在人行道上嘲笑着。

“售票员在哪里？”一个警察大声叫道，目光落在那个人身上，这时他已经紧张不安地走上前来，站到赫斯渥身边。赫斯渥一直站在那里呆呆地看着这场纠纷，与其说是害怕，不如说是吃惊。

“你为什么不下车到这里来，把轨道上的这些石头搬开？”警察问。“你站在那里干什么？你想整天待在这里吗？下来！”

赫斯渥激动地喘着粗气，和那个紧张的售票员一起跳下车来，好像叫的是他一样。

“喂，赶快，”另一个警察说。

虽然天气很冷，这两个警察却又热又狂。赫斯渥和售票员一起干活，把石头一块一块地搬走。他自己也干得发热了。

“啊，你们这些工贼，你们！”人群叫了起来，“你们这些胆小鬼！要抢别人的工作，是吗？要抢穷人的饭碗，是吗？你们这些贼。喂，我们会抓住你们的。你们就等着吧！”

这些话并不是出自一个人之口。到处都有人在说，许多类似的话混合在一起，还夹杂着咒骂声。

“干活吧，你们这些恶棍！”一个声音叫道，“干你们卑鄙的活吧！你们是压迫穷人的吸血鬼！”

“愿上帝饿死你们，”一个爱尔兰老太婆喊道，这时她打开附近的一扇窗户，伸出头来。

“是的，还有你，”她和一个警察的目光相遇，又补充道。“你这个残忍的强盗！你打我儿子的脑袋，是吧？你这个冷酷的杀人魔鬼。啊，你——”

但是警察却置若罔闻。

“见你的鬼去吧，你这个老母夜叉，”他盯着四周分散的人群，低声咕哝着。

这时石头都已搬开了，赫斯渥在一片连续不断的谩骂声中又爬了驾驶台。就在两个警察也上车站到他的身旁，售票员打铃时，砰！砰！从车窗和车门扔进大大小小的石头来。有一块差点擦伤了赫斯渥的脑袋。又一块打碎了后窗的玻璃。

“拉足操纵杆。”一个警察大声嚷道，自己伸手去抓把手。

赫斯渥照办了，电车飞奔起来，后面跟着一阵石头的碰撞声和一连串咒骂声。

“那个王八蛋打中了我的脖子，”一个警察说，“不过，我也好好回敬了他一棍子。”

“我看我肯定把几个人打出了血，”另一个说。

“我认识那个骂我们是×××的那个大块头家伙，”第一个说，“为此，我不会放过他的。”

“一到那里，我就知道我们准会有麻烦的，”第二个说。

赫斯渥又热又激动，两眼紧盯着前方。对他来说，这是一段惊人的经历。他曾经从报纸上看到过这种事情，但是身临其境时却觉得完全是一件新鲜事。精神上他倒并非胆小怕事。刚刚经历的这一切，现在反倒激发他下定决心，要顽强地坚持到底。他再也没去想纽约或者他的公寓。这次出车似乎要他全力以赴，无暇顾及其他了。

现在他们畅通无阻地驶进了布鲁克林的商业中心。人们注视着打碎的车窗和穿便服的赫斯渥。不时地有声音叫着“工贼”，还听到其他的辱骂声，但是没有人群袭击电车。到了商业区的电车终点站，一个警察去打电话给他所在的警察分局，报告路上遇到的麻烦。

“那里有一帮家伙，”他说，“还在埋伏着等待我们。最好派人去那里把他们赶走。”

电车往回开时，一路上平静多了—有人谩骂，有人观望，有人扔石头，但是没有人袭击电车。当赫斯渥看见车场时，轻松地出了一口气。

“好啦，”他对自己说。“我总算平安地过来了。”

电车驶进了车场，他得到允许可以休息一下，但是后来他又被叫去出车。这一次，新上来了一对警察。他稍微多了一点自信，把车开得飞快，驶过那些寻常的街道，觉得不怎么害怕了。可是另一方面，他却吃尽了苦头。那天又湿又冷，天上飘着零星的雪花，寒风阵阵，因为电车速度飞快，更加冷得无法忍受。他的衣服不是穿着来干这种活的。他冻得直抖，于是像他以前看到别的司机所做的那样，跺着双脚，拍着两臂，但是一声不吭。他现在的处境既新鲜又危险，这在某种程度上减轻了他对被迫来这里感到的厌恶和痛苦，但是还不足以使他不感到闷闷不乐。他想这简直是狗过的日子。被迫来干这种活真是命苦哇。

支撑着他的唯一念头，就是嘉莉对他的侮辱。他想，他还没有堕落到要受她的侮辱的地步。他是能够干些事的——甚至是这种事——是能够干一阵子的。情况会好起来的。他会攒一些钱的。

正当他想着这些时，一个男孩扔过来一团泥块，打中了他的手臂。这一下打得很疼，他被激怒了，比今天早晨以来的任何时候都要愤怒。

“小杂种！”他咕哝道。

“伤着你了吗？”一个警察问道。

“没有，”他回答。

在一个拐角上，电车因为拐弯而放慢了速度。一个罢工的司机站在人行道上，向他喊道：

“伙计，你为什么不下车来，做个真正的男子汉呢？请记住，我们的斗争只是为了争取像样的工资，仅此而已。我们得养家糊口啊！”这个人看来很倾向于采取和平的方式。

赫斯渥假装没有看见他。他两眼直瞪着前方，拉足了操纵杆。那声音带着一些恳求的味道。

整个上午情况都是这样，一直持续到下午。他这样出了三次车。他吃的饭顶不住这样的工作，而且寒冷也影响了他。每次到了终点站，他都要停车暖和一下，但他还是难过得想要呻吟了。有一个车场的工作人员看他可怜，借给他一顶厚实的帽子和一副羊皮手套。这一次，他可真是感激极了。

他下午第二次出车时，开到半路遇到了一群人，他们用一根旧电线杆挡住了电车的去路。

“把那东西从轨道上搬开，”两个警察大声叫道。

“唷，唷，唷！”人群喊着，“你们自己搬吧！”

两个警察下车，赫斯渥也准备跟着下去。

“你留在那里，”一个警察叫道，“会有人把你的车开走的。”

在一片混乱声中，赫斯渥听到一个声音就在他身边说话。

“下来吧，伙计，做一个真正的男子汉。不要和穷人斗。那让公司去干吧！”

他认出就是在拐角处对他喊话的那个人。这次他也像前面一样。假装没听见。

“下来吧，”那个人温和地重复道。“你不想和穷人斗的。一点也不想的。”这是个十分善辩且狡猾的司机。

从什么地方又来了一个警察，和两个警察联合起来，还有人去打电话要求增派警察。赫斯渥注视着四周，态度坚决但内心害怕。

一个人揪住了他的外套。

“你给我下车吧，”那个人嚷着，用力拉他，想把他从栏杆上拖下来。

“放手，”赫斯渥凶狠地说。

“我要给你点厉害瞧瞧——你这个工贼！”一个爱尔兰小伙子喊着跳上车来，对准赫斯渥就是一拳。赫斯渥急忙躲闪，结果这一拳打在肩膀上而不是下颚上。

“滚开，”一个警察大叫着，赶快过来援救，当然照例加上一阵咒骂。

赫斯渥恢复了镇静，面色苍白，浑身发抖。现在，他面临的情况变得严重了。人们抬头看着他，嘲笑着他。一个女孩在做着鬼脸。

他的决心开始动摇了。这时开来一辆巡逻车，从车上下来更多的警察。这样一来。轨道迅速得到清理，路障排除了。

“马上开车，赶快，”警察说，于是他又开着车走了。

最后他们碰到了一群真正的暴徒。这群暴待在电车返回行驶到离车场一两英里的地方时，截住了电车。这一带看起来非常贫困。他想赶快开过去，可是轨道又被阻塞了。他还在五六条横马路之外，就看见这里有人在往轨道上搬着什么东西。

“他们又来了！”一个警察叫了起来。

“这一次我要给他们一些厉害，”第二个警察说，他快在忍耐不住了。当电车开上前时，赫斯渥浑身感到一阵不安。像先前一样，人群开始叫骂起来。但是，这回他们不走过来，而是投掷着东西。有一两块车窗玻璃被打碎了，赫斯渥躲过了一块石头。

两个警察一起冲向人群，但是人们反而朝电车奔来。其中有一个女人——看模样只是个小姑娘——拿着一根粗棍子。她愤怒至极，对着赫斯渥就是一棍子，赫斯渥躲开了。这一下，她的同伴们大受鼓舞，跳上车来，把赫斯渥拖下了车。他还没有来得及说话或者叫喊，就已经跌倒了。

“放开我，”他说，朝一边倒下去。

“啊，你这个吸血鬼，”他听到有人说。拳打脚踢像雨点般落到他的身上。他仿佛快要窒息了。然后，有两个人像是在把他拖开，他挣扎着想脱身。

“别动了，”一个声音说，“你没事了。站起来吧！”

他被放开后，清醒了过来。这时，他认出是那两个警察。他感到精疲力尽得快要晕过去了。他觉得下巴上有什么湿的东西。他抬起手去摸摸，然后一看，是血。

“他们把我打伤了，”他呆头呆脑地说，伸手去摸手帕。

“好啦，好啦，”一个警察说，“只是擦破了点皮。”

现在，他的神志清醒了，他看了看四周。他正站在一家小店里，他们暂时把他留在那里。当他站在那里揩着下巴时，他看见外面的电车和骚动的人群。那里有一辆巡逻车，还有另外一辆车。

他走到门口，向外看了看。那是一辆救护车，正在倒车。

他看见警察使劲朝人群冲了几次，逮捕了一些人。

“倘若你想把车开回去的话，现在就来吧，”一个警察打开小店的门，向里看了看说。

他走了出来，实在不知道自己该怎么办才好。他感到很冷，很害怕。

“售票员在哪里？”他问。

“哦，他现在不在这里，”警察说。

赫斯渥朝电车走去，紧张地爬上了车。就在他上车时，响了一声手枪声，他觉得有什么东西刺痛了他的肩膀。

“谁开的枪？”他听到一个警察叫起来，“天哪！谁开的枪？”两人甩下他，朝一幢大楼跑去。他停了一会儿，然后下了车。

“天哪!”赫斯渥喊道，声音微弱。“这个我可受不了啦。”

他紧张地走到拐角处，弯进一条小街，匆匆走去。

“哎唷!”他呻吟着，吸了一口气。

离这里不远，有一个小女孩在盯着他看。

“你最好还是赶快溜吧，”她叫道。

他冒着暴风雪上了回家的路。暴风雪刮得人睁不开眼睛。等他到达渡口时，已经是黄昏了。船舱里坐满了生活舒适的人，他们好奇地打量着他。他的头还在打着转转，开得他糊里糊涂。河上的灯火在白茫茫的漫天大雪中闪烁着，如此壮观的景色，却没有引起他的注意。他顽强地、步履艰难地走着，一直走回了公寓。他进了公寓，觉得屋里很暖。嘉莉已经出去了。桌上放着两份她留在那里的晚报。他点上了煤气灯，坐了下来。接着又站了起来，脱去衣服看看肩膀。只是擦伤了一小点。他洗了手和脸，明显地还在发愣，又把头发梳好。然后，他找了些东西来吃，终于，他不再感到饿了，就在他那舒服的摇椅里坐了下来。这一下可是轻松极了。

他用手托住下巴，暂时忘记了报纸。

“嘿，”过了一会儿，他回过神来说，“那里的活儿可真难干呀!”

然后他回头看见了报纸。他轻轻叹了一口气。拾起了《世界报》。

“罢工正在布鲁克林蔓延，”他念着，“城里到处都有暴乱发生。”

他把报纸拿好些，舒舒服服地往下看。这是他最感兴趣的新闻。

第四十二章　春意融融：人去楼空

然而，那些认为赫斯渥的布鲁克林之行是个判断错误的人，也将意识到他尝试过并且失败了的事实在他身上产生的消极影响。对这件事情，嘉莉得出了错误的看法。他谈得很少，她还以为他遇到的只不过是些一般的粗暴行为。遇到这种情况，这么快就不干了，真是没意思。他就是不想工作。

她这时在扮演一群东方美女中的一个。在这出喜歌剧的第二幕中，宫廷大臣让这群美女列队从新登基的国王面前走过，炫耀他的这群后宫宝贝。她们中谁都没被指定有台词，但是在赫斯渥睡在电车场的阁楼上的那天晚上，那个演主角的喜居明星想玩个噱头，就声音洪亮地说：

“喂，你是谁呀？”引起了一阵笑声。

只是碰巧这时是嘉莉在他面前行礼。就他而言，原本随便对谁都是一样的。他并不指望听到回答，而且如果回答得笨拙是要挨骂的。但是，嘉莉的经验和自信给了她胆量，她又甜甜地行了个礼，回答说：

“我是你忠实的姬妾。”

这是一句很平常的话，但是她说这话时的风度却吸引了观众，他们开心地嘲笑着假装凶相、威严地站在这个年轻女人面前的国王。这个喜剧演员听到了笑声，也喜欢这句话。

“我还以为你叫史密斯呢，”他回答说，想博得最后的一阵笑声。

说完这句话，嘉莉几乎被自己的大胆吓得发抖。剧团的全体成员都受过警告，擅自加台词或动作，要受到罚款中更严重的惩罚。她不知如何是好。

当她站在舞台侧面自己的位置上，等待下一次上场时，那位喜剧大师退场从她身边走过，认出了她便停了下来。

“你以后就保留这句台词吧，”他说，看出她显得非常聪明。“不过，别再加什么了。”

“谢谢你，”嘉莉毕恭毕敬地说。等他走了，她发现自己在剧烈地颤抖。

“哦，你真走运，”群舞队的另一个队员说，“我们中间没有谁能得到过一句台词。”

这件事的重要性是无可置疑的。剧团里人人都意识到她已经开始崭露头角了。第二天晚上，这句台词又博得了喝彩，嘉莉暗自感到庆幸。她回家时非常高兴，知道这事肯定很快就会有好的结果。可是，见到赫斯渥在家，她的那些愉快的想法就被赶跑了。取而代之的是要结束这种痛苦局面的强烈愿望。

第二天，她问他找事做的情况。

“他们不想出车了，除非有警察保护。他们目前不要用人，下星期之前都不要用人。”

下一个星期到了，但是嘉莉没见赫斯渥有什么变化。他似乎比以前更显得麻木不仁。他看着嘉莉每天早晨出去参加排练之类的事，冷静到了极点。他只是看报、看报。有几次他发现自己眼睛盯着一则新闻，脑子里却在想着别的事情。他第一次明显地感到这样走神时，他正在回想他曾在骑马俱乐部里参加过的一次狂欢舞会，他当时曾是这个俱乐部的会员。他坐在那里，低着头，渐渐地以为自己听到了往日的人声和碰杯声。

“你太棒了，赫斯渥，”他的朋友沃克说，他又打扮得漂漂亮亮地站在那里，满面笑容，态度和善，刚才讲了一人好听的故事，此刻正在接受旁人的喝彩。

突然他抬头一看，屋里寂静得像是有幽灵一般。他听到时钟清楚的滴嗒声，有些怀疑刚才自己是在打瞌睡。可是，报纸还是笔直地在他手里竖着，刚才看的新闻就在他眼前，于是他打消了认为自己刚才是在打瞌睡的想法。可这事还是很奇怪。等到第二次又发生这样的事时，似乎就不那么奇怪了。

肉铺、食品店、面包房和煤炭店的老板们——不是他正在打交道的那些人，而是那些曾最大限度地赊账给他的人——上门要账了。他和气地对付所有的这些人，在找借口推托上变得很熟练了。最后，他胆大起来，或是假装不在家，或是挥挥手叫他们走开。

“石头里榨不出油来，”他说，“假如我有钱，我会付给他们的。”

嘉莉正在走红。她那个演小兵的朋友奥斯本小姐，已经变得像是她的仆人了。小奥斯本自己不可能有任何作为。她就像小猫一样意识到了这一点，本能地决定要用她那柔软的小爪子抓住嘉莉不放。

“哦，你会红起来的，”她总是这样赞美嘉莉，“你太棒了。”

嘉莉虽然胆子很小，但是能力很强。别人对她的信赖使她自己也觉得仿佛一定会红起来，既然她一定会红，她也就胆大了起来。她已经老于世故并经历过贫困，这些对她有利。她不再会被男人一句无足轻重的话弄得头脑发昏。她已经明白男人会变化，也会失败。露骨的奉承对她已经失去了作用。要想打动她，得有高人一等的优势——善意的优势——像艾姆斯那样的天才的优势。

“我不喜欢我们剧团里的男演员，”一天她告诉萝拉，“他们都太自负了。”

“你不认为巴克利先生很好吗？”萝拉问，她曾经得到过这个人恩赐给她的一两次微笑。

“喔，他是不错，”嘉莉回答，“但是他不真诚。他太装模作样了。”

萝拉第一次试探着影响嘉莉，用的是以下的方式。

“你住的地方要付房租吗?”

“当然要付，”嘉莉回答。“为什么问这个?”

“我知道一个地方能租到最漂亮的房间带浴室，很便宜。我一个人住太大了，要是两个人合住就正合适，房租两个人每周只要 6 块钱。”

“在哪里?”嘉莉说。

“十七街。”

“可是，我还不知道我是不是想换个地方住，”嘉莉说，脑子里已经在反复考虑那 3 块钱的房租了。她在想，如果她只需养活她自己，那她就能留下她那 17 块钱自己用了。

这件事直到赫斯渥从布鲁克林冒险回来而且嘉莉的那句台词获得成功之后才有了下文。这时，她开始感到自己必须得到解脱。她想离开赫斯渥，这样让他自己去奋斗。但是他的性格已经变得很古怪，她怕他可能不会让她离开他的。他可能去戏院找到她，就那样追着她不放。她并不完全相信他会那样做，但是他可能会的。她知道，如果他使自己引起了人们的注意，不管是怎么引起的，这件事都会令她难堪的。这使她十分苦恼。

有一个更好的角色要让她来扮演，这样一来就使情况急转直下了。这个角色是个贤淑的情人，扮演它的女演员提出了辞职，于是嘉莉被选中来补缺。

“你能拿多少钱?”听到这个好消息，奥斯本小姐问道。

“我没有问，”嘉莉说。

“那就去问清楚。天哪，不去问，你什么也得不到的。告诉他们，不管怎样，你都得拿 40 块钱。”

“哦，不，”嘉莉说。

“别不啦!”萝拉叫了起来。“无论如何要问问他们。”

嘉莉听从了这个劝告，不过还是一直等到经理通知她扮演这个角色她得有些什么行头的时候。

“我能拿多少钱?”她问。

“35 块，”他回答。

嘉莉惊喜至极，竟没想起要提 40 块钱的事。她高兴得几乎发狂，差一点要拥抱萝拉了。萝拉听到这个消息就粘上了她。

“你应该拿得比这更多，”萝拉说，“尤其是如果你得自备行头的话。”

嘉莉想起这事吃了一惊。去哪里弄这一笔钱呢?她没有积蓄能应付这种急需。付房租的日子又快到了。

“我不付房租了，”她说，想起自己的急需。“我用不着这套公寓了。这一次我不会拿出我的钱。我要搬家。”

奥斯本小姐的再次恳求来得正是时候，这一次提得比以前更加迫切。

“来和我一起住，好吗?”她恳求说，“我们可以得到最可爱的房间。而且那样你几乎不用花什么钱。”

“我很愿意，”嘉莉坦率地说。

“哦，那就来吧，”萝拉说。“我们一定会很快活的。”

嘉莉考虑了一会儿。

“我想我会搬的，”她说，然后又加了一句。“不过，我得先看看。”

这样打定了这个主意之后，随着付房租的日子的临近，加上购置行头又迫在眉睫，她很快就从赫斯渥的没精打采上找到了借口。他比以前更少说话，更加消沉。

当付房租的日子快到的时候，他心里产生了一个念头。债权人催着要钱，又不可能再往下拖了，于是就有了这个念头。28 块钱的房租实在太多了。“她也够难的，”他想，“我们可以找个便宜一些的地方。”

动了这个念头之后，他在早餐桌上开了口。

“你觉得我们这里的房租是不是太贵了?”他问。

“我是觉得太贵了，”嘉莉说，不明白他是什么意思。

“我想我们可以找个小点的地方，”他建议说，“我们不需要四间房子。”

这明显地表明他决心和她待在一起，她对此感到不安。如果他在仔细地观察，就会从她的面部表情上看出这一点。他并不认为要求她屈就一些有什么可大惊小怪的。

“哦，这我就不知道了，”她回答，变得谨慎起来。

“这周围肯定有地方能租到两间房子，我们住两间就够了。”

她心里很反感。“不可能的!”她想。谁拿钱来搬家?连想都不敢想和他一起住在两间房子里!她决定尽快把自己的钱花在买行头上，要赶在什么可怕的事情发生之前。就在这一天，她买了行头。这样做了以后，就别无选择了。

“萝拉，”她拜访她的朋友时，“我看我要搬来了。”

“啊，太好了!”后者大叫起来。

“我们马上就能拿到手吗?”她问，指的是房子。

“当然罗，”萝拉嚷道。

她们去看了房子。嘉莉从自己的开支中省下了 10 块钱，够付房租而且还够吃饭的。她的薪水要等十天以后才开始增加，要等十七天后才能到她的手中。她和她的朋友各付了 6 块钱房租的一半。

“现在，我的钱只够用到这个周末了，”她坦白说。

“哦，我还有一些，”萝拉说。“如果你要用，我还有 25 块钱。”

“不用，”嘉莉说。“我想我能对付的。”

她们决定星期五搬家，也就是两天以后。现在事情已经定了下来，嘉莉却感到心中不安起来。她觉得自己在这件事情上很像是一个罪犯。每天看着赫斯渥，她发现他的态度虽然令人生厌，但也有些叫人可怜的地方。

就在她打定主意要走的当天晚上，她看着他，发现这时的他不再显得那么既无能又无用，而只不过是被倒霉的运气压垮和打败了。他目光呆滞，满脸皱纹，双手无力。她觉得他的头发也有些灰白了。当她看着他时，他对自己的厄运毫无察觉，坐在摇椅里边摇边看着纸。

她知道这一切即将结束，反倒变得很有些放心不下了。

"你出去买些罐头桃子好吗?"她问赫斯渥，放下一张2块钱的钞票。

"当然可以，"他说，惊讶地看着钱。

"你看看能不能买些好芦笋，"她补充说，"我要用来做晚饭。"

赫斯渥站起来，拿了钱，匆忙穿上大衣，又拿了帽子。嘉莉注意到他这两件穿戴的东西都已经旧了，看上去很寒酸。这在以前显得很平常，但是现在却使她觉得特别地触目惊心。也许他实在是没有办法。他在芝加哥干得很好的。她回想起他在公园里和她约会的那些日子里他那堂堂的仪容。那时候，他是那么生气勃勃、衣冠整洁。难道这一切全是他的错吗?

他回来了，把找头和食物一起放下。

"还是你拿着吧，"她说，"我们还要买别的东西。"

"不，"他说，口气里带着点自尊，"你拿着。"

"哦，你就拿着吧，"她回答，真有些气馁。"还有别的东西要买。"

他对此感到惊奇，不知道自己在她眼里已经变成了一个可怜虫。她努力克制住自己，不让自己的声音发抖。

说实话，对待任何事情，嘉莉的态度都是这样。她有时也回想起自己离开杜洛埃，待他那么不好，感到很后悔。她希望自己永远不要再见到他，但她对自己的行为却感到羞愧。这倒不是说在最后分手时，她还有什么别的选择。当赫斯渥说他受伤时，她是怀着一颗同情的心，自愿去找他的。然而在某个方面曾有过某些残忍之处，可她又无法按照逻辑推理来想出究竟残忍在哪里，于是她就凭感觉断定，她永远不会理解赫斯渥的所作所为，而只会从她的行为上看出她在做决定时心肠有多么硬。因此她感到羞愧。这倒不是说她还对他有情。她只是不想让任何曾经善待过她的人感到难过而已。

她并没有意识到她这样让这些感情缠住自己是在做些什么。赫斯渥注意到了她的善意，把她想得好了一些。"不管怎么说，嘉莉还是好心肠的。"他想。

那天下午，她去奥斯本小姐的住处，看见这位小姐正在边唱歌边收拾东西。

"你为什么不和我一道今天就搬呢?"她问道。

"哦，我不行，"嘉莉说。"我星期五会到那里的。你愿意把你说过的那25块钱借给我吗?”

“噢，当然愿意，”萝拉说着，就去拿自己的钱包。

“我想买些其他的东西，”嘉莉说。

“哦，这没问题，”这位小姑娘友善地回答，很高兴能帮上忙。

赫斯渥已经有好些天除了跑跑食品店和报摊以外，整天无所事事了，现在他已厌倦了待在室内——这样已有两天了——可是寒冷、阴暗的天气又使他不敢出门。星期五天放晴了，暖和起来。这是一个预示着春天即将到来的可爱的日子。这样的日子在阴冷的冬天出现，表明温暖和美丽并没有抛弃大地。蓝蓝的天空托着金色的太阳，洒下一片水晶般明亮温暖的光辉。可以听得见麻雀的叫声，显然外面是一片平静。嘉莉打开前窗，迎面吹来一阵南风。

“今天外面的天气真好，”她说。

“是吗?”赫斯渥说。

早饭后，他立刻换上了别的衣服。

“你回来吃中饭吗?”嘉莉紧张地问。

“不，”他说。

他出门到街上，沿着第七大道朝北走去，随意选定了哈莱姆河作为目的地。他那次去拜访酿酒厂时，曾看见河上有几条船。他想看看那一带地区发展得怎么样了。

过了五十九街，他沿着中央公园的西边走到七十八街。这时，他想起了他们原来住的那块地方，就拐过去看看那一大片建起的高楼。这里已经大为改观。那些大片的空地已经造满了房子。他倒回来，沿着公园一直走到一百一十街，然后又拐进了第七大道，1 点钟时才到达那条美丽的河边。

他注视着眼前的这条河流，右边是起伏不平的河岸，左边是丛林密布的高地，它就在这中间蜿蜒流去，在灿烂的阳光下闪闪发亮。这里春天般的气息唤醒了他，使他感觉到了这条河的可爱。于是，他背着双手，站了一会儿，看着河流。然后，他转身沿着河朝东区走去，漫不经心地寻找着他曾看见过的船只。等到他发现白天就要过去，夜晚可能转凉，起起要回去的时候，已经是 4 点钟了。这时他饿了，想坐在温暖的房间里好好地吃上一顿。

当他 5 点半钟回到公寓时，屋里还是黑的。他知道嘉莉不在家，不仅因为门上的气窗没有透出灯光，而且晚报还塞在门外的把手和门之间。他用钥匙打开门，走了进去。里面一片漆黑。他点亮煤气灯，坐了下来，准备等一小会儿。即使嘉莉现在就回来，也要很晚才能吃饭了。他看报看到 6 点钟。然后站起身来去弄点东西给自己吃。

他起身时，发觉房间里似乎有些异样。这是怎么啦? 他看了看四周，觉得像是少了什么东西。然后，看见了一个信封放在靠近他坐的位置的地方。这个信封本身就说明了问题，几乎用不着他再做什么了。

他伸手过去拿起信封。他在伸手的时候，就浑身打了个寒战。信封拿在他手里发出很响的沙沙声。柔软的绿色钞票夹在信里。

“亲爱的乔治，”他看着信，一只手把钞票捏得嘎吱响。“我要走了。我不再回来了。不用再设法租这套公寓了，我负担不起。倘若我能做得到的话，我会乐意帮你的，但是我无法维持我们两个人的生活，而且还要付房租。我要用我挣的那点钱来买衣服。我留下 20 块钱。我眼下只有这么多。家具任由你处理，我不要的。嘉莉。”

他把信放下，默默地看了看四周。现在他知道少了什么了。是只当作摆设的小钟，那是她的东西。它已经不在壁炉台上了。他走进前房间、他的卧室和客厅，边走边点亮煤气灯。五斗橱上，不见了那些银制的和金属片做的小玩意儿。桌面上，没有了花边台布。他打开衣橱——她的衣服不见了。他拉开抽屉——她的东西没有了。她的箱子也从老地方失踪了。回到他自己的房间里看看，他挂在那里的自己的旧衣服都还在原来的地方。其他的东西也没少。

他走进客厅站了一会儿，茫然地看着地板。屋里寂静得开始让人觉得透不过气来。这套小公寓看上去出奇地荒凉。他完全忘记了自己还饿着肚子，忘记了这时还是吃晚饭的时候，仿佛已经是深夜了。

他突然发现自己手里还拿着那些钞票。一共是 20 块钱。和她说的一样。这时他走了回来，让那些煤气灯继续亮着，感觉这套公寓像是空洞洞的。

“我要离开这里，”他对自己说。

此刻，想到自己的处境，一种无限凄凉的感觉猛然袭上他的心头。

“扔下了我！”他咕哝着，并且重复了一句。“扔下了我！”

这个地方曾经是多么的舒适，在这里他曾经度过了多少温暖的日子，可如今这已经成了往事。他正面临着某种更加寒冷、更加凄凉的东西。他跌坐在摇椅里，用手托着下巴——没有思想，只有感觉把他牢牢地抓住。

于是，一种类似失去亲人和自我怜悯的感觉控制了他。

“她没有必要出去的，”他说，“我会找到事做的。”

他坐了很久，没有摇摇椅，然后很清楚地大声补充说：

“我尝试过的，不是吗？”

半夜了，他还坐在摇椅里摇着，盯着地板发呆。

第四十三章　赞誉的海洋：黑暗中的眼睛

嘉莉在她那舒适的房间里安顿了下来，这时她在想不知道赫斯渥会怎样看待她的出走。她把几件东西匆匆摆好后，就动身去戏院，心里有些料想会在戏院门口碰到他。因为没有发现他，她的恐惧心理消失了，于是她感觉对他更加友好了一些。她几乎把他忘了，直到散戏后准备出来时，想到他可能趁这个机会等在那里，她又感到害怕了。一天又一天过去了，她没有听到任何消息，这样一来打消了他会来找她麻烦的想法。过了不久，除了偶尔想起以外，她完全摆脱了在公寓里时那种压在她生活上的忧愁。

如果你注意到一种职业会有多快就能把一个人完全吸引住的话，你会感到奇怪的。听着小萝拉闲言碎语，嘉莉开始了解戏剧界的情况了。她知道了戏剧界的报纸是个什么样子，哪些报纸刊登有关女演员的新闻和类似的东西。她开始看报纸上的那些评论介绍，不单是有关她在其中扮演一个很小的角色的那出歌剧的，也看其他的。渐渐地，她心里充满了想上报的愿望。她渴望自己也像别人一样有名，并且贪婪地阅读一切有关她这一行里那些名角儿的褒贬评论。她所神往的这个花花世界完全把她吸引住了。

差不多也就在这个时候，报纸和杂志开始将舞台上的美人的照片用作插图，而且此后这种做法形成了热潮。装饰性很强的带有插图的大幅戏剧版面充斥了各种报纸，特别是星期日版报纸，这些版面上刊登出戏剧界大名角儿的半身和全身照片，照片四周还饰有艺术花边。杂志——或者至少是一两种较新的杂志——也偶尔刊登漂亮名角儿的照片，时而还刊登各剧的剧照。嘉莉看着这些，兴趣越来越大。什么时候会登出一幅她正在演的那出歌剧的剧照呢？什么时候会有份报纸认为她的照片值得一登呢？

在她出演新角色之前的那个星期天，她浏览了报纸上的戏剧版，想看看会不会有什么短的介绍。倘若报上只字不提，也是在她的意料之中的，但是在那些小新闻中，接在几则较为重要的新闻之后，还真有一段很短的介绍。嘉莉看的时候，全身都激动起来。

> 正在百老汇戏院上演的《阿布都尔的后妃》一剧中的乡下姑娘卡蒂莎一角，原由伊内兹·卡鲁扮演，今后将由群舞队中最伶俐的队员嘉莉·麦登达担任。

嘉莉高兴地为自己感到庆幸。啊，这可是太好了！终于上报了！这生平第一次的、

盼望已久的、令人愉快的报纸介绍！而且他们说她伶俐。她都忍不住想放声大笑一场。不知萝拉看见了没有？

“这张报纸登了关于明晚我要扮演新角色的介绍。”嘉莉对她的朋友说。

“哦，好极了！是真的登了？”萝拉喊着，朝她跑来。“这就好了，”她说，看看报纸。“现在只要你演得好，报上的评论会更多的。我的照片有一次登在《世界报》上。”

“这是真的？”嘉莉问。

“什么这是真的？哦，据我看是真的，”小姑娘回答，“他们还在照片四周饰了花边。”

嘉莉笑了。

“报上还从未登过我的照片呢。”

“但是会登的，”萝拉说，“你就等着瞧吧！你演得比现在大多数登过照片的人都要好。”

听到这话，嘉莉深深地觉得感激。她差不多要爱上萝拉了，因为萝拉给了她同情和赞美。这对她十分有益，而且几乎是十分必要的。

她扮演这个角色所展示的才能又引来了报纸的另一段评论，说她的表演受到欢迎。这使她高兴万分。她开始认为自己正在引起世人的注意。

她第一个星期拿到她那35块钱的时候，觉得这是一个巨大的数目。付房租只要花3块钱。说起来似乎很可笑。把借萝拉的那25块钱还掉之后，她还剩下7块钱。加上以前余下的4块钱，她已经有了11块钱。其中的5块钱被用来付她非买不可的行头的分期付款。第二个星期她更加情绪高涨。现在只要付3块钱的房租和5块钱的行头。剩下的钱她用来吃饭和买一些自己喜欢的东西。

“你最好攒一点钱夏天用，”萝拉提醒道。“我们可能在5月份停演的。”

“我会攒的，”嘉莉说。

每星期35块钱的固定收入，对一个几年来一直忍受着靠几个零花钱过日子的人，是会产生消极影响的。嘉莉发现自己的钱包里装满了面值可观的绿色钞票。没有人要靠她养活，因此她开始购买漂亮的衣服和可爱的小玩意儿，开始吃好的，并装饰自己的房间，不久她的身边就聚集了一些朋友。她和萝拉的那伙人中的几个青年见了面。剧团的男演员也未经正式介绍就结识了她。其中的一个还迷上了她。有几次他陪她走回家。

“我们停一下，进去吃点点心吧，”一天午夜，他建议说。

“很好，”嘉莉说。

餐馆里被灯光照成了玫瑰色，坐满了喜欢夜里来寻欢作乐的人。她发现自己在挑这个男人的毛病。他太做作，太固执己见了。他和她的谈话从未超出一般的服饰和物质成就的话题。点心吃完时，他极有礼貌地笑了笑。

“你得直接回家，是吗?”他说。

“是的，”她回答，露出心领神会的神气。

“她可不像看上去那样幼稚，”他想，从此对她更加尊重和热情。

她难免受到萝拉的爱好的影响，和她一起寻欢作乐。有些白天，她们出去乘马车兜风；有些夜晚，她们在散戏之后去吃消夜；有些下午，她们打扮得十分雅致，在百老汇大街上散步。她正投身于这大都市的欢乐的漩涡之中。

终于有一家周报登出了她的照片。她事先不知道，所以这张照片还让他吃了一惊。照片附有简短的说明：“嘉莉·麦登达小姐，上演《阿布都尔的后妃》的剧团的红演员之一。”她听从萝拉的劝告，曾经请萨罗尼为她拍了几张照片。他们登出了一张。她想去街上买几份这张报纸，但是又想起自己没有什么很熟的朋友可以送的。在这个世界上，显然只有萝拉一个人对此感兴趣。

从社交方面看，大都市是个冷酷的地方，嘉莉很快就发现有一点钱并没有带给她任何东西。富人和名人的世界还是和以前一样可望而不可即。她能够感觉得到，很多接近她的人所表现的那份悠闲快乐的背后，并没有任何温暖的、富于同情心的友谊。所有的人似乎都在自寻其乐，不顾可能给别人带来悲伤的后果。赫斯渥和杜洛埃给她的教训已经够多的了。

4月里，她得知歌剧可能演到5月中旬或者5月底结束，这要根据观众多少而定。下个季度就要出去巡回演出。她不知道自己是否跟着去。奥斯本小姐则因为自己的薪水不高，照例想在本地另签演出合同。

“卡西诺戏院将在夏季上演一出戏，”她出去打听了一下情况后，宣布说，“我们试试去那里找个角色。”

“我很乐意，”嘉莉说。

她们及时去联系，并被告知了再去申请的合适时间。这个时间是5月16日。而她们自己的演出5月5日就结束。

“凡是下季度愿意随团外出演出的人，”经理说，“都得在这个星期签约。”

“你别签，”萝拉劝道，“我不会去的。”

“我知道，”嘉莉说，“可是也许我找不到别的事做。”

“哼，我可不去，”这个小姑娘说，她有些捧场的人能帮她的忙。“我去过一次，一个季度演到头却毫无收获。”

嘉莉考虑了一下这件事。她从来没有出去巡回演出过。

“我们能混下去的，”萝拉补充说，“我总是这样过来的。”

嘉莉没有签约。

那个要在夏季在卡西诺戏院上演滑稽剧的经理，从未听说过嘉莉，但是报上对她的那几次介绍、登出的照片以及有她名字的节目单，对他产生了一些影响。他按30块

钱的周薪分给她一个没有台词的角色。

“我不是告诉过你吗？”萝拉说，“离开纽约不会对你有任何好处。你一走，人们就把你全忘了。”

这时，那些在星期日版报纸上刊登插图预告即将上演的戏剧的先生们，因为嘉莉容貌美丽，选中了她和其他一些演员的照片作为这出戏的预告插图。因为她长得非常漂亮，他们把她的照片放在显著的位置，四周还饰了花边。嘉莉很高兴。可是，剧团经理部的人似乎并没有从中看出什么。至少，对她并不比以前更为重视。同时，她演的这个角色简直没什么可演的。这个角色是一个没有台词的教友会小教徒，只是在各场戏中站在一边。剧作家原来设想如果找到合适的女演员担任这个角色，这个角色的戏会大有看头，但是现在既然这个角色胡乱分给了嘉莉，他倒宁愿砍了这个角色。

“别抱怨了，老朋友，”经理说，“如果第一个星期演不好的话，我们就砍了它。”

嘉莉事先一点不知道这个息事宁人的主意。她懊丧地排练着自己的角色，觉得自己实际上是被闲置在一边。彩排时她闷闷不乐。

“并不太糟嘛，”剧作家说，经理也注意到嘉莉的忧郁使这个角色产生了奇妙的效果。“告诉她在斯派克斯跳舞的时候，眉头再皱紧一些。”

嘉莉自己并不知道，但是在她的眉间稍稍出现了一些皱纹，而且她的嘴也很奇特地撅着。

“再皱紧一点眉头，麦登达小姐，”舞台监督说。

嘉莉立刻露出高兴的脸色，认为他的意思是在指责她。

“不对，要皱眉，”他说，“像你刚才那样皱眉。”

嘉莉吃惊地看着他。

“我真的要你皱眉头，”他说，“等斯派克斯先生跳舞的时候，使劲地皱起眉头。我要看看效果怎么样。”

这太容易做到了。嘉莉做出愁眉苦脸的样子。效果十分奇妙而可笑，连经理也被吸引住了。

“这样很好，”他说，“要是她能这样做到底，我看会成功的。”

他走到嘉莉面前说：

“你就一直皱着眉头。使劲地皱着。做出非常生气的样子。这样就会使这个角色很引人发笑了。”

开演的那天晚上，嘉莉觉得似乎自己演的角色终究还是无足轻重。那些快乐、狂热的观众在第一幕里好像都没有看见她。她把眉头皱了又皱。但是什么效果也没有。观众的目光都集中在那些主角们的精心表演上。

在第二幕里，观众们因为听厌了一段枯燥无味的对白，目光开始在舞台上扫来扫去，于是就看见了她。她就在那里，穿着灰色的衣服，漂亮的脸上显得严肃而忧郁。

起初，大家都以为她是一时不高兴，表情是真的，一点也不觉得可笑。但她一直皱着眉头，时而看看这个主角，时而又看看那个主角。这时，观众开始发笑了。前排的那些大腹便便的绅士们开始觉得她是一个可人的小东西。她的那种皱眉正是他们乐于用亲吻来抚平的。所有的男人都向往着她。她演得真是棒极了。

最后，那个正在舞台中心演唱的主要喜剧演员，注意到在不该笑的时候有人发出一阵咯咯的笑声。然后，一阵又是一阵。到了应该博得高声喝彩的地方，听到的喝彩声却不大。是怎么回事呢？他知道是出了问题。

一次下场后，他突然看见了嘉莉。她独自在舞台上皱着眉头，而观众有的在咯咯地笑，有的则在放声大笑。

"天哪，我可受不了这个!"这个演员想，"我可不要别人来搅了我的演出。要么我演的时候她不要这么干，要么我就不干了。"

"咳，这没什么嘛，"当听到抗议时，经理说道。"那是她该做的。你不用理睬的。"

等明天再说，让我们看看该怎么办。"

可是，到了下一幕，就决定了该怎么办了。嘉莉成了这出戏的主要特色。观众越是仔细地观察她，就越明显地表示出对她的喜爱。嘉莉在舞台上给观众带来的那种奇特、撩人、愉快的气氛，使得这出戏的其他特色都相形见绌。经理和整个剧团都意识到她获得了成功。

那些报纸上的剧评家使她的成功更为圆满。有些长篇评论称赞这出滑稽剧的演出质量，一再提到嘉莉。并且反复强调了剧中那富有感染力的笑料。

"麦登达小姐在卡西诺戏院舞台上的特殊性格角色的表演是迄今在该戏院上演的此类演出中的最喜人的一段，"《太阳报》的德高望重的剧评家如是说。"这是一段既不哗众取宠又不矫揉造作的滑稽表演，像美酒一样温馨。显然这个角色原来并不想占有重要的地位，因为麦登达小姐不常出场。但是观众却以其特有的癖好，做出了自己的选择。这个教友会小教徒的与众不同之处在于，她一出场就受到了青睐，而且此后很轻松地引人注目并博得喝彩。命运的变化莫测真是不可思议。"

《世界晚报》的剧评家，照例想创造一个能风靡全城的警句，就用这样的建议作为结束语："如果你想不发愁，请看嘉莉皱眉头。"

就嘉莉的命运而言，这一切产生了奇迹般的效果，就在那天早晨，她收到经理的贺信。

"你就像风暴一样席卷了全城，"他写道，"这很可喜。我为你，也为我自己感到高兴。"

剧作家也有信来。

那天晚上，当她走进戏院时，经理极其和悦地招呼她。

"史蒂文斯先生，"他说，指的是那位剧作家，"正在写一首小曲子，想要你下个星

期演唱。”

“哎呀，我不会唱歌，”嘉莉回答。

“这事并不难。那是一首很简单的曲子，”他说，“你唱合适。”

“当然可以，我愿意试试，”嘉莉伶俐地说。

“你化妆之前到票房里来一下好吗？”经理又补充说，“我有点小事想和你谈谈。”

“我一定来，”嘉莉回答。

在票房里，经理拿出一张纸。

“现在，当然罗，”他说道，“我们不想在薪水上亏待你。按照你在这里的合同，今后的三个月里你每周只有 30 块钱。如果把它定为，比如说每周 150 块钱，并把合同期延长到十二个月，你看怎么样？”

“哦，太好了，”嘉莉说，几乎不相信自己的耳朵。

“那么，就请你把这个签了吧！”

嘉莉一看是一份和先前那份同样格式的新合同，只是薪水和期限的数字变了。她用一只激动得发抖的手签上了自己的名字。

“每周 150 块钱！”当又只有一个人的时候，她喃喃地念着。她发现——哪个百万富翁不是这样呢？——人的头脑终究无法意识到大笔金额的意义。那只是闪闪发光的几个字，里面却包含着无限的可能性。

在布利克街一家三等旅馆里，郁郁沉思的赫斯渥，看见了报道嘉莉成功的戏剧新闻，但一开始他并没有意识到指的是谁。然后，他突然想起来了，就又把全篇报道看了一遍。

“是她，我看就是她，”他说。

这时他朝这个阴暗、破烂的旅馆门厅四周看了看。

“我看她是交了红运了，”他想，眼前又出现了昔日那明亮豪华的世界，那里的灯光、装饰、马车和鲜花。啊，她现在到了禁城里面了！禁城那些辉煌的大门都敞开了，请她从寒冷的凄凉的外面进到了里面。她仿佛成了一个高不可攀的人物——就像他曾经认识的所有其他名人一样。

“好哇，让她自己享受去吧，”他说，“我不会打扰她的。”

这是一颗被压弯、玷污，但还没有被压碎的自尊心坚强地下的决心。

第四十四章　此间并非仙境：黄金难买幸福

等嘉莉又来到台的时候，她发现一夜之间她的化妆室换了。

“你用这一间吧，麦登达小姐，”一个后台侍役说。

她用不着再爬几段楼梯去和另一个演员合用一小间了。换了一个较宽敞的化妆室，装备有楼上那些跑龙套的无名之辈享受不到的便利设施。她高兴得深深地透了一口气。但她的感受是肉体上的而不是精神是的。实际上，她根本就不在思考。支配她的只是感情和知觉。

渐渐地，别人的敬意和祝贺使她能从精神上欣赏自己的处境了。她不用再听从别人的指挥，而是接受别人的请求了，还是很客气的请求。当她穿着她那身整出戏从头穿到尾的简单行头出场时，剧组的其他演员都妒忌地看着她。所有那些原以为和她地位相同以及高她一等的人，现在都友好地对她笑着，像是在说：“我们一向都很友好的。”只有那个自己的角色深受损害的喜剧明星，傲慢地独自走着。打个比方说，他是不能认敌为友。

嘉莉演着自己的简单角色，渐渐明白了观众为什么为她喝彩，感觉到其中的美妙。她觉得有点内疚——也许是因为受之有愧吧！当她的同伴们在舞台两侧招呼她时，她只是淡淡地笑笑。她不是那种一有了地位就妄自尊大的人。她从来就没想过要故作矜持或傲慢——改变自己平常的样子。演出结束以后，她和萝拉一起坐戏院提供的马车回到自己的房间。

此后的一个星期里，成功的最初果实一盘接一盘地送到了她的嘴边。她那丰厚的薪水尚未到手，但这无关紧要。看来只要有了许诺，世人就满足了。她开始收到来信和名片。一位威瑟斯先生——这人她根本不认识——想方设法地打听到了她的住处，走了进来，客气地鞠着躬。

“请原谅我的冒昧，”他说，“你想过要换房子吗？”

“我没想过，”嘉莉回答。

“哦，我在威灵顿饭店工作，那是百老汇大街上的一家新旅馆。你可能在报上看过有关它的报道。”

嘉莉想起这是个旅馆的名字，是那些最新、最富丽堂皇的旅馆中的一家。她听人说起它里面设有一个豪华的餐厅。

“正是这样，”威瑟斯先生见她承认知道这家旅馆，继续说道。“倘若你还没有决定

住在哪里度夏的话，我们现在有几套十分高雅的房间，想请你去看看。我们的套房各项设施齐全——热水、冷水、独用浴室、每层楼的专门服务、电梯等，应有尽有。你是知道我们餐厅的情况的。”

嘉莉默默地看着他。她在怀疑，他是不是把她当成了百万富翁。

“你们的房钱是多少？”她问。

“哦，这就是我现在来要和你私下里谈的事。我们规定的房钱自 3 块至 50 块钱一天不等。”

“天哪！”嘉莉打断他说，“我可付不起那么高的房钱。”

“我知道你是怎么想的，”威瑟斯先生声说，停顿了一下。“但是让我来解释一下。我说过那是我们规定的价格。可是，像所有其他旅馆一样，我们还有特优价格。也许你还没有想过，但是你的大名对我们是有价值的。”

“啊！”嘉莉不由自主地喊了起来，一眼看出了他的用意。

“当然啦，每家旅馆都要依靠其主顾的名声。像你这样的名角儿，”说着，他恭敬地鞠了鞠躬，嘉莉却羞红了脸，“可以引起人们对旅馆的注意，而且——虽然你可能不会相信——还可以招徕顾客。”

“哦，是啊，”嘉莉茫然地回答，想在心里安下这个奇特的建议。

“现在，”威瑟斯先生接着说，一边轻轻地挥动着他的圆顶礼帽，并用一只穿着擦得很亮的皮鞋的脚敲打着地板“如果可能的话，我想安排你来住在威灵顿饭店。你不用担心费用问题。实际上，我们用不着谈这些。多少都行，住一个夏天，一点点意思就行了，你觉得能付多少就付多少。”

嘉莉要插话，但是他不让她有机会开口。

“你可以今天或者明天来，越早越好。我们会让你挑选优雅、明亮、临街的房间——我们的头等房间。”

“承蒙你一片好意。”嘉莉说，被这个代理人的极端热忱感动了。“我很愿意来的。不过，我想我还是按章付费。我可不想——”

“你根本不用担心这个，”威瑟斯先生打断了她。“我们可以把这事安排得让你完全满意，什么时候都可以。倘若你对 3 块钱一天感到满意的话，我们也同样满意。你只要在周末或者月底，悉听尊便，把这笔钱付给账房就可以了，他会给你一张这种房间按我们的规定价格收费的收据。”

说话的人停顿了一下。

“你就来看看房间吧”他补充说。

“我很高兴去，”嘉莉说，“但是今天上午我要排练。”

“我的意思并不是要你立刻就去，”他回答，“任何时候都行。今天下午可有什么不方便吗？”

“一点也没有，”嘉莉说。

突然，她想起了此时不在家的萝拉。

“我有一个同住的人，”她补充说，“我到哪里，她也得到哪里。刚才我忘了这一点。”

“哦，行啊，”威瑟斯先生和悦地说。“你说和谁住就和谁住。我已经说过，一切都可以按你的意思来安排。”

他鞠着躬，朝门口退去。

“那么，4 点钟，我们等你好吗？”

“好的，”嘉莉说。

“我会等在那里，领你去看房间的，”威瑟斯先生这样说着，退了出去。

排练结束后，嘉莉把这事告诉了萝拉。

“他们真是这个意思吗”后者叫了起来，心想威灵顿饭店可是那帮大老板的天下。“这不是很好吗？哦，太妙了！这太好了。那就是那天晚上我们和库欣两兄弟一起去吃饭的地方。你知道不知道？”

“我记得的，”嘉莉说。

“啊，这真是好极了。”

“我们最好去那里看看吗，”后来到了下午，嘉莉说。

威瑟斯先生带嘉莉和萝拉看的房间是和会客厅在同一层楼的一个套房，有三个房间带一间浴室。房间都漆成巧克力色和深红色，配有相称的地毯和窗帘。东面有三扇窗可以俯瞰繁忙的百老汇大街，还有三扇窗户俯瞰与百老汇大街交叉的一条小街。有两间漂亮的卧室，里面放有涂着白色珐琅的铜床，缎带包边的白色椅子以及与之配套的五斗橱。第三个房间，或者说是会客室，里面有一架钢琴，一只沉甸甸的钢琴灯，灯罩的式样很华丽，一张书桌，几只舒服的大摇椅，几只沿墙放的矮书架，还有一只古玩架子，上面摆满了稀奇古怪的玩意儿。墙上有画，长沙发上有柔软的土耳其式枕垫，地板上有棕色长毛绒面的踏脚凳。配有这些设施的房间通常的价格是每周 100 块钱。

“啊，真可爱！”萝拉四处走动着，叫了起来。

“这地方很舒服，”嘉莉说，她正掀起一幅网眼窗帘，看着下面拥挤的百老汇大街。

浴室装修得很漂亮，砌着白色的瓷砖，里面有一只蓝边的磨石大浴缸，配有镀镍的水龙头等。浴室里又亮又宽敞，一头的墙上嵌着一面斜边镜子，有三个地方装着白炽灯。

“你对这些感到满意吗？”威瑟斯先生问道。

“喔，非常满意，”嘉莉回答。

“好的，那么，你觉得什么时候方便就搬进来，这套房子随时恭候你的光临。茶房

会在门口把钥匙交给你的。”

嘉莉注意到了铺着优美的地毯，装潢高雅的走廊，砌着大理石的门厅，还有华丽的接待室，这就是她曾经梦寐以求的地方。

“我看我们最好现在就搬进来，你看怎么样？”她对萝拉说，心里想着十七号街的那套普通的房间。

“哦，当然可以，”后者说。

第二天，她的箱子就搬到了新居。

星期三，演完日戏之后，她正在换装，听到有人敲她的化妆室的门。

嘉莉看到茶房递给她的名片，大大地吃了一惊。

“请告诉她，我马上就出来，”她轻声说道。然后，看着名片，加了一句：“万斯太太。”

“喂，你这个小坏蛋，”当她看见嘉莉穿过这时已经空了的舞台向她走来时，万斯太太叫了起来。“这究竟是怎么回事呀？”

嘉莉高兴地放声大笑。她的这位朋友的态度丝毫不显得尴尬。你会以为这么长时间的分别只不过是一件偶然发生的事而已。

“这我就不知道了，”嘉莉回答，对这位漂亮善良的年轻太太很热情，尽管开始时感到有些不安。

“哦，你知道的，我在星期日版的报纸上看到了你的照片，但是你的名字把我弄糊涂了。我想这一定是你，或者是一个和你长得一模一样的人，于是我说：‘好哇，现在我就去那里看个明白。’我长这么大还没有这么吃惊过呢。不管那些了，你好吗？”

“哦，非常好，”嘉莉回答，“你这一向也好吗？”

“很好。你可真是成功了。所有的报纸都在谈论你。我都怕你会得意忘形了。今天下午我差一点就没敢到这里来。”

“哦，别胡说了，”嘉莉说，脸都红了。“你知道，我会很高兴见到你的。”

“好啦，不管怎么样，我找到了你。现在你能来和我一起吃晚饭吗？你住在哪里？”

“在威灵顿饭店，”嘉莉说。她让自己在说这话时流露出一些得意。

“哦，是真的吗？”对方叫道。在她身上，这个名字产生了其应有的影响。

万斯太太知趣地避而不谈赫斯渥，尽管她不由自主地想起了他。毫无疑问，嘉莉已经抛弃了他。她至少能猜到这一点。

“哦，我看今天晚上是不行了，”嘉莉说。“我来不及。我得七点半就回到这里，你来和我一起吃饭好吗？”

“我很乐意。但是我今天晚上不行，”万斯太太说，仔细打量着嘉莉漂亮的容貌。在她看来，嘉莉的好运气使她显得比以前更加高贵、更加可爱了。“我答应过6点钟一准回家的。”她看了看别在胸前的小金表，补充说。“我也得走了。告诉我假如你能来的话，什么时候会来。”

“噢，你高兴什么时候就什么时候，”嘉莉说。

“好的，那么就明天吧！我现在住在切尔西旅馆。”

“又搬家了？”嘉莉大声笑着说。

“是的。你知道我在一个地方住不到六个月的。我就是得搬家。现在记住了，5点半。”

“我不会忘记的，”嘉莉说，当她走时又看了她一眼。这时，嘉莉想起，现在她已经不比这个女人差了——也许还要好一些。万斯太太的关心和热情，有点使她觉得自己是屈就的一方了。

现在，像前些天一样，每天卡西诺戏院的门房都要把一些信件交给她。这是自星期一以来迅速发展起来的一大特色。这些信件的内容她十分清楚。情书都是用最温柔的形式写的老一套东西。她记得她的第一封情书是早在哥伦比亚城的时候收到的。从那以后，在她当群舞演员时，又收到了一些——写信的是些想请求约会的绅士。它们成了她和也收到过一些这种信的萝拉之间的共同笑料。她们两个常常拿这些信来寻开心。

可是，现在信来得又多又快。那些有钱的绅士除了要提到自己种种和蔼可亲的美德之外，还会毫不犹豫地提起他们有马有车。因此有这样的封信说：

> 我个人名下有百万财产。我可以让你享受一切荣华富贵。你想要什么就会有什么。我说这些，不是因为我要夸耀自己有钱，而是因为我爱你并愿意满足你的所有欲望。是爱情促使我写这封信的。你能给我半个小时，听我诉说衷肠吗？

嘉莉住在十七街时收到的这种来信，和她搬进威灵顿饭店的豪华房间之后收到的这一类来信相比，前者读起来更有兴趣一些，虽然从不会使她感到高兴。即便到了威灵顿饭店，她的虚荣心——或者说是自我欣赏，其更为偏激的形式就被称作虚荣心——还没有得到充分的满足，以至于她对这些信件会感到厌烦。任何形式的奉承，只要她觉得新鲜，她都会喜欢。只是她已经懂得了很多，明白自己已经今非昔比。昔日，她没有名，也没有钱。今天，两者都有了。昔日，她无人奉承，也无人求爱。今天，两者都来了。为什么呢？想到那些男人们竟会突然发现她比之从前是如此更加具有吸引力，她觉得很好笑。这至少激起了她的冷漠。

“你来看看吧，”她对萝拉说，“看看这个人说的话，‘倘若你能给我半个小时，’”她重复了一遍，装出可怜巴巴有气无力的口气。“真奇怪。男人们可不是蠢得很吗？”

“听他的口气，他肯定很有钱，”萝拉说。

“他们全都是这样说的，”嘉莉天真地说。

“你为什么不见他一面，”萝拉建议说，“听听他要说些什么呢?”

“我真的不愿意，”嘉莉说，“我知道他要说什么的。我不想以这种方式见任何人。”

萝拉用愉快的大眼睛看着她。

“他不会伤害你的，”她回答，“你也许可以跟他开开心。”

嘉莉摇了摇头。

“你也太古怪了，”这个蓝眼睛的小士兵说道。

好运就这样接踵而来。在这整整一个星期里，虽然她那数目巨大的薪水还没有到手，但是仿佛人们都了解她并信任她。她并没有钱。或者至少是没有必要的一笔钱，但她却享受着金钱所能买到的种种奢侈豪华。那些上等地方的大门似乎都对她敞开着，根本不用她开口。这些宫殿般的房间多么奇妙地就到了她的手中。万斯太太优雅的房间在切尔西旅馆，而这些房间则属于她。男人们送来鲜花，写来情书，主动向她奉献财产。可她还在异想天开地做着美梦。这150块钱！这150块钱！这多么像一个通往阿拉丁宝洞般世界的大门。每天，她都被事态的发展弄得几乎头昏眼花，而且，她对有了这么多钱，自己将会有个什么样的未来幻想也与日俱增，越来越丰富了。她想象出世间没有的乐事——看见了地面或海上都从未出现过的欢乐的光芒。然后，无限的期待终于盼来了她的第一份150块钱的薪水。

这份薪水是用绿色钞票付给她的——三张20块、六张10块，还有六张5块。这样放到一起就成了使用起来很方便的一卷。发放薪水的出纳员在付钱的同时还对她含笑致意。

“啊，是的，”当她来领薪水时，出纳说，“麦登达小姐，150块钱。看来戏演得很成功。”

“是的，是很成功，”嘉莉回答。

紧接着上来一个剧团的无足轻重的演员。于是，她听到招呼这一位口气改变了。

“多少?”同一个出纳员厉声说。一个像她不久前一样的无名演员在等着领她那微薄的薪水。这使她回想起曾经有几个星期，她在一家鞋厂里，几乎像个仆人一样，从一个傲慢无礼的工头手里领取——或者说是讨取——每周4块半的工钱。这个人在分发薪水袋时，神情就像是一个王子在向一群奴颜婢膝的祈求都施舍恩惠。她知道，就在今天，远在芝加哥的那同一家工厂的厂房里，仍旧挤满了衣着简朴的穷姑娘，一长排一长排地在咔嗒作响的机器旁边干活。到了中午，她们只有半个钟头的时间胡乱吃一点东西。到了星期六，就像她是她们中的一个的时候一样，她们聚在一起领取少得可怜的工钱，而她们干的活却比她现在所做的事要繁重100倍。哦，现在是多么轻松啊！世界是多么美好辉煌。她太激动了，必须走回旅馆去想一想自己应该怎么办。

假如一个人的需求是属于感情方面的，金钱不久就会表明自己的无能。嘉莉手里拿着那150块钱，却想不出任何特别想做的事。这笔钱本身有形有貌，她看得见，摸得着，在头几天里，还是个让人高兴的东西。但是它很快就失去了这个作用。她的旅馆账单用不着这笔钱来支付。她的衣服在一段时间之内完全可以满足她了。再过一两天，她又要拿到150块钱。她开始觉得，要维持她眼前的状况，似乎并不是那么急需这笔钱。倘若她想干得更好或者爬得更高的话，她则必须拥有更多的钱——要多得多才行。

这时，来了一位剧评家，要写一篇那种华而不实的采访。这种采访整篇闪耀着聪明的见解，显示出评论家的机智，暴露了名人们的愚蠢，因而能博得读者大众的欢心。他喜欢嘉莉，并且公开这么说，可是又补充说她只是漂亮、善良而且幸运而已。这话像刀子一样扎人。《先驱报》为筹措免费送冰基金而举行招待会，邀请她和名人们一同出席，但不用她捐款，以示对她的敬意。有一个年轻作家来拜访她，因为他有一个剧本，以为她可以上演。可惜她不能做主。想到这个，她就伤心。然后，她觉得自己必须把钱存进银行以保安全，这样发展下来，到了最后，她终于明白了，享受十全十美的生活的大门还没有打开。

渐渐地，她开始想到原因在于现在是夏季。除了她主演的这类戏剧之外，简直就没有其他的娱乐。第五大道上的富翁们已经出去避暑，空出的宅第都已锁好了门窗，钉上了木板。麦迪逊大街也好不了多少。百老汇大街上挤满了闲荡的演员，在寻找下个季度的演出机会。整个城市都很安静，而她的演出占用了她晚上的时间，因此有了无聊的感觉。

“我不明白，”一天，她坐在一扇能俯视百老汇大街的窗户旁边，对萝拉说，“我感到有些寂寞，你不觉得寂寞吗?”

“不，”萝拉说，“不常觉得。你什么地方都不愿意去。这就是你感到寂寞的原因。”

“我能去哪里呢?”

“嗨，地方多得很，”萝拉回答。她在想着自己和那些快乐的小伙子的轻松愉快的交往。“你又不愿意跟任何人一起去。”

“我不想和这些给我写信的人一起出去。我知道他们是些什么样的人。”

“你不应该感到寂寞，”萝拉说，想着嘉莉的成功。“很多人都愿意不惜任何代价来取得你的地位。”

嘉莉又朝窗外看着过往的人群。

“我不明白，”她说。

不知不觉地，她闲着的双手开始使她感到厌倦。

第四十五章　穷人的奇特生计

那个愁眉不展的赫斯渥，寄身在一家廉价旅馆里，除了他那卖家具的 70 块钱之外，一无所有。他就那样坐在旅馆里，看着报纸，送走炎热的夏天，又迎来的凉爽的秋天。他的钱正在悄悄地消失，对此他并不是完全无动于衷。当他每天 5 毛 5 毛地往外拿钱支付每天 5 毛的房钱时，他变得焦虑不安起来，于是最终换了一个更便宜的房间——3 毛 5 分钱一天，想使他的钱能维持得更久些。他常常看到有关嘉莉的消息。《世界报》刊登过一两次她的照片，他还在一把椅子上看到了一张过期的《先驱报》，得知她最近和其他的演员一起参加了一次为某项事业而举行的义演。他百感交集地读着这些消息。每一则消息仿佛都在把她越来越远地送入另一个世界。这个世界离他越远，就越显得高不可攀。他还在布告牌上看到一张漂亮的海报，画着她演的教友会小教徒的角色。端庄而又俊俏。他不止一次地停下来，看着这些，眼睛盯着那美丽的面孔闷闷发呆。他衣衫褴褛，和她现在的情况相比，他恰恰形成了一个鲜明的对照。

不知怎么地，只要他知道她还在卡西诺戏院里演出，虽然他从未有过要走近她的想法，他就下意识地感到有一种安慰——他还不完全是孤单一人。这出戏似乎成了一场雷打不动的固定演出，所以过了一两个月，他开始想当然地以为它还要演下去。9 月里，剧团出去巡回演出，他也没有发觉。当他的钱用到只剩下 20 块的时候，他搬到波威里街一个 1 毛 5 分钱一天的寄宿处，那里只有一个四壁空空的休息室，里面放满了桌子、长凳，还有几把椅子。在这里，他喜欢闭上眼睛，回想过去的日子，这个习惯在他身上越来越根深蒂固了。开始时这并不是沉睡，而只是在心里回想起他在芝加哥的生活中的情景和事件。因为眼前的日子越来越黑暗，过去的时光就越发显得光明，而和过去有关的一切都变得分外突出。

他还没有意识到这个习惯对他的影响有多大，直到有一天他发现自己嘴里在重复着他曾经回答他的一个朋友的老话。他们正在费莫酒店里。好像他就站在他那个雅致的小办公室门口，衣冠楚楚的，和萨加・莫里森谈论着芝加哥南部某处地产的价值，后者正准备在那里投资。

“你愿意和我一起在那上面投资吗?”他听到莫里森说。

“我不行，”他回答，就像他多年前的回答一样，“我眼下腾不出手来。”

他的嘴唇在动，这惊醒了他。他不知道自己是不是真的说了出来。第二次他发觉这种情况时，他真的是在说话。

“你为什么不跳呢，你这个傻瓜?”他在说，“跳呀!”

这是他在向一群演员讲的一个好笑的英国故事。甚至当他被自己的声音弄醒的时候，他还在笑着。坐在旁边的一个顽固的怪老头看上去像是受了打扰，至少，他瞪眼看的样子十分尖刻。赫斯渥挺起身来。记忆中的这段笑话立刻消失了，他感到有些害臊。于是他离开他那把椅子，踱出门外，到街上找消遣去了。

一天，他在浏览《世界晚报》的广告栏时，看到上面说卡西诺戏院正在上演一出新戏。他心里当即一愣。嘉莉已经走了！他记得就在昨天还看见她的一张海报，但是毫无疑问，那是没有被新海报覆盖而留下的。说来奇怪，这件事震惊了他。他几乎只得承认，不知怎么地，他是靠知道她还在这座城市里才支撑了下来。现在她却走了。他不明白怎么会漏掉这么重要的消息。天知道现在她要到什么时候才能回来。一种精神上的恐惧促使他站起身来，走进阴暗的过道，那里没人看见他。他数了数自己剩下的钱，总共只有 10 块钱了。

他想知道他周围这些住在寄宿处的其他人都是怎么过活的。他们好像什么事都不干。也许他们靠乞讨生活——对，他们肯定是靠乞讨生活。当初他得意的时候，就曾经给过他们这种人无数的小钱。他也曾看到过别人在街上讨钱。或许，他可以同样地讨点钱。这种想法简直令人恐怖。

坐在寄宿处的房间里，他用得只剩下最后 5 毛钱了，他省了又省，算了又算，终于影响了健康。他已不再强壮。这样一来，连他的衣服也显得很不合身了。这时他决定必须做些事情，但是，四处走走之后，眼看着一天又过去了，只剩下最后的 2 毛钱，已不够明天吃饭了。

他鼓足勇气，来到百老汇大街，朝百老汇中央旅馆走去。在离开那里一条横马路的地方，他停住脚，犹豫起来。一个面带愁容的大个子茶房站在一个侧门口，向外看着。赫斯渥打算去求他帮忙。他一直走上前去，不等对方转身走开，就招呼起来。

“朋友，”他说，虽然自己身处困境，也能看出这个人的地位之低。“你们旅馆有什么事可以给我做吗?”

这个茶房瞪大眼睛看着他，这时他接着说。

“我没有工作，也没有钱，我必须找些事情做——不管什么事情都行！我不想谈论我的过去，但是倘若你能告诉我怎样可以找到事情做，我将十分感激你。即使只能在眼下工作几天也没有关系。我非得找到事做不可。”

茶房还在盯着他看，想做出无动于衷的样子。然后，看见赫斯渥还要往下说，茶房就打断了他。

“这和我无关。你得到里面去问。”

奇怪的是，这句话反倒促使赫斯渥去做进一步的努力。

“我还以为你可以告诉我的。”

那个家伙不耐烦地摇了摇头。

这位前经理进到里面，径直走到办公室里办事员的写字台边。这家旅馆的一位经理正巧在那里。赫斯渥直视着这位经理的眼睛。

“你能给个什么事情让我做几天吗?”他说，“我已经到了非立刻找些事情做不可的地步了。”

这位悠闲自在的经理看着他，像是在说：“是啊，我看是这样的。”

“我到这里来，”赫斯渥不安地解释说，“因为我得意的时候也曾当过经理。我碰到了某种厄运，但是我来这里不是为了告诉你这个。我想要些事情做，哪怕只做一个星期也行。”

这个人觉得自己从这位求职者的眼睛里看到了一丝狂热地光芒。

“你当过哪家旅馆的经理?”他问。

“不是旅馆，”赫斯渥说道。“我曾经在芝加哥的费莫酒店当过十五年的经理。”

“这是真的吗?”这位旅馆经理说，“你怎么会离开那里的呢?”

赫斯渥的形象和这个事实相对照，确实令人吃惊。

“喔，困为我自己干了蠢事。现在不谈这个了吧！如果你想知道的话，你会弄清楚的。我现在一个钱也没有了，而且，如果你肯相信我的话，我今天还没有吃过任何东西。”

这位旅馆经理对这个故事有点感兴趣了。他几乎不知道该怎样对待这样一个人物，可是赫斯渥的真诚使他愿意想些办法。

“叫奥尔森来。”他对办事员说。

一声铃响，一个小茶房来领命跑出去叫人，随后茶房领班奥尔森走了进来。

“奥尔森，”经理说，“你能在楼下给这个人找些事情做吗？我想给他一些事情做。”

“我不知道，先生”奥尔森说，“我们需要的人手差不多都已经有了。不过如果你愿意的话，我想我可以找到一些事情的。”

“就这么办吧！带他去厨房，告诉威尔逊他一些东西吃。”

“好的，先生，”奥尔森说。

赫斯渥跟着他去了。一等经理看不见他们，茶房领班就改变了态度。

“我不知道究竟有什么事情可做，”他说。

赫斯渥没有说话。他私下里很瞧不起这个替人搬箱子的大个子家伙。

“叫你给这个人一些东西吃”他对厨子说。

厨子打量了一番赫斯渥，发现他的眼睛里有些敏锐且聪明的神色，说道：

“好的，坐到那边去吧!”

就这样，赫斯渥被安顿在百老汇中央旅馆里，但是没过多久。他既没有体力又没有心情来干每家旅馆都有的最基本的拖地板擦桌椅之类的活儿。由于没有更好的事可干，他被派去替火伕当下手，去地下室干活。凡是可能让他做的事，他都得去做。那些茶房、厨子、火伕、办事员都在他之上。此外，他的样子也不讨这些人的喜欢，他的脾气太孤僻，他们都不给他好脸色看。

然而，他以绝望中的人的麻木不仁和无动于衷，忍受着这一切。他睡在旅馆屋顶的一间小阁楼里，厨子给他什么他就吃什么，每周领取几块钱的工钱，这些钱他还想攒起来。他的身体已经支撑不住了。

2月里的一天，他被派到一家大煤炭公司的办公室去办事。天一直在下雪，雪又一直在融化，街上泥泞不堪。他在路上把鞋湿透了，回来就感到头晕而且疲倦。第二天一整天，他觉得异常的情绪低落，于是尽量地闲坐在一边，惹得那些喜欢别人精力充沛的人很不高兴。

那天下午，要搬掉一些箱子，腾出地方来安放新的厨房用具。他被派去推手推车。碰到一只大箱子，他搬不起来。

"你怎么啦?"茶房领班说，"你搬不动吗?"

他正拼命地要把它搬起来，但是这时他放了手。

"不行，"他虚弱地说。

这人看看他，发现他的脸色像死人一样苍白。

"你是不是生病了?"他问。

"我想是病了，"赫斯渥回答。

"哦，那你最好去坐一会儿。"

他照做了，但是不久病情就迅速加重。看来他只能慢慢地爬进自己的房间了，他一天没出房间。

"那个叫惠勒的人病了，"一个茶房向夜班办事员报告说。

"他怎么啦?"

"我不知道，他在发高烧。"

旅馆的医生去看了他。

"最好送他去贝列佛医院，"他建议道，"他得了肺炎。"

于是，他被车拉走了。

三个星期之后，危险期过去了。但是差不多到了5月1号，他的体力才允许他出院。这时他已经被解雇了。

当这位过去身强体壮、精力充沛的经理出院慢步走进春天的阳光里时，没有谁会比他看上去更虚弱了。他从前的那身肥肉已全然不知去向，他的脸又瘦又苍白，双手没有血色，全身肌肉松弛。衣服等等加在一起，他的体重只有135磅。有人给了他一些旧衣服——一件廉价的棕色上衣和一条不合身的裤子。还有一些零钱和忠告。他被告知该去申请救济。

他又回到波威里街的寄宿处，盘算着去哪里申请救济。这只差一步就沦为乞丐了。

“有什么办法呢?”他说，“我不能挨饿呀!”

他的第一次乞讨是在阳光灿烂的第二大道上。一个衣冠楚楚的人从施托伊弗桑特公园里出来，正不慌不忙地朝他踱过来。赫斯渥鼓起勇气，侧身走近了他。

“请给我1毛钱好吗?”他直截了当地说。“我已经到了非得乞讨不可的地步了。”

这人看也不看他一眼，伸手去摸背心口袋，掏出一枚1角银币。

“给你，”他说。

“多谢多谢。”赫斯渥轻声说，但对方不再理睬他了。

他对自己的成功感到满意，但又为自己的处境感到羞愧，他决定只再讨2毛5分钱，因为那就够了。他四处游荡，观察着路人，但过了很久才等到合适的人和机会。当他开口讨钱时，却遭到了拒绝。他被这个结果惊呆了，地了一个钟头才恢复过来，然后又开口乞讨。这一次他得到了一枚5分镍币。经过十分谨慎的努力，他真的又讨到了2毛钱，但这事多么让人难受。

第二天他又去做同样的努力，遭遇了种种挫折，也得到了一两次慷慨的施舍。最后，他突然想到人的面孔是一门大学问，只要去研究一下，就可以看脸色挑中愿意慷慨解囊的人。

然而，这种拦路乞讨对他来说并不是什么愉快的事。他曾看到过一个人因此而被捕，所以他现在生怕自己也会被捕。可是他还是继续干着这一行，心中模模糊糊地期待着，说不准什么时候总能碰上个好运。

此后的一天早晨，他带着一种满意的感觉看到了由“嘉莉·麦登达小姐领衔主演”的卡西诺剧团回来的通告。在过去的这些日子里，他常常想起她。她演得那么成功——她该会有多少钱啊！然而，即使是现在，也是因为运气太坏，一直都讨不到钱，他才决定向她求助的。他真是饿极了，才想起说：

“我去向她要。她不会不给我几块钱的。”

于是，他有一天下午就朝卡西诺戏院走去，在戏院前来回走了几次，想找到后台的入口。然后，他就坐在过去一条横马路的布赖恩特公园里，等待着。“她不会不帮我一点忙的，”他不停地对自己说。

从6点半钟开始，他就像个影子似的在三十九街入口处的附近徘徊，总是假装成一个匆匆赶路的行人，可又生怕自己会漏掉要等的目标。现在到了紧要关头，他也有点紧张。但是，因为又饿又虚弱，他已经不大能够感觉得到痛苦了。他终于看见演员们开始到来，他那紧张的神经绷得更紧，直到他觉得似乎已经忍受不住了。

有一次，他自以为看见嘉莉过来了，就走上前去，结果发现自己看错了人。

“现在，她很快就会来了，”他对自己说，有点害怕见到她，但是想到她可能已经从另一个门进去了，又感到有些沮丧。他的肚子都饿疼了。

人们一个又一个地从他身边经过，几乎全都是衣冠楚楚，神情冷漠。他看着马车驶过，绅士们伴着女士们走过。这个戏院和旅馆集中的地区就此开始了晚上的欢乐。

突然，一辆马车驶过来，车夫跳下来打开车门。赫斯渥还没有来得及行动，两位女士已经飞快地穿过宽阔的人行道，从后台入口消失了。他认为自己看见的是嘉莉，但是来得如此突然，如此优雅，而且如此高不可攀，他就说不准了。他又等了一会儿，开始感到饿得发慌。看见后台入口的门不再打开，而且兴高采烈的观众正在到达，他便断定刚才看见的肯定是嘉莉，转身走开了。

“天哪，”他说着，匆匆离开这条街，而那些比他幸运的人们正朝这条街上涌来。“我得吃些东西了。”

就在这个时候，就在百老汇大街惯于呈现其最有趣的面貌的时候，总是有一个怪人站在二十六街和百老汇大街的拐角处——那地方也和第五大道相交。在这个时候，戏院正开始迎接观众。到处闪耀着灯光招牌，告诉人们晚上的种种娱乐活动。公共马车和私人马车嗒嗒地驶过，车灯像一双双黄色的眼睛闪闪发亮。成双成对和三五成群的人们嬉笑打闹着，无拘无束地汇入川流不息的人群之中。第五大道上有一些闲荡的人——几个有钱的人在散步，一个穿晚礼服的绅士挽着一位太太，几个俱乐部成员从一家吸烟室到另一家吸烟室去。街对面那些大旅馆亮着成百扇灯火通明的窗户，里面的咖啡室和弹子房挤满了悠闲自在、喜欢寻欢作乐的人群。四周是一片夜色，跳动着对快乐和幸福的向往——是一个大都市一心要千方百计地追求享乐的奇妙的狂热之情。

这个怪人不过就是一个退伍军人变成的宗教狂而已。他遭受过我们这个特殊的社会制度给他的种种鞭挞和剥削，因而他断定自己心目中对上帝的责任就在于帮助他的同胞。他所选择的实施帮助的形式完全是他自己独创的。这就是要为来这个特定的地方向他提出请求的所有的无家可归的流浪汉找一个过夜的地方，尽管他也没有足够的钱为自己提供一个舒适的住处。

他在这个轻松愉快的环境中找到了自己的位置，就站在那里，魁梧的身上披着一件带斗篷的大衣，头上戴着一顶阔软边呢帽，等待着那些通过各种渠道了解到他的慈善事业的性质的申请者。有一段时间，他会独自站在那里，像一个游手好闲的人一样注视着一个始终迷人的场面。在我们的故事发生的那天晚上，一个警察从他身边走过，行了个礼，友好地称他作“上尉”。一个以前常在那里看见他的顽童，停下来观望着。其他的人则觉得除了穿着之外，他没有什么不同寻常的地方，以为他无非是个自得其乐地在那里吹着口哨闲荡的陌生人。

半个钟头过去后，某些人物开始出现了。在四周过往的人群中，不时可以看见个把闲逛的人有目的地磨蹭着挨近了他。一个无精打采的人走过对面的拐角，偷偷地朝他这个方向看着。另一个人则沿着第五大道来到二十六街的拐角处，打量了一下整个的情形，又蹒跚地走开了。有两三个显然是住在波威里街的角色，沿着麦迪逊广场靠第五大道的一边磨磨蹭蹭地走着，但是没敢过来。这位军人披着他那件带斗篷的大衣，在他所处的拐角十英尺的范围之内，来回走动着，漫不经心地吹着口哨。

等到将近9点钟的时候，在此之前的喧闹声已经有所减弱，旅馆里的气氛也不再那么富有青春气息。天气也变得更冷了。四处都有稀奇古怪的人在走动，有观望的，有窥探的。他们站在一个想象的圈子外面，似乎害怕走进圈子里面——总共有十二个人。不久，因为更加感到寒冷难忍，有一个人走上前来。这个人从二十六街的阴影处出来。穿过百老汇大街，犹豫不决地绕着弯子走近了那个正在等待的人。这人的行动有些害羞或者有些胆怯，好像不到最后一刻都不打算暴露任何要停下来的想法。然后，到了军人身边，突然就停了下来。

上尉看了一眼他，算是打了招呼，但并没有表示什么特别的欢迎。来人轻轻点了点头，像一个等待施舍的人那样咕哝了几句。对方只是指了指人行道边。

“站到那边去，”他说。

这一下打破了拘束。当这个军人又继续他那一本正经的短距离踱步时，其他的人就拖着脚走上前来。他们并没有招呼这位领袖，而是站到先来的那个人身边，抽着鼻子，步履蹒跚，两脚擦着地。

“好冷，是不是？”

“我很高兴冬天过去了。”

“看来像是要下雨了。”

这群乌合之众已经增加到了十个人。其中有一两个相互认识的人在交谈着。另一些人则站在几英尺之外，不想挤在这群人当中，但又不想被漏掉。他们乖戾、执拗、沉默，眼睛不知在看着什么，两脚一直动个不停。

他们本来很快就会交谈起来，但是军人没有给他们开口的机会。他数数人数已经够了，可以开始了，就走上前来。

“要铺位，是吗？你们都要吗？”

这群人发出一阵杂乱的移动脚步的声音，并低声表示着同意。

“好吧，在这里排好队。我看看我能做些什么。我自己也身无分文。”

他们排成了断断续续、参差不齐的一队。这样一对比，就可以看出他们的一些主要特点来。队伍里有一个装着假腿的家伙。这些人的帽子全都耷拉在头上，这些帽子都不配放在海斯特街的地下室旧货店里。裤子全都是歪歪斜斜的，裤脚已经磨损，上衣也已破旧并且褪了色。在商店的耀眼的灯光下，其中有些人的脸显得干枯而苍白，另一些人的脸则因为生了疱疮而呈红色，面颊和眼睛下面都浮肿了。有一两个人骨瘦如柴，使人想起铁路工人来。有几个看热闹的人被这群像是在集会的人所吸引，走近前来。接着来的人越来越多，很快就聚集了一大群人，在那里你推我挤地张大眼睛望着。队伍里有人开始说话了。

“安静！”上尉喊道，“好了，先生们，这些人无处过夜。今天晚上，他们得有个地方睡觉才行。他们不能露宿街头。我需要1毛2分钱安排一个人住宿。谁愿意给我这笔钱?”

没有人回答。

“那么，我们只能在这里等着，孩子们，等到有人愿意出钱。一个人出1毛2分钱并不很多嘛。”

“给你1毛5分钱，”一个小伙子叫道，瞪大眼睛注视着前面。“我只拿得出这么多。”

“很好。现在我有了1毛5分钱。出列，”上尉说着抓住一个人的肩膀，把他朝一边拉了几步路，让他一个人站在那里。

他回到原来的位置，又开始喊叫。

“我还剩下3分钱。这些人总得有个地方睡觉啊！一共有，”他数着，“一，二，三，四，五，六，七，八，九，十，十一，十二个人。再加9分钱就可以给下一个找个铺位。请让他好好舒服地过上一夜吧！我要跟着去，亲自照料这件事。谁愿意给我9分钱?”

这一回是个看热闹的中年人，递给他一枚5分的镍币。

“现在，我有8分钱了。再有4分钱就可以给这人一个铺位。请吧，先生们。今天晚上我们进展很慢。你们都有好地方睡觉。可是这些人怎么办呢?”

“给你，”一个旁观者说，把一些硬币放到他的手上。

“这些钱，”上尉看着硬币说，“够给两个人找铺位，还多出5分钱可以给下一个，谁愿意再给我7分钱?”

“我给，”一个声音说。

这天晚上，赫斯渥沿着第六大道往南走，正巧朝东穿过二十六街，向着第三大道走去。他精神萎靡不振，疲惫不堪，肚子饿得要死。现在他该怎么去找嘉莉呢?散戏要到11点钟。如果她是乘马车来的，一定还会乘马车回去。他只有在令人十分难堪的情况下才能拦住她。最糟糕的是，他现在又饿又累，而且至少还要熬过整整一天，因为今天夜里他已经没有勇气再去尝试了。他既没有东西吃，也没有地方睡觉。

当他走近百老汇大街时，他注意到上尉身边聚集的那些流浪汉。但他以为这是什么街头传教士或是什么卖假药的骗子招来的人群，正准备从旁边走过去。可是，正当他穿过街道朝麦迪逊广场公园走去的时候，他看见了那队已经得到铺位的人，这支队伍从人群中伸展了出来。借着附近耀眼的灯光，他认出这是一群和他自己同类的人，是一些他在街头和寄宿处看到过的人物。这些人像他一样，身心两方面都漂泊不定，他想知道这是怎么回事，就转身往回走。

上尉还在那里像先前一样三言两语地恳求着。当赫斯渥听到“这些人得有个铺位

过夜”这句不断重复的话时，感到又是惊讶又有点宽慰。他面前站着一队还没有得到铺位的不幸的人，当他看见一个新来的人悄悄地挤上去，站到队伍的末尾时，他决定也照着做。再去奋斗有什么用呢？今天夜里他已经累了。这至少可以不费劲地解决一个困难。明天也许他会干得好一些。

在他身后，那些铺位已经有了着落的人站的地方，显然有着一种轻松的气氛。由于不再担心无处过夜，他听到他们的谈话没什么拘束，还带着一些想交朋结友的味道。这里既有谈论的人，也有听众，话题涉及政治、宗教、政府的现状、报上的一些轰动一时的新闻以及世界各地的丑闻。粗哑的声音在使劲地讲述着稀奇古怪的事情。回答的是一些含糊杂乱的意见。

还有一些人只是斜眼瞟着，或是像公牛那样瞪大眼睛呆望着，这些人因为太迟钝或太疲倦而没有交谈。

站着开始叫人吃不消了。赫斯渥越等越疲惫。他觉得自己快要倒下去了，就不停地换着脚支撑着身体的重量。终于轮到了他。前面的一个人已经拿到了钱，站到幸运的成功者的队伍里去了。现在，他成了第一个，而且上尉已经在为他说情。

“1 毛 2 分钱，先生们。1 毛 2 分钱就可以给这个人找个铺位。倘若他有地方可去，就不会站在这里受冻了。”

有什么东西涌上了赫斯渥的喉头，他把它咽了回去。饥饿和虚弱使他变成了胆小鬼。

“给你，”一个陌生人说，把钱递给了上尉。

这时上尉把一只和蔼的手放在这位前经理的肩上。

“站到那边的队伍里去吧，”他说。

一站到那边。赫斯渥的呼吸都轻松了一些。他觉得有这么一个好人存在，这个世界仿佛并不太糟糕。对这一点，其他的人似乎也和他有同感。

“上尉真是个了不起的人，是不？”前面的一个人说。这是个愁眉苦脸、可怜巴巴的个子矮小的人，看上去他好像总是要么受到命运的戏弄，要么得到命运的照顾。

“是的，”赫斯渥冷漠地说。

“嘿！后面还有很多人呢，”更前面一些的一个人说着，从队伍里探出身子朝后看着那些上尉正在为之请求的申请者。

“是啊！今天晚上肯定要超过一百人，”另一个人说。

“看那马车里的家伙，”第三个人说。

一辆马车停了下来。一位穿晚礼服的绅士伸出手来，递给上慰一张钞票。上尉接了钱，简单地道了谢，就转向他的队伍。大家都伸长了脖子，看着那白衬衫前襟上闪闪发亮的宝石，目送着马车离去。连围观的人群也肃然起敬，看得目瞪口呆。

“这笔钱可以安排九个人过夜，”上尉说着，从他身边的队伍里，依次点出九个人。

"站到那边的队伍里去。好啦，现在只有七个人了。我需要1毛2分钱。"

钱来得很慢。过了一段时间，围观的人群渐渐散去，只剩下寥寥几个人。第五大道上，除了偶尔有辆公共马车或者有个步行的过路人之外，已经空空荡荡。百老汇大街上稀稀落落地还有些行人。偶尔有个陌生人路过这里，看见这一小群人，拿出一枚硬币，然后就扬长而去。

上尉坚定不移地站在那里。他还在继续说着，说得很慢很少，但却带着自信，好像他是不会失败的。

"请吧，我不能整夜都站在这里。这些人越来越累、越来越冷了。有谁给我4分钱。"

有一阵子他干脆一句话都不说。钱到了他的手里，每够了1毛2分钱，他就点出一个人，让他站到另一支队伍里去。然后他又像先前一样来回踱着步，眼睛看着地上。

戏院散场了。灯光招牌也看不见了。时钟敲了11点。又过了半个钟头，他只剩下了最后两个人。

"请吧，"他对几个好奇的旁观者叫道，"现在1毛8分钱就可以使我们都有地方过夜了。1毛8分钱，我已有了6分钱。有谁愿意给我钱。请记着，今天晚上我还得赶到布鲁克林去。在此之前，我得把这些人带走，安排他们睡下。1毛8分钱。"

没有人响应。他来回踱着步，朝地上看了几分钟，偶尔轻声说道："1毛8分钱。"看样子，这小小的一笔钱似乎比前面所有的钱都更久地耽误实现大家盼望的目标。赫斯渥因为自己是这长长的队伍中的一员，稍稍振作了一些，好不容易才忍住没有呻吟，他太虚弱了。

最后，出现了一位太太。她戴着歌剧里戴的斗篷，穿着沙沙作响的长裙，由她的男伴陪着沿第五大道走过来。赫斯渥疲倦地呆望着，由她而想到了在新的世界里的嘉莉和他当年也这样陪伴他太太的情景。

当他还在呆望着的时候，她回头看见了这个奇怪的人群，就叫她的男伴过来。他来了，手指间夹着一张钞票，样子优雅之极。

"给你，"他说。

"谢谢，"上尉说完，转向最后剩下的两个申请者。"现在我们还有些钱可以明天晚上用，"他补充说。

说罢，他让最后两个人站到队伍里，然后自己朝队首走去，边走边数着人数。

"一百三十七个，"他宣布说。"现在，孩子们，排好队。向右看齐。我们不会再耽搁多久了。喂，别急。"

他自己站到了队首，大声喊道："开步走。"赫斯渥跟着队伍前进。这支长长的、蜿蜒的队伍，跨过第五大道，沿着弯弯曲曲的小路穿过麦迪逊广场，往东走上二十三街，再顺着第三大道向南行进。当队伍走过时，半夜的行人和闲荡者都驻足观望。在

各个拐角处聊天的警察，冷漠地注视着，向这位他们以前见过的领队点点头。他们在第三大道上行进着，像是经过了一段令人疲惫的长途跋涉，才走到了八街。那里有一家寄宿处，显然是夜里已经打了烊。不过，这里知道他们要来。

他们站在门外的暗处，领队则在里面谈判。然后大门打开了，随着一声“喂，别急，”他们被请了进去。

有人在前头指点房间，以免耽搁拿钥匙。赫斯渥吃力地爬上嘎嘎作响的楼梯。回头望望，看见上尉在那里注视着。他那份博爱关怀备至，他要看着最后一个人也被安顿好了才能放心。然后，他裹紧了带斗篷的大衣，慢步出门，走进夜色之中。

“这样下去我可受不了啦，”赫斯渥说，他在指定给他的黑暗的小卧室里那张破烂的床铺上坐下来时，感到两条腿疼痛难忍。“我得吃点东西才行，否则我会饿死的。”

第四十六章　愁上添愁

嘉莉这次回纽约演出的一个晚上，当她快要换好装，准备回家的时候，听到后台门口传来一阵骚动声，其中有一个熟悉的声音。

“哦，没关系的。我要见麦登达小姐。”

“你得先把名片递进去。”

“哦，别挡着我。给你。”

递过去了半块钱，然后就听到有人敲她化妆室的门。

嘉莉开了门。

“嘿，嘿！”杜洛埃说。“我说是吧！喂，你好吗？我一看见就知道是你。”

嘉莉朝后退了一步，心想这一下会有一番最令人难堪的谈话了。

“你不打算和我握手吗？嘿，你真是个大美人儿。没关系的，握手吧！”

嘉莉笑着伸出手来，也许只是因为这个男人热情洋溢、一片好心。他虽然老了一些，但变化很小。还是那样衣着华丽，还是那样身材粗壮，还是那样满面红光。

“门口的那个家伙不让我进来，我给了他钱才进来了。我知道肯定是你，嗬，你们这出戏真棒。你的角色演得很出色。我早知道你行的。今天晚上我碰巧路过这里，就想进来看一会儿。我在节目单上看见了你的名字，但是直到你上台我才记起来。当时我蓦地大吃一惊。咳，你简直把我惊呆了。这个名字就是你在芝加哥时用的那个，是不是？”

“是的，”嘉莉温和地回答，被这个男人的自信征服了。

“我一看见你，就知道是那个名字。好啦，不管它了。你一向好吗？”

“哦，很好，”嘉莉说，还在她的化妆室里磨蹭着。这场突然袭击弄得她有些晕头转向了。“你一向好吗？”

“我吗？哦，很好。我现在住在这里。”

“这是真的吗？”嘉莉说。

“是的。我来这里已经六个月了。我在负责这里的分公司。”

“这太好了！”

“哦，你到底是什么时候上舞台的？”杜洛埃问道。

“大约三年以前，”嘉莉说。

“你没开玩笑吧！哎呀，真是的，我这还是第一次听说呢。不过我早知道你会上舞

台的。我总是说你能演戏的，是不是？”

嘉莉笑了。

“是的，你是说过，”她说。

“啊，你看上去真漂亮，”他说。“我从没有见过有谁变化这么大的。你长高了一些，是不是？”

“我吗？喔，也许长高了一点吧！”

他凝视着她的衣服，然后转向她的头发，头上很神气地戴着一顶合适的帽子，最后盯住了她的眼睛，她却竭力地避开他的目光。很显然，他是想立刻原原本本地恢复他们往日的交情。

“那么，”见她在收拾钱包、手帕之类的东西，准备离开，他说，“我想请你和我一起出去吃饭，你愿意吗？我还有个朋友在外面等我。”

“啊，不行，”嘉莉说。“今晚不行。我明天一早就要赴约。”

“咳，别去赴什么约了。走吧！我可以把那个朋友甩开。我要和你好好地谈一谈。”

“不，不，”嘉莉说。“我不行，你不用再说了。我也不想去吃饭。”

“好吧，那我们就出去谈谈，这总可以吧！”

“今晚不行，”她摇摇头说。“我们改天再谈吧！”

说完这话，她发现他的脸上掠过一层若有所思的阴影，好像他正开始意识到情况已经发生了变化。善良的心地使她觉得对待一个一直都喜欢她的人应该更友好一些。

“那你明天到旅馆来找我吧，”她说，作为悔过的表示。“你可以和我一起吃饭。”

“好的，”杜洛埃说，又快活起来。“你住在那里？”

“在沃尔多夫旅馆，”她回答，指的是当时刚刚新建的时髦大旅馆。

“什么时候？”

“哦，3 点钟来吧，”嘉莉愉快地说。

第二天，杜洛埃来赴约了，但当嘉莉想起这个约会时并不感到特别高兴。可是看到他还像从前一样风度翩翩——是他那种人的风度，而且态度十分亲切，她对这顿饭是否会使她不愉快的疑虑就一扫而光了。他还像从前一样滔滔不绝地说着话。

“这里的人的架子可不小，是不是？”这是他说的第一句话。

“是的，他们的架子是很大，”嘉莉说。

他是个典型的言必称“我”者。因此，立刻详细地谈起了他自己的事业。

“我很快就要自己开一家公司了，”谈话中有一次他这样说。“我可以筹集到 20 万块钱的资金。”

嘉莉非常耐心地听着。

“喂，”他突然说，“赫斯渥现在在哪里？”

嘉莉脸红了一下。

“我想他就在纽约吧，”她说，“我已经有些时候没有看见他了。”

杜洛埃沉思了一会儿。在此之前，他一直拿不准这位前经理是不是在幕后施加影响的人物。他猜想不是，但是这样一肯定就使他放心了。他想一定是嘉莉抛弃了他，她也应该这样做。

“一个人干出那样的事情来，总是做错了，”他说。

“干出什么样的事情？”嘉莉说，不知道下文是什么。

“哦，你知道的，”说着，杜洛埃挥了挥手，似乎在表示她一定知道的。

“不，我不知道，”她回答。“你指的是什么事？”

“噢，就是在芝加哥发生的那件事——在他出走的时候。”

“我不明白你在说些什么，”嘉莉说。难道他会如此无礼地提起赫斯渥和她一起私奔的事吗？

“哎哟！”杜洛埃怀疑地说。“你知道他出走的时候拿了1万块钱，是吗？”

“什么！”嘉莉说，“莫非你的意思是说他偷了钱，是吗？”

“嗨，”杜洛埃说，对她的语气感到大惑不解，“你早就知道这件事了，对不对？”

“哦，不知道，”嘉莉说，“我当然不知道。”

“那就奇怪了，”杜洛埃说道，“他是偷了钱，你也知道的。所有的报纸都登了这事。”

“你刚才说他拿了多少钱？”嘉莉问。

“1万块。不过，我听说他事后把大部分的钱都寄了回去。”

嘉莉茫然地看着铺着豪华地毯的地板。她开始用新的眼光看待自己被迫逃走之后这些年的生活。她现在回想起很多事情都表明了这一点。她还想到他拿钱是为了她。因此并没有什么憎恨，只是一种惋惜之情油然而生。多么可怜的家伙！这些年来他一直生活在怎样的一件事情的阴影之下啊！

吃饭的时候，杜洛埃吃着喝着兴奋起来，心里也有了柔情，自以为他正在使嘉莉回心转意，会像过去那样心地善良地关怀他。他开始幻想着，虽然她现在十分高贵，但要重新进入她的生活并不会太难。他想，她是多么值得争取啊！她是那么漂亮、多么优雅、多么有名啊！以舞台和沃尔夫旅馆为背景的嘉莉，是他最最想得到的人儿。

“你还记得在阿佛莱会堂的那天晚上你有多胆怯吗？”他问。

嘉莉想起这事，笑了一下。

“我从来没有见过谁演得比你当时演得更好，嘉德，”他懊丧地补充说，把一只胳膊撑在桌子上。“我还以为那时候你我会相处得很好呢。”

“你不应该这样说，”嘉莉说，口气开始有些冷淡了。

“你难道不想让我告诉你——”

“不，”她说着站起身来。“而且，现在我要准备去戏院了。我不得不和你告别。现

在走吧!”

“哦，再待一会儿,”杜洛埃恳求道，“时间还早呢。”

“不,”嘉莉温柔地说。

杜洛埃极不情愿地离开了这明亮的餐桌，跟着她走了。他陪她走到电梯门口，站在那里说：

“我什么时候能再见到你?”

“哦，也许过些时候吧,”嘉莉说，“我整个夏天都在这里。再见!”

电梯门开了。

“再见!”杜洛埃说，目送她拖着沙沙作响的裙子走进电梯。

然后，他伤心地沿着走廊慢慢走着。因为她现在离他是如此遥远，他往日的一切渴望全都复苏了。这地方欢快的衣服沙沙作响的声音，难免使人想起她。他觉得自己受到了冷遇。然而，嘉莉的心里却想着别的事情。

就在那天晚上，她从等在卡西诺戏院门口的赫斯渥身边经过，却没有看见他。

第二天晚上，她步行去戏院，和赫斯渥迎面相遇。他等在那里，比以前更加憔悴。他下定了决心要见到她，即使捎话进去也要见到她。起初她没有认出这个衣衫褴褛、皮肉松弛的人。他挨得这么近，像是一个饿极了的陌生人，把她吓了一跳。

“嘉莉,”他低声说，“我能和你说几句话吗?”

她转过身来，立刻认出了他。即使在她心中曾经潜藏着什么对他的反感的话，这时也都消失了。而且，她还记得杜洛埃说的他偷过钱的事。

“啊唷，乔治,”她说，“你怎么啦?”

“我生了一场病,”他回答，“我刚刚从医院出来。看在上帝的面上，给我一点钱，好吗?”

“当然可以,”嘉莉说，她努力想保持镇静，连嘴唇都在颤抖。“但是你到底怎么啦?”

她打开钱包，把里面的钞票全都掏了出来——2 张 2 块的，1 张 5 块的。

“我生了一场病，我告诉过你了,”他没好气地说，对她的过分怜悯几乎产生了怨恨。从这样一个人那里得到怜悯，使他难受万分。

“给,”她说。“我身边只有这么多了。”

“好的,”他轻声回答，“我有朝一日会还给你的。”

嘉莉看着他，而街上的行人都在注视着她。在众目睽睽之下她感到很难堪。赫斯渥也有同感。

“你为什么不告诉我你究竟是怎么啦?”她问道，简直不知如何是好。“你住在哪里?”

“喔，我在波威里街租了一个房间,”他回答，“在这里告诉你也没用的。我现在已经好了。”

他好像有些讨厌她的好心的询问，命运待她要好得多。

“还是进去吧，”他说，“我很感激，但是我不会再来麻烦你的。”

她想回答一句，但他已经转身走开，拖着脚往东去了。

这个幽灵般的影子在她的心头萦绕了好多天，才开始逐渐消逝了一些。杜洛埃又来拜访，但是这一次她连见都不见他。他的殷勤似乎已经不合时宜。

“我不会客，”她回答茶房。

她那孤僻、内向的脾气的确太特别了，使得她成了公众眼里一个引人注目的人物。她是如此的文静而矜持。

此后不久，剧团经理部决定去伦敦演出。再在这里演一个夏季看来前景并不太好。

“你愿意去征服伦敦吗?”一天下午，经理问她。

“也许正好是伦敦征服了我呢?”嘉莉说。

“我想我们将在6月里动身，”他说。

临行匆匆，把赫斯渥给忘了。他和杜洛埃两个人都是事后才知道她已经走了。杜洛埃来拜访过一次，听到消息大叫了起来。然后，他站在门厅里，咬着胡子尖。他终于得出了结论——过去的日子已经一去不复返了。

“她也没什么了不起的，”他说，但是在他的内心深处却不这么认为。

赫斯渥好歹通过一些稀奇古怪的方式，熬过了一个漫长的夏季和秋季。在一家舞厅干一份看门的小差使帮他度过了一个月。更多的时候他是靠乞讨过活的，有时挨饿，有时露宿公园。还有些日子，他求助于那些特殊的慈善机构，其中的几个是他在饥饿的驱使下偶然碰上的。快到隆冬的时候，嘉莉回来了，在百老汇戏院上演一出新戏，但是他并不知道。接连几个星期，他在城里流浪着，乞讨着，而有关她的演出的灯光招牌则每晚都在那条拥挤的娱乐大街上闪闪发亮。杜洛埃倒是看见了招牌，但是却没敢进去。

大约就在这个时候，艾姆斯回到了纽约。他在西部已经有了一些小成就，现在在伍斯特街开办了一个实验室。当然，他通过万斯太太又遇见了嘉莉，但是在他们之间并不存在什么相互感应。他以为她还和赫斯渥生活在一起，直到听说情况不是这样。当时因为不知道事实真相，他不表示理解，也没有加以评论。

他和万斯太太一起去看了新戏，并且对演出发表了自己的意见。

“她不应该演轻松喜剧的，”他说，“我想她可以演得比这更好一些。”

一天下午，他们偶然在万斯家相遇，便很亲热地谈起话来。她简直搞不懂自己为什么不再抱有那一度对他的强烈的兴趣。毫无疑问，这是因为那个时候他代表着一些她所没有的东西，但是她并不明白这一点。她的成功使她暂时觉得自己已经拥有了许多他会赞许的东西。其实，她在报纸上的那点小名气在他看来根本就是微不足道的。

他认为她本可以演得更好，而且是好得多。

“你终究没去演严肃喜剧吗？”他说，记起了她对那种艺术的爱好。

“没有，”她回答，“我至今还没有。”

他看她的目光是如此地奇特，因此她意识到自己是失败了。这使得她又补充说道：“不过，我是想演的。”

“我倒也觉得你会这样想的，”他说，“按你的性格，如果你演严肃喜剧会很出色的。”

他竟会说到性格，这可让她大吃了一惊。那么，他心里对她的了解有这么清楚吗？

“为什么呢？”她问。

“哦，”他说，“据我看你的天性很富有同情心。”

嘉莉笑了，有些脸红起来。他对她是这么天真、坦率，使她进一步增加了对他的友谊。往日那理想的呼唤又在她耳边响起。

“这我就不知道了，”她回答道，可是却掩饰不住内心的喜悦。

“我看了你们的戏，”他说，“演得很好。”

“我很高兴你能喜欢。”

“的确很好，”他说，“就轻松喜剧而言。”

因为有人打扰，当时他们就说了这些，但是后来他们又相见了。他吃完饭后正坐在一个角落里凝视着地板，这时嘉莉和另一位客人走了上来。辛苦的工作使他的脸上露出了疲惫的神色。嘉莉永远也弄不明白这张脸上有什么东西吸引她。

“一个人吗？”她问。

“我刚才在听音乐。”

“我一会儿就回来，”她的伴侣说，没觉得这个发明家有什么了不起之处。

这时他抬头望着她的脸，因为她已经站了一会儿，而他却坐着。

“那不是一首悲伤的曲子吗？”他倾听着问。

“啊，是很悲伤，”她回答，现在她注意到了，也听了出来。

“请坐，”他补充说，请她坐在他身边的椅子上。

他们静静地听了一会儿，为同一感情所感动，只是她的感情是发自内心的。像往日一样，音乐仍旧使她陶醉。

“我不知道音乐是怎么一回事，”她心里涌起阵阵莫名其妙的渴望，这促使她先打破沉默说，“但是音乐总是使我觉得好像缺少些什么——我——”

“是的，”他回答，“我知道你是怎样感觉的。”

突然，他转念想起她的性格真是奇特，会如此坦率地表白自己的感触。

“你不应该伤感的，”他说。

他想了一会儿，然后就陷入了仿佛是陌生的观察之中。不过，这和他们的感觉倒是相一致的。

“这个世界充满了令人向往的地位。然而，不幸的是，我们在一个时候只能占有一个地位。为那些可望而不可即的东西扼腕叹息对我们毫无好处。”

音乐停止了，他站起身来，在她面前挺立着，像是要休息一下。

“你为什么不去演些好的、有力度的严肃喜剧呢?”他说。现在他直视着她，仔细地打量着她的脸。她那富于同情的大眼睛和哀怨动人的嘴巴都证明他的见解是正确的，因而使他很感兴趣。

“也许我要演的，”她回答。

“那才是你的本行，”他补充说。

“你是这样认为的吗?”

“是的，”他说，“我是这样认为的。我想你也许没有意识到，但是你的眼睛和嘴巴有着某种表情使你很适合演那种戏。”

受到如此认真地对待，嘉莉一阵激动。一时间，她不再觉得寂寞。她现在得到的称赞敏锐而富有分析性。

“那种表情就在你的眼睛和嘴巴上，”他漫不经心地接着说，“我记得第一次见到你的时候，就觉得你的嘴巴很有些特别。我还以为你快要哭了呢。”

“好奇怪，”嘉莉说，快乐得兴奋起来。这正是她内心里渴望的东西。

“后来，我发现这是你天生的长相，今天晚上我又注意到了这一点。你的眼睛周围也有些阴影，使你的脸有了同样的特点。我想那是在眼睛的深处。”

嘉莉直视着他的脸庞，激动万分。

“你也许没有意识到这一点，”他补充说。

她扭头望向别处，很高兴他能这么说，真希望不要辜负了她脸上天生的这种表情。这打开了一种新欲望的大门。

在他们再度相见之前，她有理由反复思考这件事——几个星期或者更久。这件事使她明白，很久以来，她离当年在阿佛莱会堂后台的化妆室里以及后来的日子里满心渴望的原来的理想是越来越远了。她为什么会丧失这个理想呢?

“我知道为什么你能演得成功，”另一次，他说，“只要你的戏再重一些。我已经研究出来——”

“研究出什么?”嘉莉问道。

“哦，”他说，高兴得像是猜出了一条谜语。“你的面部表情是随着不同的情况而产生的。你从伤心的歌曲或者任何使你深受感动的绘画中，都会得到同样的感受。这就是世人都喜欢看的东西，因为这是欲望的自然表现。”

嘉莉瞪大眼睛望着，并不确切地明白他的意思。

“世人总是挣扎着要表现自己，”他继续说，“而大多数人都不善于表达自己的感

情。他们得依赖别人。天才就是为此而生的。有人用音乐表现了他们的欲望；有人用诗歌来表现；还有人用戏剧来表现。有时候造物主用人的面孔来表现——用面孔来表现所有的欲望。你的情况就是这样。”

他看着她，眼睛里充满了这件事的含义，使她也懂得了。至少，她懂得了她的面部表情是可以表现世人的欲望的。她认为这是件荣耀的事，因而牢记在心里，直到他又说：

“这就要求你担负起一种责任。你恰好具有这种才能。这不是你的荣耀，我的意思是说，你可能没有它的。这是你没有付出代价就得来的。但是你现在既然有了这种才能，就应该用它来干出一番事业。”

“干些什么呢？”嘉莉问。

“依我看，转到戏剧方面去。你这么富有同情心，又有着这么悦耳的嗓音。要让它们对别人有用。那将使你的才能不朽。”

嘉莉没听懂这最后的一句话。其余的话则是在告诉她，她演轻松喜剧的成功并没有什么大不了的，或者根本就是微不足道。

“你说的是什么意思？”她问。

“噢，就是这个。你的眼睛和嘴巴，还有你的天性都具有这种才能。你会失去它的，这你也知道，倘若你不运用它，活着只是为了满足自己，那么它很快就会消失。你的眼睛会失色，你的嘴巴会变样，你的表演能力会化为乌有。你也许认为它们不会消失，但是它们会的。这个造物主自会安排。”

他如此热衷于提出好的意见，有时候甚至都变得热情洋溢起来，于是就说了这么一大通道理。他喜欢嘉莉身上的某种东西。他想激励他一下。

“我知道，”她心不在焉地说，对自己的疏忽感到有点内疚。

“如果我是你的话，”他说，“我会改行的。”

这番谈话在嘉莉身上产生的效应就像是搅浑了无助的水，使她徒然心乱。嘉莉坐在摇椅里，为这事苦思冥想了好几天。

“我想我演轻松喜剧的日子不会太久了，”她终于对萝拉说。

“哦，为什么呢？”后者问。

“我想，”她说，“我演严肃戏剧可以演得更好一些。”

“什么事情使你这么想的？”

“哦，没有什么，”她回答。“我一直都有这个想法。”

可是，她并不采取什么行动，只是在发愁。要想干这更好一些的事情路途还远着呢——或者看起来还很远——而她已经是在养尊处优了，因此她只有渴望而没有行动。

第四十七章　穷途末路　风中竖琴

当时在纽约城里有不少慈善事业，性质上和那位上尉搞的差不多，赫斯渥现在就以同样不幸的方式经常光顾这些慈善机构。其中有一个是在十五街上的天主教慈惠会修道院的慈善所。这是一排红砖的家庭住宅，门前挂着一只普通木制捐款箱，箱上贴着对每天中午前来求助的所有人免费供应午餐的布告。这个简单的布告写得极不起眼，但实际上却包含着一个范围极广的慈善事业。类似这样的事业，在纽约这个有着那么大、那么多的慈善机构和事业的地方，是不大会引起那些境况比较舒适的人的注意的。但是对于一个有心于这种事情的人，这样的事业却越来越显得非常重要，值得细细观察。除非是特别留意这种事情，否则一个人可以在中午时分，在第六大道和十五街的拐角处站上好几天，也不会注意到，在这繁忙的大街上蜂拥的人群中，每隔几秒钟就会出现一个饱经风霜、步履沉重、形容憔悴、衣衫褴褛的人。然而，这却是个千真万确的事实，而且天气越冷越明显。慈善所因地方狭窄，厨房也不够用，不得不安排分批吃饭，每次只能容许二十五至三十人就餐，所以就得在外面排队并按顺序进去，这就使得每天都出现这么一个奇观，但几年来日复一日，人们对此已司空见惯，如今也就不以为奇了。这些人在严寒的天气里耐心地等待着，像牲口一样，要等几个钟头才能进去。没有人向他们提问，也没有人为他们服务。他们吃完就走，其中有些人整个冬天每天都按时来这里。

在整个布施期间，一个身材高大、慈眉善目的女人总是守在门口，清点可以进去的人数。这些人秩序井然地向前移动。他们并不争先，也不焦急。几乎像是一队哑巴。在最冷的天气里，也能在这里看见这支队伍。在刺骨的寒风中，他们使劲地拍手跺脚。他们的手指和脸部各处看上去似乎都有严重的冻伤。在光天化日之下仔细地看一下这些人，就可以发现他们差不多都是同一类型的人。他们属于那种在天气还可以忍受的白天坐在公园的长椅上，而在夏天的夜晚就睡在上面的人。他们常去波威里街和那些破烂不堪的东区街道，在那里褴褛的衣衫和枯槁的形容是不足为奇的。他们是在阴冷的天气里蜷缩在寄宿处的起居室里的那种人；他们是蜂拥在一些东区南部街道上更为便宜的可以过夜的地方的那种人，这些地方要到6点钟才开门。粗劣的食物，吃得不定时，而且吃起来又是狼吞虎咽，严重地损害了他们骨骼和肌肉。他们全都面色苍白、皮肉松弛，眼眶凹陷、胸脯扁平，但眼睛却闪闪发亮，而且相形之下，嘴唇红得像是在发烧。他们的头发不大梳理，耳朵缺少血色，皮鞋已经穿破，前露脚趾，后露脚跟。

他们属于漂泊无助的那种人，每涌起一次人潮就冲上来一个，就像海浪把浮木冲上风暴袭击的海滩一般。

差不多1/4个世纪以来，在纽约的另一个地方，面包铺老板弗莱施曼，对凡是在半夜里到百老汇大街和十街的拐角上他的那家饭店的门口要求救济的人，都施舍一个面包。二十年中，每天夜里都有大约三百人排好队，在指定的时间走过门口，从门外的一只大箱子里拿取面包。然后又消失在夜色之中。从开始直到现在，这些人的性质或数量都没怎么变化。那些年年在这里看到这支小队伍的人，对其中的两三个人都已经看熟了。其中有两个人十五年来几乎没有错过一次。有四十个左右是这里的常客。队伍中其余的人则是陌生人。在经济恐慌和特别困难的时期，也难得超过三百人。在很少听说有人失业的经济繁荣时期，也不大会有什么减少。不论是严冬还是酷夏，不论是狂风虹雨还是风和日丽，也不论是太平盛世还是艰难岁月，这个数量不变的人群都会在半夜里凄惨地聚集在弗莱施曼的面包箱前。

眼下正值严冬，赫斯渥就成为上述两个慈善机构的常客。有一天特别寒冷，沿街乞讨实在不是滋味，于是他等到中午才去寻找给穷人的这种布施。这天上午11点钟时，就已经有几个像他一样的人蹒跚地从第六大道走过去，他们单薄的衣衫随风飘动。他们早早就来了，想先进去。这时他们都靠在第九团军械库围墙外的铁栏杆上，这地方面对着十五街的那一段。因为还要等一个钟头，他们起初拘束地在距离远些的地方徘徊，但又来了其他的人，他们就走近一些，以保持他们先到的优先权。赫斯渥从西面第七大道走过来加入这支队伍，在离门很近的地方停了下来，比其他的人都更接近门口。那些先来的但是等在远处的人，这时都走拢来，而且，虽然一声不吭，但却用一种坚决的态度表明他们来得比他早。

他发现自己的行动遭到了反对，便不快地看了看队伍，然后走出来，排到队伍的最后。等到恢复了秩序，兽性的反感也就缓和了。

“快到中午了吧，”一个人壮起胆子说。

“是快到了，”另一个说，“我已经等了差不多一个钟头了。”

“哎呀，可是这天真冷啊！”

他们焦急地盯着门看，他们全都得从那里进去。一个食品店的伙计用车拉来几篮子食物送了进去，这引起了一阵有关食品商和食品价格的议论。

“我看到肉价涨了，”一个人说，“如果爆发战争的话，对这个国家会大有好处。”

队伍在迅速扩大，已经有了五十多人。排在头上的人，他们的行动明显地表示出他们在庆幸自己可以比排在后面的人少等一些时间。常常有人伸出头来，望望后面的队伍。

“能排多前无关紧要，只要是在最前面的二十五个人里就行，”在最前面的二十五个人里的一个说道。“大家都是一起进去的。”

“哼!”赫斯渥忍不住喊了一声，他是被他们硬挤出来的。

“这个单一税是个好办法，”另一个说，“没有它之前根本就无章可循。”

大部分时间都没人说话，形容憔悴的人们挪动着双脚，张望着，拍打着自己的手臂。

门终于打开了，出来了那位慈眉善目的修女。她只是用眼色来示意。队伍慢慢地向前移动，一个接着一个地走了进去，直到数到了二十五个。然后，她伸出一只粗壮的手臂拦住后面的人，队伍停了下来。这时台阶上还站着六个人，其中有一个就是这位前经理。他们就这样等待着，有的在谈话，有的忍不住叫苦不迭，有的则和赫斯渥一样在沉思。最后他被放了进去。因为等吃这顿饭等得太苦，吃完要走的时候，他都几乎被惹火了。

大约两个星期之后，有一天晚上 11 点钟，他在等待那半夜布施的面包，等得很耐心。这一天他很不幸，但是现在他已经能够比较达观地看待自己的命运了。即使他弄不到晚饭吃，或者深夜感到饿了，他还可以来这个地方。12 点差几分时，推出来一大箱子面包。一到 12 点整，一个大腹便便的圆脸德国人就站到箱子的旁边，叫了一声“准备好”。整个队伍立刻向前移动，每个人依次拿上面包，就各走各的路了。这一次，这位前经理边走边吃，默默地拖着沉重的脚步走过夜色中的街道，回去睡觉。

到了 1 月，他差不多已经断定自己这一生的游戏已经结束了。生命本来一直像是一种珍贵的东西，但是现在总是挨饿，体力衰弱，就使得人世间的可爱之处大为减少，难以察觉。有几次，当命运逼得他走投无路的时候，他想他要了此残生了。但是，只要天气一变，或者讨到 2 角 5 分或 1 角钱，他的心情就会改变，于是他又继续等待。每天他都要找些扔在地上的旧报纸，看看有没有嘉莉的什么消息。但是整个夏季和秋季都没有看到。然后，他发觉眼睛开始疼了起来，而且迅速加剧，后来他已经不敢在他常去的寄宿处的昏暗的卧室里看报了。吃得又差又没有规律，使他身体的每一个官能都在衰退。他唯一的指望就是能讨到钱去要一个铺位，好在上面打打瞌睡。

他开始发现，由于他衣衫褴褛、身体瘦弱，人们把他当作老牌游民和乞丐看待了。警察见他就赶。饭店和寄宿处的老板一等他吃过饭、住过宿，就会立即撵他出门。行人也挥手要他走开。他发觉越来越难从任何人那里讨到任何东西。

最后，他承认这场游戏该收场了。这是在他无数次地向行人求乞，一再遭到拒绝之后——人人都匆匆避开他。

“求求你给我一点施舍好吗，先生?”他对最后一个人说，“看在上帝的面上给一点吧，我快要饿死了。”

“哼，滚开，”这个人说，碰巧他自己也是个平民百姓。“你这家伙真没用，我什么都不会给你的。”

赫斯渥把冻红的手插进衣袋里。眼睛里涌出了泪水。

“这话不错，”他说，“我现在是没用了。我过去可是很好的。我也有过钱。我要摆脱这一切。”于是，心里想着死，他朝波威里街走去。以前曾有人开煤气自杀的，他为什么不这样做呢？他想起了一家寄宿处，那里有装着煤气喷嘴的不通风的小房间，他觉得像是为了他想做的事而预先安排好的，房钱是一天1毛5分钱。接着他想起自己连1毛5分钱也没有。

在路上，他遇到一个神态悠闲的绅士，刚从一家上等理发店修了面出来。

“求求你给我一点施舍好吗？”他大胆地向这个人乞讨。

这个绅士打量了他一下，伸手想摸块1角的银币。但是他衣袋里只有2角5分的硬币。

“给，”他说，递给赫斯渥一枚2角5分的硬币，想打发他走开。“你现在走吧！”

赫斯渥继续走着，心里疑惑不定。看到这么一大个闪闪发亮的硬币，他觉得有些高兴。他想起自己肚子饿了，想起自己花上1毛5分钱就可以得个铺位。这么一想，他就暂时打消了寻死的念头。只有当他除了遭受侮辱，什么都讨不到的时候，好像才值得去死。

仲冬的一天，最严寒的季节来临了。第一天天气阴暗，第二天就下起雪来。他一直不走运，到天黑时才讨到1毛钱，他用这钱填了肚子。晚上他发现自己来到了主大道和六十七街的路口，在那里转了一会儿，最后转身朝着波威里街走去。因为上午他心血来潮地游荡了一番，所以这时感到特别疲乏。他拖着湿透的双脚，鞋底蹭着人行道，慢慢地走着。一件单薄的旧上衣直拉到他冻得发红的耳朵边，破烂的圆顶礼帽拉得低低的，把耳朵都给压翻了下来。他的双手插在衣袋里。

“我这就去百老汇大街，”他对自己说。

当他走到四十二街时，灯光招牌已经大放光彩了。许多人匆匆地赶去进餐。在每一个街角上，透过灯火通明的窗户，都可以看见豪华餐厅里那些寻欢作乐的男男女女。街上满是马车和拥挤的电车。

他这么疲惫和饥饿，本来是不应该来这里的，对比太鲜明了。连他也不禁触景生情，深深地回想起过去的好光景来。

“有什么用呢？”他想，“我已经全完了。我要摆脱这一切了。”

人们回头目送着他，他那蹒跚的身影是如此的古怪。有几个警察一直用眼睛盯住他，以便阻止他向人乞讨。

有一次，他漫无目的、稀里糊涂地停了下来，朝一家富丽堂皇的餐厅的窗户里看去，窗前闪耀着一块灯光招牌。透过餐厅的大玻璃窗，可以看见红色和金色的装潢、棕榈树、白餐巾以及闪光的玻璃餐具，特别还有那些悠闲的吃客。虽然他心神衰竭，但是强烈的饥饿感，使他意识到这一切的重要性。他一动不动地站住了，磨破的裤脚浸在雪水里，呆头呆脑地望着里面。

“吃，”他咕哝着，“不错，要吃，别人都有吃的。”

然后，他的声音越来越低，心里的幻想也消失了一些。

“天真冷啊，”他说，“冷极了。”

在百老汇大街和三十九街的拐角上，白炽灯光照耀着嘉莉的名字，显示着“嘉莉·麦登达和卡西诺剧团”的字样。整个泥泞积雪的人行道都被这片灯光照亮了。灯光很亮，因此引起了赫斯渥的注意。他抬头看去，看见一块金边的大布告牌，上面有一幅嘉莉的优美画像，和真人一般大小。

赫斯渥盯着画像看了一会儿，吸着鼻子，耸起一只肩膀，像是有什么东西在抓他。可是，他已经精疲力尽，连脑子也不大清楚了。

“是你呀，”他最后对着画里的她说。“我配不上你，是吗？嘿！”

他徘徊着，想清楚地想一想。但是他已经想不清楚了。

“她已经得到了，”他语无伦次地说，心里想着金钱。“叫她给我一些。”

他向边门走去。随后，他忘了去做什么，就停了下来，把手朝口袋里插得更深一些，想暖和一下手腕。突然又想起来去做什么了。后台门！就是这儿。

他来到这个门口，走了进去。

“干什么的？”看门人说，瞪眼看着他。见他停住了，就走过去推他。“滚出去。”他说。

“我要见麦登达小姐，”他说。

“你要见她，是吗？”对方说。差点被这事逗乐了。“滚出去吧，”说着又去推他。赫斯渥没有力气抵抗。

“我要见麦登达小姐，”就在他被赶走的时候，他还想解释。“我是好人。我——”

这个人又推了他最后一把，关上了门。他这么一推，赫斯渥脚下一滑，跌倒在雪地上。这使他很伤心，又恢复了一些模糊的羞耻感。他开始叫喊起来，呆头呆脑地咒骂着。

“该死的狗！”他说，“这该死的老狗，”一边拂去他那不值钱的上衣上的雪水。“我——我曾经使唤过像你这样的人。”

这时，一阵对嘉莉的强烈憎恶之感涌上他的心头——只是一阵狂怒的感觉，之后就把这事忘得一干二净。

“她应该给我吃的，”他说，“她应该给我的。”

他绝望地转身又回到百老汇大街上，踩着雪水朝前走去，一路乞讨、叫喊，迷失了思路，想起了这个就忘记了那个。就像一个脑力衰退、思想不连贯的人常有的那样。

几天之后，那是一个严寒的傍晚，他在心里做出了自己唯一明确的决定。4 点钟时，空中已是一片夜色朦胧。大雪纷飞，寒冷刺骨的雪花被疾风吹成了长长的细线。街上铺满了雪，像是铺上了六英寸厚的冰冷、柔软的地毯，它被车碾、人踩，弄成了

褐色的泥浆。在百老汇大街上，人们都身穿长外套，手擎雨伞，小心翼翼地走路。在波威里街上，人们都把衣领和帽子拉到耳朵边，没精打采地从街上走过。在百老汇大街上，商人和旅客都朝舒适的旅馆赶去。在波威里街上，冒着寒冷出来办事的人，转过一家又一家幽暗的店铺，店堂的深处已经亮起了灯光。电车也早早就开了灯，车轮上的积雪降低了平常的轧轧车声。整个城市都被这场迅速加厚的大雪包裹了起来。

这个时候，嘉莉正在沃尔多夫旅馆自己舒适的房间里，读着《高老头》，这是艾姆斯推荐给她看的。故事很动人，一经艾姆斯推荐，更引起了她的强烈兴趣，因此她几乎领会了故事全部的感人意义。她第一次意识到自己过去所读的东西，总的来说都是那么无聊而且毫无价值。可是，她看得疲倦了，就打了一个呵欠，走到窗边，看着窗外不断驶过第五大道的蜿蜒的马车队伍。

“天气真糟，是吧？”她对萝拉说。

“糟透了！”那个小女人说，走到她旁边。“我希望雪再下大一些，可以去坐雪橇。”

“哎呀，”嘉莉说，高老头的痛苦还感染着她。“你就只想着这些。你就不可怜那些今天晚上无家可归的人吗？”

“我当然可怜的，”萝拉说，“但是我能做些什么呢？我也是一无所有。”

嘉莉笑了。

“即使你有，你也不会关心的，”她说。

“我也会关心的，”萝拉说，“可在我受穷的时候，从来没有人帮助过我。”

“这不是很可怕吗？”嘉莉说，注视着漫天的风雪。

“看那边的那个男人，”萝拉笑着说，她看见一个人跌倒了。“男人在跌倒的时候看上去多么胆怯啊，是不？”

“今天晚上，我们得坐马车了。”嘉莉心不在焉地回答。

查尔斯·杜洛埃先生刚刚走进帝国饭店的门厅，正在抖掉漂亮的长外套上面的雪。恶劣的天气把他早早地赶回了旅馆，而且激起了他的欲望，想要寻找那些能把大雪和人生的忧愁关在门外的乐趣。他主要想干的事情就是吃顿好晚饭，找个年轻女人做伴，去戏院度个良宵。

“喂，你好，哈里！”他对一个闲坐在门厅里舒适的椅子上的人说。“你怎么样啊？”

“哦，马马虎虎，”另一个说。

“天气真糟，是不？”

“哦，可以这么说，”另一个说，“我正坐在这里考虑今晚去哪里玩呢。”

“跟我去吧，”杜洛埃说，“我可以给你介绍漂亮极了的小妞。”

“是谁？”另一个问。

“哦，这边四十街上的两个姑娘。我们可以好好乐一下。我正在找你呢。”

“我们去找她们，带她们出来吃饭怎么样？”

“当然可以，”杜洛埃说。“等我上楼去换一下衣服。”

“那好，我就在理发室，”另一个说。“我要修个面。”

“好的，”杜洛埃说，穿着双高级皮鞋。嘎吱嘎吱地朝电梯走去。这只老花蝴蝶飞起来仍旧轻盈不减当年。

冒着这天晚上的风雪，以 1 小时 40 英里的速度，向纽约开来的一列普尔门式卧铺客车上，还有三个相关的人物。

“餐车第一次叫吃晚饭，”车上的一个侍者穿着雪白的围裙和短上衣，一边喊一边匆匆地穿过车厢的走道。

“我不想打下去了。”三人中最年轻的那个黑发丽人说，她因为好运当头而显得十分傲慢，这时正把一手纸牌从面前推开。

“我们去吃饭好吗？”她丈夫问，华丽的衣着能把人打扮得有多潇洒，他就有多潇洒。

“哦，还早，”她回答，“不过，我不想再打牌了。”

“杰西卡，”她母亲说，她的穿着也可以帮助人们研究漂亮的服装能怎样美化上了年纪的人。“把领带夹别牢——快脱出来了。”

杰西卡遵命别好领带夹，顺手摸了摸她那可爱的头发，又看了一下宝石镶面的小表。她的丈夫则仔细地打量着她，因为从某观点来看，漂亮的女人即使冷淡也是迷人的。

“好啦，我们很快就不用再忍受这种天气了，”他说，“只要两个星期就可以到达罗马。”

赫斯渥太太舒适地坐在角落里，微笑着。做一个有钱的年轻人的丈母娘真是好福气——她亲自调查过他的经济状况。

“你看船能准时开吗？”杰西卡问。“如果天气老是这样的话，行吗？”

“哦，能准时开的，”她丈夫回答。“天气无关紧要。”

沿着走道，走过来一个金发的银行家之子。他也是芝加哥人，他对这个傲慢的美人已经注意很久了。就是现在，他还在毫不犹豫地不时看看她，她也觉察到了。于是，她特意摆出一副无动于衷的样子，把美丽的脸庞完全转开。这根本不是出于妇道人家的稳重，这样做只是满足了她的虚荣心。

这时候，赫斯渥正站在离波威里街很近的一条小街上一幢肮脏的四层楼房前。那最初的淡黄色的粉刷，已经被烟熏和雨淋弄得面目全非。他混在一群人中间——早已

是一大群，而且还在逐渐增多。

开始只来了两三个人，他们在关着的木门附近溜达，一边跺着脚取暖。他们戴着皱巴巴褪了色的圆顶礼帽。不合身的上衣，被融雪湿透，变得沉甸甸的，衣领都朝上翻起。裤子简直就像布袋子，裤脚已经磨破，在湿透的大鞋子上面甩来甩去。鞋帮已经穿坏，几乎是破烂不堪了。他们并不想就进去，只是懊丧地在旁边转悠，把两手深深地插在口袋里，斜眼看着人群和逐渐亮起的一盏盏路灯。随着时间一分一分地过去，人数也在增加。其中既有胡子灰白、眼睛凹陷的老头，也有年纪较轻但病得瘦巴巴的人，还有一些中年人。个个都是骨瘦如柴。在这厚厚的人堆里，有一张脸苍白得像是流干了血的小牛肉。另一张脸红得如同红砖。有几个曲背的，瘦削的肩膀弯成了圆形。有几个装着假腿。还有几个身材单薄得衣服直往身上晃荡。这里看到的是大耳朵、肿鼻子、厚嘴唇，特别是充血的红眼睛。在这整个人群中，就没有一张正常、健康的面孔，没有一个直立、挺拔的身躯，没有一道坦率、坚定的目光。

风雪交加之下，他们相互挤在一起。那些露在上衣或衣袋外面的手腕都冻得发红。那些被各种像是帽子一样的东西半掩住的耳朵，看上去还是被冻僵和冻伤了。他们在雪中不停地换着脚支撑着身体的重量，一会儿这只脚，一会儿那只脚，几乎是在一齐摇摆着。

随着门口人群的扩大，传来一阵喃喃的话语声。这不是谈话，而是你一句我一句，泛泛地对任何人发表连续的评论。其中有咒骂，也有黑话。

“真见鬼，但愿他们能快一些。”

“看那个警察在望着这里。”

“也许天还不够冷吧！”

“我真希望我现在是在新新监狱里。”

这时，刮起了一阵更刺骨的寒风，他们靠得更拢了。这是一个慢慢挨近、换脚站立、你推我挤的人群。没有人发怒，没有人哀求，也没有人说恫吓的话。大家都沉闷地忍受着，没有打趣的话或者友谊的交流来减轻这种苦难。

一辆马车叮当驶过，车上斜倚着一个人。最靠近门口的人中有一个看见了。

“看那个坐车的家伙。”

“他可不觉得这么冷。”

“唷，唷，唷！”另一个大声喊着，马车早已走远，听不见了。

夜色渐浓。人行道上出现了一些下班赶回家去的人。工人和女店员快步走过。横穿市区的电车开始拥挤起来。煤气路灯闪着光，每一扇窗户都被灯光照得通红。这一群人还在门口徘徊不散，毫不动摇。

“他们难道永远都不开门了吗？”一个嘶哑的声音问，提醒了大家。

这一问似乎又引起了大家对那关着的门的注意，于是很多人朝门的方向望去。他们像不会说话的野兽般望着门，像狗那样守在门口，发出哀鸣，紧盯着门上的把手。他们倒换着双脚，眨着眼睛，嘀咕着，有时咒骂，有时议论。可是，他们还在等待，雪花还在飞舞，刺骨的雪片还在抽打着他们。雪花在他们的旧帽子和高耸的肩膀上堆积起来。积成小堆和弓形的条条，但谁都不把它拂去。挤在人群正中间的一些人，体温和呼气把雪融化了，雪水顺着帽檐滴下来，落在鼻子上，也无法伸手去擦擦。站在外围的人身上的积雪都不融化。赫斯渥挤不进中间去，就在雪中低头站着，身子蜷成一团。

一束灯光从门头上的气窗里透了出来，这使得观望的人群一阵激动，觉得有了希望。随之而来的是一片喃喃的反应声。终于里面响起了吱吱的门闩声，大家都竖起了耳朵。里面还传出了杂乱的脚步声，大家又低语起来。有人喊了一声："喂，后面的慢一点，"接着门就打开了。人群一阵你推我攘，像野兽般的冷酷、沉默，这正表明他们就像野兽一样。然后他们进到里面，如同漂浮的木头一样分散而去，消失得无影无踪。只看见那些湿帽子和湿肩膀，一群冰冷、萎缩、不满的家伙，涌进凄凉的墙壁之间。这时才 6 点钟，从每个匆忙的行人脸上都可以看出他们正在赶去吃晚饭。可是这里并不供应晚饭——除了床铺，一无所有。

赫斯渥放下 1 毛 5 分钱，拖着疲惫的脚步，慢慢地走到指定给他的房间里去。

这是一间阴暗的房间——木地板，满屋灰尘，床铺很硬。一只小小的煤气喷嘴就照亮了如此可怜的一个角落。

"哼!"他说，清了一下喉咙，把门锁上了。

现在他开始不慌不忙地脱衣服，但是他先只脱了上衣，用它塞住门下的缝隙。他把背心也塞在那里。他那顶又湿又破的旧帽子被轻轻地放在桌上。然后，他脱掉鞋子，躺了下去。

看样子他好像思考了一会儿，因为这时他又爬了起来，关掉了煤气灯，镇静地站在黑暗之中，谁也看不见他。过了几分钟——其间他并没有回想什么事，只是迟疑不决而已——他又打开了煤气，但是没用火柴去点。就在这个时候，他还站在那里，完全躲在仁慈的夜色之中，而此刻整个房间都已充满了放出来的煤气。当他嗅到煤气味时，又改变了主意，摸到了床边。

"有什么用呢?"当他伸直身子躺下去安歇时，轻轻地说道。

这时嘉莉已经达到了那初看上去像是人生的目的，或者至少是部分地达到了，如人们所能获取的最初欲望的满足。她可以四处炫耀她的服饰、马车、家具和银行存款。她也有世俗所谓的朋友——那些含笑拜倒在她的功名之下的人们。这些都是她过去曾经梦寐以求的东西。有掌声，也有名声。这些在过去遥不可及、至关重要的东西，现在却变得微不足道、无足轻重了。她还有她那种类型的美貌，可她却感到寂寞。没有

事做的时候，她就坐在摇椅里低吟着，梦想着。

世上本来就有着富于理智和富于感情的两种人——善于推理的头脑和善于感受的心灵。前者造就了活动家——将军和政治家；后者造就了诗人和梦想家——所有的艺术家。

就像风中的竖琴，后一类人对幻想的一呼一吸都会做出反应，用自己的喜怒哀乐表达着在追求理想中的失败与成功。

人们还不理解梦想家，正如他们不理解理想一样。在梦想家看来，世上的法律和伦理都过于苛刻。他总是倾听着美的声音，努力要捕捉它那在远方一闪而过的翅膀。他注视着，想追上去，奔走得累坏了双脚。嘉莉就是这样注视着，追求着，一边摇着摇椅、哼着曲子。

必须记住，这里没有理智的作用。当她第一次看见芝加哥时，她发觉这个城市有着她平生所见过的最多的可爱之处，于是，只因为受到感情的驱使，她就本能地投向它的怀抱。衣着华丽、环境优雅，人们似乎都很心满意足。因此，她就向这些东西靠近。芝加哥和纽约；杜洛埃和赫斯渥；服装世界和舞台世界——这些只是偶然的巧合而已。她所渴望的并不是它们，而是它们所代表的东西。可时间证明它们并没有真正代表她想要的东西。

啊，这人生的纠葛！我们至今还是那么地看不清楚。这里有一个嘉莉，起初是贫穷的、单纯的、多情的。她对人生每一种最可爱的东西都会产生欲望，可是却发现自己像是被摈在了墙外。法律说："你可以向往任何可爱的东西，但是不以正道便不得接近。"习俗说："不凭着诚实的工作，就不能改善你的处境。"倘若诚实的工作无利可图而且难以忍受；倘若这是只会使人脚疲心灰，却永远达不到美的漫长路程；倘若追求美的努力使人疲倦得放弃了受人称赞的道路，而采取能够迅速实现梦想的但遭人鄙视的途径时，谁还会责怪她呢？往往不是恶，而是向善的愿望，引导人们误入歧途。往往不是恶，而是善，迷惑那些缺少理智、多愁善感的人。

嘉莉身居荣华富贵之中，但并不幸福。正如在杜洛埃照顾她的时候她所想的那样，她曾经以为："现在我已经跻身于最好的环境里了"；又正如在赫斯渥似乎给她提供了更好的前途的时候她所想的那样，她曾经以为："现在我可是幸福了。"

但是，不管你愿不愿意同流合污，世人都我行我素，因此，她现在觉得自己寂寞孤单。她对贫困无告的人总是慷慨解囊。她在百老汇大街上散步时，已不再留意从她身边走过的人物的翩翩风度。假如他们更多地具有在远处闪光的那份宁静和美好，那样才值得羡慕。

杜洛埃放弃了自己的要求，不再露面了。赫斯渥的死，她根本就不知道。一只每星期从二十七街码头慢慢驶出的黑船，把他的和许多其他的无名尸体一起载到了保得坟场。

这两个家伙和她之间的有趣故事，就这样结束了。他们对她的生活的影响，单就她的欲望性质而言，是显而易见的。一度她曾认为他们两个都代表着人世最大的成功。他们是最美好的境界的代表人物——有头衔的幸福和宁静的使者，手里的证书闪闪发亮。一旦他们所代表的世界不能再诱惑她，其使者的名誉扫地也是理所当然的事。即使赫斯渥以其原有的潇洒容貌和辉煌事业再次出现的话，现在他也不能令她着迷了。她已经知道，在他的世界里，就像在她自己眼前的处境里一样，没有幸福可言。

她现在独自坐在那里，从她身上可以看到一个只善于感受而不善于推理的人在追求美的过程中，是怎样误入歧途的。虽然她的幻想常常破灭，但她还在期待着美好的日子，到那时她的梦想就会变成现实。艾姆斯给她指出了前进的一步，但是在此基础上还要步步前进。若是要实现梦想，她还要迈出更多的步子。这将永远是对那愉快的光辉的追求，追求那照亮了世上远处山峰的光辉。

啊，嘉莉呀，嘉莉！啊，人心盲目的追求！向前，向前，它催促着，美走到哪里，它就追到哪里。无论是静悄悄的原野上寂寞的羊铃声，还是田园乡村中美的闪耀，还是过路人眼中的灵光一现，人心都会明白，并且做出反应，追上前去。只有等到走酸了双脚，仿佛没有了希望，才会产生心痛和焦虑。那么要知道，你既不会嫌多，也不会知足的。坐在你的摇椅里，靠在你的窗户边梦想，你将独自渴望着。坐在你的摇椅里，靠在你的窗户边，你将梦想着你永远不会感受到幸福。

世界禁书文库

名妓与法老

【埃及】纳吉布·迈哈弗兹⊙著
杨 明⊙译

线装书局

尼罗河节日

四千年以前的八月里的一天。

黎明之光出现在东方的地平线上。苏代斯神庙的大祭司用一双昏花的眼睛细心地注视着广阔无边的天宇，整夜地观察已经使他疲倦不堪了。然而，当他突然看到天狼星在空中闪烁发光时，顿时喜形于色，心激动地跳了起来。接着他便感激地跪倒在那圣洁的神庙的土地上，高声喊道："圣主苏代斯已在天空出现，它将给人类带来圣河汛期开始的喜讯，这是圣主的恩赐。"沉睡的人们顿时被他那悦耳的喊声唤醒，他们纷纷仰望天空，找见了那颗崇高的星辰，于是兴奋地跳着并感激地重复着大祭司的祷告。然后，人们相继离开自己的院落，奔向尼罗河畔，去观看天主给他们带来福泽的第一个浪花。全埃及的上空都回荡着大祭司向人们宣告福音的呼喊，大家都清楚，到南方去庆祝尼罗河节的时间已经来到。于是他们扶老携幼整装出发。车轮碾过大地，船舶卷起浪花，来自棣比斯、孟夫、赫尔蒙特、苏特和赫穆努等地的居民，汇聚成浩浩荡荡的人流，直奔首都阿布城。

阿布城是当时埃及的首都，它建筑在坚硬的岩石基柱上，这些基柱之间散布着一些小沙丘的地面覆盖着尼罗河肥沃的河里，使她遍地生宝。胶树、桑树、棕榈树挺拔茂盛；葡萄、蔬菜和苜蓿点缀着地面；羊群漫步在牧场和花园里的小河旁。微风送香，晴空鸟鸣，呈现出一片生机勃勃的景象。

仅仅几天的时间，阿布城和她周围的——贝佳和贝拉格小岛上都挤满了人。这里家家户户都接待着来宾，街头巷尾遍是熙熙攘攘的人流。跳舞、唱歌、演杂技的被围成一个个的圆圈，市场上的买卖也变得非常红火。彩旗和橄榄树装饰着各家的门面，贝拉格岛的卫士们也以他们那独特绣花的服装和长长的宝剑吸引着人们的关注。虔诚的信徒赶到苏代斯神庙和尼罗河神庙去还愿或献供，赞歌里混杂着醉汉们的呼喊……。阿布城的上空到处激荡着欢乐和喜悦的气氛。

节日那天，所有的人群都奔向了位于法老禁宫和尼罗河神庙之间的那条长长的大道。空气里洋溢着热烈的呼吸，大地承受着前所未有的负重，人们在陆上站不下了就跳到船里，围绕着尼罗河神庙高高地扬帆飘游。在笛子和吉他的伴奏下他们唱出了悠扬动听的尼罗河颂歌，在手击鼓的击打声中跳出了迷人的舞步……。

手持长枪的士兵排列在大道两旁，法老辈、第六王朝国王们的人物雕像排了长长的一段，近处的人可以清楚地看到艾斯尔·卡拉、泰蒂第一、贝比毕第一、穆赫特穆塞维夫第一和贝毕第二等法老们熟悉的面孔。

各民族的语言嘈杂在一起，使人难以辨认，就像浪花融进喧嚣的大海时，汇集成隆隆的轰鸣。但洪亮的呼喊声也不时地冲破这嘈杂声，传进人们的耳朵。有人热烈地喊道："赞美赐福于我们的圣主苏代斯吧！"也有人激动地高呼："赞美给我们的土地带来生机和肥沃的尼罗河神吧！"还有那高声叫卖马尤特酒和葡萄酒的呼喊声，这一切都使人那样的忘情与陶醉。有一些，看样子是些出身高贵的人物，正在交谈。一个人扬起眉毛，感慨地说道：

"有多少法老观看过如此盛大的庆典！然而，他们都离去了，像是他们根本就没有在人们心目中存在过一样！"

旁边一个人接着说：

"是的，他们去统治另一个更伟大的世界了。同样，我们也会离去的……我们未来的世世代代，还会集聚在这里，重复着此刻在我们胸中的快乐和希望……他们会像我们谈论他们一样提起我们吗？"

"我们会被更多地提到的，……然而还是但愿不要死掉。"

"那么多的人尼罗河流域能容得下吗？生和死都是正常现象，……既然我们饿了会吃饱，青春会变老，快乐以后会烦恼，那么永生不死又有什么价值呢？"

"他们在奥祖雷斯的世界又是怎样生活的？"

"等着吧，过一会儿就知道了。"

另一个人很庄重地说道：

"这还是我第一次有幸能见到法老。"

他的同伴们说：

"几个月前，也是在这个地方，我在他的加冕庆典上见到过他。"

"看，那些雕像是他的光荣的祖辈。"

"你发现了吗？他跟他的祖父穆赫特穆塞维夫长得很像。"

"多漂亮！"

"是的，是的，……法老是一位漂亮的青年。他相貌出众，才华横溢，身材又无与伦比。"

有一个交谈者问道：

"看他会给后代留下什么？华表、神庙还是南征北战？"

"我想更有可能是后者。"

"为什么？"

"他是一位有志向的青年。"

另一个人却担心地摇摇头说：

"据说他酷爱美色，放荡又挥霍无度，像狂风一样无所顾忌。"

听者轻声笑笑，低语道：

“难道这也值得奇怪吗？很多埃及人都酷爱美色，喜欢挥霍。法老怎么能例外？”

“嘘，嘘……你知道他从登上王位第一天起就跟宗教界人士对立吗？他要把钱用来建筑宫殿和修整皇家园林，而祭司们则要求得到圣殿和庙宇的全部收益。他的祖辈曾赐予他们权利和财富，而年轻的国王则贪婪的目光看着这一切。”

“的确，国王一登基就遇到了冲击，这是不幸的事情。”

“是呀！不要忘了，首相兼大祭司赫鲁姆·哈特有铁一般的意志和手腕。还有孟夫城的祭司也一样，这座美丽的城市，伟大皇室的兴衰与她休戚相关。”

这个人第一次听到这样的消息，因而害怕起来：

“让我们祈求所有的主把理智、卓见和稳重带给他们吧！”

于是大家一起由衷地说道：

“阿门……阿门……。”

一个人向尼罗河里看了一眼，便用胳膊碰了一下他的同伴说：

“朋友，快看河里，那艘从贝佳岛驶过来的漂亮游船是谁的？这真像太阳从东方升起。”

同伴向着河面转过头去，便看见那只奇妙的游船。这船不大不小，绿色的船身像浮在水面上长满青草的小岛，座舱高高突起，但是看不见里面的东西，桅杆顶端飘扬着一面大帆，船的两侧有几百只手用同一个熟练地动作划着桨。这人惊叹道：

“这可能是贝佳岛上一位富豪的游船吧！”

近旁有一个人听见他们的交谈，便不以为然地开了腔：

“我敢打赌，你们两位是外地的客人。”

两人一齐笑了。一个说：

“你说对了，尊敬的主人。我们是棣比斯人，是为了目睹这盛大的节日而从外地来到首都的成千上万个人中的两个。这只美丽的游船一定是贵地一位大人物的吧？”

那人狡黠地笑了笑，用手指着他俩小声说道：

“尊贵的先生，你们想得不错。但这只游船并不是哪位名人的，而是一个女人的，是阿布城里人人皆知、贝佳岛和贝拉格岛家喻户晓的一个名妓的游船。”

“这位名妓是谁？”

“是爱情和娱乐的女王、迷人的拉蒂斯。”

那人用手指了指贝佳岛，接着说道：

“她住在贝佳岛她那迷人的白宫里。那是一块圣地，是她的情人和崇拜者的圣地，他们争先恐后地奔向那里，去追求她的爱，希望命运能够使他们有幸见到她……愿真主保佑你俩的心不要被她带走。”

两人的视线随着大家又一次向游船看去，流露出十分得意的神情。游船渐渐向岸边靠拢，其余的小船迅速给它让路。在越来越接近陆地的同时，便逐渐隐没在尼罗河

神庙高地的后面，先是船头，接着是座舱。当它驶进码头的时候，人们只能看见它高高的桅杆上飘扬的白帆，那像是一面爱情的旗帜遮掩住了人们向往的那个精灵。

片刻之后，在波浪翻滚的尼罗河里有四个努比亚人开出一条路，向岸边走来。另外四个人紧跟在后面，抬着一乘只有王公贵族才能与之媲美的花轿，里面有一娇滴滴地美人坐在软垫上，鲜嫩的左臂撑在绣垫上，右手拿着一柄鸵鸟羽毛扇，一双美丽的眼睛闪出梦幻般困倦的眼光，透过芸芸众生，傲慢地向遥远的地平线望去。

这一小小的行列慢慢地行进着，人们的目光从四面八方移过来。花轿行至人群前面，女人羚羊般娇俏的身躯略略前倾，香唇微启，低语了一句。于是黑奴们停下前行的脚步，雕塑般站立不动。女人重新坐定，沉浸在她的梦幻中。无疑，她在等待着观看法老圣驾。

人们只能看见她的上半部。满头乌丝闪闪发亮，直披散到肩上，像夜神的王冠。她那玫瑰般鲜嫩的双颊衬托出一张明亮的圆脸，樱桃小口，丹唇微闭，像阳光下含苞未放的素馨花。一双乌黑清澈的大眼，也会如梦似醒地闪烁着爱神最熟悉的光芒。美神在这张脸出现之前，从未在任何一张脸上常驻过。

所有的人都会被她的美丽所倾倒，就连年迈的人也会为之心动。四面八方的人们向她投去炽热的目光，这目光能使岩石熔化。妇女们则怒目斜视，嫉妒她的美貌。

围绕她的人纷纷低语：

“好一个迷人的女子！”

“她就是拉蒂斯……人们称之为贝佳岛夫人的拉蒂斯！”

“她有一种不可抗拒的美，能俘虏任何一颗男人心的美。”

“谁看见谁都会自惭形秽。”

“是呀，看见她我就激荡翻腾，欲火燃烧。但是同时我又感到虚弱和羞耻。”

“确实令人伤心……她对于我就像是幸福的偶像，膜拜的真理。”

“她是一种灾难！”

“人们无法忍受这种征服一切的美。”

“她对情人也无情吗？”

“难道你不知道，她的情人都是些王公贵族吗？”

“真的？”

“所有知名的人物都爱她，就像这是一种爱国义务。”

“著名建筑师哈纳为她修建了白宫。”

“贝佳岛总督阿纳挑选了孟夫和棣比斯最华丽的家具把她的白宫布置起来。”

“妙极了，妙极了……。”

“天才的雕塑家汉弗尔在宫殿的墙壁上为她雕塑了各种塑像。”

“还有，法老禁卫军的统帅也向她赠送了许多最珍贵的金银珠宝。”

“名贵都争相追逐她，可幸运儿又是谁?”

“你是问在这座不幸的城中谁是幸运者吗?”

“我并不认为这个女人会恋爱。”

“你怎么知道? 她或许会爱上一个奴隶，或者一个动物。”

“不……她的美是可以征服一切的，力量还需要爱吗?”

“你看看她那傲视的眼光，她大概还没有体验到爱的真谛。”

一个女人听见了男人们的谈话后，心中很是不快，便冷冷地说：

“她不过是个在腐败的情场中长大的舞女，自幼就风骚多情，善施粉脂，才显出这般迷人的样子。”

一个崇拜者觉得她太挖苦，就回敬她说：

“求主保佑，太太，你不知道绝顶的美丽并不是神赐给她的全部财富，图特神还毫不吝啬地赐她聪慧和善良。”

“算了吧，算了吧！难道她用来迷惑男人的本领就是她的智慧与善良吗?”

“她的宫殿里每天晚上都济济一堂，那其中有著名的政治家、哲学家和艺术家。所以毫不奇怪，她通晓哲理，懂得政治，擅长艺术。”

“她能有多大年纪?”有人问。

“有人说她三十岁了。”

“不超过二十五岁，我敢保证。”

“管她多大呢！她的美是永远不会枯萎的。”

提问者又一次认真地问道：

“那么她是什么地方人? 出身如何?”“我想这只有主知道。她好像从开天辟地的时候起，就住在贝佳岛上她的白宫里。”

突然，一个怪里怪气的老妇人从人群走过来。她驼背弓腰，拄着一根粗硬的拐杖，白发散乱，鹰钩鼻子，黄牙外突，在浓密的灰白眉毛底下那双凶神般的眼睛射出恶狠狠的光。腰里的一根麻绳，束着她那宽大的袍子。

人们看到她便立刻喊道：

“笃姆……巫婆笃姆。”

她并不理睬他们，只是用那两只骨瘦如柴的脚朝前走着。她自称能占卦算命，预知未来，算命的人需付一块银币。巫婆碰上了一个年轻人，便要求为他算命，年轻人并不反对，可能是因为他喝醉了，两条腿踉跄着几乎迈不开步子。他给了她一块银币，半睡半醒的眼睛盯住她。巫婆粗声粗气地问道：

“你多大了，小伙子?”

“十二岁……。”他并不知道自己在说些什么。

看热闹的人大笑起来。老太婆大怒，把银币甩在地上，继续朝前走。一个青年拦

住她，取笑道：

“喂，老太婆，给我算算我会遇到什么事?”

她气哼哼地看了看他，然后狠狠地说：

“恭喜你，你要第三次被你老婆欺骗!”

人们又一次大笑起来，为她鼓掌。年轻人的心被刺痛了，羞辱地退到了后面去。老巫婆径直走到花轿跟前，站在那儿，想要得到施舍，她一面对女主人喊着，一面露出了可憎的笑容：

“这位美丽的姑娘，我能为你占一卦吗?”

美女似乎并没有听见巫婆的声音。于是老太婆提高了嗓门大叫起来：

“姑娘!”

拉蒂斯略吃一惊，生气地转过头来。老太婆对她说：

“相信我，美人。今天这么多人中，没有一个人会比你更需要我。”

一个黑奴走上前来，阻止她靠近花轿，事情虽小，却引起了人们的注意。

就在这时，一声尖细的号声从空中传来，于是站在道路两旁的兵士们一齐举起军号，长时间持续不断地吹奏起来。人们知道了，法老御驾已经启程，在片刻之后就要离开禁宫，走上通往尼罗河神庙的大道。此时人们已忘掉了一切，只是伸长了脖子，竖起耳朵等待着。

过了好长一段时间，排着整齐队形的仪仗队，踏着军乐的节拍走了过来，走在最前面的是鹫旗引导的贝拉格岛卫戍部队的各兵种的队伍。仪仗队到处受到了人们的热烈欢迎。

紧接着是步兵队伍，他们手持长矛和盾牌，随着自己的军乐走在候尔斯神像的军旗后面，高举在空中的长矛，组成精细的几何图形。随后的弓箭手的队伍通过的时间比较长，他们的队旗上面绣着御玺。

当传来隆隆巨响和骏马嘶鸣时，战车队伍行进过来。一排战车十辆笔直前进，两匹骏马拉着一辆车，驭手佩戴利剑，车上站着一位一手持弓、一手持箭的射手。这个场面顿时使人想起当年征战努比亚和托尔西奈的情景，当时他们雄鹰般扑向平原和山谷，敌人在他们面前魂飞魄散，纷纷溃败。而他们则热情如火，喊声震天。

行列中出现了威严的法老。王室宫辇紧跟着打头的循驾，五辆一排前进，坐在车上的是王公、大臣、大祭司、三十名大法官、军事将领以及地方总督等。队尾是由大将军塔胡带队的法老禁卫军。

威严的法老坐在御辇上，笔直不动，像一尊大理石雕像。他双目直视前方，并不理睬人们衷心的欢呼。他头戴王冠，一手执王鞭，一手握着一柄弯曲的王杖，王袍之外披着专为庆祝宗教节日而穿的虎皮罩衣。

欢呼声响彻云霄。拉蒂斯也忽然被激起了热情，产生了活力，脸上溢出喜悦的光。

两只白皙的手鼓起掌来。

在热烈的欢呼中，有一个声音急促地喊了一声："赫鲁姆·哈特首相万岁！"接着便有十几个声音重复他的呼喊，这呼声激起了强烈的骚动与不安。人们四处张望，寻找那个居然敢在年轻的法老耳朵底下高呼首相万岁的勇士，和敢于响应这个奇怪的挑衅的群众。

可是呼声并没有对国王卫队产生明显的影响，侍卫们没有表现出震动。队伍继续前进，直到走上神庙高地，车辆才停了下来。国王踩着两个王子手捧着的织锦面鸵鸟羽毛垫子，下了御辇。这时号角响起，部队致军礼，仪仗队奏起神圣的尼罗河赞歌。法老庄重地走上通向神庙的台阶，王子、大臣、地方总督和王国名流跟在他后面。在圣庙大门的前面，祭司神父们跪等接驾。宫廷总管苏弗哈特宣布国王驾到，神庙大祭司起立，躬腰，两手遮目，轻声说道：

"尼罗河圣主的仆人荣幸地向两国之主，拉阿之子、东方的君主我王陛下致以衷心敬意。"

法老把手中的王杖递给他，他毕恭毕敬地吻了吻。祭司们起立站成两排，法老在侍从们的护拥下向围绕着高大立柱的圣坛走去，然后绕圣坛一周。祭司们燃起圣香，于是香雾飘满神庙，众人都庄严肃穆地沐浴其中。侍从抬来一头宰好的黄牛，放到圣坛上，敬奉圣主。法老开始吟诵这样一段传统的祷词：

"我沐浴之后来到圣神的祭坛前，向您献上牺牲，求您赐福于这块美好的谷地和她虔诚的居民。"

仰头向天的祭司们，伸开双手虔诚地高声重复着祷词，全体在场的人也重复着同样的祷词。声音传到神庙外面，听见的他立刻重复起祈祷来。片刻之后，所有的人都异口同声念起对神圣尼罗河的祈祷词。在大祭司陪同下，法老向平行排列着三个大圣盆的圆柱大厅走去，王国要人紧跟在后面。众人站成两行，站在中间的是法老和大祭司。随后，大家齐声唱起尼罗河赞歌，颤抖、激荡的声音在肃穆的空间轰鸣。

大祭司首先登上通往神像室的台阶，走到圣门近前，然后站到一旁，拜倒在地上。法老走上来进入到圣像室内，只见尼罗河神的雕像躺在神船里面。大门关上了，圣室空旷、黑暗、森严，在蒙着神像的幕幔附近，有几个闪亮的金案，上面点着蜡烛。法老肃然起敬，庄重地走上前去，用手揭开幕幔，躬下他那平时绝不会弯下去的腰，他右腿跪下，吻了雕像的脚。此时他仍然很威风，但是没有了原有的荣耀和骄傲的神采，脸上显出敬畏的表情。法老虔诚而忘我的进行了长时间地祈祷。

祈祷完毕，他又一次吻了吻雕像的脚，站起身来，放下幕幔，面朝圣主退出门来，然后把门关上到了外厅。

众人向法老祝福致敬，然后跟随他走过圣坛，走出神庙，一直走到面临尼罗河的高地边缘。聚集在船上的人看见了他们，马上挥动着彩旗和橄榄枝欢呼雀跃起来。

大祭司两手展开一张长长的巴尔迪草做的纸，用洪亮的声音开始了传统地演讲：

“尼罗河，你以自己的泛滥赐福于两岸以生命和幸福的河，我们向你表示衷心地致敬！你在冥冥的世界中沉睡了几个月，当你那宽广而仁慈的胸怀听到了你的仆人的祈祷后，你便从黑暗中出来，走向光明，走向未来，你的汹涌澎湃，给大地注入了勃勃生机。于是万物萌生，荒漠铺上绿毯，园林一片锦绣，羊群欢跃，鸟儿歌唱，人人喜融融、乐陶陶，裸体地穿上了衣衫，饥饿的吃饱了肚肠，单身汉娶上了媳妇，埃及大地洋溢着幸福和荣光……。来吧，光荣属于你！快来吧，光荣永远属于你！”

在吉他、笛子和箫的伴奏下，祭司们随着手鼓的节拍，唱起了悠扬深情的尼罗河赞歌。

当悠扬的歌声在空中消失以后，纳依王子走到法老跟前，把用巴尔迪纸书写好的献给尼罗河的祷文递给他，法老接过来，举到额头上面，然后将它扔到尼罗河里，顷刻间它便消失在奔腾北去的尼罗河波涛里了。

此时，法老走下高地，坐进御辇。御驾一行便如来时一样威严荣耀地离去了。千百万奴隶热情又喜悦地向他欢呼庆贺。

一只漂亮的绣鞋

到御驾回到法老禁宫，法老都保持着严肃而平静的表情，但等到只剩下他一个人的时候，那英俊的脸上立刻出现了野蛮的狂怒：肌肉绷紧、七窍生烟。为他更衣的侍女们均感到惶恐不安，不知所措。年轻的法老狂暴严厉，易于激怒，如果不惩罚使他激怒人，他的心是永远不会平静的。此时他的耳际仍然回响着那一刺耳的呼声，这也是对他的大胆挑衅，这是灾难和毁灭的预兆。想到这，他越发恼怒起来。

还有一个小时，他就要接见那么多从全国各地前来参加尼罗河节庆典的王国各界知名人士。但他此时已没有这个耐性进行等待，便一阵风似的来到王后禁宫，推门而入。王后妮芜·戈丽斯坐在一群侍女中间，在她的眼睛里闪着平和安静的光芒。侍女们看见了怒气冲冲的国王，便惊慌失措地起立躬身向国王和王后致礼，然后迅速出去了。王后安静地坐了一会儿，抬起头看看国王，然后站起来走到国王面前，踮着脚尖，在他肩上吻了一下，说道：

“你生气了吗，陛下？”

他当时正要找人发泄一下胸中的怒火，她这一问，正中下怀，便怒冲冲地道：

“难道你没有看到吗，你这不是看见了吗？妮芜·戈丽斯。”

王后了解他的脾气，所以在他盛怒的时候，她的责任就是平息他的怒火。她平静地笑笑：

“宽宏大量是国王的美德。”

但国王却耸耸肩膀，轻蔑地说：

“你劝我宽容吗，王后？这是弱者得以满足的虚伪的外衣。”

“陛下，你又为什么容不下美德呢？”王后明显地感到痛心。

“我真的是年轻而又强大的法老吗？那么，如果我想得到的东西得不到时，应该怎么办？如果正当我视察自己的王国时，突然有一个奴隶跳出来喊道：‘这不是属于你的’，我该怎么办？”

王后拉住他的胳膊，想让他坐到软榻上。然而他甩开了她，愤怒地在屋里走来走去。她深深惋惜地说道：

“你不应该这样来设想自己的事情，而要记住，祭司们是你的忠实奴仆，神庙的土地是我们祖先赐封给他们的，使用这些土地已经变成了他们的权利。而你，陛下，则想收回他们的权利，他们自然是要担心的……。”

年轻的国王发起火来：

“我要修建宫殿和墓地，我要过幸福安逸的生活，这一切唯一的障碍就是有一半土地在这些祭司手中。难道我要像穷人一样受到折磨吗？难道不应该废除这荒谬的规定吗？你知不知道今天发生了什么事情？在队伍行进的时候，居然有一批人呼喊那个赫鲁姆·哈特的名字！你看吧，王后，他们居然敢面对面地向法老挑衅。”

王后很震惊，温柔的脸突然变了颜色，含糊不清地低语了几句什么。国王挖苦道：

“还有什么话说，王后？”

此时王后是十分烦恼和难过的，要不是国王正在狂怒中，她是绝不会掩饰自己的愤怒的。但是她以铁一般的意志抑制了自己激动的心，平静地说道：

“以后再谈这些不愉快的事吧！你现在就要接见王国要人，而他们为首的就是赫鲁姆·哈特，我想你应该以正式礼仪接见他们。”

法老不屑一顾地看了她一眼，异常平静地说：

“我知道我要做什么和应该怎么做。”

在礼宾大殿国王按时接见了王国要人，照例听取了祭司们的演讲和各地总督的汇报。此间许多人看出了国王不高兴。大家散去以后，国王留下了首相，单独跟他谈了很长时间。人人心里都很惶恐，但谁也不敢发问。后来首相出现了，很多人想从他脸上的表情读出他心中的秘密，但是他的脸却如岩石一样呆板冷酷无情。

国王命令他的两个亲信——宫廷总管苏弗哈特和禁卫军统帅塔胡先到御花园湖畔他们经常谈话的地方去，他则在绿草茵茵的通道上漫步起来。他棕色的脸上显出得意的神情，似乎不久前还一心想报复的怒气得到了彻底地消解。他慢慢走着，呼吸着树木散发出的清香，观赏着鲜花和硕果，他似乎觉得这一切都在向他致意。然后他转向

走向湖滨，看见他的两个亲信已经在那里等他很久了。苏弗哈特身材瘦长，头发灰白；而塔胡则体魄健康，戎马生涯使他的身体坚强如钢。

两个人都在看着国王的脸，竭力揣测着他的内心，以判断他决意对祭司们实行的政策是否行得通。他俩都听到了对王权进行挑衅的大胆呼喊，他们也都明白这呼声会在年轻的国王心里引起多么强烈的反响，并且还知道在御前会议之后国王单独留下了首相。他俩的心忐忑地跳动着，苏弗哈特担心国王发怒会造成严重后果，他经常劝他稳重、忍耐，处理土地问题要公平，但是国王在狂怒之中的做法不堪想象；塔胡则盼望国王同意他的意见，颁布剥夺寺庙土地的命令，并向祭司们发出最后通牒。

两个忠实的仆人不安地注视着国王的脸，但是法老却隐藏了自己真实的感情，以狮身人面雕像一样的面孔看着他俩。他知道他俩在想些什么，但他故意让他俩揣测不安。他平静地坐在软榻上，并命令他俩入座。很快，他脸上的表情变得严肃而又认真：

“我今天很气愤，也很难过。”

他俩立刻明白了他的意思，耳边又一次响起那一声大胆的呼喊。苏弗哈特难过而又同情地举起手来，声音颤抖着说：

“请陛下不要为那件事难过和生气。”

塔胡则强硬地开口道：

“陛下不必痛心，您的王国是和平的，您的仆人愿为您献身。的确，这些祭司有学问，也有经验，但他们不走正道，头脑发热，他们是在自掘坟墓。”

国王低下头来，看着自己的脚尖，说道：

“我问自己，在我的祖先掌权期间，有谁遇到过像我今天遇到的这种呼叫吗？而我掌权又只有不过几个月的时间！”

塔胡眼里闪出可怕的光：

“武力，陛下。武力……，您的圣宗圣祖都是强者，他们用钢铁般的意志实现了自己的愿望。宝剑可以决定一切，您要像他们一样，陛下，千万不要动摇，不要宽容。您要毫不留情地对他们进行打击，这样这些狂人就会惊慌，就不会再存有任何妄想。”

英明的长者苏弗哈特并不赞赏塔胡的主张，他为他的狂热感到吃惊与害怕。

“陛下，祭司们遍布王国各地，如血液一样遍布全身。他们当中有政界人士、宗教法官、文人和教师，他们自古以来就借助神权而深入人心。然而我们，除了法老禁卫军和贝拉格岛卫戍部队以外，再没有什么作战力量，因此进行严厉打击可能会带来不幸的后果……。”

塔胡仍然固执己见：

“那么我们该怎么办呢，英明的指导者？难道我们就遵嘱忍耐，任敌人闯进来，我们则在他们前面束手无策？”

“求主保佑，法老的臣民的祭司们并不是法老的敌人，他们是一群忠实可靠的人。

我们唯一的不满，是他们持有的特权超过了应有的限度。我敢发誓，总有一天我们会找到既满足陛下愿望、又保护祭司权益的成功的解决办法。”

听着他俩的争论，国王那宽宽的嘴角上挂着暧昧的笑意。当苏弗哈特讲完以后，他用一双讽刺的眼睛看了看他俩，淡淡地说道：

“你们二人放心休息去吧，我已经射出了自己的箭。”

这两个人都吃了一惊，他们怀着疑惑、希望而又恐惧的心情望着国王。塔胡更多的是希望，而苏弗哈特则慌然失色，他咬紧嘴唇，默默地等待着那一句决定性的话。

国王傲慢而又得意地说：

“你们知道，我在大家走后把那个人留了下来。当剩我们两个人的时候，我首先对他说，当着我的面高呼他万岁这是叛变行为，但是我决定不处死那些忠实高尚的人民中间的呼喊者。我发现他非常惊慌，他的那颗巨大的脑袋垂到了狭窄的胸前。他张嘴想说什么，也许他是想用他那冷淡的声音为此事进行解释和道歉。”

国王皱起眉头，沉默片刻，接着厉声说道：

“但是我并没有让他解释，用手势打断了他。我严厉地向他声明：那一声呼喊不会改变我的意志。我告诉他，我已经下决心将寺庙的土地归王室所有，从今以后除了必需的土地和募捐以外，绝不再给寺庙更多的权利。”

两人全神贯注地听着国王讲话。苏弗哈特痛苦失望，面无血色；塔胡则兴高采烈，好像是在倾听一首歌颂他的光荣和伟大的美妙乐曲。国王接着说：

“无疑，我的决定使赫鲁姆·哈特万分震惊，他无法自控，慌忙向我哀求说，神庙的土地是圣主的土地，它的收益大部分，是用于教育和慈善事业，是归还于人民的。他试图还想继续说下去，但是我制止了他，我说：‘我的旨意，必须立即执行。’然后我宣布接见结束。”

塔胡情不自禁喊了起来：

“众神赐福于您，我伟大的陛下！”

国王满意地笑了。他看了一眼无可奈何的苏弗哈特，同情地对他说道：

“你是一个忠实的人，苏弗哈特，你明智而又善谏。可我反对了你的意见，你不会难过吧？”

苏弗哈特说：

“陛下，我并不是一个妄自尊大的人，不会因为自己的意见遭到反对就暴跳如雷，也不管后果如何，而一味地维护自己的尊严。有的人甚至幸灾乐祸，盼望自己预言的恶果变成现实，以便证实谁是谁非，而我却不这样。我求主保佑，保佑您，我的陛下。我进谏的目的仅仅出于对陛下的忠诚，所以我的意见遭到反对我并不难过。我只企求主将我的意见变成错误的，让我的良心得到一丝安慰。”

法老想安慰他，便说：

"我已经达到了自己的目的，他们谁也不能伤害我。因为埃及崇拜法老，人们绝不同意别人来取代他。"

虽然两人衷心地相信他们的国王。但是，苏弗哈特还是不放心，他心烦意乱，尽量把国王的命令看得不那么严重。然而他知道事实将是另一回事，因为祭司们还没有离开阿布城，国王的命令会马上传达到他们那里，他们有足够的时间交换意见，而后将不满的情绪散布到各地去。他非常了解这些祭司和他们在人们心里的地位和影响，所以他知道会有什么后果。但他并没有表明自己的意见，因为他看见国王笑逐颜开的高兴劲儿，不愿意去扫兴。因此他强打起精神，双唇挂出一道满意的微笑。

国王高兴地说：

"自从我父王执政期间战胜了努比亚南部的穆塞尤部落以来，我还从来没有像今天这样高兴过，来让我们为胜利干杯！"

侍女们捧上盛着马尤特酒的酒壶和金杯，把酒斟满，捧给国王和他的两个忠实亲信，他们便开怀畅饮起来。此时，苏弗哈特忘记了心中的不安，一心一意品尝起香醇的马尤特酒，与国王和将军同饮共欢。三人坐着边饮边谈，目光中交织着友爱和真诚。湖面映照着夕阳西下的阳光，周围的树林也伴着鸟鸣在舞蹈，美丽的鲜花在绿叶间散发出沁人心脾的幽香……，他们长时间地沉醉在似梦似醒的状态中。突然，有一个东西从空中而降落于国王怀中，国王一跃而起，其余二人也从梦中惊醒。三人一齐向着从国王怀中掉到地上的东西看去，原来是一只金绣鞋。他们又向天空望去，发现一只巨大的雄鹰可怕的嗥叫着，在花园上空盘旋，两只燃烧的眼睛里迸放出火一样的光，凶恶地盯着他们。然后两只翅膀猛烈拍打着，向遥远的天边飞去了。

三人又回来看绣鞋。国王将它拾起来，一面坐下一面端详起来，眼睛里闪烁惊奇的光。其他二人也一齐惊奇地看着绣鞋，互相间交换着诧异和惧怕的目光。

国王看着绣鞋，自语道：

"这是一只多么漂亮，多么高贵的女人的拖鞋啊！"

塔胡两眼紧盯住绣鞋，不安地问：

"是雄鹰扔下来的吗？"

国王笑道：

"当然，我的花园里没有一棵树能掉下这么美妙的果实。"

苏弗哈特说：

"人们都说雄鹰爱美女，它爱上谁，就把她抢走，放到高山顶上。这只雄鹰可能正在恋爱，它降到孟夫城去给它的情人买了一只金绣鞋。但是不巧，这只绣鞋却从它爪下掉了出来，落入了陛下怀中。"

国王愉快而又动情地看着这只金绣鞋：

"想想看，它怎么抢来的？这恐怕是天宫里一位仙女的绣鞋吧？"

苏弗哈特认真地说：

“陛下，也许是地上某个美人的。她光着身子下湖里去洗澡。雄鹰来了，就把她的鞋叼走了。”

“然后把它扔到我怀里……真奇怪，好像雄鹰也知道我爱美人！”

苏弗哈特意味深长地笑笑：

“诸神赐福于您，陛下。”

国王眼里闪出梦意，他的两颊绯红，笑容满面。此时，他的注意力全都集中在那只金绣鞋上，心中问道：它的主人是谁？她是什么样子？她像这只绣鞋一样美吗？她知不知道她的绣鞋掉在了国王的怀里？命运这样安排的结果将会如何？

当他的目光落到画在绣鞋中心的一幅画上，他就立刻被其吸引住了：

“这画多美……一位骑士用手把自己的心献给她。”

国王的这句话在另两个人心里引起强烈的反响，他们的眼睛似乎忽然闪亮起来，仔细注视着那只绣鞋。苏弗哈特说：

“陛下能否把鞋放下一会儿？”

国王把鞋递给他。大总管和大将军塔胡认真地看了看鞋子。然后由总管将鞋子还给国王，得意地说：

“陛下，我猜对了。这拖鞋是贝佳岛著名美女拉蒂斯的。”

“拉蒂斯？多美的名字。她是怎样的一个人呢？”

塔胡眨着两眼，不安起来，急忙说道：

“陛下，她是一个舞女。南方人都知道。”

国王笑了：

“难道我们不是南方人吗？可能我的目光会穿过遥远的天际，却没有看见眼皮底下的东西。”塔胡越发不安，脸色都变了：“陛下，这个女人……可能所有阿布城、贝佳岛和贝拉格岛的男人都敲过她的门。”

苏弗哈特此时已明白他的同伴为什么不安，便狡黠地笑笑：

“陛下，不管怎么说，她的确是一个典型的美女，诸神赐予了她超人的魅力。”

国王看看这两个人，笑道：

“苏代斯神作证，我想你们两人都是最了解她的南方人。”

苏弗哈特慢条斯理地说：

“陛下，她的客厅是舆论界、艺术界和政界知名人士经常聚会的地方。”

“确实，美丽本身就是一个迷人的世界，它会每天都让我们看见奇迹。她是你所看到过的世界上最美的人吗？”

苏弗哈特肯定地答道：“陛下，她很美，有一种不可抗拒的魅力，人们是无法抵御的。我们最亲密的朋友说：‘对一个男人来说，最危险的事情就是他的目光落到拉蒂斯

身上'。"

塔胡失望地叹口气，狠狠瞪了总管一眼，然后说道：

"陛下，她的美是廉价的浪荡的美，谁需要就会给谁。"

国王大笑起来：

"你们两人的评价都使我很感兴趣。"

苏弗哈特接着道：

"陛下，埃及的天空恩泽于您最大的幸福。难道不是这样吗？"

听到苏弗哈特的话，国王又一次想起雄鹰，他既感到神秘又感到惊奇，他所听到的故事具有梦幻般迷人的色彩。他自言自语道：

"看来，雄鹰选择了我作为他的目标，真不知道是福是祸？"

塔胡偷看了一眼正在埋头注视手中猎物的国王，不安地说：

"陛下，我想这纯粹是偶然。我很遗憾，这只肮脏的拖鞋竟会落到陛下的怀中。"

苏弗哈特挖苦地看了同伴一眼：

"偶然？我想这个词一般是用来形容一些违反常规的盲目行动的。陛下，这个世界上发生的任何事情，毫无疑问都是根据神祇的意志，而神祇创造任何一件事，不论是重大的还是渺小的，绝不是为了消遣和娱乐。"

此时，塔胡简直要被气疯了。但在国王面前，他又不好流露出心中的愤怒。于是他用一种严厉和责备的口吻对苏弗哈特说：

"伟大的苏弗哈特，难道你想在这么严肃的时刻，用这样的胡言乱语来扰陛下好事吗？"

然而苏弗哈特却仍然平静：

"生活本身就应有劳有逸，就像一天又存在昼夜。聪明的人是绝不会在工作的时候想娱乐，在娱乐的时候想工作。这些你又怎么知道呢，我的将军？也许神祇真的知道陛下爱美色，才故意让雄鹰把这只金绣鞋送给陛下的。"

国王的目光在两人脸上扫来扫去，然后笑笑说道：

"你们两人总是有意不合。我原来以为，年壮的塔胡会迷恋美色，而苏弗哈特则不屑于此。现在看来我判断错了。不过无论如何，我在爱情的问题上倾向苏弗哈特的意见，而在政治上则同意塔胡的主张。"

国王站起来，那两人也跟着站了起来。他看了一眼美丽的花园，此时夕阳已经落到了西方的地平线上。

"我们还要紧张工作一夜。明天见。"国王准备起步了。

国王手拿绣鞋走了，两人一齐躬身向他告别。

他们又一次单独在一起了，各自面对着自己的伙伴：塔胡身材高大，胸脯宽厚，肌肉刚劲；苏弗哈特则身材细瘦，眼睛明澈，笑容可掬。

两人都知道对方在想些什么。苏弗哈特微笑着，塔胡则紧皱眉头。看来将军不把憋在心中的话说出来，是不会与总管分手的：

“苏弗哈特老兄，你竞争不过我，就背叛我。”

苏弗哈特扬起眉毛，表示异议：

“将军，此话不对。我跟爱情有什么关系？难道你不知道我已经老朽，我的孙子桑布已经是埃温大学的学生了？”

“朋友，你说假话多轻巧！但事实却揭穿了你的巧舌头，你年轻的时候没有倾慕过拉蒂斯？难道你没有因为曾经她不爱你而难过过吗？”

老头举起手来反驳将军的话：

“你的想象力跟你臂膀上的肌肉一样发达。但事实上，即使我的心曾经有一天倾慕过那个美人，那也只不过是一个学者为了摆脱其他一切欲望的方式！”

“难道你就不能为了我，而不用她的美貌去引诱陛下吗？”

苏弗哈特吃惊了。他很认真也很遗憾地说道：

“你是把事情看得这么重，还是不满意我的玩笑话？”

塔胡立即答道：

“都不是。我只不高兴咱们两人总是对立。”

总管笑笑，又以他惯有的平静说道：

“对国王的忠诚是我们的共同愿望，也会把我们永远联结在一起的。”

贝 佳 宫

法老随从盛大的队伍离去了，第六王朝历代国王的雕像也移走了。人们从大道两旁涌入街中，摩肩接踵，呼吸相通，汇聚成了人的海洋，此时的情景，就像当年先知穆塞用他的魔杖劈开一片汪洋，向敌人猛冲过去一样。拉蒂斯命令她的黑奴启程。这时，她的心里仍然燃烧着由于看见了法老而激起的热情，热血在身体里奔腾。她的心也没有离开法老那青春的魅力，高傲的目光，轻盈的身材和绷紧的肌肉。

在几个月前，她曾在法老的加冕仪式上看到过法老。当时他也和今天一样站在御辇上，身材修长，潇洒端庄，昂首傲视着远方。当时她也和今天一样，希望国王能把视线移向她的身上。

为什么？是因为她企望自己的美貌得到他的重视？抑或是她从内心深处希望看见他以一个普通人的形象出现在她面前？怎样才能猜透她的想法呢？不管事实怎样，她确实在希望着，诚心地热切地希望着。

美人一直沉醉梦幻中，她并没有注意到花轿正在穿过拥挤的人群向前行进，也未注意到正有千万双眼睛在贪婪地盯着她。

花轿一直把她抬到船上，她下了轿进座舱，坐到小小的交椅上。此刻她仍然沉醉着，听而不闻，视而不见。画舫载她划过平静的尼罗河面，直达贝佳岛中心她的白宫花园，船在通往花园的台阶前停泊下来。白宫坐落在四季如春，曲径直通尼罗河畔的花园尽头。它在一片无花果树和椰树的环抱中，就像一朵白花开放在浓绿中。拉蒂斯下了船，穿过通往花园的台阶，走上了明亮的大理石阶梯，阶梯两旁是花岗岩墙壁，一根根雕刻着伟大诗人拉蒙·哈特卜的精美诗句的方形石柱树立在这些花岗岩墙壁的中间。最后，她走进丝绒般的花园草地上。

她走过一道石门，这石门上有用神圣的法老文字雕刻着的她的名字。进门以后的正中间，有一尊与她的形体一样大的石雕，那是雕刻家汉弗尔耗费了他一生中最美好的时光，用全部心血为她雕刻成的，是她坐在她经常接见倾慕者的交椅上的形象。雕刻家天才地刻出了她俊美的脸庞、高突的胸脯和轻捷的双足。拉蒂斯继续向前走进一条甬道，两旁的大树在顶端交叉起来，组成了一个红花绿叶的棚，地上铺的是绿茵茵的青草。在这条甬道的左面和右面平行地伸展着同样的甬道，向右通往花园南面的围墙，向左通往北面的围墙。这条甬道的尽头是一片攀藤在大理石柱子上的葡萄园，它的右面是一片无花果树林，左面是一片椰树林。树林中间到处都散布着猴子笼和羚羊圈，石雕和石柱也竖立其中。

最后她走到一泓清水荡漾的湖畔，靠近岸边的地方盛开着美丽荷花。在湖的水面上游动着成群的鹅鸭，空中回荡着鸟鸣，温润的空气中飘溢着淡淡的花香。

她绕湖半圈，进入避暑厅，一群侍女急忙躬身迎候她，等待着她的吩咐。美人坐到浓荫下面的软椅上休息了一会儿，站起来对侍女说：

“在大街上人们呼出的热气真令人恶心！天太热了，把我的衣服脱掉，我要到凉水里游一会儿。”

第一个侍女走到主人面前，轻轻揭下她头上孟夫城出产的绣金的面纱。

接着走过来的两个侍女，脱去了她的丝袍，一件透明的衬衣，裹住上至两个隆起的乳房，下至膝盖以上的部分。然后又是两个侍女走过来，轻轻地脱去了这层纱的衬衣，于是一个神的佳作——鲜嫩的身躯暴露在宇宙间！

一个侍女解开她头上的发结，一派乌丝披散下来，从她美丽脖颈直拖到细软的腿弯。当侍女又弯下身去脱下她的金绣鞋，放到湖边后，美人轻摇玉体，便漫步走下通往湖心的大理石台阶。湖水渐渐地浸过她的双膝、大腿，接着就她整个香体，湖水贪婪汲取着她的芳香，并还之以清凉和舒畅。她在湖中一会儿仰泳，一会儿侧泳，碧波里荡漾着她那美丽的胴体。

突然，侍女们一声惊恐的尖叫，把她从酣游中惊醒，她立刻停下来，向岸边看去。

只见一只巨大的雄鹰在湖畔上空低低地盘旋，不断拍击翅膀，发出可怕的声响。她尖叫一声，屏住呼吸，慌忙潜入水底，直到憋不住气了，才心惊胆战地伸出头来，向四周看看，什么也没发现。她又向空中看去，只见雄鹰已经飞到了遥远的天际。她匆匆出了水，慌慌张张地走上台阶，来到岸边，这时她发现她那美丽的花鞋只剩了一只。

“另一只呢？”她问道。

“雄鹰叼走了。”侍女们不安地回答说。

她虽面露不快，但是却没有发泄怒气，匆匆地进了避暑厅，身上的水滴珍珠般挂在象牙似的玉体上，侍女们赶紧擦干她的身体。

时近黄昏，这是她迎接客人的时间。节日期间，由全国各地来到南方的人很多，所以她的客人也就特别多，她盛装打扮一番，便离开梳妆台，来到会客厅里等待客人。

她的客厅是建筑家哈纳的作品，也是建筑史上的一个奇迹。客厅的整个造型成椭圆形，墙壁用花岗岩建成，跟神庙一样，上面涂了赏心悦目的颜色，拱形的屋顶上面装饰着彩绘和画像，正中悬挂着一盏镶金嵌银的吊灯。

客厅的墙壁是雕刻家汉弗尔装饰的，就连沙发、华丽的软榻和高贵的家具也是情人们争相赠送的。美人的交椅是所有珍品中最别致的宝贝，它的架由象牙雕成，面是纯金做的，上面嵌着各种红绿宝石，它是贝佳岛总督的礼品。

这时，一个仆人走进来，通报象牙巨商昂奈到。接着，身穿宽大的长袍、头戴假发的巨商便快步走了进来，他后面跟着的奴仆，将一个镶金的象牙盒子，放到美人座椅附近，然后退了出去。商人面向拉蒂斯俯下身去，吻了吻她的纤细的手指。拉蒂斯笑了笑，用甜蜜的声音说道：

“欢迎你，昂奈先生，你好吗？怎么很长时间没见到你呢？”

那人幸福地笑了：

“有什么办法，我的女主人！我所选择的——或者是命运注定我的生活，就是旅行，周游各地，四海为家。我有半年时间在努比亚。半年时间在南方和北方周游，或买或卖，永不安宁。”

她看了一眼象牙盒子，声音仍然那么甜蜜：

“这个漂亮的盒子是你的什么珍贵礼物呢？”

“这里面的东西，是一只猛象的牙。努比亚商人说，为了捕到这只象，牺牲了四个强壮的猎人。我买下以后就把它收藏起来，没给任何人看过。当我住在泰尼斯以后，就把它交给了当地一个最著名的金银匠。他在象牙的里面嵌上一层纯金，外面涂上釉彩，做成了一只帝王们才能使用的杯子。我一直告诉自己，这只牺牲了许多生命才铸成的杯子，只能送给一位人们心甘情愿为她献出宝贵生命的美人。”

拉蒂斯妩媚地笑了一笑：

“昂奈先生，谢谢你。我想你的礼物比不上你这一番话宝贵。”

他听了她的话，飘然自乐起来，一面用赞叹祈求的目光看着她，一面轻声说道：

“你好美丽，好迷人……每次我长途旅行归来，总发现你比过去又美丽、又迷人。越是随着时间的流逝，我越是崇拜你的美貌。”

这番赞美的话，对于拉蒂斯来说，就像首不断重复的歌曲一样美妙。

“你的儿子们现在怎么样?!”她有意跟他开玩笑。

他感到有点扫兴。沉默了一会儿，便弯下身子打开了盒盖，那只华贵的象牙杯子就躺在里面。他抬起头来说：

“你太挖苦了，我的美人。尽管如此，在我头上你也不会找到一根白发。难道有谁能够把目光落到你脸上以后，还能去想别的女人?”

她微笑着，请他入座，于是他就坐到了她旁边。接着拉蒂斯又接待了一批商人和大农庄主，他们其中有很多是每天必来的，也有的只是在节日期间才来看看她的，她都以甜蜜的微笑迎接了他们。后来，雕刻家汉弗尔也来了。这人身材轻盈，喉结突出，头发鬈曲，鼻子扁平。她最爱跟雕刻家开玩笑，所以当他深情地吻着她的手时，她故意逗他说：

“看这位懒汉艺术家。”

汉弗尔对这个称呼很不满意：

“我已经在很短的时间里完成了我的作品。”

“那么避暑厅呢?”

“它就只剩下装饰了。当然我很遗憾，我不能亲自去进行这个工作了。”

拉蒂斯脸上流露出疑问的神情。那人接着说道：

“我后天要启程去努比亚。我母亲病了，她希望见我一面。所以我必须去。”

“愿主保佑她，也保佑你。”拉蒂斯说。

汉弗尔向她表示谢意。接着说：

“我不会忘记避暑厅，明天我的学生帕德蒙·本·巴萨尔就到这里来，进行全面的装饰工作。我很信任他就跟信任自己一样。我希望你欢迎他，鼓励他。”

她十分感谢雕刻家的关心，并答应好好接待他的学生。

来宾接踵而至。有建筑师哈纳，有贝佳岛总督阿纳，诗人拉蒙·哈特卜，最后到的哲学家郝夫，他曾经当过埃温大学的首席教授，七十岁以后才回到了故乡阿布城。

拉蒂斯一面欢迎他，一面开玩笑说：

“真不知道为什么，我一看见你就想吻你。”

而郝夫却平静地笑道：

“我亲爱的女主人，我想你大概是古董爱好者。”

一群侍女，捧着香瓶和荷花走了进来。她们在每一位客人的头上、手上和胸前涂上香料以后，又给她们每人发一枝荷花。

拉蒂斯大声说：

“你们有人知道我今天发生了什么事吗？”

大家注意地看着她，都不再说话。她接着说：

“今天中午当我下湖去游泳的时候，一只老鹰突然扑下来，叼走了我的一只金拖鞋。”

有人吃惊，有人微笑。这时诗人拉蒙·哈特卜开口了：

“连野蛮的飞禽也因看见了你躺在水里的裸体而动心了！”

昂奈热烈地应道：

“我敢向苏代斯神起誓，老鹰是想抢走金绣鞋的主人。”

“这是多宝贵的鞋呀！”拉蒂斯很惋惜。

“凡是你用过摸过的东西都很宝贵，丢了都很可惜……。它的命运最后还得掉到地上，或许掉到偏僻的地方，被一个农妇捡去！”汉弗尔说。

拉蒂斯伤心了：

“无论如何，它不会再回来了……”

哲学家看见拉蒂斯为一只小小的拖鞋而难过，感到很奇怪，便安慰她说：

“大概，雄鹰叨拖鞋会是吉兆，所以不必难过。”

一个人问道：

“这么多的人都倾慕于拉蒂斯，她还需要什么呢？”

“她需要的是摆脱掉其中的某些人！”哲学家用讽刺地目光盯着他说。

又有一群侍女手捧酒壶和金杯进来，来到客人面前，如果谁要略有渴意，便给他斟上一杯，解除他口中的焦渴，燃起他心中的欲火。拉蒂斯站起来，漫步走到象牙盒子前面，拿起象牙杯子，一边伸给侍女让她斟酒，一边说：

“让我们为昂奈先生这精致的礼品和他平安归来干杯！”

大家一饮而尽。昂奈直喝得醉意朦胧，他一边向美人投去感激的目光，一边对旁边的人说：

“从拉蒂斯口中说出了我的名字，难道我不值得为此而骄傲和自豪吗？！”

那人对他的话表示同意。这时贝佳岛总督阿纳看到了昂奈，他知道他最近刚从南方回来。他对商人说：

“平安归来了，昂奈，这次旅行如何？”

昂奈毕恭毕敬地点点头答道：

“愿诸神保佑你万事如意，尊敬的总督。我的这次旅行很成功，获利匪浅，满载而归。只是没到瓦瓦尤地区去。”

“南方总督卡尔丰鲁殿下好吗？”

“实际上，穆塞尤部落的叛乱，给殿下造成很多麻烦。这些部落一直对埃及人怀着

敌意，他们总是伺机侵犯我们，袭击我们的商队，屠杀商旅，抢劫货物。然后，在埃及军队到达之前就逃之夭夭。”

此时总督现出忧虑的样子，他问商人：

“为什么殿下不出兵讨伐他们?”

“殿下一直不断地派兵追击他们。但是他们并不跟殿下的武装部队交锋，军队一来，他们就逃到沙漠和森林里去。等到军队的给养用完了，退回来后，他们就又出来袭击商队。”

哲学家郝夫对昂奈的讲话很注意，他曾在努比亚有过一段经历，所以很了解穆塞尤部落。他问商人：

“这些部落为什么要叛乱？统一在埃及宗主国下的各个国家都享受着安宁和繁荣，我们并不反对异族的信仰，可他们为什么还要与我们为敌?”

昂奈只认为贵重的货物是引诱他们袭击商旅的原因，所以他并不关心别的事情。但是阿纳总督对这个问题却研究得很深，他对哲学家说：

“教授阁下，事实上这并不是政治或宗教信仰的原因，而是因为穆塞尤是一群生活在贫瘠的地区的游牧的部落，他们随时受到饥饿的威胁。他们手中有金、银，但是不能充饥，也不能解渴。所以一旦埃及人的商队一到达那里，他们就来袭击，抢劫货物。”

郝夫说：

“如果这样，那么讨伐是无益的。总督阁下，我记得奥纳大臣——他的圣灵已经安息在奥祖雷斯身旁——曾经希望自己能够在有朝一日跟这些部落缔结成互惠的和约，他给他们提供粮食，他们则保证商队的安全。我认为这是一个很有远见的想法，不知你意下如何?”

总督赞同地点了点头。

“首相赫鲁姆·哈特又重提奥纳大臣的方案，在尼罗河节前几天跟这些部落缔结了和约。当然，这还要看这项政策的结果如何，可能会等很长时间。不过抱乐观态度的人是很多的……。”

在座的人很快就厌烦了谈论政治了。于是他们就分成了一个个小圈子，谈论起不同的话题，每个小圈子都想把拉蒂斯拉过去。但是美人还是被赫鲁姆·哈特这个名字所吸引，因为她记起法老御驾出现的时候，有人高呼这个名字。想到这她感到一阵不快，一股怒气涌上心头，便走到阿纳、郝夫、汉弗尔、哈纳和拉蒙·哈特卜的圈子里，小声说道：

“你们没听到那一声奇怪的喊声吗?”

白宫的来宾向来以兄弟称呼，他们之间毫无顾忌，在这里无论谈论什么话都绝对自由和安全的。郝夫在这里曾多次批评内阁的政策，而拉蒙·哈特卜则也多次表示他对那些神学的怀疑和担心，并曾宣布他的信仰就是今世的享受。

哈纳喝了一口酒，看着拉蒂斯美丽的脸说道：

“在尼罗河流域还从来没有过这样勇敢的呼声。”

汉弗尔说：

“是的，这呼声对执政之初的年轻的法老无疑是个不幸。”

郝夫平静地说道：

“按照常规，无论是什么人，也不管他的地位多高，从来都没有在法老面前被人们这样高呼过他的名字。”

拉蒂斯在声音里流露出了愤怒：

“他们无耻地冲破了常规。他们怎么竟敢如此，阿纳先生?”

阿纳扬起了他那浓密的眉毛：

“我看你还是问问人们街谈巷议的事情吧！现在人们都在谈论，法老想把他祖先赠给神庙的土地收归王室，没收祭司们的广泛特权。”

诗人拉蒙·哈特卜的言论很激烈：

“法老一直对那些祭司们很宽厚，他分给他们土地，发给他们钱财，使他们现在占据了三分之一的可耕地，他们的势力已经深入到各个地区，并控制了广大的群众。然而事实上，有许多地方比神庙更需要用钱。”

“那些祭司们宣布，他们土地上的收益大部分都用在慈善事业上了。他们还声明，如果一旦需要，他们就会愉快地放弃自己的财产。”郝夫说。

“什么需要?”

“比如战争，国家需要花费大量钱财的战争。”

美人沉思了一会儿，然后说：

“他们无论如何不能抗拒国王的旨意。”

“他们已经犯了很大的错误，他们到各地去对农民进行宣传，说他们是在保卫神主的产业。”总督阿纳也很气愤。

“他们怎么会如此大胆?”拉蒂斯问。

“禁卫军是法老唯一的武装力量。所以祭司们认为法老的力量并不强大，就敢这样做!”这是阿纳的回答。

拉蒂斯愤愤地说：

“他们是无赖!”

“哲学家并不愿将自己的观点隐瞒。”他笑着说：

“如果你承认事实的话，那么你应该承认祭司们一向是一些纯洁的人，他们忠心耿耿地维持着我们民族的宗教、风化和不朽的传统。”

“赫鲁姆·哈特呢?”诗人拉蒙·哈特卜怒冲冲地问道，目光也挑战似的紧盯着哲

学家。他一向喜欢掀起风波。

“我认为他是一位称职的和有作为的政治家，他有顽强的意志和锐利的目光这是谁也不能否认的。”郝夫不屑以对地耸耸肩膀，异常平静地答道。

阿纳总督忍耐不住了，他略微激动地摇摇头：

“到目前为止，还没有证据能够说明他忠于王室！”

“而且事实恰恰相反！”拉蒂斯尖锐地补充说。

哲学家不同意他俩的观点：

“我十分了解赫鲁姆·哈特，是忠于陛下和祖国的。这一点不容怀疑。”

阿纳奇怪地说：

“你现在只剩没有公开宣称法老是错误的了。”

“不，法老是一位有崇高理想的青年，他盼望着给祖国穿上辉煌的盛装。但是，如果不动用祭司的收益，这是办不到的。”

于是，拉蒙·哈特卜不无疑惑地问：

“那么是谁错了？”

“他们都是对的，只是二者之间存在意见分歧！”

拉蒂斯并没有对哲学家的分析表示满意，而且更不高兴他把国王和大祭司首相相提并论。她只信仰法老是一国之主这一个确凿的事实，在任何情况下都不许任何人以任何理由与之相争，与之相违。她反感任何与她的信仰相抵触的主张。她向大家宣布了自己的想法，最后说道：

“就连我自己也感到莫名其妙，真不知道从什么时候起我变成了这样子？”

拉蒙·哈特卜逗她说：

“当你的眼光第一次落到了法老的身上……你不要奇怪，因为美就跟真一样具有说服力。”

雕刻家汉弗尔早已不耐烦了，他大声喊道：

“侍女们，快斟满我的酒杯。美人拉蒂斯，还是请你给我们唱一首情歌，或者跳一段舞吧！我们的心被这些马尤特酒和节日的欢乐所陶醉，它是多么渴望娱乐和欢笑呀！”

她并没理他，还想继续谈她的话。但她一转眼，发现商人昂奈在远离大家的地方独自地打着瞌睡。于是她意识到自己在阿纳这个圈子里呆的时间太长了，便离开他们，走向商人，对着他的脸喊道：

“醒醒吧！”

商人惊醒过来，一看是拉蒂斯，脸上便立刻大放光彩。她坐到他旁边，问道：

“你睡觉了？”

“是的，我做了个梦。”

“啊……梦到了什么？”

“梦到了贝佳岛上幸福的夜。梦中我问自己：今天我能不能得到这一个永恒的夜？我现在能得到你的答应吗？”

她摇头表示“不”。

他十分着急，并且很不甘心地问：

“为什么？”

“我的心也许有你，也许有别人。而我现在又不能以虚假的承诺来约束它！”

她站起来离开商人，向别的人群走去。人们欢呼着迎接她，把她包围起来。一个叫沙玛的人问：

“难道你不想参加我们的谈话吗？”

“谈什么？”

“有人问，艺术家是否值得像法老或大臣们那样同样被人们所拥护和尊重。”

“你们意见统一了吗？”

“是的，女主人，一致认为他们不值得。”

沙玛毫无顾忌地大声谈着。拉蒂斯向艺术家们坐着的地方望去，那里有拉蒙·哈特卜、汉弗尔和哈纳。她那银铃般动人的声音讥笑一声，然后故意用艺术家们听得见的声音说道：

“应该让大家都知道这番谈话。艺术家们，你们听见这的人在怎样议论你们吗？他们在说，艺术微不足道，艺术家也不值得尊重。你们的意见又怎样呢？”

老哲学家嘴角浮起了讽刺的微笑。艺术家们，则向那一群人投去了蔑视的目光。汉弗尔不屑一顾地笑笑。而拉蒙·哈特卜则气得脸都黄了，他十分容易激动。沙玛很赏识自己对艺术家的评价，这时又一次大声议论起来：

“我是一个劳动者，在土地上用铁一般的手臂劳作，土地服从我的意志，向我献出了丰富的宝藏。我获得利益，千万个需求者也和我一起获得利益。所有这些都不需要庄重的言辞，或华美的修饰。”

人人畅所欲言。他们或是为了发泄心中的积怨，或是纯粹牢骚满腹，表白一下自己的□愿。一个叫拉姆的大人物说：

“是谁统治着百姓？是谁创造财富？毫无疑问，这些并不是艺术家。”

喝酒必醉的昂奈说：

“他们只会迷恋女色和爱情。诗人们用庄重的语言把他们的梦呓表达出来，而有理智的人应该责备他们，因为他们在毫无价值的事情上浪费了许多时间。更荒谬的是，他们还要以此为荣誉。”

沙玛又开口了：

“还有一些人长期编造着各种谎言，他们在幽谷里徘徊，乞灵于幻想，还称自己是

什么圣灵的使者。这使得孩子们经常骗人，普通人也这样做，但他们从不自称如何如何。”拉蒂斯大笑一番后，走到汉弗尔的跟前，挖苦道：“你这个不幸的人，你为什么狂妄自得地走在谷地，却觉得自己仿佛跟山一样高？”

雕刻家苦笑了一下，仍然保持缄默，跟他的同僚们一样他对这群“无知的挑衅者”不屑予以回击。尽管此时他们每个人的心里都压抑着心中强烈的愤怒和积怨。

拉蒂斯不甘心就此结束战斗，她向哲学家郝夫提了一个尖锐的问题：

“哲学家，你对艺术和艺术家究竟持何见解？”

“艺术是玩乐，艺术家是善于玩乐的人。”阿纳总督禁不住大笑了起来。商人们、土地主们则也喜不自胜。

而那些艺术家们再也按捺不住自己的气愤了。

拉蒙·哈特卜喊起来了：

“哲学家，难道你想使生活一味地严肃枯燥吗？”

老人沉思片刻便摇摇头，唇边仍然挂着一丝微笑：

“决不会，我并不想这样。我想玩乐是必须的，但是要记住它只不过是玩乐。”

“天才的创作也是玩乐吗？”汉弗尔很不服气地反问道。

“我认为你称之为发明、创作的也只不过是游戏。”哲学家答道。

拉蒂斯看着建筑师哈纳，想打破他沉默，参加争论。但他并没有对她的引诱做出任何反应。他这并不是因为不屑于参加这种论争，而是因为他深深地知道，郝夫讲这些话并非出自本意，他只是想跟汉弗尔，尤其是认真的拉蒙·哈特卜开开玩笑。而诗人则越发愤怒起来，这竟让忘记了自己在贝佳宫中，他恨恨地向哲学家问道：

“艺术是游戏？那么你知道艺术家们为这游艺付出了多么大的代价吗？”

“因为他们只是拼命幻想，不会逻辑思维。”

“这话不值得一驳。”诗人轻蔑地耸耸肩膀。

哈纳和汉弗尔都同意诗人的话。但是诗人仍然无法保持自己的沉默，气愤地扫视了一眼人们嘲讽的面孔，尖刻地问道：

“难道你们的娱乐和美不是艺术家创造的吗？”

“这简直是无稽之谈！”昂奈脱口而出。但他并不知道自己说了些什么，因为酒精已经上了他的头。

诗人火了，他扔掉手中的荷花，在声地嚷起来：

“无知，连自己说了什么都不知道！难道在我谈到娱乐和美的时候，你应该说这是无稽之谈吗？难道这世间除了美和娱乐之外，还有什么别的目的吗？”

听了同伴这番话，汉弗尔高兴。他把头靠到美人耳旁，美滋滋地说：

“拉蒂斯，凭你的美丽，他说得对。生命就像一场迅速消逝的梦。比如我吧，父亲死的时候，我曾经难过痛哭，但现在当我想起他的时候，就问自己：那个人真的曾经活在世上吗？或者那只不过是闪现在我面前的黑暗里一个幻影？生活不过如此……强者有力量又有什么用？劳动者生产了财富又能怎样？统治者进行统治又得到了什么？他们领导的只不过是虚无，虚无……。也许力量就是愚蠢，智慧就是谬误，财富就是狂妄。而娱乐就是娱乐，不可能被其他代替。凡事没有了美，都将黯然失色！”

听了他的话，拉蒂斯忽然认真起来，眼中闪出梦一般的光，对他说：

“你怎么知道呢，汉弗尔？美和娱乐就不能同样是荒谬的。你看我，既美丽又富裕、能既安逸又舒服地度日，但我是多么厌倦和烦恼这一切！”

拉蒂斯看见拉蒙·哈特卜心情不好，汉弗尔面有怒色，哈纳闷坐不语，心想这都是自己领头刺痛了他们，于是心中产生了歉意，便改变话题道：

“算了吧，先生们。不管你们说什么，我相信你们仍然离不开艺术和艺术家。你们把幸福本身变成了争执与分歧，你们这些人太喜欢争论了！”

此时阿纳总督早已不耐烦了：

“用你动人的歌声把争论赶走吧，拉蒂斯！”

人们都想听她演唱，于是总督的提议，拉蒂斯同意了，因为她自己也谈够了。在那一天，她被不安所困扰了多次，所以她也想用歌舞来排解这种不安的感觉。于是她走下自己的座位，命令伴奏的姑娘们拿来手鼓、吉他、箫、琵琶和哨子，在她后面站成一排。

她玉手一扬，姑娘们便击鼓抚琴，奏出优美动听的乐曲，为她那悦耳的声音酝酿着动人的前奏。后来音乐声渐渐减弱，犹如情人的低语，拉蒂斯开始演唱那首拉蒙·哈特卜写的歌曲：

哎，听哲人说教的人们，
　　请把耳朵朝向我：
自古至今，有多少先人逝去，
　　人生如梦。
他们历史间的长河中
　　昙花一现。
世世代代都有他们的许诺和保证。
法老在哪儿？
政治家们在哪儿？
征服者又在哪儿？
坟墓真的是通往来世的大门吗？
但是从没有使者从坟墓中走出安慰我们的心！
及时行乐吧，
不要错过良宵美景。

玉壶斟满伴歌醉，

胜过宣教者的叮咛！

美人天使般的歌喉唱出的充满柔情蜜意歌声，使听众的灵魂从肉体中脱离出来，飘向天宇，它摆脱了世间的劳累和忧愁，升华到崇高的境界。在她的歌声停止后，在座的人仍然陶醉不已。歌声使人们的快乐、忧愁、满足、痛苦、赞美和叹息交织在一起。

人们心中对神的敬畏，早已被爱驱逐了出去，他们狂饮不止，眼睛一时不放地盯着美人。她在众人中间走来走去，不是与这个同饮，就是与那个调情。当她走近阿纳的时候，阿纳在她耳边低语道：

“主赐福于你，拉蒂斯。每当我见到你后就像由一个重担压肩的幽灵，变为一只小鸟飞旋在广阔的天空。”

拉蒂斯无语，只是笑笑。她来到拉蒙·哈特卜身旁，又重新送他一枝荷花。他说：

“这个老头荒唐的说艺术是幻想的游戏，难道不令人气愤吗？你的眼睛里闪出神灵般的光芒，照亮了我的心，才使我产生出杰作。”

她笑了：“我能够启发你杰作呢？我在艺术上的能力如同一个婴儿。”

拉蒂斯走近郝夫那里，坐到他身旁。老人却没有喝酒。她用迷人的眼睛盯着他，他便微微地笑笑：

“你可选错了对象。”

“难道你跟他们不一样，并不爱我？”

“但愿我能够……。我和你之间，就像一个冰冷的人遇到了一团火。”

“请你告诉我，我该怎么办？我今天很不痛快。”

“你也不痛快？这样的富贵和享受，也会有不痛快的时候吗？”

“哲学家，难道你会想不到这点？”

“拉蒂斯，所有的人都会有不幸。你可能听到过没有饼吃而叫苦的穷人，你也许会听到统治者抱怨他们的责任重大，或是听过富人过厌了舒适的日子。所有的人都要诉苦，事情就是这样。你应该对自己的命运感到知足。”

“在奥祖雷斯的世界里，人们也诉苦吗？”

老人笑了：“呵……你的朋友拉蒙·哈特卜嘲说那是个无形的世界，可祭司们说那是永恒的来世。耐心点吧，美人，你的经历还很少。”

她忽然想跟哲学家开个玩笑，便装出一本正经的样子说：

“我经历的太少？但是，我想我看见的事情，你还没见过呢！”

“会有什么事情我没见过？”

“我看见了这群知名人士、世界强国埃及的出类拔萃的人物跪倒在我的面前，他们甚至忘记了自己的尊严，像一群狗和猴子一样！”

说完，她狡黠地一笑，便像羚羊一样轻捷地跑到大厅中央，指示乐女们奏乐。美人轻摇玉体，漫舒柳腰，翩翩而舞。客人们不由自主，随鼓击掌，眼睛里都燃烧起了强烈的欲火。美人舞毕，鸽子似的飞到自己的座椅上，环视了一下众人贪婪的表情，不由得大笑起来。

“我好像一只被群狼追逐的绵羊。”

醉醺醺的昂奈非常欣赏她的话，他真恨不得自己就是一只狼，那样他就可以毫无顾忌地向美丽的绵羊扑过去。此时，酒精使他忘乎所以，竟然像一只狼一样，大声嚎叫起来，引起哄堂大笑。他一直叫个不停，甚至趴在地上，在众人的狂笑声中向美人爬过去，直爬到她跟前，然后对她说：

“今夜你是我的。”

她没有回答他，只是把脸转向向她来告别的阿纳总督。她把手伸过去。接着哲学家郝夫也来告别。于是她笑着问道：“你不想叫我把今晚给你吗?”“如果这样，那么我情愿跟俘虏们一同到古夫特矿山去服苦役!”他笑着摇摇头。

每人都想使拉蒂斯在这一夜属于他，大家为此而争执不休。这时汉弗尔想出了一个办法：

“把你们每个人的名字写在一张纸上，然后把它们放在昂奈的象牙盒子里，由拉蒂斯去抓，抓到谁就是谁。”

大家只好同意这个办法，于是去写自己的名字。只有昂奈，生怕这一夜不会属于他，于是哀求道：

“我的女主人，我是一个旅行中的人，今天在你面前，明天就要远行。如果我错过了今晚的良机，可能会遗憾终生。”

他的纠缠引起众人不满，群起而攻之。拉蒂斯则沉默不语，用呆滞的目光看着他们，心中感到一阵阵烦躁。她对他们的吵闹不耐烦了，并想从他们之间逃掉。她阻止了他们的争吵，心中怀着希望和不安向他们宣布：

“先生们，你们不要白白浪费你们的时间了，今夜我谁也不属于!”

大家目瞪口呆，都怀疑自己的耳朵是否听错了。接着就是一片抗议和诉苦。她知道对他们讲话没有用处，就站起来，脸上现出坚定的样子：

“我累了……我要休息了。”

她向他们一挥手臂，转过身去，匆匆离开了客厅，她上楼进了自己的卧室。

此时，他对自己的举动感到得意又为自己的解脱而感到轻松。情人们的叹息声仍然回响在她的耳边……。她走到窗前，拉起窗帘，向着漆黑的路看去，看见远处滚动着车子和轿子，载着沮丧的情人们走了。这番情景很使她得意，她嘴角浮起了冷酷而又辛辣的微笑。

她为什么会这样做？她自己也不知道。她只感到了不安和激动。

啊……这种单调的生活有什么意思？她惶惑不解，哲学家郝夫的回答也不能使她满意。后来她躺到床上，很快便进入梦境。这一天发生的事情一桩桩又在梦中重现：她又看见了聚集的人群，看见巫婆火一样的眼睛，听到了那令她战栗的丑恶的声音……。后来她看见了年轻的法老，荣耀而又漂亮。再后来就是抢走了她的金绣鞋的那只雄鹰。确实，这一天里发生了太多的事。也许正因为如此，她才感到不安，心神不宁，使情人们沮丧地离去。她的心在激烈跳动，那里燃烧起一股不可名状的火，幻觉带着她在奇异的深谷里徘徊，她隐约觉得自已要从一种生存状况转到另一种样的状况。但是处境如何？她什么也不知道。她难道是中了那个老巫婆的魔？

她显然是中了魔，不是巫婆的，就是主宰众生命运之神的。

塔胡

拉蒂斯感到烦躁不安，难以入睡，便从床上起来，走到临花园的窗前，打开窗户，她像石雕一样一动不动地站在那里。过了一会儿，她解开发结，亮丽的乌丝颤动着披到她的脖颈和两肩，给雪白的睡袍染上一层乌黑。在清冷的夜风中她深深吸了几口气，然后把胳膊靠到窗台上，双手托着起下巴，望着花园里幽深的天空沉思起来。尼罗河在远处流淌着，夜色漆黑，香气宜人，微风时断时续地吹着，树叶跳起轻柔的舞蹈。尼罗河远看一片黑暗，点缀在天空中的闪烁的星辰，投下了微弱的光，这光在与大地接近处便淹没于黑暗之中。

在这个漆黑而又宁静的夜晚，冷静和安宁能够罩在她不安的心头吗？不可能，她已经完全失望了。她将一个枕头，放到窗台上，把右脸颊贴在上面，闭上了眼睛。

她突然记起哲学家郝夫说的话："所有的人都会有不幸的，不要希望生活会有什么改变，安于命运吧！"她深深地叹了口气，感到失望。难道真的没有希望改变了吗？难道真的人人都有不幸吗？她怎么可能相信这种说法，放弃她改变现实的要求呢？一个强烈的愿望在她心中激荡着，她想独自逃到天涯海角！她又怎样才能得到她想要的安定和满足？她梦想着一种不再有不幸的生活，她对一切都已厌倦了。

一阵轻轻的敲门声打断了她的梦想。她侧过耳朵，吃惊地听着，然后抬起头来问道：

"谁?"

一个熟悉的声音答道：

"是我，女主人……我可以进来吗?"

"进来吧，席斯。"

席斯踮着脚尖进到屋里，看见她的女主人站在窗前，床铺一动未动，很是吃惊。美人急忙问她：

“有什么事，席斯?”

“有一个人要求进来见你。”

她蹙起眉头，声带愠怒地说：

“什么人？把他赶走!”

“我的女主人，贝佳宫的大门在这个人面前是从不关闭的。”

“塔胡!”

“正是他。”

“这么晚了，他有什么急事还来?”

女佣眼睛狡黠地眨动一下：

“你一会儿就知道了，我的女主人。”

她挥一下手示意请他进来，女佣去了。不一会儿，将军那魁梧的身躯便拥入门来。他向她点头致意以后，便慌乱地看着她的脸。此时，拉蒂斯立刻发现他脸色蜡黄，额头紧皱，双目失色，简直变成另一个人了。她走到软榻跟前坐下，问道：

“你不舒服……是太劳累了吧?”

他使劲地摇摇头，闷声闷气地说：

“不。”

“跟平时不一样。”

“是的!”

“你怎么啦？告诉我，我想你自己应该知道。”

他当然什么都知道，但是现在，他并不情愿说出此事，他害怕幸福离他而去，于是便想再冒一次险。如果他能够支配她，事情就不难了。但他对此几乎失望，痛苦地对她说：

“啊，拉蒂斯，假如你能够像我爱你一样地爱我，那么我就以爱的名义乞求你。”

她知道他是一个强者，最讨厌乞求，那么他要求她什么呢？既然她经常以肉体满足他，那他还有什么烦恼的呢？她垂下眼睛，对他说：

“这是你重复多次的老话题了。”

他觉得她没有理解他的诚意，生气了：

“我知道，但我现在又一次提起是有新的理由的……。啊，你的心就好像冰冷的河水中的一个漩涡。”

她已经听腻了这种比喻，不耐烦地说：

“难道你的要求我拒绝过吗?”

“没有，拉蒂斯，你已经给了我你那生就了折磨人的迷人的身体。但我还想要你的

心。那一颗无动于衷地面对着爱的狂飙的冷漠的心，我有什么缺陷？我难道不是一个男人吗？不，我具有完美的男子汉的特长。我不明白，你为什么不能将它同你的肉体一同给我。”

她厌恶透了，她已不是第一次听他说这些话了。不过，这次不像原来那样只是轻微的气愤和挖苦，却是在这么深更半夜的时刻，用了那么一种颤抖着、充满了怨恨的语调。是什么事情激怒了他？

她催促他说出原因：

“塔胡，你这么晚来了，只是为了在我耳边重复这些已说过千万次的话吗？”

“不，我并不是为了这个才来的……我是为了一件十分重要的事情而来的，假如爱情不能救我，那么就用你所酷爱的自由来救救我吧！”

他无法忍住不去说那件可怕的事，只好决心不再转弯抹角，于是两眼盯住她的眼睛，坚决地说道：

“你必须趁黎明之前赶快逃离贝佳宫！”

女人不解地看着他，心中有些害怕：

“你说什么，塔胡？”

“我说，你现在只能选择隐匿或失去自由。”

“什么人能威胁我的自由？”

他咬咬牙齿，反问道：

“你是否丢掉什么宝贵的东西？”

“是的，你送我的金绣鞋让我丢了一只。”她并不明白有什么危险。

“怎么丢的？”

“我在湖里游泳时，被老鹰叼走了……。但我不明白，在我的自由和丢掉的绣鞋之间又有什么关系。”

“慢着，拉蒂斯。你知道老鹰把它叼到哪里去了吗？”

她从他口气中看出他是知道这件事的，便奇怪地咕哝着：

“它叼到了哪儿我怎么会知道呢，塔胡？”

“叼到了法老的怀里！”他说着长叹了一口气。

这句话像一声惊雷响于她耳畔，震动了她的全身，使她忘记了周围的一切。她用惶惑的目光看着他，说不出话来。将军不安而又疑惑地观察着她的脸色，心里想：真不知道这个消息对她有什么影响，她心里想些什么？

“我要求你做的事难道没有道理吗？”他小声问道。

她并没有回答他的问题。像是并没有听到他讲话，她陷进了内心起伏的波澜中。他对她的沉默和茫然而感到震惊，不祥的预兆浮于心头。他的目光混浊起来了。他再也按捺不住自己的怒火了，用严厉的声音对她喊道：

"你的心跑到哪里去了？这么严重的事情你难道没有震动吗？"

他的叫喊使她为之一震，这使她心里对他更加憎恶了。但她还是尽量地压制着内心的不满，瞥了他一眼，冷冷地说道：

"难道你以为我应该恐惧吗？"

"我看你是在装糊涂，拉蒂斯。"

"真奇怪……，难道一只拖鞋叼到了法老怀里，他就能为此杀了我吗？"

"当然不会。但是他翻来覆去地看着你的拖鞋，还问这是谁的？"

"那么有人回答他吗？"美人的心猛然跳动起来。

塔胡目光黯淡下来，声音在颤抖：

"那个伺机找我麻烦的我的朋友，又是敌人的李弗哈特卜，乘机向我捅了一刀，他在法老面前大大地夸耀了你，引诱得法老直流口水，欲火中烧。"

"苏弗哈特？"

"正是他，激起了年轻国王的情欲。"

"法老怎么样想？"

塔胡双手交叉胸前，恨恨地说：

"年轻的法老喜欢独断专有。但他从不珍惜他所爱的东西。"

两人又一次沉默，此刻女人情绪激荡，男人则被胸闷所窒息。她越沉默，他越生气。他发现她并不恐惧，也不着急，于是再也按捺不住心中的怒火：

"难道你不知道自己的自由受到威胁吗？拉蒂斯，你所酷爱的、不愿放弃的自由正在受到威胁！为了这自由，你曾摧毁了多少颗爱慕你的心，使得痛苦、折磨、失望像瘟疫一样毁灭了所有贝佳岛的常客。而现在，你却对它并不珍惜呢？"

她很讨厌他这样来形容她的自由：

"你为什么用这种令人作呕的语言来攻击我？我的罪过，不过是我没有用虚伪的语言对任何人说我爱他！"

"那么你为什么不会爱呢，拉蒂斯？像我这样南征北战、铁石心肠的人都会恋爱，而你为什么不会恋爱？"

她暧昧地笑笑：

"你看，我能够回答你的问题吗？"

"现在我并不关心这个，你是否回答这个问题，我也不是为它而来的。我再问你，你打算怎么办？"

"不知道。"

他瞪着像火球似的两眼，恼恨地盯着她，心中产生了想要砸碎她头颅的疯狂的邪念。然而拉蒂斯依然平静地看着他，他深深地叹了一口气，说道：

"原来我还以为你是非常珍惜自己的自由的。"

“那么我又能怎么办?”

他拍拍手说:

“逃跑，拉蒂斯！你只有在被带走之前赶快逃跑。否则，你就要被关进深深的宫院，在数不清的后宫中给你一间屋子，让你孤独的在那儿生活，等待着一年或是更长时间被召见一次。你的后半生将在不幸的幽禁中度过……。拉蒂斯，难道你情愿过这种生活吗?”

此刻拉蒂斯觉得尊严受到了侮辱，她愤怒了。难道她真的会遭到这种不幸吗？难道那么多出类拔萃的人物喜欢的拉蒂斯，最后的命运却是要与千百个宫女们共同分享年轻法老的心，必须被法老幽禁在宫中一间小屋吗？难道她愿意从光明投向黑暗，由尊严走向屈辱，从绝对的自主到受奴役吗？啊……这一切多么可怕呀！但是，她应该像塔胡所说的那样逃跑吗？她愿意逃吗？拉蒂斯，这位被崇拜的美人，世上没有另外一张脸比她的更美，没有另外一个身体具有她的魅力，然而她今天却要逃跑？那么，企望占有所有人的心又有什么用?

塔胡向她走近，央求着:

“说话呀，拉蒂斯!”

她真的生气了，挖苦地问他:

“难道你觉得教唆我逃避国王陛下，是对他的忠诚吗?”

这一句话刺痛了他的心，他踉跄了一下。但他还是把心里的话说出来:

“拉蒂斯，国王陛下还没见着你，然而我已经六神无主了。我完全成了你的爱的俘虏，这种爱不仅用屈辱和磨难来践踏我，而且还会毫不留情地毁灭我。我的胸膛燃烧的是痛苦的火焰，当我知道我将要永远失去你的时候，烈火燃烧得更加凶猛了。我是教唆，只是为了保卫我自己的爱。而我绝不是背叛伟大的国王陛下。”说着，他嘴里感到一阵苦涩。

她并没有注意听他的诉苦和辩解，而是继续为自己受到侮辱而气愤。当他问她将怎么办的时候，她使劲地摇着头，来发泄心中的积恨。接着用冷淡而又坚决地声音说:

“我决不逃走，塔胡。”

“你甘愿受侮辱吗?”他既吃惊又失望。

“拉蒂斯永远不会尝到屈辱的滋味。”她冷笑道。

他怒不可遏了:

“啊，我明白了，隐藏在你身上的那个狂妄、自负和顽固的魔鬼起作用了。他一直捉弄别人、以折磨别人为乐趣。当他听到法老的名字时，它就跃跃欲试，想检验一下自己的力量，试试这个诅咒有多大威力，而不管它为此践踏了多少颗心，刺伤了多少灵魂，熄灭了多少人美好的愿望……。啊！我为什么不用匕首刺死这个魔鬼!”

她镇静地看看他，说道:

“我从来没有拒绝你的任何要求，并且经常劝你不要陷于美色而不能自拔。”

“这把匕首足可以使我平静，对拉蒂斯这是最自然不过的结局了。”

“那么对于塔胡将军，则是个可惜的结局啊！”

他直瞪着双眼，久久地注视着她。在这关键时刻，他内心感到死前的绝望与苦闷。但他并没有就此爆发，只是冷酷地说道：

“拉蒂斯！你这个可憎的形象你太丑恶了，假如有谁以为你美，那他就瞎了眼，不识真伪。你的形象是丑的，因为它可以使人死亡。你的心是冷的，你是一具漂亮的僵尸。你眼中没有温情，你嘴角没有爱意，你心中缺少感情。你的目光是呆滞的，你是一具可憎的尸体。我憎恨你，我将永远憎恨你……。我知道，魔鬼一时可以让你为所欲为，但是总有一天你会粉身碎骨，因为这是所有恶人的下场……。我为什么要杀你呢？我没有必要要承担杀死一具尸体的罪名。”

塔胡说完这番话，气愤地走了。

拉蒂斯一直听着他沉重的脚步远去，直到消失在夜的寂静中。

然后，她又回到窗前。黑暗笼罩着一切，群星沉醉在永恒的夜幕中，一切都是可怕的寂寞。周围的静使她甚至听到了自己的心跳声。

此时此刻她的心激动不安，她有顽强的意志，她身体也跳动着活力，她不是僵尸。

法　老

拉蒂斯睁开眼睛，面前仍旧是一片黑暗。难道黑夜还没过去吗？她什么时候才能安静地入睡呢？她木然地呆了几分钟，什么也不知，什么也不觉，既不想过去，也不想未来，好像漆黑的夜吞没了她的一切，她感到十分烦恼无力。后来她的眼睛慢慢地适应了黑暗，看见一缕微弱的光从窗缝射进来，她辨认出卧室的家具和镀金的吊灯，重新恢复了知觉。这时她想起才觉得，她昨夜一直未睡，直到黎明时淡蓝色的光洒进卧室她才躺到床上，于是睡神征服了她的思维。她现在醒来，已经是第二天的晚上了。

她回忆起了昨晚发生的一切，脑海里又浮现出塔胡暴怒的样子，他在绝望和憎恨中呻吟。这个狂暴的人！他是一个强壮易怒的人，他的爱是野蛮的，他唯一的缺点是爱得太强烈、太顽固。她真诚地希望他忘记她，或者憎恨她。她从别人对她的爱中所得到的只是苦难，所有的人都渴望得到她的心，但她的心是纯洁的、排他的，像一只不驯服的动物。有多少次她被迫陷入难堪和痛苦中，但她并不情愿如此。可是悲剧总是缠绕她，像她的影子，不断地包围她；像她的幻觉，把她的生活抹上痛苦和残忍的色彩。

她又想起了，塔胡说年轻的法老想要看看金绣鞋的主人。他会把她带进宫，变成他无数嫔妃中的一个吗？法老是一个血气方刚的青年，洋溢着青春的活力。塔胡讲的话并不过分，她不能不相信。但是，也许她有能力使得事情按新的轨道发展。她对自己十分信任。

她听见敲门声，懒懒地说：

“席斯……进来。”

女佣打开门，轻轻走了进来：

“赞美主，你睡眠那么长时间，终于醒了。我的女主人，你一定饿了吧？”

女佣打开窗户，棕黄色的光射了进来。她转过头，对拉蒂斯笑着说道：

“今天的太阳还没有见到你就落了下去。看来它这次来拜访地球，失望而归了。”

“已经是晚上了？”

“是的，我的女主人。你现在是洗澡，还是吃饭？嗯……我知道昨天晚上你为什么失眠。”

“为什么，席斯？”她很认真。

“没有男人给你暖被窝呀！”

“去你的，刁钻的小东西。”

女佣眨眨眼，接着说：

“需要男人，这是一种不可抗拒的天性。要不然，你哪能容忍他们作践！”

“少啰嗦，席斯。”

拉蒂斯感到头发沉，女佣便说：

“赶快去洗个澡吧，……情人们陆续到了客厅，看见你不在那儿，他们会难过的。”

“真的来了？”

“这时候，你的客厅怎么会没有人呢？”

“我一个人也不想见！”

席斯愣了，不解地看着女主人：

“昨天你使他们大失所望，今天又说什么？唉，我的女主人，你不知道，你不在场他们是多么着急呀！”

“你告诉他们，说我不舒服。”

女佣迟疑了一下，想劝阻她。但她严厉的声音冲着女佣喊道：

“照我说的办！”

女佣慌忙离开卧室，对女主人发生的变化感到不可思议。

美人为自己的决定感到痛快，心想现在的时间不应该是属于他们的。此刻她不可能集中自己的注意力去听别人讲话，更谈不上唱歌和跳舞了。让他们都走吧，……她怕席斯再来传达客人的请求，便起床，跑进了浴室。

她心想，今晚法老会派人来找她吗？难道她是为了这个而不安吗？她怕吗？决不。她对自己的美貌充满了信心，这是任何女人都不具有的。任何人也抗拒不了她的美，她绝不向任何人屈服，即使是法老本人。那么她为什么要不安呢？昨夜那种奇怪的感觉又一次袭上心头，她的心又像第一次看见法老雕塑般站在御车上时那样地跳动起来。奇怪呀，她为什么惶惑？是因为她面临一个莫测的谜？一个强大的名字？一个神圣的主？她希望看见他像一个普通人一样地激动，还是像神一样地庄严？她不安，是不是她想试试自己在这个强大的堡垒面前的力量？

席斯敲了敲浴室的门，告诉她昂奈先生送来一封信。她生气了，厉声说："把它撕掉！"女佣怕再次激怒女主人，于是慌忙地走了。

拉蒂斯离开浴室，更加光彩照人了。她来到起坐间，吃了饭，喝了一杯马尤特白酒。她刚刚坐到软榻上，席斯没有通报就慌慌张张地跑了进来。拉蒂斯用警告的神色对着她，目光很严厉。女佣胆怯地说：

"客厅里有一个陌生人，一定要见你。"

"你疯了吗？你是要跟他们合伙来找我的麻烦。"

女佣喘息未定，解释道：

"不要责备我，我的女主人，我已经把所有的客人都打发走了。但是这个陌生人，是我在客厅的长廊上碰到的。我想挡住他的路，但是他并不理我继续往前走，并且命令我通告你，他要见你。"

美人看着女佣，片刻之后问道：

"是不是法老禁卫军的一名军官？"

"不是，他没穿军装。我问他是什么人，他只是耸耸肩膀没有回答。我告诉他，你今夜不见客人，但他不理我，并且命令我告诉你，他在等你。咳！我的女主人，我是想按你的意愿去办，但是我没有办法打发走这个顽固而又强悍的人。"

美人心想，他难道是法老的使臣？这个念头一出现，她心就猛烈跳动起来了。接着她赶快跑到梳妆台前，对着镜子仔细看看自己的容貌，又踮起脚尖转了一圈，然后对着镜子问女佣：

"怎么样美吗，席斯？"

"这是我的女主人，拉蒂斯！"女佣对她女主人的变化感到吃惊。

美人扔下还在疑惑不解的女佣，径自走出了屋子，穿过一个个房间，走下铺着华丽地毯的楼梯，在客厅入口处稍停了片刻。她看见客厅里有一个人，背对着她，正在阅读墙壁上一首拉蒙·哈特卜写的诗。他是谁？个子像塔胡一样高，但是比他细俏一些，宽阔的肩膀，挺直的双腿，斜披在后背上一条绣满了珠宝的背巾直拖到扎着短裤的腰间，头上戴着一顶金字塔形的做工精细的帽子，不像祭司们戴的那种。他可能是谁？她轻轻进了客厅，走在地毯上，客人并未感觉到她来了。她走到离他几步远的地

方，轻声说道：

“先生。”

陌生人转身面对着她。

天哪！她发现和自己对面站着的竟是法老。那位伟大的法老——莫尔雷拉第二！

这个相遇太突然了，猛烈地震动了她，使她不知所措。她问自己是不是在做梦？但她确确实实认识这张棕色的脸和那又直又长的鼻子。她见过法老两次，每次都在她心里刻下了深深的印象。她永远忘不了他。但她没想到会跟他在这里见面，没有丝毫准备，更没有细致的筹划。难道为了会见一个努比亚商人都要打扮一番的拉蒂斯，能够这样随随便便的见法老吗？她一时不知所措，感到自己完全失败了。她有生以来第一次低下头来，声音颤抖着说：

“国王陛下。”

此时法老两眼射出熠熠的光，停留在她美丽的脸上，得意地看着她慌乱的神情，陶醉在她貌之中迷人的美。她向他致意时，法老用清晰而洪亮的声音问道：

“你认识我吗？”

她用音乐般甜蜜的声音回答他：

“是的，陛下……这是我昨天的幸运。”

他双眼盯住她觉得看不够，有一股醉意慢慢地流遍全身，又欣喜地开口道：

“国王是众人师表，应为臣民的生命财产时刻操劳。为此，我到你这里来，是把一件最宝贵的东西送还你。”

说着把手伸到衣兜里，取出那只绣鞋，递给了她：

“这不是你的金绣鞋吗？”

她的眼睛盯着法老的手，当她看见那只绣鞋从他衣服下面露出来的时候，惊奇得几乎不敢相信自己的眼睛。她激动地回答法老的问话：

“是我的拖鞋！”

国王得意地笑了，两眼看着她说：

“正是的，拉蒂斯，这不是你的名字吗？”

她低下头来，讷讷说道：

“是的，陛下。”她很慌张，不知接下来说什么好。

国王却一直说：

“真是一只美丽的绣鞋。最动人的是鞋心上少女的画像，我本来以为那只是一个美丽的装饰，现在我才知道这是真的。我明白了一个伟大的真理：佳人也跟幸运一样会出乎意料地突然降临到自己面前。”

她交叉起双手，慌乱地说：

“陛下，我从来不敢想象您会光临鄙舍，亲自把金绣鞋带给我。……主啊，我这是忘了？我糊涂了，陛下请恕罪，我真该死，怎么还让陛下你站在这里！”

她匆匆地跑到自己的座椅跟前，恭敬地低下头来，请法老上坐。但他却选了个柔软的沙发，并对她说：

“过来，拉蒂斯，坐到我这边来。”

美人向他走去，走到离他不远的地方，犹豫不决地站住了。他拉起她的手腕，让她坐到自己的身上。她的心猛烈跳动起来，把绣鞋放到一边，低下了眼睛。这时候她完全忘记了，她就是那个能够随心所欲玩弄男人、并被无数颗渴慕的心崇拜的拉蒂斯。一切来得太突然了！一个伟大的人物震动了她的心，就像一束强烈的光突然使她眼花缭乱，她突然变得像一个处女第一次接触男人那样地退缩起来。但是，在不知不觉中，她的超凡的美参加了战斗，沉着自信地将她迷人的光焰射向国王那一双迷醉的眼睛，宛若太阳把自己的光辉射向沉睡中的万物，使它们苏醒过来，振奋起来。拉蒂斯的美能够征服一切，使接触到她的人燃烧起来，产生不可遏制的欲望。

在那个永恒的夜里，他俩——慌乱的拉蒂斯和被美色迷住了心窍的国王——最需要神祇的保佑。

国王想听她动人的声音，便问：

“你怎么不问我，绣鞋怎么会落到了我这里?”

她不安了：

“在振奋中心甘情愿地臣服脚下，我忘记了最重要的事情，陛下。”

他笑着并不回答，反问道：

“你怎么把它丢了?”

他温和的语气使拉蒂斯平静下来，回答道：

“我游泳的时候，它被老鹰叼走了。”

国王深吸了一口气，抬起头来对着天花板上的彩绘，合上眼睛想象着那一个迷人的场面——拉蒂斯赤身在水里嬉戏，老鹰从天上俯冲下来叼走了她的金绣鞋。美人感觉到他的喘息炙烤着她的脸颊。他从梦幻中醒来，看着她的脸，深情地说：

“老鹰把绣鞋叼走，又把它扔给了我，多么美丽动人的故事！但是，如果不是神给我安排了这只老鹰，难道我就无缘见到你吗？这太可悲了。我从心底里感到，老鹰知道你就近在咫尺而不被我知，它心里过意不去，于是有意在我不期之中将绣鞋扔给了我。”

“老鹰把绣鞋扔到您手中，陛下?”她吃惊了。

“是的，拉蒂斯。这是一个多么让人心醉的故事。”

“简直像变魔术一样来得突然!”

“你认为突然吗，拉蒂斯？不，怎么是突然呢？这是天意!”

她长叹了一口气：

“您说得对，陛下。……它又理智又愚笨。”

“是的，为了这个传奇故事，我要向全体人民宣布，任何人不得伤害老鹰！”

她甜甜地笑了。这一笑浅浅的浮在她嘴角上，像神符一样包容了国王的心，他没有去竭力控制自己的感情，而是让其奔腾：

“它是我这一生中唯一对之负有重债的生物……。拉蒂斯，你太漂亮了，你的美甚至超过我所有的梦想。”他边说边赞叹不已。

听了此话，女人很高兴，仿佛是第一次听到如此的赞美。她勾人心魄地向他看了一眼，更使他心醉神迷，于是法老半乞求地说道：

“我的心里好像有一根燃烧的火鞭在抽打。”

然后，他将自己的脸挨近她的脸，接着说下去：

“拉蒂斯……我多么想把我的心融化在你的呼吸里。”

她闭上眼睛把脸伸给他，他俯下自己的脸，直到他的鼻子触到了她的鼻子。他用手指抚玩她长长的睫毛，目不转睛地注视着她那双乌黑的眼睛，直到周围的一切变得模糊起来。他深深地陶醉在幸福的依偎中，直到听见她深长的叹息，才醒过来，对着她的耳朵低语道：

“拉蒂斯，我能预测自己的命运，从现在开始，我的疯狂将压倒意志。”

她将头靠在他的肩上，心在猛烈地跳动。两人都默默地坐着。突然，拉蒂斯站起来，对他说：

“陛下，您是否愿意跟我来参观宫殿?”

这无疑是一个美好的邀请，但这时他想起了差点忘了的一些重要的事情。他不得不谢绝这一诚挚的邀请，并且遗憾地对她说：

“今晚不行，拉蒂斯。”

“为什么?”她不解地看着法老。

“一些人已经在我的宫殿里等我很久了。”

“什么人，陛下?”

国王轻轻地笑了笑：

“本来我应该在这个时间召见首相。实际上，老鹰事件发生的时候，我正在忙于一件重要的工作。我早就想到你这里来，但是一直没有机会。今晚我推迟了一个重要的会议，特意来看望这只金绣鞋的女主人。”

拉蒂斯吃了一惊，自语了一声“陛下”。她奇怪他竟能为了突然闯入他心中的女人，而推迟了关系着王国命运的重要会议。她觉得国王应该做的事情比情人或诗人更重要。

这时国王对她说：

“我现在要走了，拉蒂斯……。啊，皇宫像被层层传统的高墙所包围的监狱，那的气氛令我窒息，刚才我像箭一样从那里冲出来。现在，我必须告别这里迷人的女郎，去见那些可憎的面孔。你觉得奇怪吗？亲爱的拉蒂斯，明天见，愿我们永远相见。”

他说完这些话，便带着他的青春、俊美和浪漫的激情离开了拉蒂斯。

爱

她的目光从他离去的身影收回后，叹了一口气说：“他走了……”。然而她的心里他却没有离开，她如梦如醒地在一种心境里，回忆、幻想，一幅幅美丽图景时时地在她的面前浮现。

确实，她是世界上最幸福的人，因为她得到了最大的荣耀，她的美丽使她享受了任何女人都无法享受的伟大和尊严。法老御驾亲访，又被她芳香的呼吸迷醉，而且还在她面前说了那么多温馨的话语。在他的倾慕下她的美貌和光荣超越了至高无上的王后。她确实很幸福，是一种光荣的成就感的幸福！她微微偏过头来，看到了那只绣鞋上，心强烈地跳了起来。她低下头去，直到嘴唇触到了鞋帮。

这时席斯的进入，打断了她长久的沉思。女佣问道：

“太太，你是不是在这里睡觉？”

她并没回答，拿起绣鞋，懒懒地站起来，缓缓地向她的卧室走去。

席斯鼓起勇气，很伤心地说：

“唉，太可惜了，我的女主人。这个华丽的一向充满欢乐的客厅，今晚第一次缺少了情人和谈客……歌舞和爱情哪里去了？难道你不需要了吗？”

美人没有理会她的话，径自默默地上了楼梯。席斯以为自己的话打动了女主人，便跟在后面热烈地接下去：

“当我宣布你谢绝会客的时候，他们多么遗憾。他们交换着惋惜的眼色，一个个失望地离去了。”

美人仍然沉默不语，走进自己华丽的寝室，跑到镜子跟前，看了一眼自己的形象，然后欣然对自己说：“假如今晚发生的事情是一个奇迹，那么这个形象本身就是一个奇迹。”

她得意地转过头来，问席斯：

“你猜今晚来看我是的人是谁？”

“他是谁，我的太太？我从来没见过他。一个陌生的青年，当然是一个高贵的人。他英俊、威严而又勇敢，旋风般向前冲去，脚步坚定，声调里带着命令的口气。要不是我怕，我会说他是……”

“是什么?”

“狂人。”

“别胡说。”

“太太……不管他有多么富有，你也不值得为了他而赶去所有的情人。”

“你小心后悔不及。”

席斯奇怪地问:

“难道他能超过塔胡将军和阿纳总督的财富?”

拉蒂斯拖长了声调说:

“他是法老，笨蛋。”

女仆盯住女主人的脸，嘴巴张开了，但是良久说不出话来。

美人笑道:

“他是法老，法老，席斯。法老就是他，就是他，不是别人。你别在这里多嘴多舌的了，快走开，我要一个人呆会儿。”

她关上房门，走到临花园的窗前。夜已深了，黑暗的翅膀笼罩了一切，天空闪烁着星辰，彩灯挂在花园的树上。夜是迷人的，她欣赏着夜的美妙，第一次感到一个人独处是甜蜜的，比跟情人们在一起甜蜜得多。在寂静中她倾听着自己的呼吸和心脏的跳动，各种各样的回忆涌上心头，她又回到远远的过去，心猛烈跳动起来……。在她成为贝佳岛皇后，占有了无数颗倾慕她的心之前，她曾是一个美丽的农村少女，像一朵芬芳艳丽的玫瑰开放在乡村的绿叶中间。努蒂亚，一个声音甜蜜、有着一双古铜色小腿的青年，是她唯一倾心的人。尼罗河可以作证，她经历过从未有过的幸福日子。他邀她到船上去，她便去了，奔腾的江水把她从遥远的南方载到贝佳岛，从此她失去了与农村和一切亲人的联系。努蒂亚从她的生活中消失了，她不知道他是失踪了，还是逃跑了，或者死了，只剩下她孤独的一个人……。不，她不是孤独的，伴随着她的是她的美貌。她没有流离失所，一个长胡须、好心肠的中年人收养了她，他们生活得很富裕。他死了以后，她继承了他的财富。她的光辉吸引着众人如灯蛾扑火般向她奔去，多少颗年轻的心拜倒在她脚下，无数钱财流向她的宅邸，她被推崇为贝佳宫皇后……。这就是拉蒂斯，啊，回忆!

从那以后，她的心是怎么死的?是忧伤?是傲慢?还是光荣?她以一颗紧闭的心和一双听而不闻的耳朵，去听情人们向她表示爱慕的话语。即使塔胡将军，也只能得到她一具冰冷的身体。

她陷入深深的回忆中，好像要寻找什么东西来把她美好的过去和她一生中最幸福的日子联结在一起。

她没有感觉到，时间在流逝。不知过了多长时间，她忽然听见急促的脚步声，慌忙转过头去，只见门已被打开，席斯喘息着跑进来:

“太太，他跟在我的后面上来了！”

法老沉着地迈进门来，像走进了自己的寝宫一样。

拉蒂斯又惊又喜地喊了一声：

“国王陛下……”

席斯慌忙地退到外面，把门关上。国王扫视了一下这间美丽的卧室，笑道：

“请原谅，我不邀而入您不介意吧！”

“陛下，卧室和它的主人今后将都属于您。”她不胜荣幸地笑道。

国王笑了，笑声明朗，充满生气。他拉起她的手腕，两人在床上坐定。然后，对她说：

“我真怕在我到来之前，你已经睡下了。”

“睡觉？在这样的夜晚是无法入睡的，因为幸福的光辉把黑夜照耀得如同白昼。”

他脸上显出十分认真的神情：

“那么，让我们在一起燃烧吧！”

她感到一股幸福的热流涌上心头，她的心从没有像这样清醒和充满生气。她只是在这个神奇的人面前，才感觉到依从的乐趣。他说对了，她在燃烧。但她什么也没说，仅仅把一双清澈的眼睛向他扬起：

“我真没有想到今夜您又会来到这里。”

“我也没想到。但是召见太乏味，我无法集中精力，也无法忍受那么多烦琐的仪式，太烦人了。召见了几个人以后，我便再也忍受不了了，就宣布召见改在明天进行。我本来并不想再次来到这里，只想独自一人清静一会儿。但是当我一个人的时候，又感到孤独，无法忍受这漫长的夜。我想，为什么要等到明天才能去你那呢？我可从来不会压抑自己的情感。于是我就来了，难道你不欢迎吗？”

他的任性得到了最美好的报答！他感到一种异样的激动的快乐，浑身充满热情和活力。他说：

“拉蒂斯，多美的名字。它在我的耳朵里像音乐一样动听，在我的心里就是爱的象征。这个爱是一种神奇的东西，它居然能够征服一个夜夜有美人陪伴的男人！真的，太奇怪了。你看，这是一种什么样的爱？它是进入我心中的甜蜜的不安，它是我灵魂最高尚的地方的一首神曲，它是多情的、迷人的，它就是你。你是天地间和心灵上最神圣的象征。你看看我的身体，它现在正需要你，正如一个溺水的人需要呼吸。”

他的话句句说到她心里，她跟他的感情是相通的。他在倾诉自己的感情，然而却道出了两颗碰撞的心。她听着他讲话，像听一首神曲；看着他的形象，是天地间最伟大的形象。她的一双眼睛在梦幻和陶醉中渐渐合了起来，长长的睫毛触到了一起。

他轻声问她：

“你为什么不说话呢，拉蒂斯？”

她缓缓睁开那双楚楚动人的眼睛，深情地望着他说：

“我要说什么呢，陛下？长期以来，我一直不停地说话，但我的心是死的。现在我的心复活了，它倾听着您的话语，正如大地吸收太阳的光和热。”

他幸福地笑了：

“是你的爱把我从美女的海洋里抢了出来。”

她同样微笑着说：

“而我则是被你的爱从男人的海洋里救了出来。”

“我在人世间游历了这么长时间，而你就近在咫尺。啊，多么遗憾！为什么我们刚刚相识？”

“我们都在等待老鹰做信使。”

他握紧拳头，热情地说道：

“是的，拉蒂斯，命运之神直到现在才派老鹰出现，这样她就会从容地在她的画版上描绘出世间最美的爱的故事。我肯定老鹰不愿意我们原来互不相识的状况再拖延下去，从今以后我们决不分离，我们俩在一起就是世间最大的幸福。”

她从心底里吸了一口气，说道：

“是的，陛下。从今以后我们不应该分离，你什么时候需要，我都会与你在一起。”

他把她的手掌贴在自己的手掌上，温柔地拍着，说道：

“过来，拉蒂斯，到我这里来，让这座宫殿永远地向它的过去关上大门。在我认识你之前，我觉得每一天都是射向我的幸福的毒箭。”

她听着他的话，如醉如痴。突然，感到一阵不安袭上心头，便问他：

“陛下你要纳我为妃吗？”

他摇摇头：

“不，我将把最尊贵的位子留给你。”

她垂下眼睛，不知道说什么好。法老对她的缄默似乎感到了不安，便用手指抬起她的下巴，问道：

“你为什么不说话了？”

她迟疑了一下，问：

“陛下你对我要下命令吗？”

他听到“命令”一词，心中觉得不舒服，于是说道：

“命令？什么命令，拉蒂斯，命令得不到爱情。我从来没有过改变自己，做一个普通人的想法，不用别人帮助，去开辟自己生活的道路，真正的正视自己的命运。忘掉我是法老吧！告诉我，你愿意跟随不是法老的我吗？”

她怕自己沉默会引起误解，便诚心诚意地说道：

“陛下，我爱你如同爱自己的生命。啊，比生命还宝贵。在我爱上你之前，我从未爱惜过生命。现在我认识了生命的价值，就在于它使我感到了你的爱。你的存在使我感到由衷的幸福。心有灵犀一点通，问问拉蒂斯这颗心吧，陛下，它会把我想说的话都告诉您。但是我问自己，我为什么要离开这座宫殿，为什么要关上它的大门？它就是我，陛下，我希望您爱它就像爱我一样。这里的每一个地方都有我的足迹，有我的肖像和雕塑。我怎么能离开这个老鹰来传递过爱的信物的地方？我怎么能离开这个陛下亲自来看望过我的地方？怎么能离开这个使我的心第一次激荡起爱情的地方？陛下到过的地方像我的心一样，应该是属于陛下一个人的，它的大门不应该关上。”

他激动地听她讲述，从心里相信她的话有道理。然后，他深情地抚摸着她的长发，接着把她抱在胸前，在她的双唇印上一个甜蜜的亲吻。一股清香滋润了他的双唇，他说：

“拉蒂斯，跟我的灵魂交织在一起的爱！这座宫殿绝不关上大门，只要我们活着，它就是爱的摇篮，是情的乐园，是撒满了怀念的种子的大花园。我要把它变成爱情的圣殿，使它的土地和墙壁铺满黄金。”

她脸上闪烁着幸福的微笑，低声说：

“随您所愿吧，陛下。我明天要到苏代斯神庙，用那里的圣油沐浴我的身体，洗去过去的污垢，以一颗纯洁的身体与心灵回到圣殿里，将这朵含苞的花，在您的面前开放。”

法老把她的手放到自己胸前，看着她的眼睛说道：

“今天我是幸福的，天地众神可以作证。你看着我，拉蒂斯，你这一双黑色的眸子比世间所有的光辉都诱人。”

那一夜，贝佳岛睡熟了。但白宫里，爱情却醒着，直到漆黑的夜色消失在黎明如梦一般的蓝光中。

爱情的影子

这天拉蒂斯整整睡了一上午才醒来。空气清新，阳光灿烂。她那薄薄的睡纱袍紧裹着她丰满的躯体，头发飘散着，几缕细丝飘在胸前。

此时她心中仍激荡着甜蜜的回忆，屋子里到处洋溢着花香。她感到无比的喜悦和幸福，她觉得一切都是新的，新的天地、新的自己。

她侧过身来，看见了他的头印清晰地留在了枕上。于是她不由地把头移过去，亲吻着枕上的印迹，愉快地低语道：“一切是多么美好，一切都使我幸福快乐。”

她在床上坐了一会儿，然后轻捷地下了床，用冷水沐浴，搽了香水，穿上了熏过

香的袍子。然后去吃早饭——鸡蛋和薄饼，喝了一杯牛奶，一杯甜酒。

她乘船来到阿布城，前往苏代斯神庙。她满怀希望和敬畏的心情踏进神庙大门，在四处转了一圈，抚摸了它的墙壁和雕花的柱子，在功德箱里投下了她手头最珍贵的东西。后来，她去拜见大尼姑，求她用圣油洗涤她身上荒诞生活留下的污秽，洗涤她心上的忧伤和盲目无知。当她在尼姑手上进行洗礼的时候，从心里觉得自己是在无情地把过去那个玩弄男人、毁伤灵性、在别人的尸体上跳舞的玩世不恭的拉蒂斯送进坟墓。她感到自己的血管里流动着新鲜血液，心脏在安宁地、幸福地、纯洁地跳动。然后她双膝跪下，流着眼泪进行虔诚的祈祷，求主赐福她新的生活，保佑她的爱。她欣喜地回到自己的宫殿，像一只小鸟展翅在蓝天飞翔。席斯笑逐颜开地迎接她，几乎要飞了起来：

“今天是大喜的日子。我的太太，你知道谁来了我们这吗？”

她的心快乐地跳了起来，问道：

“谁？”

“是法老派来的全埃及最出色的工匠们，他们察看了居室、客厅、长廊，测量了墙壁和门窗，准备制作新家具。”

“真的？”

“是的，太太，这座宫殿不久就要变成世间的奇迹。啊，真是一笔赚钱的交易！”

拉蒂斯听了女佣的话，心中掠过一个阴影，便皱起眉头问她：

“席斯，你说什么，什么交易？”

女佣眨眨眼睛：

“一笔心爱的交易呀！天哪，一个国王等于所有的富人。从今以后，我再也不可惜你失掉了所有的孟夫商人和南方的军官了。”

拉蒂斯气得涨红了脸，对她喊道：

“闭嘴，你这个饶舌妇！从今以后，我再也不做交易了！”

“我该死……我是不是敢问一下，不做交易，做什么呢？”

拉蒂斯叹了一口气，说：

“别胡说了……，你没看见我作的决定是认真的吗？”

女佣朝女主人美丽的脸上看了一眼，沉默了一会儿，说道：

“愿众神祝福你，我的女主人。但是我不明白，你为什么要这么样的认真？”

拉蒂斯又叹了一口气，躺到软榻上，轻轻说道：

“我在恋爱，席斯。”

女佣拍着胸脯，吃惊地问：

“你恋爱了，太太？”

“是的，你有什么好奇怪的？”

“对不起，太太，我真的不能理解。”

拉蒂斯笑了：

“有什么不能理解的？一个女人恋爱了，这是最普通不过的事情了。”

女佣指着女主人的心说：

“但是这里，我知道，是一个坚固的堡垒。它是怎样被征服的？告诉我吧！”

拉蒂斯眼中浮现出梦意，回忆在她心中激起热烈的情感。她喃喃低语：

“我恋爱了，席斯。爱情是一种奇怪的东西，爱情在哪一分钟里敲击了我的心弦？它怎么样深入到我的心田？我不知道，它使我非常惶惑。但我知道我的心，在我第一次看见他的脸、听到他的声音时，它曾经激烈跳动过。我知道，它从未为任何事情激动过。有一个声音轻轻告诉我，这个人就是这颗心的主人，于是我有一种强烈的、痛苦的、甜蜜的感觉，一种热烈的向往——他应该是属于我的，像我的心一样；我应该是他的，像他自身的一部分。假如没有这个结合，生命就没有意义，一切都没有存在的必要。”

席斯叫道：

“真是太不可思议了，我的太太。”

“是的，席斯。从前，当我完全自由无拘无束的时候，我把自己的交椅安置在一个高高的山岗上，放眼一个辽阔的、陌生的世界。我跟几十个男人共度过良宵，听过最有趣的谈话，欣赏过最奇妙的艺术，玩味过最热烈的娱乐和歌舞，但是我心中充满着不可治愈的忧愁，有一股永不安宁的寂寞。而现在，席斯，我的全部希望集中到一个人身上，他就是国王陛下。他是我的一切，一股强大的生命力从我的生活中驱逐了忧愁和寂寞，焕发出光明和喜悦，我的自身已经消失在这个广阔的宇宙里，融化在这个可爱的人身上……。你知道什么是恋爱了吧，席斯？”

女佣依旧不解地摇摇头：

“听你所说，爱情真是一件怪事，可能它要比生命本身还要重要。但是我问自己，什么是爱情？爱情对我来说好比饥饿，男人就是食物。我爱男人就像爱食物，不过如此。”

拉蒂斯温柔地笑笑，如琴弦轻抚。然后站起来，走到临花园的阳台上。她叫席斯把吉他拿来，她现在非常想弹琴唱歌。她感到整个宇宙这时候都在歌颂一首幸福欢乐的歌。

一会，席斯拿来了吉他，交到拉蒂斯的手中：

“稍呆片刻再玩，你会不高兴吗？”

她边接吉他，边问：

“为什么？”

“因为有一个家奴告诉我，外面有人等着求见您。”

“他不认识他吗？”女主人有点不高兴地问。

“他说是画家汉弗尔派来的。”

她忽然想起来了，画家汉弗尔曾对她说过，他将派他的学生代替他为她的夏厅装饰和绘画。她对席斯说：

“把他带来吧！”

然而此时她忽然感到一阵不耐烦，用手指弹起吉他，也感到很不谐调。

席斯回来了。在她后面跟着一个非常年轻的小伙子，那人恭敬地低下头，轻声说道：

“神保佑你幸福，太太。”

她把吉他放到一边，挑起那长长的睫毛注视着他。这个青年中等个子，身材苗条；棕色的面孔，线条俊秀；两只大大的眼睛里闪烁着纯洁和天真。她为他的年轻和纯洁而惊奇，心里想，他能够担负起伟大的艺术家汉弗尔的工作吗？她看见他心里感到高兴，不久前的烦恼已经消失。

“你就是艺术家汉弗尔推荐来我这里装饰夏厅的学生吗？”

青年明显地慌乱起来，目光在拉蒂斯和地板之间游移不定：

“是的，太太。”

“你叫什么名字？”

“帕德蒙·本·巴萨尔。”

“帕德蒙……你多大了？我看你还很小嘛。”

“下月我就满十八了。”他涨红了脸。

“我看你有些夸大了。”

年轻人认真地说：

“不，太太，我说的句句是实言。”

“你真是个孩子，帕德蒙。”

他担心地睁大了眼睛，很怕自己因为年纪小而被拒绝。拉蒂斯察觉了他的不安，微笑着说道：

“不要担心。我知道，艺术家的天才在他的手上，并不是在他的年龄上。”

他热情地说：

“我的艺术，汉弗尔老师可以作证。”

“你从前做过一些重要的工作吗？”

“是的，太太，我曾经装饰过贝佳岛总督阿纳先生的一部分夏宫。”

“看来你是个很聪明的孩子。”

他的两颊又红了，眼里闪着喜悦，心里充满幸福。拉蒂斯叫来席斯，叫席斯把他带到夏厅去。青年在跟着女佣走之前犹豫了一下，然后说：

“你每天都必须得到我那儿去一下，什么时间都可以。”

她顺口答道：

“我已经习惯了这种事情，……你要为我绘制一个全身像吗？”

“或者是半身的，也可能只画一张脸就够了。总之，要根据整个夏厅的装饰布局而定。”

说完，他低下头跟着席斯走了出去。

拉蒂斯这时想起了艺术家汉弗尔，暗自讥讽道：他是否想到过，他亲自提议让他学生进来的这座宫宅，而他将永远被拒之门外？

天真无邪的年轻人在她心中留下了愉快的印象，她心中又激荡起了一种从未有过的新的感情，像是一种母亲的感情。这时候，她生怕自已那一双没有一个男人能够逃脱的眼睛把青年人也俘虏了。于是她便衷心地祈求神祇保护那位年轻人的纯洁和平静，避开痛苦和失望。

帕德蒙

第二天上午，拉蒂斯来到夏厅，看见帕德蒙正坐在铺开一张巴尔迪纸的桌子旁边，聚精会神地作画。他感觉到她来了的时候，便放下画笔站了起来，低头向她致意。她微笑着向他打了个招呼，说：

“每天早晨这个时间，你可以为我画像。”

青年人羞怯地低声道：

“谢谢，太太。可是今天却不能开始工作，因为我正在考虑整个的装饰布局。”

“啊，这个孩子，你敢欺骗我。”

“不，太太。我已经有了一个奇妙的设想。”

她看着他那一双清澈的大眼睛，对他开玩笑道：

“这个小小的脑袋真的会想出什么奇妙的想法来吗？”

他涨红了脸，用手指指右边的墙壁，恐慌地说：

“我将整个这面墙壁绘上你的头像。”

“真的吗？我怕太难看了。”

“会很漂亮的。”青年脱口而出。

她用审视的目光看着他，他立刻慌乱起来，两只清澈的大眼睛闪出难为情的神色。她抬起头来，向前方看去，目光落在了窗外的湖面上……。一个温和的青年，像个纯洁的少女，在她胸中激起一种奇异的感情，一种沉睡在她心底的母爱。她转过脸来，

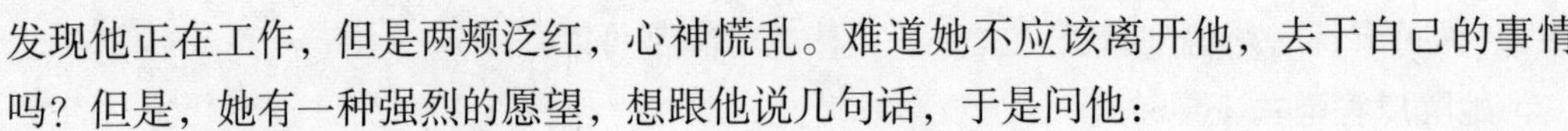

发现他正在工作，但是两颊泛红，心神慌乱。难道她不应该离开他，去干自己的事情吗？但是，她有一种强烈的愿望，想跟他说几句话，于是问他：

“你是南方人吗?”

青年抬起头来，兴奋地答：

“我是阿布斯人，太太。”

“阿布斯，你是南方北部的人了。而他是布拉格人，你怎么会跟艺术家汉弗尔碰到一起?”

“我父亲是艺术家汉弗尔的好朋友，由于我爱好艺术，父亲就把我送到他那里，拜他为师。”

“你父亲也是艺术家吗?”

青年沉默了一会儿，说道：

“不，我父亲是阿布斯最著名的医生，他精通化学，会制作木乃伊，并发明了许多制作木乃伊和毒药的方法。”

从谈话中她知道他的父亲已经去世。她对他父亲发明了许多毒药很感兴趣，问道：

“你父亲为什么要制造毒药呢?”

青年难过地说：

“是做药用的，许多医生都从他那里取药。但是，这也使他为此而丧命。”

“是怎么回事，帕德蒙?”她很关切地问。

“我记得，我父亲做了一种奇异的毒药。他常自豪地说：‘这种毒药，只需几秒钟就能把人毒死’。他把它叫作‘幸福之药’。有一天，他在试验室里工作了一整夜。第二天早晨，人们发现他躺在自己的椅子里死去了，旁边就放着一瓶那种‘幸福之药’，瓶口是开着的。”

“奇怪，难道是自杀?”

“检查以后，证实他确实喝了一口毒药。但是不知他为什么要自杀？这个秘密也跟他一起被埋葬了。人们都认为，他是被魔鬼迷住了，在疲劳的情况下做了这种傻事，这给我们一家带来了痛苦。”

他低下头来，陷入深深地悲痛。拉蒂斯后悔自己挑起了这个让他伤心的话题，于是问他：

“你母亲还在世吗?”

“是的，太太。她住在阿布斯。自从那个不幸的夜晚以后，我父亲的试验室谁也没进去过。”

拉蒂斯回去了，但她心里还想着巴萨尔医生可疑的死亡和他那些放在试验室里的毒药。

帕德蒙是唯一的一个能够在她紧闭的平静的心底激起热情的人，也是唯一在她全部宝贵的时间里占去早晨一小时的人。她从未厌倦过，因为他很文静。时间就这样过去，她沉浸在与国王的热恋中，而他则专心致志地工作着。崇高的艺术生命在这间夏厅的四壁间活跃起来。

她非常喜欢看着他那只灵巧的手，以她的美丽赋予这间夏厅以新的灵魂。她很欣赏他的才干，相信他一定会在不久的将来继承艺术家汉弗尔的事业。有一天，她正要离开的时候，顺便问了他一句：

“你不累，不烦吗？”

“不……”青年微笑着回答。

“好像有一股魔力在鼓舞你。”

他棕色的脸上浮起微笑，平静而恳切地说：

“我想这是爱的力量。”

这句话唤起她心中最美妙的回忆，使她的心为之一动，一个伟大光辉的爱的形象出现在她脑际。青年人并不知道她的心事，接着说下去：

“你知道吗，太太，艺术就是爱？”

“真的?!”

他指着画在墙上的她前额的画说：

“这是我的心。”

她控制着自己的感情，开玩笑道：

“你的心是一块不会说话的石头吗？”

“在我的手触摸它之前，它是一块石头。而今天，它就是我自己。”

“你真是一个自爱的人。”她笑道，接着转身离开了。

但是从那一天以后，帕德蒙所爱的已不只是他自己。

一天，她像一个幸福的梦游人一样在花园里无目的地漫步。后来她走到离夏厅不远的地方，信步走上一个树林茂密的小山岗，从那里她透过夏厅的窗户向室内看去，正对着她的墙壁上，她的面部形象已经接近完成，她看到年轻的艺术家在墙根下干着什么。开始她想他可能正在专心绘画，但仔细一看，却发现帕德蒙双膝跪在那里，双手交叉在胸前，头向上扬起，像对着她的头部和前额祷告。于是她躲到一根树枝后面，好奇地注视着他。他祷告完了以后，站起来，用宽大的袖口擦着眼睛。她的心跳起来，站在那里一动不动，周围是一片寂静。只有湖中的鸭子发出几声扑打水面的响声。然后，她转过身，急速下了山岗，走向了自己的居室。

出于同情，她不愿看到的事，终于发生了。每当他一双清澈的眼睛注视她的时候，她就领悟到了其中的含意。她怎么才能制止这件不幸的事？她远远地避开他，或者找一个理由把他拒之门外，但是她不忍这样做，不忍去折磨他高尚的灵魂。她左右为难。

然而她并未犹豫多久，因为此时她的全部爱情和身心都被一个永不满足的贪婪的

恋人所占有。这个人每天不顾一切地、毫不遗憾地抛弃自己的皇宫，飞到她的如梦般的宫中，他俩一起从现实中逃脱出来，两颗充满爱的心尽情享受热恋的甜蜜。他俩在花园中漫步，在迷宫里游玩，欣赏美妙的充满生机的大自然。在那些日子里，他们的唯一的遗憾是，每天上午当拉蒂斯送走他以后，发现自己还没问他，是她的眼睛引起他的爱慕，还是嘴唇？而国王呢，则在回禁宫的路上想起了，他是不是没像往常一样，吻完了她的左腿，又吻她的右腿？

那些日子对抗蒂斯来说，是无可比拟的美好。

赫鲁姆·哈特

时间在赋予某些人以幸福和安宁的同时，大祭司、首相赫鲁姆·哈特却一直阴沉与不安。首相坐在他的官邸，惊恐地注视着事态发展，难过地听着各种各样的议论，他尽量忍耐着。

国王发布关于剥夺寺庙土地的命令，使他生活不宁，精神不振。祭司们对这个命令，也普遍表示反感和痛心，大部分人还行动起来。

首相发现国王最近留给他的时间加到一起还不足从前的十分之一，近些天来他几乎没有机会朝见国王，与他共商王国的大事。国王恋上了贝佳岛上白宫里的妓女的消息接连地传来。一批一批的工匠被遣往贝佳岛的白宫，成群结队的奴隶送去最华丽的家具和最昂贵的珍宝。连达官贵人也在纷纷议论，拉蒂斯的宫殿变成了金、银、财、宝的大仓库，进行在那里的恋爱使整个埃及花费了。

赫鲁姆·哈特头脑清醒，目光深邃，他已经忍无可忍，不能再静坐以待了。他考虑了很久，决心尽可能扭转事态的发展。他派了一名使者，带着他的亲笔信找到宫廷总管，请他到首相官邸来一趟。宫廷总管接到信后，立刻前来见他。首相握着他的手说：

“非常感谢苏弗哈特大臣阁下光临鄙府。”

大臣低头致意道：

“我为陛下尽忠，不敢怠慢。”

两人面对面坐下，赫鲁姆·哈特心如铁，志如钢，尽管胸中充满忧愁，脸上却依然平静如常。他默默地听了总管的话，接下去说：

“苏弗哈特阁下，我们都在为陛下和埃及尽忠。”

“这是对的，阁下。”

赫鲁姆·哈特决心转到正题上去：

“但是这些天来，我的心一直为事态的发展感到不安，我碰到了一些问题和困难。我认为，我们两人的会见会产生积极的后果。”

苏弗哈特说：

“众神可以作证，我非常荣幸能够倾听你的高见，阁下。”

首相点头表示满意，然后认真地说：

“我们彼此应该坦率，哲学家卡古姆纳说，坦率是诚实的表现。”

苏弗哈特表示赞同他的话：

“我也认为哲学家卡古姆纳是对的。”

赫鲁姆·哈特沉默片刻，集中起了自己的思想。然后他用带着忧虑语调说道：

“这些天，我很少有幸觐见国王陛下。”

首相等着对方接话，但总管保持缄默，他只好继续下去：

“阁下你知道，我多次要求觐见陛下，但每次都遭到回绝。”

苏弗哈特立刻回道：

“任何人无权干涉法老的行踪。”

“我没有这个意思，阁下。我作为一个首相，我认为我有责任经常觐见国王陛下，以便更好地尽职。”

“请原谅，阁下，我想你是有机会见到法老的。”

“机会太少了。你看我没有办法，向国王陛下呈上积压在我办公室的请愿书。”

总管审视地看了他一眼，说：

“这些是关于寺庙土地问题的吧？”

首相的目光迅速一闪：

“正是，阁下。”

苏弗哈特立刻接道：

“陛下已经做出最后决定，他不愿再提这个问题。”

“决定没有最后而言。”

苏弗哈特语气略带强硬地回答：

“这是你的意见，阁下，我们彼此不一致。”

“难道寺庙的财产不是世代继承下来的吗？”

苏弗哈特因为首相硬要跟他谈他拒绝谈论的问题而不快，于是以不容置疑的口气说：

“我拥护陛下的决定，不敢越轨反对陛下。”

“向他进谏的人才是最忠于陛下的人。”

听了此话，总管心里生起火来，厉声说道：

“我明白我的职责，阁下，我只对自己的良心负责。”

赫鲁姆·哈特失望地叹口气，然后依旧平静地无可奈何地说道：

“你的良心是无与伦比的，阁下。你的忠诚和明智我也从没怀疑过，正因为如此，我才特意向你征求意见。既然你认为这与你的忠诚相违，那我只得表示遗憾，不再求教于你。……现在我只有一个希望了。”

苏弗哈特说：

“阁下请说吧!”

“请你向王后陛下呈上我的请求，望她能在今天接见我。”

苏弗哈特突然一震，用略带吃惊的目光看着他的对话者，尽管首相的请求并未破格，但却是他没料到的。他不知所措了。但是赫鲁姆·哈特坚定地说下去：

“我以埃及王国首相的名义提出这个请求。”

“不可以等到明天，待我把你的要求通知国王陛下吗?”苏弗哈特不安了。

“不，阁下。我决心求助于王后陛下，以克服我前进道路上的障碍。请你不要浪费黄金般的时间。但愿我能为我王和我的祖国效忠。”

苏弗哈特只好答应：

“我立刻向王后陛下呈上你的请求。”

赫鲁姆·哈特伸出手来向他告别：

“我等着你的好消息。”

大总管也告别道：

“就这样，阁下。”

当只剩下赫鲁姆·哈特一个人的时候，他皱起额头，咬响牙关，宽大的下巴像一块岩石。他在室内踱来踱去，用心考虑着问题。他不怀疑苏弗哈特的诚实，但对他的勇气和意志缺乏信心。他求他，他却使他失望，于是才想出了试一试求见王后的办法。他不安地问自己：王后会召见他吗？假如她拒绝了，怎么办？王后是一位举足轻重的人物，但愿她能够以她的聪明智慧来解决这个难题，缓和国王和祭司们之间的紧张关系。王后是了解年轻国王的恶劣行为的，她是最为痛心的一个人。人人都知道王后聪明能干，她跟其他的妻子们一样，有她的欢乐和忧愁。难道剥夺寺庙的财产，花到一个舞女的脚下，不是一件令国人痛心的事吗？

大量黄金从门和窗流进贝佳宫，著名的工匠被派往那里，日夜不停地工作，整修房屋，安置家具，制作首饰和服装。法老在哪里？在哪里？他抛弃了妻室，抛弃了大臣，离开了人世，躺进了妖艳的舞女的宫中!

他痛心地深深叹口气，自语道：

“坐在埃及的金銮殿上的人，是不该如此玩乐的。”

他继续陷入沉思。不久，他的侍卫，通报说有皇宫使者求见。于是他急切地等待着，在那一瞬间，他的嘴唇在颤抖着，他那坚强的意志和清醒的神志也慌乱起来。使者进到室内，低头向他行礼，然后严肃地宣布：

“王后陛下在等候你，阁下。”

他立刻拿起请愿书卷宗，登车飞往皇宫。但没料到使者会来得这么快。无疑，王后正在孤独中默默地、忍受着痛苦和屈辱。他感觉到王后或许与他的意见是一致的，王后大概也跟祭司们和智者们一样，不安地注视着事态的发展。他决心无论如何也要尽到自己的职责，他衷心希望诸神能够保佑危机尽快得到圆满解决。

他到达皇宫，直接前往王后侧宫。不久，他被召前往王后的礼宾大厅觐见王后。他躬身走到王后御座跟前，前额几乎能够触到了王后的衣角，然后敬畏地说道：

“光照如日月的王后陛下致敬！”

他直起身来，但仍然低着头虔诚地说：

“您忠实的仆人，不知怎样感谢您的召见。”

王后庄重地开口说道：

“我想你一定有急事才求见的，所以决定立刻见你。”

“王后陛下英明超人。事情非常紧急，这是需要最高决策的大事。”

王后默默地等待着。首相鼓起了全部勇气接着说：

“陛下，我遇到了前所未有的困难，甚至担心自己不能为我王法老陛下满意地尽职。”

他停顿了一下，迅速偷看了一眼王后，想测知他的话在她心中产生了怎样的影响，或者他在等待王后鼓励他继续说下去。王后明白了他停顿的意思，便说：

“说下去，首相，我在听。”

赫鲁姆·哈特接着说下去：

“我的困难是在国王陛下发布了剥夺寺庙财产的命令以后，祭司们纷纷上书向国王请愿要求法老陛下发回命令。因为他们认为寺庙的土地是历代埃及法老赠予他们的特权，而现在却要强行收回，这是不公平的。”

首相又稍停一下，接着说下去：

“陛下知道，祭司们在和平时期是王国的战士，和平本身需要一大批比军人更有才干的人。这些祭司，他们或是教师，或是哲学家或是智者贤人，在他们中还有大臣和各地督抚。假如发生战争或者灾害，他们也会自动放弃他们在土地上的特权，但是……”

首相迟疑了一下，接着放低了声音：

“但是，他们现在却痛心地看着这些钱财花费到了不该花的地方……。”

他不想再超越这个暗示的限度了，因为他毫不怀疑，王后一切全明白，全知道。但是王后一句话也没说，所以他只好把请愿书呈上，然后说：

“陛下，这些请愿书表达了寺庙祭司们的心情，而国王陛下拒绝接受。王后陛下是

否愿意赐读？这些上书的人都是您忠诚的臣民，他们是应该得到您的关怀的。”

王后答应收下请愿书。首相将它放到一张大桌子上，然后默默地站起来，低着头。王后并未向他许诺什么，他也没有这样的幻想。但是请愿书被接受了，这使他感到高兴。王后允许他离开，他便双手捂着眼睛退了出去。

回去的路上，首相自语道：“王后非常难过，但愿她的忧伤能够有助于我的正义主张。”

妮芜·戈丽斯

首相走出门后，大厅里只剩王后一个人。她仰头靠在椅背上，闭上眼睛，深深地叹了一口气，像是要吐出无限的痛苦和幽怨。她一直在忍受着，甚至连最亲近她的人也不知道这悲痛的火焰是怎样在无情地灼烧她的心。

她不是不了解事态的严峻性，她就知道全部细节，她亲眼看见国王堕入色欲的深渊，疯狂地成为色情的俘虏，不顾一切地奔向那个人们都赞其艳美的舞女。王后的自尊心和她高尚的情感像被毒箭射中，但是她不动声色。在她的胸膛里，一个女人天性和一个王后责任在进行着激烈的搏斗。事实证明，她跟她的父亲一样，意志坚强，是王冠磨炼了她的心，高远的理想遏制了她的冲动，她隐藏起自己的悲痛，将自己藏于幕后。她在情场上未发一箭，便伤痛地退出战场。

更令人气愤的是，当时国王和王后正值燕尔新婚。这位年轻的国王好色无度，来自埃及各地、努比亚和北方各国的嫔妃充满了后宫。尽管如此，他仍然爱他的王后，她占有他的心。但是自从出现了这个妖艳的女人，一下子就把他夺走了，占据了他全部的情感和理智，使他抛弃了妻室和近臣。王后有时怀着一线无望的希望，有时则完全失望——傲慢的失望，她觉得自己是在啜饮死亡的蜜酒。

有时候，她的血在沸腾，眼睛里闪出可怕的光，她想厮杀，保卫她那颗破碎的心。但是很快她便不屑地对自己说，妮芜·戈丽斯怎么能去跟一个卖身求生的女人争斗？于是她的血冷静下来，悲痛凝固在她心里，像毒药注进了胃里。

但是今天的事情证明，除了她，还有许多的心因为国王的堕落而痛苦。赫鲁姆·哈特已经来诉苦了，寺庙的财产不应该被剥夺了用来花费在一个舞女身上。最明智的人都希望她出来说话，难道她不应该打破沉默吗？假如她现在不说话，什么时候才能医治自己的创伤？她痛心地听着人们对王室的非议，她觉得自己有义务出来消除这些议论，恢复王权的威信。她宁愿屈尊，愿意在神的保佑下为解决问题而走出坚定的一步。

王后觉得自己经深思熟虑以后的想法是稳妥的。激烈的思想斗争后，她原来的固执消失了，她下定决心要去劝阻国王。

她离开礼宾大厅，回到起居室，在冥思苦想中度过了后半天，又痛苦地熬过了漫长的黑夜，热切地等到了第二天上午。在通宵玩乐以后的国王，这时才是他起床的时间。她立刻前往国王禁宫，她的突然出现，在国王禁卫军中引起不小骚动，他们立刻立正向她致敬。她向一个侍卫说：

“国王陛下在哪里?”

“在他的居室里，王后陛下。”那人恭敬地答道。

王后稳步走向国王居室。进得门来，发现国王正一个人坐在那间华丽的皇室里。自从上次两人见面以来，已经过了许多天，国王并没料到她会来，于是急忙起身，微笑中带着慌乱的神色。他一面向她迎过去，一面说道：

“众神赐你平安，妮芜·戈丽斯，如果早知道你愿意见我，我就会亲自到你那里去”

王后平静地坐下，心里对自己说：在这么长的时间里我怎么会不愿意见他！然后，她开口道：

“没有必要打扰你，我的哥哥。只要我觉得当我有责任到这里来，我会自己来的。”

国王没有注意她的话音，因为他对她的来临非常窘迫不安，对她严肃的表情也十分诧异，于是对她说：

“我很惭愧，妮芜·戈丽斯。”

她看看他，他像一朵健康而又得意的鲜花。但他却要说出“惭愧”二字，她感到很惊讶。尽管她已经竭力压制自己的感情，但还是冲动地说道：

“对我来说什么事情都是可以理解的，唯独你也有惭愧感，使我理解不了!”

法老是一个十分敏感的人，任何一点轻微的摩擦都可能使他激动起来，从而变成另一个人。听了她的话，他咬咬嘴唇说道：

“妹妹，你要知道人是经受不了狂热的情欲的袭击的，有时可能会成为它的俘虏。”

他这样无情地承认了事实，刺伤了她高洁的情感，她再也抑制不住了，直截了当地说：

“神主可以作证，我非常痛心地听到你一个法老竟能说出经受不住情欲的袭击的话来。”

易怒的国王被她的话刺了一下，发起怒来，血液冲到头顶，脸上显出怒容，一下子站了起来。王后怕他发怒会耽误了大事，感到很后悔，便接下去说道：

“哥哥，我不是为这个话题而来的，但愿你不要发脾气，而是听我谈谈有关我们王国的大事。”

法老克制住怒气，尽量平静地说道：

“你要谈什么，王后？”

王后感到正后悔谈话一开始就没有在一种有利于她的气氛中进行，但她不得不开口，于是生硬地说：

“寺庙的土地问题。”

国王的脸阴沉下来，反感地说：

“你说寺庙的土地？而我却说那是祭司们的土地！”

“随你所愿吧，陛下，名义虽然不同，内容却只有一个。”

“你知道，我不愿再提这个问题。”

“我想做一件别人做不到的事情，我的用意是好的。”

国王不快地耸耸肩膀：

“你想说什么，王后？”

她平静地说道：

“我应赫鲁姆·哈特的请求召见了他，听了他……”

但他突然发起怒来：

“他竟敢如此？”

“是的……，你认为他这样行为值得你发怒吗？”她有些担心地问。

他吼道：

“是的，是的！这个人太顽固，他一点也不肯向我让步。我知道，他不愿意执行我的命令，并伺机撤销这个命令。他曾经要求我听取他的意见，但我拒绝了。他又去唆使祭司们上书请愿，在这之前还煽动人们高呼他那卑鄙的名字。这个狡猾的老家伙，在反抗我的路上他越来越坚定了。”

他的一番话，使她震惊，便说：

“你对于这个人误解的太深了。在我看来，他是最忠于王室的伟大人物之一，他英明、和善……。他那个阶层的人失去了我们祖辈赠予他们的特权，他为此而痛心。这难道不是正常的现象吗？”

国王内心的怒火还在愤怒地燃烧着，他从不允许任何人以何种方式违抗他的命令，他不能容忍别人强迫他改变自己的决定。

他用厌恶而又挖苦的语调说道：

“我看这个狡猾的家伙可能使你改变了主张，我的王后。”

她直接顶了上去说：

“我从来都不同意剥夺寺庙的财产，我认为那样做没有必要。”

国王又火了，厉声问她：

“我们的财产增加你不高兴吗？”

他明明知道他把这些钱财花到哪里去了，为什么还要这样问？他的话激起她内心深处的隐痛，她愤怒了。但她还尽量压制住自己的怒气，激动地说道：

“任何一个有理性的人，都会为剥夺一大批贤人智者的财产并把它花费在无端的享乐上，而感到痛心。”

国王怒不可遏，一面挥动着手臂，一面恨恨地说：

“这个狡猾的家伙罪该万死，他企图在我们中间制造矛盾。”

她更加伤心了：

“你把我想象成一个不懂事的孩子。”

“这个该死的家伙，他请求觐见王后，其实他是在跟一个穿着王袍的女人谈话！”

她痛苦地喊了一声：

“陛下！”

但是他在狂怒中继续说下去：

“妮芜·戈丽斯，你到这里来是嫉妒心驱使你来的，并不是为了和解！”

她的自尊心被无情地刺伤，顿时两眼发黑，两耳轰鸣，四肢发抖，嘴唇哆嗦着说不出话来。后来，她终于开口说道：

“国王！赫鲁姆·哈特知道的事情，我全部了解，因此他才来求我帮助。既然你是这样猜测，那么你要知道，我和所有的人都明白，你深深陷进了贝佳岛一个舞女的怀抱。你看见我在这几个月里追逐过你，或者找过你的麻烦吗？我哀求你了吗？你要明白，在你面前的是妮芜·戈丽斯王后，可不是一个普通的女人！”

“你还在喷吐着嫉妒的火焰！”他还是那么强硬。

王后用脚跺了一下地板，站了起来，愤然地说：

“国王，一个王后嫉妒她的丈夫是无可非议的。但是，一个国王把他国家的黄金挥霍在一个舞女脚下，使他圣洁的王座面临倾覆的危险，这才是可耻的！”

说完这些话王后便昂然离去。

国王狂怒不已，久久不能平静，他认定这是赫鲁姆·哈特在找他的麻烦。他立即召见苏弗哈特，命令他通知首相，马上前来见他。总管惶恐地去执行命令，不久首相便怀着又是希望又是不安的心情来见国王。他见到国王的时候，法老还在盛怒中，他按照埃及传统的礼仪向国王致敬。但是国王直接打断了他，粗暴地问道：

“我不是命令过你，不准再提寺庙的土地问题吗？”

首相第一次听国王以这样严厉语气跟他讲话，心里受到很大震动，他来时那所有的希望一下子崩溃了，只得无望地回道：

“陛下，我认为将你的一部分忠实臣民的请求禀告陛下是我的义务。”

国王厉声说：

“你是想在我和王后之间挑起矛盾，从而坐收渔利。”

首相扬起双手，他想说些什么，但是只能说出两个字：

"陛下……陛下……"

盛怒的国王继续说：

"赫鲁姆·哈特，你没有服从我的命令，从今以后我不会再信任你。"

首相愣愣地站在那里，沉默了许久。然后悲痛地将头低下来，无可奈何地说道：

"陛下，我以众神的名义起誓，你将我从为你效忠的岗位上撤掉，我感到十分难过。不过我将一如既往，仍旧是你的一个忠实仆人。"

国王发泄了他的狂怒以后，平静下来了。他命令去叫苏弗哈特和塔胡来，两人莫名其妙地慌忙赶来。国王若无其事地说：

"我把赫鲁姆·哈特解职了。"

一片沉默。苏弗哈特面露惊色，而塔胡则呆然如故。国王两眼注视着他俩的脸，问道：

"为什么不说话？"

"这件事情极其严重，陛下。"总管答。

"苏弗哈特认为严重，你呢，塔胡？"

塔胡仍然呆若木鸡，不想说什么。但他不得不说点什么：

"这件事情受命于神，陛下。"

国王笑了。

苏弗哈特沉思了一会儿，对国王说：

"赫鲁姆·哈特从今以后会有更多的时间了。"

国王不屑地耸耸肩膀：

"我看他是不愿意自取灭亡。"

接着，他改变了语气，问道：

"现在，你们建议谁来接任他的职务？"

又是一片沉默，各人想着自己的心思。

国王笑着说：

"我要任命苏弗哈特，你们有什么意见？"塔胡诚意地说："陛下，您选择了既能干，又忠诚的人。"苏弗哈特却着急起来，刚想要说什么。但是国王抢在他前面说道："难道你要在我最需要你的时候，抛弃我吗？"苏弗哈特叹口气，说道："陛下将会看到，我是忠实于您的。"

新 首 相

法老重新感到一切平静了，怒气也消了。他把所有的事务都交给了那两个他所信任的人，将自己的全部献给了那个女人。他在她身旁感到生活的美好，心情也是无比舒畅的，世界是那样的光明。

苏弗哈特则感到责任非常重大。他很清楚地知道，整个埃及是以谨慎、缄默与隐怒的心情来迎接他们的新首相的。

当他的双脚踏进首相府的一刹那，他从心里感到众人的孤立。国王是把所有的重任和烦恼都交给了他，自己沉湎在色情中。各地的总督表面上拥护他，而心里却是向着各地的祭司。他环顾四周，只有塔胡一人是他的助手和同伴。他俩之间在困难时在许多问题上有分歧，但在忠于法老这一点上是共同的，所以将军总是积极响应他的召唤，向他伸出援助的手，同他患难与共，力图挽救这只在乌云密布的天空下，被狂涛骇浪冲击的船。苏弗哈特有精明舵手的特长。他忠诚、可靠，对所有的事情都了如指掌，但是他却缺少勇气和决断。他在一开始就发现局势极其危险，但他怕激怒国王陛下，所以还没有尽自己的可能去排除干扰，挽回局势，而是暂时任其发展下去。

塔胡的侦探得到一个重要消息——赫鲁姆·哈特突然去了宗教基地孟夫，这消息震动了新首相和将军，他们想知道的是什么原因促使这个人不辞劳苦地由南方跋涉到了北方。苏弗哈特预感到事情不妙，他毫不怀疑，赫鲁姆·哈特将要联络宗教界的领袖们，这些人都为失去自己的特权而愤怒，而且他们还知道，他们被剥夺的财产全部花费在了一个舞女的脚下。现在，没有一个人不知道这件事，即使有人现在还不知道，将来也会知道的，这个赫鲁姆·哈特一定会在他们中间进行说教。

宗教界人士愤怒的第一个信号已经出现，这就是当前往各地通报苏弗哈特就职的使者回来时，只带回了各地总督的正式贺词，而宗教界人士则保持着可怕的缄默。连塔胡都发现了问题：

"他们已经开始向我们挑战了。"

接着，各阶层祭司签名的请愿书也纷纷从全国寄来，一致要求法老重新考虑寺庙的土地问题。这么大规模的统一行动，更增加了苏弗哈特的困难。

一天，苏弗哈特邀塔胡将军来到了首相府。首相指着他的交椅，叹口气道：

"这把首相的交椅使我晕头转向。"

"你的脑袋是不会被它转晕的。"塔胡挺有信心地说。

首相伤心地叹口气：

"请愿书像洪水般涌来。"

将军关心地问：

"你呈交法老了吗?"

"不能呀，将军，法老是不允许任何人重提这个问题的。而且我也没有机会见到他。我现在感到孤单无力。"

两人沉默了一会儿，各自想着自己的心思。后来，苏弗哈特感慨地摇摇头，自言

自语道：

“法老陛下着了魔了。”

塔胡诧异地看了首相一眼，这句十分突然的话使他全身为之一动，脸色也变了。但他尽量克制住了自己的激动——一段时间以来他已经习惯了克制，他费了很大力气，才平静地说道：

“你说的是什么意思？阁下。”

“拉蒂斯。难道她没有向法老吐出魔气吗？众神可以作证，陛下是着魔了。”

听到拉蒂斯这个名字，塔胡的心又是一震，好像听到一个鬼怪，这个鬼怪正以它的魔力触动了他所有的感官。于是他打开了控制已久的情感闸门，咬着牙齿狠狠地说：

“人们说爱有魔力，而着魔的人却说魔力本身就是爱。”

伤心的首相说：

“我认为拉蒂斯的美就是一种该诅咒的魔力。”

塔胡狠狠地瞪了他一眼，说：

“难道不是你推荐了这个魔鬼吗?!”

首相感到将军是在责备他，脸色也变了：

“她不是我推荐的第一个女人。”他想推卸责任。

“但她是拉蒂斯!”

“我是希望陛下幸福。”

“所以你就向他推荐了这个魔鬼，真遗憾!”

“是的，将军，我知道自己犯了一个大错误。但是我们现在必须行动起来。”

“这是你的职责，阁下。”塔胡说着，他仍然是痛苦的。

“我需要听取你的意见。”

“最大的忠诚就是向上进谏。”

“法老不允许任何人重提祭司的问题。”

“王后陛下呢？你没向她进谏吗?”

“赫鲁姆·哈特正是为此惹怒了陛下。”

塔胡无话可说了。苏弗哈特忽然产生了一个想法，便低声说：

“安排一次你与拉蒂斯见面，会有用处吗?”

塔胡全身又是一震，心脏猛烈收缩起来，他刚才拼命压抑的感情几乎又一次爆发。他心里对自己说：“这个老家伙不知道自己在说些什么，他以为只有国王一个人着了魔。”

然后，他问首相：

“那么你为什么不见她?”

“也许你更加了解她。”首相回答。

塔胡冷冷地对首相说：

“不，阁下，拉蒂斯会误解我的，因而可能要在法老面前说我的坏话。”

苏弗哈特无可奈何，他害怕向法老说出实情。

塔胡已经不能继续呆下去了，他神情激动，恼怒充斥了全身，这使他战栗不已。他匆匆告别了首相，径直走了。只剩下了陷入深深的思虑和忧愁之中的苏弗哈特一人。

两个王后

忧心忡忡，思虑重重，头脑发胀的并非苏弗哈特一个人。

王后躲在她的禁宫里，深深地埋藏着自己的忧愁和怨恨，用那已经破碎的心回顾自己的悲剧，用一双忧虑的眼睛审视着尼罗河流域发生的事情。她现在是一个心焦如焚的女人，一个王位不稳的王后。国王已经跟她断绝了任何关系，只要继续沉醉于酒色之中，只要她仍然傲慢沉默，那么他俩之间重归于好是不可能的。

使她更为痛心的是国王由于色情而忘记了自己是一国之主，他完全放弃了自己的崇高职责，而是把他所有的权力集中到苏弗哈特的手中。她并不怀疑首相对王室的忠诚，只是恨国王的荒淫无度，昏庸至极。

经过长时间深思熟虑以后，她下决心继续她力所能及的工作。她召见了苏弗哈特，命令他将所有需要向国王呈报的事务都向她汇报，以此发泄她的愤怒并承担国法的责任。苏弗哈特长叹了一口气，顿时感到压在他肩上的担子终于减轻了，心中也感到一些快意。

王后召见首相，收下了从全国各地寄来的请愿书。她耐心地读着发自王国最有才识的这部分人的共同请求，感觉到了隐藏在字里行间的严重危险。她不安地问自己，假如祭司们知道国王置他们的请求于不顾，那将是一种什么情形？祭司们是一股强大的势力，他们享有民心。无论在学校里、寺庙里、还是大学里，人民都听从他们的说教，信任他们的道德，把他们作为最高楷模。一旦这些人对法老失去信心，时局会怎样发展？当他们看到，目前的政策是过去光荣的历史上任何朝代都未曾有过的，而他们力图改革又无能为力时，他们会如何行动呢？

时局十分严重而又复杂，分裂的潮水正在冲破沉醉在贝佳岛上的国王和他的忠实臣民之间的联系，苏弗哈特仅仅以他的忠实是无法挽回目前的局面的。

此时此刻王后觉得自己应该做点事情，如果让时局任其发展下去，将会带来严重的麻烦。她必须尽力抹去她的祖国埃及脸上出现的愁云，使其回到原来平静和美丽的状态。她怎么办呢？昨天，她曾经希望说服她的丈夫回到真理上来，但是今天她已经

不存任何希望了。她还没有忘记他对她自尊心的猛烈刺伤，从那以后她伤心失望地抛开了他，她要寻找一条新的途径来达到自己的目的。但是她的目的是什么？她考虑了一下，然后对自己说：我要达到的目的，就是使法老把剥夺祭司们的土地还给他们。但是怎么办呢？国王骄横跋扈，他不会在任何人面前退让。他在盛怒之下命令没收寺庙的土地，即使他的愤怒消失了，也会把这些土地据为己有。谁只要了解贝佳岛的秘密以及国王在那里花费的黄金，谁就不会怀疑这一点。人们已经把贝佳岛叫作黄金岛，因为那里的所有家具和陈设都是用黄金垒成的。假如不堵上那张吞食王国钱财的口，要国王归还祭司们的土地就是不可能的。她不幻想国王会离开那个舞女，只希望他的奢侈能够有个限度。她叹口气对自己说：现在我的目的明确了，必须首先说服国王不要挥霍无度，然后再进一步说服他归还祭司们的土地。但是如何说服国王？她已经对国王不抱任何希望了，但是办任何事情又都得必须通过他。她没能说服国王，苏弗哈特和塔胡也同样不会。谁能说服沉迷不悟的国王呢？想到这里，她不禁打了一个寒战，因为她十分清楚，这是一个可怕而又痛苦的事实。每当她想起是贝佳岛上的那个舞女，完全控制了她的君主，并无情地抛弃了她时，她就痛苦不已。这虽是一个既成事实，但她是多么不愿意承认这个事实呀！就像每个人都不愿意承受疾病、衰老和死亡一样。

应该说王后是一个不幸的女人，但她又是一位伟大的、目光深远的王后。她尽量忘掉自己是一个普通的女人，尽管她的心始终丢不开她的丈夫和那个夺走了他的女人。她没有忘记自己是一位王后，从未忽视自己的职责，她下决心拯救王位，使它不受伤害。看，她下了这样的决心，仅仅是责任心的驱使吗？是不是还有其他的动机？人的思想经常是围绕着自己所爱的人和所恨的人转，就像飞蛾扑火一样，被一种隐蔽的力量吸引着。开始，她感到自己有一种愿望，想见见这个众说纷纭的拉蒂斯。但这是什么意思呢？她跟她去谈国家大事吗？难道她——妮芜·戈丽斯王后亲自去找那个卖淫的舞女，求她以爱护国王的名义，劝他放弃荒淫无度的生活，担负起自己的职责吗？多么可耻的局面！

王后对自己的独处已经不耐烦，隐约的感情和明确的义务迫使她从长期的沉默和禁锢中走出来。她再也忍耐不住了，她劝自己说，她的义务要求她做一点事情，要求她再做一次尝试。她迟疑了，难道她真的应该去见这个女人，求她把国王从对她的迷恋中拯救出来吗？她长时间地陷入犹豫和痛苦之中。但是她终于没有后退，而是更加坚定，如一股洪水向着下游冲去，不可阻挡。这股洪水是在愤怒和不安中往下冲去的。思想斗争的结果，她对自己说："我要去……"。

第二天上午，她直等到国王回来以后，便乘上御船，前往贝佳岛那座白色的用金银铸成的宫殿。她心情烦躁而忧伤。她没穿王袍，只着素装。御船停泊在白宫前面的阶梯旁，她下了船，一个家奴迎上前去。她告诉他，她是一个来访者，要求见女主人。他把她领到会客厅里，那一天很冷，寒风透过光秃的树枝，不时吹进来。她独自一人坐在会客厅里等着，感到寂寞和惆怅。她自我安慰，王后为了崇高的职责，也要屈尊。她觉得等的时间太长了，心想她是不是也跟对待男人一样，让她也等很长时间？她很烦躁，后悔不该来这个地方。

几分钟以后，她听见一阵衣裙的窸窣声，便抬起头来，于是她第一次见到了拉蒂斯。毫无疑问，站在她面前的就是拉蒂斯。她本能地感觉到痛苦和怨恨在咬啮她的心，这一瞬间她忘记了自己的心思和来这里的目的。

拉蒂斯面对王后的庄重和美丽也大吃一惊。

两人握手致意，拉蒂斯坐到那陌生而庄重的客人旁边。她发现客人沉默不语，就用音乐般动听的声音说道：

"欢迎你。"

客人严肃地回答："谢谢。"

美人笑笑：

"客人贵姓。"

王后好像没有料到这一个平常的问候，心里很不自在。但她无法回避这个问题，只好答道：

"我是王后。"

她瞥了那个女人一眼。她看见了一张苦笑的面孔和一双吃惊的眼睛，一个起伏的胸脯，此时的拉蒂斯像是一条受到了攻击的蛇。王后表面上是平静的，但当她第一眼看见她的情敌后，心就已经燃烧了起来，并且充满了厌恶和憎恨，跃跃欲试地要与之进行厮杀。这时她，只记得是这个女人夺走了她的幸福而忘掉了一切。拉蒂斯也忘乎所以，只知道在她面前的这个女人与她共有一个情人。

在这样一种充满仇恨的气氛中进行的对话，只能是激烈的、不愉快的。王后因为她的情敌对她满不在乎而气愤，不高兴地说：

"难道你不知道如何向王后致敬吗？"

拉蒂斯还是不动声色。但她的内心却在激烈翻腾，几乎要爆炸了。但她压制住自己的情绪，要用另一种方法进行报复。她脸上浮起一个微笑，仍旧坐在自己的椅子上，而且满不在意地把头靠到椅背上，带着嘲弄的语气说：

"王后陛下，今天是个伟大的日子，将载入我的宫史。"

王后的脸燃烧起来，气愤地说：

"你说的不对。应该说，只有这一天当人们提起你的宫殿时，才有一种美好的记忆，而不像往常那样丑恶的印象。"

拉蒂斯看了王后一眼，挑衅的目光下面隐藏着仇恨：

"难道国王陛下赏心悦目、寄托爱情的宫殿，人们会用恶意来想象它吗？"

王后忍着性子接受了这一回敬，她意味深长地看了拉蒂斯一眼：

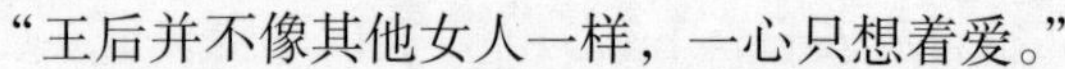

“王后并不像其他女人一样，一心只想着爱。”

“真的吗，陛下？我还以为王后也是女人呢！”

“这是因为你从来没做过王后！”王后的声音相当严厉。

那女人气得鼓胀起胸脯，说道：

“对不起，陛下，我是真正的王后。”

王后瞪了他一眼，讽刺地问：

“真奇怪，是哪个王国的？”

她自豪地说：

“最伟大的王国，法老的心！”

王后感到一阵痛苦、软弱和羞耻。她突然发现自己跌落到了跟舞女一样的地位，她居然脱掉庄重、自尊的外衣，变成一个赤裸裸的好嫉妒的女人，像是为夺回自己的男人，而去抓住情敌的衣角，跟她争风吃醋。她看看自己，又看看情敌。拉蒂斯却傲慢地坐在那里，对她进行反击，并夸耀国王对她的爱，以他的权势作威作福。

王后对自己的冲动感到疑惑，她宁愿这是一场梦。她努力熄灭了一切激动的情绪，迅速地把它隐藏在心底，恢复了原来的庄重，自尊代替了愤怒和仇恨。她想起了自己到这里来的目的，下决心忘记当前的不快。

她平静地看了那个女人一眼，说道：

“太太，你没有如礼接待王后，可能是你误解了我的来意，所以发了脾气。你要知道，我到你这里来并不是为了自己的事情。”

拉蒂斯的心也平静下来，充满怀疑的目光看了她一眼。但是心里，她愤怒和仇恨并没有消失。

王后接下去说道：

“我到你这里来，有件非常重要的事情，因为它关系到当今法老的王权，也关系这个伟大国度的臣民。”

拉蒂斯嘲讽道：

“我又能为这么重大的事做些什么呢？王后陛下，我不过是一个出卖色情的舞女。”

王后叹口气，放低了声音说道：

“你看事情是往下，而我是往上。我认为你是珍爱法老的荣誉和幸福的，假如我的想法是对的，那么你就应该指引他走一条正确的路。他剥夺了最优秀的人们的土地而在此却耗费了如山的黄金，引起他们的不满和骚动，一致上书请愿。他们说，他们不愿把国王陛下没收的财产，花费在一个女人身上。所以，假如你是珍惜国王的声誉，那么你的义务就是你应该制止国王的挥霍浪费，劝他将财产归还给它的主人。”

可是愤怒中的拉蒂斯没有真正明白王后的话意，只是狠狠地说：

“使你难过的，大概不只是你眼看着黄金和我的宫殿吧！”

王后战栗着喊了一声：

“可耻！”

拉蒂斯更加蛮横了：

“任何人和事也不能把我和国王陛下分开！”

王后气得张口结舌，无言以对。她的自尊心受到无情的伤害，她完全失望了。她站起来，决定离开那个无耻的女人，在极度的痛苦和愤怒中，王后几乎看不清脚下的路。

拉蒂斯在激动中长长地出了一口气，把滚烫的头压到手掌上，陷入了不安和伤心的沉思中。

一束光明

拉蒂斯从受伤的心底喘了一口气，对自己说道：“我是多么不幸啊！我想忘掉尘世，然而它却不愿意忘掉我，我在洗涤了过去的污垢以后也不得安宁”。主啊，祭司们真的控告她的宫殿吞没了他们被剥夺的财产吗？人们真的对她的热恋议论纷纷吗？她已经心甘情愿地躲进自己的宫殿，与所有尘世的人断绝了联系，但她万万没想到她会被一群最强有力的人所仇视，并把她的名字作为中伤她神圣的爱人的武器。尽管她说那一番话出自各种各样的原因，她不认为她夸大了事实。很久以前，她就听说了祭司们反对国王收回他们土地，在尼罗河节那天，她还亲耳听见了那些不满意法老的人高呼赫鲁姆·哈特的名字。无疑，在她所生活的这个平静美丽的世界另一面，还有一个充满了仇恨和悲痛的动荡的世界。在过了一个月从未有过的平静生活以后，她不能够再安宁了。她把所有的同情和爱抚都献给了她的爱人。她在忧虑中突然想起，有一次阿纳曾经说过，法老的禁卫军是国王唯一可靠的力量。她问自己：法老为什么不组织起军队？陛下为什么不利用浩浩荡荡的大军来维护自己的统治？

她躲在自己的卧室里，在忧郁中度过了一个白天，没有像平日那样到夏厅去，坐在青年画家帕德蒙那一双如醉如痴的眼睛前面。她不愿意见任何人，她的心情久久不能平静。直到黄昏的时候，她看见她神圣的爱人穿着宽大的王袍走进门来，便从心底叹了一口气，向他伸出双臂。他把她搂在宽阔的胸前，像每晚见面时那样，在她颊上留下一个幸福的吻。然后，他坐到她身旁柔软的床榻上，这时他心里仍然充满了对刚才他在船上看到的尼罗河夜景的美好回忆，对她说：

“美丽的夏天哪里去了？那些迷人的夜晚，画舫载着我们穿过尼罗河寂静漆黑的河面，我们坐在御舱里呼吸着清凉的晚风，听着乐队的演奏，梦幻般的眼睛看着舞女们

起舞。”

她没有心思跟他一起回忆，但是怕他感到无人响应，便说：

“亲爱的，不要遗憾，美丽不在乎冬天，也不在乎夏天，它在我们的爱情里。只要爱情永存，寒令的冬天也是温暖的。”

他大笑起来，笑得全身都在颤动：

“你的话太美了！它比我在世间的全部荣誉更使我动心。但是，你看打猎怎么样？明天一早我们就到山里去，追逐羚羊，直到玩够为止。”

她心神不定地答道：

“随你所愿吧，亲爱的。”

他注意地看了她一眼，立刻发现她的嘴在跟他说话，心却跑到别的地方去了。他说道：

“拉蒂斯，有那只把我们的心联结在一起的雄鹰做证，今天你的心不跟我在一起。”

她那双忧愁的眼睛看了他一下，无力说出话来。他关切地问：

“我的感觉是对的，你的眼睛不会撒谎，你有什么事情没有跟我讲？”

她深深地叹口气，右手不自觉地拉住他的衣角，低声说：

“我对我们的生活感到奇怪，我们似乎已经忘掉周围的一切，就好像生活在一个杳无人烟的世界里。”

“这样不是很好嘛，亲爱的。我们能从那个世界，得到虚假的荣誉外，还能得到什么？在我们找到爱情之前，时光都是白过的。你为什么要为了这儿烦恼呢？”

她叹了一口气，伤心地说：

“假如周围的人都醒着，那么我们自己睡着又有什么用呢，这无非是在自己骗自己？”

他皱起眉头，两眼闪出犀利的光，他从心里感觉到了她有什么心事，便不安地问道：

“什么东西使你难过，拉蒂斯？把你的心思告诉我，让我们谈点爱情以外的事情吧！”

她说：“陛下，今天跟昨天不一样了。一个家奴告诉我，他到市场买东西的时候，听到人们愤怒地谈论说，国王剥夺了他们的土地。更使他们恼怒的是，这些钱财花费在了我的宫殿里。”

法老的脸上立刻布满乌云，赫鲁姆·哈特的影子浮现在他面前，正是这个人在窥视法老的天堂，扰乱他的平静和安宁。他越想越气，脸色变得跟尼罗河泛滥时一样混浊，声音颤抖地说道：

“是这件事使你伤心吗，拉蒂斯？这些该死的叛逆，不停地进行中伤。但是你不要在意，让他们去吧！你是我的，永远是我的。”

她双手紧握他的手，深情地拍拍，目光恳切地看着他说：

“我很痛苦不安，因为我成了你的臣民抱怨你的原因。我感到一种莫测的恐怖，陛下，也许恋爱的人总是多怕的。”

他不快地问：

“你在我的怀抱里，为什么还要害怕？”

她求道：

“陛下，人们以嫉妒的眼光看着我们相爱，他们对这座宫殿、对我们的爱、对我们的幸福发泄不满。我曾经对自己说：陛下对我的爱跟他所花费的金钱怎么能相提并论呢？我讨厌这些引起人们仇恨我们的黄金。陛下难道不认为，即使这座宫殿的土地荒芜了，墙壁倒塌了，它也还是我们的天堂吗？陛下，假如黄金的闪光使他们眼花缭乱，你就把黄金给他们，让他们去垂涎、去争夺吧！”

“遗憾啊，拉蒂斯，没想到你也向我提起我讨厌的话题。”

她又一次求道：

“陛下，那些金钱是我们幸福的天空中的一朵乌云，只有你可以把它抹掉。”

“我怎么做？”

“把他们的土地还给他们。”她高兴地脱口而出，满以为他同意了。

可是他猛烈地摇摇头，厉声说道：

“关于这件事，你什么也不知道，拉蒂斯。我讲的话没有得到他们尊重，他们执行我的命令，心里很是不满，不停地进行抗议，向我挑战。向这些人让步，就意味着我宣布失败，我宁肯死也不愿意失败。你不明白失败对我意味着死亡！假如他们达到了目的，我就要变成一个可悲的陌路人，无力生存，也无权去爱。”

一席话刺痛了她的心，她用力握住他的手，感到了他全身在颤抖。她什么都能忍受，就是不能忍受他无力生存和失去恋爱。她后悔自己向他提出了那个请求。

“决不屈服……决不屈服……。”她的声音颤抖了。

他温情地向她笑笑：

“是的，我决不屈服，你也不会使我屈服的。”

她大口地喘着粗气，睫毛上面滚动着一滴热泪，激动地说：

“你决不屈服……你不会失败。”

她把头贴到他胸前，合上眼睛，倾听着他的心。朦胧中她感到他的手指抚摸着她的头发和脸颊。

但是她没有安定多久，就又忽然闪过了那个在白天曾经扰乱了她心绪的想法，于是抬起头来，不安地看着他。他问：

“你怎么了？”

“据说这些人很强大，他们占有民心。”她稍微迟疑了一下说道。

"我更强大。"他笑着说。

她又迟疑了一下：

"你为什么不动员起强大的军队来保卫你？"

国王笑着问她：

"你是不是又有什么悲观的想法了？"

她叹口气，愤愤地说：

"人们的议论已经传到我耳朵里，他们说法老把神主的钱花在一个舞女身上。路上行人口似碑，人们议论多了也会像毒火一样伤人。"

"你太多疑，太悲观了。"

她又一次追问：

"你为什么不动员军队？"

他面有难色地说：

"他们知道我对他们不满便煽动民心，假如我动员了军队，他们或许会马上警觉起来，甚至会采取行动起来保卫他们自己。"

她想了一会儿，然后声音恍惚地好像在对自己说话：

"那么就制造一个借口去动员军队。"

"借口总是不攻自破。"

她失望了，伤心地低下头来，合上了眼睛。突然，一个念头在黑暗中一闪，她惊喜地睁开眼睛，闪烁出喜悦的光。她没有注意到国王吃惊的眼神，而情不自禁地说：

"我找到理由了。"

他疑问地看着她。她接着说：

"穆塞尤部落！"

他明白她的用意，但是失望地摇摇头，低语道：

"部落酋长已经跟我们签订了和平协议。"

但她并不失望：

"那里的总督是我们的人，我们找一个可靠的信使给他带去一封秘信，指示他发信来，就说那里发生了暴乱，请求援兵。你将他的信当众宣读，然后就动员起南北大军，集合在你的旗帜下。这样谁会知道这背后发生的一切，你掌握了军权，就可以随心所欲。"

法老听了这些话感到很惊讶，因为他自己并没有产生过动员军队的想法。直到现在，他仍然觉得祭司们的不满还没有达到用军队来进行镇压的程度。但是他转而又想，也正因为他没有一支强大的军队，那些人才无所顾忌地上书请愿和公开发牢骚。他觉得拉蒂斯这个简单的想法有一些道理，所以就同意她的主张。而他一旦同意做某件事，就会不顾一切地去达到目的。

他高兴地看着拉蒂斯的眼睛，用低沉有力的声音喊道：

“好主意，拉蒂斯，好主意！”

她也很高兴：

“这是我的心告诉我的主意。这就像从你嘴里得到一个吻一样简单易行，现在我们只要保守秘密就行了。”

“是的，亲爱的，你感觉到了你的智慧跟你的心一样可贵吗？是的，我们应该保密，我们还应选择一个可靠的信使。那么我来办这件事吧！”

“谁去给卡尔丰鲁亲王送信合适呢？”拉蒂斯不安地问。

“从我的忠实的禁卫军里选一个人。”

但是她不放心，因为王宫里住着王后。假如不从那里挑选信使，那么有谁能行呢？她明白一旦秘密泄露出去，后果将是不堪设想的。想到这里，她感到了害怕。有一瞬间，她甚至想放弃自己原来的主张，因为这太危险了。但是突然，她想起了那个有着一双清澈的大眼睛、在她的夏厅里绘画的孩子气的青年，她放心了。那是一个朴实、单纯的青年，他的心就像被人们朝夕供奉的圣龛，选择他当信使是十分可靠的。于是她很有把握地说：

“让我来选择信使吧！”

国王感到很可笑：

“你今天怎么这样胆小？跟平时完全不一样。你要选谁？”

她认真地答道：

“陛下，恋爱的人总是多疑的。我选择的使者是正在为我的夏厅绘画的艺术家，他有青春的年龄，少女般纯洁的心，全心全意忠诚于我。他的外表不会引起人们怀疑，关于我们的事情他什么也不知道，像这样的人最适合当我们的信使。假如我们不小心提防，就会面临危险，愿主保佑我们。”

国王满意地点点头，他不愿对她说“不”。拉蒂斯以为乌云已经消散，于是放情地欢乐起来。她相信，不久的将来，她就可以在这座宫殿里随心所欲，因为将有一支常胜不败的军队保护它的安全。

她低下头来进入梦乡。国王用手指解开她的发结，美丽的长发披散在她肩头，然后他把自己的头和脸埋进了飘着香味的长发，直到什么也看不见。

信使帕德蒙

第二天早晨，天气依然很冷的，空中飘浮着朵朵白云，在太阳照射下云朵显得十

分鲜艳、透明，像一张纯洁的脸。远处地平线上黑夜还没来得及收起他的尾巴。

等待着她的是一件非常重大的工作，此时她的心再不像昨天她在神庙里进行忏悔时那么平静了。她要做的事情是去欺骗纯洁的帕德蒙，为了达到自己的目的而去玩弄这个青年脆弱的感情。她没有迟疑，因为她必须抢在时间的前面，她为了忠于自己爱的人，已不惜对别人残酷无情。她离开居室，充满信心地向夏厅走去，在她看来，迷惑帕德蒙是一件轻而易举的事，不需用任何计谋。

她悄悄地走进去，看见帕德蒙一面仰望着她的画像，一面哼着一首她过去常唱的歌：

你的美丽能创造灿烂的奇迹，
为什么医不好我的病？

她一下子被这歌声迷住了。但她很快意识到自己的来意，便接着唱下去：

我在幻想什么？
天空隐藏在乌云的上面，
在那里有我心底的秘密。

青年惊慌地向她转过身去，她向他嫣然一笑：

“你的声音这么好听，为什么要隐瞒了我这么长时间？”

他的血一下子沸腾了，冲向两颊，一片绯红，嘴唇颤抖着，吃惊地听着她的赞扬。

女人明白了他心里想些什么，便引逗他：

“我看你只顾唱歌，而忘了绘画了。”

他立刻显出不同意的神色，指着她的画像喃喃说道：

“你看！”

她那张生动美丽的脸已经出现在墙壁上了。

“你很能干，帕德蒙。”她惊喜地说。

青年满意向她致谢说：

“谢谢，太太。”

“但是，你对我不公平，帕德蒙。”她要把话题引向自己的正题。

“我……怎么可能呢，太太？”

“你把我的目光刻画得那么凶，可我实际并不是那样。”

他不作声了。

她按照自己的想象来猜测他的沉默：

“我是说你对我不公平。你怎么看我呢，帕德蒙？难道我的形象真的是你画的这个样子，既美丽又无情吗？好一幅画像！你是不是以为我的心也跟石头一样冷酷？你不要回避，说出你的想法。帕德蒙，你为什么要这样做？”

此时他不知道说什么好，仍然沉默不语。她勾引得他相信了她，倾倒于她，也越发惶惑不安起来。

女人接着说下去：

“帕德蒙，你为什么以为我是无情的？你只看表面现象，因为你自己就不能隐藏心中的秘密，你的脸就像一本打开的书，我从那上面就可以看出你心中的秘密。但是像我这样的人却有另一种特性，我认为坦白会使我们失去优胜，会破坏主赐我们的美。”

青年不解地问自己：她这是什么意思？应该怎样理解她谈话的用意呢？她过去坐在他面前，心神不宁、目光游移，并不理会他胸中燃烧的烈火。而此刻，是什么东西使她发生了变化？她为什么要讲出这一番甜言蜜语？这是心里话吗？她的意思跟他能够理解的一样吗？

女人步步紧逼：

“啊，帕德蒙，你对我太无情了。你的沉默就是证明。”

他深情地看着她，快乐得眼泪几乎要夺眶而出了。这时他觉得自己的猜想是对的，便激动地说道：

“宇宙虽大，我却无话可言。”

她看他终于开了口，满意地叹了一口气，用梦一般的语调说道：

“你不必说话，你想说什么我全知道。这间屋子已经看着我们几个月了，你在这里留下了永恒的记忆……是的，我在这里明白了你的巨大的秘密。”

她在他脸上观察了一会儿，然后说：

“帕德蒙，你知道我如何发现了你心中的秘密吗？那只是非常奇怪的一瞬间而已！好了不谈这些了，现在我有一封私信，想要发给远方的一个朋友，首先我必须找一个完全可靠的信使。我一个人坐着，想了所有我认识的男人和女人、奴隶和自由民，但是每个人不是使我失望，就是使我担心，后来不知为什么，我突然想起了这间屋子，想起了你——帕德蒙，于是我便安下心来。我感到只有你才是我最可信任的人。”

青年脸上洋溢着喜悦，神情恍惚起来，他双膝跪在她面前，喊道：

“我的女王！”

她把手掌放到他头上，温存地说道：

“我发现了自己心中的秘密，我心里有你……我奇怪，为什么过了这么长时间我才体会到了这种感觉。”

顿时帕德蒙飘飘然了：

“我的女王，我起誓，每天黑夜里我都经受着痛苦的煎熬，而清晨则给我吹来幸福的微风。现在你的话语把我从黑暗引向光明，从失望的苦恼引向了幸福的陶醉。我从绝望的深渊回转以后，要倍加珍爱自己，拉蒂斯，你就是我的幸福、梦想和希望。”

她在苦涩的沉默中听他说话，她感到他是在进行热烈的膜拜，完全沉浸在天真无瑕的梦幻中，根本不了解她的用心。她哑口无言，她有些后悔了……。但是，她对他

的无知所寄予的同情没有持续多久，就又继续骗下去：

“我奇怪，这么长时间我都没发现自己心中的秘密，许多次的相遇也没使我感觉到这个秘密，只是在我需要你为我送一封秘信的时候，我才发现了这个秘密，好像是它故意把你引荐给我，而同时又不允许我得到你。”

青年以崇拜的语调说道：

“我会全心全意去做你要我做的一切事情。”

她迟疑了一下，问道：

“如果要冒着生命危险呢？”

“除了每天早晨再也见不到你而遗憾以外，我对什么事情都无所谓！”

“那么就让我们暂时分开一下吧！我要交给你一封信，你把它藏在胸前，然后你到贝佳岛总督那里，说你是我委托出外办事，他会告诉你路线并给你提供方便的。你跟商队一起出发，但是不准把你胸前藏着一封秘信告诉任何人。到了努比亚以后，你把它亲手交给总督本人，然后就回来。”

帕德蒙感到了一种新的幸福，幸福中夹杂着骄傲和自豪。她的手离他很近，他便俯下身来，深情地吻了。她感觉到了他全身的颤抖。

在回房的路上，拉蒂斯又一次感到不安，甚至问自己：怎么能去玩弄这一颗年轻的心呢？为什么不出于可怜他，而让国王自己去挑选信使？

尽管他为一句虚伪的话而感到幸福快乐，但他觉得他当时的心情是值得任何一个幸福的人去羡慕的。他不知道事情的真相，那么所以她也就不必伤心，也不必为自己的欺骗而难过！

秘信

当天晚上，法老来时，手中拿着一封卷起的信。拉蒂斯奇怪地看着法老脸上闪出的得意的光，心里想着：我的主意是否会成功？事态会按我的设想发展吗？国王展开信，让她扫视了一遍。这封信是写给法老的堂兄弟努比亚总督卡尔丰鲁亲王的。他在信中向亲王说明了自己需要一个借口以动员起强大的军队，但这件事必须秘密进行，不能让祭司们知道，以防引起他们的警觉。他要亲王派一个可靠的信使，来首都送一封紧急求援信，就说在南方边境地区的穆塞尤部落又掀起了席卷城镇和乡村的暴乱，请求国王派军队去平息暴乱。

拉蒂斯重新把信卷起，然后说道：

“信使准备好了。”

“把信收好。”国王笑着说。

这时，她的脸上充满了幻想和希望。她问：

“人们会怎样对待卡尔丰鲁总督的求援信呢？”

国王满有信心地答道：

“所有的心都会为之震动，包括祭司们的心在内。全国各地的总督都将要求进行总动员，要不了多久，我们所盼望的、浩浩荡荡的大军就会全副武装地开入首都。”

“我们要等很久吗？”她快乐得忍不住了。

“信使来回需要一个月，我们要等一个月。”

她想了一下，又数着手指头说道：

“假如你的估计正确，那么信使回来的时候正是尼罗河节。”

国王笑着说：

“这是个好的预兆，拉蒂斯，尼罗河节是我们恋爱的节日，它也将是胜利和安全的节日。”

拉蒂斯乐观地认为会有好消息，她对成为她幸福和爱情的开端的这一天寄予热切的希望。她认为尼罗河节跟信使回来的日子正好相符并非偶然，这是赐予她爱情和同情她的神所巧妙安排的。

国王赞佩地看看她，在她头上吻了一下，说道：

“这颗宝贵的头！苏弗哈特非常欣赏它想出来的好主意，他忍俊不禁地对我说：这个棘手的问题就这么简单地解决了，就像一朵鲜花从交错的枝叶中开放出来。”

她原以为他会对任何人保密，甚至连他最忠实的首相也不告诉。她问：

“首相知道我们的秘密？”

“是的，苏弗哈特和塔胡是我的头脑和心脏，任何事情也用不着对他俩保密。”塔胡的名字在她耳边爆发出猛烈的轰响，她的脸立刻阴沉下来，露出忧虑的神色：“那么还有别人知道吗？”“你太胆小了，拉蒂斯。你要知道，我相信他俩就如同相信自己一样。”国王笑着说。

“陛下，我并不对你信任感到担心。”她说。

但她不由自主地想起了塔胡向她最后离开时的情景，他愤怒的吼叫仍然回荡在耳边，他那失望的目光仍使她心有余悸。她问自己：塔胡会不会记着旧仇？

这种顾虑并没持续很久，当国王把她抱在怀里的时候，她就将其忘掉了。

第二天早晨，信使帕德蒙·本·巴萨尔来了。他穿着大袍，头上戴着一块能遮住耳朵的大包头巾。他两颊绯红，眼睛里闪烁着兴奋的光，在拉蒂斯的面前他敬畏地俯下身去，吻了吻她的衣角。她用手指抚摸着他的头，温情地说：

“帕德蒙，我永远不会忘记，是你为了我才抛弃了安乐和平静。”

他扬起天真漂亮的脸，激动地说：

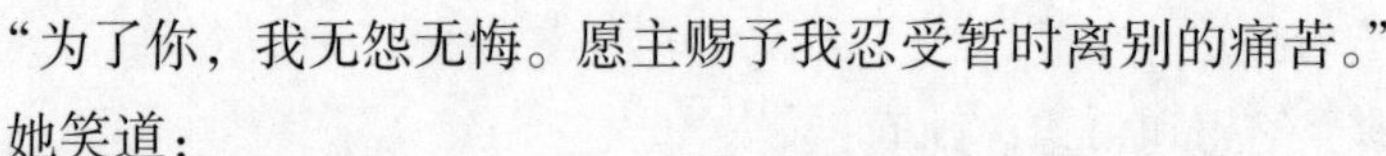

“为了你，我无怨无悔。愿主赐予我忍受暂时离别的痛苦。”

她笑道：

“你会平安健康地回来的，未来的幸福快乐会使你忘记现在的忧愁。”

他叹口气，说：

“请你为以幸福的梦想来慰藉自己的远行者祝福吧！”

她向他微微一笑，拿起那封卷起的信交给他，一面说道：

“我不再嘱咐你什么了，你将把它放在哪里？”

“放在胸前我的心上。”他答。

她又交给他一封信，说：

“这封信，你把它交给阿纳总督，他会为你的旅途提供方便，让你跟着一批商队出发。”

离别的时刻到了，他咽一下口水，慌乱地，显出了依依惜别和不知所措的样子。她将手向他伸去。他犹豫了一下，然后把它抓在自己手中。他的手好像触摸到电一样，颤抖了起来。接着他把她的手放于胸前，于是拉蒂斯感觉到了他的体热和心跳。他退出了门去，她游移的眼神向他告别，嘴里不停地在祈祷着。

为什么不呢？她的生命不就寄托于他的身上吗？

塔胡的呓语

最初的等待是难忍、痛苦的，因为有一个声音不停地向她喊道：国王不应把秘密泄露给任何人！即使这两个人国王完全信任，这也不稍减她的忧虑，一旦有人将秘密泄露给祭司们，那么后果将会如何？祭司们将会毫不犹豫地站起来，保护自己。主啊，秘密一旦泄露，那将是一个极其严重的事件，任何一个国人都不敢去想象它的危险。想到此，她不禁打了一个寒战，猛烈地摇了摇头，想尽量把自己的头脑中的胡思乱想驱逐出去。她自我安慰道：一切事情都会按我们计划进行的，没有什么好担心的，这些顾虑不过是在恋爱中的不安的多疑而已。

但是她刚刚平静下来，又一次恐惧袭上心头。她仿佛又看见了塔胡那张恼怒、扭曲的脸，又听见了他痛苦失望地吼叫。遭受着恐惧的煎熬，但她却既不敢说出来，也不能够消除它。

她应该害怕塔胡，或者猜想他会做出伤害她的事情吗？一切迹象都说明他已经忘记了过去。但是，即使没有忘记，他又能怎么样呢？他只能屈服，他没有权力再去敲她的门。可是这并不能说明他已经忘记了过去。唉，过去的事情是否还记在他心里？

塔胡是强横的、顽固的，昔日的恩爱也许会变成他心中的恨，时机成熟了他就会报复。尽管如此，她对塔胡的评价仍然是公正的，他誓死忠于国王，始终不渝地忠于职守。

一切迹象都表明没有担心的必要，但她仍然放不下心来。信使刚刚离开几小时她就惶惶不安，怎么能等待一个多月呢？她产生了一个奇怪的想法——必须见见塔胡。一天以前，她从未这样想过，而今天她却迫切地要这样做，非这样不可。她在不安中考虑了很久，最后对自己说：我要请他来，跟他谈谈，看他心里想些什么，也许我能够阻止他作恶——假如他有这种想法——既挽救了他，也保护了国王陛下。

她决心下定，把席斯叫来，命令她到塔胡官邸，请他到这里来。席斯走了，她在客厅里焦虑地等待着，她不怀疑他会应邀前来。这时，她想起了过去和他在一起的日子，那时她是坚强的、冰冷的。而现在，自从她的心里产生了爱情，她就变得软弱、多虑，容易失眠。

塔胡来了。他穿着礼服，这就告诉她，他已经忘了贝佳宫中那个舞女拉蒂斯，这次来只不过是为了拜会国王陛下的女友。她放心了。

将军恭敬地低下头来，不动声色地问候：

“愿主赐你幸福，尊敬的夫人。”

“也赐你幸福，尊敬的将军，谢谢你能应邀来访。”她一面说着，一面观察他的表情。

“愿听你的吩咐，太太。”

她发现他依旧健壮，肤色红润。但是她用那一双善于察言观色的眼睛发觉了别人不易察觉的变化：她发现在塔胡的脸上出现了一圈萎靡的阴影，使他的目光黯然失色，精神状态也远不如以前。她难过地想到，这一切都发生在一年前那个使他俩分开的夜晚后。可怜啊，过去暴风一般的塔胡，如今变成了死水一潭！

她对他说：

“将军，我请你来，是向你祝贺你得到国王的最大信任。”

“谢谢，夫人。这是主赐予我的恩泽。”将军脸上立即现出不解的神色。

她勉强笑笑，狡猾地说道：

“我真应该感谢你对我的主意的赞同与认可。”

“太太，你也许是指的那个英明办法吧？”他略想了一会儿，有所领悟。

她点点头，表示“是的”。他接着说：

“是个好主意，它充分表现了你的聪明智慧。”

“这个主张如能实行，国王的权利和国家的和平就都有了保障。”她说着，并没表现出十分兴奋的样子。

“我们很赞赏这个主张。这是正确无疑的。”

她深深地看了他一眼，说道：

“将军，不久你就会用得着你的权威与勇武来保证这个主张的实施。”

他低头答道：

“感谢夫人的崇高信任。”

女人沉默了良久。

塔胡仍然严肃而庄重，这也正是她所希望的，此时她对他感到了放心和信任。她内心忽然产生了一种强烈的愿望，她要想跟他旧事重提，请求他原谅并且忘记过去的一切。但是她不知说什么好，只得放弃那个话题。后来，她决定用另一种方式来对他的友好表示感激，于是向他伸过手去，微笑着说道：

“将军阁下，我向你伸出友谊和赞赏的手。”

塔胡把一只粗壮的手放到她纤细的手中，显然有些激动，但他仍旧无语。短暂的关键性的会见就此结束了。

在乘船回去的路上，他总觉得不对，突然产生了一个疑问：“这个女人为什么请我去?”他在她面前尽量压抑的感情，这时候一下子爆发了出来。他脸色难看，四肢颤抖，摇摇晃晃，迅速失去了理智。船桨划动水面，他醉汉般随波摆动，又像刚从战场上败退下来，智尽力穷。他仿佛觉得岸边的椰树在疯狂地舞蹈，空气里充满令人窒息的灰尘。他的血管里冲动着狂暴的、狠毒的血液。他看见桌子上有一壶酒，便抓起来一饮而尽，于是大发酒疯，绝望地倒在躺椅上。

事实上，他并未忘记过去的一切，只是把她藏在心底，藏在自尊和责任感的后面。当分别一年以后再一次见到她的时候，隐藏在他心里的东西爆发了出来，烈火灼烧着他的灵魂，他感到痛苦悲伤、屈辱和失望，他的自尊心被强烈刺伤了。他在绝无仅有的一次战役中，同时尝到了失败和失望这两种滋味。他的头脑这时候在盛怒中却变得清醒了，他明白了她为什么召他去：她叫他去是为了考验他的忠诚，为了她自己的爱，为了对她的国王的前途放心。仅仅为此，她才对他装作友好和亲善。奇怪呀，放肆无情的拉蒂斯居然认真起来，多情起来，知道了什么是爱，什么是怕和痛苦；居然担心曾经像她鞋底上的土一样粘着地、后来又被她不耐烦地踢掉的塔胡会背叛她。可诅咒的天，可诅咒的地，世间的一切都是该诅咒的！绝望、狂怒、仇恨在折磨他强大的身躯，狂怒使他的血燃烧起来，他听不见也看不见，只觉得世界是一团通红的火。

不一会，船驶到法老禁宫前的台阶旁，塔胡下了船，踉踉跄跄地走进御花园，士兵们向他致敬，他理也不理地向禁卫军指挥部走去。这时从法老禁宫出来的首相截住了他的去路，微笑着向他致意，然而他却呆呆地站住，好像不认识他一样。

苏弗哈特感到奇怪地问道：

“你怎么啦，塔胡将军?”

塔胡怪声怪气地答：

“我……是一只落网的狮子……是躺在烤炉上的乌龟!”

苏弗哈特莫名其妙地说：

“这是什么意思？狮子和乌龟，罗网和烤炉之间有什么关系？”

塔胡依旧沉醉不醒地答：“乌龟嘛，行动慢，驼的重，活的长久；而狮子呢，吼叫着猛扑过去，杀死它的猎物。”

苏弗哈特吃惊地看着他的脸：

“你为什么而发怒？为什么你现在与平时迥然不同？……”

“我发怒了，尊敬的阁下。你为什么也不理解我？我是战争和死亡的主宰……啊，世界你怎么能忍受这种沉闷的和平！死神渴了，我要给他解渴。”

“啊，现在我明白了，将军，一定是马尤特烈酒在作怪。”苏弗哈特点点头，以为他明白发生了什么事情。

塔胡激烈地反驳道：

“不，不……事实上，我喝的是一杯血，是一个恶人的血，毒害了我的血……更糟糕的是，在我回来的路上，我把我的剑刺进正在睡觉的善神的心头心里……快去厮杀吧，血就是勇士的饮料！”

苏弗哈特惊呼道：

“是酒，毫无疑问，你喝多了。你现在应该赶快回去休息。”

塔胡不屑地耸耸肩膀：

“小心，首相！小心有毒的血，有毒！乌龟的忍耐即将结束，狮子就要扑过去了。”

说完，他径直走了。

苏弗哈特感到很奇怪。

等 待

法老禁宫、贝佳宫、首相府都在耐心地等待信使帕德蒙的回来。等待是平静的、安宁的、充满信心的同时也是慌孔的。每过去一天，在他们心里就意味着更接近胜利一天，心中就越加充满希望。但是突然，一封由全体祭司签名的紧急信件寄到首相府。苏弗哈特通常并不重视此类信件，把它交给王后就算了事。但是这次在这封信里他发现了新的危险，他不敢承担向国王隐瞒真情的罪名，即使会引起国王的愤怒，他必须把信呈上去。他觐见法老，把信念给了他听。这是一封以拉阿、阿蒙、帕塔赫和阿比斯诸神寺的首席祭司为首的由全体祭司签名的紧急信件，他们再一次强烈呼吁请国王陛下把神圣的诸神神庙的土地归还给他们，他们认为国王的责任是保护诸神庙，而不是剥夺其权利。他们强调指出，没有任何理由可以解释为什么要剥夺神庙的土地，不然他们不会向国王陛下呈上这个强烈请求的。

这封信的强硬的、坚决的语气，使国王听后勃然大怒，他把信撕得粉碎，扔在地

上。然后吼叫道：

“等着吧，用不了多久，我就要回答他们！”

苏弗哈特说：

“过去他们是单独请愿，而这次我却要集体行动。”

“我要惩罚所有的人，让他们见鬼去吧！”国王怒犹未消。

然而，事态发展日趋严重，梯比斯省总督给首相来信报告，赫鲁姆·哈特访问了梯比斯，受到群众热烈欢迎，阿蒙神的所有祭司和大部分市民都参加了欢迎仪式，他的名字被大声高呼。群众还喊出了“众神的权利应该受到保护”的口号，甚至有人哭着喊道：“啊，阿蒙神的财产被花费在一个舞女脚下了！”

首相看完信，心中惶恐不安，只得求见国王，婉转地把情况向他禀告。国王又愤怒地吼道：

“梯比斯总督只会听和看，什么也不会干！”

“陛下，他手下只有一点治安部队，是抵挡不了广大群众的。”首相很难过。

国王气急败坏地说：

“我只有等待！主啊，我的尊严已经受到刺伤！”

光荣的阿布城上空笼罩着愁云，弥漫了所有的宫阙和府邸。妮芜·戈丽斯王后隐居在自己的禁宫里，痛苦、寂寞、伤心而又遗憾地注视着事态的发展。苏弗哈特无可奈何地听取了各地来的消息，对沉默的塔胡说：

“难道埃及过去有过这样的愤怒和抗议吗？多令人伤心啊！”

此时国王的幸福变成了恼怒，他时刻不得安宁，只有躺到他所倾心的拉蒂斯身边，才能短暂的平静下来。她理解他的心情，尽量安慰他“不要着急”；他便叹口气，狠狠地说：“是的，要等到我们有了足够力量的那一天。”

局势越来越紧张，赫鲁姆·哈特连续访问好几个省，所到之处都有欢迎他的游行，他的名字到处都受到了人民的欢呼。各省总督对此也非常不满，他们认为这是对法老不忠的表现，于是总督们纷纷聚会，决定要求面见国王。他们来到了首都阿布城，觐见了法老，法老举行了正式的朝见仪式，苏弗哈特也出席了。梯比斯总督走上前去，向法老致敬道：

“陛下，真正的忠实不仅应表现在心里，必要时还应进谏、尽职甚至做出牺牲。我们现在面临着一件大事，忠实的心使我们再也无法保持缄默，必须把它讲出来。”

法老沉默了一下，然后对总督说：

“说吧，总督，我听着。”

那人鼓起勇气说道：

“陛下，祭司们愤怒了，他们又把自己的愤怒传播给朝夕听他们传教的群众，其结果就是一致要求把土地归还给它的主人。”

国王听后脸上露出怒色，恨恨地说：

“难道法老要屈从于他的臣民吗?”

那人并不胆怯，而是坦率地说下去：

“陛下，使臣民幸福，是众神赐予法老的职责，这不是屈从，而是陛下对他的臣民的同情。”

国王用王杖捣着地板，说道：

“退让就是屈服!”

“主保佑，我不是要陛下屈服。然而政治家犹如大海，统治者就是舵手，要善于抓住良机，躲过风浪……。”总督一直把话说完。

但是国王听不进他的劝谏，只是固执而轻蔑地摇摇头。

苏弗哈特请求讲话，他问梯比斯总督：

“你是否有证据，说明人民同情祭司们?”

总督很有把握地答道：

“是的，殿下，我安插在各地的坐探亲眼看见了人民的愤怒，他们举行了各种不该举行的活动和抗议游行。”

弗蒙斯省的总督说：

“我也听到了同样的消息。”

各省总督汇报了相似的情况，证明局势非同一般。法老宫殿有史以来第一次这种性质的朝见，就这样结束了。

此后，国王召见他的首相和禁卫军将领。国王还在盛怒中，对他的两个亲信说：

“这些总督是忠诚的，但是太软弱无力。假如按他们的建议去做，我的王位就面临危险。”

塔胡立刻赞成国王的话：

“退让就是失败，陛下决不能退让!”

而苏弗哈特则想着另外的问题，他说：

“我们应该考虑一下还有几天就要过尼罗河节了。老实说，对于成千上万愤怒的群众聚集于此，我的心总是感到不安。”

塔胡马上说：

“我们首先要把阿布城控制起来。”

“这是毫无疑问的。但是不要忘记，去年的尼罗河节出现了叛徒的呼声，使陛下非常愤怒。而今年，会有更强烈的呼声出现。”

“所有的希望都寄托在信使能在节前赶回来。”国王说。

但是苏弗哈特继续按自己的思路权衡了局势，他内心里还是赞成总督们的意见的。他说：

“不久信使就会回来，我将把他带来的信当众宣读。我相信，那些得到国王陛下恩典的祭司们也会最积极最热情地响应动员军队的号召。到那时陛下就有了足够的武装

力量，来实现自己的意志，谁也不敢违抗圣意。”

国王对苏弗哈特的话不以为然。他在自己的禁宫里感到寂寞，就到贝佳宫寻找快乐去了。拉蒂斯并不知道国王朝见总督的情形，所以她的心是比较平静的。但是她很快便从法老易怒的脸上发现了他内心的愤恨和恼怒，于是担心起来，疑惑地看着他，心里有话无从开口。

他烦躁地说：

“你知道吗，拉蒂斯？总督和大臣们都建议我把土地归还给祭司们，叫我甘心投降！”

“他们为什么要这样建议您？”她不安了。

于是国王把朝见总督的情形以及他们的建议告诉了她，这使她越发不安和难过起来，禁不住说道：

“看来局势昏暗起来了，要不然，他们是不会公开自己的主张的。”

国王冷笑道：

“我的人民愤怒了。”

“陛下，人民就像是一艘没有舵的船，任风驱使。”

“我要断绝他们的风源。”

他还在发狠。

突然，她害怕起来，忍不住说道：

“或许我们应该接受总督的建议，暂时主动退让一下，我想胜利已经不远了。”

“你也建议我屈服吗？拉蒂斯？”他奇怪地看了她一眼。

他说话的口气使她伤心，便把他拉到胸前，眼睛里含着泪水，说道：

“要取得胜利就要前进一大步，再后退几小步。”

国王叹口气：

“唉，拉蒂斯，假如连你也不理解我的心，我将如何呢？我如果被别人的意志所主宰，就会像一朵在风中凋零的花。”

她两只乌黑的眼睛显出感动的神情，难过地说：

“我愿为你牺牲自己，亲爱的，只要我用纯洁的爱来浇灌你，你是永远不会凋零的。”

“我要使自己的时时刻刻生存在胜利中，决不让赫鲁姆·哈特有朝一日说，他曾经征服过我一小时！”

她伤心地向他笑笑，问道：

“你不认为，进行统治时使用计谋很必要吗？”

“无能者的计谋就是投降，只要我活着，就得像剑一样强硬，任何叛贼都要被粉碎。”

她遗憾地叹口气，不再反驳他，甘心在他的愤怒和自尊面前认输。从那时开始，她就不断地问自己：信使何时能回来？信使何时能回来？何时能回来？

等待是艰难，假如一切怀着希望的人知道等待的痛苦，那么他们会情愿弃世隐居。有多少次，她一分钟一分钟、一小时一小时地数着时间过去。有多少次，她盼着日出，又等着日落，她注视着南来的尼罗河，望眼欲穿。有多少次，她心跳着计算时间，每次都不安地喊道“帕德蒙，你在哪里!”甚至连爱情本身也尝到了如梦般徘徊的滋味。信使回来之前，她是不会有安定和平静的!

日子在缓慢地、沉重地过去。直到有一天，她正坐在那里沉思，突然席斯跑进来，她急忙抬起头问道：

“有什么事，席斯?”

“太太，帕德蒙回来了!”女仆还在喘息。

她高兴地站起来，喊道：

“帕德蒙!”

“是的，太太，他正等在客厅里，他要求见你……，他旅途多辛苦!”

她立刻跑下楼梯，跑进客厅，见他正站在那里等她，两眼闪出热切盼望的目光。她怀着热烈的希望，高兴得像一团火。他却以为这是由于见到他，于是心里充满天使般的幸福，奴隶似的扑在她脚前，深情地抱住她的腿，将嘴俯向她的双脚……

他说道：

“我所崇拜的人，我几百次梦见我吻这双脚，现在我的梦想实现了。”

她用手指抚摸着他的头发，轻声说：

“亲爱的帕德蒙……帕德蒙……你真的回到我身边了吗?”

他的眼睛生动地闪着光，伸手从胸前取出一个小巧的象牙盒子，他打开盒子，里面原来是一些土，他说：

“这是你的双脚踩过的花园里的土，我把它放在盒子里，随身带着，每天晚上临睡前都要吻它一下，然后把它放在我胸前。”

她焦急地听他讲话，心里早就不耐烦了。但她掩饰住自己的焦急，尽量轻柔地问：

“你什么也没带来?”

他又一次把手伸到胸前，拿出一封卷起的信，递给她。她用颤抖的手把信接过来，心里漾起无限幸福，浑身都已酥软了。她对着信长长地看着，又紧紧地握在手里。要不是她的目光偶然落到帕德蒙身上，她几乎把他忘记了。她又想起了一件事，便问道：

“卡尔丰鲁亲王那里没有信使跟你一起来吗?”

青年说：

“来了，我的太太，就是他把这封信拿回来的，他现在正等在夏厅里。”

现在她已不需要继续跟他呆在一起了，快乐的心情已使她无法平静下来，便乘机对他说：

“再见帕德蒙，愿神保佑你，夏厅里还有人在等你，我们以后再见。”

她拿着信飞快地转身走了，心里呼喊着她的爱人国王陛下。要不是碍着面子，她早已飞往皇宫，就像那只雄鹰一样，向他报告他们共同的喜讯。

朝见

尼罗河节这一天终于到来了，阿布城又迎来了南北各方的人们，大街小巷装饰起了彩旗、鲜花和橄榄枝，歌声响彻云霄。祭司、总督和大臣们在清晨迎着朝阳向法老宫殿走去，加入了浩浩荡荡的皇室队伍，参加隆重的庆典。

正当人们等候法老驾临之时，一个侍卫走进来，以国王的名义向他们致意以后，大声宣布：

“尊敬的诸位阁下，国王要立刻召见你们，请你们到法老朝见大厅去等待。”

听过圣旨，大家心中均感诧异，因为按照惯例朝见是在庆典之后才进行的，而不是在这时。他们脸上现出疑色，心里问道：竟然在这时召见，难道发生了什么重要的事？

他们遵命前往朝见大厅。祭司们右面入座，总督们左面入座，法老的王位在正中间，他两旁的座位是亲王和大臣们的。

片刻，大臣们来了，为首的是苏弗哈特。接着王室成员也来了，一面就座，一面向站起来向他们致意的诸位还礼。

大厅里一片肃穆，人人脸上显出严肃认真的表情，各自在心里猜测着这次朝见的原因。捧玺官走进来，高声宣布法老驾临：

“埃及法老、太阳之光、拉阿神在地上的影子——莫尔雷拉第二陛下驾临。”

全体起立，躬身致敬，前额几乎触到地面。法老威严地走了进来，禁卫军将领塔胡跟在后面，然后是捧玺官、侍卫长、努比亚总督卡尔丰鲁亲王的侍卫长。法老就座，然后用威严的声音说道：

“向祭司们、总督们致意，请就座！”

躬下的身躯轻轻直起来，大家在一片肃穆中就座，甚至连喘一口气都像在冒险。所有的目光一致朝向法老陛下，期待着他讲话。

此时法老正襟危坐，目光扫视着在座的人，并没固定在某一个人身上。然后说道：

“亲王大臣们，总督祭司们，上下埃及的精华：我召你们到这里来，是为了商讨一件关系到王国安危和祖辈荣誉的大事。从南方来了一位使者，他是卡尔丰鲁亲王的侍卫长，他带来了亲王的一封重要信件。我认为我的责任是刻不容缓地召你们前来，共商这件大事。”

法老转身向着信使，用王杖指了指，那人便向前两步，走到法老面前。法老对他说：

“你把信念给大家听。”

那人展开手中的信，大声念了起来：

“卡尔丰鲁亲王致埃及法老——太阳之光、拉阿神的影子、尼罗河的保护者、努比亚和西奈之主、东西方沙漠的领袖：

陛下，我遗憾地向您报告一个非常不幸的消息——在王国南部努比亚边境发生了可耻的叛乱。当初，我轻信了埃及和穆塞尤部落之间签订的和约认为以后会出现平静和安定，便命令在沙漠中分布的治安部队撤回基地。但是今天一位治安部队的军官来报告，部落首领们违背了我们与之达成的和约，在夜里袭击了治安部队的营房，进行了野蛮的屠杀。战士们英勇地抵抗着百倍于他们的部落队伍，直到最后一个战死为止。穆塞尤部落占领了上述地区，现在正向北方的努比亚境推进。我认为，明智的办法是不要把目前有限的武装力量消耗殆尽，而应该集中力量修筑工事、坚固堡垒以准备御敌。可能在这封信到达陛下面前之日，也正是我的军队与侵略者的交锋之时，我在等待陛下的命令。我们誓为法老陛下而战！为祖国埃及而战！”

来使读完了信，他的声音还在在座的许多人心上回响。总督席上发出一阵阵强烈的骚动，人人眼中都冒出火星。而祭司们则眉头紧蹙，目光凝滞，如神庙里的偶像般静坐不动。

法老沉默了良久，直到人们激动情绪达到了极点，才说道：

“这就是我召你们来进行讨论的大事。”

梯比斯总督最易激动，他首先站起来，低首向法老致敬，然后说：

“陛下，这确实是一封重要的信件，我们的当务之急是动员军队。”

他的话得到总督们的同情，阿布斯总督站起来说：

“这是正确的选择，陛下，我们的唯一责任是尽快动员军队。在南方边境，我们的兄弟受到敌人袭击，他们在勇敢地抵抗着，我们不应该让他们流血牺牲，不应该不管他们，要赶快行动起来。”

阿纳总督考虑着事态的严重性，说道：

“这些野蛮人一旦越过努比亚各郡国，必将威胁到我们的安全。”

最积极的梯比斯总督又一次强调自己的一贯立场：

“陛下，我一直主张保持一支强大的王国常备军，以便在必要时，法老可以用来保卫王国安全，并且对边境以外的附属国尽其保护的责任。”

武将们个个摩拳擦掌，纷纷要求军事总动员，还有人喊出了保卫卡尔丰鲁亲王和努比亚的口号。总督们则激烈地对法老说：

“陛下，我们的兄弟在边境上流血牺牲，我们又怎么能庆祝尼罗河节呢？让我们回去动员军队吧！”

法老沉默着，他在等待听祭司们说些什么。但是那些人却一直保持沉默。直到人们平静下来，总督们不再说话了，帕塔赫大祭司才站起来，以异常平静的语调说道：

"陛下，是否允许我向卡尔丰鲁亲王的来使提一个问题?"

"想说就说吧，大祭司。"法老回答，同时感到奇怪。

大祭司转向来使，问道：

"你是什么时候离开努比亚的?"

"两个星期前。"

"那么什么时候到达阿布的?"

"昨天晚上。"

祭司转身向着法老说：

"至尊至上的法老陛下，这件事情有些可疑。因为昨天这位尊敬的使者从南方来，带来了穆塞尤部落叛乱的消息的同时，一个由穆塞尤各部落首领组成的代表团也从南方来到这里，向法老陛下奉献贡品，以表他们对陛下的顺从，并感谢陛下赐予他们和平与安乐。我看我们现在应该揭开内幕，看看真相。"

这个出人意料的提问，震惊了在座所有的人，并引发了一阵强烈的骚动与不发，总督和祭司们相互交换着可疑的目光，亲王们也纷纷低语起来。此时苏弗哈特的心几乎要蹦了出来，惊慌地看着法老。法老这时则紧紧握住王仗，由于很用力，他那臂上的血管都暴了出来，脸色也变阴沉了。首相怕法老动怒，便问祭司：

"是谁告诉你这个消息的，阁下?"

祭司平静地答道：

"是我亲眼看见的，首相殿下。昨天我到苏代斯神庙去，一个祭司向我介绍一个黑人代表团，说他们是来向法老进贡的穆塞尤各部落首领。昨天夜里，神庙大祭司还招待了他们过夜的。"

"他们会不会是从努比亚来的呢?"首相又问。

但是祭司肯定地答道：

"他们说是穆塞尤部落的。不管怎么说，我们这里有一位塔胡将军，他曾经跟穆塞尤部落打过多次仗，认识他们所有的首领。陛下能否降旨，召他们到御殿前，也许他们会揭开这个谜底。"

法老正在恼怒中，但他不知道怎样驳回祭司的请求，他感到所有的目光一致朝向他，热切地等待他下命令，于是对一个侍卫说：

"你到苏代斯神庙去，请穆塞尤各部落首领来。"

侍卫遵命而去。大家在静穆中焦急地等待着，脸上显出惊疑的神色，人人都想与旁边的人交换一下思想，但他们不得不克制着自己。苏弗哈特忧心忡忡地想着心思，不时偷眼看看法老，担心可怕的时刻就要到来。时间在一分一秒地令人焦急地过去，每走过一步都要牵动一下他们的筋骨。国王坐在他的御椅上，望着不安的总督和低头不语的祭司们，他的眼神几乎隐藏不住内心的激动与不安。

突然，大家似乎觉得远处传来了嘈杂声，于是全神贯注，侧耳倾听起来。接着，嘈杂声接近了皇宫广场，原来是一片呼喊声越来越近，越来越高，直到响彻云霄。呼声是混杂的，不易辨别清楚。法老命令一个侍卫到阳台上去，看看那里到底发生了什么情况。侍卫离开了一会儿，然后跑回来，对着法老低声说：

“人群聚集在广场上，包围了载着黑人的车子。”

“他们喊什么？”

“他们欢呼和平协定和从南方来的使者。”

那人犹豫地顿了一下，接着悄声说道：

“陛下，他们还欢呼和平协定的缔造者赫鲁姆·哈特。”

法老听了此话，气得脸都发了黄，心想：这些欢呼和平协定和欢迎穆塞尤首领的人，他怎么能够动员起他们去打仗？无奈，他只有愤愤地等待。

一个禁卫军军官宣布代表团到。大门打开，代表团走了进来，团长走在前面。他们一行十人，高大的身躯上只缠着一块腰布，头上戴着用树叶编成的头圈。这些人进门后就跪倒在地上，然后匍匐到御座前，亲吻了法老面前的地板。法老伸出王杖，他们又吻了王杖。法老命他们平身，他们才毕恭毕敬地站了起来。

代表团团长用埃及方言说道：

“尼罗河流域的主宰、各部落膜拜的宗主、崇敬埃及法老陛下：我们来圣宫朝觐，是向陛下表示敬畏与服从，感谢陛下曾赐予我们的恩惠使我们永远和平。”

法老举手向他们祝福。众人一致向他看去，期待着他问问这些人是从哪里来的。

法老勉强问道：

“你们是哪个部落的？”

“神圣的陛下，我们是永远忠于您的穆塞尤部落的首领。”

法老沉默了一下，不愿再问下去了。在这他讨厌那个地方，而且还讨厌这些所有在座的人。他只说了一句：

“法老感谢你们，忠实的仆从，我祝福你们。”

法老把王仗伸过去，他们又吻了一次。然后躬身退出，他们的前额几乎触到了地板。

法老这时怒火中烧，五脏六腑都感到了一种无法比拟的痛苦。他面前的这些祭司们，在只有他和他们才知道的一场隐秘杀机的斗争中，给了他致命的打击。他为自己的失败而大发雷霆，语气强硬地说：

“这封信是不容置疑的。不管叛乱的部落是否属于这些首领，有一件事是肯定的，那就是有人想要造反，要叛变，而我们已被包围了。”

总督们又活跃起来，梯比斯总督立刻说道：

“陛下的主张如神灵般英明果断。我们的兄弟此时正在等待援助，我们根本就不应该把时间浪费在无益的争执上，事实是明摆着的。”

法老厉声宣布：

“各省总督，我现在取消你们参加尼罗河节庆典活动，你们面前有更加崇高的义务，就是要立即回到各省各地去组织军队，如果浪费一秒钟我们就会造成更严重的损失。”

法老说完就站了起来，宣布结束召见。众人站起来，躬身向他致敬。

呼　声

法老回到自己的禁宫，立即召见了苏弗哈特和塔胡。二人应召急往，心里也充分估计到了局势的严重性，因此很紧张。他们发现法老仍未息怒，疯狂地踱来踱去，看见他们来了，便瞪大眼睛看着他们，眼中冒出火星：

“叛上……我已经闻到了那卑鄙可耻的背叛的味道。”

塔胡脸色突变，低声说道：

“陛下，我不否认出现了不幸的预兆，但现在还不至于发展到背叛的程度。”

法老用脚跺地，怒气冲冲地说：

“为什么这个可恶的代表团要来？他们为什么偏在今天来？为什么是今天？”

苏弗哈特沉吟着：

“难道这会是不幸的巧合？”他心情很沉重。

法老奇怪地说：

“巧合？不，不！是卑鄙的背叛，我发现了隐藏在恭顺后面的那张脸。不，首相，这绝不是偶然，是有人驱使他们，来跟我唱反调的，我说要战争，他们却说要和平。我的敌人就这样给了我猛烈的一击，而他站在我面前时，却是那么忠诚、恭顺地站在我的面前。”

塔胡露出沮丧不安的神色，而苏弗哈特则很失望地低下了头，仔细思考着，自言自语说：

“如果是叛变，那么谁是叛贼呢？”

法老挥起拳头：

“是的，谁是叛贼？难道这还用问吗？我不会背叛自己，苏弗哈特和塔胡不会背叛我，拉蒂斯也不会。那么，只有那个可恶的信使了。不幸啊，拉蒂斯受到了欺骗了！”

“我这就去把他揪来，问个究竟。”塔胡说着，两眼发着光。

法老摇摇头：

“慢着，塔胡，不要着急。罪犯是不会等着你去捕他的，也许他现在已经躲在了一个安全的地方，享受着他罪恶的报酬与奖赏，只有祭司们才知道他躲藏在哪儿。阴谋是怎样策划的，我不知道。但是我可以向苏代斯神起誓，他们肯定在信使动身以前就知道了信的内容，于是派去了他们自己的信使。当我的信使回来时，他们的信使也随着代表团回来了……。背叛！出卖！在自己的臣民中我的生活像是一个俘虏。让众神诅咒这些人吧！”

两人同情地听着。塔胡伤心地偷眼看看法老，他想给暗淡的气氛带来一线希望，便说：

“我们必须给他们以致命的打击！”

“打击，怎么进行打击？”法老更加恼火了。

“总督们不正在回到各地区组织军队吗？”

“难道祭司们会等待着动员的军队来了消灭他们吗？！”

苏弗哈特心情非常沉重，他相信法老的话是很有道理的。但是他想缓和一下气氛，便说：

“也许我们的怀疑仅仅只是一种设想，我们所认为的背叛只不过是偶然的巧合而已，乌云很快就会散去的。”

法老对这种安慰很不以为然：

“我还记得那些祭司们低头相互恭维的样子，他们心里早已怀着可怕的阴谋。他们的头子站起来，从容不迫地向总督们挑战，他讲起话来信心百倍，好像他长了千百条舌头。啊，背叛！莫尔雷拉第二绝不会在祭司们的恩赐下过活！”

法老一席话立即激起塔胡的仇恨，他说：

“陛下，你有一支强大的禁卫军，一个足以顶一千个，而且个个情愿为陛下献出生命。”

法老没让他说下去，便躺到一把软椅上，发热的头脑继续思想。愿望能实现吗？计划会失败吗？这是他一生中最关键的时刻，是光荣或耻辱，强大或崩溃，爱或不幸的交叉路口。他已经拒绝放弃收上来的土地，难道有一天他还不得不再一次以保自己的王位吗？啊，这一天绝不会到来！他永不屈服，他要光荣的尊贵地生活到生命的最后一刻。他情不自禁地哀叹了一声，对自己说：“啊，假如我的命运没有被注定遇上背叛”

苏弗哈特的声音打断了他的沉思：

“陛下，庆典的时间到了。”

他如梦初醒地向他看了一眼，低语了一声“真的”，便站了起来，向露台走去。露台正对着皇宫大院，车队正排列整齐地停在那里等他。远处的广场上是一片热闹而拥挤的人海，他向那里望了一眼，然后回自己的寝宫去了。过了一会儿，法老穿着虎皮，佩戴着神符和王冠走了出来。他们正在准备出宫的那一时刻，一个侍卫走了进来，向法老致敬后报告说：

“阿布城卫戍司令塔姆先生求见陛下。”

法老准见。当司令进来的时候，人们立刻发现他面色铁青。他向法老致敬以后，

急忙说：

“陛下，我到这里来请求陛下千万不要到尼罗河神庙去！”

法老不高兴地问：

“出了什么事使你这样紧张？”

“刚刚我逮捕了许多人，那些人高声呼喊，侮辱陛下所尊敬的那个高贵的人。我怕圣驾经过时，他们再一次呼喊。”他还在喘着粗气。

法老的心急速跳动着，血液也沸腾了，声音颤抖地问：

“喊什么？”

“他们喊打倒娼妓舞女，打倒抢夺神庙财产的人。”

法老狂怒起来，雷鸣般喊叫道：

“该死的，我现在必须狠狠打击他们！来消除我胸中怒气，否则就毁掉我自己！”

那人慌乱地接下去说：

“暴徒们进行了抵抗，与我的部下进行了顽强的搏斗，混战在了一起。时而那些人还喊出更加恶毒的口号。”

法老咬牙切齿地问：

“他们喊什么？”

那人低下头来，讷讷地说：

“暴徒们竟敢出语攻击最伟大的人。”

“我？”法老震惊了。

那人脸色突变，不敢说话了。

苏弗哈特情不自禁地喊出了声：

“这让我怎么能相信自己的耳朵！”

“他们都疯了！”塔胡也怒了。

法老却神经质地笑起来，问道：

“我的臣民怎样提起我的，塔姆……我命令你说出来。”

“暴徒们说……我们的国王在享乐，我们需要一位清正廉明的国王。”

法老又一次笑起来，辛辣地说：

“啊，遗憾呀……看来莫尔雷拉第二居然已经不适合做祭司们的国王了！他们还说什么？”

那人的回答，声音小到几乎听不见：

“陛下，他们在长时间高呼妮芜·戈丽斯王后陛下万岁！”

法老两眼迅速闪亮了一下，并轻声重复着妮芜·戈丽斯这个名字，仿佛想起了一个已经忘记很久的东西。两个亲信交换了一下眼色，法老立即感觉到了他俩的惊慌和卫戍司令的窘迫。他不愿使王后成为他们现在的话题，但他心里疑惑地问道：“听到这样的呼声王后会有什么感想？”他心中烦恼极了，一股愤怒和疯狂的热浪猛烈地冲击着

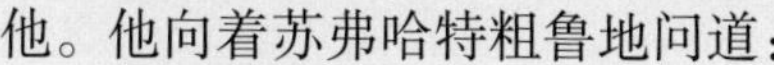

他。他向着苏弗哈特粗鲁地问道：

“该走了吗？”

塔姆失望地站起来：

“陛下难道不想放弃前行的计划？”

“你听见我的话没有，首相？”法老的声音很严厉。

苏弗哈特惶恐地说：

“稍等一会儿，陛下……我想陛下应改变此行。”

法老这时却以平静的——暴风雨前的平静——语气说道：

“我要到尼罗河神庙去，一定要到狂热的人群中去，我倒要看看他们究竟想做什么……。塔姆，赶快回到你的岗位上去吧！”

希望与毒药

那一天早晨，拉蒂斯倒在柔软的躺椅上，美丽的梦想。对她来说这一天非同寻常，既跳动着节日的欢乐，又孕育着伟大的胜利。她多么幸福，多么快乐呀，她的心像一泓清澈的泉水，泉的两岸鲜花盛放，百鸟齐鸣，一个美妙欢乐的世界！她什么时候才能够接到胜利的消息呢？当太阳开始向着另一个世界转去时，她的心也要开始在幸福的世界旅行了，她要在黄昏的时刻迎接她的爱人。啊，黄昏！黄昏对于她是多美的时刻。那时刻，她的爱人那修长的身材洋溢着青春向她走来，伸开粗壮的两臂拥着她那纤细的腰肢，甜蜜地低声呼唤着她，向她报告一个她已等待很久的好消息。他说，痛苦已经结束，总督们去组织军队了，让我们幸福地相爱到永远。啊，黄昏多美呀！

她将怎样打发过去这一天？她等待信使，整整等了一个月。但是她觉得这几个小时却更加难忍难熬，不安中混杂着兴奋，惧怕伴随着幸福。为了忘记那日夜难耐的等待，她便这里那里地胡思乱想起来。忽然，她想到了工作在夏厅里的她的那位崇拜者帕德蒙·本·巴萨尔，他温顺多情！有一次她曾经自问，她应该如何报答他的巨大帮助？他像鸽子一样飞向南方，怀着无限的爱慕，克服了千难万险，又迅速回到她的身边……。有一次她曾经又不安地低语，她如何能够摆脱他？他的温顺和满足使她懂得了另一种奇特的爱——不想占有，没有贪欲，只满足于梦想。那个远离尘世的梦幻中的青年，假如他向她企求一个吻，她能够拒绝他而不把嘴给他呢？但是他并不希求什么，好像怕与她接触后就会被神秘的火燃烧，或者他以为她是不能被触摸和亲吻的。他甚至用超出凡人的眼光去看她，只满足于生活在她的光辉里，犹如大地上的植物生长在太阳下面足矣。

她深深地叹了一口气，心想爱情可真是一个不可思议的东西。她的爱来源于生命，吸引她热恋法老的巨大的力量是生机勃勃的生命力量。而帕德蒙的爱却是没有生气的，

游移于高高天宇的，漫无踪迹的，它只是表现在他灵巧的手上，或者偶尔表现在他热烈的、然而迟钝的舌上。啊，一种多么奇特的爱，有时它微弱得像一束梦影，而有时它又强大得能给顽石注入生命。她为什么要摆脱他呢？而他并不要求她什么。让他呆在他的圣殿里吧，在沉默的四壁上画上她那张美丽的脸——他膜拜的偶像吧！

她的思绪又转了回来，心想黄昏何时到？假如席斯此刻在她身边，她还可以用饶舌给自己解解闷。但是她并不愿意呆在家里，已经跑到阿布城里去看尼罗河神庙了。

这一切又勾起了她对往事的回忆！她再次想起了去年的尼罗河节。那一天，她高登花轿，穿入人群，去看年轻的法老。当她的目光落到他身上时，心急速地跳了起来，她以为这是一种不安或者是魔力。也就是那一天，老鹰叼走了她的绣鞋，第二天法老就亲自来看她。从此她的心开始恋爱了，她的生活改变了，她周围的一切每天都在不停地改变着。

第二天，她就将自己关在贝佳宫里，任凭外面的世界动荡、娱乐，她都不复出现了。她已不再是舞妓拉蒂斯，这一年里她已经成了法老的心肝……。她的思绪就这样飘然游动。后来她猛然忆起了自己的心事，心想陛下说要召开御前会议，宣读那封信。这个重要会议的结果如何？他的号召是否能够得到最终响应？她美好的愿望否实现？啊……黄昏何时才能到来？

她坐不住了，便站起来踱步，慢慢移到临花园的窗前，放眼瞭望广阔的远方。突然，一阵慌乱的敲门声使她不安地转过身来，只见女佣席斯跑着闯进门来，两眼紧瞪着，面色苍白，胸脯起伏地喘着粗气，好像得了一场大病费力地从床上爬起。

拉蒂斯的心紧缩起来，感到了不祥的预兆，她不安地问：

“怎么啦，席斯？”

女佣想说什么，但刚一张嘴就哭了起来。她把双手捂在胸上，两膝弯曲，跪在女主人面前，号啕大哭起来。拉蒂斯惊慌地喊道：

“怎么啦，席斯？你快说话呀……，你不要让我着急，我那巨大的希望，就怕遇到不幸。”

女人长长地抽了一口气，尖叫一声，哭着说：

“太太……太太，他们造反了！”

“谁造反了？”

“人们造反了，太太，他们愤怒地叫喊……让主撕碎他们的舌头吧！”

她的心剧烈跳动起来，声音颤抖着问道：

“他们喊什么，席斯？”

“啊，太太……他们是一群疯子，他们的舌头中了毒气，胡言乱语。”

她几乎气疯了，对着席斯高声喊道：

“不要再折磨我了，席斯！告诉我，他们喊些什么？主啊……”

“太太，他们一直在骂你……你做了什么事，怎么值得他们发这么大的怒？”

她把手举到胸前，惊慌地睁大了眼睛，断断续续地说：

“我……人们会对我发怒？难道在这样神圣的日子里他们还没有忘掉我？主啊……他们说些什么，席斯？求你发发善心，赶快告诉我吧！”

女人哭着对她说：

“那些疯子说，是你抢走了主的财产。”

她叹了一口气，伤心地低语道：

“啊……我太痛苦了。我唯一的希望看来要消失在这一片愤怒的呼喊中了……难道他们能为了尊重法老而对我留点情吗？”

女佣用手捶着胸，哭叫着：

“连法老陛下也没有逃过他们的舌头。”

一声恐怖的叫喊从女人嘴里冲出，拉蒂斯全身震动了一下，问道：

“你说什么？他们竟敢触动法老？”

“是的，太太……他们说法老只会寻欢作乐，他们需要一个清正廉明的国王。”

女人双手举过头顶，似乎在向谁发出求救的信号。她痛苦得弯下身倒在软榻上。她叹息着：

“主啊，这太可怕了。……地为什么不震！山为什么不崩！太阳为什么不把她的火焰喷向这万恶的人间！”

女佣立刻接上去：

“大地在震动，太太，震动得很厉害。群众和警察打了起来了，血流成河。我还差一点被他们踩死，后来我不顾一切地逃了出来，上了一只驶往贝佳岛的小船。但是，尼罗河上的船也在震动，人们站在船上大喊大叫，好像他们跟岸上的人约好了似的要这样做的。”

女人瘫软了，一排绝望的巨浪向她无情地袭来，淹没了她曾燃起的希望。她伤心地问自己：阿布城发生了什么事？为什么会出现这些严重的流血事件？这是什么东西激怒了人们，使他们失去应有的自制？是不是那封信出了问题？难道她的希望注定要毁灭吗？天空中一片昏暗，弥漫着不祥的预兆，她的心再也享受不了安宁了，恐怖像一块巨大寒冰压在了她胸间。

女人哭泣着说道：

“主啊，帮助我吧……我的法老会出来见这群愤怒的人吗？”

席斯安慰她说：

“不会的，夫人……不镇压这些叛徒，法老是不会离开王宫的。”

“天啊，你不了解他，席斯。……法老脾气暴躁，绝不后退。我真为他害怕，我必须立刻见到他。”

“这是不可能的，水面上的船只全载满了愤怒的人，守岛的警卫也全部集中在岸上。”女佣边说边哆嗦。

女人狠狠打着自己的头，喊道：

“老天为什么要跟我过意不去，把所有的门都向我关上，使我陷入绝望的深渊，我的亲人，你现在在哪里啊？我又怎么能够见到你？”

席斯安慰她：

“耐心点吧，我的主人，乌云终会散尽的，光明即将到来。”

“我感到了他在受苦，我的心要碎了。啊……我的法老，我的爱人！现在阿布城发生了什么事呀？”

悲伤已浇灭了她心中的一线希望，眼泪泉涌般流淌下来。席斯看见她的主人、那个风流与享乐之王拉蒂斯也如此这般的伤心难过，不禁吃惊起来。不久前还在拉蒂斯心中闪耀着光芒的希望一下子毁灭了，现在她从心底里感到了绝望。她惊恐地问自己：叛乱者能不能剥夺法老的幸福和权威？会不会把她的宫殿也作为发泄愤怒和仇恨的目标？这么多不幸的生活是无法忍受的，没有了荣耀和幸福还不如死好。拉蒂斯要么伴随着荣华和爱情而生，要不就坦然离开人世。她久久地思虑着自己的命运，直到痛苦的回忆把她引向了一个早已被忘却的角落。她立刻严肃地站了起来，用冷水洗去脸上的泪痕，对席斯说她要找帕德蒙谈点事，便匆匆离开寝宫前往夏厅去了。

年轻的画师正在全神贯注地工作，他根本就不知道外面发生的一切。他感觉到了她的到来，便愉快地迎了上去。但他马上冷静下来，对她说：

“天使般美丽的夫人，你今天为什么如此难过？”

“我很累，或者是生了病。”她说着，低下了眼睛。

“天气这么燥热，你为什么不到湖畔去散散步？”

“帕德蒙，到这儿来我是有件事求你。”

他双手交叉在胸前，好像对她说：我听候吩咐。

“帕德蒙，我还记得你说过，你父亲制造过一种特效毒药？”

“是的，我说过。”他很惊诧。

“帕德蒙，我想要一瓶你父亲把它称之为‘极乐毒药’的那种毒药。”

青年惊慌不安地问：

“你为什么呢？”

她尽量平静地答：

“我对一个医生说起了这种毒药，他很重视，求我为他要一瓶，想用来挽救一个病人的生命。我已答应了他的请求，帕德蒙，你能不能答应我，尽快地给我把它找来？”

青年对她的请求感到万分荣幸，愉快地答道：“几小时以后我就会拿来。”“怎么可能？你不是得到阿布斯去取吗？”“不用，有一瓶我就放在阿布城的家里。”这句话引起她的注意，她吃惊地看了他一眼。于是他低下眼睛，红了脸，低声地说：

“在那些痛苦的日子里，我一直把这瓶毒药带在身边。要不是遇到你，我也许现在已经是奥祖雷斯的邻居了。”

帕德蒙起身便拿药去了。

她耸耸肩膀：

“我要用这危险的毒药，来应付更凶险的事变！”说着，她离开了画室。

人民的利箭

自从塔姆领命走后，剩下的两人都阴沉着脸站在那里。苏弗哈特终于耐不住长久的沉默，请求国王说：

“陛下，我请求你今天还是不要到神庙去了。”

但是国王不听他的劝谏，皱起眉头气愤地说：

“难道我听见几声喊叫就吓得不敢出门吗？”

“陛下，民众愤怒起来了，你应该回避一下再去。”

“我的心告诉我，我们的计划失败了。假如今天后退了，我就将永远失去我的权威。”

“陛下，民众已经发怒了。”

“他们会平静下来的，……当他们看见我站在御车上，庄严的毫不畏惧地穿过人群，向危险冲去的时候，都会平静下来。”

法老继续在大殿里走来走去，怒不可遏。苏弗哈特只有沉默地忍耐着，他转过脸看看塔胡，像是在求救。但将军此刻也正在烦恼中，他阴沉的脸色、不安的目光和沉重的眼皮都说明了他在想些什么。三个人都默不作声，屋子里只有法老的脚步不停地发出声响。

一个侍卫慌慌张张跑进来，向法老躬身致敬，然后报告道：

“有一位治安部队的军官要求见国王。”

法老点点头，表示准见。然后以审视的目光看着他的两个亲信，想要看看这个侍卫的话对这两个人有什么影响。他发现了他俩惊慌不安，于是嘴角浮起一丝讽刺的微笑，并轻蔑地耸耸肩膀。

军官进来了。他惊慌地喘着气，衣服上沾满尘土，帽子也是歪的，一副狼狈的样子。他向法老致敬以后，还没等法老答应就先开了口：

“陛下！人群和治安部队已经展开了激烈的厮杀，两方都死了很多人。假如法老禁卫军不能支援我们，人群就会把我们冲垮。”

苏弗哈特和塔胡同时向法老看去。法老气愤地颤抖着，大声喊道：

“天啊！这些人是这么来庆祝节日的！”

军官接着说：

“陛下，据我们的侦探报告说，祭司们正在全城各地发表演讲，宣称法老要借口在

南方发动莫须有的战争，大力集结军队，用以镇压人民。群众都已相信他们的话，愤怒了起来。要不是治安部队拦阻，大概他们早就冲进了皇宫了。”

法老雷鸣般地吼道：

“怀疑变成了真事，果然出现了可耻的背叛。这些人已经公开与我宣战，首先发动进攻了！”

法老的话在两个亲信心中激起了难以置信的反响，他们脸上的表情好像在发问：这是法老吗？那是他的埃及人民吗？

塔胡忍不住对法老说道：

“陛下！在今天这个倒霉的日子，魔鬼偷偷地钻了空子。流血开始了今天，只有主才知道它会怎样将它结束。陛下，我应该尽职，请您立即下命令吧！”

法老问他：

“你想怎么办？塔胡。”

“我要分兵把守要塞，亲自率领军队去迎击叛逆者，以阻止他们冲过治安部队，闯入通往皇宫的广场。”

法老略微思索一下，声音威武地说道：

“不，我要亲自指挥作战。”

苏弗哈特的心猛烈跳动起来，禁不住喊了一声：

“陛下！”

法老双手击胸，激动地说道：

“这座皇宫几十年来一直是一座堡垒，是圣殿，我决不允许它在我的手里变为一片废墟。”

法老将虎皮王袍，扔到一边，快步走向自己的寝宫，去穿战袍了。苏弗哈特担心灾难就要临头，转向塔胡，用命令的口气对他说：

“将军，不能再耽搁下去了！你赶快去准备保卫皇宫，准备行动。”

将军出去了。军官也跟在后面走了。只有首相在等着法老。

事态不断地发展。风传来了高声地呼喊，这喧哗声越来越响，也越来越猛，直到淹没了周围的一切。苏弗哈特慌忙跑上露台，向皇宫前的广场望去。他立刻发现人群从远处呼喊着向广场跑了过来，他们手中挥动着长剑、匕首或棍棒，像河水泛滥般涌动着。从上面看下去，首相只能看见赤裸的头顶和闪亮的武器。首相又往楼下看看，只见奴仆们正在院子里忙碌着，搬东西顶住巨大的宫门。禁卫军跑步登上建在皇宫正面墙上的箭楼，还有一队兵士手持弓箭向着通往宫院的长廊跑去。所有的战车都开到了露台的下面，排成长长的两排，准备一旦外宫门被冲开，就出发迎击敌人。

苏弗哈特听见了背后的脚步声，他回过头去，看见法老站在门槛前。法老身穿最高统帅的战袍，头戴埃及王冠，满面怒容，双目冒火。法老仇恨满腔地对苏弗哈特说：

“我们还没开始行动就已经被包围了！”

“陛下！皇宫是不可战胜的堡垒，强大的禁卫军有能力保卫它，祭司们必败。”

法老似乎没有听见首相的回答，只是站着不动。首相退到了他的身后，两人默默无语地站在那儿，痛心地看着广场上波涛汹涌的，如野兽般怒吼着的人群，他们挥动着武器，高呼着“请妮芜·戈丽斯登基!”，“打倒胡作非为的法老!”等口号。国王的禁卫军从箭楼里向人群射箭，而愤怒的群众则向他们还以石头、木棍和弓箭

法老点点头说：

“好啊，好嘛……，你们这些要来废黜胡作非为的法老的人，为什么要发怒？为什么要暴乱？为什么要用武器进行威胁？难道你们真的要把它刺向我的心脏吗？……妙啊，妙啊……这真是一个值得永远描绘在神庙墙壁上的壮丽场面，这真是一个令我难忘的日子……。好啊，好啊，埃及的人民!”

禁卫军的兵士们顽强地进行抵抗，弓箭如雨点般射出，一个人倒下去，马上又有一个人顶了上去。军官们骑在战马上巡回指挥战斗。

正当法老痛心地注视着这场战斗，只听到了一个熟悉的声音对他喊了一声：

“陛下!”

法老吃惊地转过头去，发现了喊他的人，那人就站在离他两步远的地方。

他奇怪地叫了出来：

“妮芜·戈丽斯?”

王后伤心地答道：

“是我，陛下。我听到了未听到过的可怕的呼喊传进宫来，因此我与你生死与共以表示我的忠诚。”

王后双膝跪下，低下了头。苏弗哈特见此便立即退到外面去了。法老赶紧上前，双手将她扶起，不知所措地看着她。自从那一天她去劝说他而被他顶了回去以后，他再也没有见过她的面了。此刻，他对于王后的突然出现而感到万分内疚与不安。但是外面人群的呐喊又使他恢复了过来，他对她说：

“谢谢你，我的妹妹。请你过来看看我们的人民，他们正在向我致以节日祝贺呢!”

她低下头，痛心地说：

“他们口出狂言……。”

法老一下子从嘲讽变为恼怒，用厌恶的语调说：

“疯狂的国度，令人窒息，肮脏的心只会背叛与出卖……。”

王后听到“背叛”一词，颤抖了一下，目光凝滞了，胸中也屏住了呼吸。看哪，群众的呼喊会不会引起对她的猜疑？难道她忍辱受屈，来向蔑视她、欺侮她的人表示尽忠，而所得到的报答将是被误解吗？她感到了可怕。

“呵，陛下，我现在所能做的只有与你共命运。但是我对背叛一词感到不解，……他们怎么会出现背叛呢?”

“叛徒就是我所信任的信使，他把我的信交给了我的敌人!”

王后疑惑不解了：

“什么信和信使？我怎么一点也不知道。我只能在人群高呼拥戴我的时候与你站在一起，叫他们知道我只忠于你的。谁反对你，我就反对谁！”

“谢谢你，妹妹。但是没有任何办法了，我现在只有准备光荣地去献身。”

法老拉起王后的手朝着他的居室走去。他掀起门帘，两人走进了一间华丽的屋子。他俩走到供奉着他们父王、母后雕像的一座神龛前，雕像跟前，默默地躬身站立，忧伤地看着雕像。

法老望着他父王的雕像，心情沉重地说道：

“你们对我有什么指教？”

他沉默片刻，好像等待着回答。接着他又激动起来。他两眼紧紧盯着雕像，对自己发怒地说道：

“您为我留下了伟大的王位，可我又做了些什么呢？我登基还不到一年，就要面临毁灭。痛心啊！我使自己的王位变成众怒所骂，自己的名字成为千夫指。人们已不再称我是‘法老’，而是‘胡作非为的国王’！……从前任何一位法老也没有被人这样谩骂过。”

年轻的法老悲痛地低下头来，黯淡的目光看着地面。然后他又抬起头来，看着父王的雕像，喃喃说道：

“也许您会觉得我活着玷污了您的名誉，但您绝不会为我的死而感到羞辱！”

他突然转身面向王后，说：

“你能原谅我吗？”

她两眼噙满泪水，激动地说：

“在这种时刻，我丝毫不计较个人的得失。”

他感动地说：

“妮芜·戈丽斯，我一直对你不好，大大地伤害了你的自尊心。我的荒唐行径使你变成了神话，人们为之惊叹不已。这一切是怎么发生的？……我能够改变自己的生活道路吗？……我的生命是被一种怪异的疯狂所支配，直到此刻我也不愿承认自己的错，我也不会去后悔。遗憾啊！理智告诉了我们哪些是错误的、荒谬的，但它却不能够改变它们。难道你见过有人比我更深地陷进了这样的悲剧吗？……尽管如此，人们也只能从口头上得到训诫，而不能从实际中吸取教训。只要人类存在，这种疯狂就还会存在下去。而且，即使我能够来世再生，也不会避免再一次落入情网。……我的妹妹，我已经厌倦了眼前的一切，没有任何希望可言了。赶快由我结束这一切吧！”

他脸上现出决心已定的样子。

王后不解地问：

“陛下，结束什么？”

“我不是无为的小人，尽管长期玩忽职守，但今天还是记得自己的责任。厮杀又有什么用？我的禁卫军全部都会死于无数敌人的面前。在成千上万的兵士和群众死去以后，还会轮到我了。我不是胆小鬼，不是抓住一线生的希望而死死不放的懦夫。我必须去流血，我要亲自迎上去。”

王后害怕了：

“陛下，难道你忍心让你的将领们因为没有全力保卫你而受到良心的谴责吗？”

“我不会叫他们做无谓的牺牲，我要独自一个与我的敌人决一死战！”

她很了解他的固执，拿他无可奈何。只好坚决地、平静地说道：

“那么我跟你一同去！”

但他赶快抓住她的手臂，求她道：

“妮芜·戈丽斯，人民需要你。他们的想法是对的，你才是称职的，你应该留在这里。你不能站在我的旁边，否则人们会说，国王在愤怒的人民面前只能求助于他的妻子。”

“你让我怎么能离开你？”

“你为我这样做吧，请你不要做使我失去荣誉的事情。”

王后已惊慌失措了。她绝望地喊道：

“这是多么可怕的一幕啊！”

法老说：

“这是我的愿望，如果尊重我，请你就执行吧！我以父母的名义要求你不要拒绝我的请求。每秒钟都有勇敢的士兵做出无谓的牺牲，不能再这样耽误了……。尊敬的妹妹，再见了。我走了，我相信你不会让我在生命的最后时刻蒙受耻辱。王权在握的人，决不应该在宫中就擒。再见吧，今生今世！永别了，痛苦和欢乐……。永别了，虚伪的荣华富贵。我心中已经超越了一切，永别了，永别了……。”

他低下头来吻了一下王后的前额，然后转过身去向他父母亲的雕像致敬。

法老走了出来。苏弗哈特正泥塑般呆呆地站在大厅里等他，看见法老他才有了一点生气，他默默地跟在后面。后来，他想当然地说道：

“陛下的出现必将使勇士们的心燃烧起热情。”

法老没有回答他。两人一起下了台阶，来到了通往宫院的长廊里。法老派人去找塔胡，然后默默地等待着。此时，他的心又一次思念起东南方向的贝佳岛，对此他不由地深深叹息了一声。他已经向一切告别了，但却没能向他最亲爱的东西告别。难道他不能够再看一眼拉蒂斯的脸，再听一次她的声音，就了结一切吗？他心中充满了深深的怀念和痛苦的悲伤……。塔胡向他致敬把他从思虑中惊醒过来，他一见塔胡就问：

“尼罗河安全吗？”

“不，陛下。人们正在用武装的船只从后面进攻我们，但是我们的小舰队在奋力抵抗。皇宫绝不会从那个方向失守。”将军脸色苍白地回答，但他并不知道法老的意图只不过是想知道去贝佳岛的途径是否安全。皇宫安全与否，不是法老此刻所最关心的事

情。他低下头来，目光黯然了。临死之前他将再也看不见那张使他葬送了社稷和荣誉的脸了。拉蒂斯现在又怎么样了呢？她是否已经知道了他俩的希望破灭的消息？或者她正在幸福的梦境里遨游，迫不及待地等他呢？

时间不允许他再继续想下去，他把痛苦藏于心底，对塔胡命令道：

“现在我命令你的兵士们放弃箭楼，停止战斗，回到军营里去。”

塔胡大吃一惊。苏弗哈特也不敢相信自己的耳朵，焦急地说道：

“人群马上就要冲进大门了！”

塔胡还站着不动。法老怒吼一声，整个长廊震荡起可怕的回响：

“快去服从命令！”

塔胡急匆争论地走开，执行命令去了。法老迈着坚定的步子朝宫院走去。走到长廊尽头，他看见战车正在那里列队待命，官兵们拔剑向他致敬。法老叫过指挥官，对他说：

“把车队撤回军营听候我的命令，不要离开那里。”

指挥官向法老致敬以后就跑回车队，大声向车队发布命令，于是战车便按顺序迅速地回到了皇宫南翼的军营里。苏弗哈特此时已明白了法老的意图，但是一句话也不敢说，只是颤抖着，两脚几乎要站不住了。

部队继续执行撤离要塞的可怕命令，他们从箭楼上或据点里撤下来，站好队伍，跟在指挥官后面，跑回军营。一时间，箭楼、宫院和长廊空空如也，连平时的守护军都没有了。

法老仍然站立在长廊的尽头。苏弗哈特站在他右边。塔胡气喘吁吁地跑回来，站在了他的左边。这两个人都想恳求法老回宫，但是他的肃穆、严厉和坚决驱散了他俩说话的勇气，他俩不得不保持缄默。

法老转身向着他俩，平静地问：

“你们俩跟我站一起在等什么？”

两人大吃一惊。塔胡用哀求的语调说了一声：

“陛下！”

苏弗哈特则异常平静地说道：

“假如陛下命令我离开他，我只能立刻以身殉职！”

塔胡如释重负地叹了一口气，看来他已经找到了久索不得的答案，便讷讷说道：

“好主意，首相。”

法老沉默着，不再说什么。

在这期间，暴怒的人群猛烈撞击着皇宫大门。他们虽然看见了禁卫军突然从宫墙的箭楼上撤了下去了，但他们认为那是为了向他们极力猛扑，因此没有一个人敢登上墙头。宫门抵不住长时间撞击，门闩摇动了，门框震垮了，大门轰然一声倒了下来，震动着大地。人群呼喊着冲了进来，像狂风扬起的灰砂迅速落满宫院的各个角落。他们像奔赴战场一样争先恐后向前涌去。冲在最前面的人也稍微放慢脚步，提防着，怕有埋伏。当他们接近法老禁宫时，看见站在长廊尽头的那个头戴埃及王冠的国王，他独自一人站在那里迎接着他们，这使他们不禁一怔。于是领头的人站住了，伸开手臂阻止后面涌上前来的人流，并大声地喊着：

"慢……慢……"

苏弗哈特看见暴动者们惊呆的样子，心中燃起了一丝希望，以为是某种奇迹出现了。但是在暴动者中间有一批冷静的人，他们担心苏弗哈特盼望的那种奇迹将会出现，将他们的胜利转为失败。于是有一只手拉起了弓，把箭放到正中间，向着法老射了出去。利箭越过人群的头顶，毫无阻挡地射中法老胸膛。苏弗哈特像自己中箭一样大叫了一声，接着他伸出两手去扶法老。他的手正好与塔胡的手相遇。法老紧闭双唇，没有发出一声呻吟，他使出了仅剩的力气，保持着身体平衡。他的额头紧紧蹙起，证明他非常痛苦。很快，他浑身无力地瘫软了，目光模糊了起来，两个亲信扶住了他。

人群前面突然静了下来，呼声停止，一双双惊慌的眼睛看着那位倒在他两个亲信怀里的大人物。法老伸手摸摸插着利箭的胸膛，手上立刻沾满鲜血。人群简直不敢相信自己的眼睛，好像他们来冲击皇宫并不是为了这个目的。

来自后面的一声叫喊，打破了静默：

"出了什么事?"

"国王中箭了。"一个声音轻轻答道。

消息迅速传开，人们叫喊着，互相交换着惶惑不安的眼神。

塔胡命令一个仆人去抬轿子，仆人立即跑进皇宫，接着他和一群奴隶抬出了一顶轿子。他们把轿子放在地上，然后又轻轻地把法老放在上面。消息传进宫去，御医马上跑了出来，后面跟着王后。她慌乱地疾步走着，当她看见了轿子和躺在轿子里面的人，便立刻焦急地跑了过去，双膝跪在轿旁，声音颤抖着说：

"不幸啊……陛下，他们果然击中了你……，这正是你的愿望!"

群众看见了王后。一个人喊了一声：

"王后陛下!"

人群立刻躬下身去，好像在祈祷。

法老慢慢苏醒过来，两只眼睛似睁非睁地，平静无力地看着周围。苏弗哈特茫然地盯着他的脸；塔胡呆立着，脸色像死人一般；御医掀开法老的胸甲察看伤势；而王后则焦急地问御医：

"他怎么样了? ……你快说，他很好!"

法老听见了她的话，便平淡地说：

"不，妮芜·戈丽斯，这是致命的一箭。"

御医想把箭拔出来，但是法老对他说：

"不要动它了。治疗是没有用的……。"

苏弗哈特怒气冲冲地对塔胡说：

“召集军队，为陛下复仇!”

法老显出不悦的样子，吃力地抬起手来说：

你不要动，塔胡。苏弗哈特，难道我倒下了，你就不服从我的命令了吗？……不要再打了。你们去对祭司们讲，说他们的目的已经达到，莫尔雷拉第二已经躺倒在灵床上，他们可以平安回来了。”

王后全身一阵战栗。然后她俯身在他耳边，低语道：

“陛下！我不会在杀害你的刽子手面前哭泣。但是请你放心，我以父王母后的名义、以你的鲜血起誓，我一定要为你报仇雪恨，让世世代代都为此事传颂!”

法老虚弱地向她笑笑，表示对她的感谢。御医洗好伤口，给他喝了一口镇静药，又在毒箭周围敷了一些草药。法老任凭他的处置，他感到自己的死期已到，但在关键时刻，他仍然没有忘记他盼望着能在临终之前告别一下的那张脸，眼睛里流露出万分怀念的神情，在冥冥中他低声念道：

“拉蒂斯……拉蒂斯……”

王后的脸离他的脸最近，当她听见了这话后，觉得自己的心被猛地刺了一下。她抬起头来，忽然感到一阵剧烈的眩晕。法老没有注意她的反应，而向塔胡点点头，塔胡立刻上前，问他要干什么？

他说了声：

“拉蒂斯。”

“陛下，你想让我把她找来吗？”将军问。

他用微弱的声音答道：

“不……，把我抬到她那儿去……。我仅有的一点余生要在贝佳岛去度过。”

塔胡不知所措地看了王后一眼，王后站起来，平静地说：

“按陛下的愿望去办。”

法老听见了她的话，明白了她的意思，便说：

“我的妹妹，你曾多次饶恕我的过错，这一次也饶恕了我吧……，这是一个死者最后的愿望。”

王后痛心地一笑，俯身吻了一下他的前额。然后，她命令奴隶们过来抬起法老的轿子。

生死诀别

御船向着贝佳岛缓缓地驶去。法老的轿子停放在了船舱中央，御医站在他的头边，苏弗哈特和塔胡站在他脚边。这是御船第一次在笼罩悲哀的气氛中，载着奄奄一息的法老远行，法老脸上已经蒙上了一层死神的阴影。两个亲信沉默着，悲痛的眼睛紧紧地盯着法老苍白的脸。法老睁开了沉重的眼皮，无神地向他俩看一眼，然后又缓缓闭上。御船停泊在通往花园的台阶前。

塔胡对着苏弗哈特的耳朵低声说道：

“我看还是先派一个人去通报一下，免得惊着那个女人。”

在这种痛苦的时刻，苏弗哈特根本没有注意到别人的感情变化，只是淡淡地说了一句：

“随你的便吧！”

但是塔胡没动地方，迟疑地说：

“这样的消息又怎么告诉她呢？”

苏弗哈特生气了：

“你还怕什么，将军？到我们这样的不幸，你怎么还会瞻前顾后？”

苏弗哈特一边说着一边冲出船舱，登上台阶，穿过小路，一直走到湖边，正巧迎面碰上了女佣席斯。席斯大吃一惊，张嘴想说什么，但苏弗哈特打断她，问道：

“你的主人在哪里？”

席斯答道：

“我可怜的女主人，今天总是坐立不安，屋里外面到处转……”

首相不耐烦了，又打断她，厉声问道：

“她在哪儿？”

“在夏厅里，大人。”

苏弗哈特急忙赶往夏厅，气喘吁吁地走了进去。拉蒂斯正坐在椅子上，用手托着头在想什么。她感到有人进来，便转过身去。她马上认出了首相，一下子从椅子上跳了起来，问道：

“陛下在哪里？苏弗哈特首相。”

首相悲伤地答道：

“他一会儿就会来。”

她高兴地两手合在胸前，激动地说：

“我一直为陛下担心。听说出现了叛乱，后来消息中断了，我就胡思乱想起来……。陛下什么时候来？”

她一闪念，想起了法老从来没有先派人通报的习惯，于是不安起来，没等苏弗哈特回答，她就先问道：

“那么，他为什么先派你来？”

首相慌乱地说：

“不要急，夫人。谁也没派我来……，刚才发生了一件不幸的事，陛下遇刺了。”

这后一句话顿时在她耳朵里炸响，她恐怖地看着首相那张愁苦的脸，从胸中发出

一声颤栗的哀鸣。

悲伤得近乎麻木的苏弗哈特说：

“耐心点，耐心点……，陛下的轿子就要抬到这里来了，这是他的愿望。他今天中了一箭……今天本来是节日，但是很可能会变成葬日。”

她在屋子里一刻也呆不下去了，便像一只将要被宰割的小鸡拼命地向外跑去。但她还未跨过门坎，两脚就钉在了那里，眼睛直盯住奴隶们抬着的轿子，她给他们让开了路。她吓得用手抱住颤抖的头，跟在他们后面。奴隶们小心翼翼地把轿子放在屋子的中央，便离开了。接着，苏弗哈特也出去了，大厅里只剩下她和法老。她向前跑到他身旁，两手神经质地绞在一起，屏着呼吸看着他那双昏迷无神的眼睛。她的视线移到他胸前，落到插在那里带着血渍的毒箭上，浑身剧烈战栗起来，痛苦欲绝地断断续续说道：

“他们击中了你……啊，太可怕啦！”

他正昏迷无力地躺在那里，这次小小的旅行已把他仅剩的一点力气耗尽了。但是他又听见了她的声音，又看见了她可爱的脸，于是身体里荡起了一股微弱的生气，两只迷糊的眼睛里闪出了一丝笑容。

她所看见的充满生气，而又像激荡的风暴的法老，今天却一下子老了，枯萎了。她受不了他这个样子，拉蒂斯简直要疯了。她用含着怒火的眼睛看了一下那只改变了所有一切的毒箭，揪心地说：

“他们又怎么敢击中你的胸膛？……御医看了吗？”

他使出所有的力气，说了声：

“没有用了。”

她眼中闪出疯狂的怒火，用责备的语气说：

“没有用？亲爱的，你怎么能这么说？难道你不想生存下去了吗？”

他竭尽全力伸出手去，摸着她冰凉的手，沉吟道：

“是的，拉蒂斯，我到你这里来……只是为了死在你的怀里，死在这个世界上我最喜爱的地方。你不要为我的命运哭泣……让我安静地死吧！”

“陛下，你是在给自己报丧吗？这多么可怕！我曾经满怀希望，迫不及待地等着你给我带来胜利的喜讯……。但是，你却给我带来了这只毒箭，这又叫我怎么能安静啊！”

他艰难地咽了一下口水，呻吟着向她求道：

“拉蒂斯，忘掉这不幸吧……。靠近我点……我要看看你这双清澈的眼睛。”

他希望能够在看到一张洋溢着幸福和喜悦的明朗的脸后，结束生命。而她呢，她正在忍受任何人都没有经历过的痛苦，她想喊，想哭，想用地狱的烈火来焚烧她胸中的悲愤……，在这种情况下，她又怎么能够平静，怎么能够用他所爱的那张脸来平静地面对他呢？

他恳切地看着她的脸，难过地说：

“这难道是你的眼睛吗？拉蒂斯？”

她痛心地说：

“是的，陛下，这是我的眼睛。可是已经失去原有光亮和生气。”

“拉蒂斯啊，难道你不愿在此时忘记你的痛苦，而满足我的愿望吗？我希望看见我的爱人拉蒂斯的动人的脸，听到她甜蜜的声音。”

他的恳求打动了她的心，在这最后的时刻她不忍心使他失望，于是强忍住悲痛，舒展开眉心，颤抖的嘴唇上艰难地浮起了一丝微笑，她深情地向他俯下身来。他枯萎的脸上立刻现出了满意的神情，苍白的嘴角漾起最后的微笑。

如果当时她放任自己的感情，那么她一定会发疯。但是她服从了他的迫切愿望极力地控制了自己。她看着他的脸，怎么也不敢相信片刻之后他将永远地离她而去了，不管她怎样痛苦、叹息与流泪，都将在这个世界上无法与他相会。他的生命、他的爱都将变成她昔日的追忆，而她的心则曾确信他是她的现在和未来。为什么这只可恶的毒箭要摧毁她全部的希望和梦幻呢？

女人痛苦地叹息着，肝胆欲裂。而法老则在这时正在结束他那保存在微弱的呼吸中的生命，他的力气耗尽了，肢体冰冷了，感觉消失了，眼睛昏迷了，唯有胸部在缓缓地起伏动荡，在那里生死之神正在进行搏斗。突然，他脸上出现了极为痛苦的表情，他张开嘴好像要呼救，并抓住她惊恐中伸过来的手，用力喊道：

“拉蒂斯……托住我的头……托住我的头……。”

她双手哆嗦着托住了他的头，想扶他坐起来。但是就在这时他长长地呼出了一口气，手松开了，慢慢垂到了身旁。就这样，生与死的搏斗结束了。她迅疾把他的头放回原处，恐怖地大声尖叫了起来。这一声叫得很短，很急，接着就中断了，好像是声带被撕裂了，舌头僵住了。她两手紧紧绞在一起，眼睛盯住那张在几秒钟以前还是活着的脸，而现在这张脸却一动也不动了，仿佛整个世界都凝固了。

她的尖叫通报了痛苦的噩耗，三个等在外面的人急忙跑进了大厅，默默站立在御轿前。塔胡茫然地看着法老，脸色白得跟死人一样，一句话也说不出来。苏弗哈特向前走到死者旁边，敬畏地低下头来，泪水模糊了他的双眼，落在了两颊，流到了地上，他用那颤抖的声音撕破了沉默：

“我的主人，我的国王，我的主人和国王的儿王，今天我把你托付给至高无上的神，是神的意志要你今天启程前往永恒的来世。我多么愿意用自己的风烛残年来伴着你的青春年华，但是主的意志是无法改变的。永别了，至尊的陛下。”

这位两朝宿臣、忠实的亲信伸出枯瘦的手，拉过被子小心翼翼盖在了死者的身上，他又鞠了一躬，才拖着沉重的脚步走回原来站立的地方。

拉蒂斯的两眼直直地盯着死者，她全身死一样的僵直，不哭，不叫，也不动地呆呆地跪在那里。其他三人仍然低头默立，直到有一个抬轿子的奴隶进来报告：

"王后陛下的宫女到!"

三人同时转过身去，看见宫女正满面愁容地走进来。他们向她鞠躬致意，她点点头表示回敬。她看了一眼蒙盖着的尸体，然后把视线移向苏弗哈特。

"一切都完了，尊贵的太太。"苏弗哈特哀痛地说道。

宫女默哀片刻，然后说道：

"首相阁下，这是王后陛下命令将圣体送回禁宫。"

宫女向门口的奴隶们点点头，他们立刻跑到她跟前，于是她命令他们把轿子抬走。当奴隶们走到御轿跟前，弯腰去抬的时候，拉蒂斯从恍惚中惊醒过来，她不知道周围发生了什么事情，只是奇怪地用沙哑的声音问道：

"到哪儿去？……你们要抬他到哪儿去？"说着，她一下子扑到轿子上去。

苏弗哈特说：

"宫廷要为圣体尽义务。"

女人昏昏沉沉地说：

"不要把他从我这里带走……等等……我也要死在他怀里……"

宫女对拉蒂斯不理睬，但她听见了她的话后，马上厉声呵斥道：

"法老的胸怀不是为什么人都做坟墓的!"

苏弗哈特弯下身来，轻轻抓住她的手腕，把她拉了起来。奴隶们抬起了轿子向前走。拉蒂斯用力挣脱出自己的手来，猛一扭头看看周围，迷惑的表情说明她一个人也不认识了，于是抽噎地喊道：

"你们为什么把他抬走……这里是他的宫殿……这是他的寝宫……你们为什么当着他的面欺侮我……我的陛下绝不允许别人慢待我……你们太残酷无情了……你们是些无耻的暴徒!"

宫女根本不理她，向着院子走去。奴隶们抬着御轿跟在她的后面。其他的人也默默地离开了大厅。

拉蒂斯要疯了，她呆立了一会儿，接着想冲出去。这时，一只粗大的手抓住了她的胳膊，她挣扎着想解脱出来，但是不能用。于是她愤怒地回过头去，拉她的原来是塔胡。

塔胡的结局

她奇怪地扫了他一眼，好像根本就不认识他。她又一次想把手挣脱出来，但是仍然没有达到目的。她生气地说道：

"让我走，放开我!"

他缓慢地左右摇了摇头，意思是"不"，"不"。他阴沉着脸，目光里透着可怕的疯

狂。后来，他喃喃地说道：

“他们去的地方是不会允许你去的！”

“让我走……他们不能把我的爱人从这里抢走了！”

他拉下脸来，犹如下达军事命令般厉声说道：

“你最好不要违抗王后陛下的旨意！”

她畏惧地安静下来，停止了她无畏的挣扎，变得异常驯服。她蹙起额头，迷惑不解地摇摇头，想集中起自己已经分散的注意力。接着，她怀疑地看了塔胡一眼：

“你不认为是他们杀的陛下吗？……，是的，是他们！”

“杀了陛下”一词在塔胡心里激起可怕的回响。他略微镇静一下，然后说：

“是的，拉蒂斯。是有人杀害了陛下。在今天以前，我怎么也不能想到会有一只毒箭来结束法老的生命。”

“那么你为什么不阻止他们把他从我这里抢走呢？”

他爆发了一阵疯狂的、可怕的大笑：

“难道你想去追赶他们吗？拉蒂斯，你真傻。看来悲伤已经蒙住了你的双眼，使你没有看到后果的严重性。醒醒吧，美人！如今坐在埃及的金銮殿上的是曾被你夺去了丈夫、受过你侮辱的女人，是你曾经把她从荣华富贵的顶峰打入了被歧视和冷遇的冷宫……。等着吧，很快她就会派人来，给你戴上枷锁，把你押到她那去。然后，她就会把你交给毫不留情的刽子手，那些刽子手把你的一头乌丝剃光，把你一双眼睛挖去，把你直直的鼻子和薄薄的耳朵割掉，然后再把你放到一辆破烂的囚车里去游街，愤怒的人群会唾骂你，还有人会大声喊着：‘快来看哪！这就是那个丧门星妓女，是她带坏了法老，而又使法老来坑害人民！’”

塔胡幸灾乐祸地说着，眼里闪出愤怒的光芒。但是，拉蒂斯却无动于衷，好像并没有感觉到他的存在，只是异常平静地想着什么，接着平淡地、轻蔑地耸了耸肩膀。塔胡对于她的冷漠而恼怒，紧紧地攥起拳头，真想照准她的脸猛击一下，把她的脸打烂，然后去欣赏它变丑以后的样子，欣赏鲜血怎样从破洞中流出来。他怀着恶魔般的念头，紧盯着她那张麻木的、毫无表情的脸。她看了他一眼。他立即发现那眼睛里再没有一点生气了。于是他慌了，瘫软了，好像犯了罪似的害怕起来，拳头也松开了。

“我看你并不在乎了。”他说着深深地叹了一口气。

她没有注意他说什么，只是自言自语：

“我们要跟着他们去。”

“不，不……从今以后我们谁都没有用了，没有任何人会再需要我们了。”塔胡表现得非常绝望。

她接着说：

“是她把他从我这里带走了……，是她带走了他。”

塔胡明白她指的是王后，便耸耸肩膀说：

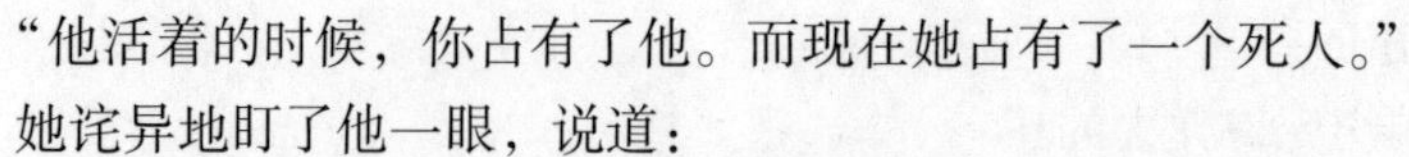

"他活着的时候，你占有了他。而现在她占有了一个死人。"

她诧异地盯了他一眼，说道：

"傻子，难道你不明白，是那个叛徒杀了他，现在又把他收回去了吗?!"

"谁是叛徒?"

"是王后，一定是她泄漏了我们的秘密，煽动起了人民……，是她杀死了陛下。"

他默默地听她说着，嘴角上挂着一个讥讽的恶笑。当她说完以后，他就爆发出他所特有的、疯狂可怕的狂笑：

"拉蒂斯，你错了。王后不是叛徒，也不是谋杀者。"

他盯住她的脸，向前靠近一步，大声说道：

"你想知道的叛徒，他就站在你面前，……我就是叛徒，拉蒂斯出卖法老的人是我……。"

他的话没有如他所期待的那样引起她的重视。看样子她还没醒过来，只是奇怪地看着他。然后，她轻轻地摇摇头，像要驱走疲劳与乏力。他又愤怒起来，粗暴地抓住她的肩膀，猛烈地摇动着，大声喊道：

"你醒醒！难道听不见我的话？我才是叛徒……塔胡是叛徒……我是万恶之源。

此时，她全身起一阵猛烈地战栗，一下子从他手中挣脱出来，迅速地向后退去，恐惧地、慌乱地看着他的脸。他的怒气平息下来，感到头上身上一阵阵的疲软，目光黯淡了。然后，他伤心地开口说道：

"我平淡地说出这些可怕的话，只是因为我感到了自己已经不是这个世界上的人了，世间的一切对我来说都不复存在了。无疑，我的供认一定会使你恼怒，但这确是事实，拉蒂斯。自从在那个倒霉的夜晚，我永远地失去了你后，我的心就被无情地撕裂了。"

将军停了停，平息了一下内心的激动。然后又说：

"我埋藏起自己的痛苦，强迫自己忍耐一切，并决心效忠到底。但是那一天，你把我叫到你的宫中，考验我的忠诚……。那时，我疯了，我的血又重新沸腾了起来，我胡思乱想起来，就跑到敌人那里，向他们告密了。就这样，一个忠实的禁卫军首领变成了叛徒。"

回忆又使他激动不已，他的脸痛苦羞愧地抽搐着。他看了她一眼，又愤恨地喊了起来：

"你是个害人精，谁见了你的美貌谁就会倒霉！你折磨了无数颗无辜的心灵，你摧毁了辉煌的宫殿，你动摇了坚实的王位，更是你激怒了忠厚的人民，玷污了高尚的美德……。你的美貌就是霉气，应该受到诅咒的霉气！"

塔胡停住了说话。但是血在血管里仍沸腾。他看见拉蒂斯的难过与害怕的样子，感到一阵快慰，嘴里又咕哝起来：

"让你也尝尝痛苦和屈辱的滋味吧，看看什么是死亡吧！我和你谁也不应该活着，我已经死了很久了。现在的我只不过是穿着朝服的行尸走肉，而那个真正的塔胡，那个曾在征服努比亚的战争中立过赫赫战功的得到贝比第二法老赞扬的塔胡、那个是法老的禁卫军将领、亲随和顾问的塔胡，早已经消失了。”

塔胡迅速地看了看四周，脸上表现出了烦躁与恼怒，他再也受不了拉蒂斯无边的寂寞了，再也受不了她那雕像般呆滞的样子，狠狠地吐了一口唾沫：

“一切都应该结束了……。但是，我决心要严厉地惩罚自己，我现在要到皇宫去，把所有对我怀有善意的人都召集起来，向他们当众宣布我的罪行。我要把这个暗害了法老的肱股之臣的假面具撕掉，要把装饰在我胸前的所有勋章摘掉砸碎，要把我的佩剑扔掉，还要用这把匕首刺进自己的心脏……。永别了，拉蒂斯……永别了，本来我就不该奢望的生活……。”

塔胡说完这些话就走了……。

尾　声

就在塔胡刚离开贝佳宫的时候，载着帕德蒙·东·巴萨尔的小船就已停泊在了通往花园的台阶前。年轻人精疲力竭，面色苍白，衣冠不整；他在目睹了全城的骚乱和暴怒的人群后，精神受了极大鼓舞。他是费了很大的力气才穿过人群的。在路上他又遇到了很多的麻烦，也费了很大的力气。只有现在踏上通往贝佳宫花园的长廊时，他才松了一口气，前方不远就是夏厅了。他径直走向夏厅，信步跨过门坎，他以为那里面没有人的。但他却发现拉蒂斯正无精打采地坐在他为她画的头像下面的一张软椅上，席斯盘腿坐在她的脚下。一片异样的沉默笼罩着一切。他犹豫了一下，席斯马上感到他来了，拉蒂斯也向他转过头去。女佣站起身来，向他点头致意，然后就离开了大厅。青年高兴地走上前去，但是当他看她的脸，他呆住了。他毫不怀疑，外面发生的那些可悲事件已经传到了他的崇拜者的耳朵里，因为那些痛心的消息已经反映在了这张美丽的脸上，给它罩上了一层厚厚的愁云。他上前跪到她面前，深情地吻吻她的衣角，一双清澈的眸子同情地注视着她，好像在说“愿为你牺牲”。他注意到了她在见到他以后，脸上现出了满意的神情。于是他的心又幸福地跳起来，脸上漾起一片红云。

拉蒂斯细微的声音：

“你去了好长时间了，帕德蒙。”

“我是费了九牛二虎之力才从愤怒的人群中劈开一条路……。阿布城今天沸腾了，发怒了，这里到处在燃烧，空气中布满了浓烟。”

青年把手伸进衣兜，取出了一个小瓶。她接过小瓶，握在手中。她感到了小瓶子的冷气立即流遍全身，一直流到心里。

她听见他说：

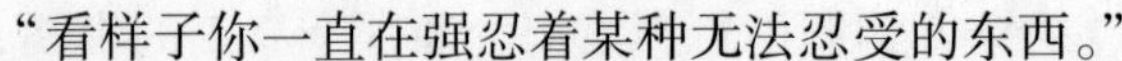

“看样子你一直在强忍着某种无法忍受的东西。”

“悲伤是会传染的。”她答道。

“但是你要当心，千万不要太难过了……。你最好到阿布斯去住一段时间，等到这里平静了再回来。”

她假装注意地听着他讲话，用一种异样的目光看着他。这是她在这个世界上最后一次去看一个人了。死的念头完全支配了她，以致使她觉得自己是这个世界的陌生客。她的感情已经完全消失了，对于跪在她面前的这个青年她没有半点可怜与同情。而他呢，则正在微闭双目，对自己的命运进行着美妙的构想。帕德蒙以为她正在考虑他的建议，于是便满怀信心地开口道：

“我的太太，阿布斯是一个静谧、美丽的城市，那里有明朗的天空、快乐的小鸟、游动的鹅鸭、鲜嫩的小草……。我想那里光明欢乐的气氛会抹掉愤怒的阿布城在你心中留下的愁苦。”

她很快就厌烦了他的谈话，思想全部集中到了她手中那只奇怪的小瓶子上。她渴望结束一切，她的眼睛寻找着不久前曾停放着御轿的地方，心里喊着她的生命应该在那个地方结束。

她决定要摆脱帕德蒙：

“帕德蒙，你的建议很好，你让我一个人想一下吧……。”

“那么我需要等很长时间吗？”青年脸上闪烁着喜悦和希望的光。

“不会等太久的，帕德蒙。”

青年吻过她的手，离开了大厅。

拉蒂斯正想离开自己的座位，这时席斯进来了。她看见女佣进来，急忙支她走开：“去给我拿一壶酒来。”

女佣拿酒去了。帕德蒙走到湖边，坐在了一张椅子上。此时此刻的他感到无比的幸福和欣慰，他的愿望很快就要实现了，他将带着他崇拜的人远离动乱的阿布城，到阿布斯去享受平静的生活。他祈祷神主降临于她的身边，为她指出一条幸福的路……。

他坐不住了，便站起身来慢慢踱到湖边，围湖转了一圈。这时，他看见席斯拿着酒壶匆匆朝夏厅走去，便目送她进了门。他走回去刚坐下，就听见一声尖叫从夏厅里面传出，他心中一惊，一跃而起，急步冲了进去。他看见拉蒂斯躺在大厅中央，女佣双膝跪在她身旁，一个劲地喊她，摸她的脉搏，摸她的脸。他两腿哆嗦着跑过去，眼睛瞪得大大的，惊骇万分。他在席斯旁边跪了下来，两手紧紧握住了拉蒂斯的手。她的手冰凉，人像是睡着了，但苍白的脸上透出青色，嘴唇大张着，一缕缕黑发披散到胸前和肩上，有的滑落到地毯上。他觉得喉咙干涩，呼吸困难，他用嘶哑的声音问女佣：

“她怎么了？席斯，她怎么不说话？”

女人哭着说：

“不知道，先生。一进屋我就看见她这个样子，我叫她，她也不答应我。我跑过来摇她，她也不醒。唉，女主人呀……你怎么了？是什么东西把你吓成这样子？”

帕德蒙一句话也没说，只是久久地望着拉蒂斯。当他的目光扫视她周围的时候，突然看到了她右手腕下那只骇人的瓶子，瓶塞儿是拔掉的。他倒抽了一口凉气，用颤抖的手指拾起瓶子，发现除了沾在瓶壁上的几滴毒药外，里面已空了。他看看瓶子，又看看女人的脸，一切全明白了。于是一阵寒战，五脏六腑都像碎了似的。

“太可怕了……这真的太可怕了！”

他情不自禁地发出的叹息惊动了女佣。女佣转脸看着他，慌忙问道：

“什么太可怕了？快说，我都要急疯了……。”

但他并没有回答女佣，而是对着拉蒂斯说起话来，好像她能听见他，看见他似的：

“你为什么要自杀……你为什么要自杀呀？我亲爱的太太！”

“你说什么自杀？你怎么知道她自杀了呢？”席斯边说，边用手捶打自己的胸前。

他猛一用劲把瓶子甩到墙上撞个粉碎。接着，便迷惑不解地唠叨着：

“你为什么要用毒药来害死你自己？你不是答应我要考虑去阿布斯的吗，要远离这里的烦恼吗？难道你是在骗我，让我离开你，才说那些话的吗？”

女佣看看碎瓶碴儿，吃惊地问：

“太太是从哪里弄来的毒药？”

他遗憾地耸耸肩膀：“是我亲手送给她的。”“你为什么要给她这个？坏蛋！”女佣发怒了。“我并不知道她要毒药是要来害自己的，她骗了我跟现在一样。”女佣转过脸去，一下扑到女主人跟前，一面吻着她的脸，一面号啕大哭，泪如雨下。

青年昏昏地两眼突了出来，紧盯着拉蒂斯永远无生色的脸。他心里感到奇怪的是，死神怎么忍心夺去这举世无双的美女呢？那烈火般燃烧的、奔腾洋溢的生气怎么会在顷刻之间熄灭，而罩上了这么一层颓萎苍白的阴云？他多么希望哪怕只有闪电般的一瞬间，生的气息吹进她纤细的身体，让她明媚的脸上映出一个幸福的微笑，在她的眼中再唤起爱情的魅力。然后，他再死去……。

席斯的号哭惊动了他，他不耐烦地对她说：

“别哭了……”

他指指自己的心，接着说：

“这里的悲哀远远胜过号哭。”

女佣的心里闪过一丝希望，用模糊的双眼看看青年，用讫求的语气对他说：

“真的没有希望了吗？先生，她会不会只是昏睡过去了？”

他绝望地答道：

“已没有一点希望了，拉蒂斯死了，爱情死了，幻想破灭了……，她的美梦捉弄了我……现在一切都完了，恐怖的死神把梦幻中的我惊醒。”

这一天的最后一束阳光消失了。拉蒂斯青紫脸上的两只眼睛深深地陷了进去。黑

夜为世间披上丧装。悲痛欲绝的席斯仍没有忘记为她的女主人尽最后的义务。她知道，在被愤怒的人群包围着的贝佳宫里，她是无法隆重地举行丧礼。她把自己的担心告诉了心焦如焚的青年，求他跟她一起把死者运到阿布斯城，在那里找人把尸体制成木乃伊，然后下葬在巴萨尔家族的墓地。帕德蒙诚心诚意地接受了她的请求。席斯唤来了几个女奴抬来一顶轿子，把尸体放上去，然后盖好，又叫几个奴隶过来把轿子抬到一只绿色的小船上去。小船载着尸体缓缓向北方驶去了。

青年挨着席斯坐在死者的头边。整个船舱都陷在了深深的寂寞中……。在那个悲痛欲绝的夜晚，小船顺着缓缓的水流向北方。帕德蒙徘徊在遥远的梦谷，他的生活从眼前一幕幕掠过，再次映出了他的希望、梦幻与伤痛。他从来没有想到过，他所追求的幸福、安逸，他的青春竟会如此结局。他从心底里长长地叹了一口气，两眼紧紧盯着那蒙盖起来的尸体，他的希望碰在那上面，变得粉碎，就像一觉醒来后，驱散了所有的梦幻一样。